MASSILLON
FLÉCHIER
MASCARON

ORAISONS FUNÈBRES

PRÉCÉDÉES DE

L'ESSAI SUR L'ORAISON FUNÈBRE

PAR

VILLEMAIN

PARIS

GARNIER FRÈRES, LIBRAIRES-ÉDITEURS

6, RUE DES SAINTS-PÈRES

MAISON GARNIER FRÈRES, PALAIS-ROYAL, 215

MASSILLON

FLÉCHIER

MASCARON

ORAISONS FUNÈBRES

MASSILLON
FLÉCHIER

MASCARON

ORAISONS FUNÈBRES

PRÉCÉDÉES DE

L'ESSAI SUR L'ORAISON FUNÈBRE

PAR

VILLEMAIN

PARIS

GARNIER FRÈRES, ÉDITEURS

RUE DES SAINTS-PÈRES

—

1875

AVERTISSEMENT

Nous avons réuni dans ce volume les oraisons funèbres des trois orateurs français qui, après Bossuet, ont acquis la plus grande renommée dans ce genre oratoire.

Ce qui distingue notre recueil des recueils analogues précédemment publiés, c'est qu'il ne se borne pas à offrir un choix des oraisons funèbres prononcées par chacun de ces orateurs. De plus en plus le goût général s'éloigne de ces œuvres choisies qui étaient jadis en faveur. La composition en est, en effet, toujours arbitraire. Le point de vue, les appréciations changent avec le temps. Dans tel discours, non admis parmi les morceaux d'élite, les lecteurs peuvent trouver à présent des qualités qui leur fassent casser l'arrêt rendu par l'ancienne critique. Il est bon que les moyens de comparaison demeurent sous les yeux du public qui est toujours le juge suprême. Les parties un peu plus faibles, d'ailleurs, éclairent souvent d'une lumière indispensable les parties les plus fortes d'une œuvre, les préparent et les expliquent. Bref, un grand nombre de considérations justifient la préférence donnée aujourd'hui à toute publication qui présente un ensemble complet. Cédant à ces tendances qui, dans la matière, pouvaient être aisément satisfaites, nous donnons toutes les oraisons funèbres de chacun des célèbres orateurs dont le nom est inscrit en tête de ce volume.

Ces discours sont précédés de la belle étude historique et critique de M. Villemain sur l'oraison funèbre. Nous ne pouvions trouver une meilleure et plus éloquente préface à ces monuments de l'éloquence française; aucune introduction n'est plus propre à en faire bien apprécier le caractère et la haute valeur. En même temps, l'écrivain égale ici, par l'art de bien dire et par la gravité de la pensée et du style, les auteurs qu'il présente au public. Nous devons donc exprimer nos remercîments aux héritiers de l'illustre secrétaire perpétuel de l'Académie française, qui ont bien voulu nous autoriser à reproduire ces pages; nous croyons que les amis des belles lettres leur en sauront gré, comme nous, et que notre recueil ainsi composé obtiendra l'approbation de tous.

ESSAI

SUR

L'ORAISON FUNÈBRE

PAR VILLEMAIN

Malgré les travaux et la gloire de tant de grands écrivains, la littérature française, formée presque entièrement sur l'antiquité, n'a pas encore reproduit toutes les perfections et toutes les variétés de cet admirable modèle ; mais elle a du moins remplacé ce qu'elle ne pouvait égaler ; et partout elle présente ou d'heureuses imitations, ou d'illustres dédommagements. On regrette l'éloquence des républiques anciennes : et cet art puissant et redoutable, qui ne se renouvelle qu'avec moins d'éclat et d'empire dans les institutions les plus libres des peuples modernes, semble manquer encore au domaine du génie. Mais la religion a fait naître parmi nous un autre genre d'éloquence, qui, considéré seulement sous le rapport du goût, n'est pas moins riche pour le talent, ni moins favorable à ces mouvements de l'âme qui font le grand orateur. Bossuet et Massillon peuvent représenter à nos yeux les deux héros de la tribune antique. Les sujets ont bien changé sans doute, mais le fond de l'éloquence est resté le même.

Cette école nouvelle a produit deux sortes de compositions : le sermon qui s'occupe des mystères de la foi et des règles de la morale évangélique ; l'oraison funèbre, qui célèbre et consacre les grandes vertus humaines. Ce second genre d'éloquence, moins sévère que le premier, peut avec plus de convenance servir d'objet à des études oratoires : il n'est étranger à aucun des intérêts de la terre ; il tient à l'histoire par le récit des faits, à la politique par l'observation des grands événements, à la morale par la peinture et le développement des caractères. Les exploits d'un capitaine, les talents d'un homme d'État, la vie d'un roi, en forment la matière habituelle. La religion y domine toujours, comme étant le terme de tout. Nous nous proposons de rassembler quelques réflexions sur le caractère de cette éloquence, à laquelle les lettres françaises doivent quelques-uns de leurs plus beaux monuments.

Nous remonterons aux plus antiques modèles, en nous arrêtant surtout à ceux qui offrent, par le caractère de la composition et du style, une ressemblance avec les ouvrages les plus remarquables que présente notre littérature oratoire.

L'éloge funèbre est sans doute une des plus anciennes formes qu'ait reçues l'éloquence. L'art de la parole, prétend Cicéron, fut inventé par le besoin de réunir les hommes errants, et de calmer ou d'exciter les passions d'une peuplade sauvage ; mais probablement les premiers hommes qui furent obéis par d'autres hommes devaient leur empire à la force, plutôt qu'aux artifices de la parole. Dans le vague souvenir des traditions grecques, les Hercule et les Thésée sont plus anciens que tous les orateurs.

La prière pour désarmer un vainqueur, les regrets pour célébrer un héros, voilà quelles furent sans doute les premières inspirations de l'éloquence. Un de ces hommes qui avaient dominé ou protégé les autres, un de ces guerriers vaillants, nommés généraux ou rois par l'instinct de la faiblesse commune, venait-il à succomber, l'admiration, la douleur devaient parler sur son tombeau : on se rappelait ses actions ; on s'entretenait de cette vie puissante et glorieuse qui venait de finir ; c'était l'éloge funèbre : et, dans la simplicité superstitieuse des premiers temps, cet hommage suprême devenait souvent une apothéose.

Les livres saints, premières et sublimes archives de tous les genres de poésie et d'éloquence, nous font entendre la plainte de David sur la mort de Saül et de Jonathas. David célèbre les deux guerriers tombés au champ de bataille : il vante leur courage, leur beauté ; il publie et recommande leur mémoire ; il décrit le deuil du peuple qui les a perdus. Rien n'est à la fois plus solennel et plus spontané que ce témoignage des vivants à la gloire de ceux qui viennent de mourir ; rien ne doit avoir plus naturellement inspiré l'éloquence.

D'après cette disposition du cœur humain, qui devait, dans la plus obscure peuplade, dans la moindre tribu, faire éclater une expression commune de douleur à la mort du guerrier courageux, du chef bienfaisant, peut-on s'étonner que les récits de l'histoire nous montrent, dans une des grandes sociétés le plus anciennement établies, l'usage de l'éloge funèbre sur le tombeau des rois? S'il faut en croire Diodore de Sicile, les institutions de l'Égypte soumettaient ces éloges à une difficile épreuve, et leur imposaient une véracité à laquelle l'oraison funèbre, dans les temps modernes, a dérogé plus d'une fois. « Les prêtres, dit « cet historien, prononçaient l'éloge du monarque, en « rappelant tout ce qu'il avait fait de bien. Les foules « de peuple réunies pour la pompe funèbre enten- « daient ces discours avec faveur, si le monarque avait « bien vécu ; autrement, ils protestaient par leurs « murmures : aussi beaucoup de rois furent-ils, à « cause de cette opposition du peuple, privés de la « sépulture éclatante établie par la loi. »

Voilà ces fameux jugements d'Égypte, dont Bossuet a parlé avec autant d'admiration que de génie, et qui peut-être n'ont jamais existé que dans l'imagination républicaine des écrivains grecs. Mais, quoi qu'il en soit des formes de ce tribunal, devant lequel comparaissait la renommée des rois, une telle tradition nous fait voir que, même dans cette Égypte, où la domination d'un mystérieux sacerdoce, l'immobilité de chaque homme dans la place où il était né, les mœurs, les coutumes, et tout, jusqu'à ce muet langage qui couvrait les monuments, semblait avoir établi l'empire du silence et proscrit cet art de la parole, si cher aux nations brillantes de la Grèce, on avait cependant admis l'éloquence pour animer les tristes solennités de la mort.

S'il en fut ainsi dans la tranquille et monotone Égypte, on conçoit assez que la Grèce républicaine avait dû consacrer avec plus d'éclat encore les funérailles de ses libres citoyens, et profiter de leur perte même, pour perpétuer leur dévouement et leur courage. Cette heureuse patrie de l'imagination, cette terre de gloire et d'enthousiasme, où, dans les assemblées politiques, dans les fêtes, et sur les théâtres, retentissait un perpétuel concert d'éloquence et de génie, ne pouvait laisser la sépulture des morts solitaire, dépouillée de cette vie puissante de la parole humaine. Mais l'orgueil démocratique était si jaloux, et le patriotisme si commun, si naturel, que les éloges funèbres s'adressaient moins à la mémoire d'un grand homme isolé qu'à celle des nombreux citoyens qui avaient péri dans quelque journée glorieuse. Les chefs et les soldats morts à Marathon, à Salamine, à Platée, en recevant les honneurs d'une sépulture publique, étaient célébrés par la voix d'un orateur qui parlait au nom de leur commune patrie. Mais il ne paraît pas que l'éloge particulier d'aucun des grands hommes d'Athènes ait été solennellement prononcé sur sa tombe. Il est vrai que l'ostracisme populaire les laissa rarement mourir au sein de leur patrie.

Croira-t-on que ces éloges, qui embrassaient la renommée de tous les guerriers moissonnés dans un même combat, eussent peu de grandeur et d'intérêt? En jugera-t-on par l'espèce de froideur qui se fait sentir dans un discours semblable, composé par un grand écrivain du dernier siècle? Aux belles époques de la Grèce, dans ces guerres généreuses qui n'étaient point entreprises pour l'ambition ou l'intérêt d'un homme, dans ces résistances sublimes de quelques cités libres et civilisées contre toutes les forces de l'Asie esclave et barbare, il y avait un héroïsme, pour ainsi dire, collectif et vulgaire, qui se communiquait à chacun des guerriers victimes d'une si noble cause. La patrie seule était grande dans le sacrifice de ses enfants ; c'était son triomphe que l'on célébrait à leurs funérailles ; c'était le génie d'Athènes qui remplissait l'éloge de ces héros anonymes que l'orateur enveloppait dans une commune gloire. On conçoit, on retrouve cette nature d'enthousiasme, en lisant la tragédie des *Perses* d'Eschyle, qui fut l'Homère de la Grèce historique.

Le plus ancien monument qui nous reste de cette éloquence du panégyrique ne remonte pas au siècle des Miltiade, et ne se rapporte pas à d'aussi grands souvenirs. Périclès, célébrant les guerriers athéniens qui avaient péri dans une guerre contre Samos, disait : « Ces hommes sont devenus immortels comme « les dieux eux-mêmes : car nous ne voyons pas les « dieux en réalité ; mais, par les honneurs qu'on « leur rend et les biens dont ils jouissent, nous ju- « geons qu'ils sont immortels. Les mêmes signes « existent dans ceux qui meurent pour la défense de « la patrie. » Ce débris le plus ancien que nous ayons d'un éloge funèbre prononcé chez les Grecs appartient à une époque de civilisation déjà fort avancée. Je ne sais aussi, mais il me semble que la foi aux apothéoses est faiblement marquée dans ce passage, quelle que soit la beauté du mouvement qui sert à l'exprimer. L'orateur donne une raison brillante et ingénieuse pour expliquer une pieuse illusion, qui n'existe plus dès qu'on l'explique ainsi. On peut croire seulement, d'après ces paroles, que, dans une époque plus ancienne et plus simple, la solennité des éloges funèbres se liait à une espèce de culte idolâtrique envers les morts.

Mais du temps de Périclès, et après lui, à mesure que les guerres furent inspirées par l'ambition, l'intérêt, la rivalité, cette pompe funéraire que la patrie décernait à ses guerriers dut être moins imposante et moins sacrée. Périclès prononça l'éloge des soldats morts au commencement de la guerre du Péloponnèse. On ignore si c'était dans ce discours que, déplorant la perte de la jeunesse athénienne moissonnée dans le combat, il avait dit ces touchantes paroles, rapportées par Aristote : *L'année a perdu son printemps.* Elles ne se trouvent pas dans la harangue que Thucydide a placée sous le nom de Périclès. Mais il semble que cette harangue est une fiction de l'historien, et qu'elle porte l'empreinte de son style grave et sévère. Elle ne peut donc servir qu'à nous indiquer comment, à l'époque même où écrivit Thucydide, on concevait le caractère de ces panégyriques funèbres qui furent en usage jusqu'au dernier jour de la liberté grecque. A l'artifice avec lequel ce discours est composé, aux digressions qui le remplissent, à l'espèce de sévérité philosophique et de stoïcisme réfléchi que l'on y sent, il est visible que ce genre d'éloquence commençait à perdre de son enthousiasme, et devenait une sorte de cérémonial souvent confié à de médiocres orateurs, et dont le génie s'acquittait, en éludant à moitié un texte devenu trop vulgaire.

A l'occasion de ce discours prononcé la première année et pour les premières victimes de la guerre du Péloponnèse, Thucydide (1) a rappelé toutes les pompes dès longtemps usitées dans ces circonstances. Il décrit la tente dressée trois jours avant les funérailles,

_____

(1) Tuchyd., Hist., lib. II.

A .

et où les ossements des morts étaient exposés à la vue, pour recevoir des libations et des offrandes ; les chars sur lesquels on plaçait les cercueils de cyprès destinés aux guerriers des différentes tribus ; le lit funèbre entièrement vide que l'on portait, en mémoire de ceux dont la patrie n'avait pu recueillir les dépouilles mortelles ; la foule des citoyens qui suivaient, les parents en pleurs, qui se pressaient autour du monument ; et l'orateur, choisi entre les plus illustres et les plus sages, élevant la voix pour prononcer l'éloge des morts que l'on venait d'ensevelir.

Rien sans doute de plus majestueux que cette pompe, de plus grand que cette tristesse de tout un peuple, de plus patriotique et de plus moral que ces honneurs rendus à ceux qui avaient péri pour la gloire et la liberté commune. De tels usages, un tel culte pour la cendre des morts, expliquent même certaines bizarreries des mœurs antiques, et font concevoir, sans la justifier, cette sentence barbare des Athéniens condamnant dix capitaines au supplice, parce qu'ils n'avaient pu recueillir et rapporter dans Athènes les corps de leurs soldats naufragés. On retrouvait, il est vrai, dans ce sentiment plutôt l'orgueil de la liberté démocratique et de la souveraineté populaire, que l'impression générale du respect pour la dignité humaine. De telles solennités, cette religion des tombeaux, cette consécration du sang versé pour la patrie, n'en devaient pas moins inspirer à l'éloquence de pathétiques et sublimes accents. Toutefois, ces spectacles souvent renouvelés s'affaiblirent ; les idées étaient grandes, mais uniformes ; le sacrifice admirable, mais vulgaire. Il y avait d'ailleurs quelque chose de vague, et l'on peut dire de stérile, dans ces louanges qui ne s'adressaient à personne en particulier, et ne permettaient aucun trait précis et détaillé. Il semble dès lors que, la première émotion de ce spectacle une fois passée, le spectacle revenant toujours le même, l'éloquence, qui recommençait une tâche souvent essayée, devait trouver avec peine un intérêt nouveau.

Ce désavantage est marqué dès le début de la harangue de Périclès ; et il est plus sensible encore dans l'ordre de composition que suit l'orateur. Son discours, d'une médiocre étendue, est presque tout entier rempli par une digression admirable sans doute, mais qui ne se rapporte ni au sujet même, ni à la douleur qu'il devait exciter. Périclès fait un tableau rapide et embelli d'Athènes, de ses institutions, de ses lois, de ses fêtes, de ses mœurs douces et sociales. Il flatte l'orgueil public dans sa jalousie pour Lacédémone, dont il oppose les rudes travaux et la triste discipline aux vertus brillantes et faciles, à la magnificence et à l'industrie d'Athènes. On dirait que, profitant de cette occasion solennelle, il a voulu, dans l'éloge du patriotisme et de la vertu civique, consacrer l'apologie des nouveautés séduisantes et des vices ingénieux qu'on l'accusait lui-même d'avoir introduits dans sa patrie. Mais ces agréables détours de l'éloquence, cette intention, ce langage, s'éloignent, il faut en convenir, du pathétique simple et touchant que l'on doit chercher dans l'éloge funèbre. Cependant l'orateur revient, en finissant, au véritable sujet de son discours ; et ses paroles indiquent assez qu'il ne l'avait pas oublié. « Voilà « donc, dit-il, la patrie pour laquelle nos guerriers, « résolus de ne point se laisser ravir un bien si pré- « cieux, sont morts en combattant. Pour elle, il est « juste que tous ceux qui survivent veuillent égale-

« ment tout souffrir. Je me suis longtemps arrêté sur
« Athènes, afin de montrer que le combat n'est pas
« égal entre nous et les hommes qui n'ont pas le
« bonheur de posséder une telle patrie : je voulais
« rendre en même temps visible par des faits la gloire
« des guerriers dont je parle. En effet, ce que j'ai
« célébré dans la gloire d'Athènes est l'ouvrage de la
« vertu de ces mêmes guerriers et de ceux qui leur
« ressemblent. »

L'orateur continue, et rappelle, par des traits rapides, toutes les pensées généreuses qui, dans ces guerriers, accompagnèrent le sacrifice de la vie. « Tels
« ils furent, dit-il, et tels ils devaient être pour la
« patrie. Nous, qui vivons encore, souhaitons de
« porter contre l'ennemi une meilleure fortune et le
« même courage, etc.

« Quand Athènes vous paraîtra grande et glorieuse,
« songez qu'une telle grandeur est due tout entière à
« ces hommes qui ont bravé le péril, connu le devoir,
« et redouté la honte ; à ces hommes qui, lorsque le
« succès leur a manqué, n'ont pas voulu du moins
« frustrer la patrie de la gloire de leur vertu, et lui
« ont abandonné cette noble offrande. En livrant leur
« vie pour l'État, ils ont acquis pour eux-mêmes une
« renommée qui ne vieillira pas, et la plus éclatante
« sépulture : je parle moins du lieu où ils sont ense-
« velis, que de cette vaste tombe où leur gloire, tou-
« jours présente dans toutes les grandes actions du
« courage et de l'éloquence, repose éternellement mé-
« morable. Car la terre entière est le mausolée des
« hommes illustres ; et ce n'est pas seulement une
« colonne et une inscription qui attestent leur vertu
« dans leur patrie : même dans les contrées étran-

« gères, leur souvenir immatériel, vivant au fond des
« âmes, se conserve par la pensée bien plus que par
« les monuments. Vous, maintenant, à leur exemple,
« convaincus que le bonheur est dans la liberté, et la
« liberté dans le courage, n'hésitez pas, devant les
« périls de la guerre, etc. »

L'orateur, avec cette stoïque fermeté et ce dévouement sévère à la patrie qui anime son éloquence, s'a-
dresse alors aux familles des guerriers. Dans ce morceau, l'intérêt sort, pour ainsi dire, de la suppression
du pathétique, et de cette violence que l'âme se fait
à elle-même pour étouffer la plus juste douleur, et
ne regarder que la gloire ou l'avantage du pays. C'est
l'insensibilité lacédémonienne, c'est l'héroïque résignation des mères de Sparte, que Périclès semble
vouloir inspirer aux femmes athéniennes.

« Quant aux parents de nos guerriers qui sont ici
« présents, j'ai pour eux moins de larmes que de
« consolations. Ils savent que ceux qu'ils ont perdus
« étaient nés sous la loi commune de l'humanité. Je
« leur dirai : C'est un bonheur du moins d'obtenir du
« sort, comme vos enfants, une fin glorieuse, comme
« vous, une glorieuse tristesse ; avoir bien vécu,
« et d'être morts de même. Je sais qu'il est difficile
« de vous faire oublier des pertes dont vous retrou-
« verez souvent le souvenir dans les félicités des
« autres, et dans l'image de ces joies qui jadis vous
« ont vous-mêmes enorgueillis. La douleur n'est pas
« dans l'absence des biens que l'on n'a point connus,
« mais dans la privation du bien dont on a joui. Tou-
« tefois, l'espérance d'une autre postérité doit sou-
« tenir ceux qui par leur âge peuvent encore avoir
« des enfants. De nouvelles naissances feront oublier

« dans les familles les fils qui ne sont plus, et servi-
« ront la patrie, en repeuplant et en défendant ses
« murailles. Il n'est pas possible d'être inspiré par
« les mêmes sentiments de justice et de patriotisme,
« quand on n'a pas d'enfants à exposer au péril pour
« le salut commun : pour vous dont l'âge est avancé,
« et qui, par un avantage désormais irrévocable, avez
« passé dans le bonheur la plus grande part de votre
« vie, songez que le reste sera court ; et allégez votre
« douleur par la gloire de vos fils. La passion de la
« gloire est la seule qui ne vieillisse pas ; et, dans
« l'impuissance de l'âge, ce n'est pas l'amour du gain,
« comme on l'a dit quelquefois, qui flatte davantage ;
« c'est le désir d'être honoré. Et vous ici présents,
« fils et frères de nos guerriers, une grande lutte vous
« est imposée ; je le vois. Tout le monde est prêt à
« louer celui qui n'est plus ; tandis que, par des pro-
« diges de vertu, vous parviendrez à peine à vous
« placer, je ne dis pas au même niveau, mais à peu
« de distance. Car l'envie s'élève contre les vivants
« qui la gênent ; mais la vertu qui n'est plus devant
« nous est honorée par une bienveillance exempte de
« rivalité.

« S'il me faut maintenant rappeler la vertu de ces
« femmes qui vont demeurer veuves, je renfermerai
« tout dans un seul conseil ; je leur dirai : C'est une
« grande gloire pour vous de ne point être inférieures
« à votre sexe, et de faire en sorte que, soit pour
« louer votre vertu, soit pour vous blâmer, on ne
« parle jamais de vous parmi les hommes. J'ai dit
« dans ce discours, selon le vœu de la loi, ce que j'ai
« trouvé convenable ; les guerriers ensevelis sont
« eux-mêmes honorés par un monument ; la patrie

« nourrira les enfants qu'ils ont laissés, depuis ce
« jour jusqu'à l'époque de leur jeunesse, en leur of-
« frant à eux-mêmes et à ceux qui suivront, la noble
« couronne de ces honneurs publics. En effet, aux
« lieux où les plus belles récompenses sont proposées
« à la vertu, là naissent les plus grands citoyens.
« Maintenant, après avoir pleuré chacun vos parents,
« retirez-vous. »

On le voit, les idées d'un éternel avenir, les promesses religieuses, sont étrangères à cette éloquence :
elle est sublime, mais bornée dans son enthousiasme ;
elle est toute patriotique, mais humaine et terrestre :
elle n'a point de regards élancés vers le ciel, et ne
compte point l'immortalité de l'âme parmi les espérances de la vertu. Faut-il s'étonner dès-lors que la
source de cette éloquence se soit promptement tarie,
et qu'une sorte de froideur et de stérilité ait souvent
glacé les orateurs que l'on chargeait dans Athènes de
mêler leurs voix au spectacle des solennités funèbres
ordonnées par la patrie ? Les vues de la terre ne suffisent pas au cœur de l'homme. Quelque libres, quelque généreuses que soient les institutions d'un peuple,
elles ne sauraient suppléer au défaut ou à l'incertitude
du sentiment religieux. Les plus belles convictions du
patriotisme ne sauraient elles-mêmes inspirer autant
d'enthousiasme que cet espoir de l'immortalité, divin
patriotisme de l'âme, qui la ramène et l'élève vers sa
céleste demeure.

Cette noble et puissante inspiration ne manque pas
moins à un autre discours prononcé dans une semblable solennité par le célèbre Lysias. Du reste, ce
discours, que le savant auteur de l'*Essai sur les
Éloges* n'a cité ni désigné nulle part, est un précieux

monument et de l'éloge funèbre chez les Grecs, et du génie de Lysias, et de cet atticisme si difficile à définir et à imiter, qui était le bon goût de l'antiquité. On ne saurait imaginer une diction plus simple et plus pure, une suite d'idées plus régulière et plus naturelle; et si le style seul faisait l'éloquence, ou plutôt si les plus grandes beautés du style pouvaient naître sans la vive émotion de l'âme, il faudrait nommer cet ouvrage de Lysias un chef-d'œuvre oratoire.

Mais on y sent, avec le défaut de pathétique et d'enthousiasme, la langueur qui résulte des formes convenues du panégyrique : l'occasion cependant n'était pas moins grande que celle qui avait inspiré Thucydide. Après la guerre du Péloponnèse, pendant les victoires d'Agésilas en Asie, une ligue s'était formée entre Corinthe, Thèbes et Athènes, pour secouer le joug des Spartiates : ce sont les guerriers athéniens, victimes de cette noble entreprise, que Lysias avait à célébrer. La plus grande partie de son discours est remplie par l'éloge des anciens triomphes d'Athènes, en remontant jusqu'aux exploits de Thésée, et à l'invasion fabuleuse des Amazones. Du reste, aucune des pensées politiques qui, sous la plume de Thucydide, viennent animer les louanges données au courage, ne rachète ici la monotonie de cette gloire qui avait été si souvent célébrée dans Athènes. La fin seule de ce discours est éloquente, parce que l'orateur y saisit un motif vrai de pathétique, en appelant la reconnaissance publique sur les familles des guerriers présentes aux funérailles. « Plus les enfants, dit-il, se sont montrés « courageux, plus les parents qui leur survivent ont « le droit de s'affliger. Quand pourront-ils oublier leur « douleur? Sera-ce dans les malheurs d'Athènes?

« Mais alors les autres citoyens même se souvien-
« dront de la perte que ceux-ci déplorent. Sera-ce
« dans les prospérités de la patrie? Mais alors ils au-
« ront plutôt à s'affliger en voyant leurs fils morts,
« et les vivants profiter de la vertu de ces braves
« qui ne sont plus. Sera-ce dans les malheurs privés,
« alors qu'ils verront leurs anciens amis fuir leur
« maison solitaire, et leurs ennemis s'enorgueillir, à
« la vue de leur infortune et de leur délaissement?
« Nous n'avons, ce me semble, qu'une manière
« d'acquitter notre reconnaissance envers les guer-
« riers ensevelis dans ce monument : c'est d'ho-
« norer leurs pères comme eux-mêmes l'auraient fait,
« de chérir leurs enfants comme s'ils étaient les
« nôtres, et d'assurer à leurs femmes la protection et
« le secours qu'elles auraient trouvés dans eux-mê-
« mes. Qui pouvons-nous plus justement honorer que
« ceux qui reposent ici? A qui, parmi les vivants, de-
« vons-nous de plus légitimes égards qu'aux familles
« de ces héros? Elles n'ont recueilli que pour une
« faible part, et comme tout le monde, le fruit de
« leur courage; elles ont eu tout entière la dou-
« leur de leur perte. Mais je ne pense pas qu'il
« faille ici des pleurs. Nous savons que nous sommes
« nés mortels. Faut-il donc, quand survient ce que
« nous avions prévu dès longtemps, nous indigner
« contre cette loi, et supporter avec tant de peine
« les malheurs de notre nature? Nous savons que
« la mort se montre la même envers les hommes les
« plus vils ou les plus grands; elle ne dédaigne pas
« les lâches, elle ne respecte pas les braves; elle est
« égale pour tous. S'il était possible qu'en échappant
« aux périls de la guerre, on devînt dès lors immor-

« tel, les vivants devraient porter toujours le deuil
« de ceux qui sont morts dans les combats. Notre na-
« ture est soumise aux maladies, à la vieillesse ; et
« la divinité qui dispose de nos jours est inexorable.
« Il faut donc regarder comme fortunés ceux qui, bra-
« vant le péril pour la plus grande et la plus noble
« cause, ont ainsi terminé leur vie, ne laissant plus
« à la fortune de prise sur eux-mêmes, et n'attendant
« plus la volonté de la mort, mais choisissant à leur
« gré la fin la plus glorieuse. Aussi leur mémoire ne
« vieillira pas ; leur renommée sera l'envie de tous
« les hommes. Par la loi de leur nature, ils sont
« pleurés comme mortels ; mais, par leurs vertus, ils
« obtiennent des hymnes comme les dieux. On les ho-
« nore d'une sépulture publique ; on ouvre en leur
« gloire une lice, où combattent la force, le génie, la
« richesse, afin de montrer qu'il est juste que ceux
« qui ont terminé leurs jours dans la guerre reçoi-
« vent les mêmes honneurs que les immortels. Pour
« moi, j'admire et j'envie leur mort ; et je crois que
« la naissance n'est un bien que pour ceux qui, du
« milieu de ce corps périssable, ont laissé, par leurs
« vertus, un souvenir éternel d'eux-mêmes. Cepen-
« dant il faut nous conformer aux coutumes antiques,
« et, suivant l'usage de nos pères, verser des larmes
« sur ces tombeaux. »

Ce ton simple et élevé, ces accents d'une douleur
patriotique, suffisent pour nous donner une idée du
caractère habituel qui régnait dans ces discours. Il
est assez curieux maintenant de voir comment un
homme de génie, sans monter à la tribune publique,
et sans être animé par l'intérêt d'un sujet présent et
d'une solennité réelle, sut, dans l'antiquité même,

surpasser cette éloquence. On sait le cadre singulier dans lequel Platon a placé un éloge semblable : Socrate récite au jeune Ménexène une improvisation d'Aspasie. On avait parlé devant cette femme célèbre du choix à faire d'un orateur pour la prochaine solennité des funérailles publiques. Platon suppose qu'aussitôt, et comme pour essayer ce sujet d'éloquence, Aspasie avait prononcé, devant quelques auditeurs, une harangue qui méritait d'être retenue par Socrate. J'imagine que par ce détour Platon voulait tout à la fois exercer librement sa belle imagination, et railler le talent apprêté des orateurs en titre, en les accablant sous un jeu d'esprit de la belle Milésienne.

Quoi qu'il en soit, malgré la forme peu sérieuse dont il a fait usage, il n'a pas négligé les sources de hautes vérités que lui ouvrait la philosophie. L'éloge d'Athènes, qui semblait un épisode obligé de ces sortes de discours, remplit une partie de la harangue récitée par Socrate; mais la fin est animée par cette vue de l'avenir, et ce noble spiritualisme que l'on cherche dans un tel sujet. L'orateur, retraçant les derniers moments des guerriers qui ont péri sur le champ de bataille, rapporte leurs paroles comme recueillies de leurs bouches mourantes, et les adresse, en leur nom, à leurs familles désolées :

« Enfants, ce jour vous montre que vous êtes
« sortis de généreux parents. Il nous était permis de
« vivre sans gloire; nous avons choisi la mort, plutôt
« que de livrer au mépris nous et nos descendants,
« plutôt, que de faire remonter l'infamie sur nos pères
« et nos aïeux. Nous avons pensé qu'avoir désho-
« noré les siens, ce n'est pas vivre; et que l'homme
« coupable d'une telle faute ne peut espérer faveur,

« ni des hommes, ni des dieux, ni sur la terre, ni
« dans un autre monde, quand il a quitté la vie. Ani-
« més par le souvenir de nos discours, vous ferez
« avec vertu tout ce que vous aurez à faire, sachant
« bien que, sans la vertu, tous les avantages et tous
« les talents n'apportent que honte et faiblesse. La
« richesse n'ajoute pas d'éclat à celui qui la possède
« sans courage ; il est riche pour être la proie d'un
« autre. Ni la beauté ni la force n'ont bonne grâce,
« placées dans un lâche et dans un pervers ; elles lui
« séent mal, en rendant sa bassesse plus visible.
« Toute science séparée de la justice et des autres
« vertus n'est qu'une industrie malfaisante, et non
« pas une sagesse. Ainsi, pour premier, pour der-
« nier effort, toujours mettez votre ardeur à vous
« élever par la gloire au-dessus de nous, et de ceux
« qui nous ont précédés. Sachez que pour nous, si
« nous vous surpassions en vertu, cette victoire au-
« rait de la honte ; que si nous sommes vaincus par
« vous, cette défaite est un bonheur. Eh bien, nous
« serons vaincus ; vous serez supérieurs à nous, si
« vous voulez ne point abuser de la gloire de vos
« aïeux, et ne point la dissiper comme un héritage ;
« convaincus que, dans un homme qui se croit quel-
« que chose, il n'est rien de plus honteux que de se
« faire honorer, non pour lui-même, mais pour la
« renommée de ses aïeux. La gloire des ancêtres est
« pour leurs descendants un riche et majestueux
« trésor : consumer soi-même ce dépôt de fortune et
« de renommée, ne point le transmettre à d'autres
« héritiers, faute d'une possession et d'une gloire per-
« sonnelle, c'est un déshonneur indigne d'un homme.
« Remplissez ces devoirs, et, fils chéris, vous vien-

« drez vers nous quand la destinée vous amènera.
« Si vous êtes au contraire oisifs et lâches, vous ne
« serez point reçus avec faveur. Voilà le langage qui
« s'adresse à nos fils.

« Il faut maintenant consoler nos pères et nos mè-
« res, pour leur apprendre à supporter plus aisément
« leur malheur, au lieu de nous affliger avec eux:
« car ils ne manquent pas de douleur ; notre perte
« leur en donne assez. Il faut guérir et calmer cette
« blessure, en leur rappelant que les dieux propices
« leur ont accordé le plus cher de leurs vœux. Car
« ils n'ont pas demandé que leurs enfants fussent
« immortels (1), mais vertueux et illustres ; et ils
« ont obtenu ce bien, le plus grand de tous. Il n'est
« pas facile, pour l'homme mortel, que, dans la vie,
« toute chose arrive suivant ses vœux. En souffrant
« ce malheur avec fermeté, ils se montrent les pères
« d'enfants généreux auxquels ils ressemblent.

« Nous supplions nos pères et nos mères de parta-
« ger de tels sentiments pour le reste de leur vie, et
« de croire que ce n'est point par le désespoir et les
« larmes qu'ils satisferont nos mânes. S'il reste à ceux
« qui ne sont plus un sentiment de ce que font les
« vivants, ils nous affligeront en se rendant malheu-
« reux, et en souffrant de notre perte. La modération
« de leur douleur serait, au contraire, une joie pour
« nous. Ainsi notre destinée aura la plus heureuse
« issue que peuvent espérer les hommes. Il faut la
« célébrer plutôt que la pleurer. Pour eux, s'ils
« prennent soin de nos femmes et de nos enfants,

____

(1) *Non quisquam parens liberis, et æterni forent, optavit
magis quam uti boni honestique vitam exigerent.* (Sallust.)

« s'ils mettent là toute leur pensée, ils oublieront leur
« malheur, et vivront plus heureusement que nous.
« Voilà ce qu'il faut rapporter à nos parents, au nom
« de leurs fils. Nous recommandons à la République
« d'avoir soin de nos enfants et de nos pères; d'élever
« les uns pour la vertu, de nourrir honorablement la
« vieillesse des autres. »

A cette fiction oratoire de Platon, il serait curieux
d'opposer l'éloquence de Démosthène, appliquée dans
une occasion réelle à un sujet semblable. Démosthène
nous apprend lui-même qu'il fut choisi par le peuple
d'Athènes pour célébrer la mémoire des guerriers
morts à Chéronée; et il tire une noble apologie de
cette circonstance, que son rival Eschine lui avait
éloquemment reprochée. Mais l'éloge funèbre qui nous
reste sous le nom de Démosthène ne paraissait point
authentique à Denis d'Halicarnasse et à Libanius. Le
discours que ce grand orateur avait certainement
prononcé était - il assez indigne de son génie pour
qu'on eût négligé de le conserver? Un autre discours fut - il substitué dans la suite par quelque
sophiste? Quoi qu'il en soit, il semble que l'éloquence
mâle et virile de Démosthène, si bien assortie aux
luttes violentes de la tribune et du barreau, n'avait
pas dû se plier heureusement aux formes du panégyrique. Démosthène, on le sait, en dépit des parallèles,
ne ressemble pas à notre Bossuet : l'enthousiasme
de l'un se prend au ciel, et se nourrit d'images et de
poésie; l'autre ne quitte pas la terre, et fait sortir
toute son éloquence des intérêts et des passions humaines; l'un est inspiré par Homère, l'autre formé par
Thucydide; l'un est un prophète, l'autre un citoyen.
Bossuet, simple aussi (un grand homme peut - il ne

pas l'être ?) prodigue cependant les pompes du langage et de l'harmonie. Son imagination émue s'enchante elle-même de la sublime magnificence de ses
paroles. Démosthène, plus simple, a besoin, avant
tout, d'avoir quelque chose à réfuter, quelqu'un à combattre ou à convaincre. Son génie plus sérieux ne s'a-
nime que par le raisonnement et la passion. Ce n'est
donc pas chez lui que l'on pouvait attendre des modèles du genre d'éloquence que Bossuet a porté dans
l'oraison funèbre, et qu'il doit tout ensemble à son
culte et à son génie. Au reste, cet éloge des guerriers morts à Chéronée, soit qu'on le donne ou qu'on
l'ôte à Démosthène, dont il porte le nom, renferme
encore des traits remarquables. Il me paraît difficile
que ce soit l'ouvrage d'un rhéteur. On y sent cette
élévation des beaux temps de la Grèce. Je croirais
même reconnaître Démosthène dans le passage où
l'orateur, en célébrant le courage des guerriers, fait
ressortir l'utilité véritable de leur sacrifice, en dépit des
revers qui le suivirent. « Il faut, dit-il, quand le com-
« bat s'engage, que les uns soient vaincus et les
« autres vainqueurs. Mais je n'hésite pas à dire que,
« des deux côtés, ceux qui meurent au champ de ba-
« taille, ne sont pas compris dans la défaite, et ont
« tous également la victoire. Pour ceux qui survivent,
« l'honneur du combat se décide comme le veulent les
« dieux : mais ce qu'il importait de faire pour l'obte-
« nir, tout homme mort à son rang l'a fait; et si les
« ennemis n'ont pas envahi notre territoire, la cause
« en fut dans la vertu de ces guerriers. Après les avoir
« éprouvés corps à corps, l'ennemi ne voulut point
« entreprendre une lutte nouvelle contre les conci-
« toyens de ces mêmes hommes, sentant bien qu'il

« allait trouver des courages semblables, et qu'il n'é-
« tait pas sûr de rencontrer la même fortune ! »

Les dernières paroles de ce discours ne sont pas
d'un ton moins fier et moins élevé ; elles s'adressent
aux parents des morts, suivant la forme un peu monotone de ces éloges funèbres. « Il est douloureux pour
« un père, pour une mère, de se voir enlever leurs
« enfants, et de perdre les nourriciers de leur vieil-
« lesse ; mais il est beau de voir ces mêmes fils obte-
« nant de la patrie d'immortels hommages, un glo-
« rieux souvenir, et honorés par des sacrifices et des
« fêtes, comme les dieux. Il est cruel pour des fils de
« perdre l'appui de leur père ; mais il est beau pour
« eux d'hériter de la gloire paternelle. Dans ce par-
« tage, ce qui est affligeant vient de la divinité, à laquelle
« nous devons céder par la loi de notre nature : mais
« ce qui est honorable et beau vient du choix des
« hommes, qui ont voulu noblement mourir. En rap-
« pelant ces pensées, je n'ai point cherché à parler
« beaucoup, mais à dire des choses vraies. Pour vous,
« après avoir pleuré, et rempli le devoir de la justice
« et de la loi, retirez-vous. »

Pour ne point laisser incomplète cette revue de l'é-
loquence grecque dans un genre où ses formes furent
trop peu variées, nous ne pouvons oublier un discours
de l'auteur Hypéride, ce célèbre avocat de Phryné,
qui montra, dans sa vie politique, le même courage
que Démosthène, et mourut comme lui. Quinze ans
après la défaite de Chéronée, les Athéniens, animés
par le zèle de leurs orateurs, ayant essayé de délivrer
la Grèce, tombée du joug d'Alexandre dans les mains
d'Antipater, le général et beaucoup de citoyens d'A-
thènes furent tués dès le commencement de cette

guerre. Hypéride prononça leur éloge dans la cérémonie accoutumée des funérailles publiques. On conçoit combien ce dernier effort de la Grèce pour revivre
à la liberté, cette dernière libation du sang athénien
pour la patrie commune, devaient inspirer le généreux
orateur. Mais que nous reste-t-il de ces sentiments et
de cette éloquence? un fragment recueilli au hasard
par un scoliaste du moyen âge. Il semble une répéti-
tion des idés que nous avons déjà traduites; mais il
est peu connu, et porte cette empreinte d'antique simplicité, que l'on ne saurait trop étudier.

« Il est difficile, disait en terminant l'orateur, de
« consoler ceux qui sont frappés de telles affections.
« La douleur ne s'apaise ni par la raison ni par la loi.
« Le naturel de chacun, et son degré d'attachement
« pour celui qui n'est plus, voilà les bornes de la
« tristesse. Toutefois il faut prendre courage, modé-
« rer son deuil autant qu'on le peut, et penser non-
« seulement à la mort de ceux que l'on a perdus, mais
« à la vertu dont ils nous ont transmis l'exemple ; leur
« sort est moins digne de regrets que leurs actions ne
« sont dignes de louanges. S'ils n'ont pas joui d'une
« vieillesse toujours soumise à la mort, ils ont acquis
« une gloire sans mélange et un inaltérable bonheur.
« Parmi ces guerriers, les uns sont morts sans posté-
« rité : leur gloire répandue dans la Grèce sera pour
« eux comme une immortelle famille ; les autres ont
« laissé des enfants : la bienveillance de la patrie ser-
« vira de tutrice et de gardienne à ces orphelins. Du
« reste, si la mort est un néant comme celui qui a pré-
« cédé la naissance, ils sont tous désormais affran-
« chis des maladies, de la douleur, et des autres mi-
« sères qui assiégent la vie humaine. Si, au contraire,

« et comme nous le croyons, après la mort le senti-
« ment subsiste, ainsi que la justice divine, sans
« doute ceux qui ont travaillé pour la gloire des
« dieux obtiendront de la divinité le plus heureux
« partage. »

Cette coutume de célébrer par un hommage public
les guerriers morts dans chaque bataille ne fut point
connue des beaux siècles de Rome. Cicéron essaya
d'en donner l'exemple à une époque où les soldats,
détachés de la patrie, n'étaient plus que des instruments
d'oppression, que se disputaient quelques chefs passa-
gers ambitieux. Dans la dernière de ses *Philippiques,*
il fait une espèce d'éloge funèbre des guerriers de la
légion de Mars qui avaient péri dans un combat contre
Antoine. On voit qu'il essayait d'encourager par
l'admiration et la louange un patriotisme devenu trop
rare, et qui bientôt allait disparaître sous le triumvirat.
Mais un tel discours, prononcé dans le sénat, n'avait
rien du caractère de ces fêtes funèbres qui devaient
être si puissantes sur l'imagination des Grecs.

Rome, anciennement aristocratique, avait de tout
temps réservé la solennité de l'éloge funèbre pour les
grands, pour les hommes fameux, et même pour les
femmes d'une illustre naissance. Ces éloges se prononçaient sur la place publique, du haut de la tribune
aux harangues. Cicéron parle avec peu d'estime de ces
premiers monuments, dont rien ne s'est conservé
jusqu'à nous. César, étant questeur, prononça devant
le peuple romain les éloges funèbres de sa tante Julia,
et de sa femme Cornélie. Dans le premier de ces discours, il avait rappelé l'illustration de sa famille par
des expressions remarquables, que Suétone nous a
transmises. « Julia, ma tante, disait-il, descend des

« rois par sa mère ; du côté paternel, sa naissance
« remonte jusqu'aux dieux. Les Marcius auxquels ap-
« partenait ma mère, tirent leur origine et leur surnom
« du roi Ancus ; et les Jules, dont notre famille fait
« partie, descendent de Vénus. Il y a donc dans notre
« sang et la sainteté des rois, qui sont le premier
« pouvoir parmi les hommes, et la majesté religieuse
« des dieux, qui commandent aux rois. »

Un tel langage semble indiquer assez que ces éloges, surtout lorsqu'ils s'adressaient à de grands noms plutôt qu'à des vertus et à des services, étaient devenus dans Rome une sorte d'étiquette pompeuse, assez voisine du caractère que l'oraison funèbre a pris quelquefois dans nos temps modernes. Mais ces éloges pouvaient avoir une bien autre importance, lorsqu'il s'agissait d'honorer la mémoire d'un citoyen dont les actions répondaient à quelque sentiment populaire. César, généreux dictateur, aussi sûr et aussi fier peut-être de son éloquence que de son pouvoir, réfuta, par des écrits, les éloges funèbres que Cicéron et Brutus avaient consacrés à la gloire de Caton. Mais sans doute il n'aurait pas permis aux deux orateurs de prononcer ces éloges à la tribune, devant le peuple romain. Suivant les occasions, en effet, cette éloquence de panégyrique, séparée de tout sentiment religieux et toute pleine de passions, pouvait devenir une arme puissante et terrible. En prononçant l'éloge funèbre de César, Antoine recommença l'esclavage de Rome.

Ces grands effets de l'éloquence cessèrent avec la liberté, dont ils avaient préparé la ruine. L'usage des éloges funèbres, toujours conservé dans Rome, ne fut plus qu'une vaine pompe, soumise aux précautions du pouvoir absolu. Le droit de prononcer de tels discours était réservé à certains magistrats. L'empereur lui-même faisait ordinairement l'éloge public de son prédécesseur. Ainsi, Néron fut le panégyriste de Claude. Cependant les empereurs trouvèrent plus sûr de se faire louer de leur vivant. On sait quelle profusion de panégyriques marqua la décadence de la littérature grecque et romaine, et comment la philosophie vint quelquefois ennoblir un genre d'éloquence avili par la bassesse et la servilité. Thomas, dans un ouvrage riche d'érudition et d'élégance littéraire, a fait connaître le caractère de ces écrits, et les mœurs, le génie de cette époque. Mais on regrette que, dans ses curieuses recherches, il ait oublié les noms de Grégoire de Nazianze, de saint Ambroise, et des autres orateurs du christianisme naissant, qui presque tous ont prononcé des éloges funèbres, souvent imités par Bossuet, et non moins dignes d'être analysés que les harangues de Libanius et de Thémiste.

Le caractère religieux imprimé à ces panégyriques paraît une des causes de leur supériorité : et je ne m'adresse pas ici seulement à la piété, mais au bon goût. L'éloge d'un homme qui n'est plus a besoin d'être soutenu par les espérances d'une autre vie. Tout finit-il à la mort ? N'avez-vous rien à nous apprendre et à nous promettre sur les destinées futures de celui que vous pleurez ? A quoi bon tant de vertus, pour arriver au néant ? Ah ! disait l'orateur romain, si l'âme n'apercevait rien dans l'avenir, si elle bornait a la courte durée de la vie toute l'étendue de ses pensées, elle ne voudrait jamais se fatiguer de tant de soins. Cicéron ne parlait que de l'avenir de son nom, que de cette immortalité qui reste sur la terre. Combien l'immortalité de l'âme ne doit-elle pas offrir aux vertus de l'homme un plus sublime encouragement, un terme plus glorieux ? Voulez-vous donc que les éloges funèbres ne servent pas seulement à honorer les morts, et qu'ils puissent offrir une instruction salutaire à tous les hommes ; parlez au nom de la religion. Alors votre sujet prend un intérêt universel : l'orateur devient un moraliste sacré, qui dans une seule mort fait voir la mort et le néant de toutes les grandeurs humaines. Un écrivain de nos jours (1), qui honorait de grandes places par de grands talents, a fait sentir, avec beaucoup de force et de goût, cette prééminence nécessaire de l'oraison funèbre chrétienne sur les panégyriques et les éloges ordinaires. Nous citerons ses paroles d'autant plus volontiers, que c'est pour nous la plus facile et la plus digne manière de lui rendre hommage.

« Quand Fléchier, quand Bossuet montaient dans
« la chaire pour louer Turenne ou Condé, la patrie en
« deuil déplorait la perte récente de ces deux héros ;
« les éloges de tout un peuple répondaient à ceux de
« l'orateur. Et par combien de spectacles l'orateur
« lni-même était enflammé ! Ses premiers regards
« tombaient sur les restes d'un grand homme, dont
« la mémoire lui était confiée par la reconnaissance
« publique. Les parents, les amis de l'illustre mort,
« ses plus fidèles serviteurs, tous ceux qui avaient re-
« cueilli ses dernières paroles, étaient présents à ses
« funérailles. Non loin, de vieux soldats, compagnons
« de ses victoires, pleuraient, appuyés sur les mêmes

(1) M. de Fontanes.

B.

« armes qui triomphèrent de l'Europe. Au bruit de la
« cérémonie funèbre, le monde avait suspendu ses
« spectacles et ses jeux ; les hommes du siècle étaient
« accourus sous ces voûtes religieuses ; le riche et
« le pauvre, le sujet et le prince, instruits ensemble
« à cette école de la mort qui égale toutes les condi-
« tions, offraient les mêmes vœux, s'humiliaient dans
« la même poussière ; et, partageant les mêmes
« craintes et les mêmes espérances, pressaient de
« leurs genoux les pavés de ce temple, couvert d'an-
« tiques épitaphes, et des promesses d'une vie nou-
« velle. Les arts avaient orné de toute leur pompe le
« mausolée qui renfermait les augustes dépouilles.
« Au-dessus, on croyait voir planer encore l'âme du
« héros, attentive aux hommages de la France.
« De cette scène imposante, Bossuet, chargé de
« gloire et d'années, élevait ses accents pathétiques,
« et tous les cœurs étaient ébranlés. A peine avait-il
« fait entendre sa voix, que ce temple, environné de
« crêpes, semblait devenir plus sombre. Cette voix
« sublime redoublait la majesté du sanctuaire et les
« terreurs du tombeau. Tantôt l'homme inspiré con-
« templait, avec un sombre abattement, le cercueil
« où tant de gloire était renfermé ; tantôt il se tour-
« nait avec confiance vers l'autel de Celui qui promet
« l'immortalité. Toutes les tristesses de la terre et
« toutes les joies du ciel se peignaient tour à tour sur
« son front, dans ses regards, dans sa voix, dans ses
« gestes, et dans tous ses mouvements. En arrachant
« des larmes au spectateur, il pleurait lui-même ; et,
« sans cesse ému de sentiments contraires, s'enfon-
« çant dans les profondeurs de la mort et dans celles
« de l'éternité, mêlant] les consolations à l'épouvante,

« il proclamait à la fois le néant et la grandeur de
« l'homme, entre un tombeau prêt à l'engloutir, et le
« sein d'un Dieu prêt à le recevoir. »

Tel est, en effet, le spectacle imposant que présente
l'oraison funèbre chez les chrétiens ; telles sont les
puissantes inspirations que l'orateur trouve dans la
religion de ses auditeurs et dans la sienne. Toutes
les fois que ces ressorts de pathétique ont été maniés
par un homme supérieur, l'éloquence, soutenue d'un
semblable secours, a dû produire de grands effets.
On doit cependant avouer que tous les sujets ne prêtent pas une égale force au développement de ces
idées religieuses. La puissance de la mort et l'horreur du tombeau, si frappantes quand il s'agit de la
mort et du tombeau d'un roi, semblent s'affaiblir dans
les rangs inférieurs, et les coups qui tombent sur
de moindres victimes paraissent moins effrayants.
L'orateur qui ne déplore pas la perte d'un roi ou d'un
capitaine, n'a plus le pouvoir d'effrayer l'imagination
par ces contrastes de grandeur et de faiblesse, de
gloire et de néant. Mais il reste d'autres sources de
pathétique. La foi chrétienne, qui dans l'éloge des
grands de la terre aurait rendu l'orateur sublime, lui
donne une onction douce et tendre pour animer l'éloge
funèbre du plus humble chrétien, et rendre intéres-
sante la vertu la plus simple et la plus ignorée. Une
partie des oraisons funèbres prononcées par les Pères
de l'Eglise est consacrée à des noms inconnus. Cette
circonstance a contribué, sans doute, à leur donner
moins de lecteurs. La postérité, qui n'est curieuse que
de noms célèbres, cherche dans la panégyrique
d'un prince quelques traits de sa vie, et se plaît à
découvrir quelques vérités historiques sous un amas

de louanges oratoires. Il est naturel, d'ailleurs, que ceux qui ont longtemps occupé la scène du monde conservent une place dans le souvenir des hommes ; et c'est avec justice que l'oraison funèbre n'a été, en général, attribuée qu'à la grandeur et à la puissance, puisque c'est ainsi seulement qu'elle présente un intérêt durable. Mais cette remarque ne suffit pas pour blâmer le choix que les orateurs du christianisme ont fait souvent de héros ignorés, et qui devaient l'être. Dans les premiers jours de la religion, les hommes qui, par la sainteté de leurs mœurs, autorisaient leur croyance, étaient des modèles utiles et puissants, dont la vertu méritait le grand jour, et qu'il importait de montrer au peuple. Plus leur vie était obscure, plus leur mort devait être célébrée ; et cette obscurité même, qui semble éloigner de la tombe d'un homme inconnu la publicité de l'éloge funèbre, la rendait ici plus nécessaire et plus légitime.

Le premier éloge que nous présentent les œuvres de saint Grégoire est consacré à la mémoire de son frère Césarius, qui, distingué dans les sciences, devint médecin des empereurs, vécut longtemps à la cour, et fut honoré de plusieurs emplois considérables. Le titre annonce que son père et sa mère vivaient encore ; et le discours ramène souvent les louanges des deux époux chrétiens. L'orateur s'attache d'abord à donner une haute idée des talents de son frère ; il le représente perfectionnant les dons de la nature par une éducation forte et savante, se rendant illustre dès sa jeunesse, et bientôt conduit par sa réputation à la cour des empereurs. Julien, par politique et par superstition, rétablissait alors le culte des dieux, et leur cherchait des sectateurs avec tout le zèle et toute l'intolérance du fanatisme. Exposé aux regards du prince, réduit à lutter sans cesse contre l'autorité, et même contre l'amitié, puissance à laquelle on résiste si peu quand les rois veulent en faire usage, Césarius osa donner un exemple mal suivi des courtisans. Il fut inflexible, et professa le christianisme dans le palais de Julien. Le tableau de sa résistance est tracé avec énergie.

« Cet odieux monarque (1), dit l'orateur, était dé-
« chaîné contre nous ; et, s'étant d'abord perdu lui-
« même par sa renonciation à Jésus-Christ, il com-
« mençait aussi à tourmenter les autres, non pas avec
« audace, comme ont fait les premiers adversaires de
« la foi, en s'inscrivant insolemment au nombre des
« impies, mais en cachant la persécution sous le
« voile de l'humanité. Voici quel était son premier
« artifice : pour nous enlever la gloire du martyre
« (car il nous enviait même cet honneur), tous ceux
« qui souffraient comme chrétiens étaient exécutés
« sous le nom de malfaiteurs. Par un autre artifice,
« il affectait d'employer toujours la persuasion au
« lieu de la violence, présentant ainsi plus de déshon-
« neur que de péril à ceux qui passaient du côté de
« l'impiété. Après avoir attiré les uns par l'appât des
« richesses, d'autres par ses promesses, tous par la
« séduction de ses discours et l'autorité de son
« exemple, il attaque enfin Césarius. L'insensé, s'il
« a espéré de trouver une proie facile dans Césarius,
« dans mon frère, dans le fils de tels parents ! »

L'orateur représente cette lutte de la vertu contre le pouvoir, armé de tous les prestiges de l'éloquence.

(1) S. Greg. Nazian., Op. gr.-lat., t. I.

« N'avez-vous pas craint, s'écrie-t-il, que Césarius
« ne fît quelque chose indigne de son courage? Ras-
« surez-vous, la victoire est avec Jésus-Christ, qui
« a vaincu le monde. » L'empereur ne s'irrita pas
de cette généreuse fermeté. Lassé de combattre, il
s'écria, désignant les deux frères par une allusion
honorable et menaçante : « Heureux père! infortunés
enfants! » « Car il voulut, ajoute saint Grégoire, m'as-
« socier aussi à cette glorieuse insulte. »

Peut-être saint Grégoire est-il plus frappé de l'intrépidité de son frère que de la noble patience de
Julien. L'empereur, qui souffrait à sa cour un ennemi
public de sa religion, et ne le combattait que par le
raisonnement et l'éloquence, avait dans l'âme quelque
générosité. Sans doute il la devait à la culture des
lettres, qu'il aima toujours avec passion, et qu'il
respectait dans Césarius.

Le ton de cette éloquence est d'ailleurs noble et fier :
on y reconnaît l'accent d'une âme élevée. Cependant
la finesse des tours et des pensées forme le caractère
habituel de l'orateur. Cette élégance ingénieuse se
mêle aux idées les plus touchantes. « Une consola-
« tion, dit-il, que l'on présente en pleurant soi-même
« est bien puissante sur ceux qui pleurent; et l'on
« est plus capable d'apaiser la douleur des affligés,
« quand on souffre comme eux. » Mais il s'élève, il
triomphe dans ces idées toujours si effrayantes de la
faiblesse de l'homme et de la brièveté de la vie. On
croit presque entendre Bossuet. « De combien Césa-
« rius nous a-t-il devancé? Combien aurons-nous de
« temps encore pour pleurer sa perte? Ne marchons-
« nous pas vers la même demeure? N'allons-nous pas
« entrer tout à l'heure sous la même pierre? Ne

« serons-nous pas bientôt une même cendre ? Que
« gagnerons-nous à ce surcroît de peu de jours?
« Quelques maux de plus à voir, à souffrir, et peut-
« être à faire, pour payer ensuite à la nature la dette
« commune et inévitable, suivre ceux-ci, précéder
« ceux-là, pleurer les uns, être pleuré par les autres,
« et recevoir de nos successeurs le tribut de larmes
« que nous avions apporté à nos devanciers. Telle
« est la vie de nous autres mortels ; tel est le jeu de
« la scène du monde. Nous sortons du néant pour
« vivre ; vivants, nous sommes détruits. Que sommes-
« nous ? un songe inconstant, un fantôme qu'on ne
« peut saisir, le vol de l'oiseau qui passe, le vaisseau
« qui fuit sur la mer et ne laisse point de trace, la
« poussière, une vapeur, la rosée du matin, la fleur
« aujourd'hui naissante, aujourd'hui desséchée. »

Cette peinture énergique de notre misère amène le
tableau de notre grandeur, par une de ces opposi-
tions singulièrement oratoires, dont Bossuet a fait
un si fréquent et si admirable usage. L'homme abattu
dans sa faiblesse et dans sa mortalité se relève par
les espérances et les promesses de la religion. C'est
le morceau le plus éloquent du discours. L'orateur,
par un mouvement très-heureux, se rendant personnelle l'application d'une vérité de la foi, se transporte
au jour de la résurrection et de la justice céleste,
pour contempler son frère. « Alors, dit-il, je verrai
« Césarius, non plus exilé, non plus enseveli, non
« plus objet de larmes et de pitié, mais triomphant,
« glorieux et couronné, tel que souvent, ô le plus
« tendre et le plus chéri de tous les frères, tu m'as
« apparu en songe, soit par une illusion de mes dé-
« sirs, soit dans la réalité même. Mais aujourd'hui

« laissant les regrets, je m'examinerai moi-même ; je
« chercherai si je ne porte pas en moi, sans le sa-
« voir, quelque grand sujet de douleur. Fils des
« hommes (car il est temps de vous adresser la pa-
« role), jusques à quand aurez-vous des cœurs in-
« sensibles et des esprits grossiers, etc., etc. ? Ne
« saurons-nous jamais connaître et dédaigner les
« objets qui frappent les yeux, et ne regarder que
« les grandeurs visibles à l'intelligence ? Et s'il faut
« nous affliger, ne nous plaindrons-nous pas plutôt
« que notre exil se prolonge ici-bas, que nous sommes
« retenus trop longtemps dans ces tombeaux vivants
« que nous portons avec nous ? Pour moi, voilà ma
« douleur, voilà le soin qui me tourmente jour et
« nuit, et ne me laisse point respirer en paix. »

Saint Grégoire, qui semblait réservé au triste ministère d'honorer par son éloquence les funérailles de
tous ceux qu'il aimait, prononça, quelque temps après,
l'éloge de sa sœur Gorgonia. Dans l'exorde, il s'excuse d'avoir à louer des vertus qui le touchent de si
près. Cette apologie est pleine d'élégance et de noblesse.

« Si nous croyons que l'on est coupable de dé-
« pouiller ses proches, de leur faire outrage, de les
« accuser, de leur nuire, enfin ; si même l'injustice
« envers des parents est la plus criminelle de toutes,
« ne serait-il pas bizarre et déplacé de leur enlever
« les honneurs de l'éloge, hommage particulier que
« l'on doit à la vertu, et par lequel nous pouvons con-
« sacrer à jamais leur mémoire ? Croirons-nous avoir
« été justes en cela ? Ferons-nous plus de compte
« des méchants qui nous accuseraient de complai-
« sance, que des bons qui nous redemandent la vérité ;

« et, tandis que nous ne refusons pas de louer des
« étrangers dont la vertu nous est moins connue et
« moins attestée, le scrupule de l'amitié et la crainte
« des envieux nous empêchera-t-elle de louer ceux
« que nous connaissons, surtout quand ils ont quitté
« la vie, et qu'il est trop tard pour les flatter, main-
« tenant qu'ils sont enlevés aux panégyristes et aux
« censeurs, comme à tout le reste ? »

L'éloge d'une femme pieuse, dont la vie n'offre
qu'une seule pensée, le zèle de la foi ; qu'un seul
événement, une mort douce et chrétienne, semblait
peu favorable à l'éloquence. Mais tel est l'intérêt
attaché à la vertu : on ne peut lire sans attendrissement le récit des saintes austérités de cette femme
obscure et ignorée ; et les plus simples détails paraissent ennoblis par la religion. Peut-être l'ingénieuse
élégance de l'orateur ne s'accorde-t-elle pas assez
avec la simplicité d'un semblable sujet. Quoiqu'il ait
promis, en commençant, de négliger les grâces du
langage, il conserve le style travaillé, les tours polis,
les antithèses brillantes d'un imitateur d'Isocrate.
Mais ces recherches mêmes ne sont pas sans agrément, et plaisent encore, quand un goût sévère peut
les blâmer. D'ailleurs, l'orateur sait quelquefois être
simple et naturel ; et jamais il ne se montre plus
éloquent.

« Ame vertueuse, qui soutenez seule un corps pres-
« que entièrement privé de nourriture, ou plutôt restes
« mortels anéantis avant la mort, pour que l'âme pos-
« sède sa liberté, et ne trouve point d'obstacle dans
« les sens ; nuits consacrées aux veilles et aux priè-
« res (ô David, que tes chants paraissent courts aux
« âmes pieuses !) membres délicats couchés sur une

« terre froide, et tourmentés par des souffrances au delà
« des forces de la nature ; gémissements qui péné-
« trez les cieux et montez jusqu'au Seigneur, com-
« ment puis-je tout raconter et tout décrire ? »

C'est avec la même simplicité qu'il retrace les derniers moments de cette femme vertueuse. « Autour
« d'elle des larmes muettes, une douleur inconso-
« lable, mais silencieuse : car on se faisait scrupule
« d'honorer par des gémissements le départ si pai-
« sible de cette chrétienne ; sa mort semblait une
« solennité sainte. »

La troisième oraison funèbre de saint Grégoire est
consacrée à l'éloge de son père, qui fut avant lui
évêque de Nazianze. L'orateur, dans son début, apostro-
phe saint Basile, présent à la cérémonie religieuse.

« Homme de Dieu, lui dit-il, d'où venez-vous ? que
« voulez-vous faire ? quel bien nous apportez-vous ?
« Venez-vous pour nous visiter, pour chercher le
« pasteur, ou pour examiner le troupeau ? Si vous
« venez pour nous, hélas ! vous nous trouvez à peine
« vivants, et déjà frappés de la mort dans la plus
« chère partie de nous-mêmes. »

Le père de saint Grégoire était né dans la fausse
religion ; mais il avait toujours pratiqué la vertu. Cette
différence est appréciée avec une modération que le
préjugé ne s'attendrait pas à trouver dans un Père
de l'Église.

« Comme il en est beaucoup au milieu de nous qui
« ne sont pas avec nous, parce que leur vie les re-
« tranche de notre communion ; ainsi il en est beau-
« coup au dehors qui nous appartiennent, parce qu'ils
« ont prévenu la foi par les mœurs. Le nom de chré-
« tien leur manque ; mais ils ont les œuvres. »

La conversion de cet homme vertueux, son élévation à l'épiscopat peu de temps après son baptême, son inviolable attachement à l'unité de la foi, au milieu du combat de toutes les hérésies; l'abondance de ses aumônes, qu'il répandait sans distinction, aimant mieux étendre ses bienfaits jusque sur le vice, que de s'exposer, par une charité soupçonneuse, à frustrer la vertu; la simplicité de ses mœurs, son éloignement pour toutes ces austérités hypocrites qui ne trompent pas longtemps, parce que rien de factice n'est durable; sa douceur, et, quand il s'irritait, la promptitude de son retour, qui ne laissait pas le temps d'être affligé de sa colère; tous ces traits d'une vie sainte et d'un caractère apostolique forment un récit où le goût peut reprendre la longueur des détails, mais où l'on reconnaît l'accent d'un fils qui loue son père.

Ce discours est à la fois un éloge et une consolation. L'orateur s'adresse souvent à sa mère, dont il cherche à calmer la douleur par les conseils d'une philosophie forte et chrétienne. « La mort et la vie, « lui dit-il, quoiqu'elles paraissent deux choses bien « opposées, communiquent entre elles, et se rempla« cent l'une l'autre. Je ne sais si cette séparation, « qui nous délivre des maux présents et nous conduit « à une vie céleste, devrait avoir le nom de mort. La « seule mort véritable, c'est le péché; car il est la « ruine de l'âme. » A ces conseils sévères succèdent des paroles plus douces : « Il vous manque, dit-il, « quelqu'un pour avoir soin de votre vieillesse : ô ma « mère, où donc est votre Isaac, que mon père vous « a laissé, pour vous tenir lieu de tout? » On sent combien ces touchants retours de l'orateur sur soi-même, cette expression tendre et grave devaient exciter d'intérêt dans la société, ou plutôt dans la famille chrétienne qui l'écoutait : voilà l'éloquence.

Nous trouvons enfin un nom célèbre, qui n'a pas besoin d'être recommandé par le talent du panégyriste : c'est celui de saint Basile, grand orateur lui-même, écrivain mâle et sévère, digne, par la pureté de son goût, des beaux temps de l'ancienne Grèce. Saint Basile, que Grégoire de Nazianze invoquait tout à l'heure comme un consolateur, est ici le sujet du plus éloquent discours de son ami. L'amitié de ces deux grands hommes est connue, et fait une partie de leur gloire. Tous deux chrétiens dès la naissance, fortifiés dans la foi au milieu des écoles du paganisme ; tous deux épris des charmes et nourris des leçons de l'éloquence profane ; tous deux lumières et soutiens de l'Église, élevés dans le sacerdoce aux mêmes honneurs, réunis par cette communauté de croyance, d'opinions, d'intérêts et de dangers, qui forme le plus étroit lien ; réunis encore par cette égalité de talents et de renommée, qui rend entre deux amis l'attachement plus sûr et plus durable, le souvenir de leur pieuse et savante alliance sera toujours conservé dans les fastes de la religion et des lettres.

Plusieurs orateurs avaient déjà déploré la perte de saint Basile, lorsque saint Grégoire entreprit l'éloge de son ami. Dans l'exorde, il s'excuse de ce retard. « Saisi du même effroi que les fidèles qui s'appro- « chent des saints mystères, je craignais, dit-il, de « toucher à l'éloge de cet homme sacré, avant d'a- « voir purifié ma voix et mon cœur. » Enfin, avec le secours de Dieu, il entreprend ce discours, quoique tous les panégyristes restent aussi loin de saint Basile que le sont du soleil ceux qui le contemplent. L'orateur rappelle la noblesse des parents de saint Basile, parce qu'elle fait mieux éclater leur foi. Ce morceau est plein de feu et d'éloquence.

« Il y avait alors persécution, la plus affreuse de
« toutes les persécutions, celle de Maximin, qui, s'é-
« levant après d'autres tyrans, les fit tous paraître
« des amis de l'humanité ; monstre enivré d'audace,
« impatient de ceindre sa tête du diadème de l'im-
« piété. Plusieurs de nos athlètes l'ont vaincu, com-
« battant les uns jusqu'à la mort, d'autres jusqu'à
« l'instant qui précède la mort, et conservés pour
« survivre à leur victoire et ne point périr dans l'a-
« rène, modèles de la vertu, martyrs vivants, muets
« exemples laissés à leurs frères. Au nombre des
« chrétiens qui, après avoir parcouru toute la car-
« rière de la piété, reçurent alors la glorieuse cou-
« ronne, il faut placer les aïeux paternels de saint
« Basile ; car ils étaient préparés et résolus de ma-
« nière à supporter aisément tous les maux au prix
« desquels Jésus-Christ couronne les imitateurs de
« ses souffrances ; mais il leur fallait une occasion
« légitime. Telle est la loi du martyre, de ne point
« aller volontairement au combat, par ménagement
« pour les faibles, et par pitié pour les persécuteurs ;
« mais de ne point éviter le combat qui se présente :
« l'un est témérité, l'autre est lâcheté. Respectant
« l'ordre du législateur, que font-ils donc, ou plutôt
« quelle pensée leur inspire la divine Providence
« qui réglait tous leurs conseils ? Elle les a conduits
« dans une des forêts qui couvrent les montagnes du
« Pont, etc. Combien cette solitude, cet éloignement
« de tout commerce, cet abandon, devaient être cruels

« à des hommes accoutumés à se voir honorés et
« suivis de gardes et d'esclaves ! »

L'orateur fait trop d'allusions mythologiques, et
raconte trop d'anecdotes pueriles. On ne doit pas
s'étonner du premier défaut : l'imagination des orateurs chrétiens se reportait toujours sur les fables
de la Grèce ; et ils ne pouvaient renoncer eux-mêmes à ces profanes et riants souvenirs, qu'ils auraient
voulu chasser du cœur des peuples. La longueur des
détails est un autre défaut qu'il est aisé de concevoir
et d'excuser dans un vieillard qui regrette le compa-
gnon de sa jeunesse et l'ami de toute sa vie. On a
souvent cité le morceau où l'orateur rappelle son
séjour à Athènes avec saint Basile. Cette description
paraît aujourd'hui trop étendue ; mais elle commence
d'une manière heureuse et touchante : « Basile est
« conduit dans Athènes par son ardeur de savoir ;
« dans Athènes, ville chère à mon souvenir, bienfai-
« sante pour tout le monde, et plus encore pour moi ;
« car c'est elle qui m'a fait véritablement connaître
« cet homme, quoique déjà il ne me fût pas inconnu :
« j'y cherchais la science ; elle m'a donné le bon-
« heur. »

Saint Grégoire rappelle les études qu'il partageait
avec son ami :

« Nous poursuivions avec une égale ardeur un grand
« objet de jalousie parmi les hommes, la science ;
« mais l'envie nous était inconnue. Nous disputions,
« non pas l'honneur d'emporter la prééminence, mais
« celui d'y renoncer. Il semblait que nous n'eussions
« qu'une seule âme, qui donnait la vie à deux corps.
« Notre occupation commune était la vertu, et le soin
« de vivre pour les espérances éternelles, en nous

« séparant de cette terre avant de la quitter. » Cette nécessité où se trouve l'orateur de parler de lui, en célébrant son ami, était un écueil ; il s'excuse d'y tomber, avec une finesse trop ingénieuse, mais qui n'est pas sans grâce :

« Sans y penser, dit-il, je m'arrête sur mes pro-
« pres louanges, que je ne voulus jamais entendre de
« la bouche des autres. Au reste, s'étonnera-t-on que
« je trouve encore aujourd'hui quelque avantage dans
« une si précieuse amitié, et que celui qui vivant
« fit toute ma vertu, serve à ma gloire après sa
« mort ? »

On aimera surtout le trait qui termine ce morceau. Il montre que l'orateur sentait vivement le prix des deux choses les plus douces de la vie, l'amitié et les lettres.

« Le jour du départ approchait, le moment où les
« amis se parlent pour la dernière fois, se recondui-
« sent, se rappellent, s'embrassent et pleurent ; car il
« n'est rien de plus cruel et de plus douloureux, pour
« des amis élevés ensemble dans Athènes, que de se
« quitter, et que de quitter Athènes. »

L'orateur, en parcourant la carrière épiscopale de saint Basile, est forcé de rappeler les luttes du pieux évêque contre Eusèbe, cet évêque courtisan qui, le premier, donna le triste exemple d'introduire la politique dans la religion, et de cacher sous l'esprit de l'Évangile un esprit d'ambition et d'intrigue. Saint Grégoire met dans ce récit plus que de l'impartialité ; il jette un voile sur les fautes d'Eusèbe, et sacrifie la fidélité historique à la charité chrétienne. Toutes les vertus, tous les talents, tous les bienfaits de saint Basile, éloquemment retracés dans cet éloge, sont réunis dans une péroraison heureuse et touchante. L'orateur, par un mouvement dont s'est souvenu Bossuet, invoque la présence de tous ceux qui connurent le grand homme qui n'est plus, et environne sa tombe de tous les témoins de ses vertus.

« Réunissez-vous ici, vous tous, compagnons de
« Basile, ministres des autels, serviteurs du temple,
« et les citoyens et les étrangers : secourez-moi pour
« achever son éloge, chacun de vous racontant une
« de ses vertus, et s'attachant à un trait de sa vie.
« Regrettez tous, les grands un législateur, le peuple
« un guide, les savants un maître, les épouses l'ap-
« pui de leur vertu, les simples un conducteur, les
« esprits curieux une lumière, les heureux un cen-
« seur, les infortunés un consolateur, la vieillesse
« un soutien, la jeunesse une règle, la pauvreté un
« bienfaiteur, la richesse un dispensateur de ses au-
« mônes. Il me semble que les veuves doivent célé-
« brer leur protecteur, les pauvres l'ami des pauvres,
« tous enfin celui qui se faisait tout à tous, afin de
« gagner toutes les âmes. Reçois cet hommage d'une
« voix qui te fut chère, d'un homme ton égal en âge
« et en dignité. Si mes paroles approchent de ce qui
« t'est dû, c'est grâce à toi; c'est par confiance en
« ton secours que j'ai entrepris cet éloge. Si je suis
« resté beaucoup au-dessous, pouvait-il m'arriver au-
« tre chose, dans l'abattement où m'ont mis la vieil-
« lesse, les maladies et le regret de ta perte? Mais le
« Seigneur agrée ce que nous faisons selon notre pou-
« voir. Pour toi, regarde-nous du haut des cieux, âme
« heureuse et sainte. »

Je passerai plus rapidement sur l'éloge de saint Athanase. Le sujet était beau, sans doute, si l'on songe qu'Athanase, intrépide adversaire des ariens, joignit à « de grands talents et à de grandes vertus cet éclat que donne la persécution. » Mais les querelles religieuses dont il fut la victime sont trop loin de nous, pour exciter notre intérêt; et le récit de ses combats et de ses malheurs, qui, dans la bouche d'un orateur éloquent, devait émouvoir si vivement les contemporains, est indifférent à la postérité. Je choisirai dans cet éloge quelques traits qui peignent avec une ingénieuse précision le caractère de ce vertueux évêque.

« Doux, facile, compatissant au malheur, adoucis-« sant le blâme par un accent de bonté paternelle, « donnant plus de poids à la louange par le ton de « l'autorité, évitant la faiblesse et la dureté, rempla-« çant l'une par la douceur, l'autre par la prudence, « et toutes deux par la sagesse. »

On peut citer encore le portrait des religieux de la Thébaïde, parmi lesquels se réfugia saint Athanase.

« Les uns vivent à part, loin de tout commerce, ne « s'entretenant qu'avec eux-mêmes et avec Dieu, et « n'ayant d'autre univers que l'étendue de leur soli-« tude ; les autres, zélés sectateurs de la loi de cha-« rité, vivent en commun, à la fois solitaires et réu-« nis, morts au reste des hommes et à toutes les « choses de la terre, mais se tenant lieu les uns « pour les autres du monde entier, et s'animant à la « vertu par leurs mutuels exemples. »

Si l'on veut maintenant se former une idée générale du talent de saint Grégoire, on doit le considérer comme un écrivain agréable et brillant, plein de politesse et d'élégance. Ce n'est pas un orateur sublime ; il a trop peu de mouvement, et trop d'artifice dans le style. Peut-être aussi manque-t-il de pathétique. Il ne

c.

sait pas, dans l'oraison funèbre, fondre assez habile-
ment les faits et la morale ; il fait des digressions sans
mesure et sans intérêt. Son goût n'est pas irréprochable : non qu'il laisse échapper des idées et des expressions bizarres ; mais il a les défauts d'une composition trop soignée, trop symétrique. Ses pensées, vives et brillantes, se forment presque toujours d'un
contraste ingénieux, d'un rapprochement inattendu.
Sa diction, qui paraît d'une extrême pureté, devient
uniforme, par le retour trop fréquent des antithèses.
Fénelon le trouve plus concis et plus poétique que
saint Chrysostome ; mais cette concision ne produit
pas la rapidité dans le style ; elle tient à la coupe des
phrases, à l'opposition des mots : elle ressemble à
celle de Pline le jeune et de Sénèque, qui tournent
très-vite, mais très-longtemps, autour de la même
idée. Saint Grégoire a souvent été comparé à Isocrate,
dont il paraît imitateur. Sans doute il n'est pas au-dessous de son modèle : on lui trouvera même plus de
grandeur et de feu, grâce aux inspirations d'un ordre
plus élevé. Riche en images, en similitudes, en termes métaphoriques, il plaît surtout à l'imagination. Il
a quelques morceaux d'une éloquence aussi forte que
pure, et qui prouvent que s'il se borne habituellement
à l'élégance timide et soignée du style tempéré, ce
n'est pas faute de vigueur dans la pensée. Enfin, il
excelle comme Fléchier à saisir finement les idées
morales, et à les rendre avec cette expression piquante
qui leur donne plus de prix, et même plus de nouveauté.

Nous nous sommes longtemps arrêté sur saint Grégoire, parce que cet orateur, malgré les défauts de son
esprit et de son siècle, montre dans un degré supé-

rieur le talent d'écrire. Ce mérite du style ne se trouve que rarement chez les autres panégyristes de l'Église grecque et latine. On peut y remarquer des traits d'éloquence ; mais la diction est gâtée. Saint Grégoire de Nysse, frère de saint Basile, a fait aussi (1) son éloge funèbre. Entre ce discours et celui que prononça Grégoire de Nazianze, la différence est inexprimable. L'orateur n'a qu'une seule formule : c'est de comparer successivement son héros avec les saints les plus renommés de l'ancienne et de la nouvelle loi. Le discours est purement théologique ; et cette sévérité, en produisant la sécheresse, n'empêche pas le mauvais goût. On remarque cependant quelques traits de force. L'orateur représente saint Basile toujours intrépide, parlant avec liberté devant les souverains, faisant retentir sa voix dans les assemblées et dans les temples, rappelant les déserteurs de la foi, échappant toujours à la main des persécuteurs, parce que, sans intérêt, sans passions, sans faiblesse, il ne laisse aucune prise par où l'on puisse le saisir et le dompter.

Grégoire de Nysse fut obligé de prononcer, à quelques mois d'intervalle, l'oraison funèbre de Pulchérie, fille de Théodose, et celle de l'impératrice Flaccile. L'éloge de la jeune princesse, enlevée dans l'âge de l'enfance, n'offrait rien à l'orateur. Cependant ce discours n'est pas dénué d'intérêt. Le style respire une tristesse pleine de charme dans la peinture de cette mort prématurée qui détruit la beauté naissante, couvre son front de pâleur, et noircit tout à coup la fleur que l'on voyait briller sur ses lèvres : spectacle affreux pour un père, et triste même pour les

______

(1) Greg. Nyss., Op. gr.-lat., tom. tert.

étrangers et les indifférents ! L'orateur parcourt avec une philosophie chrétienne les diverses chances de la vie, prouvant que c'est l'effet d'une heureuse prédestination d'avoir échappé si vite à de tels maux et à de tels biens.

Au reste, le premier mérite de ce discours est d'avoir fourni quelques inspirations à Bossuet, dans son oraison funèbre de Henriette d'Orléans, le plus touchant et peut-être le plus étonnant de ses chefs-d'œuvre.

L'éloge de l'impératrice Flaccile ne pouvait offrir l'intérêt des événements ; c'est un tissu de regrets vagues et exagérés. L'orateur a saisi un rapprochement qui lui était indiqué par le sujet : il rappelle la mort de la princesse Pulchérie, moissonnée peu de temps avant sa mère.

« De quelles fautes subissons-nous la punition ?
« Pourquoi sommes-nous frappés de calamités suc-
« cessives ?... Nous respirons à peine d'un premier
« malheur ; nous avions à peine essuyé nos larmes ;
« et voilà que nous retombons dans un deuil nouvéau.
« Tout à l'heure nous regrettions une tendre fleur
« soudainement arrachée ; aujourd'hui nous avons
« perdu la tige d'où cette fleur était née. Tout à
« l'heure nous pleurions un bien en espérance ; au-
« jourd'hui nous perdons un bien plus précieux par
« la possession. »

L'ensemble de ce discours est médiocre et sans effet. On doit peu s'en étonner : rien n'était plus difficile à vaincre que l'aridité d'un pareil sujet. Un grand orateur serait excusable de n'avoir pas réussi : et saint Grégoire n'est ni un grand orateur, ni un élégant écrivain. Bossuet a fait de l'éloge de la reine, femme de

Louis XIV, un discours éloquent. C'est l'exception du génie. En général, rien de plus déplorable, pour un panégyriste, que de célébrer des personnages sans physionomie, dont l'éloge est commandé parce qu'ils occupaient un rang sur la terre, mais dont la flatterie même ne peut louer les actions, parce qu'ils n'ont rien fait. Ce ridicule seul suffirait pour décréditer l'oraison funèbre, qui, par elle-même, et dans son application légitime, est un genre plein de noblesse et d'utilité.

Saint Ambroise, qui s'est immortalisé en osant punir Théodose coupable, mérita dans son siècle la réputation de grand orateur. Aujourd'hui la gloire de sa vertu est mieux établie que celle de son éloquence. Cependant, malgré l'affectation trop fréquente dans ses écrits, il n'est pas indigne d'être étudié. Il a de l'imagination et du feu ; son âme exhale des sentiments vifs et naturels, qu'il ne peut étouffer entièrement sous les pensées fausses et les phrases recherchées. Fénelon était frappé de son génie. Il admire surtout l'expression de sa tendresse, dans l'éloge funèbre de son frère Satyrus (1). Ce discours est le meilleur que saint Ambroise ait prononcé. Le début a beaucoup de grandeur et de majesté :

« Chrétiens, nous avons conduit la victime de ma « foi, la victime pure et sans tache, la victime « agréable à Dieu, Satyrus, mon guide et mon frère. « Je savais qu'il était mortel ; mes craintes ne m'ont « point trompé ; mais l'abondance de la grâce a sur- « passé mon espoir. Ainsi je n'ai point de plainte à « faire ; je dois même remercier le Seigneur, qui sa- « tisfait le vœu que j'avais formé. Si quelque grand

(1) S. Ambr. Op., tom. secun.

« désastre devait frapper ou l'Église ou ma tête, je
« souhaitais qu'il tombât de préférence sur ma famille
« et sur moi. Si donc, au milieu des dangers de tous,
« lorsque les mouvements des barbares inquiètent de
« tous côtés la patrie, j'ai prévenu les douleurs pu-
« bliques par ma douleur particulière, et vu tourner
« contre moi les malheurs que je redoutais pour
« l'État, fasse le ciel que tout soit accompli, et que
« mon deuil rachète aujourd'hui le deuil de la pa-
« trie ! »

Ce discours n'est point susceptible d'analyse. Ce
sont des plaintes, des regrets, des souvenirs, expri-
més avec la diffusion et le désordre de la douleur.
Souvent l'orateur s'adresse à l'ombre de son frère ;
et presque toutes ses apostrophes sont éloquentes.

« Il ne m'a servi de rien, s'écrie-t-il, d'avoir recueilli
« ton haleine mourante, d'avoir collé ma bouche sur
« tes lèvres à demi éteintes. J'espérais faire passer
« ta mort dans mon sein, ou te communiquer ma vie.
« Gages cruels et doux, embrassements infortunés,
« au milieu desquels j'ai senti son corps glacé se
« roidir, et son dernier souffle s'exhaler ! Je serrais
« mes bras entrelacés ; mais j'avais déjà perdu celui
« que je tenais encore. Ce souffle de mort dont je me
« suis pénétré est devenu pour moi un souffle de vie.
« Fasse le ciel au moins qu'il purifie mon cœur, et
« qu'il mette dans mon âme l'innocence et la douceur
« de la tienne ! »

Après cet élan pathétique, l'orateur prend un ton
plus paisible. Il s'arrête, et peint d'une manière in-
téressante l'intimité de son union avec ce frère tant
regretté. Ces détails ont le charme d'un sentiment
vrai, et les défauts d'un style recherché.

Les idées de l'immortalité de l'âme, et les espérances de l'autre vie, sont heureusement ramenées
dans ce discours : « Nos larmes cesseront, dit l'ora-
« teur; il faut une différence entre les chrétiens et les
« infidèles. Qu'ils pleurent, ceux qui n'ont pas l'espé-
« rance d'une vie nouvelle, etc. Nous, pour qui la
« mort n'est pas l'anéantissement de la nature, mais
« le terme de la vie, nous devons sécher nos larmes.
« Les gentils trouvent leur consolation dans la pensée
« que la mort est le repos de toutes les souffrances :
« nous, qui nous proposons un plus noble espoir,
« nous devons aussi avoir plus de force et de pa-
« tience. Nos amis ne nous quittent pas; ils nous
« devancent : ils ne sont pas saisis par la mort; ils
« entrent dans l'éternité. »

Quoique ce discours soit en général écrit d'un style
incorrect et bizarre, on y remarque une imitation fréquente des classiques de l'ancienne Rome. L'orateur
reproduit souvent les mouvements, les tours, les expressions de Cicéron, de Titc-Live, de Salluste et de
Tacite; quelquefois même il les copie trop exactement.
Pourquoi donc a-t-il une manière d'écrire si opposée
à celle de ces maîtres de la parole, qu'il connaissait
si bien? C'est, dans la littérature, un preuve nouvelle
de l'influence fatale du mauvais goût. L'homme de
talent ne peut remonter, en dépit de son siècle qui
l'entraîne. Vainement il résiste, en s'attachant aux
grands génies des siècles passés; il est emporté par
les exemples contemporains, et sa force même l'égare
et le précipite.

> Atque illum præceps prono rapit alveus amni.

Saint Ambroise ne fut pas seulement un grand évêque; c'était un homme d'État habile et vertueux. Par devoir, et sans empressement, il se mêla dans les affaires politiques; mais, fidèle aux bienséances de son caractère, il y parut toujours à des occasions honorables, et comme ministre de douceur et de paix. Lorsque le jeune Valentinien osa disgracier Arbogaste, sans être assez fort pour le perdre, saint Ambroise, averti de cette imprudence, se hâta de passer dans les Gaules, espérant servir de médiateur entre le prince courageux, mais sans pouvoir, et le général plus fier depuis qu'il était outragé. Valentinien fut assassiné. Saint Ambroise, dans la douleur de cette perte, revint à Milan. Quelques mois après son retour, il prononça l'éloge funèbre du jeune prince qu'il regrettait, et qu'il avait voulu sauver.

Il semble que ces circonstances personnelles à l'orateur auraient dû enflammer son talent, et donner à ce discours un haut degré d'intérêt et de pathétique; cependant l'ouvrage est faible. Les jeux d'esprit, les vaines subtilités, les pensées fausses ont détruit toute éloquence. Comme l'expression n'est jamais franche et vraie, on n'est point ému, on n'est point entraîné. On regarde de sang-froid les petits artifices de l'écrivain; son mauvais goût fatigue et décourage.

Ce discours est intitulé : *Consolation sur la mort de Valentinien*. En effet, l'orateur adresse souvent aux deux sœurs du prince des consolations chrétiennes. Valentinien méritait le regret des peuples. La pureté de ses mœurs, sa piété, sa douceur, son amour pour la justice, promettaient un grand prince. Avec moins de génie pour la guerre et pour le gouvernement, il rappelait toutes les vertus de son frère Gratien, comme lui mort assassiné à la fleur de l'âge.

Cette conformité de vertus et de malheurs fournit à l'orateur une péroraison touchante :

« Gratien, Valentinien, heureux frères, si mes pa-« roles ont quelque pouvoir, aucun jour ne laissera « votre nom dans l'oubli! Je m'oublierai moi-même « avant de perdre votre souvenir; et si ma voix s'é-« teint, la reconnaissance qui vit dans mon cœur ne « s'éteindra pas. Comment ont-ils péri tous deux? « comment sont morts les puissants? comment le « cours de leur vie s'est-il précipité plus vite que « les flots du Rhône? O Gratien, ô Valentinien, noms « chers et respectés, dans quelles bornes étroites « votre vie s'est-elle renfermée! Que vos morts se « touchent de près! que vos tombeaux sont voisins « l'un de l'autre! Gratien, Valentinien, j'aime à m'ar-« rêter sur vos noms, à me reposer sur votre souve-« nir. »

L'éloge de Théodose offrait un riche matière à l'éloquence. Théodose, qui s'est rendu coupable du plus grand crime que puisse commettre un roi, avait cependant des vertus et des talents. Sous lui, l'empire, depuis longtemps affaibli et dégradé, reprit quelque grandeur. Ses victoires, ses lois, son administration, cette vie agitée et laborieuse d'un grand prince qui soutient un État en décadence, et lutte contre ses ennemis et contre ses sujets, pour retarder une ruine inévitable; enfin, le tableau entier de son règne et de son caractère devait présenter un récit plein de mouvement et d'intérêt.

Mais le génie du panégyriste est accablé, et ne suffit point à son sujet. Quoiqu'il exagère, il loue faiblement. Il ne sait pas mettre en usage ces louanges fortes et solides, qui s'appuient sur des faits sagement appréciés et développés avec éloquence. Il cite beaucoup l'Écriture; mais il en altère la divine simplicité par des commentaires mêlés de recherche et d'affectation. On peut distinguer cependant quelques traits qui ne manquent ni de force ni de justesse. L'orateur pensait quelquefois avec son talent; malheureusement il écrivait presque toujours avec le goût de son siècle.

« Ce grand prince nous a quittés, dit-il au commen-
« cement de son discours; mais il ne nous a pas quit-
« tés tout entier; il nous a laissé ses fils, en qui nous
« devons le reconnaître, en qui nous le voyons et le
« possédons encore. La faiblesse de leur âge n'est
« pas un sujet de crainte; la fidélité des soldats donne
« des années à l'empereur. »

On peut remarquer encore quelques traits d'une élégance spirituelle et raffinée, que Fléchier cite dans son excellente *Vie de Théodose*. La péroraison n'est pas sans mouvement. L'orateur s'adresse au prince Arcadius, à qui le soin de l'empire ne permettait pas d'accompagner jusqu'à Constantinople le corps de son père. « Ne craignez pas, dit-il, que ces restes d'un
« grand monarque passent sans honneur dans les lieux
« qu'ils doivent traverser. Tels ne sont pas les senti-
« ments de l'Italie, qui a vu les triomphes de Théo-
« dose, et qui, deux fois affranchie de ses tyrans, ho-
« nore en lui l'auteur de sa liberté; ainsi ne pense
« pas Constantinople, qui l'a vu partir une seconde
« fois pour la victoire. Maintenant, il est vrai, elle
« attendait, avec le retour de son prince, des solen-
« nités triomphales et des monuments de gloire; elle
« attendait le maître du monde, suivi d'une armée
« vaillante, escorté de toutes les forces du monde

« soumis. Mais aujourd'hui Théodose revient plus
« puissant, revient plus glorieux, reconduit par la
« troupe des anges, et suivi du chœur des bienheu-
« reux. »

Saint Jérôme est trop célèbre pour que son nom ne
vienne pas se placer dans un écrit où l'on parle d'é-
loquence et de religion. Si l'on s'arrête au talent, il
présente des beautés éclatantes et des fautes bizarres,
produites également par cet excès d'imagination qui
fut peut-être aussi la source commune de ses vertus
et de ses erreurs. Son génie ressemble à sa vie : c'est
un mélange confus, plein de grandeur et de désordre. Saint Jérôme, toujours errant ou solitaire, sans
autre dignité dans l'Église que celle de prêtre de Jésus-Christ, ne fut appelé, comme orateur sacré, aux
funérailles d'aucun prince ; il paraît même que jamais
il ne prononça de discours public : mais plusieurs de
ses épîtres chrétiennes sont de véritables éloges funèbres, inspirés par le sentiment d'une perte récente,
et remplis de douleur et d'éloquence. On a souvent
cité sa lettre sur la mort de Népotien, adressée à l'évêque Héliodore. Sous le nom de lettre, c'est un morceau oratoire que saint Jérôme compose. Il parle des
règles de l'art, et craint d'y manquer. Malgré cette
faute de goût, l'expression est souvent énergique et
naturelle ; et l'on reconnaît l'accent d'une voix éloquente et vivement émue.

« C'était l'usage autrefois (1), dit l'orateur, que les
« fils prononçassent dans la place publique l'éloge de
« leur père, en présence de son corps inanimé. Au-
« jourd'hui cet ordre est renversé, pour notre mal-

(1) S. Hieron. Op., tom. quart.

« heur ; et le pieux office que nous devait sa jeunesse,
« c'est nous, vieillards, qui sommes condamnés à le lui
« rendre. »

Népotien, l'ami, l'élève et l'admirateur de saint Jérôme, avait été enlevé à la fleur de l'âge. Cette mort
prématurée abrége la matière de son éloge. En vain
l'orateur semble reculer le fatal et dernier instant ; il
y touche bientôt, et il se plaît alors à en retracer la
cruelle image.

« Mes yeux se mouillent de larmes, dit-il ; et, mal-
« gré ma constance, je ne puis dissimuler la douleur
« que je souffre. Croirait-on que, dans ce moment, il
« se souvenait de notre amitié, et que son âme, fati-
« guée par l'agonie, se rappelait le charme de nos
« études ? Il saisit la main de son oncle, et lui dit :
« Envoyez à mon ami la tunique dont je me servais
« dans l'exercice du saint ministère. Vous l'aimiez
« déjà : reportez encore sur lui toute la tendresse que
« vous m'accordez comme à votre neveu. Il expire à
« ces mots, serrant la main de son oncle, et pensant
« à son ami. »

Je suis fâché que ce pathétique simple et naturel
amène bientôt des citations déplacées, des réflexions
froides et communes. Pourquoi donc faut-il que le talent détruise ainsi son ouvrage ? Saint Jérôme cherche
à imiter la fameuse lettre où Sulpicius, pour consoler
Cicéron de la perte de sa fille Tullie, met en paral-
lèle avec ce malheur les grandes calamités des villes
et des nations. Mais il ne sait pas s'arrêter ; et ce qui
pouvait former un rapprochement rapide et frappant,
devient sous sa plume une longue déclamation. Il est
vrai que son siècle était trop riche en catastrophes funestes, et lui présentait avec une déplorable abondance

des exemples de tous les crimes et de tous les malheurs. Cette foule d'empereurs frappés de mort violente, et l'affreuse rapidité de leur succession, le renversement des hautes fortunes, la tête de Ruffin portée dans Constantinople, et (1) sa main coupée qui demande l'aumône; les frontières envahies par cent peuplades barbares, et la guerre civile au centre de l'empire, tout cet amas d'horreurs pèse sur l'âme de l'orateur, et l'entraîne à des récits aussi effrayants qu'inutiles.

A la fin de cet éloge, je suis frappé d'un trait qui fait connaître très-bien le genre d'imagination de saint Jérôme : « Ainsi, dit-il, mon cher Héliodore, nous « nous écrivons et nous nous répondons. Nos lettres « passent les mers; et, tandis que le vaisseau sillonne « les ondes, chacun des flots emporte une portion de « notre vie. » Plusieurs autres lettres sont consacrées à l'éloge de femmes illustres, ornements du christianisme naissant, mais dont les noms rappellent le souvenir des héros de Rome païenne. Une descendante des Scipions (2), une petite-fille de la superbe Cornélie, est louée pour avoir servi et consolé les pauvres, préféré Bethléem à Rome, et pratiqué dans le silence toutes ces humbles vertus que les anciens sages ne connaissaient pas, et que la foi chrétienne est venue révéler au monde. Saint Jérôme n'oublie pas ce rapprochement naturel, dans sa lettre

---

(1) Dextera quin etiam ludo concessa vagatur
    Æra petens, pœnasque animi persolvit avari
    Terribili lucro, vivosque imitata retentus
    Cogitur adductis digitos inflectere nervis.

(Claud.)

(2) Græcorum stirps, soboles Scipionum Romæ prætulit Bethlehem.

sur la mort de Paula. Il peint cette noble héritière de
Paul-Émile, nourrissant les pauvres, et veillant près
du lit des malades, couvrant sa vertu de son humilité et s'élevant à la perfection par l'abaissement.

Bientôt l'orateur représente cette chrétienne zélée
bravant tous les périls d'un long voyage et d'une pénible navigation, pour visiter la terre sainte. Son imagination la suit dans tous ces lieux poétiques et sacrés, remplis encore des origines et des monuments
de la foi. Il est à regretter que l'absence du goût se
fasse trop sentir dans un tableau où le talent pouvait
aisément prodiguer de si riches couleurs. Les fautes
sont nombreuses ; et les beautés ne sont pas d'un
ordre assez élevé pour racheter les vices du style.
Souvent même on aperçoit le défaut d'inspiration et le
vide d'idées ; l'esprit éprouve cette fâcheuse impression à laquelle on est exposé, avec les hommes de
génie qui sont absolument dénués de goût. Lorsque
les grands traits manquent, rien ne vous soutient et
ne vous dédommage. Le goût, qui doit au moins
remplir les intervalles de repos, ne se montre jamais ;
et le talent s'est éloigné. Vous avez perdu la lumière,
et vous êtes tombés dans des ténèbres épaisses et
continues.

Ces divers orateurs que nous venons de nommer
ont écrit au milieu de la décadence des lettres et de
la corruption du goût. Ils s'élevèrent par les élans
d'une nature vigoureuse et la force de l'enthousiasme
religieux. Ils furent sublimes dans le siècle des so-
phistes et des rhéteurs, à cette époque où l'éloquence
épuisée ne montre plus de force, même dans le mauvais goût. En prenant tous les défauts de leurs contemporains, ils y mêlèrent une sorte de grandeur et

d'énergie. Bossuet, qui parmi nous put éclairer son génie de toutes les lumières de son siècle, en choisissant les Pères de l'Église pour modèles, devait les corriger et les embellir, et se montrer à la fois plus sublime et plus pur. Aussi cette réunion des saillies hasardeuses du génie et des beautés régulières de l'art a-t-elle donné au style de ce grand orateur une empreinte d'originalité qui ne se retrouve nulle part. Il semble placé dans le monde intellectuel sur les confins de deux empires opposés, dont il forme seul la réunion ; à la fois imitateur de Cicéron et de Tertullien, transportant à la cour polie de Louis XIV les hardiesses de l'imagination orientale, original et simple, plein d'ordre dans ses écarts et de grandeur dans sa négligence ; le premier des orateurs, sans doute, puisqu'il s'est élancé plus loin qu'aucun autre, sans rencontrer plus d'écueils ; qu'il a plus osé, sans plus faillir ; et que, s'élevant à toute la hauteur du génie de l'homme, il s'y maintient comme à sa place naturelle, sans effort et sans péril.

Bossuet, empruntant aux Pères de l'Église l'audace des tours et des images, les imite surtout dans la marche libre et fière de son éloquence. C'est à leur exemple que, seul de tous les panégyristes modernes, il a rejeté l'usage des divisions, usage introduit par les scolastiques, et réprouvé par Fénelon. Sans doute ce grand orateur se fait toujours un plan régulier ; mais il ne l'annonce pas ; il avance à travers son sujet, sans indiquer sa route ; il semble déployer les événements à mesure qu'ils se présentent, et ne montrer son héros qu'autant que les faits le lui découvrent à lui-même. Mais en même temps, pour mettre dans ses discours l'ordre véritable, c'est-à-dire l'unité, il se fait une idée dominante d'où il part, et à laquelle il revient, renfermant toute son éloquence dans le cercle d'une grande vérité religieuse. Cette méthode exige à la fois beaucoup de force et de goût, pour remplir le cadre, et pour n'en point sortir. L'usage des divisions, au contraire, semble une ressource inventée par la faiblesse. On croirait que l'orateur, dans l'impuissance de saisir son héros tout entier, est obligé de l'examiner en détail. D'ailleurs, l'application de cette méthode n'est jamais parfaitement exacte ; les différentes parties empiètent souvent l'une sur l'autre. Il faut que le panégyriste se surveille attentivement, pour ne point placer une vertu avant son rang. Les divisions paraissent-elles ingénieuses et bien observées, la justesse même de cette symétrie décèle l'artifice oratoire, et détruit cet air de franchise et de vérité qui sied si bien à l'éloge.

Mascaron et Fléchier, faisant chacun l'oraison funèbre de Turenne, ont tous deux divisé ce sujet si vaste et si riche. Le héros n'en paraît pas plus grand ; et les orateurs en sont moins naturels. Il est aisé, d'ailleurs, de remarquer le différent caractère et le mérite opposé des deux panégyristes. L'ouvrage de Fléchier est le chef-d'œuvre d'un art qui s'élève jusqu'au génie : celui de Mascaron semble l'ébauche brillante du génie, souvent égaré par un faux goût. Mascaron donne plus de prise à la censure ; il est moins soigné que Fléchier, et, comme lui, il tombe dans l'affectation. Il a tous les défauts de son rival, et d'autres plus choquants, parce qu'ils sont bizarres. Mais quelquefois il s'élève, il s'anime ; alors il est grand, et montre une âme éloquente ; sa diction même s'épure et paraît avoir quelque chose de naturel, d'énergique et de précis, qui n'exclut pas l'élégance, et vaut mieux que l'harmonie. Fléchier doit beaucoup à l'heureux choix de son texte ; Mascaron est gêné par le sien. Cet usage de donner un texte à l'oraison funèbre n'existe pas chez les Pères de l'Église ; c'est une invention des siècles barbares, qui souvent a fourni au talent d'heureuses inspirations.

L'oraison funèbre, pour vaincre la monotonie inséparable de la louange, a besoin d'être animée par un sentiment profond. Ainsi, toutes les combinaisons qui supposent plus de raisonnement que de chaleur doivent être rejetées. Si l'usage a consacré l'emploi d'un texte religieux, il faut subordonner cette nécessité même à l'effet oratoire, en y cherchant l'expression d'un sentiment, et non pas la matière d'une division. Le texte de Fléchier, le texte non moins célèbre de La Rue, sont des cris de douleur qui retentissent dans l'âme des auditeurs. Le texte de Bossuet, dans l'oraison funèbre de Henriette, est un appel imposant fait du haut de la chaire chrétienne à tous les princes de la terre, qui doivent s'instruire à l'école de la reine d'Angleterre, malheureuse et résignée, mais le texte de Mascaron n'est qu'une froide citation, à laquelle, par un effort pénible et maladroit, l'orateur rattache toute l'ordonnance de son discours. Si Fléchier reste au-dessus de Mascaron, cette prééminence, balancée par quelques désavantages particuliers, n'égale pas, sans doute, la prodigieuse supériorité de Bossuet sur Bourdaloue, dans une lutte semblable. Ici les différences sont trop fortes pour laisser place à la comparaison. Bossuet marche comme les dieux d'Homère, qui en trois pas sont au bout du monde. Bourdaloue se traîne avec effort dans une

carrière étroite qu'il peut à peine fournir. Si l'on cherche, par l'examen attentif des deux ouvrages, à se
rendre compte de cette prodigieuse inégalité, on la
trouve encore plus étonnante, et le génie de Bossuet
paraît plus inconcevable. Car il ne faut pas s'y tromper, le discours de Bourdaloue renferme des beautés
nombreuses et d'un ordre supérieur; la pensée est
forte et grave; le style, sans l'orner beaucoup, la soutient par une expression énergique et simple. Il y a
peu d'images, mais cette brièveté pleine de vigueur
qui est le premier mérite de l'écrivain, après le talent
de peindre. Il faut dire, avec Fénelon : C'est l'ouvrage d'un grand homme qui n'est pas orateur. Il faut
apprécier la hauteur divine de l'éloquence, puisque
tant de qualités précieuses ne la donnent ni ne la
remplacent. Ah! l'éloquence est quelque chose de
plus que la science de penser et d'écrire. Le génie
même n'a pas toujours droit sur elle; c'est un don à
part, un privilége unique. Si quelquefois elle se montre et se déclare là où vous l'attendiez le moins, souvent aussi elle manque dans l'ouvrage où elle serait
le plus nécessaire, dans l'homme que ses talents et
ses études en rendaient le plus digne. Je ne m'étonne
pas que le célèbre Antoine ait cherché toute sa vie
un homme éloquent, et n'ait rencontré que des hommes diserts. Cicéron n'était pas né; et Rome, ainsi
que la Grèce, malgré la perfection des lettres et l'a-
bondance des grands talents, n'a produit qu'un seul
orateur. Il semble que la France, qui succède à la
Grèce et à Rome, ait été plus heureuse.

Massillon avait le génie de l'éloquence, l'imagination,
le mouvement et le pathétique; mais la prédication est
le seul genre où il déploie ces hautes facultés de l'o-

rateur. Dans l'éloge funèbre, il ne se retrouve pas tout entier et reste au-dessous de son art et de lui-même. Cette douceur persuasive, cette touchante insinuation, qui le rendaient si puissant sur l'âme des pécheurs, n'ont pas assez de force pour le récit des grands événements. L'orateur qui retraçait avec tant de vérité les vains calculs et les troubles cruels des consciences égarées, dessine faiblement les caractères. Il connaît bien ce fonds de faiblesse et de corruption qui se cache dans le cœur de tous les hommes ; mais il ne saisit pas avec force, il n'exprime pas avec énergie les vertus humaines qui séparent le héros de la foule des autres hommes. On sait que l'oraison funèbre de Louis XIV commence par un trait sublime : le discours n'est pas indigne d'un tel début. Mais on y trouve en général plus d'élocution, que d'éloquence. L'orateur tâche de transporter dans son style la majesté extérieure et la décoration éclatante qui entouraient le trône de Louis XIV. Cette pompe de style, n'empêchant pas la rigueur des censures, paraît dictée par une sorte de bienséance, plutôt qu'inspirée par l'enthousiasme. Il semble que le panégyriste ait cru devoir à la dignité du roi de ne le blâmer que dans un langage magnifique. Dès lors tout cet appareil oratoire étonne, impose, éblouit, mais ne parle pas à l'âme. On a félicité Massillon du courage qu'il a montré en adressant de dures vérités à la cendre d'un grand monarque. Peut-être, s'il eût été moins sévère, s'il eût oublié quelques fautes et quelques malheurs, s'il eût paru sentir plus vivement la gloire, sans abdiquer le droit de la juger, il se serait montré plus éloquent, et n'eût pas été moins utile. Car si l'éloge des hommes illustres a pour objet d'exciter l'émulation en honorant la vertu, il ne faut pas craindre d'agrandir ce qui est déjà grand, et de faire briller le modèle pour imposer plus de devoirs aux imitateurs.

Il semble que Massillon, quel que soit son génie comme orateur et comme écrivain, a moins bien connu que Fléchier le véritable caractère de l'oraison funèbre, et qu'il reste dans ce genre au-dessous du panégyriste de Turenne et de Lamoignon. Fléchier n'est pas assez goûté de nos jours ; on s'est trop accoutumé à ne voir en lui qu'un adroit artisan de paroles. Par une injustice assez commune, la qualité dominante de son talent a passé pour la seule, et, par une fausse doctrine, cette qualité, précieuse en elle-même, n'a paru mériter qu'une médiocre estime. On a pensé que si l'art de choisir les mots, l'emploi des tours heureux, des constructions savantes, enfin tous les secrets de l'élégance et de l'harmonie, formaient un titre de gloire aux commencements de notre littérature et de notre langue, ce mérite, d'abord personnel à l'écrivain, devait s'affaiblir et se perdre à mesure que la langue elle-même se perfectionnait, cultivée par des mains habiles et soigneuses. Mais on aurait dû se souvenir combien la décadence est près de la perfection. Ces écrivains, longtemps admirés comme créateurs de notre langue, en sont aujourd'hui les conservateurs : leur usage a changé d'objet, mais il n'a rien perdu de son prix. Ils servirent autrefois à dégrossir, à former un idiome inculte et barbare ; seuls aujourd'hui ils peuvent maintenir et défendre ce même idiome, si souvent attaqué par l'affectation et la bizarrerie. « Ce qui déprave la langue, dit Voltaire, déprave bientôt le goût. » Ainsi, dans la littérature, les idées tiennent au style, et l'art de penser n'existe qu'avec l'art d'écrire : c'est indiquer assez le mérite de Fléchier, et l'utilité que présente l'étude attentive de ses ouvrages, où des pensées ingénieuses et nobles se produisent toujours sous les véritables formes de la langue française, qui sont la grâce et la dignité.

Les défauts que nous avons remarqués dans l'oraison funèbre de Louis XIV, en même temps qu'ils annoncent la décadence du genre, marquent déjà le passage d'une époque à l'autre. Le dix-huitième siècle, d'un esprit plus libre et plus hardi, faisant succéder la manie du blâme à celle de l'éloge, goûta peu l'exagération du panégyrique. L'influence de quelques écrivains plus ingénieux qu'éloquents affaiblit l'admiration pour les grandes beautés de l'art oratoire ; la raison froide, et surtout la finesse, prévalurent. Ce n'est pas le temps de la haute éloquence : l'oraison funèbre fut cultivée sans talent et sans gloire. Dans la suite il s'éleva, pour la remplacer, une autre éloquence plus appropriée au goût du siècle, et qui semblait promettre de nouvelles beautés, l'éloquence des éloges académiques. Je ne veux pas répéter ici toutes les censures que l'on a faites du style de Thomas, mais examiner le système de cet orateur. Fortement attaché à la manière philosophique, il a voulu conserver tous les avantages et tous les effets de l'éloquence purement oratoire, en même temps qu'il affectait le ton sentencieux et sévère, il a prodigué les mouvements et les hyperboles plus qu'aucun rhéteur ; il semble qu'il avait besoin de figures outrées pour ranimer la sécheresse didactique. On doit le plaindre de cette erreur de goût : né avec du génie pour l'éloquence, peut-être un faux principe a-t-il souvent nui à la perfection de ses ouvrages. La philosophie, que

D.

Cicéron représente comme si nécessaire à l'orateur, n'est certainement pas celle qui rend trop souvent le style de Thomas lourd et monotone ; ou du moins l'usage différent qu'en ont fait les deux orateurs produit des effets très-opposés : elle soutient l'un, et l'autre en est surchargé.

Le premier ouvrage de Thomas montre bien les efforts qu'il faisait pour atteindre à la haute éloquence, et pour y rappeler son siècle. L'éloge de Maurice, comte de Saxe, se rapproche de l'oraison funèbre par la pompe du style et la vivacité des mouvements. La mort récente du héros attendrissait l'orateur, et donnait à ses paroles ce ton de douleur et de regret, qui n'est plus permis dans l'éloge d'un grand homme mort depuis un siècle. L'orateur parlait à la France, encore remplie de la gloire de Maurice ; sa voix s'élevait au milieu du deuil de la patrie ; il renouvelait une de ces douleurs qui, commençant à peine à se calmer, redeviennent aisément plus sensibles et plus vives. Aussi nous apprenons que cet ouvrage produisit d'abord le grand effet attribué à l'éloquence : il fut populaire. Tout le monde l'entendit ; il intéressa tous les cœurs. Les mêmes observations pourraient jusqu'à certain point s'appliquer à l'éloge du Dauphin. Mais les éloges de d'Aguesseau, de Sully, de Descartes, retombèrent dans tous les défauts d'un genre incertain, qui dédaigne de s'abaisser jusqu'à la simplicité historique, et n'a pas droit d'emprunter les formes de l'éloquence passionnée. L'exagération s'y trouve, sans être excusée par l'enthousiasme ; les longs détails de sciences, de politique et d'économie, y répandent une sorte de froideur. Ce défaut est un inconvénient du genre, autant qu'un tort de l'écrivain. Le

plus célèbre et le dernier ouvrage de Thomas en est
une preuve nouvelle. A mesure qu'il se rapproche de
l'oraison funèbre, son éloquence devient plus naturelle
et moins pénible ; et, malgré le défaut d'une supposi-
tion souvent forcée, l'éloge de Marc-Aurèle est demeuré le plus beau titre de son auteur. L'intérêt, si
rare et si faible dans les éloges académiques, est ici
touchant et soutenu, et ne se refroidit qu'à l'endroit
où l'orateur suspend la vivacité du récit, en y mêlant
un abrégé de pensées de Marc-Aurèle. Pour les
grands hommes qui ne furent pas nos contemporains,
nous n'avons qu'une espèce d'éloge, l'histoire. L'éloquence, qui vit de passions excitées par des objets
présents, ne peut être assez variée pour soutenir l'orateur ; et l'emphase et la monotonie deviennent d'inévitables écueils.

Les grands écrivains sont, il me semble, ceux de
tous les grands hommmes que l'éloquence académique peut célébrer avec le moins d'inconvénients et
le plus de succès. Leurs écrits restent toujours devant nos yeux, pour entretenir notre enthousiasme et
justifier nos éloges. Qu'importe que l'écrivain n'existe
plus depuis un siècle? Son génie le rend encore présent à tous les hommes dignes de lire ses ouvrages;
son génie est également contemporain de tous les
siècles assez éclairés pour l'entendre. Si même,
comme on l'a souvent remarqué, le talent des écrivains supérieurs n'est bien senti, bien jugé que longtemps après eux, par une génération nouvelle; si,
plus ils s'éloignent de nous, mieux ils sont dans leur
point de vue, la distance des temps favorise le panégyriste, et même devient nécessaire pour la force et la
vérité de l'éloge : mais ce genre peut-il donner de

grandes beautés oratoires ? N'est-il pas trop voisin de la critique, pour s'élever à l'éloquence ? Une heureuse chaleur peut sans doute passer des ouvrages d'un grand écrivain dans le style de son admirateur ; il est même difficile de parler froidement de ces beautés sublimes, qui nous ravissent d'enthousiasme. Si l'impression est exacte, elle est vive. Pour analyser l'éloquence d'un grand écrivain, il faut écrire éloquemment soi-même. Mais ces beautés qui naissent ainsi à l'occasion de beautés plus hautes, ces traits heureux inspirés par le besoin de faire sentir des traits plus heureux encore, ne peuvent jamais avoir qu'un mérite inférieur et secondaire. C'est toujours un livre sur un livre ; c'est le rhéteur ingénieux examinant l'écrivain sublime. Les plus remarquables productions de ce genre sont renfermées dans un ordre de perfection bornée, et ne peuvent jamais atteindre à la haute éloquence, ni se placer au rang des monuments oratoires de notre littérature.

Ainsi, l'éloge académique est loin d'avoir remplacé l'oraison funèbre ; tour à tour exposé à d'énormes défauts, ou réduit à de froides et médiocres beautés, il ne présente sous les deux rapports qu'une dégradation de la véritable éloquence, de cette éloquence à la fois haute et simple, sans fard et sans enflure, brillante de son éclat naturel. Le sublime de pensées et d'images, où triomphaient les orateurs antiques, se trouve également hors de la portée du rhéteur ampoulé et du dissertateur ingénieux. C'est le reproche que nous devons faire au dix-huitième siècle, d'avoir laissé dégénérer l'éloquence, en même temps qu'il vit naître une foule d'ouvrages où elle brille du plus grand éclat. Voltaire parut la négliger, et surtout ne pas en avoir besoin; Montesquieu la jugea quelquefois avec un injuste dédain, affectant de ne pas la distinguer du faste des grands mots; et dans ses écrits il ne put en faire qu'un emploi nécessairement borné par la précision sévère qui convient au langage de la politique et des lois. Enfin, Buffon et Rousseau, qui la couvrirent de tant de gloire en la transportant sur un domaine nouveau, durent, en quelque sorte, décréditer son ancien usage. Ainsi, ce même siècle qui produisit tant de pages éloquentes, où l'expression des sentiments et la peinture des objets sont portées aussi loin que l'art de la parole peut s'élever, le siècle qui vit naître Buffon et Rousseau ne peut s'honorer d'aucun chef-d'œuvre oratoire; il a des auteurs éloquents, et pas un orateur : au reste, c'était sans doute une inévitable destinée.

A Rome, quand Tacite écrivait, il n'y avait déjà plus d'orateurs. Pline avait beau se déclarer l'imitateur de Cicéron, et même se persuader qu'il ressemblait à Démosthène; ce n'était qu'un écrivain piquant, délicat et spirituel. Avant Pline, Sénèque, ennemi de l'éloquence de Cicéron, n'avait été qu'un philosophe rhéteur qui, répétant toujours son idée, lui trouve enfin une expression ingénieuse et brillante. Nous voyons, dans le dialogue des Orateurs, qu'un siècle après Auguste, on s'était déjà fait une nouvelle manière; que Cicéron était rejeté comme trop simple et trop négligé; et que les pointes et les antithèses régnaient au barreau. Quintilien déplore la corruption de l'art dont il enseignait les règles trop oubliées, et demande vainement qu'il se forme des orateurs. Enfin, le déclamateur Pétrone plaint le sort de l'éloquence, perdue par la recherche et l'exagération. Cependant, alors même les lettres avaient encore de grands hommes ; l'histoire et la critique étaient cultivées avec le plus grand éclat. C'est dans le caractère de l'éloquence qu'il faut chercher la cause de ce déclin prématuré. L'éloquence est surtout ennemie de l'affectation et de la subtilité ; et l'on sait que ces défauts ne peuvent être entièrement évités par les écrivains qui viennent après de grands et de nombreux modèles. Dans le second siècle d'une littérature, on peut encore écrire avec force, avec art, avec génie ; mais il est une certaine fleur de naturel que l'on chercherait en vain : elle ressemble à cette candeur du premier âge, à cette vivacité naïve des premiers sentiments, qui dans l'homme n'a qu'un moment très-court, et ne se retrouve plus : les idées deviennent plus composées, mais elles sont moins vraies. Cette espèce de révolution dans l'art d'écrire n'est pas également défavorable à tous les genres : c'est l'époque des ouvrages pensés avec profondeur, et avec une sorte de hardiesse. Comme presque toutes les idées premières ont été enlevées, les auteurs font plus d'efforts pour innover encore ; ils ont souvent besoin du paradoxe. Le grand nombre de pensées déjà connues, qui nécessairement rentrent dans leurs ouvrages, les oblige aussi à chercher la nouveauté des tours : quel que soit leur génie, ils travaillent souvent sur des mots ; ils prennent une manière, ils s'occupent de l'effet d'un trait isolé ; ils ont beaucoup de sentences et d'épigrammes. La majesté de l'éloquence ne peut s'accommoder de toutes ces recherches ; elle ne peut souffrir la concision affectée. Les orateurs disparaissent, et font place aux penseurs hardis et aux écrivains ingénieux.

Ce qui nous reste à dire de l'oraison funèbre confirmera ces réflexions. L'éloquence, une fois sur son déclin, n'a plus eu de retour. Quelques hommes de talent ont essayé de la relever à la fin du dix-huitième siècle ; mais ils n'ont pu lui rendre ces deux qualités distinctives, le naturel et la grandeur. L'abbé de Boismont manqua surtout de la première, et souvent abusa de l'autre. L'évêque de Senez, avec moins de force et d'éclat, moins de verve oratoire, eut un mérite continu d'élégance et de pureté, qui permet de proposer ses ouvrages à la jeunesse. C'est un orateur faible, mais un bon écrivain. Il n'impose point à l'esprit par la grandeur des pensées religieuses : son imagination est trop faible pour soutenir le sublime de l'Écriture, et le faire heureusement passer dans son style ; mais il dédaigne les petites recherches d'une élocution fardée ; il est pur, simple et vrai ; il ne lui manque de l'éloquence que les parties les plus hautes ; il peut instruire, et il n'égarera point : à ce titre ses ouvrages méritent d'être lus. En effet, après avoir admiré la hauteur de la pensée humaine dans les plus magnifiques modèles du plus beau de tous les talents et du plus difficile de tous les arts, puisqu'il faut descendre, en quittant Bossuet, ne nous arrêtons du moins que sur ces ouvrages où la sagesse remplace l'inspiration ; et si nous ne pouvons plus espérer le sublime, cherchons toujours la raison et le goût.

ORAISONS FUNÈBRES

DE

MASSILLON

ORAISON FUNÈBRE

DE

MESSIRE DE VILLARS

ARCHEVÊQUE DE VIENNE

Ambulavit pes meus iter rectum à juventute meâ ;... zelatus sum bonum, et venter meus conturbatus est, propterea bonam possidebo possessionem.

J'ai marché dans la droiture depuis ma jeunesse ; j'ai eu du zèle pour le bien, et mes entrailles ont été émues sur les misères de mon peuple ; et je posséderai un héritage éternel. (Au chap. 51 de l'Ecclésiastique, vers. 20 et suiv.)

Étois-je destiné, Messieurs, à rendre ce dernier devoir à la mémoire de notre pieux prélat ? et le ciel n'avoit-il donc permis que je vinsse être le témoin de sa vie, que pour me ménager, ce semble, de loin un si triste et un si lugubre ministère ? Contraint tant de fois par sa modestie à supprimer ses louanges dans la chaire évangélique, falloit-il que je ne fusse autorisé à les publier que par sa mort ? Il est donc vrai, que le premier hommage public que sa vertu devait avoir de moi, seroit un éloge funèbre.

C'est ainsi, ô mon Dieu ! que du haut de votre sagesse, vous réglez nos destinées : c'est ainsi que, confondant nos conseils, surprenant nos désirs et anéantissant nos espérances, vous affermissez notre foi : c'est ainsi que, diversifiant vos voies, vous instruisez notre vigilance.

Celui-ci, dit Job, consumé de langueur et d'infirmités,

voit de loin l'appareil de son sacrifice, exhale chaque jour une portion de son ame, et se sent mourir mille fois avant que d'avoir pu mourir une seule : l'autre encore plein de force et de santé, est frappé soudain; son ame toute entière, pour ainsi dire, devient la proie de la mort, et entre les horreurs du tombeau et les délices d'une santé parfaite, ne met presque que le dernier soupir d'intervalle.

Heureuse l'ame qui, pendant ses jours les plus sereins, a su prendre des mesures contre la surprise des vents et de l'orage ! heureuse celle qui, ayant toujours marché dans la droiture, a eu du zèle pour le bien, et dont les entrailles ont été émues sur les misères publiques ! Ah ! qu'une lente infirmité lui annonce de loin le jour du Seigneur, ou qu'un coup imprévu vienne à l'instant lui ouvrir les portes éternelles; sa mort peut être différente, mais son immortalité sera toujours la même.

Ne cherchons point aujourd'hui d'autre consolation, chrétiens : vous ne verrez pas dans cet éloge de ces événemens éclatans, où l'orateur peu instruit de son ministère, vient dans ce lieu saint étaler avec art la figure d'un monde profane; et jusque sur le tombeau fatal, donne du corps et de la réalité au fantôme que le siècle adore.

Je n'ai à vous entretenir ici, Messieurs, ni de ces négociations importantes, qui, arrachant le pontife du sanctuaire, le rengagent dans le tumulte du siècle, et sous le spécieux prétexte du bien public, l'autorisent à violer ses droits particuliers; ni de ces intrigues pénibles, où l'on voit les interprètes des secrets du ciel devenir les dépositaires des mystères des cours, les sentinelles de Jérusalem ne veiller presque plus qu'à la défense de Jéricho, et les docteurs des tribus d'Israël se glorifier d'être les législateurs des nations.

L'histoire de notre pieux prélat n'est mêlée qu'avec celle de son diocèse : ses jours ne sont marqués que par les fonctions de son ministère; ses emplois se trouvent tous renfermés dans ses devoirs ; et pour savoir ce qu'il a fait, il suffit de savoir ce qu'il a dû faire.

Nous tirerons donc du sanctuaire même les ornemens sacrés, qui vont servir d'appareil aux funérailles de l'oint du Seigneur ; nous ne prendrons que sur l'autel les fleurs que nous allons jeter sur le tombeau du prince des prêtres. Le siècle qui n'eut jamais de part à ses actions, n'en aura point aussi à ses louanges. Nous sortirons de l'Egypte pour rendre les devoirs suprêmes à cet autre Jacob : mais les pompes de Pharaon ne viendront plus comme autrefois jusque dans une terre sainte, honorer les cendres et la mémoire des patriarches.

Ce n'est pas que j'ignore là-dessus les vaines pensées des mondains. Admirateurs insensés de cette vicissitude de fantômes, sur quoi roule tout le siècle présent, il leur faut des spectacles pour les frapper, de vastes projets, des entreprises éclatantes, des emplois tumultueux. On a toujours chez eux des vertus obscures, quand on n'a pas des vices glorieux, et ce n'est guère qu'aux grands défauts, qu'ils savent accorder le nom de grand mérite.

L'innocence des mœurs, la bonne foi, l'affabilité, la clémence, l'application à ses devoirs, la miséricorde, ont je ne sais quoi de tranquille et d'uni, qui ne donne rien aux spectateurs. Les merveilles de la foi n'ont pas le même privilége que les illusions des sens. Ce qui sert de spectacle à Dieu et aux anges, paroît à peine digne de l'attention des hommes. On diroit que pour mourir avec honneur, il faut avoir su être autre chose qu'homme de bien. La solemnité des éloges veut presque être soutenue par le faste du héros qu'on loue ; et il semble que l'orateur n'a jamais plus besoin d'art, que lorsqu'il n'a qu'à louer la vérité et la justice.

Telle est la prudence du siècle, je le sais : mais viens-je ici pour donner du poids aux coutumes d'Égypte, durant la solemnité même de l'immolation de l'Agneau ? viens-je par un discours profane, suspendre l'attention des ministres gravement assemblés autour de l'autel et appliqués au sacrifice, ou aider leur recueillement avec la parole évangélique ? viens-je mêler aux chants lugubres de la triste Sion les cantiques de Babylone ? viens-je, en un mot, honorer mon ministère, édifier votre piété, ou respecter vos erreurs et dégrader l'honneur du sacerdoce ? Ah ! ce n'est pas ici un de ces préludes artificieux, où l'orateur semble acheter le droit d'être tout profane, en promettant d'abord qu'il ne dira rien que de saint, et où l'on ne voit de chrétien, que des précautions pour ne l'être pas. Rien de ce qui va s'éteindre au tombeau, ne brillera dans cet éloge funèbre.

Ce ne sera pas même une histoire inconnue. Ce que vous avez vu, entendu, et touché presque de vos mains, ce sera ce que nous vous annoncerons. Je parle d'un pasteur qui n'a jamais perdu son troupeau de vue. L'intégrité de ses mœurs, l'application aux fonctions de son ministère, la profusion de ses trésors, qui vont faire le sujet de cet éloge, ont mille fois servi de matière aux vôtres : et s'il était permis au peuple affligé qui m'écoute, de le dire ici à ma place, il diroit comme moi, que sa vie fut toujours réglée par la loi : *Ambulavit pes meus iter rectum à juventute meâ* ; que son autorité fut toujours utile à l'Église : *Zelatus sum bonum :* et que ses richesses furent toujours prodiguées aux pauvres : *Et venter meus conturbatus est.* Représentons-le donc comme un homme juste et irréprochable, comme un pontife fidèle, et comme un père charitable.

C'est l'éloge que je consacre à la mémoire de messire Henri de Villars, archevêque et comte de Vienne, primat des primats. Esprit saint, mettez dans ma bouche cette parole efficace, ce glaive à deux tranchants, qui en faisant le discernement des pensées du Juste, aille faire de douloureuses séparations dans le cœur du pécheur, et qui n'élève ce pieux et lugubre monument à la religion que sur les débris de l'idole du monde.

PREMIÈRE PARTIE.

L'innocence des mœurs, je le sais, n'est pas toujours le fruit de la piété des ancêtres, ni des secours de l'éducation. Il y a des enfans de colère, des cœurs si profondément gâtés, qu'on les voit déjà méditer l'iniquité parmi les leçons de vertu qu'ils reçoivent de leurs pères, et qui ne trouvant autour d'eux que des objets saints, savent s'en former de criminels de leur propre fonds.

Je sais que la sagesse vient d'en haut et descend du Père des lumières ; qu'elle ne se recueille pas sur la terre comme la succession d'un père foible et mortel ; et que la piété est le don d'un Esprit qui souffle où il veut, et non pas le fruit d'une chair qui ne sert de rien (1).

Cependant il faut avouer que l'ordre de notre naissance donne presque le premier branle à celui de nos destinées ; qu'avec le sang qui nous fait ce que nous sommes, nos pères font d'ordinaire passer jusqu'à nous les impressions de ce qu'ils ont été ; et que dans les semences de vie que nous tenons d'eux, nous trouvons des ascendans secrets qui nous font vivre comme eux. Lorsque la racine est sainte, dit l'Apôtre, les branches le sont aussi ; et il est mal-aisé que d'une masse pure et brillante, on ne tire que des portions viles et flétries (2). N'en cherchons pas des exemples hors de l'histoire de l'homme juste que nous louons. Sorti d'une famille où la probité, l'honneur, et je ne sais quelle élévation d'ame, coulent avec le sang, où la sagesse semble avoir fait une éternelle alliance avec le nom, où l'éclat et la vertu paroissent presque de la même date, où les exemples qui la règlent sont aussi anciens que les titres qui l'embellissent ; sorti, dis-je, d'une famille où le Dieu d'Israël avoit depuis longtemps établi sa demeure, il en recueillit toutes les bénédictions.

(1) Sap. 9, 10.
(2) Rom. 11, 16.

Un père, dont la mémoire ne mourra jamais, lui fit priser les voies du Seigneur par ses instructions, et les lui montra par ses exemples. Effrayé de la déplorable vanité des personnes de son rang, qui croiroient dégrader leurs ancêtres, s'ils s'appliquoient eux-mêmes à leur former une postérité digne d'eux, qui regardent comme des soins roturiers le soin de l'éducation, sans quoi se souille et s'épaissit la noblesse du sang ; confient à des mains étrangères le soin de cultiver des vertus domestiques ; mettent à prix la destinée de leurs enfants ; et pour se trop souvenir de leurs grandeurs, laissent après eux des successeurs qui ne s'en souviennent pas assez : effrayé, dis-je, de ce désordre, il l'évita ; et le Seigneur bénissant ses soins, il ébaucha, sans le savoir, à la France, un ministre sage et illustre dans les cours étrangères, distingué dans la nôtre, né pour ménager l'esprit des rois et la fortune des royaumes, habile à ramener à l'utilité de la patrie et à la gloire de son prince, les humeurs et les intérêts divers des peuples voisins ; et le pieux prélat qui fait le triste sujet de cette cérémonie, dont la vie brille d'autant plus aux yeux de la foi, qu'elle est toute ensevelie dans l'obscurité des fonctions du sacerdoce.

Aussi les amusemens de son enfance ne furent que des essais de vertus. Incapable encore de connoître la créature, il levoit déjà ses mains pures vers le Créateur. Il apprit à consacrer son cœur au Seigneur dans un âge où à peine a-t-on un cœur pour soi-même ; et la piété qui toujours est le fruit tardif de la grâce, n'attendit pas jusques ici la raison.

Qu'attendez-vous, Messieurs, de ces heureuses prémices ? Le ciel qui brille le matin, n'annonceroit-il, selon la parole évangélique, que des brouillards et des tempêtes ? Le temple qu'une main habile a élevé avec tant de lenteur et de précaution, ne faudra-t-il que trois jours pour le détruire ? et à peine sorti des mains de Samuel, suffira-t-il à cet autre oint du Seigneur, comme à Saül, de s'être trouvé une fois parmi les fureurs et les vains transports des prophètes du siècle, pour devenir furieux et prophétiser avec eux ? De si belles espérances ne donneroient-elles qu'un sort commun, qu'une jeunesse emportée qui compte les crimes parmi les bienséances de l'âge, et qui ne laisse guère aux passions le soin de régler ses plaisirs, qu'une maturité ambitieuse qui ne connoît point d'autre honneur que le secret de s'en attirer, qu'une vieillesse endurcie, qui dans le débris d'un corps usé et à demi mort, nourrit des passions encore toutes vivantes, qui, au lieu de soupirer sur les iniquités qu'elle s'est permises, ne soupire qu'après le souvenir des plaisirs qu'elle ne peut plus se permettre ; et qui de sa vie passée, ne regrette rien, sinon qu'elle soit passée ?

Ah ! si je n'avois que ces mystères d'iniquité à vous annoncer au milieu des mystères saints ; si, comme autrefois Samuel envers Saül (1), il falloit honorer l'oint du Seigneur devant le peuple, plutôt pour épargner à son rang la honte de ses foiblesses, que pour édifier notre piété par le souvenir de ses vertus, je me serois contenté d'accorder en secret des larmes à une mort qui me fut sensible, sans donner ici à sa mémoire des éloges qui ne lui seroient pas glorieux. Loin de venir interrompre le sacrifice terrible, pour faire revivre le souvenir de ses actions, moi-même je l'aurois offert au Très-Haut, pour obtenir que le souvenir en fût effacé du livre éternel : et toute chère que me sera toujours sa mémoire, j'aurois satisfait à ma reconnoissance, sans manquer à mon ministère.

Mais la religion défend-elle de sonder un cœur qu'elle occupa tout entier ? Graces au Seigneur, je ne craindrai point de l'exposer à vos yeux ; et je n'aurai pas besoin pour vous le faire estimer, de vous le faire méconnoître ; et pour sauver la gloire de cet autre David de la honte d'une obscure mort, il ne faudra pas comme Michol le

____

(1) Reg. 15, 30.

dérober aux yeux, et ne substituer que son fantôme à sa place (1).

Quelle fut sa retenue en un âge où, pour être vertueux et régulier, il suffit presque d'empêcher que le vice ne nuise, et savoir bien choisir ses débauches !

Quel fonds de candeur, d'affabilité, de modération, dans un rang où mille intérêts secrets enveloppent le cœur ; où le poids des affaires et les bienséances de la dignité, altèrent l'humeur, ou la déconcertent ; et où l'on est d'autant plus vif sur les injures, qu'on se voit toujours investi d'hommages !

Quelle noble simplicité dans un siècle où l'art des raffinemens a passé jusqu'au peuple ; où tout est confondu, et par sa misère et par sa vanité : et où à peine tranquilles possesseurs d'une portion de l'héritage de nos pères, frappés de calamités inouïes dans leur tems, nous inventons des plaisirs qui leur furent encore plus inouïs !

Vous qui vîtes couler ses premiers jours, sages vieillards d'Israël, qui, témoins de la première gloire de ce temple, venez honorer ici ses ruines de vos larmes, sans pouvoir être consolés par l'espérance d'un nouveau, rien de profane en souilla-t-il jamais la sainteté ? Fallut-il excuser les égaremens de son cœur sur la fatalité de l'âge ? envelopper des désordres présens dans l'espoir d'une régularité à venir ? chercher dans quelque trait de bon naturel des présages douteux de vertus ? attendre du dégoût seul de l'iniquité le goût du don céleste ; et de la violence du mal, en faire presque le seul présage de guérison ?

Son ame fut un lieu de paix dans un tems où toutes les passions frémissent à l'entour ; et comme ces trois jeunes princes juifs, il vécut parmi les délices des Babyloniens sans toucher aux viandes, et sans s'enivrer du vin de Babylone (2).

(1) Reg. 19, 13.
(2) Dan. 1, 8.

L'usage et les réflexions qui enveloppent l'ame, et font qu'elle ne se montre plus que par règle, et changent en art le commerce de la société, aidèrent la droiture et la candeur de la sienne.

Il n'étoit pas de ces hommes enfoncés et impénétrables, sur le cœur de qui un voile fatal est toujours tiré ; qui s'attirent, en se cachant, le respect des peuples ; que l'on ne révère tant que parce qu'on ne les a jamais vus ; et qui, comme ces antres qu'une vaine religion consacra jadis, n'ont rien de vénérable que leur obscurité. Déguisemens artificieux de la prudence du siècle ! vaine science des enfans d'Adam ! coupable trafic de mensonge et de vérité ! je n'aurai pas besoin aujourd'hui pour m'accommoder à mon sujet, de vous donner ici des titres spécieux, et qui ne sont dus qu'à la sagesse de la croix, et à la simplicité chrétienne.

Je loue un homme juste et droit, simple dans le mal et prudent pour le bien ; un homme dont ce siècle malin n'étoit pas digne ; une de ces ames faites pour le siècle de nos pères, où la bonne foi étoit encore une vertu, où une noble ingénuité tenoit lieu d'art et de finesse, où dans les plaisirs innocens d'une douce société, le plus loyal étoit toujours le plus habile ; où l'art des précautions étoit inutile, parce que l'art de se contrefaire n'étoit pas encore inventé ; et où toute la science du monde se réduisoit à ignorer les loix et les usages du nôtre.

Ici, je sens que mon discours s'anime : je me représente notre prélat avec cet air toujours affable et serein, toujours accessible, toujours accueillant, mettant, pour ainsi dire, sa personne et sa dignité à toutes les heures, ne retenant de son rang que le privilége de pouvoir être importuné. Je me le représente, et pourrois-je le dire sans réveiller votre douleur ? je me le représente au milieu de vos familles, enveloppé dans une aimable obscurité, goûtant avec vous les douceurs d'une vie privée, familiarisant l'épiscopat avec les fidèles, et ne se faisant pas une vaine bienséance de se rendre invisible, et de jouir tout seul d'une dignité qui n'a été établie que pour les autres.

Falloit il pour pénétrer jusques à lui, acheter par des lenteurs éternelles une audience d'un moment, et par mille pénibles formalités des refus encore plus pénibles? Quelle barrière y eut-il jamais entre lui et nous que celle du respect et de la discrétion? Le vîmes-nous jamais affecter ces momens sacrés de solitude inventés pour ménager le rang, ou pour honorer la paresse? Sa maison ressembloit-elle à ces maisons d'orgueil et de faste, où ceux que les affaires y attirent, pensent presque plus aux moyens d'aborder leur juge, qu'à lui exposer leur droit et leur justice ; où, dans un silence profond et avec un respect qui approche du culte, on attend que la divinité se montre ; où mille malheureux souffrent moins de leur misère que de leur ennui ; et où, comme autrefois dans la piscine de Jérusalem, après avoir attendu longtemps, cet autre ange du Seigneur apparoît enfin, et guérit à peine un malade (1)?

La contagion des dignités et de la grandeur, ne lui forma pas cet œil superbe, et ce cœur insatiable d'honneurs dont parle le Prophète (2). Content de mériter nos hommages, il ne sut pas les exiger; disons plus, il ne sut pas les souffrir : on auroit dit que ces respectueuses déférences qui délassent si agréablement des soins de l'autorité, faisoient la plus pénible fatigue de la sienne. Bien éloigné de ces petites délicatesses qu'on remarque en la plupart des grands, auprès de qui un simple oubli est un crime qu'à peine mille soins et de longues assiduités peuvent expier; vaines idoles, qu'on ne peut aborder qu'en rampant, qu'on ne peut servir qu'avec solemnité, qu'on ne peut toucher qu'avec religion, et qui, comme l'arche d'Israël, vous frapperoient de mort, si

(1) Joan. 5, 4.
(2) Ps. 100. 5.

pour trop penser même à les secourir, vous n'aviez pas assez pensé à les respecter.

Mais quelque chose de plus grand et de plus digne de la religion, s'offre ici à moi. On peut, il est vrai, se refuser aux hommages par ostentation, et pour en paroître plus digne : la modération, je le sais assez, souvent n'est que le sceau de l'orgueil : la vanité qui se montre n'est ni la plus habile ni la plus à craindre ; et celui qui s'empresse pour se faire honorer, ne sait pas encore l'art d'être vain.

Mais n'être touché ni des honneurs, ni des outrages ; s'être rendu familier ce point dificile de la loi, le pardon des offenses ; ne distinguer même ses ennemis que par les grâces qu'on leur accorde ; être armé de la verge pour punir les murmures, et ne s'en servir, comme Moïse, que pour tirer l'eau même des pierres en faveur des murmurateurs, c'est ce que la vanité ne sauroit bien contrefaire, ni la religion assez louer. Oui, Messieurs, nul de nous ne l'ignore ; on auroit dit que le seul secret, pour se le rendre favorable, était de l'avoir offensé. Les traits les plus piquans n'alloient, ce semble, jusque dans son cœur, que pour y ménager une place à ceux qui les avoient lancés ; et comme ce lion mystérieux, dont il est parlé dans l'histoire de Samson, il suffisoit presque de l'avoir déchiré, pour trouver dans sa bouche le miel de la douceur et la rosée des graces. Puissiez-vous en ce jour de douleur être du moins touchés de cet exemple, vous qui croyez que ne pas perdre vos ennemis, c'est leur pardonner ; et qui bornez la loi qui vous ordonne d'aimer, à ne haïr qu'avec mesure ! Passons à l'usage qu'il a fait de son autorité, et représentons-le comme un pontife fidèle.

DEUXIÈME PARTIE.

Dieu ne nous a pas donné, disoit autrefois saint Paul, parlant pour tout le corps de l'épiscopat, un esprit de foiblesse, mais un esprit de force et d'amour : *Sed spiritum virtutis et dilectionis* (1).

Qu'est-ce, en effet, mes Frères, qu'un évêque si peu soigneux de faire revivre la grace de l'imposition, s'il a éteint cet esprit ; ou si ayant franchi par une ambitieuse intrusion, cette haie sacrée qui sépare le sanctuaire, il ne l'a jamais reçu ? Hélas ! faut-il le dire ici ! c'est un arbre deux fois mort et déraciné, et qui occupe le plus bel endroit d'une terre sacrée (2) : c'est un roseau que le vent agite (3), et sur qui cependant, comme sur une colonne sainte, repose tout l'édifice de la maison du Seigneur : c'est une nuée destinée, comme autrefois, à faire paroître la gloire du Seigneur dans le temple, et qui nous la dérobe par sa noirceur : c'est un astre errant, qui destiné à nous garder parmi les obscurités des sens et de la foi, ne peut cependant que nous écarter de la route : c'est un serpent d'airain élevé pour guérir nos blessures, et qui placé dans le temple, nous devient une occasion d'idolâtrie et de mort (4) et pour tout recueillir en un mot, c'est un mystère d'iniquité inconnu presque à ces siècles heureux qui nous ont précédés, dont la foi alarmée respecte encore la profondeur, et qui ne sera révélé que dans son temps (5).

Né, pour ainsi dire, dans le sein de l'épiscopat, et trouvant à côté de ses ancêtres une si longue succession de sages pontifes, notre pieux prélat en recueillit tout l'esprit avec le nom. Déjà depuis plus d'un siècle, étoient assis sur le trône sacré de ce saint temple des prélats de son sang : la souveraine sacrificature étoit presque devenue l'héritage de sa tribu ; et par un privilége nouveau au sacerdoce de Melchisédech, elle étoit transmise selon

(1) Tim. 1. 7.
(2) Ep. Jud. ỹ. 12.
(3) Luc. 7. 24.
(4) 4. Rég. 18. 4.
(5) 2. Thess. 2. 7, 8.

les loix d'une succession charnelle, sans s'y transmettre selon les loix de la chair et du sang. Mais que ne puis-je passer rapidement sur cet endroit de mon discours! Nos pères élevés à respecter ce nom, nous avoient élevés au même respect; nos vieillards voisins presque de ces tems heureux où commencèrent à gouverner l'Église les pontifes de cette maison, en racontoient avec allégresse au milieu de leur famille, l'histoire à leurs neveux, et les marquoient chacun par leur propre caractère : nous-mêmes accoutumés à vivre sous de si paisibles loix, pro-mettions à ceux qui viendroient après nous, le même avantage. Trop cruelle Italie! pourquoi vîtes-vous couper le fil d'une si longue suite de pontifes? et pourquoi, en nous ôtant par une mort prématurée l'espoir d'un succes-seur, nous ôtâtes-vous la seule ressource qui nous res-toit, dans la perte que nous venons de faire?

Mais hélas! suis-je destiné à rouvrir aujourd'hui toutes les plaies de la famille? et faut-il pour vous rappeler la glorieuse succession des prélats qu'elle vous a fournis, vous faire souvenir à ses yeux que vous n'en devez plus attendre? Epargnons à l'illustre fille qui m'écoute, le sou-venir encore trop cher d'un frère dont la mort lui causa tant de larmes; et pour la consoler sur le triste accident qui nous assemble ici, ne faisons pas revenir ses malheurs passés.

L'épiscopat est un ministère de force et de fermeté. Il faut que, retranché dans le droit sacré du sacerdoce, l'évêque soit hors d'atteinte aux traits de l'ambition, aux surprises de la bienséance, à la rapidité de l'usage; qu'il rapproche l'innocence de nos mœurs, des loix et de la dis-cipline de nos pères; qu'il sache ramener les abus à leur origine; et que comme l'arche d'Israël au milieu du Jour-dain (1) il fasse remonter les eaux vers leur source, et ne s'y laisse pas entraîner soi-même.

Ne croyez pas, Messieurs, que sur ces traits primitifs

____

(1) Jos. 3. 16.

de l'épiscopat, je vienne ici pour faire honneur à mon sujet, vous former à loisir un de ces portraits originaux, où tout se sent de la plus pure antiquité, et que l'on ne trouve si beaux, que parce qu'ils ne ressemblent à personne. Malheur à moi, si je faisois d'une cérémonie de religion un vain jeu d'éloquence, et si par des louanges excessives, aidant les fidèles à se persuader qu'on leur surfait la vérité dans la chaire évangélique, je les accoutumois à en rabattre !

J'aime mieux vous faire souvenir que dans un siècle où la charité est refroidie, où les devoirs de l'épiscopat sont ou réduits par l'usage, ou bornés par la puissance séculière, ou adoucis par le déréglement des fidèles, c'est presque faire le bien que de le souhaiter ; et que si le prélat que je loue n'a pu remonter jusques à la source, et ramener ces premiers âges de l'épiscopat, il ne s'est du moins pas laissé aller aux foiblesses et aux relâchemens du nôtre.

Appelé à l'agence dans ces temps périlleux, où l'autorité du gouvernement mal affermie, ne laissoit espérer aux droits de l'Église qu'une foible protection, il ne fit paroître ni moins de zèle, ni moins de fermeté. Je le dirai ici à la gloire éternelle de la piété du grand Turenne, nom si honorable à la France, si cher à nos troupes, si redoutable encore aux ennemis : je ne craindrai pas de rappeler quel fut pour l'erreur de ses ancêtres, un attachement si glorieux à la vérité qu'il embrassa depuis. Ce grand homme, encore dans le parti de l'hérésie, entreprit de lui bâtir un temple dans une de ses terres ; et comme un autre Michas, il voulut avoir auprès de la maison de ses pères ses Dieux, son Lévite, et tout l'appareil superstitieux de son culte (1). Il n'y avoit point alors de roi en Israël, comme le dit l'Écriture du temps de ce Juif, et chacun étoit à soi-même sa loi et son juge.

Qu'attendez-vous ici du ministère de notre agent ? une

____

(1) Judic. 17. 5.

criminelle complaisance toujours prête à se faire des amis, non pas des richesses d'iniquité, selon le mot de l'Évangile, mais des plus sacrées dépouilles du sanctuaire? une timide dissimulation, qui honore sa lâcheté de tout le mérite de la prudence? une foible résistance, qui paroît d'abord, mais seulement pour pouvoir se dire à soi-même qu'elle a paru? En vain mille intérêts secrets sollicitent l'agrément de l'agent : il s'oppose au nom du clergé, trop zélé sacrificateur du temple de Sion, pour souffrir que sous son ministère, les hauts lieux se multiplient dans Israël (1). Heureux d'avoir vu depuis pendant les jours de son sacerdoce, la piété d'un autre Ezéchias s'employer à les détruire, ôter au milieu de Juda les dieux étrangers, et obliger les peuples à venir tous adorer à Jérusalem! Mais ce n'est là qu'un premier essai de sa droiture.

Sacrés prélats de nos Gaules, combien de fois le vîtes-vous dans vos assemblées ignorer l'art nouveau de se taire; redonner à l'épiscopat sa première liberté; n'envisager sa fortune qu'à travers son devoir; être le Gamaliel de l'assemblée des princes des prêtres, et savoir opiner dans les conjonctures, où il ne falloit savoir que consentir? Que ne puis-je ici publier sur les toits ce qui s'est passé dans le secret! Vous verriez des instances éludées, des espérances méprisées, les intérêts de la chair et du sang oubliés; l'autorité souveraine ramenée aux intentions du souverain, et une droiture inflexible dans un siècle où toute la fermeté semble se réduire à ne pas se ménager soi-même des occasions de lâcheté. Mais ce sont là de ces traits qu'on ne peut montrer qu'en éloignement; de ces merveilles destinées à l'obscurité, et qui nous révélant des maux secrets, doivent, comme les figures d'or des plaies des Philistins, demeurer cachées dans l'arche. Avec quelle constance les vîmes-nous négliger un repos si cher à l'épiscopat, pour rendre

(1) 4. Reg. 18. 22.

à son autorité ses premières bornes, y rejoindre les titres sacrés et inaliénables, que l'ignorance ou la superstition des siècles passés en avoit détachés; soutenir contre une puissante et célèbre abbaye, les plus anciens droits du sacerdoce; arracher des mains étrangères les dépouilles de son épiscopat; rétablir le premier pasteur, chef des pasteurs subalternes; rejeter un traité pernicieux et ne vouloir pas vendre une paix qui laissoit la division dans le sanctuaire; en un mot, ne pas souffrir comme Salomon, que le corps de Jésus-Christ fût divisé entre deux Églises, et faire déclarer la seule et véritable mère, celle qui ne vouloit point de partage !

Les égards, la bienséance même du sang et de l'amitié, lui surprirent-elles jamais de ces graces qui minent la force des loix, et s'élèvent sur leurs débris, dessèchent peu à peu cette sève précieuse qui anime encore le tronc, achèvent d'épuiser ces esprits primitifs d'ordre et de régularité, qui, à travers tant de siècles, ne sont arrivés jusques à nous, que foibles et presque défaillans, donnent par une officieuse cruauté le dernier coup à la discipline mourante, et comme cet Amalécite échappé de la déroute de Saül (1), font rendre le dernier soupir à la puissance et à la majesté d'Israël, sous prétexte d'avoir égard à ses maux? Ah! il ne resserra jamais tant les bornes de son autorité, que lorsqu'il fallut l'employer pour ceux qui lui étoient chers : sa main retenoit les graces que le cœur avait trop de penchant d'accorder; et on auroit dit que le droit de tout obtenir de lui, étoit un titre pour en être presque toujours refusé. Donnez, Seigneur, à vos ministres cet esprit de force et de circonspection : ne souffrez pas que votre héritage devienne la proie des nations, et l'opprobre de ceux qui vous haïssent.

Ce fonds de droiture et d'intégrité prenoit sa source dans l'amour qu'il eut toujours pour l'Église. Quelles

(1) 2. Reg. 1. 10.

mesures ne prit-il pas pour la remettre à Jésus-Christ pure et belle, et lui faire perdre les taches et les rides, que l'ignorance des siècles passés et la licence du nôtre y avoient laissées ? Quelles étoient les ruines de ce temple, lorsque nous vîmes entrer notre nouveau pontife ! Ah ! ici s'offrent à moi des spectacles bien divers. Je vois la Fille de Sion enveloppée de sa honte et de son ignominie, souffrant que l'ennemi porte une main téméraire sur tout ce qu'elle a de plus précieux, et devenue presque toute semblable aux Filles de Tyr : je la vois sortir comme l'aurore du sein de ses ténèbres, rentrer peu à peu dans son éclat, et reprendre le soin de sa gloire : je la vois sous des images si différentes, et je me trouve également embarrassé, et par ce que je dois dire et par ce que je dois taire.

Oui, Messieurs, vous le savez, les malheurs du tems et les dissensions civiles, la licence et le crédit de l'erreur avoient presque éteint la foi dans nos Gaules, et confondu les droits et la discipline de nos Églises. Celle-ci moins heureuse que la terre de Gessen, ne fut pas à couvert des plaies communes (1) : l'ange exterminateur y passa. Les traces de la colère divine furent longtems empreintes sur nous; et malgré tout ce qu'avoient fait ses prédécesseurs, le prélat que nous pleurons y trouva encore beaucoup à faire.

La première marque d'amour qu'il donna à la nouvelle Jérusalem, à cette épouse descendue du ciel, fut de ne la jamais perdre de vue (2). Oracles éternels des Livres saints, loix vénérables de nos pères, vœux si ardens et si anciens de toute l'Église sur la résidence des pasteurs, il vous connut, il vous respecta. En vain les services d'un illustre frère, le mérite et le crédit d'un neveu, qui vole si rapidement à la gloire et aux honneurs, lui laissent entrevoir des espérances toujours

(1) Exod. 9. 26.
(2) Apoc. 21. 2.

fatales à l'honneur du sacerdoce; en vain le monarque lui-même, si jaloux d'ailleurs de ce devoir de l'épiscopat, lui reproche qu'on le voit rarement à la cour : cette pompe de l'Égypte ne l'éblouit pas; et ce sage vieillard comme autrefois Jacob (1) présenté à Pharaon, et si honorablement accueilli, ne rougit pas de se déclarer pasteur devant ce prince, pour être moins de tems à sa cour, et avoir le droit de se retirer plutôt dans la terre de Gessen. Exemple trop beau pour un siècle ou l'épiscopat ne sert presque plus que de décoration aux palais des rois; où les cours semblent être devenues des diocèses communs; où les sentinelles de Jérusalem et les trompettes du temple, ne voyent et ne parlent plus qu'avec des yeux et des bouches étrangères; et où l'on voit souvent les princes de la tribu de Lévi, indignes dépositaires de l'Arche, l'imposer comme les Philistins sur des épaules viles, et la laisser errer à l'aventure.

L'ignorance et le dérèglement des clercs défiguroient la beauté de l'Église : c'était une noire vapeur, qui du sanctuaire alloit se répandre dans le reste du temple, et en ternissoit l'or et l'éclat. Quels furent ses soins pour la dissiper! Vous l'apprendez à la postérité, édifice sacré, qui, hors des murs de cette ville, renfermez les sources précieuses où se puisent à loisir la doctrine et la vérité; qui, de votre sein voyez couler les esprits de sacerdoce et d'apostolat, répandus dans nos villes et dans nos campagnes; qui fûtes le pieux fruit, et le plus cher objet de ses empressemens : vous l'apprendrez à la prospérité; et en faisant passer jusques à nos neveux l'amour qu'il eut pour son Église, vous ferez passer jusques à eux le tendre respect et la reconnoissance que vous conservez pour sa mémoire.

Aussi instruit du précepte de l'Apôtre (2), avec quelle circonspection imposa-t-il les mains, et donna-t-il des

(1) Genes. 47. 10.
(2) 1. Tim. 5. 11.

dispensateurs à l'héritage de Jésus-Christ? Que ne le pouvez-vous dire ici à ma place, sage coopérateur de son épiscopat! Déchargé sur vos soins de cette partie pénible de son ministère, il écouta, je le sais, vos avis respectueux avec bonté, les suivit avec religion, les prévint même avec sagesse; et comme Samuel dans la maison d'Isaï (2), il ne fit attention ni aux droits de la naissance, ni aux vaines distinctions de la chair, quand il fallut répandre l'onction sainte, et donner des princes à Israël.

Moi-même, et je dois le dire ici, dussé-je réveiller ma douleur, en rappelant le doux souvenir de ses entretiens et de ses bontés : oui, moi-même, je l'ai vu avec cet air de candeur et de sincérité, qui peignoit sur son visage les sentimens de son cœur; je l'ai vu gémir sur la funeste négligence de ces prélats, qui sans discernement, et à toutes les heures du jour, reçoivent des ouvriers, et les font passer du marché même à la vigne, revêtant promptement d'un habit d'innocence et de dignité d'autres enfants prodigues, qui, d'ordinaire n'apportent pour toutes dispositions à un état saint et pénible, que l'impuissance de fournir plus longtems à leurs crimes, ou l'espoir d'un sort plus heureux dans la maison du père de famille.

S'il s'appliqua à éloigner du sanctuaire ces vases de honte et de rebut, avec quelle distinction et quel empressement y plaça-t-il les vases d'honneur et d'élite! Ses yeux, comme ceux du prophète (2), étoient ouverts pour aller discerner les dispensateurs fidèles jusque dans les terres étrangères, et les faire asseoir avec lui. Vils et odieux au siècle par un destin inévitable à la piété, lui furent-ils jamais moins chers? En proie aux traits des méchants et aux calomnies des hommes, ne leur fit-il pas comme un sacré rempart de toute son autorité? sur les traces de l'évêque de nos âmes, Jésus-Christ ne sut-il

(1) 1. Reg. 16. 7.
(2) Ps. 100. 6.

pas justifier le zèle de ses disciples contre les reproches des Pharisiens ; et rendre comme le pontife Achimé- lech (1), le glaive sacré à ceux qui n'étoient persécutés que pour s'en être servis peut-être trop glorieusement contre les Philistins ?

Ah ! si je pouvois ici vous représenter cette tendresse pour les pasteurs vigilans, changée en indignation con- tre les infidèles ! si je pouvois raconter là-dessus et ses entreprises et ses désirs, et le louer également sur ce qu'il a fait et sur ce qu'il auroit voulu faire ! Mais qu'un voile éternel couvre ces mystères de honte et d'ignomi- nie ; ne touchons pas aux oints du Seigneur ; respectons ce qu'ils avilissent ; et que leurs vices nous soient en quelque sorte aussi sacrés que leurs personnes.

Puisse seulement la révolution fatale des tems, à qui tout cède, respecter aussi un jour les traces encore vi- ves de son amour pour l'Église ! puissent les siècles à venir dater de son épiscopat la renaissance de la foi, de la doctrine, de la piété, et dire de lui : Il retrancha des abus, ou autorisés par la licence, ou consacrés par la superstition : il rétablit des loix, ou négligées par le relâchement, ou éteintes par la coutume : il rendit au culte extérieur la bienséance et la majesté, la dignité aux ministres et l'honneur au ministère : sous lui furent distribuées avec précaution les graces des sacremens, et reçues avec fruit : sous lui s'élevèrent dans nos villes ces asiles publics, ou contre l'indigence ou contre le crime : sous lui une nouvelle lumière commença de luire à ceux qui étoient assis dans les ténèbres et dans l'om- bre de la mort ; des terres presque inconnues ouïrent la parole de vie ; on fit dans nos campagnes des courses apostoliques ; les pauvres furent évangilisés ; et au fond de leurs demeures champêtres, vivant au gré d'un ins- tinct brutal, et à peine encore hommes, ils connurent enfin le Dieu de leurs pères, et l'espérance commune des

(1) 1. Reg. 21 9.

chrétiens. Tel fut l'usage qu'il fit de son autorité ; il ne reste plus qu'à vous le représenter comme un père tendre et charitable.

TROISIÈME PARTIE.

Quelle autre religion que celle des chrétiens, avoit jamais ouï parler d'une vertu, qui souffre de tous les maux d'autrui, qui n'est pas fastueuse, et qui, attentive aux calamités étrangères, s'oublie volontiers soi-même ? *Omnia suffert, non est ambitiosa, non quærit quæ sua sunt* (1) : c'est le caractère de la charité ; disons mieux, c'est celui du charitable prélat que je loue.

Persuadé que les pasteurs ne sont que les dépositaires des biens, comme de la foi de l'Église, avec quelle religion les dispensa-t-il ! Que seroit-ce, en effet, Messieurs, que de détourner à des usages profanes les richesses du sanctuaire ? Ce seroit changer en germe de péché le fruit sacré de la pénitence de nos pères, trouver dans les vœux innocens des premiers fidèles de quoi former peut-être avec succès des vœux criminels ; insulter la pauvreté évangélique avec le patrimoine des pauvres ; en un mot, faire servir Dieu à l'iniquité. Les mains du Très-Haut, vous le savez, avoient formé à notre charitable prélat, un de ces cœurs tendres et miséricordieux, qui souffrent de toute leur prospérité à la vue des infortunes d'autrui. Et ce n'étoit pas ici de ces sensibilités de caprice, qui n'ouvrent le cœur à certains maux que pour le fermer à tous les autres ; qui veulent choisir les misères, et qui, en nous rendant trop prudemment charitables, nous rendent pieusement cruels. Sa charité fut universelle ; et elle ne mit jamais d'autre différence entre les malheureux, que celle que mettoit entre eux leur misère même.

Quel tendre spectacle s'ouvre encore à mes yeux ! Ici la

(1) Cor. 13. 5. 7.

veuve, couverte de deuil et d'amertume sous un toit pauvre et dépourvu, jette en soupirant de tristes regards sur des enfans que la faim presse, et hors d'espoir de tout secours, elle va comme celle d'Élie, soulager leur indigence de ce qui lui reste, et mourir ensuite avec eux, quand par un nouveau prodige, elle voit tout à coup sa substance multiplée, et ses tristes jours consolés. Ici des Vierges consacrées au Seigneur, lèvent au fond de leur retraite, des mains pures au ciel, et offrent pour lui une innocence qu'elles ne doivent qu'à ses largesses. Le citoyen, qui, sous des dehors encore spécieux, cache une profonde misère; privé du confident charitable de sa honte et de ses besoins, cherche les ténèbres pour leur confier son affliction; et comme Joseph, il s'éloigne pour verser des larmes, de ceux qui trompés encore par les apparences s'adressent à lui pour avoir du pain, de peur de ne passer pour leur frère.

Mais dans quel détail immense vais-je m'engager! Ici, des vases de honte, des victimes de la lubricité publique trouvent un asile, et doivent à ses libéralités, ou le désir de la vertu, ou du moins l'impuissance du crime; vous le savez, Ministres pieux, qui veillez sur une œuvre si sainte. Ici s'élèvent ou subsistent par ses soins, ces lieux sacrés, destinés ou à recevoir la mendicité errante, ou à soulager la misère affligée : ici, un rayon de lumière perce l'horreur des cachots, et va faire sentir à ces infortunés qu'il y a encore de l'humanité sur la terre: ici des ouvriers apostoliques, saintement occupés à parcourir nos campagnes, et à distribuer aux petits le lait de la doctrine, répandent en son nom et la rosée du ciel, et les bénédictions de la terre; et par un innocent artifice, en soulageant les misères du corps, se frayent un chemin jusqu'à celles du cœur : ici, par les soins de cet autre Jacob, les grains de l'Égypte viennent consoler la stérilité de la terre de Chanaan; et sa charité toujours ingénieuse, va chercher jusque chez un peuple étranger, des ressources à la calamité de son peuple.

Entrailles cruelles, qui mettez à profit les misères publiques, qui apprêtiez les larmes et l'indigence de votre frère, et qui ne lui tendez la main que pour achever officieusement de le dépouiller, écoutez ce que dit l'Esprit Saint (1) : Quand vous serez rassasié, vous vous sentirez déchiré : votre félicité sera elle-même votre supplice, et le Seigneur fera pleuvoir sur vous la vengeance et la fureur.

Mais que ne puis-je recueillir ici les fruits infinis de sa miséricorde, et dans les calamités qui nous affligent, ou réveiller votre langueur, ou édifier votre zèle par l'histoire de ses largesses ! que ne puis-je rappeler ses tendres sollicitudes sur les besoins de son peuple ? J'ai vu mille fois ses entrailles s'ouvrir au récit des misères publiques : une sainte tristesse se répandoit sur son visage ; des paroles de douleur et de charité sortoient de sa bouche ; et touché de pitié, comme Jésus-Christ, sur une multitude affamée, on le voyoit, comme lui, lever les yeux au ciel, et multiplier presque ses trésors, afin de la rassasier.

Je ne vous dirai donc pas qu'il fut l'œil de l'aveugle, et le pied du boiteux ; qu'il jeta sur l'orphelin des regards précieux, et qu'il consola le cœur de la veuve ; que comme cet homme instruit dans le royaume des cieux, il tira de son trésor l'ancien et le nouveau ; qu'il sortoit toujours de sa personne une vertu bienfaisante qui soulageoit toutes les misères ; qu'il coula toujours de son palais, comme d'un autre lieu d'innocence, une source sacrée qui alloit inonder la terre ; que la honte fut toujours moins ingénieuse à lui cacher les malheureux, que sa charité à les découvrir ; et qu'on eût dit que de tendres pressentimens venoient lui annoncer les besoins les plus secrets.

Car ne vous représentez pas ici un de ces zélés fastueux, qui n'aiment, pour ainsi dire, à placer leur argent que sur le public ; qui révèlent avec art la honte de leurs

(1) Job. 20. 23.

frères, moins pour leur attirer du secours, que pour pouvoir dire qu'ils les ont secourus ; qui, sous prétexte d'édifier les spectateurs, se donnent eux-mêmes pieusement en spectacle ; qui n'ont des yeux que pour les misères d'éclat, et qui comme les foibles disciples sur la mer, lorsque Jésus-Christ se présente à eux pendant les ténèbres, s'écrient que c'est un fantôme, et ne veulent pas le reconnoître (1). Œil invisible du Père céleste, vous fûtes le seul témoin des secrètes effusions de sa charité. Que d'œuvres de lumière n'a-t-il pas ensevelies dans de pieuses ténèbres ! Ne crut-il pas, ô mon Dieu ! que ses œuvres saintes flétries presque par les regards étrangers, n'étoient plus si dignes des vôtres, et qu'afin qu'elles allassent effacer ses iniquités de votre souvenir, il falloit qu'elles fussent elles-mêmes effacées du souvenir des hommes ? Il n'eut jamais de confident là-dessus : la charité s'étoit dressé dans son cœur une manière de sanctuaire, où le pontife seul avoit droit d'entrer ; et sa mort même n'a pas pu, comme celle de Jésus-Christ, déchirer le voile qui déroboit à nos yeux ces pieux mystères.

Ah ! si je pouvois du moins pénétrer dans le secret des familles ; là je trouverois l'innocence prête à enfoncer et préservée du naufrage ; ici l'iniquité devenue plus rare, parce qu'elle n'étoit plus si nécessaire. Mais que vais-je faire, Messieurs ? ah ! je ne respecte pas assez ces sacrées ténèbres : il me semble que ces os arides se raniment en m'écoutant ; que ce visage où étoit peinte autrefois la douceur, se couvrent d'une modeste indignation ; et que du fond de ce triste mausolée : Épargne, me dit-il, cette inquiétude au repos de mon tombeau ; et ne viens pas fouiller jusque dans mes cendres pour y découvrir les ardeurs secrètes de mon amour destinées à l'obscurité, jusqu'au jour de la manifestation de Jésus-Christ.

Et ne croyez pas, Messieurs, que comme tant d'autres, il n'employât au soulagement des malheureux que les

____

(1) Matth. 14. 26.

restes inutiles de son luxe ou de ses plaisirs, et que ses aumônes ne fussent que les débris de ses passions. Il sut honorer le Seigneur de sa substance ; la frugalité de sa table, la modestie de son train, si recommandée aux prélats par les loix de l'Eglise, furent les fonds d'où il tira les trésors des pauvres ; et sa diminution, pour parler avec l'Apôtre, fut la richesse des peuples.

Quelle simplicité dans son palais ! elle nous rappeloit ces temps heureux où l'épiscopat entouré de sa seule dignité, savoit encore s'attirer le respect des fidèles ; où le faste n'étoit pas devenu une bienséance à un ministère d'humilité ; où l'éminence du caractère étoit une raison de modération, et non pas un prétexte de luxe ; où toute la gloire de la fille du roi étoit encore au-dedans ; et où le peuple de Dieu n'avoit pour pontifes, que des Aarons revêtus de justice et de sainteté. Quel détachement de la chair et du sang ! Étoit-il de ces pasteurs cruels qui nourrissent l'ambition et la vanité de leurs proches, du sang et de la susbtance des pauvres ; qui font servir les trésors du sanctuaire à des décorations profanes ; qui érigent des idoles des débris de l'autel ; et par un renversement honteux, enrichissent l'Égypte des dépouilles mêmes du tabernacle ? Ah ! il employa ces pieuses richesses à couvrir la nudité, et non pas à parer la vanité ; à rassasier la faim, et non pas à flatter la volupté ; à étancher la soif, et non pas à irriter la cupidité ; et le seul vice qu'on lui peut reprocher là-dessus, c'est peut-être d'avoir poussé trop loin cette vertu.

Prêtre éternel, prince des pasteurs ! divin Apôtre de notre foi et de notre confession ! Jésus-Christ ! que me reste-il ici, qu'à vous demander pour cette Église affligée un pontife comme lui, innocent, séparé des pécheurs, attentif à offrir des dons et des sacrifices pour les péchés, appliqué à tout ce qui regarde votre culte, plus élevé que les cieux, et qui sache compatir aux infirmités de son peuple ? Ah ! permettriez-vous qu'une Église, dont la naissance a été celle du christianisme dans les Gaules, élevée presque sur le fondement des apôtres et des premiers prophètes, gouvernée par une si glorieuse succession de saints pasteurs, et tant de fois illustrée de tout leur sang ; si pure dans ses loix, si vénérable dans son culte, si illustre par ses droits, devînt l'héritage d'un dispensateur infidèle ; et qu'une si chère portion de votre troupeau fût la proie d'un loup ravissant ?

Pieux prélat ! si, dans le sein d'Abraham (car, ô mon Dieu ! sans sonder ici la profondeur de vos conseils, auriez-vous pu fermer votre sein éternel à celui qui vous ouvrit toujours le sien en la personne de vos serviteurs affligés ?), si, dis-je, dans le sein d'Abraham, ame charitable, vous jouissez déjà du fruit immortel de tant d'œuvres de vie, si vous moissonnez les bénédictions que vous avez semées ici-bas, jetez sur les tendres gémissemens de cette triste Sion, quelques regards favorables : soyez toujours son époux invisible ; que les liens sacrés qui vous ont uni avec elle, ne périssent jamais ; choisissez-lui vous-même dans les trésors éternels un pontife fidèle, et que les soins de sa gloire aillent encore vous toucher et troubler presque votre repos jusque dans le sein de la félicité !

Mais pourquoi vous le représenter jouissant de l'immortalité, avant que de vous l'avoir représenté dans le sein même de la mort ? prétends-je amuser votre affliction ? rappelons, puisqu'il le faut, ce triste spectacle. L'innocence de ses mœurs, la fidélité aux devoirs de son ministère, la profusion de ses trésors ; cette piété tendre et constante, cette foi vive et simple, le sacrifice redoutable qu'il offrit si souvent, et toujours avec tant de recueillement et de frayeur ; le bain sacré de la pénitence, où il venoit régulièrement avec tant de douleur et d'humilité, laver les souillures de son ame ; ces momens précieux qu'il déroboit ou à ses occupations, ou à son repos, pour se nourrir des vérités du salut par des lectures édifiantes ; en un mot, le souvenir de sa vie doit nous rassurer sur le souvenir de sa mort.

Oui, Messieurs, la main du Seigneur s'étendit sur lui, et elle le frappa ; mais si légèrement, qu'à peine parut-il qu'elle l'eût touché. C'était, ce semble, pour tromper notre douleur ; le coup fut presque tout invisible ; l'histoire du songe de Daniel s'accomplit une seconde fois, et nous vîmes une pierre légère détachée des montagnes éternelles, venir heurter foiblement contre une des jambes de cette statue précieuse, dont la structure sembloit nous promettre une si longue durée, et la réduire d'abord en poudre. La légéreté du mal, l'heureux tempérament du malade, les conjectures de l'art, tout endormit notre frayeur. Un neveu, que le choix glorieux du prince et les besoins de l'Etat avoient fait passer du Rhin en Italie, séduit par les mêmes apparences, le laisse dans le lit de sa douleur, et part pour la cour, où le rappeloient la reconnoissance et le devoir. Mais les tristes circonstances de cet adieu, les tendres embrassemens du vieillard affligé, furent comme les lugubres précautions d'une tendresse mourante, et d'une séparation plus cruelle. Bientôt après en effet, le jour du Seigneur arrivé, un mortel assoupissement vint nous annoncer le sommeil de la mort: des présages de trépas couvrirent son visage, son arrêt y parut écrit, et l'affreuse mort jusque-là cachée dans son sein, se laissa presque voir à découvert.

A ce bruit fatal, une frayeur universelle se répand : les prêtres du Seigneur montent à l'autel ; on cherche dans le sacrifice de la mort de Jésus-Christ une source de vie pour le pontife mourant ; la victime adorable est exposée à la douleur publique ; les citoyens en foule remplissent nos temples, et environnent les autels : les pauvres au milieu de nos places publiques, les mains levées au ciel, redemandent par leurs gémissemens le père qu'ils sont sur le point de perdre: des vierges sacrées gémissent tout bas dans le sanctuaire ; et tristes témoins de la douleur et de la soumission chrétienne d'une abbesse à qui de tendres nœuds rendent cette séparation si cruelle, elles répandent leurs cœurs aux pieds des autels, mêlent leurs soupirs et leurs vœux, les font monter jusqu'aux pieds du trône de l'Agneau qu'elles doivent un jour suivre ; et par ce tendre spectacle, vont presque arracher des mains de l'Éternel, le glaive fatal qui doit trancher des jours si précieux. Mais les fléaux comme les dons de Dieu, sont sans repentir ; et son heure, ou plutôt la nôtre, étoit venue. On a donc recours aux derniers remèdes de l'Église ; et à leur aspect, l'assoupissement cesse : sa foi se réveille ; ses yeux s'ouvrent pour voir le Sauveur ; il demande non-seulement à manger sa chair, mais encore à boire son sang ; et veut sur le point de sa mort, comme son Maître, s'enivrer de ce vin précieux, dont il ne devoit plus boire que dans le royaume du Père céleste (1).

Cependant le mal gagne : une famille désolée fond en larmes autour du lit : un ami sage et fidèle tâche en vain de s'attirer encore la dernière consolation de quelques paroles mourantes, et l'exhorte à disposer de sa maison terrestre. Un frein éternel avoit déjà été mis sur sa langue, et on ne tiroit plus de lui qu'une réponse de mort. Mais encore, les pauvres que vous avez tant aimés, lui dit-il, vont-ils donc tout perdre avec vous ? votre palais retentit de leurs plaintes ; quelles ressources voulez-vous leur laisser après votre mort ? Que vois-je ici, mes Frères ? ah ! la charité ne meurt jamais. A ces mots cette ame miséricordieuse se réveille toute entière pour faire un dernier effort : ses yeux que la mort avoit déja fermés, se rouvrent pour jeter encore, ce semble, quelques regards favorables sur les malheureux : ses mains défaillantes, depuis si longtems accoutumées à de saintes profusions, vont serrer tendrement les mains de cette illustre ami, comme pour se plaindre qu'elle n'étoient plus propres à ces charitables offices. Une vie étrangère paroît animer ce corps mourant ; il se tourmente, il s'agite ; mille fois il s'essaye de redire ses an-

(1) Matth. 26, 29.

ciens et pieux desseins : mais ces paroles de charité qu'il forme dans le cœur viennent expirer sur sa langue froide et immobile, et se changent en profonds soupirs. Que se passoit-il alors dans cette ame, ô mon Dieu ? quelles saintes inquiétudes ! quels tendres gémissemens ! quels nouveaux transports ! quels brûlans désirs ! Ce feu sacré n'acheva-t-il pas de consumer les restes de ses foiblesses ? et ne parut-elle pas sans tache à vos yeux, lorsque détachée de sa demeure terrestre par les efforts mêmes et les agitations de la charité, elle alla se présenter devant votre tribunal redoutable ?

Que vous dirai-je ici, mes Frères ? qu'ainsi disparoît tout-à-coup la figure du monde ; qu'ainsi s'évanouit l'enchantement des sens ; qu'ainsi vient se briser au tombeau le fantôme qui nous joue ; que les plus beaux jours de la vie ne sont que des portions de notre mort ; que la fleur de l'âge se flétrit ; que les plus vives passions s'éteignent ; que les plaisirs nous lassent par leur vuide, ou nous échappent par leurs excès ; que la gloire n'est qu'un nom qui se fait cependant acheter de tout notre repos ; que la pompe et l'éclat ne sont que des décorations de théâtre ; que les honneurs ne sont que des titres pour nos tombeaux ; que les plus belles espérances ne sont que de douces erreurs ; que les mouvemens les plus éclatans sont comme les agitations de ces feux nocturnes, qui paroissent et se replongent à l'instant dans d'éternelles ténèbres ; en un mot, qu'il n'est rien de solide dans cette vie, que les mesures que l'on prend pour l'autre : vous dirai-je tout cela ? Mais qui ne le dit en ces jours de deuil et d'amertume ? qui fut jamais plus fécond sur les abus du monde que le monde même ? Au milieu des plaisirs on nous voit discourir sur leur fragilité : nous insultons le monde en l'adorant. Aussi quel fruit recueillons-nous de ces stériles réflexions. Quelques projets éloignés de changement, qui ne font que nous calmer sur nos désordres présens ; et contens d'avoir connu nos plaies, nous en sommes, ce semble, plus tranquillement malades.

Reprenez donc les chans lugubres que j'ai interrompus, triste Sion, et gémissez sur les cendres de l'époux sacré qui vous a été enlevé : remontez à l'autel, prêtres du Seigneur ; et si un reste de fragilité, si quelques négligences dans les devoirs infinis d'un pénible ministère, arrêtoient encore le prince des prêtres que nous pleurons ; dans cet endroit mystérieux du temple où achevaient de se purifier les ministres, ah! disposez l'appareil du sacrifice ; mettez entre les mains de ce pieux pontife le sang de l'Agneau, afin qu'il puisse entrer dans le sanctuaire éternel, et se présenter avec confiance devant la face du Roi de gloire.

Ainsi soit-il.

ORAISON FUNÈBRE

DE

MESSIRE DE VILLEROY

ARCHEVÊQUE DE LYON

Sacerdos magnus........ qui prævaluit amplificare civitatem. qui adeptus est gloriam in conversatione gentis, et ingressum domûs et atrii amplificavit.

C'est ici un pontife illustre qui a su augmenter le bonheur et la puissance de la ville, qui s'est acquis de la gloire au milieu de sa nation, et qui a été honoré par les fonctions de son ministère, dans la maison du Seigneur, et dans l'enceinte du temple. (Au chap. 50 de l'Ecclésiastique, vers. 5.)

Ainsi pour consoler Israël de la mort du grand-prêtre Simon, un auteur inspiré d'en haut immortalisoit jadis, par des louanges nobles et divines, la mémoire de ce pontife, et cherchoit dans le souvenir de ses vertus, une triste ressource à la douleur de sa perte. D'abord le plaçant parmi ces hommes pleins de gloire, qui rendent les peuples heureux par la solidité de leur sagesse, qui ont été riches en grands talens, et dont le nom vivra dans la succession de tous les siècles, il va puiser dans la nature mille images vives et brillantes, et célèbre avec cet air de majesté, où l'esprit humain ne peut atteindre, les plus glorieuses circonstances de son histoire. Ici, dans des temps de trouble et de confusion, on le voit, ainsi que l'étoile du matin au milieu des nuages, briller, suivre toujours sa course, et montrer même de loin les sentiers de la justice et de l'obéissance, à ceux qui, attirés par de fausses lueurs, s'étoient jetés dans les voies glissantes et ténébreuses de la rébellion et de l'injustice.

Également attentif à régler les différends du peuple et des principaux d'Israël, c'est un trait de feu vif et perçant, qui va jusque dans le cœur faire en un instant le discernement délicat de la passion et de l'équité.

Enfin se répandant lui-même tout entier sur les besoins publics; usant, pour le salut et la sûreté de Juda, jusques aux restes mourans d'une vie infirme et défaillante, c'est un doux parfum, qui pendant les jours de l'été exhale au loin son odeur bienfaisante, s'évapore et s'éteint à force de se communiquer.

De là, l'auteur sacré rappelant des spectacles plus saints et plus augustes, le représente au milieu des enfans d'Aaron appliqué aux fonctions redoutables du sacerdoce, présentant au Seigneur une oblation pure devant toute l'assemblée d'Israël, étendant sa main pour offrir le sang de la vigne, soutenant la maison du Seigneur, et affermissant les fondemens du temple; en un mot, ayant soin de son peuple, le délivrant de la perdition, et faisant couler sur lui par des canaux purs et fidèles, les graces des sacremens, et les eaux sacrées de la doctrine.

Quand vous dictiez à cet homme inspiré des expressions si divines; oserai-je le demander ici, Esprit-Saint, quelles furent vos vues? Prétendîtes-vous raconter, ou prédire? Consoliez-vous la synagogue sur la mort de ce fameux pontife; ou promettiez-vous à l'Église la vie de messire Camille de Neuville de Villeroy, archevêque et comte de Lyon, commandeur des ordres du roi, dont nous venons aujourd'hui pleurer la perte?

En effet, Messieurs, avoit-on jamais vu dans le même homme, tant d'attachement aux intérêts du prince, et tant d'attention à l'utilité des particuliers; tant d'application aux besoins de l'état, et tant de vigilance sur le détail des familles ; tant d'égards pour la noblesse, et tant de bonté pour le peuple ; tant de respect pour les droits de la royauté, et tant de zèle pour ceux du sacerdoce ; tant de part aux sollicitudes du siècle, et tant de goût pour les choses du ciel ; tant de grandeur, avec tant de modération ; tant de périls, avec tant d'innocence ?

Vous le savez, illustres citoyens de cette ville affligée ; et le magnifique appareil de cette triste cérémonie où il semble que l'excès de votre douleur ne trouve plus d'adoucissement que dans un excès de reconnoissance, fait assez connoître que vous croyez devoir à la conduite et à la piété de ce grand homme, les richesses de la terre et celles du ciel, puisque vous les jetez avec tant de profusion sur le pompeux tombeau que vous lui avez élevé dans ce temple.

Ah ! que ne pouvez-vous donc parler ici à ma place, vous qui chargés des affaires publiques, trouviez dans une seule de ses réponses ces expédiens heureux qui, ne sont d'ordinaire le fruit que des longues réflexions et des cruelles perplexités ! vous, qui l'établissant arbitre de vos différends particuliers, l'entendiez avec confiance décider sur les intérêts de votre honneur ou de votre fortune : toujours contens de ses arrêts, lors même que vous étiez mécontens de votre sort ! vous, qui malheureux sans avoir la triste consolation d'oser vous plaindre, alliez verser dans son sein votre honte et votre misère ; et le trouvant toujours également discret et charitable en sortiez rassurés sur votre honneur, et soulagés de votre indigence ! vous enfin, ministres du Seigneur, zélés confidens de son amour pour l'Église, qui assemblés autour de lui, comme les esprits célestes autour du trône de l'Ancien des jours (1), en étiez si souvent envoyés pour aller exercer votre ministère en faveur de ceux qui doivent être les héritiers du salut ; que ne pouvez-vous parler ici à ma place ! Mais ce lugubre silence, cette profonde

(1) Hebr. 1. 14.

consternation, cet air de tristesse et d'étonnement répandu sur vos visages, n'en disent-ils pas assez? faut-il donc que j'en sois en ce jour le triste interprète, et que je vienne justifier par un éloge public, une douleur et des larmes publiques?

Souffrez plutôt que je prenne dans une cérémonie de mort de quoi confondre toutes les illusions de la vie, et que je vous redise avec cette noble simplicité qui sied si bien aux vérités du salut : *Au reste, mes Frères, ce que l'homme aura semé il le recueillera* (1) ; *usez de ce monde comme n'en usant pas ; c'est une figure qui passe* (2) ; *c'est une maison bâtie sur le sable mouvant, qui sera demain le jouet des vents et de l'orage* (3).

Je sais quelle est toujours dans ces touchantes cérémonies la prescription de la vanité contre la piété chrétienne : je sais que loin de laisser périr la mémoire de l'impie, comme un son qui se dissipe dans les airs, on lui rend les mêmes honneurs qu'à celle du Juste: je sais qu'une bouche sacrée, qui ne doit plus s'ouvrir que pour annoncer avec le Prophète les merveilles du Seigneur, y vient souvent raconter les ouvrages de l'homme: je sais que du plus humiliant objet que nous propose la foi, on en fait un spectacle de faste et de vaine gloire; qu'on vient recueillir même sur de viles cendres, des esprits de grandeur et d'élévation ; qu'on mêle à la pensée du tombeau, à qui la grace doit tant de conquêtes, le souvenir de mille événemens profanes, qui peut-être ont valu à l'enfer un riche butin ; et que le démon semble enfin avoir trouvé le secret de triompher, comme Jésus-Christ, de la mort même : je le sais. Mais je le sais aussi, Seigneur, que vous perdrez les lèvres trompeuses, et la langue qui parle avec orgueil (4): je sais ce que je dois

(1) Gal. 6. 8.
(2) 1. Cor. 7. 31.
(3) Matth. 7. 26, 27.
(4) Ps. 11. 4.

à la parole évangélique que j'annonce, à la majesté du
temple où réside la gloire du Dieu très-haut ; à la sainte
horreur du sanctuaire, où le pontife éternel est toujours
vivant afin d'intercéder pour nous ; à l'appareil du sacrifice terrible que je suspens ; à la présence du pontife
sacré qui va vous l'offrir, et dont je dois respecter le
recueillement ; à la piété des fidèles qui m'écoutent ; et
surtout à la mémoire du grand prélat à qui je viens rendre ce devoir de religion. Je le sais ; et vous ne permet-
trez pas, Seigneur, que je trahisse lâchement là-dessus les
plus vives lumières de votre grace.

Donnons donc à une cérémonie si chrétienne, un air
et un tour de chrétien : ne louons ni des vices glorieux,
ni des vertus que la foi met au nombre des vices : laissons là cet art profane, qui selon les besoins, éloigne,
approche, saisit avec affectation, ou laisse échapper avec
adresse des faits douteux et délicats : en un mot, sancti-
fions dans cet éloge funèbre les qualités que le siècle
admire, par celles que la religion doit louer. Mêlons saintement le monde avec Jésus-Christ, et découvrons dans
notre illustre archevêque de grands talens et de grandes
vertus : considérons-le comme un grand homme né pour
le bien de l'État ; et comme un grand évêque établi pour
l'utilité de l'Église. Il sut ménager les intérêts du prince
et les intérêts du peuple ; c'est l'usage qu'il fit de ses talens : il sut veiller sur lui-même en se rendant utile à
l'Église ; c'est à quoi se réduisirent ses vertus. C'est-à-
dire, il fut un pontife illustre qui a su augmenter le bonheur et la puissance de la ville, qui s'est acquis de la
gloire au milieu de sa nation, et qui a été honoré par les
fonctions de son ministère, dans la maison du Seigneur
et dans l'enceinte du temple. C'est tout ce que je me propose dans cet éloge.

PREMIÈRE PARTIE.

A quoi se réduisent ces vastes talens qui nous élèvent
si flatteusement sur le reste des hommes, et qui sont

comme un caractère de souveraineté naturelle, imprimé des mains de Dieu sur certaines ames, si la grace de Jésus-Christ, toujours attentive à ramener au Père des lumières tous les dons qui sont sortis de son sein, n'en fait elle-même la destination, et n'en règle l'usage, n'en redresse les vues, n'en corrige les dissipations, n'en marque les routes, n'en sanctifie les écueils ? Car, Messieurs, je le répète, n'attendez pas ici un éloge payen, mais une instruction chrétienne. Je me souviens que je loue un oint du Seigneur, et non pas un héros du siècle. Eh ! le monde est assez ingénieux à se séduire, sans que nous lui aidions encore nous-mêmes, ministres du Seigneur, dans un lieu destiné à le détromper.

Quel rang occupent-elles donc dans la morale des chrétiens, ces qualités éclatantes, lorsque la foi n'en règle pas l'usage ? Ce sont des dons de Dieu qui nous éloignent de lui ; des ressources de salut qui facilitent notre perte ; des lumières étendues qui nous aveuglent sur les objets que la foi nous met comme sous l'œil ; des distinctions de la nature qui nous confondent dans la multitude des méchans ; des penchans d'immortalité que nous usons après des ombres qui périssent ; des semences de vérité que nous étouffons par les sollicitudes du siècle ; des attentes de grace que la cupidité remplit ; des amusemens brillans qui nous font perdre de vue notre unique affaire ; un art de se damner avec un peu plus de contrainte et de solemnité ; des fleurs enfin, qui le matin brillent, et sèchent le soir sur le tombeau : terme fatal, où tout aboutit ; abîme éternel, où tout va se perdre ; écueil inévitable, où après plus ou moins d'agitations, vient enfin se brisser le fantôme qui nous joue et que nous croyons si solide. Mais éloignons pour un moment ces tristes idées ; et cherchons dans l'histoire de notre prélat, des motifs solides d'une consolation chrétienne.

Je dis dans son histoire, Messieurs ; car n'attendez pas que j'en sorte pour remonter jusqu'à celle de ses ancétres. A quoi bon entasser ici des noms antiques ; réunir des titres pompeux ; rassembler des alliances augustes ; rapprocher une longue suite de siècles passés ; et dans une cérémonie destinée à nous faire ouvrir les yeux sur le néant des grandeurs présentes, donner une manière de réalité à celles qui ne sont plus ? Je le pourrois ; et la gloire de l'illustre maison de Villeroy embelliroit, sans doute, cet endroit de mon discours : mais je parle d'un pontife établi selon l'ordre de Melchisédech ; et vous savez que les Livres saints, où nous lisons l'éloge de ce roi de Salem, affectent de ne pas faire entrer dans les louanges d'un prêtre du Très-Haut, la gloire des ancêtres, ni la vanité des généalogies.

La capitale de l'univers, Rome fut le lieu que la Providence choisit, pour donner à son peuple messire Camille de Neuville. Il semble que cette grande ame, qui devoit un jour réunir dans sa personne, la science de régir les peuples, et celle de les sanctifier, soutenir le trône d'une main et l'autel de l'autre, dispenser les mystères de l'état et ceux de l'Église, ne pouvoit devoir sa naissance qu'à cette ville si célèbre, où l'autorité de l'empire et du sacerdoce se trouve réunie dans la même personne.

Aussi l'éducation, qui d'ordinaire dans les autres hommes, embellit ou cultive un fonds encore brut ou ingrat, ne fit que développer les richesses du sien. On lui trouva de la maturité dans un âge ou à peine est-il permis d'avoir de la raison ; et dans les amusemens mêmes de son enfance, on découvrit presque les ébauches de ses grandes qualités : semblable à ce grain évangélique (1), qui dans sa mystérieuse petitesse, laissoit entrevoir ces espérances d'accroissement qui devoient l'élever sur les plus hautes plantes, et dont les branches sacrées devoient même un jour servir d'asile aux oiseaux du ciel.

Au lieu que les méchans, dit le Prophète, se détournent de la droite voie dès le sein de leur mère (2), il rendit

(1) Matth. 13, 31, 32.
(2) Ps. 57. 4.

ses passions dociles à la raison, en un tems où les égaremens du cœur entrent, pour ainsi dire, dans les bienséances de l'âge ; et comme ce pieux roi d'Israël (1), il se joua dans sa jeunesse avec les lions, ainsi qu'on se joue avec les agneaux les plus doux et les plus traitables.

Dans les éloges qu'on entreprend, de la plupart des hommes extraordinaires, on est obligé de tirer le rideau sur les premières années de leur vie : on laisse dans un sage oubli un temps où ils se sont oubliés eux-mêmes : on ne leur donne ni enfance ni jeunesse : on ne commence leur histoire, que par où l'on peut commencer leur éloge : et l'on voit l'orateur habile produire tout-à-coup son héros sur le théâtre du monde, à peu près comme Dieu y produisit Adam ; je veux dire dans la perfection de l'âge et de la raison.

En effet, qu'est-ce que la jeunesse des personnes d'un certain rang ! C'est une saison périlleuse, où les passions ne sont pas encore gênées par les bienséances de la grandeur, et où elles sont facilitées par son autorité : c'est une conjoncture fatale, où le vice n'a rien de difficile ni de honteux ; où le plaisir est autorisé par l'usage ; l'usage soutenu par des exemples qui tiennent lieu de loi ; les exemples facilités par la puissance ; et la puissance mise en œuvre par les emportemens de l'âge, par toute la vivacité du cœur. Seigneur, à qui seul appartient la force et la sagesse, votre grace a-t-elle des attraits assez puissans, votre conseil éternel des ressources assez heureuses, pour préserver une ame au milieu de tant de périls ? Vous le pouvez, Seigneur ; mais qu'il est rare que vous usiez de cette puissance !

Tel fut le privilége de notre archevêque. Mais sur quoi arrêté-je votre attention ? Il semble que j'ai à louer des talens ordinaires ; et je ne m'aperçois pas que ce qui

(1) Eccl. 47. 3.

ailleurs seroit un sujet important d'éloge, n'est ici qu'un amusement.

Exposons tout-à-coup ce grand homme à la tête de la province, veillant aux intérêts et à la gloire du prince ; présidant à la fortune et au repos des peuples ; toujours occupé, et toujours au-dessus de ses occupations ; se faisant un vrai soulagement de son devoir, et se faisant un devoir du soulagement de son peuple ; si pénétrant, qu'il ne lui falloit pour décider, que le tems qu'il faut pour entendre ; si éclairé, que ses décisions paroissoient toujours dictées par la sagesse même ; sûr de l'avenir, attentif au présent, habile à prendre des mesures sur le passé ; d'un esprit vif, facile, insinuant, d'un jugement vaste, élevé, fécond ; d'un cœur droit, noble, bienfaisant ; toujours au-dessus de ses dignités et de sa grandeur, toujours à portée de la misère et de l'infortune ; ami sincère, maître généreux, père commun.

Ici, qu'une piété craintive et peu instruite, ne désavoue pas en secret les louanges que je lui donne. Je respecte votre pieuse délicatesse, ames zélées qui m'entendez. Je sais avec l'Apôtre, que tout pontife n'est choisi d'entre les hommes, que pour s'appliquer à ce qui regarde le culte de Dieu (1) ; qu'il ne faut pas introduire dans le repos sacré du sanctuaire, le tumulte des occupations séculières ; que ceux qui, comme dit le Prophète, vont placer leur bouche jusque dans le ciel, ne doivent plus laisser ramper leur langue sur la terre ; et qu'enfin le monde entier n'est pas digne d'occuper des mains destinées à offrir des dons et des sacrifices (2). Vérités saintes ! vous ne m'êtes pas étrangères ; et je ne viens pas ici détruire ce qu'un emploi sacré m'oblige d'édifier tous les jours ailleurs.

Mais l'Église est-elle donc si peu intéressée à la prospérité des princes, à la sûreté des états, à la tranquillité

(1) Hebr. 5. 1.
(2) Ps. 72. 9.

des peuples, à l'observance des loix, qu'elle en regarde le soin comme un soin profane ? La royauté n'est-elle pas le soutien du sacerdoce ? et travailler à l'agrandissement d'un roi très-chrétien, n'est-ce pas préparer des triomphes à Jésus-Christ ? Le pontife de la loi, souvent au sortir du tribunal, d'où il venoit de prononcer sur la fortune et sur les biens des enfants d'Israël, ne montoit-il pas à l'autel, pour leur attirer des biens invisibles et une fortune plus durable ? Samuel n'étoit-il pas également l'interprète des droits du roi et des volontés du Seigneur envers le peuple ? Saints évêques des premiers temps, ne jouissiez-vous pas de cette double autorité ! et l'application à terminer des différens des fidèles, ne faisoit-elle pas une portion considérable de votre charge pastorale ?

Pourquoi donc, lorsque sous un prince qui fait entrer l'Église en commerce de ses victoires, et en partage avec elle le fruit, il se trouve certaines ames en qui la Providence a versé ces dons rares et excellens, nécessaires pour ménager les intérêts des rois et la conduite des royaumes : pourquoi, dis-je, ne pourroient-elles pas se partager entre les soins du sacerdoce et ceux de la royauté ? Or, Messieurs, ces dons rares et excellens, où parurent-ils jamais avec plus d'éclat, que dans le prélat dont nous pleurons la perte ?

Je ne vous dirai pas ici qu'il avoit reçu du ciel un de ces génies heureux, qui trouvent dans leur propre fonds, ce que l'étude et l'expérience ne sauroient guère remplacer quand on ne l'a pas ; qu'il étoit né instruit sur l'art périlleux de gouverner les peuples ; que de tous les mystères de la sagesse des hommes, il n'ignora que ceux qu'il n'eût pas voulu suivre ; et que comme cet habile conducteur du peuple Juif, il sut dès sa jeunesse tous les secrets de la science des Épyptiens (1). Je n'ajouterai pas que les affaires n'eurent jamais rien d'obscur qu'il n'é-

(1) Act. 7. 22.

claircît, rien de douteux qu'il ne décidât, rien de difficile qu'il n'aplanît, rien de délicat qu'il ne ménageât, rien de périlleux qu'il ne franchît, rien de pénible qu'il ne dévorât ; que les plus vastes l'étoient moins que son esprit ; et que partagé entre mille soins, il fut toujours tout entier à chacun. Ce n'est pas là une imagination qui se joue, et qui substitue à la véritable idée des choses, un fantôme de sa façon ; il n'est personne ici qui d'abord n'ait reconnu que le portrait que je viens de faire, c'est lui : cependant ce n'est pas à quoi je m'arrête.

Persuadé que les talens les plus distingués sont inutiles ou dangereux, lorsque le devoir n'en règle pas l'usage, quel fut son attachement pour la personne du monarque ! Que ne puis-je rappeler ici ces tems fâcheux, où la minorité du prince, l'ambition des grands, les intérêts des ministres, et je ne sais quelle fureur de révolte et de changement qui saisit en certains siècles l'esprit des peuples, firent éprouver tour à tour à la France toutes les calamités des dissensions domestiques ! Que ne puis-je rapprocher surtout ce moment fatal, où la capitale du royaume à la tête de la révolte, la Bourgogne et la Guienne déjà séduites, le Dauphiné prêt à les suivre, et n'attendant plus que l'exemple de cette province ; notre illustre défunt, sollicité de toutes parts, décida presque par sa fermeté, de la fortune du monarque et de celle de la monarchie !

Mais faut-il pour vous représenter le calme et la tranquillité dont la province fut redevable à ses soins, mêler dans une cérémonie instituée pour honorer le paisible sommeil des Justes, les images affreuses de la guerre et de la rébellion répandues partout ? Faut-il pour vous exposer tout le mérite de sa fidélité, faire revivre le souvenir de tant de chutes déplorables, qui pensèrent traîner après soi celle de tout l'état ? Faut-il pour le louer sur des espérances méprisées, sur des offres rejetées, insulter aux cendres de ceux qui le sollicitèrent de se déclarer contre son devoir, et faire d'un éloge particulier, une invective publique? Ah! que plutôt cette gloire descende avec lui dans le tombeau (1)! Je trouve bien dans les Livres saints qu'on doit proposer les vertus du Juste mort, pour condamner les vices des pécheurs qui vivent, mais non pas pour flétrir la mémoire de ceux qui ne sont plus (2).

Dans ces fatales révolutions, c'est une conjoncture bien délicate de se trouver pourvu de toutes les qualités qui rendent habile au gouvernement. On est tenté d'entrer, sans aveu, dans les affaires publiques : on aime encore mieux se rendre nécessaire à l'assemblée des méchans, que d'être inutile au parti des gens de bien. Sous prétexte de chercher à son mérite des moyens de paroître, on procure à son ambition des occasions de crime et de déshonneur ; et souvent on abandonne son devoir sans autre intérêt, que celui de n'avoir pu le remplir avec assez' d'éclat et de dignité. Des talens aussi vastes que ceux de notre prélat, ne devoient guère se borner aux soins d'une province : mais voyant d'un œil tranquille l'abondance et la gloire des injustes sortir de leur iniquité même, il fut toujours content de sa fortune, parce que la cour le fut toujours de ses services.

De ses services, Messieurs? ne donnons point ici dans les excès d'une mauvaise éloquence : parlons sans art; nous ne risquons rien. Quelle suite glorieuse et constante de soins et de fatigues soutenues pendant plus de cinquante ans pour les intérêts de son prince! Vigilant, rien n'échappoit à la force de son esprit : intrépide, rien n'ébranloit la fermeté de son cœur; infatigable, rien ne pouvoit abattre la foiblesse de son corps. Combien de fois par des avis donnés à propos, a-t-il ou corrigé des abus désespérés, ou prévenu des malheurs inévitables, ou procuré des biens qu'on n'osoit se promettre! Tandis que dans les autres provinces l'hérésie attend des coups

(1) Ps. 48. 18.
(2) Sap. 4. 16.

pour expirer, et qu'il faut tailler ces pierres spirituelles pour les faire entrer dans l'édifice sacré de l'Église, notre sage prélat employe-t-il pour les ramener d'autre force que celle de ses raisons ? et comme Salomon, ne le voit-on pas bâtir un temple à la vérité, sans employer le fer, ni sans donner un coup de marteau ? Combien de fois l'a-t-on vu, pendant les désordres de l'État, respecté même des rebelles, aller à travers leurs armées, porter aux pieds du trône le tribut de sa constance et de sa fidélité !

Vous le savez, Messieurs, injures de l'air, incommodités des saisons, infirmités de l'âge, vivacité des douleurs, danger des maux présens, crainte des maux à venir, ce n'étoient plus pour lui des obstacles. Écoutez, ames toutes livrées à vos sens, et pour qui la seule absence du plaisir est un vrai supplice ; du lit même de sa douleur il en fit un nouveau tribunal, d'où on le vit avec un esprit tranquille et serein, régler les besoins de la province et les intérêts de la cour. Et, bien différent de ces dieux dont parle le Prophète, qui avoient des yeux et ne voyoient pas, des pieds et ne marchoient pas, des mains et ne s'en servoient pas ; ah ! il avoit perdu par ses longues et continuelles fatigues, l'usage des yeux, et il voyoit encore tout ; des pieds, et il voloit partout où l'appeloit le service du prince ; des mains, et il donnoit le branle et le mouvement à tout. Quelles étoient là-dessus vos justes frayeurs et vos respectueuses remontrances, vous que d'heureux engagemens attachoient depuis longtems à sa personne et à son service ? Redites tout ce que votre amour pour lui et pour la province, vous faisoit alors dire de plus tendre et de plus touchant, tout ce que son zèle pour le prince lui faisoit répondre de plus ferme et de plus généreux.

Mais ne le vîmes-nous pas ces jours passés, au bruit d'une émeute populaire, recueillir les restes précieux de son ame défaillante, ramasser, si je l'ose dire, les débris d'un corps tout usé ; trouver dans la vivacité de son zèle de quoi ranimer ses forces mourantes ; s'arracher comme

Moïse à la tranquillité de sa montagne, et venir rétablir la paix parmi le peuple, en y rétablissant comme lui l'abondance? Oui, Messieurs, aux premières nouvelles du tumulte, les soins de la santé si chers à la vieillesse, ne l'arrêtent plus; il part, il vole, il paroît, tout se calme : quel est cet homme à qui les vents et la mer font gloire d'obéir? Mais où m'emporte tout-à-coup l'ordre de ma matière? Ah! je touche presque au moment fatal qui nous l'enleva; et en vous rappelant une action glorieuse, je ne m'aperçois pas que c'est la dernière de sa vie, et peut-être la cause funeste de sa mort. Ne hâtons pas un si triste spectacle.

La France a vu sur la scène, presque dans tous les siècles, de ces hommes capables, nés pour ménager les intérêts des princes et faire mouvoir les ressorts infinis d'un état : mais hélas! souvent chargés de la haine comme des affaires publiques, on les a regardés pendant leur vie plutôt comme des instrumens de la colère du Seigneur que comme des ministres de la puissance du prince, et ils sont morts avec la triste consolation d'avoir eu assez de mérite pour déplaire à tout un royaume. C'est que le même zèle qui nous attache au prince, nous endurcit souvent envers le public ! c'est que le même crédit qui nous rend nécessaires au reste des hommes, nous rend quelquefois le reste des hommes méprisable. Mais j'en atteste ici la foi publique : reconnoissez-vous là-dedans le père commun que nous pleurons? Nécessaire à tous, ne fut-il pas toujours à la portée de tous? cette muraille funeste de séparation, qu'un usage peu chrétien met entre les grands et le peuple, ne l'avoit-il pas détruite? falloit-il, pour pénétrer jusqu'à lui, acheter la faveur d'un domestique, ou mériter par de longues et ennuyeuses assiduités, le moment favorable du maître? le nom des pauvres n'étoit-il pas honorable à ses yeux (1)? et en étoit-il de son cabinet comme du sanctuaire du temple de Jérusalem, où

_____

(1) Ps. 71. 14.

l'on ne pouvoit entrer qu'avec des ornemens pompeux et une parure magnifique? portoit-il sur son front ces marques odieuses de puissance, qui semblent reprocher au reste des hommes leur misère ou leur dépendance? n'avoit-il pas réconcilié la grandeur avec l'affabilité? et enfin, en l'abordant, s'aperçut-on jamais qu'il eût de l'autorité, que lorsqu'il accorda des graces?

Quelle leçon pour vous, homme vain! qui à peine échappé de parmi le peuple où vous avoient laissé vos ancêtres, et devenu par une dignité le défenseur de ses droits, affectez de ne jamais détourner sur lui vos regards, comme si vous craigniez de n'y retrouver le souvenir de de votre première bassesse! Ah! le tombeau confondra vos cendres avec celles de ces ames viles; et le Seigneur fera sécher la racine de votre orgueilleuse postérité, et entera dessus une race qui connoîtra la justice et fera la miséricorde.

Combien de fois avions-nous admiré en lui ces lumières vastes et sûres, qui trouvent toujours le point fatal des grands événemens, et cette facilité populaire qui se délasse sur le détail des familles, rallie des intérêts domestiques, et ne sait se refuser à des besoins obscurs, ni s'y prêter avec ces airs d'inquiétude et de fierté, plus accablans que le refus même? Ses mains comme celles de la femme forte, après s'être occupées à des fonctions éclatantes, ne savoient-elles pas se détourner sur les plus obscures? et si j'osois le dire dans un discours chrétien, ne nous rappeloit-il pas le souvenir de ces Romains tant vantés, qui après avoir été à la tête des affaires publiques, et ménagé le destin de Rome, de retour chez eux, enveloppés de toute leur gloire, savoient auprès d'un foyer simple et champêtre, prononcer sur les démêlés de leurs cliens, et se renfermer dans les bornes de cette magistrature domestique, comme s'ils eussent toujours ignoré les fonctions éclatantes de l'autre.

Le détail infini du commerce de cette grande ville, eut-il jamais rien de si bas, où on ne le vît descendre avec

plaisir, y maintenant par son autorité, la paix et la bonne
foi qui en sont comme les nerfs? N'en régloit-il pas souvent les vastes ressorts par la prudence de ses conseils,
et par l'étendue de ses lumières? Ce nouveau tribunal
qui rend cette ville comme l'arbitre du commerce de tout le
royaume, qui dans son établissement fut si fort traversé,
et où des provinces les plus éloignées, on vient attendre
la décision de toutes les affaires où nos citoyens sont
intéressés; n'est-il pas un monument bien tendre et de
son crédit auprès du prince, et de son amour pour le
peuple? Nous avions, à la vérité, ses premiers soins;
mais les avions-nous tout entiers? et par l'application
qu'il eut toujours à connoître et à régler les plus petits
intérêts de la province, n'auroit-on pas dit qu'il étoit le
magistrat particulier de chaque ville de son gouvernement?

Ici, Messieurs, vous ajoutez à ce que je ne dis pas;
vous suppléez à ce que je ne dis que foiblement; vous
rappelez mille circonstances, ou que je passe ou que
j'ignore. Chacun de vous se retraçant le souvenir de
quelque bienfait particulier, m'offre en secret de quoi
grossir cet endroit de son éloge. Ah! que n'est-il permis
à votre douleur et à votre reconnoissance de s'expliquer
ici elles-mêmes! Vous diriez, mais en termes mille fois
plus touchans et plus énergiques que moi, qu'il avoit
délivré le pauvre de la tyrannie du puissant (1); que les
magistrats subalternes ne lui étoient chers qu'autant
qu'ils l'étoient eux-mêmes au public; que sa plus délicieuse félicité étoit de contribuer de ses soins à la félicité
publique; qu'il étoit plus jaloux du rang qu'il avoit dans
nos cœurs, que de celui qu'il tenoit dans le royaume;
qu'il ne connoissoit vos noms, vos familles, votre fortune, que par les services qu'il vous avoit rendus; que
plus d'une fois dépositaire des vœux et des intérêts publics, il les avoit portés au pied du trône avec une res-

(1) Ps. 71. 12.

pectueuse fermeté, et sans ces timides ménagemens, injurieux au prince dont ils exposent la gloire, injustes envers le public dont ils sacrifient les droits ; exemple rare et digne lui seul d'un éloge entier ! en un mot, qu'il étoit le père, le soutien et le protecteur de la province ; l'espérance, la joie et les délices de votre ville.

Mais puis-je vous confondre ici, vous qu'il distingua toujours avec tant de bonté, noblesse illustre, et qu'il honora de sa plus étroite familiarité? Avec quelle confiance l'établissiez-vous arbitre de vos différends ! Que d'animosités étouffées dans leur naissance par sa sagesse ! que de querelles invétérées et si souvent immortelles parmi les gentilshommes n'a-t-il pas éteintes par son autorité ! que de prétentions injustes, que de droits douteux n'a-t-il pas éclaircis par sa pénétration ! Mais quel ami plus sincère et plus généreux? vous le savez, chapitre illustre de la plus noble Église de France. La grandeur, je le sais, ne manque guère d'adulateurs : mais les grands manquent souvent d'amis : comme ils n'aiment que leur fortune, ce n'est aussi que leur fortune que l'on aime en eux : l'amitié, cette tendre ressource de tous les chagrins de la vie, dit le Sage (1), ce doux lien de la société, cet unique plaisir du cœur, est un lien gênant, un plaisir sans charmes pour eux : aussi, comme ils ne vivent que pour eux-mêmes, on ne les aime que pour soi. Ici, étoit-ce la personne ou la dignité qui lui attiroit vos hommages; vous fit-il attendre un service, quand vous l'eûtes demandé ? vous le fit-il demander quand il l'eut prévu? souffrit-il vos justes remerciemens quand il l'eut rendu? plaisir délicat cependant, et qui semble être la plus innocente récompense du bienfait.

Mais peut-être n'étoit-ce là qu'une vertu de parade : peut-être qu'officieux aux yeux du public, il se dédommagea de cette contrainte dans le secret de son domestique. Répondez pour moi, maison désolée de ce grand homme ;

(1) Eccl. 6. 16.

je réveille ici votre douleur, je m'en aperçois. Fut-il jamais de maître plus tendre et plus généreux ? Ne suffisoit-il pas d'avoir eu l'honneur d'être à lui, pour n'avoir plus besoin d'être à personne ? Sûr de votre attachement, ne veilloit-il pas avec plus de soin sur votre fortune que sur votre fidélité ? Étoit-il de ces hommes vains et bizarres qui croient faire grace de permettre qu'on soit au nombre de leurs esclaves, et qui veulent que les services mêmes qu'on leur rend tiennent lieu de récompense ? Enfin, exigea-t-il vos hommages comme un tyran, ou s'il mérita votre tendresse comme un vrai père ?

Que ne puis-je ici, de ses actions passer à ses principes ! Jamais ame ne fit de plus. grandes choses par de plus grands motifs : on auroit dit que tout ce qu'il faisoit de louable, perdoit son prix du moment qu'il étoit loué : c'étoit dégrader le mérite de ses actions, que de l'en faire apercevoir ; et en l'abordant pour le rendre attentif à nos bonnes qualités, il falloit presque oublier les siennes.

Sacrés dispensateurs de la parole évangélique, combien de fois, en vous ouvrant la bouche pour annoncer toute vérité, vous la ferma-t-il sur celles qui le regardoient ?

Et nous-mêmes aujourd'hui, ne sommes-nous pas obligés de trahir par cet éloge public, non-seulement ses plus chers sentimens, mais encore ces dernières intentions des mourans qui sont comme d'autres restes précieux auxquels il n'est pas permis de toucher, et qu'une espèce de religion civile a rendues presque aussi sacrées pour les hommes, que les cendres mêmes et les dépouilles de leurs tombeaux ? Mais il falloit, ame généreuse et modeste, que vous eussiez la gloire de refuser les louanges, et qu'une juste reconnoissance eût la liberté de vous les donner.

Ah ! si après la dissolution de ce corps terrestre, vous pouvez encore être sensible à la gloire de la terre, ame bienfaisante et généreuse ! jetez sur ces citoyens affligés quelques-uns de ces regards que vous fixiez autrefois si utilement sur eux ; et venez recueillir sur les larmes qu'ils mêlent à vos cendres, sur les tristes regrets dont ils honorent vos obsèques, la plus douce récompense de vos fatigues et le plus sincère tribut de leur reconnoissance. Venez voir le plus grand roi du monde, non plus vous donnant des marques honorables d'estime et de confiance, et vous recevant avec tant de distinction au milieu des grands de sa cour, mais ne pouvant vous refuser des marques de douleur au milieu des joies et des acclamations de ses victoires, et paroissant tout occupé de votre perte, tandis que l'Europe ne l'est que de ses conquêtes.

Il faudroit ici finir son éloge : les regrets de Louis le Grand laissent-ils quelque chose à dire? Il faudroit même ne pas vous faire souvenir de cette glorieuse lettre que toute la France a vue, si digne de passer dans nos annales et d'être conservée à la postérité, où l'on voit cette main royale occupée à laisser à nos neveux un éloge digne du grand Camille et de toute son illustre maison. Je ne puis qu'affoiblir une circonstance si honorable à sa mémoire : ce que j'en pourrois dire, ne diroit pas ce que j'en pense : les paroles des rois ont je ne sais quoi d'énergique qu'un discours entier ne peut remplacer. Louis le Grand y fait des vœux pour la durée des jours de notre prélat. Il semble que comme autrefois le vieillard Jacob, aux approches de la mort, sentit revenir ses forces en voyant le bâton de commandement entre les mains de Joseph (1); de même notre glorieux vieillard devoit rappeler les siennes, en voyant son illustre neveu honoré du bâton de maréchal de France. Ce grand prince l'y exhorte de venir se montrer encore une fois à sa cour, et l'assure que *personne, sans exception, ne l'y verra avec plus de plaisir que lui*. Régnez, prince, seul digne d'être servi, puisque seul vous savez si bien honorer ceux qui vous servent. C'est tout ce que je puis dire.

Mais puis-je ne pas ajouter que ce grand prince s'y félicite lui-même d'avoir rendu justice au mérite de notre

(1) Hebr. 11. 21.

illustre gouverneur? Ce seul mot ne vous rappellé-t-il
par sa grandeur d'ame, cette élévation d'esprit, ces manières dignes encore d'une plus haute fortune, et mille
actions glorieuses que nul de vous n'ignore, et que la
parole de paix, dont je suis le ministre, me défend de
redire ici? Puis-je ne pas ajouter qu'il y honore d'un
glorieux souvenir et d'une éternelle reconnoissance, la
mémoire de ce sage et vaillant maréchal, qui jeta dans
son ame royale, les premières semences de valeur et de
sagesse, et qui le premier sut ébaucher Louis le Grand?
Quelle gloire pour cette célèbre maison!

L'opprobre de Jésus-Christ a eu cependant plus de
charmes pour votre cœur, que toute cette pompe de l'É-
gypte (1), illustre fille qui m'écoutez. Aussi en vous entretenant de la gloire de votre famille, je n'ai pas voulu
affoiblir votre foi, mais aider votre reconnoissance, et
vous exposer plutôt les périls dont la grace vous a délivrée, que vous faire estimer de faux biens et de vains
honneurs, que vous avez si généreusement méprisés.

Passons à notre dernière partie. Je vous ai montré
comment ses talens le rendirent nécessaire au prince et
utile au peuple : montrons qu'il fut fidèle à Jésus-Christ
et utile à l'Église par ses vertus chrétiennes et épisco-
pales.

DEUXIÈME PARTIE.

Il est glorieux, je l'avoue, à un pontife sacré, d'avoir
été, ce semble, formé des mains du Très-Haut, pour ménager les intérêts des rois et la fortune des royaumes :
c'est sans doute un endroit éclatant, et l'on peut en faire
honneur à sa mémoire. Mais si en honorant le prince, il
n'a pas craint le Seigneur (2) ; si en veillant sur les membres de l'état, il a eu les yeux fermés sur les membres

(1) Madame de Villeroy, carmélite.
(2) 1. Petr. 2. 17.

de Jésus-Christ : en vain aura-t-il amassé à grands frais une fragile gloire devant les hommes ; il n'en a point de solide devant Dieu : *Habet gloriam, sed non apud Deum* (1) Que l'homme nous considère, disoit autrefois saint Paul, comme les ministres de Jésus-Christ et comme les dispensateurs des mystères de Dieu (2). Or, Messieurs, comment dispenser fidèlement des mystères terribles, si l'on ne connoît toute leur grandeur et toute sa misère ? et quelle foi vive et pleine ne faut-il pas pour cela ? Comment les dispenser saintement, si ces lumières divines ne sont pas la règle constante de nos mœurs ? quelle pureté ! De plus, pour être associé au ministère de Jésus-Christ, il faut être ingénieux à découvrir les besoins des fidèles ; quelle vigilance ! Toujours il faut être prêt à les soulager ; quelle charité !

En effet, qu'est-ce que l'honneur de l'épiscopat, si l'on s'en tient à ce que la chair et le sang nous révèlent là-dessus, et si l'on en juge par la corruption et le relâchement de ces derniers tems ? C'est un poste éminent qu'il est permis de souhaiter, auquel il est glorieux d'atteindre, et dont il est doux de jouir ; c'est un titre pompeux, mais vuide, qui retient tous les honneurs du sacerdoce, et qui en distribue aux autres les fatigues comme des faveurs : c'est une autorité tranquille, qui à l'ombre du faste qui l'environne, décide du travail de ceux qui portent le poids du jour et de la chaleur. Mais si l'on consulte le Père des lumières, et si nous remontons à ces siècles de ferveur et de pureté, c'étoit un poids redoutable et saint, qu'on ne désiroit jamais sans témérité, dont on ne pouvoit se charger soi-même sans profanation, sous lequel on devoit gémir avec crainte et tremblement : c'étoit une servitude pénible, qui nous établissant sur tous, nous rendoit redevables à tous ; un ministère d'amour et d'humilité, qui établissoit le pasteur déposi-

(1) Rom. 4. 2.
(2) 1 Cor. 4. 1.

taire et des miséricordes du Seigneur, et des misères du peuple. Siècles si honorables à la foi, sainte antiquité si connue en nos jours et si peu imitée, tems heureux, où êtes-vous ?

Je ne vous dirai pas, Messieurs, que notre grand archevêque, à l'exemple de Jésus-Christ, ne s'étoit pas lui-même établi pontife (1) ; que les désirs du prince prévinrent ses désirs, et que l'honneur du sacerdoce lui fut offert avant qu'il s'y fût offert lui-même. Mais oserai-je le dire, et croira-t-on, que la foi sur son déclin soit encore capable de ces efforts du premier âge? il endura plus de sollicitations pour se résoudre à subir ce fardeau sacré, que les autres n'en employent pour l'obtenir : il mit à s'en défendre presque tout le tems qu'on met à le demander : en un mot, il sut être évêque, après l'avoir refusé.

Persuadé que vous réprouvez souvent, ô mon Dieu (2)! les conseils des princes, combien de fois répandant son cœur aux pieds de vos autels, vous conjura-t-il, comme autrefois Moïse, d'envoyer pour conduire ce peuple nombreux, celui que vous aviez marqué dans vos conseils éternels (3) ? combien de fois mettant entre vos mains le sort de son ame et celui de sa dignité, vous pria-t-il de le délivrer, ou des foiblesses de l'une, ou du fardeau terrible de l'autre (4) ? Ah ! c'est qu'éclairé de vos lumières, il aperçut peut-être dans son cœur quelques restes de ces désirs du siècle, qu'une sainte discipline a bannis du sanctuaire, et qui blessent, sans doute, l'excellence et la gravité du sacerdoce chrétien. Vous ne voulûtes pas cependant qu'un autre reçût son épiscopat ; vous l'oignîtes de l'onction sainte, et vous relâchâtes, ce semble, un peu de la sévérité de vos loix en faveur de celui qui de-

(1) Heb. 5. 5.
(2) Ps. 32. 10.
(3) Exod. 4. 13.
(4) Ps. 30. 16.

voit un jour les faire observer avec tant de soin et de bénédiction.

Et ce n'est pas ici, Messieurs, un éloge de bienséance. A Dieu ne plaise que je dégrade ainsi mon ministère, et que je vienne insulter la vérité jusque sur les autels où on l'adore ! Vous le savez, vous qui eûtes la triste consolation de recueillir ses derniers soupirs : hélas ! suis-je destiné à vous rappeler sans cesse un souvenir si amer ? vous vîtes son ame mourante chercher à se rassurer sur les devoirs immenses du ministère dont elle étoit sur le point d'aller rendre compte, par le souvenir des frayeurs qu'elle avoit éprouvées en l'acceptant ; et n'espérer une place dans le sein d'Abraham, que parce qu'elle l'avoit toujours refusée dans le sanctuaire.

Mais qu'aurez-vous alors à répondre au tribunal de Jésus-Christ, vous dont la démarche la plus innocente, en entrant dans l'héritage du Seigneur, a été de le désirer ; qui ne devez qu'à des bassesses profanes une élévation toute sainte ; qui n'êtes monté qu'en rampant sur le trône sacerdotal ? vous, qu'on ne voit assis dans le sanctuaire du Dieu vivant, que pour avoir été longtems debout dans les antichambres des grands, et qui n'auriez jamais été placé sur la tête des hommes (1), pour parler avec David, si vous n'aviez été mille fois lâchement à leurs pieds ?

Les mêmes lumières qui lui firent entrevoir l'éminence du ministère, lui découvrirent aussi jusqu'où devoit aller la pureté du ministre. Il comprit que c'est un spectacle monstrueux de voir les mains souillées du pontife, tantôt levées au ciel pour en attirer ces précieuses rosées qui purifient les consciences, tantôt étendues sur des têtes sacrées, verser jusque dans les âmes des caractères augustes et ineffaçables de puissance, et les marquer du sceau du Seigneur ; tantôt trempées dans le sang de l'Agneau, parmi le bruit sacré des cantiques, et la fumée

(1) Ps. 65. 12.

des encensemens, présenter avec solennité au Dieu saint le sacrifice redoutable ; tantôt lancer sur des pécheurs rebelles des foudres dont lui-même devroit être frappé ; tantôt offrir à des pécheurs humiliés, des trésors dont il est lui-même indigne : de voir une bouche impure, tantôt offrir pendant les mystères terribles, le baiser saint à des ministres purs et irrépréhensibles ; tantôt prononcer les paroles mystiques, et créer sur les autels le pain sacré qui nourrit les anges, le vin délicieux qui produit les vierges ; tantôt sanctifier les temples de Sion, et y faire descendre la gloire du Seigneur par d'augustes dédicaces ; tantôt y consacrer à Jésus-Christ des vierges innocentes ; tantôt y raconter ses justices et les merveilles de son alliance.

Aussi avec quel honneur et avec quelle sainteté posséda-t-il toujours le vase de son corps, pour parler avec l'Apôtre (1) ? N'avoit-il pas, ce semble, atteint à ce point de pudicité sacerdotale, comme l'appelle un Père (2), qui fait que la vertu la plus pénible à la nature, nous devient la plus naturelle, et qui accoutume, pour ainsi dire, le cœur à être invulnérable de son propre fonds ?

Le vit-on jamais, je ne dis pas avilir la majesté du sacerdoce jusqu'à l'indignité et aux foiblesses d'une passion, mais l'abaisser jusqu'à l'inutilité et aux amusemens des conversations ? Et ce n'étoit point ici un de ces mérites que donne la vieillesse ; une de ces régularités tardives, qui sont les assortimens de l'âge plutôt que les ornemens du cœur ; qui parent les débris du corps au lieu de réparer ceux de l'âme ; où il entre plus de bienséance que de grace, et qui n'ont presque de la vertu que la seule impuissance d'être encore vices. Il ne fit que recueillir dans l'hiver ce qu'il avoit semé pendant les jours de l'été : ses passions ne parurent éteintes sur la fin, que parce qu'il en avoit amorti les ardeurs nais-

____

(1) Thess. 4. 4.
(2) S. Ivon. Epist. ad Tid.

santes ; et dans une carrière de plus de quatre-vingts ans, on ne s'est jamais aperçu que son cœur fût sensible, que par l'horreur qu'il eut pour le vice.

Qui ne sait cependant quelles sont là-dessus les complaisances et les adoucissemens de l'usage ? Hélas ! cette foiblesse a presque perdu son nom et sa honte parmi nous : c'est une lèpre qui n'éloigne plus même du sanctuaire. Des yeux chrétiens s'accoutument enfin à voir sans horreur un feu profane s'élever du même autel où repose le feu sacré, et le même cœur qui vient de soupirer en secret devant l'idole, présenter publiquement au Dieu saint les soupirs et les supplications de toute l'assemblée des fidèles.

Saintes et pieuses ordonnances, où il pourvoit avec tant de soin à la pudeur des ministres de Jésus-Christ ; où il renouvelle les plus anciennes loix de l'Église sur l'âge des personnes d'un autre sexe dont ils peuvent recevoir des secours ; de peur que les mêmes soins qu'on prend pour la vie de leur corps ne soient des soins meurtriers pour leurs ames : vous êtes les fruits précieux de l'amour qu'il eut pour cette vertu sacerdotale.

Ah ! si les livres saints ne me défendoient de révéler la honte de ceux qui montent à l'autel, je vous le représenterois ici par la sévérité salutaire des peines canoniques, foudroyant les ministres scandaleux, et mettant des vases d'honneur à la place de ces vases de honte et d'ignominie ; là, par des remontrances paternelles, tendant la main à ceux que la seule infirmité de la chair avoit précipités dans l'abîme, et arrachant des larmes de douleur des mêmes yeux à qui la passion en avoit peut-être arraché mille fois de criminelles ; souvent enfin découvrant par de pieux artifices de charité, la puanteur de ces sépulcres blanchis, dont les crimes ne reposent, ce semble, qu'à l'ombre de la vertu, et faisant répandre une odeur de vie à ceux qui n'avoient répandu jusque-là qu'une odeur funeste de mort.

Sages et zélés coopérateurs de son épiscopat, interrompez ici les louanges que je lui donne, si elles sont excessives : mais plutôt ajoutez, que l'amour qu'il eut pour cette vertu fut plus fort que la mort ; qu'il s'étendit jusques aux soins de sa sépulture ; que malgré l'exemple du Sauveur, il ne voulut pas que les femmes de Jérusalem rendissent les derniers devoirs à son corps ; et qu'il fut jaloux de la pudeur dans un temps même où l'on ne peut plus en avoir le mérite.

Mais suffit-il à un évêque d'avoir été attentif à soi-même ? ne faut-il pas pour accomplir toute justice, qu'il ait encore veillé sur le troupeau de Jésus-Christ (1) ?

Or, rappelez, Messieurs, le triste état où se trouvoit ce vaste Diocèse ; cette Église si vénérable qui va prendre sa source jusque dans les tems apostoliques ; qui la première de nos Gaules, reçut de l'Orient les richesses de l'Évangile ; qui vit arriver et recueillir avec allégresse les Photin et les Irénée, ces hommes divins teints encore du sang de Jésus-Christ fraîchement épanché, et qui, avec la foi alloient répandre partout des esprits de souffrance et de martyre : cette Église, qui formée par leurs travaux, fortifiée par leur doctrine, mérita enfin d'être illustrée de tout leur sang ; et qui, encore aujourd'hui, pour avoir été la première éclairée des lumières de là foi, en a les premiers honneurs dans le royaume : rappelez, dis-je, le triste état où elle se trouvoit, quand notre illustre archevêque fut appelé à sa conduite.

Hélas ! tout l'éclat de cette fille de Sion étoit obscurci (2) ; ses prophètes, ou n'avoient plus de visions, ou n'en avoient que de fausses (3) ; ses solemnités et ses sabbats n'étoient presque plus que des dissolutions superstitieuses (4) ; les pierres du sanctuaire se traînoient indignement dans les places publiques (5) ; la langue de

(1) Act. 20, 28.
(2) Thren. 1. 6.
(3) Ibid. 2. 14.
(4) Ibid. 2. 6.
(5) Ibid. 4. 1, 4.

ceux qui devoient distribuer le lait de la doctrine, s'étoit
attachée à leur palais ; l'or et l'argent étoient presque les
seuls canaux par où l'eau des sacremens couloit jusques
à nous ; et Lyon, cette cité sainte, que la dignité de son
trône met à la tête de tant de provinces, gémissoit dans
une manière de triste veuvage, et étoit presque devenue
la tributaire de Garizim : *Princeps provinciarum facta est
sub tributo* (1).

Parlons sans figure. Le prêtre admis sans précaution
aux fonctions du sacerdoce, s'en acquittoit avec indignité : le fidèle pendant sa vie dans un oubli profond
de nos mystères et de la loi de Dieu, mouroit tranquillement sur la bonne foi de l'ignorance et des déréglemens du ministre : et l'hérésie, qui, comme l'armée des
Assyriens, n'attaque Jérusalem qu'à la faveur des ténèbres, profitoit de celles-ci pour renverser ses murs, et
venir lui enlever de vrais adorateurs jusque dans l'enceinte du sanctuaire.

Depuis long-tems même cette Église n'avoit pas vu
ses pontifes aller, comme des nuées saintes, répandre
des rosées salutaires sur les diverses contrées de sa dépendance : les vieillards, qui, jadis au fond de leurs
campagnes, avoient eu la consolation de les voir, le
racontoient à leurs neveux comme une aventure singulière ; et si l'on veut me passer ce mot, l'apparition et
la course annuelle de ces astres saints, étoit devenue un
phénomène presque aussi rare et aussi surprenant que les
comètes.

A Dieu ne plaise cependant que je vienne ici flétrir
leur mémoire pour honorer celle du prélat que nous
pleurons ! Je respecte trop les cendres sacrées de ces
grands hommes : je sais qu'ils ont eu le malheur de
vivre en des tems fâcheux ; que ces désordres étoient
plutôt les vices de leur siècle, que de leur personne ;
et que s'ils n'ont pas mieux fait, c'est qu'il n'étoit guère
alors permis de mieux faire.

(1) Thren. 1. 1.

Telles étoient les ruines de la maison du Seigneur, quand nous y vîmes entrer notre nouveau pontife. Quelles furent alors nos acclamations et nos tendres réjouissances ! Temple majestueux, où l'onction sainte fut répandue sur son chef sacré, vous vîtes pendant les joyeuses solemnités de cette auguste cérémonie, nos mains en foule levées au ciel, porter le doux parfum de nos prières et de notre reconnoissance, jusqu'aux pieds du trône de l'Agneau ; le remercier d'avoir donné pour évêque à cette ville, celui que le prince lui avoit déjà donné pour gouverneur ; et le prier de faire revivre les jours et les bénédictions de l'épiscopat d'Ambroise, puisqu'il en faisoit revivre l'histoire et presque toutes les circonstances.

En cet endroit, Messieurs, je me sens comme transporté dans ce premier âge de son ministère : j'y vois ce vaste Diocèse, comme un chaos informe et ténébreux, se développer peu à peu : chaque jour offre à mes yeux de nouveaux spectacles.

Ici s'élèvent successivement des maisons de retraite, des sources publiques de l'esprit ecclésiastique, des écoles de sacerdoce et d'apostolat, de pieux séminaires si nécessaires alors et si rares dans le royaume, où loin du commerce du siècle, et sous les yeux de directeurs graves et consommés, on sauve de bonne heure l'innocence des clercs de la contagion du monde ; où l'on purifie des cœurs qui doivent un jour offrir à Dieu les vœux des hommes ; et où dans les semences de doctrine et de vérité qu'on jette dans une seule ame, on voit croître l'espoir consolant de la conquête de mille autres.

Là, par les soins d'un ministre savant et infatigable, les pasteurs assemblés confèrent ensemble sur ce qui regarde le royaume du ciel ; se communiquent leurs doutes et leurs lumières, puisent dans les plus pures règles des mœurs, de quoi régler sûrement les consciences, opposent la loi de Dieu aux interprétations des hommes ; apprennent à fuir également, et ce zèle amer et intraitable, qui, sans nul égard, achève de briser un roseau déjà cassé, et d'éteindre une lampe encore fumante; et qui par les difficultés extrêmes, dont il investit l'observance de la loi, fournit presque aux pécheurs de nouvelles raisons pour la violer; et cette molle complaisance, qui, en voulant aplanir les voies du Seigneur, creuse des précipices aux fidèles.

Ici s'établissent d'utiles retraites, où les pasteurs accourus de toutes parts, réparent dans le silence, dans la prière, les dissipations inévitables dans leur ministère. Là, sortis de ce nouveau cénacle, j'en vois des troupes sacrées qui vont faire dans nos champs des courses apostoliques, et qui renouvellent des prodiges comme les travaux des premiers disciples. En cet endroit, on jette les fondemens d'un édifice sacré où les pauvres sont évangélisés, où les petits trouvent le pain qui nourrit l'ame, qu'ils avoient demandé jusque-là aussi inutilement que celui qui nourrit le corps. Dans un autre, de nouvelles communautés de l'un et de l'autre sexe, attirent de nouvelles bénédictions.

Mais je ne m'aperçois pas que c'est ici une histoire plutôt qu'un éloge. Vous représenterai-je notre pontife infatigable, présidant à tant de pieux établissemens ? tantôt il parcourt ce vaste Diocèse, et montre enfin un évêque aux peuples de la campagne; tantôt, de son palais épiscopal, il fait mouvoir les ressorts infinis qui pourvoient aux besoins spirituels de cette grande ville; tantôt jaloux des droits vénérables de son siége, on le voit résolu de ne point monter à une des premières dignités de l'état, plutôt que de dégrader son Église du rang et de la dignité de première Église de France.

Vous le représenterai-je, tantôt soutenant les fatigues des plus nombreuses ordinations ? hélas ! nous le vîmes il y a peu de tems, malgré la caducité de son âge et la vivacité des maux, recueillir ce qui lui restoit de forces pour donner encore à l'Église des ministres, et lui laisser, pour ainsi dire, des enfants de sa douleur : tantôt enfin à la tête d'une assemblée de prêtres prudents, selon l'avis du Sage, prendre avec eux de saintes mesures pour étendre le royaume de Jésus-Christ ; demander leur avis avec bonté, l'écouter avec estime, le suivre avec religion ; soutenir par son autorité ce qu'on y délibère par sa sagesse. Oui, Messieurs, l'esprit le plus élevé de son siècle, le plus vaste, le plus droit, le plus riche de son fonds, ne peut se rassurer sur ses propres lumières, et ne croit pas que, dans un ministère où les fautes sont irréparables, les précautions puissent être excessives.

Sacrés ministres de Jésus-Christ, qui formiez cette sage et savante assemblée, puisse le pasteur que la Providence destine à la conduite de cette illustre Église, avoir la même déférence pour vos salutaires avis ! puissent vos anciennes et saintes fatigues vous en attirer de nouvelles !

Ah ! s'il ne falloit pas ici me renfermer dans les bornes d'un discours ordinaire, je vous mettrois comme sous l'œil ce que je n'ai montré qu'en éloignement : les clercs attentifs à leur ministère, les peuples instruits par leur doctrine, secourus par leur zèle, édifiés par leur exemple, tout ce grand Diocèse, où régnoient avec tant de licence les abus et les dérèglemens de ces derniers siècles, renouvelé et rapproché presque de la discipline des premiers tems.

Père des miséricordes et Dieu de toute consolation ! n'avons-nous pas, après cela, un juste sujet d'espérer que vous n'exclurez pas du festin éternel celui dont vous vous êtes servi pour y faire entrer tant d'aveugles et tant de boîteux ? Ah ! il me semble que devant votre tribunal redoutable, où il attend la décision de son éternité : Il est vrai, Seigneur, vous dit-il, peut-être ne trouverez-vous pas mes œuvres pleines. Cendre et poussière, je n'entreprends pas de me justifier à vos yeux. Vous êtes un Dieu jaloux, et peut-être que les sollicitudes du siècle ont un peu trop partagé mon cœur entre la créature et vous. Vous m'aviez donné un rang d'honneur

dans le repos du sanctuaire, et peut-être y avois-je introduit un reste de tumulte et d'amusement encore un peu
séculièr : mais jetez les yeux sur cette vaste église que
je laisse si affligée de ma perte. Non, je consens de
n'avoir auprès de vous que ce mérite seul : *Apud te
laus mea in Ecclesiâ magnâ* (1). Je vous offre les sueurs
et les peines de tant de ministres que j'ai formés, les
supplications encore toutes ferventes, les précieuses larmes de componction de tant de pécheurs à qui ils font
tous les jours .goûter le don céleste et les vertus du
siècle à venir ; les scandales et les profanations de tant
de dispensateurs infidèles que j'ai corrigés ; la piété de
tant de chrétiens que leur exemple auroit entraînés dans
l'abîme. Je présente au trône de votre miséricorde, les
fruits précieux de tant d'établissemens de piété que j'ai
procurés ; les pieux exercices de tant de maisons saintes
que j'ai consacrées ; et surtout les vœux et l'affliction
des Filles du Carmel, où mon corps attend la glorieuse
immortalité : ah ! quand l'odeur de leurs sacrifices mon-
tera jusqu'à vous, souvenez-vous, Seigneur, que j'en ai
allumé moi-même les premiers feux et préparé presque
tout l'appareil.

Mais oublié-je, Messieurs, qu'il a rassasié la faim,
étanché la soif, couvert la nudité des membres de Jésus-
Christ ? quel plus juste sujet de confiance ! Faut-il que
je sois réduit à passer si rapidement sur un des plus
beaux endroits de sa vie ? Publiez-le donc à loisir, vous,
dont il soulagea l'indigence ; et cette même voix dont, si
souvent vous vous êtes servis pour lui exposer vos besoins, servez-vous-en désormais pour raconter ses largesses.

A combien de familles de gentilshommes presque chancelantes n'a-t-il pas tendu des mains charitables ? combien
de jeunes personnes de l'autre sexe doivent à ses soins
leur éducation, leur établissement, et peut-être leur in-

______

(1) Ps. 21. 26.

nocence? Ces familles infortunées, qui sont comme les asiles secrets de l'indigence et de la misère; combien de fois l'ont-elles été de ses dons et de ses richesses? La pauvreté honteuse fût-elle jamais si ingénieuse à se cacher, que sa charité à la découvrir? la pauvreté publique fût-elle jamais si empressée à se produire, qu'il le fût lui-même à la prévenir? Enfin, le revenu de son archevêché n'étoit-il pas devenu le revenu annuel des pauvres de son diocèse.? et ne crut-il pas qu'il falloit cacher honorablement dans leur sein, comme dans un sanctuaire vivant, les trésors sacrés qu'il retiroit du sanctuaire même?

Tel fut le grand homme et le charitable prélat à qui vous rendez aujourd'hui ces tristes et pompeux devoirs, illustres et affligés citoyens! Les leçons que fournit une longue vieillesse sur la vanité des grandeurs humaines, ces fréquentes atteintes de mort qui ne l'approchoient, ce semble, des portes du tombeau, que pour lui faire voir de plus près la fragilité d'un monde qui nous enchante; une attention plus sérieuse à la loi de Dieu, dont il se faisoit lire tous les jours les vérités les plus touchantes et les plus essentielles; sa foi et sa religion, qui se fortifioient par l'affoiblissement de son corps terrestre, préparèrent sa grande ame à voir enfin approcher sans crainte le jour du Seigneur. Il le vit, et il renferma toutes ses frayeurs dans le sein de la miséricorde divine : et autant éloigné de cette fausse sécurité dont le siècle se fait honneur, que de ces foibles inquiétudes qui déshonorent la foi; alarmé à la vue de son juge, rassuré par la présence de son Sauveur, tout couvert du sang de l'Agneau que l'Église venoit de lui appliquer par ses sacremens, accompagné des larmes de la ville et de la province, des soupirs et des gémissemens des pauvres, de l'élévation des mains de tant de ministres, honoré des regrets sincères de son prince, il alla se présenter avec confiance devant le tribunal de Jésus-Christ, et laissa dans une seule mort, un sujet commun de deuil et de tristesse, comme le dit saint Ambroise à l'occasion de la mort de son frère : *Privatum funus, sed fletus publicis universorum fletibus est consecratus* (1).

N'attendez pas que je recueille ici ce qui me reste de force pour exciter votre foi; et qu'à l'aspect même de la mort et de ses dépouilles, je vous fasse souvenir de la triste nécessité de mourir : n'attendez pas que sur un tombeau, où se trouve enseveli tout ce que la gloire a de plus éclatant, ce que les dignités ont de plus pompeux, ce que le mérite a de plus solide, ce que la faveur a de plus éblouissant, ce que la naissance et les biens ont de plus flatteur, je vienne vous avertir que la gloire n'est qu'un nom; les dignités des distinctions vaines; la faveur un vrai amusement; la réputation un son qui bat l'air et qui passe; la naissance un fantôme que les hommes sont convenus de respecter; en un mot, que tout ce que nous voyons passera, et que les seules beautés invisibles ne passeront point. Ah! j'aime mieux laisser à un spectacle si instructif et si touchant, le soin de vous désabuser lui-même, et ne point affoiblir par des réflexions la force secrète qu'ont sur les cœurs ces sombres et religieuses cérémonies.

Montez donc à l'autel, saints ministres de Jésus-Christ; achevez d'arroser ces chères cendres du sang de l'Agneau; marquez-en ce tombeau sacré, afin que l'ange exterminateur n'y touche point au jour terrible des vengeances. Ah! puisse cet Agneau saint, cette victime adorable que vous allez offrir, être pour cet illustre défunt, comme autrefois pour les enfants d'Israël, un passage heureux des ténèbres de l'Égypte, de ces lieux obscurs où achèvent de se purifier les ames des fidèles, à la terre des vivants et au séjour de l'immortalité!

Ainsi soit-il.

(1) S. Ambr., orat. fun. in ob. fratris.

4.

ORAISON FUNÈBRE

DE

FRANÇOIS-LOUIS DE BOURBON

PRINCE DE CONTI

Habebo claritatem ad turbas, et honorem apud seniores, juvenis. Acutus inveniar in judicio, in conspectu potentium admirabilis ero, et habebo immortalitatem.

Je me rendrai illustre parmi les peuples, et je me ferai respecter des sages et des vieillards, même dès ma jeunesse. Les princes et les puissants admireront l'étendue de mes lumières et la pénétration de mon jugement, et je jouirai de l'immortalité. (Sap., 8, 10, 11, 13.)

MONSEIGNEUR,

Puisque l'Esprit de Dieu, source de toute vérité, loue lui-même dans un prince de Juda, ces talens rares et éclatans, qui forment les grands hommes; pourquoi viendrois-je ici, Messieurs, vous tenir un autre langage?

Pourquoi, poussant trop loin, ou le devoir de mon ministère, ou le néant de toutes les grandeurs humaines, que cette cérémonie funèbre nous met devant les yeux, emprunterois-je le langage de la piété, pour vous dire que la gloire des armes est un vain bruit; que les vertus civiles, qui font toute la douceur et toute l'harmonie de la

société, ne sont que des noms ; que les vastes connoissances et l'élévation du génie, sont de fausses lueurs qui
n'ont rien de plus réel, que la méprise qui les admire ; et
qu'enfin les plus grands hommes ne sont que néant.

Laissons aux dons de l'Auteur de la nature tout leur
prix et tout leur usage : respectons ces grands spectacles, dont sa puissance décore de temps en temps l'univers, en y montrant des hommes extraordinaires ; et ne
confondons pas l'abus que l'orgueil fait toujours des
dons de Dieu, avec la gloire attachée à l'usage légitime
que l'homme en devroit faire.

Il est vrai que la gloire des pécheurs n'est qu'un
ver (1), qui en brillant au dehors, les ronge et les dévore
en secret par l'injustice de leurs desirs, et fait de leur
grandeur même leur supplice.

Mais les pécheurs ne sont pas l'ouvrage de Dieu : ce
qu'ils ont de grand vient de lui : il met en eux ces dons
éminens pour le bonheur des peuples, pour la sûreté
des États, pour la défense des autels, pour l'honneur de
l'humanité, et pour les rappeler eux-mêmes par ces traits
d'élévation, dont il les avoit ennoblis, de la bassesse des
choses présentes, à la grandeur des éternelles.

Coupables, lorsqu'ils font servir les dons de Dieu à
l'injustice, et qu'ils trouvent dans ces ressources de salut, la plus inévitable occasion de leur perte.

Ainsi, Messieurs, si le très-haut, très-puissant, très-
excellent prince, François-Louis de Bourbon, prince de
Conti, que toute la France pleure, que les étrangers re-
grettent, que nos ennemis mêmes, oubliant les pertes
qu'ils durent autrefois à sa valeur, honorent de leur douleur et de leurs éloges : si ce prince n'avoit été qu'un
grand homme selon le monde, et qu'il fût mort plein de
gloire devant les hommes, mais vuide de foi et de charité
devant Dieu, hélas ! que viendrois-je faire ici ! et quelle
part la religion pourroit-elle avoir à son éloge ?

(1) 1 Mach., 2. 62.

Mais graces à vos miséricordes éternelles, ô mon Dieu! vous avez vu ses voies (1); vous l'avez rappelé lorsqu'il étoit éloigné. Sa valeur au milieu des périls n'a plus été qu'une force chrétienne dans ses infirmités. Ce fonds de raison, de modération, de bonté, de vérité, d'équité, de tout ce qui peut faire d'un homme les délices des autres hommes, a fourni à votre grace les préparations de tout ce qui devoit le rendre agréable à vos yeux. Ses lumières qui lui avoient toujours montré de loin le salut et la vérité, l'en ont enfin rapproché; et vous avez fait succéder les consolations aux larmes de ceux qui le pleurent (2).

Consacrons donc, sans scrupule, à l'honneur de la religion un éloge où la religion paroîtra toujours honorée; et qu'une voix dévouée à la vérité ne se refuse point à des louanges qui ne seront que le triomphe de la vérité même.

Heureux, Messieurs, non, si cet éloge remplit votre attente et toute la dignité de mon sujet : eh! qu'importe à la gloire de ce prince, qu'un foible discours qui ne passera point à la postérité, soit au-dessous de ses grandes qualités? Qui de vous ne les porte gravées dans son cœur? Vous les· raconterez à ceux qui vous succéderont : nos histoires et celles de nos voisins, mais plus encore l'amour des peuples, en conservera le souvenir aux âges les plus reculés; et sa mémoire toute seule fera toujours son éloge.

Mais heureux d'avoir à parler ici devant un prince auguste, qui fait revivre avec le nom, l'esprit et la valeur du grand Condé; que l'amitié, encore plus que le sang, lioit au prince que nous louons; et qui par sa douleur toute seule, va justifier nos louanges.

Heureux encore si ces pieux devoirs que nous lui ren-

(1) Is., 57. 18.
(2) Is., 57, 18.

dons sont pour vous une instruction, et non pas un simple spectacle.

Vous l'avez admiré comme un des premiers hommes
de son siècle pour la guerre : *Habebo claritatem ad
turbas;* comme un des plus accomplis dans la vie civile:
Et honorem apud seniores juvenis; comme un des plus
éclairés par la singularité des connoissances, et la supériorité des lumières : *Acutus inveniar in judicio;* comme
un héros, comme un sage, comme un esprit supérieur et
universel. Rassemblons tous ces caractères, de valeur,
de sagesse, de lumière; et cherchons à la douleur de sa
perte, une consolation dans le récit des merveilles de sa
vie, et dans le souvenir des miséricordes du Seigneur au
lit de sa mort.

PREMIÈRE PARTIE.

Qu'un prince du sang de nos rois ait eu de la valeur,
c'est un privilége de la naissance, plutôt qu'un mérite
dont on doive faire honneur à la vertu.

Le courage et l'intrépidité sont parmi eux des biens
héréditaires, ainsi que les sceptres et les couronnes; et
comme on ne les loue pas d'être nés princes, on ne doit
pas les louer d'être nés vaillants.

Oui, Messieurs, que le prince de Conti n'eût rien ici de
plus personnel, que de n'avoir pas dégénéré du courage
de ses augustes ancêtres, leur histoire toute seule auroit
embelli son éloge, et il eût fallu chercher dans la gloire
de son sang, le plus noble de l'univers, les distinctions
qui auroient manqué à sa personne.

Mais plus grand encore par l'élévation de son ame,
que par celle de sa naissance; quel puissant génie pour
la guerre sa première jeunesse même ne montre - t - elle
pas en lui !

Quel goût pour tout ce que cet art a de plus pénible,
dans un âge qui n'a de goût que pour le plaisir ! quelle
intrépidité dans les périls ! mais quelles vues ! quelles

ressources! quelle supériorité dans son intrépidité et dans son courage!

Né avec toutes les graces que la nature partage aux autres hommes, la vivacité de l'esprit, la douceur des manières, les charmes de la conversation, les agrémens de la personne, les prééminences du rang; il entra dans le monde avec tout ce qu'il faut pour y plaire et pour y périr.

Dieu, qui sembloit lui ouvrir toutes les voies des passions, lui fermoit en même temps celles des secours et des remèdes.

Le prince son père, dont la pénitence édifioit l'Église, et honoroit la religion, une mort prématurée le lui ravit avant presque qu'il pût le connoître; et s'il ne perdit pas avec lui des instructions, qu'il a pu retrouver dans ses ouvrages, les monumens éternels de ses lumières et de sa piété, il perdit du moins des exemples, qui assurent le succès des instructions.

O profondes dispositions de votre providence, ô mon Dieu! peu d'années s'écoulent, et meurt encore la pieuse princesse qui l'enfantoit tous les jours à Jésus-Christ. Dieu qui couronne ses vertus, ne paroît pas exaucer ses desirs. Mais laissons croître les deux princes ses enfans; les momens de la grace viendront; le dessein de Dieu s'accomplira; les larmes d'une mère sainte ne couleront pas en vain, et la race des Justes ne périra pas.

Les grands talens qui distinguent les hommes dans leur état, se manifestent d'abord par le goût qui les y porte. David encore enfant cherchoit parmi les lions et les ours, une matière à sa valeur, et se déroboit volontiers au repos de la vie champêtre, pour aller s'installer auprès de ses frères, au milieu des armées d'Israël.

Le goût du prince de Conti pour la guerre, fut le premier penchant que la nature montra en lui; et ce n'étoit pas ce goût qui dans les autres est d'ordinaire une ardeur de l'âge, plus qu'une preuve du talent.

Guidé par la force de son génie, il se fit d'abord de l'art militaire une étude, et non pas un amusement; il comprit tout ce qu'il falloit d'étendue, d'élévation, de sang-froid, de vivacité, de profondeur, de ressources, de connoissances pour y exceller; et crut qu'un prince ne devoit compter pour rien de combattre, s'il ne se rendoit digne de commander.

A la lecture des anciens, et surtout des Commentaires de César, dont il traduisit les plus beaux endroits, il ajouta la recherche et la conversation des hommes les plus consommés dans la science de la guerre. Il les écoute, il les étudie; il en fait ses amis, pour être plus à portée d'en faire ses maîtres; il se rend propres les talens différens qui les distinguent entre eux; persuadé que si la naissance peut donner les grandes dispositions, c'est l'application toute seule qui fait les grands hommes.

A la fleur de l'âge, né pour plaire. l'objet des regards et des souhaits de toute la cour, au milieu de tout ce frivole, il a des vues vastes et sérieuses: il pense déjà qu'un prince n'est aimable qu'autant qu'il est grand, et que les traits qui le rendront immortel, doivent être plus gravés dans la beauté de ses actions, que dans les charmes de sa personne,

Vous commenciez dès-lors, ô mon Dieu! l'ouvrage de vos miséricordes; et en lui formant ce caractère sage et solide, vous le prépariez à se désabuser enfin de ce qui n'est que folie et vanité.

La France jouissoit alors d'une paix que nos victoires et la modération du roi, venoient de donner presque à toute l'Europe. La seule Hongrie étoit encore le théâtre de la guerre. Les Turcs, fiers de leurs conquêtes passées, menaçoient le nom chrétien. Le prince son frère y vole. Sur des pas si chers, marche celui que nous pleurons: ses réflexions cèdent à sa tendresse; la complaisance l'y mène, et la gloire l'y attend.

Un charme secret attaché à sa personne lui gagne d'abord tous les cœurs. Dans un pays si opposé à nos mœurs, si ennemi du nom françois ; au milieu de la rudesse germanique, il trouve les mêmes applaudissemens qu'à Versailles ; et ses charmes tous seuls vainquent déjà la fierté d'une nation, sur laquelle sa valeur doit remporter un jour bien d'autres victoires.

Oublions pour un moment tout ce qu'il fait de glorieux durant cette campagne ; voyons-le attaché au prince Charles de Lorraine, général des troupes de l'Empire ; ce grand homme dont la France, équitable même envers ses ennemis, respectera toujours la mémoire.

Quel goût dans ce célèbre général pour notre jeune héros ! quelle surprise de lui trouver à son âge ce que les années ne donnent pas aux hommes ordinaires ! quelle joie même de voir couler si glorieusement en lui le sang de France ! ce sang qu'il aima toujours, quoique les malheurs et les enchaînements de sa vie lui eussent formé d'autres destinées.

A ses pas s'attache le prince de Conti. A l'action, dans les conseils, dans les entreprises, dans les sentiments du cœur, dans le cours ordinaire de la vie, il ne perd pas de vue ce grand modèle ; et l'usage qu'il fait de son séjour parmi nos ennemis, c'est de s'instruire dans l'art de les vaincre. Nouveau Moïse, il n'étudie en Égypte les secrets de la science des Égyptiens, que pour devenir bientôt après, en les quittant, un des conducteurs du peuple qui doit briser leur orgueil, et humilier leur empire.

Mais il étoit réservé à une main encore plus habile, d'achever ce grand ouvrage. De retour de Hongrie, le prince de Conti va essuyer à Chantilly les larmes qu'il venoit de répandre sur le tombeau du prince son frère.

Là, dans un glorieux loisir, le grand Condé jouissoit du fruit de sa réputation et de ses victoires ; et ayant jusque-là vécu pour la postérité, il vivoit enfin pour lui-même.

Le prince de Conti étoit là à la source des bons con-

seils et des grands exemples. Il ne lui falloit que l'histoire
du héros qu'il a devant les yeux. Que d'instances tendres et respectueuses ! que d'aimables artifices pour la
tirer de sa propre bouche ! Mais la véritable gloire est
toujours simple et modeste ; et Condé ne peut se résoudre à raconter ses actions, parce qu'il sent bien que c'est
raconter ses louanges.

Quel nouveau genre de combat, Messieurs ! La vieillesse toujours prête à conter ses exploits passés, se refuse ici à des instructions domestiques et nécessaires ; et
le premier âge, qui ne se prête jamais qu'à regret au sérieux des leçons et des préceptes, y court ici comme aux
plaisirs, et les sollicite comme des graces. C'est que les
grands hommes le sont dans tous les âges.

Enfin sa tendresse pour ce cher neveu adoucit la séve-
rité de sa modestie Condé manifeste son ame toute entière: il ouvre à ce jeune prince les trésors de sagesse,
de précaution, de prévoyance, d'activité, de hardiesse,
de retenue, qui l'avoient rendus le premier de tous les
hommes dans l'art de combattre et de vaincre. Vrai et
simple, il mêle au récit de ses glorieuses actions l'aveu
de ses fautes, et montre dans le cours de sa vie, de grandes règles à suivre, et de grands écueils à éviter.

Quels jours heureux pour le prince de Conti ! ses
yeux, ses oreilles, son ame toute entière peut à peine suffire à tout ce qu'il voit et à tout ce qu'il entend. A peine
sorti de ces doux entretiens, il court rédiger par écrit
les merveilles qu'il a ouïes, et se remplir en les écrivant,
du génie qui les a produites.

Quel historien digne du grand Condé, si ces mémoires
que nous avons encore écrits de sa propre main avec
tant de noblesse et de précision, étoient enfin mis au
jour ! rien ne manqueroit plus à la gloire de ce grand
homme.

Un si beau naturel et de si grandes espérances dans
ce neveu si chéri, tiroient des yeux du prince de Condé,
des larmes de joie, d'admiration et de tendresse : il se

voyoit revivre en lui ; il y retrouvoit toutes ses rares qualités (osons le dire après lui) sans y retrouver ses défauts. La nature même avoit tracé jusque dans la ressemblance de leur visage, celle de leur ame. Il achève, il embellit en le formant, sa propre image ; et, comme ce premier chef du peuple de Dieu, il meurt content, en se voyant remplacé par cet autre Josué, à qui il laisse son esprit, ses maximes, ses préceptes, et une partie de sa gloire : *Et dabis ei præcepta cunctis videntibus, et partem gloriæ tuæ* (1).

Mais que les conseils du Seigneur sont éloignés de nos pensées ! Il préparoit une gloire plus durable au prince de Conti : il vouloit le sanctifier par de longues infirmités, et nous montrer seulement ses talens éclatans et sa valeur héroïque.

Oui, Messieurs, les leçons du prince de Condé, aidées d'un naturel si rare, que pouvoient-elles former que la valeur même ?

C'est-à-dire, une valeur noble dans les sentimens, tranquille dans les périls, sûre dans les conseils, supérieure dans les vues et dans les ressources. Remarquez tous ces caractères.

Avec quelle dignité avoit-il déjà soutenu en Allemagne le rang dû à sa naissance ! et parmi cette foule de souverains si jaloux de leurs droits, quel respect n'avoit-il pas fait rendre aux princes du sang de France, qui ne souffrent au-dessus d'eux que les couronnes ?

Ailleurs la circonstance n'auroit peut-être rien de remarquable. Mais à peine sorti de l'enfance, loin de sa patrie, accompagné de sa seule dignité, au milieu d'une nation fière et jalouse, entre les mains de ceux sur qui il prétend des préséances, ne pas souffrir même que l'on conteste son droit ! L'expression du Prophète paroît préparée pour mon sujet. C'est penser en prince, en un âge où les autres hommes ne pensent pas, et

____

(1) Num. 27. 20.

mériter par la grandeur des sentimens, les prééminences déjà dues à la naissance : *Princeps ea quæ digna sunt principe, cogitabit, et ipse super duces stabit* (1).

La même grandeur d'ame l'accompagnoit dans les périls. Et ici, Messieurs, que pourrois-je dire qui ne soit au-dessous de ce que vous avez vu la plupart? S'est-il trouvé dans une seule action où il ne se soit attiré les yeux de toute l'armée ; et où, sans avoir eu l'honneur du commandement, il n'ait eu presque lui seul l'honneur de la victoire ?

Rappelez ses premières campagnes ; on croyoit revoir le grand Condé dans sa vive et vaillante jeunesse.

A Courtray, où pour la première fois il montra un nouveau héros aux ennemis et à nos troupes.

A Luxembourg, où à la tête des grenadiers, il monte à l'assaut d'un bastion l'épée à la main ; et où blessé d'un éclat de grenade, et échappé à mille autres coups, il fait craindre que la victoire ne nous coûte une vie si chère.

A Novigrade, où une escarmouche engagée trop témérairement avec les Turcs, change de face à l'arrivée du prince qui y vole ; et plusieurs officiers d'un grand nom, doivent à sa valeur et aux périls qu'il court en cette occasion, la vie et la liberté, qu'une audace indiscrète leur avoit fait mériter de perdre.

A Neuhausel, où après avoir repoussé les infidèles jusque sur le bord du fossé, revenu tout couvert de poussière et de gloire, il court encore avec l'électeur de Bavière, rétablir un ouvrage où les assiégés avoient mis le feu ; et par l'amitié que l'âge et les grandes qualités forment entre eux, il fait naître dès-lors dans le cœur de ce prince ces premières dispositions d'attachement pour la France, qui ont depuis paru ; et où, si cet allié généreux et fidèle n'a pas eu pour lui les succès, il a eu du moins l'honneur de la constance, de la bonne foi, l'estime

____

(1) Is. 32. 8.

de la nation, l'amour des troupes et l'affection du roi, qui toute seule vaut des succès, ou qui rassure du moins contre les pertes.

Enfin à Gran, où à la tête du premier régiment de l'Empire, il arrête la première fureur du Turc, le pousse, le renverse, lui arrache la victoire qu'il croyoit déjà tenir, affronte mille fois la mort qui paroît le respecter plus qu'il ne paroît la craindre ; porte partout la terreur du sang de France toujours fatal aux infidèles ; fait déjà redouter aux Allemands, dans le bras qui les défend, celui qui va bientôt les vaincre ; et montre de loin aux vœux des Polonois, témoins et admirateurs de ses actions, le héros digne d'être un jour placé sur leur trône.

A ces traits, le reconnoissez-vous, Messieurs? ce ne sont pourtant encore que les premiers essais de son courage. Ce nouveau David croissant va paroître de jour en jour au-dessus de sa valeur même : *David proficiscens, et semper se ipso robustior* (1).

Vous ne l'avez pas oublié, Messieurs, et le souvenir de ces deux mémorables journées, où le prince de Conti parut si grand, est encore trop récent ; et trop glorieux à la France, à la mémoire du maréchal de Luxembourg, à l'histoire de ce règne ; trop honorable surtout au vaillant prince qui nous honore ici de sa présence, et qui en a partagé avec tant de distinction la gloire et les dangers ; trop rapproché même tous les jours, par la différence des évènemens, pour être effacé de votre esprit, puisqu'il ne le sera jamais de nos annales.

Que n'ai-je plus d'usage dans l'art de décrire des victoires et des batailles! ou plutôt, pourquoi ce temple et ces autels m'avertissent-ils que mon ministère ne doit mettre ici dans ma bouche que des paroles de paix et de réconciliation ?

Vous l'auriez vu à Steinquerque, rappelant la victoire qui d'abord nous échappe ; rétablissant partout ce que la

_____

(1) 2. Reg. 3. 1.

première surprise nous a déjà fait perdre d'avantages ; prenant lui-même des mains d'un de nos officiers blessé, le drapeau qu'il est hors d'état de porter, rassemblant autour de lui ceux que sa présence rassure, ou que le danger de sa personne attire ; les exhortant comme un autre Machabée, de ne pas flétrir par une fuite honteuse, la gloire du nom françois jusque-là accoutumé à vaincre, et de mourir plutôt que de devoir la vie à une lâche retraite ; courant porter au milieu des ennemis avec l'étendard de la France, le signal de la victoire ; au centre, à la droite, à la gauche, il est partout où la victoire est encore douteuse, et la victoire se déclare dès qu'il paroît : éclairant le maréchal de Luxembourg même, par la justesse de ses conseils et par la pénétration de ses vues ; enfin l'ame de ce grand général dans cette fameuse journée, comme ce général le fut lui-même de toute l'armée.

Tel et encore plus grand paroît-il peu de temps après à Nerwinde. L'ennemi retranché dans son camp, comme dans un fort, mille foudres qui portent la mort partout, en défendent l'approche ; nos troupes déjà plusieurs fois repoussées, le soldat découragé, le général accoutumé à une victoire prompte, étonné de la voir balancer si longtemps aujourd'hui, court au prince de Conti : *Grand prince,* lui dit-il, *tout va manquer, il n'y a que votre présence qui puisse faire tomber les difficultés.* Conti paroît, avec lui la confiance revient aux troupes ; la valeur de la nation reprend le dessus ; on le suit, rien ne résiste ; les retranchemens sont forcés en plusieurs endroits ; ils ouvrent à Conti autant de voies à la victoire ; il charge jusqu'à six fois à la tête de six corps différents. L'ennemi qui n'a plus de rempart que sa propre valeur, s'ébranle. Tout couvert de sang et de feu, Conti perce dans leurs rangs. La victoire qu'il tient déjà, un coup de sabre qu'il reçoit sur la tête est sur le point de la lui ravir ; et le téméraire qui porte le coup est puni à l'instant de son audace, et percé de la main du prince, il expire à ses pieds. Enfin, soldat, général, à mesure que le besoin du service le demande, ses conseils commencent la victoire, et sa valeur l'achève.

Je dis ses conseils, Messieurs; et le maréchal de Luxembourg n'en trouvoit pas de plus justes et de plus solides : le prince de Conti étoit son oracle.

Ce grand général en qui la nature avoit formé un si beau génie pour la guerre, si pénétrant dans ses vues, si prompt à prendre son parti, si fécond en ressources, si heureux dans ses entreprises, et qui avoit ajouté à la gloire des Montmorency, ses ancêtres, le bonheur qui sembloit avoir manqué à la plupart d'entre eux; ce grand homme disoit tous les jours que le prince de Conti lui apprenoit son métier. S'offroit-il des difficultés ? c'étoit avec le prince qu'il cherchoit des expédients. Formoit-il des projets? c'étoit le prince, ou qui le rassuroit dans ses vues, ou qui lui facilitoit l'exécution. Entreprenoit-il ? c'étoit sur le prince qu'il se reposoit du succès. Enfin le génie du prince de Conti étoit comme le guide du génie de ce fameux général; et l'ayant sous ses ordres, il se soumettoit, pour ainsi dire, lui-même à ses conseils.

Et de là, combien de fois lui avoit-on ouï dire, *qu'il devoit au prince de Conti le principal honneur de ses victoires?* Par cet aveu il honoroit le prince, et il ne s'ôtoit pas à lui-même un honneur que ses grandes actions lui avoient acquis, et que sa modestie lui assuroit.

En dis-je trop, Messieurs? ou plutôt dis-je tout? Et que de traits chacun de vous n'ajoute-t-il pas à son éloge?

Quel homme jusqu'à lui, n'ayant pu montrer, pour ainsi dire, que des espérances, a jamais eu à la guerre ce haut degré de réputation, qu'une longue suite de commande-mens et de victoires avoient enfin acquis aux Condé et aux Turenne; s'est jamais assuré à ce point la confiance des troupes, le dévouement des officiers, l'affection des peuples, les suffrages de la cour, le respect des princes, qui sembloient oublier leur rang pour déférer à son mé-

rite ; l'admiration des plus grands capitaines de son siècle, l'estime de nos ennemis, les applaudissemens de
toute l'Europe, où son nom étoit aussi célèbre que parmi
nous ? Quelle supériorité de mérite, pour forcer l'approbation publique, de donner à des espérances seules, ces
louanges unanimes qu'elle ne donne pas toujours au
succès !

Aussi, Messieurs, ces espérances étoient fondées sur la
supériorité de ses talens : la sagesse, la grandeur des
vues, l'éminence des lumières. Ce fameux Romain lui-
même, dont les Commentaires ont immortalisé les exploits
et la capacité, n'écrivoit pas mieux sur la guerre. Quelle
élévation ! quelle netteté ! quelle intelligence dans ces
mémoires qu'on a trouvés après sa mort, les fruits de son
loisir et d'une santé infirme et où ce grand prince se
délassoit souvent à mettre par écrit ses vues sur les événemens qui se passoient tous les jours en Europe?

Et dans ces révolutions, où le bonheur a paru se déclarer quelquefois contre la justice de nos armes ; et où
par les conseils impénétrables de vos jugemens, ô mon
Dieu ! la victoire jusque-là attachée à la sagesse et aux
grandes destinées du roi, a semblé se refuser même à sa
piété : dans ces révolutions, où l'amour du prince de
Conti, pour le roi et pour l'état, montroit en lui une
douleur si noble et si sincère, vous lui faisiez entrevoir
de loin, ô mon Dieu! la fragilité des choses humaines :
vous ménagiez à sa raison des réflexions qui devoient
être un jour mûries par la grace : vous lui rapprochiez
ce moment qui finira toutes les vicissitudes ; qui égalera
tous les hommes ; où nos œuvres seront plus comptées
que nos succès ; où les événemens les plus glorieux,
rappelés à leurs motifs, ne seront plus que de fausses
vertus, ou de grands crimes ; et où l'on ne mettra au nombre de nos victoires, que celles que nous aurons remportées sur nous-mêmes.

Tel étoit le prince de Conti : un des premiers hommes
de son siècle pour la guerre : *Habebo claritatem ad tur-*

bas: vous l'allez voir comme un des plus accomplis dans la vie civile : *Et honorem apud seniores juvenis.* Vous avez admiré en lui le héros, admirez encore le sage.

DEUXIÈME PARTIE.

Les grands hommes qui ne doivent ce titre qu'à certaines actions d'éclat, n'ont quelquefois de grand, que le spectacle.

Dans ces occasions rares, les yeux du public et la gloire du succès, prêtent à l'ame une force et une grandeur étrangère : l'orgueil emprunte les sentimens de la vertu : l'homme se surmonte, et ne se montre pas tel qu'il est.

Combien de conquérans, fameux dans l'histoire, à la tête des armées, ou dans un jour d'action, paroissent au-dessus des héros ; et dans le détail des mœurs et de la société, à peine étoient-ils des hommes?

C'est que, dans les occasions d'éclat l'homme est comme sur le théâtre ; il représente : mais, dans le cours ordinaire des actions de la vie, il est, pour ainsi dire, rendu à lui-même ; c'est lui qu'on voit ; il quitte le personnage, et ne montre plus que sa personne.

Aussi lorsque l'auteur sacré loue ces hommes illustres, qui ont été riches en vertu, et qui se sont acquis parmi leur peuple une gloire qui passera d'âge en âge, il comprend tout leur éloge dans ces deux traits : ils ont maintenu et embelli au-dehors, l'ordre et la beauté de la société, par la douceur de toutes les vertus civiles : *Pulchritudinis studium habentes* (1) ; et ils ont été au-dedans comme les génies pacifiques et tutélaires de leurs propres maisons: *Pacificantes in domibus suis* (2).

Oui, Messieurs, que le prince de Conti ait été un grand homme de guerre, c'est une gloire qu'il a partagée avec

(1) Eccl. 44. 6.
(2) Ibid.

tant d'hommes fameux, que la France a eus dans tous les siècles.

Mais une louange qui lui est propre, c'est que la vie paisible et privée, l'écueil des réputations les plus brillantes, a laissé voir en lui encore plus de vertus estimables : c'est qu'en le voyant tous les jours, nous l'avons toujours vu plus grand.

Bon sujet, bon ami, vrai, affable, humain, modeste, sage ; et dans toutes les situations, toujours égal à lui-même.

Quel étoit son respect et son attachement pour le roi ! combien de fois l'avons-nous entendu déplorer le malheur de tant de princes qui avoient fait servir leur naissance à leur ambition ; qui, loin de porter aux pieds du souverain les vœux et le respect des peuples, portoient au milieu des peuples le mépris du respect dû au souverain ; loin d'être les liens du prince et des sujets, en étoient *le mur de séparation* ; armoient contre leur patrie le nom qui, depuis tant de siècles, la protège, et n'étoient les premiers sujets, que pour être les premiers rebelles !

Le prince de Conti disoit souvent, que la naissance n'approche les princes de plus près du trône, que pour les lier plus inséparablement au souverain ; qu'il leur est plus glorieux d'obéir à leur propre sang, que de commander à des étrangers ; que la désobéissance dans le commun des sujets est un crime contre l'état, mais qu'elle est dans les princes un outrage qu'ils se font à eux-mêmes ; que les princes ne sont nés que pour le bonheur de leur patrie ; que l'état ayant toujours été l'héritage de leurs ancêtres, ils doivent en maintenir la tranquillité comme celle de leur propre famille ; et que les premiers regards du trône tombant sur eux, ils doivent les premiers baisser les yeux devant son éclat, et donner les premiers exemples de soumission au reste du peuple.

Tels étoient les sentimens du prince de Conti ; telle sa conduite toujours égale, jamais démentie. Toutes ses voies ont été belles, et tous ses sentiers pacifiques : *Viæ*

ejus viæ pulchræ, et omnes semitæ illius pacificæ (1).
Et nous n'avons pas besoin ici de recourir aux ménagemens de l'art; et en louant une partie de sa vie, de tirer
le rideau sur l'autre.

En cela, son inclination secondoit son devoir. Les
vertus du roi l'attachoient à sa personne, autant que la
royauté le soumettoit à ses ordres. Il obéissoit, mais en
aimant, en admirant, en étudiant un modèle, plutôt qu'en
se soumettant à un maître. Et arrivé à la rade de Dant-
zick, déjà près du trône, et sur le point d'y monter, sa
qualité de sujet lui est encore plus chère que le titre de
roi qu'on doit lui donner. Il met encore, avec son cœur,
la couronne qu'il croit tenir, aux pieds de Louis : *Bien
malheureux*, lui écrit-il, *que l'éloignement m'empêche d'être
guidé par vos ordres, et éclairé par vos lumières*. Son
état de sujet peut changer; ses sentimens de respect et
de soumission seront toujours les mêmes.

Et de là, son attachement tendre et respectueux pour
Monseigneur : attachement que l'enfance avoit vu naître,
et qui avoit toujours crû avec lui. Malgré l'amitié et la
confiance dont ce grand Prince l'honoroit; malgré la familiarité formée depuis le premier âge; malgré cette liberté
facile et aimable, qui fait les délices de sa cour, quelles
manières toujours pleines de respect, et d'une noble
attention dans le prince de Conti! On apprenoit en le
voyant à respecter ses maîtres; et son rang ne paroissoit
lui donner plus d'accès et de liberté, que pour montrer
plus d'égards et plus de retenue aux autres.

Autant qu'il respectoit ses maîtres, autant exigeoit-il
peu de contrainte et de respect de ses amis. Vous ne
l'oublierez jamais, vous qu'il honora autrefois de sa confiance : eh! que ne pouvez-vous le dire ici à ma place!
Mais tout ce que ce cher souvenir vous rappelle dans ce
moment; mais les tristes regrets que je vous vois mêler
ici à son éloge, et que le respect du lieu avoit jusqu'ici

____

(1) Prov. 3. 17.

suspendus, ne le disent-ils pas assez ? et pourront-ils, sans m'interrompre, me permettre à moi-même de le faire entendre ?

N'étoit-il pas *cet homme aimable pour la société,* dont parle l'Écriture, *et cet ami plus cher mille fois qu'un frère* (1)?

Les Princes connoissent peu d'ordinaire le plaisir de l'amitié : leur élévation, ou les rend trop inaccessibles aux autres hommes, ou leur rend les autres hommes trop méprisables. Ils confondent le respect qu'on doit au rang, avec l'amitié qui n'est due qu'à la personne : ils sont plus jaloux de s'attirer des hommages, que de gaguer des cœurs; ou s'ils savent se faire aimer, ils n'aiment jamais beaucoup eux-mêmes.

Dans cette image, Messieurs, que trouverez-vous qui ressemble au prince de Conti? Quel ami fut jamais plus tendre, plus facile, plus fidèle, plus digne d'être aimé? l'amitié ne l'égaloit-elle pas à vous? et la supériorité que lui donnoient le rang et le mérite, l'aperceviez-vous que dans le soin aimable qu'il avoit de l'oublier?

Quelle douceur dans les mœurs! quelle sûreté dans la tendresse! quelle vérité dans les sentimens! quelle fidélité dans le secret! quels charmes dans le commerce! quel goût dans le choix de ses amis! quelle attention à les conserver jusqu'à la fin! Et la mort même, la mort dans l'instant qu'elle vous l'a ravi, a-t-elle pu vous ravir son cœur? N'avez-vous pas été les dépositaires de ses secrets, et de ses derniers soupirs? N'a-t-il pas versé dans votre sein les derniers regrets de son ame? Sa confiance et son amitié n'ont-elles pas été plus fortes que la mort? Et si votre douleur vous permettoit ici d'être sensible à quelque autre chose qu'à sa perte, ne le seriez-vous pas à ce que la postérité dira toujours de lui, comme de cet homme merveilleux dont parle l'Écriture : Heureux ceux qui vous ont vu, qui ont vécu avec vous, et que votre amitié a comblés d'honneur et de gloire!

(1) Prov. 18. 24.

Beati qui te viderunt, et in amicitiâ tuâ decorati sunt (1)!

Mais il n'étoit pas de ceux qui doux et faciles avec un petit nombre d'amis, ne montrent que l'orgueil du rang, ou les bizarreries de l'humeur, au reste des hommes ; qui renfermant tout ce qu'ils ont d'estimable dans un commerce privé, gardent leurs défauts pour le public.

L'affection des grands et du peuple en répond ici pour moi. Les larmes de ses amis sont confondues avec les larmes publiques : et si le deuil général n'a pas laissé à leur amitié le triste plaisir de se distinguer par la douleur de sa mort, elle leur a du moins laissé la consolation de n'être pas les seuls à la pleurer.

En quel homme se sont jamais trouvées rassemblées à un plus haut point, toutes les vertus qui nous lient aux autres hommes ?

Souverainement vrai, il n'aimoit que la vérité dans les autres : nul intérêt n'étoit jamais entré dans sa grande ame en concurrence avec la vérité : elle lui paroissoit le premier devoir de l'homme, et le titre le plus glorieux du prince. Il laissoit aux ames vulgaires, les déguisemens et les finesses utiles, ou pour nous parer d'une gloire qui ne nous appartient pas, ou pour cacher nos défauts véritables : toutes ses paroles étoient dictées par la vérité même : il ne trouvoit de beau dans les hommes que la vérité : il ne cherchoit point ses amis parmi ses flatteurs : son rang même lui étoit souvent à charge par les ménagemens qu'on s'imposoit devant lui ; et on lui a souvent ouï dire que dans ses voyages, lorsque la bienséance lui avoit pu permettre d'être inconnu, il n'avoit pas trouvé de plaisir plus doux que d'entendre parler les hommes naturellement, et se montrer tels qu'ils sont : plaisir assez inconnu aux grands, qui ne voyent jamais des hommes que la surface, et qui n'en aiment souvent que le faux.

Et ne vous représentez pas ici, Messieurs, cet amour farouche et outré de la vérité, qui dégénère en humeur

(1) Eccl. 48. 11.

cynique, et qui est plutôt une haine bizarre des hommes, que de leurs défauts.

Aussi affable que vrai, la vérité ne montroit pas en lui cet abord austère et censeur, qui rend souvent le sage odieux sans rendre la sagesse aimable.

Vit-on jamais dans un rang si élevé, et avec tant de supériorité de génie, tant de bonté et d'affabilité? Vous le savez, Messieurs; et vous vous le représentez encore ici, vivant parmi nous, montrant à tous cet air simple et noble de douceur, qui attiroit tous les cœurs après lui; ne retenant de son rang que ce qu'il en falloit pour rendre encore plus aimable l'affabilité qui l'en faisoit descendre; et rassurant si fort, ou le respect, ou la timidité, par un attrait inséparable de sa personne, qu'au sortir de son entretien, on goûtoit toujours à la fois, et le plaisir d'être charmé de lui, et le plaisir de n'être pas mécontent de soi-même.

Par-là, il laissoit à l'auguste éclat de sa naissance, la dignité qui la fait respecter, et en ôtoit l'humeur et la fierté, qui n'ajoutent rien à la grandeur, et qui ôtent beaucoup aux grands.

Et ce n'étoit pas même en lui une douceur empruntée, où la politesse et les manières ont plus de part, que le sentiment; un simple usage plutôt qu'une vertu : c'étoit un fonds d'humanité.

La valeur, l'élévation forment presque toujours un caractère d'insensibilité: la gloire des armes est toujours teinte de sang; et lorsque le rang laisse le reste des hommes si loin de nous, il est rare que le cœur nous en rapproche.

Un héros et un prince humain : voilà, Messieurs, ce que le prince de Conti allioit ensemble. Il disoit souvent que quand même la religion n'obligeroit pas de regarder les hommes comme nos frères, il suffit d'être né homme pour être touché du malheur de ses semblables.

Et de là, à la prise de Neuhausel, où la place emportée d'assaut, sembloit autoriser le carnage et la fureur du soldat; combien de victimes innocentes arrache-t-il d'entre les bras de la mort? combien arrête-t-il de ces actions barbares, que ne demande plus la victoire, mais qu'inspire la seule cruauté? apprenant aux Allemands à mêler la valeur, qui leur est commune avec nous, à l'humanité qui nous est propre.

De là, le lendemain du combat de Steinquerque, il vient sur le champ de bataille, encore tout couvert de morts et de mourants; fait transporter tous les blessés, sans distinction de François et d'ennemi; assure à une infinité de malheureux, la vie ou le salut; et force les ennemis mêmes de bénir, dans le héros qui a su les vaincre, le libérateur qui les sauve.

Et dès-lors, vous accordiez, Seigneur, aux larmes de tant d'infortunés qu'il sauvoit, les grâces et les miséricordes qui lui préparoient le salut à lui-même.

En cela, Messieurs, ne croyez pas qu'il cherchât des applaudissemens et des éloges: il ne faisoit que se prêter aux mouvemens et à la bonté de son cœur.

Jamais prince ne fut plus éloigné de l'ostentation et de la fausse gloire. Simple, modeste, ennemi des louanges, attentif à les mériter; l'admiration de tous, toujours le même à ses propres yeux; ignorant presque seul, comme Moïse, la gloire et la lumière qui brille autour de lui: nous l'avons vu donner à peine à son rang, l'éclat extérieur que l'usage y attache; vivant parmi nous comme un citoyen; accompagné de cette dignité toute seule qui suit partout les grands hommes; n'empruntant rien de l'appareil et du dehors; devant tout à lui-même; plus grand lorsqu'il paroît tout seul, que tant d'autres ne le sont, enflés de tout le faste et de toute la pompe qui les environne.

Sa modestie prenoit sa source dans la modération naturelle de son ame. On l'a vu en garde contre lui-même, se refuser aux goûts les plus innocens; à la curiosité même des peintures, où ses infirmités auroient pu trouver un délassement: et aux instances que lui fait là-dessus la princesse son épouse, toujours attentive à soulager l'ennui de ses maux, que répond-il? *Qu'en se livrant à un goût, on s'accoutume à se livrer à tous les autres ; et qu'il faut savoir, ou ne pas tout désirer, ou se passer souvent de ce qu'on désire.*

Écoutez, vous à qui rien ne suffit, et dont les goûts bizarres et fastueux ne servent qu'à rappeler tous les jours la bassesse de votre naisssance, l'injustice de vos trésors, et les misères publiques qui en sont en même temps, et le fruit et la source ?

Et, caractère admirable, Messieurs ! dans toutes ces vertus, quelle égalité ! Ses grandes qualités ne se bornoient pas comme dans beaucoup d'autres, à quelques actions louables, mais rares, qui échappent du milieu d'une foule de vices, qui perdent tout leur mérite par le contraste, et qui sont plutôt des saillies que des vertus.

Toujours supérieur aux évènemens, s'il n'avoit pas toujours la gloire du succès, il avoit du moins la gloire de paroître toujours plus grand que sa fortune. Les couronnes manquées le laissant aussi tranquille que l'avoient trouvé les couronnes offertes. Content de n'avoir rien à se reprocher sur les mesures que la sagesse fournit, il ne croyoit pas devoir se reprocher les succès dont la Providence toute seule décide. Sur le point décisif même des plus grandes affaires ; au milieu des agitations que l'esprit douteux de l'évènement, et les vues différentes qui s'offrent, font naître dans l'ame : on auroit cru à le voir que tout étoit décidé ; et sa tranquillité ne perd rien par l'incertitude des évènemens, toujours plus difficile à soutenir que l'évènement même.

Oui, Messieurs, ce caractère de raison l'accompagnoit partout. Quelle habileté à ménager les esprits ! quelle dextérité à se concilier les intérêts les plus contraires ! quelle connoissance profonde des hommes ! quelles vues sur tout ce qui peut assurer le bonheur des peuples et des états ! quel fonds de modération sur les points même où la vivacité paroît le plus à sa place ! quelle sagesse dans l'enjouement même de la conversation la plus libre !

Mais ne seroit-ce point ici de ces images que l'orateur ne peint que d'après lui-même ; qui expriment ce que le héros auroit dû être, mais qui ne représentent point ce qu'il a été ; et plus propres à rappeler ses défauts, qu'à servir à son éloge ?

Vous m'interrompez ici, Messieurs ; et je sens que ma précaution vous offense. Du milieu de cette assemblée auguste, une voix publique, formée par l'amour et par la douleur, s'élève contre moi, et me reproche des louanges trop au-dessous de mon sujet, tandis que je parois craindre d'en donner d'excessives.

Et que manqueroit-il en effet à son éloge, s'il eût été alors aussi agréable aux yeux de Dieu, qu'il étoit grand devant les hommes ?

Et quand je dis devant les hommes, Messieurs, ne pensez pas que se ménageant, comme tant d'autres, l'estime du public, par les dehors de la modération et de la sagesse, il vînt se démentir dans l'enceinte des devoirs domestiques ; que lassé de soutenir en public le personnage de grand homme, il vînt porter parmi les siens le chagrin de la contrainte, et s'y délasser, par des vices, des apparences de la vertu ?

S'il eut le premier caractère de ces hommes illustres, loués dans les livres saints, qui avoient été chacun dans leur siècle, l'ornement de la société : *Pulchritudinis studium habentes* ; il ne leur ressembla pas moins par le second, qui les avoit rendus comme les génies pacifiques et tutélaires de leurs propres maisons: *Pacificantes in domibus suis.*

Bon mari, bon père, bon maître ; mais que de plaies vais-je rouvrir à la fois ! Et la princesse désolée, qu'un lien sacré lui avoit unie, que le cœur lui unira toujours, ne sent-elle pas assez de violence du coup ? et faut-il rappeler toute sa douleur, en lui rappelant tout ce qu'elle a perdu ? Ainsi nous échappent, ô mon Dieu ! les objets les plus chers : ainsi finissent les liaisons les plus tendres :

ainsi tout ce qui nous promettoit le plus de bonheur, se tourne en amertume; et, hors l'espérance de la foi, ne nous laisse plus qu'un cher souvenir, qui en paroissant soulager notre douleur, en perpétue le deuil et la tristesse!

Le prince de Conti, Messieurs, pouvoit dire de lui, comme le roi David, *Qu'il avoit eu en partage un bon cœur, qu'il marchoit au milieu de sa maison dans la paix et dans l'innocence* (1).

Quels égards pour la princesse son épouse, dont la conduite et les vertus ont toujours honoré le rang! Les plus petites attentions qui sembloient devoir échapper à la supériorité de son génie, n'échappoient pas à la bonté de son cœur. Quelle tendresse pour les princes ses enfants! Formant lui-même dans leur cœur ces premiers sentimens d'honneur et d'élévation si dignes de leur naissance; devenant, pour ainsi dire, enfant avec eux, pour leur apprendre à devenir un jour sages, grands, équitables, humains, modérés; en un mot, tout ce qu'il étoit lui-même. Vivant comme un homme privé au milieu de son auguste famille; respectant les liens de la religion et de la nature, les doux titres de père et de mari et ne connoissant pas cet usage insensé, qui fait que la plupart des grands semblent être nés seuls sur la terre, croyent que tout ce qui renverse la première institution de la nature, est un privilége de la grandeur, et regarde tout ce qui lie, comme un joug qui les déshonore.

Qu'il faut être né grand pour soutenir jusque dans ces devoirs obscurs et domestiques, où l'homme se relâche toujours, et où l'humeur prend si aisément la place de la vertu, un caractère toujours égal de grandeur et de sagesse!

Vous me prévenez ici, maison affligée de ce prince, et je pourrois en attester votre douleur : quel maître le

____

(1) Ps. 100. 2, 3, 4.

fut jamais moins, ou plutôt mérita mieux que lui de l'être ?

Les grands croyent que tout est fait pour eux, et que les autres hommes ne sont nés que pour porter le poids, ou de leur orgueil, ou de leurs caprices. Le prince de Conti n'exerçoit son autorité que sur lui-même. Quel fonds de bonté et de douceur envers les siens ! n'exigeant presque rien pour lui ; ne comptant point leurs fautes dès qu'il en souffroit tout seul ; aimant mieux quelquefois souffrir de leur peu d'habileté, que de contrister leur tendresse ; jamais d'humeur, jamais un de ces moments de vivacité qui ait pu marquer que sa grande âme étoit sortie de son assiette naturelle : poussant même si loin la bonté, que l'affection toute seule des siens prévenoit l'abus qu'ils en auroient pu faire : paroissant leur ami plutôt que leur maître : les quittant de ces devoirs rigoureux qu'on donne à l'usage bien plus qu'au besoin : les regardant comme les compagnons de sa fortune, et non pas comme les jouets ou les ministres de ses humeurs ou de ses passions ; et faisant voir, chose rare ! que les grands peuvent trouver des amis, même parmi ceux qui les servent.

Voilà cet homme sage, l'amour des peuples, le modèle des princes, la joie des siens, l'admiration de tous. Achevez, Seigneur, en lui votre ouvrage : couronnez vos dons : ranimez ces vertus humaines, ces os arides, par un souffle de vie : faites succéder à la beauté de ces feuilles stériles, des fruits d'immortalité : conduisez ce jour de l'homme jusques au jour parfait de la grace : formez de tous ces trésors de l'Égypte, un tabernacle à votre gloire : ne perdez pas la sagesse du Sage ; mais donnez-lui la foi des humbles et des petits.

Il fut donc un des hommes les plus accomplis dans la vie civile : *Et honorem apud seniores juvenis.* Ajoutons le dernier trait. Il fut encore un des plus éclairés par la singularité des connoissances et la supériorité des lumières ; *Acutus inveniar in judicio : in conspectu po-*

tentium admirabilis ero, et habebo immortalitatem; non-seulement un héros et un sage, mais encore un esprit supérieur et universel.

TROISIÈME PARTIE.

La science et la lumière dans un prince, est presque toujours l'écueil de sa gloire ou de sa religion.

Selon le monde, elle l'engage d'ordinaire en des recherches vaines et frivoles, étrangères aux devoirs et à l'élévation de son état, qui peuvent éclairer l'homme, mais qui n'instruisent pas le prince.

Devant Dieu, elle l'enfle, elle l'égare, et n'éclaire souvent sa raison qu'aux dépens de sa foi.

Or admirez, Messieurs, dans les connoissances rares du prince du Conti, deux avantages, marqués d'abord dans mon texte, et fort opposés à ces deux écueils.

Le bruit de sa science et de ses lumières lui attire des extrémités de la terre, non pas une reine étrangère, mais les vœux d'un royaume entier. Les grands et les puissans de Pologne, frappés des merveilles que la renommée répand de lui en tous lieux, lui offrent à l'envi une couronne, qui a toujours été le prix de la valeur et du mérite : *In conspectu potentium admirabilis ero.*

Et à ce premier fruit de ces lumières, ajoutez-en un autre : c'est le gage de la couronne d'immortalité par son retour à Dieu au lit de la mort : *Et habebo immortalitatem.*

Oui, Messieurs, quelle étendue de connoissances dans le prince de Conti ! On eût dit qu'il étoit de toutes sortes de professions : guerre, belles-lettres, histoire, politique, jurisprudence, physique, théologie même : il sembloit qu'il ne se fût appliqué qu'à chacune de ces sciences, selon les différens hommes qu'il entretenoit ; et en l'entendant, on s'écrioit encore comme autrefois sur ce prince le plus sage et le plus éclairé de l'Orient :

« Quelle abondance de lumière et d'érudition dans

« votre jeunesse ! La science et la sagesse coulent de
« votre bouche comme les eaux d'un fleuve majestueux :
« les lumières de votre âme ont sondé tous les secrets
« de la terre ; et dans cette gloire pacifique, vous avez
« été les délices des peuples, comme la gloire des armes
« vous en avoit rendu l'admiration et le soutien » :
*Quemadmodum eruditus es in juventute tua ! et impletus
es, quasi flumen, sapientiâ ; et terram retexit anima tua...
et dilectus es in pace tua* (1).

Et dans ces lectures immenses, remarquez deux abus
évités. Point de goût pour ces livres frivoles, qui ne
sont que le délassement de l'oisiveté, et qui corrompent
le cœur sans instruire la raison.

Un grand goût pour les livres saints ; beaucoup de
respect pour les vérités de la foi.

Dans le temps même, ô mon Dieu ! qu'il ne goûtoit pas
encore combien vous êtes doux, il avouoit que vous êtes
le saint et le véritable : sa raison respectoit les bornes
de la foi, tandis qu'il en oublioit les devoirs : sa bouche rendoit hommage à la vérité de vos mystères, lors
même que son cœur étoit encore loin de vous : il ne
trouvoit dans ses grandes lumières que les motifs de sa
soumission ; et s'il n'aimoit pas encore la vérité qui délivre, du moins il avoit toujours offert un respect religieux à la vérité qui soumet et qui captive.

Dois-je le dire ici, Messieurs ? dans un siècle, où la
religion est devenue le jouet, ou de la débauche, ou d'une
fausse science : dans un siècle, où l'impiété est comme
la première preuve du bel esprit : dans un siècle, où
croire encore en Dieu, est presque la honte, ou de la
raison, ou du courage : dans un siècle, où pour n'être
pas confondu avec le vulgaire, il faut se donner l'affreuse
distinction de l'incrédulité : dans un siècle enfin, où tant
d'hommes superficiels blasphèment ce qu'ils ignorent ; se
croyent plus habiles à mesure qu'ils sont plus témé-

(1) Eccl. 47. 15, 16, 17.

raires ; apprennent à douter de la religion avant de la connoître ; s'érigent en docteurs de l'impiété avant que d'avoir été les disciples de la foi ; et s'élèvent contre la science de Dieu, sans avoir même celle des hommes.

Au milieu de ces abus, la foi du prince de Conti, si supérieure en lumières et en connoissances, honore la vérité de la religion. Ce grand génie n'est plus qu'un humble fidèle devant la majesté de celui qui pèse les esprits, et *qui regarde les scrutateurs de ses secrets comme s'il n'étoient pas* (1). Sa curiosité ne va qu'à se convaincre, que la raison ne sauroit aller à tout ; que l'homme ne connoît des voies de Dieu, que ce que Dieu en a voulu révéler à l'homme ; que le point fixe de nos lumières, c'est la foi ; qu'on retrouve en secouant le joug, les mêmes abîmes et les mêmes incertitudes que dans la soumission ; que les dogmes de l'impiété n'ont rien de plus clair et de plus intelligible, que les mystères de la religion ; et qu'en refusant de croire, on perd la foi, sans que la raison y gagne et s'éclaircisse.

Sentimens dont ce grand prince ne s'est jamais départi.

Mais à tant de valeur, tant de sagesse, tant de religion, tant de lumières ; que manquoit-il, Messieurs ? qu'une couronne. Content du rang que lui donnoit sa naissance, le prince de Conti ne l'avoit jamais désirée. La gloire de tenir par le sang au premier trône du monde ; le zèle qui le lioit au Roi encore plus que le sang ; le plaisir de vivre sous ses yeux, et d'obéir à ses ordres ; c'est là que fixé par son cœur, il avoit toujours borné son ambition : et comme cette princesse dans l'Écriture, qui préféroit à la royauté la condition des serviteurs de Salomon, il trouvoit encore plus glorieux d'être des premiers sujets de Louis, que roi d'une nation étrangère : *Beati servi tui, qui stant coram te semper* (2) !

(1) Is. 40. 23.
(2) 3. Reg. 10. 8.

Mais enfin, la Pologne l'envie à la France. Son trône vacant par la mort d'un roi qui avoit été la terreur des infidèles, redemande un prince du sang de nos rois. La grande réputation du prince de Conti est la seule intrigue qui lui gagne d'abord tous les suffrages.

Il falloit à une nation guerrière, un prince belliqueux ; à une nation libre, un prince sage et modéré ; à une nation zélée pour la foi, un prince éclairé et religieux, qui sût en même temps respecter la foi et la défendre ; à une nation qui se donne elle-même ses rois, un prince, que l'estime générale eût appelé à la royauté, que l'amour eût fait régner, et qui eût regardé ses sujets comme ses bienfaiteurs ; enfin, à une nation presque toujours divisée par des factions domestiques, un prince d'un génie supérieur, habile dans l'art de connoître les hommes et de les gouverner, qui sût ménager les esprits, concilier les intérêts, et réunir à la défense de la patrie, les passions elles-mêmes qui la déchirent.

Peuple heureux ! si Dieu, qui dispose des rois et des royaumes, ne l'eût refusé dans sa colère à tes premiers vœux ; ou plutôt, si toi-même, tu n'eusses conjuré contre ton propre bonheur ! Tes jours couleroient dans la paix, dans l'abondance et dans la gloire : tes lois seroient encore ta force et ton soutien : sur tes autels ne s'offriroient que des sacrifices de joie et d'actions de grace : les malheurs des règnes précédens seroient oubliés : tes nouvelles conquètes iroient encore plus loin que tes pertes passées, et ta valeur ne seroit redoutable qu'à tes voisins.

Mais une faction ennemie des loix, de la religion et de la liberté, s'élève : des suffrages séditieux traversent une élection légitime ; les droits les plus sacrés sont violés ; les loix cèdent à la force ; un vil intérêt prévaut sur la gloire de la nation, sur le bonheur de la patrie, et sur les intérêts même de la foi. Un nouveau Jéroboam divise les tribus, s'assied sur un trône usurpé ; et sous les apparences du culte saint, il porte au milieu de l'héritage du Seigneur, un culte profane. Le roi que Dieu avait choisi, est rejeté : il ne fait que le montrer dans son indignation à la Pologne : il en retire avec lui sa protection et ses miséricordes ; et le même malheur qui l'éloigne de cette terre ingrate, est pour elle le signal et la source de tous ses malheurs,

Quel spectacle de désolation et d'horreur offre-t-elle à toute l'Europe! L'esprit de discorde et de fureur souffle la guerre et la dissension parmi les citoyens : la valeur de sa nation se tourne contre elle-même : l'idole qu'elle avoit élevée sur le trône en est renversée : sa couronne devient le jouet des peuples et des rois : ses villes, la proie de ses alliés et de ses ennemis. *Elle donne la main aux Assyriens* (1) *:* le Moscovite appelé court venger, sur ceux mêmes qui l'appellent, ses anciennes pertes : un peuple qu'elle avait toujours regardé comme *son esclave, devient son tyran* (2). Ses autels sont renversés ; ses prêtres arrachés du sanctuaire, et menés en servitude ; ses vierges déshonorées ; *ses princes, comme des brebis timides, marchent sans force et sans valeur, devant celui qui les poursuit* (3) *;* ses campagnes inondées de sang, refusent la nourriture à son peuple ; *au-dehors le glaive, la mort au-dedans* (4). Le Seigneur qui les frappe ne se lasse point : il répand d'une main une coupe de venin et de mortalité, et tient élevé de l'autre le glaive de la guerre et de la vengeance : tous les fléaux de sa colère tombent à la fois sur cette terre infortunée : toutes *ses voies pleurent*, et ne sont plus qu'une triste solitude ; et au milieu de tant de calamités, la fureur de ses citoyens n'est pas encore assouvie. La main qui les frappe et qui les terrasse, ne les désarme point : ils achèvent de venger sur eux-mêmes la justice de Dieu : la ruine de la patrie ne

(1) Jerem. Orat. ỳ. 6.
(2) Ibid. ỳ. 8.
(3) Thren. 1. 6.
(4) Ibid. ỳ 20.

peut être la fin de leurs dissensions et de leurs querelles ; et accablés de tant de pertes, ils veulent encore périr de leurs propres mains.

Grand Dieu ! frappez-vous donc pour perdre, et non pas pour corriger ? ne vous souviendrez-vous pas d'Abraham et de Jacob ? n'oublierez-vous pas enfin les péchés des enfans en faveur de la piété de leurs pères ? les Hedwige et les Casimir, tant de saints rois qui ont porté cette couronne, et qui ont vengé la gloire de votre nom, ne feront-ils pas tomber de vos mains le glaive de la vengeance ? *Avez-vous mis devant vous jusques à la fin un nuage d'indignation, afin que les prières et les gémissemens de cette Église désolée, ne montent pas jusques à votre trône* (1)? et ses malheurs ne vous toucheront-ils pas encore plus que ses crimes?

Voyez, peuple ! et considérez les maux que le Seigneur a faits parmi vous. *Vous avez rejeté son roi et son Christ* (2) ; vous avez éloigné celui que vous aviez appelé ; et le Seigneur vous a rejeté ; et vos rois sont devenus en même tems et votre punition et votre crime. —

Mais quoi, Messieurs ! les jugemens de Dieu se déclarent. Il ne vouloit donner au prince de Conti que la gloire de la royauté et d'une couronne terrestre, et le préparer à une couronne immortelle.

Car enfin, *que le héros*, dit le Prophète, *ne se glorifie pas de sa valeur, que le Sage ne mette pas une vaine confiance dans sa sagesse ; que celui qui est riche en esprit et en connoissance, ne s'élève pas des richesses de sa science et de sa lumière* (3). Talens éclatans que Dieu donne, et qui presque toujours éloignent de Dieu ; sources de perdition, si Dieu qui en est l'auteur, n'en est la fin, et n'en règle l'usage ; si vous connoître et vous aimer, ô mon Dieu ! ne donne le prix à tout le reste.

(1) Thren. 3. 44.
(2) Ps. 88. 39.
(3) Jerem. 9. 23.

Nous touchons enfin au moment où le prince de Conti goûta ces grandes vérités: Moment heureux pour lui! terrible pour la France, qui le pleure; pour les siens, qui semblent le rappeler par leurs cris. du fond de ce tombeau; pour une princesse désolée, qui le redemande; pour ses amis, que le perdent (si on doit compter pour perdu celui que Dieu a sauvé). Et que me reste-il ici, après que ses talens glorieux l'ont conduit presque sur le trône, que de vous montrer l'usage qu'il en a fait pour le ciel?

De longues infirmités lui montroient de loin le jour du Seigneur, et nous préparoient à sa perte. Mais les ressources de l'âge, le succès des remèdes, ou plutôt nos desirs, rassuroient nos frayeurs. Vaines espérances des hommes! Les momens de Dieu ne sont jamais les nôtres: le coup est frappé; la mort que nous croyions encore loin, paroît à la porte, et la lumière d'Israël est sur le point de s'éteindre.

Quelle consternation répandue dans le public avec cette triste nouvelle! Personne ne s'en fie au bruit commun: on veut voir de ses yeux et entendre de ses oreilles: tout vient en foule s'en instruire, et tout le publie par sa douleur; le peuple lui-même, qui d'ordinaire ne sent que ses propres pertes, est sensible à celle qui nous menace. Que d'offrandes portées aux pieds des autels, pour demander le retour d'une santé si précieuse! Chacun croit aller donner en secret cette pieuse consolation à sa douleur; et il trouve dans le temple ses larmes et ses oblations, mêlées avec les larmes et les oblations publiques.

Vous parûtes, grand Dieu! vous laisser fléchir à nos vœux. La mort s'éloigna; nos craintes se changèrent en espérances. Mais vos ordres ne changent point: cette lueur passagère qui nous montroit la vie, tourne tout d'un coup vers le tombeau: vos desseins éternels s'accomplissent, et le coup suspendu ne trompe notre espoir, que pour nous faire encore mieux sentir la douleur de sa perte.

                                          G

Qu'attendez-vous ici, Messieurs, de ce héros, de ce sage, de ce grand esprit? Une pénitence où se trouvent tous ces caractères; constante, sage, éclairée : les mêmes voies qui l'avoient conduit à la gloire, le conduisent au salut.

Il est vrai, ce héros ne regarde pas la mort d'un œil fier et tranquille. Car, ô mon Dieu! le vase de terre peut-il encore s'enorgueillir sous la main toute-puissante qui va tomber sur lui et le briser? Et qu'est-ce que l'intrépidité de l'homme à la mort? qu'une lâcheté de désespoir, qui n'ayant pas la force de porter la crainte de vos jugements, trouve plus aisé de les mépriser; et n'osant espérer le salut, se fait un honneur affreux de se perdre?

Le prince de Conti laisse paroître comme le roi Ezéchias, quand on vient lui annoncer de la part de Dieu, *vous mourrez*, ces sentimens de trouble et de crainte, que tout homme doit à la nature et à la vérité; et tout chrétien à la foi des jugemens à venir. Il ne veut ni imposer aux autres, ni s'en imposer à soi-même, ni se prêter une fausse vertu, ni se déguiser ses propres misères.

Mais attendez. La foi opère la crainte; et la crainte opère l'amour, la résignation et le salut. Dieu prend la place de l'homme dans son cœur; et qu'on est grand quand on l'est avec Dieu !

Dès ce moment, son œil fixé dans l'éternité ne la perd plus de vue. Le monde s'évanouit. Ce monde, qui aux yeux des passions est tout, n'est plus rien aux yeux de la foi. Nul regret à la vie, hors l'usage peu chrétien qu'il en a pu faire : nul retour vers l'Egypte, hors le souvenir des miséricordes du Seigneur qui l'ont délivré de son joug. Environné de ministres saints, il marche comme le tabernacle d'Israël, d'un pas majestueux vers la terre de promesse ; et la manne sacrée et le pain des anges qu'il a reçu (mais avec quelle élévation de foi ! quelle tendresse de piété !), il le porte au-dedans de lui, et y trouve toute sa consolation et toute sa force.

Au milieu des douleurs les plus aiguës, le corps exténué, et qui dépérit à chaque instant par la violence des maux et des remèdes ; il refuse même à ses souffrances ces plaintes innocentes qui semblent les soulager. Et ce n'est pas ici une constance de philosophe ; une ostentation, plutôt qu'une vertu : il ne donne rien aux spectateurs, vous l'avez vu ; tout est pour Dieu ; toujours dans le vrai ; effrayé quand il faut : constant quand Dieu le demande : c'est la force de la foi ; c'est la patience des saints ; c'est l'humiliation de la pénitence. Et c'est ainsi, ô mon Dieu ! que ceux qui espèrent en vous, changent de valeur et de force : *Qui sperant in Domino, mutabunt fortitudinem* (1).

Voilà le héros que forme la grace : voici le sage. Il appelle au secours de sa foiblesse, la dernière force du chrétien ; la grace de l'onction sainte. On n'a pas besoin de ces timides ménagemens, qui semblent ne proposer au mourant les remèdes de la foi, que comme le désespoir de ses maux ; et de peur de lui rapprocher les horreurs de la mort, n'osent lui montrer les secours de l'immortalité, et les sources d'une vie meilleure. Le sang de l'Agneau, qui coule par ces canaux sacrés, loin de l'effrayer, fait sa plus ferme espérance : il plonge avec une foi vive, les plaies de son cœur dans ce bain vivifiant. Vous le laverez, Seigneur : *Et vous renouvellerez sa jeunesse comme celle de l'aigle* (2).

Les devoirs de la piété remplis, il n'oublie pas ceux de l'amitié, de la reconnoissance et de la nature. Il donne à ses amis les dernières marques de sa confiance et de sa tendresse : il parle en père à ses domestiques qu'il a toujours aimés comme ses enfants : il charge un prince pieux et illustre, de porter aux pieds du Roi les senti-

(1) Is. 40. 31.
(2) Ps. 102. 5.

mens de respect, d'attachement, de fidélité dans lesquels il a toujours vécu : enfin le prince son fils est appelé.

« Mon fils, lui dit-il, je voudrois vous avoir donné de « meilleurs exemples ; et j'espère que si Dieu m'avoit « conservé la vie, je vous en aurois donné. Souvenez- « vous toujours qu'il faut servir Dieu, lui être fidèle et « au Roi ; et vivre en honnête homme et en bon chré- « tien, pour attirer les bénédictions du ciel. »

. Puissent ces dernières instructions ne s'effacer jamais de votre cœur, Prince, la seule espérance de votre auguste nom ! et former en vous avec les qualités héroïques d'un père, dont la vie a illustré notre siècle, les sentimens et les vertus qui ont sanctifié sa mort.

Enfin tous les soins, toutes les créatures s'éloignent : il demeure seul avec Dieu. Et c'est ici où toutes ses lumières se réunissent ; où sa grande ame se dégage de plus en plus des sens ; où la majesté du Dieu, qui est proche et qui paroît, l'éclaire, la remplit, l'élève au-dessus d'elle-même.

Là voie des Justes est comme une lumière qui va toujours croissant jusqu'au jour parfait de l'éternité (1). Ce n'est plus la foi qui souffre avec résignation ; c'est l'amour qui aime à souffrir. « Seigneur, dit-il sans cesse au mi- « lieu de ses douleurs, appesantissez votre main, redou- « blez vos coups, brisez-moi, brûlez, coupez, détruisez « ce corps de péché ; je le livre à votre justice ; réservez « vos miséricordes pour mon ame: perdez-moi dans le « tems, et me sauvez dans l'éternité. »

Ce n'est plus la terreur des jugements de Dieu qui le saisit et qui le trouble ; c'est l'excès de sa charité pour les hommes qui le calme et qui le console. Et lorsque le ministre sage et éclairé, qui étudie les opérations de la grâce dans son ame, lui renouvelle ce sentiment par les paroles de l'Apôtre : *Dieu qui est riche en miséricorde,*

(1) Prov. 4. 18.

*poussé par l'amour extrême dont il nous a aimés lorsque
nous étions morts par nos péchés, nous a rendu la vie en
Jésus-Christ, ressuscités avec lui, et fait asseoir dans le
ciel* (1) : sa bouche mourante peut à peine suffire au
transport de sa foi et de sa religion : *Voilà*, s'écrie-t-il,
le fondement de toutes nos espérances.

Un moment après, profondément touché de l'oubli de
Dieu, dans lequel vivent presque tous les hommes, et se
tournant vers le ministre sacré : « Si l'on pouvoit com-
« prendre, ajoute-t-il, l'état où l'on se trouve dans ces
« derniers momens, on verroit bien qu'il n'y a de res-
« source pour l'homme que dans la religion. »

A ces mots, la langue se refuse à la foi qui l'anime :
les forces manquent ; la parole cesse ; mais son cœur parle
toujours à Dieu ; mais son ame plus pure et plus libre,
à mesure que le corps terrestre qui l'appesantit se dis-
sout, l'invoque, l'appelle, le supplie, l'adore, le loue, le
possède déjà, et ne meurt que pour aller vivre éternellement avec lui. Grand Dieu ! sera-t-elle frustrée de son
désir ? Vous refuserez-vous à la brebis qui revient, vous
qui courez après celle qui s'égare ? Tant de dons et de
lumières, dont vous aviez orné cette grande ame, n'iront-
elles pas se réunir à leur source ? tant de larmes versées
sur ces chères cendres, n'achèveront-elles pas de les purifier ? Les gémissemens de sa foi et de sa pénitence,
seront-ils montés en vain devant votre trône ? Le sang
de l'Agneau qui crie vers vous, et qui coule sur l'autel
par les mains d'un pontife fidèle (2), ne se fera-t-il pas
entendre ? ne vous solliciterez-vous pas vous-même en sa
faveur ? Vous le sauverez, grand Dieu ! vos promesses
s'accompliront, et son espérance ne sera pas confondue.

Écoutez, grands, et instruisez-vous. Tout ce que le
monde a le plus admiré, les victoires, les talens, le
nom, la sagesse, les lumières ; qu'on le trouve vain

(1) Ephes. 2. 4, 5, 6.
(2) M. de la Berchère, archevêque de Narbonne.

et frivole au lit de la mort! que la vie la plus glorieuse devant les hommes, la plus remplie de grands évènemens paroît alors vuide sans Dieu, et d'un éternel oubli! qu'on découvre de folie dans la sagesse qui ne nous a pas conduits au salut! qu'on méprise les lumières et les connoissances qui n'ont pas donné la science des saints! Dieu paroît tout alors, et l'homme sans Dieu ne paroît plus rien : il ne tient à l'éternité que par lui, par la foi, par la grace. Le rang, les conquêtes, la réputation, les talens, les titres ne lient qu'au tems, à un nuage qui se dissipe, au fleuve qui court rapidement se perdre dans l'abîme éternel. Son nom peut passer dans les histoires : on peut graver ses actions sur le marbre et sur l'airain. *Les noms de ceux qui vous oublient, ô mon Dieu! ne sont écrits que sur la poussière :* un souffle léger va les effacer : *Recedentes à te in terra scribentur* (1).

L'immortalité n'est que pour le Juste : les noms seuls écrits dans le livre de vie, ne périront pas. Tout ce qui ne tient qu'au monde passera avec le monde : vous seul, ô mon Dieu! demeurerez toujours. Heureux donc l'homme qui ne s'attache qu'à vous seul ; qui n'aime que ce qu'il doit toujours aimer ; qui ne veut jouir que de ce qu'il peut toujours posséder ; qui ne s'appuye que sur ce qui ne peut manquer ; *qui n'a pas reçu son ame en vain* (2) ; qui ne vit pas au hasard ; et qui des jours de sa vie mortelle, se forme insensiblement le jour de l'éternité.

Ainsi soit-il.

(1) Jerem. 17. 13.
(2) Ps. 23. 4.

ORAISON FUNÈBRE

DE

MONSEIGNEUR LOUIS

DAUPHIN

Prononcée dans la Sainte Chapelle de Paris

Erunt accepta opera mea...... et ero dignus sedium Patris mei.

Je plairai à votre peuple par la douceur de ma conduite, et je serai digne du trône de mon Père. (Sap. 9. 12.)

Ainsi jugeoient les grands et le peuple : ainsi espéroient-ils de très-haut, très-puissant et très-excellent prince, monseigneur, Louis, dauphin. Nos jugemens étoient justes : ce n'étoit ni l'intérêt, ni l'adulation, ni la crainte ; c'est l'amour qui les avoit formés. Nos espérances étoient bien fondées : le présent nous répondoit de l'avenir ; et tout ce que nous avions vu d'humain et de bienfaisant dans sa vie privée, nous faisoit par avance l'histoire de son règne.

Mais, ô Dieu ! vous nous l'aviez donné, et vous nous l'avez ôté : vous l'aviez accordé à nos vœux ; vous le refusez à nos crimes : vous l'aviez formé pour le bonheur de la France ; vous le retirez pour nous punir. *Vous emportez comme un tourbillon ce qui nous étoit si cher : sa vie a passé comme un nuage* (1) ; et sa mort confond nos jugemens, renverse nos espérances ; mais changera-t-elle notre cœur ?

Quels fléaux réservés dans les trésors de sa colère, pour instruire et châtier les hommes, Dieu peut-il donc encore faire tomber sur son peuple ? *Nous attendions la paix* (2) : le Roi sacrifioit sa gloire, ses intérêts, sa tendresse à nos désirs ; *il étoit pacifique avec ceux qui haïssoient la paix* (3) : elle s'éloigne encore de nous ; *et voilà encore la fureur et la guerre.* Nos champs ont gémi dans une longue stérilité : la maladie et la mort ont répandu le deuil dans nos villes : nous avons vu tomber les cèdres mêmes du Liban. Trois princes du sang royal (4), dans l'intervalle presque d'une année, ont été enlevés à la France qui les pleure encore, à leurs augustes enfans, à leurs épouses désolées ; et en rendant des devoirs lugubres et religieux à leur mémoire, nous vous avons annoncé les jugemens du Seigneur et la vanité des choses humaines. Enfin le fils et l'héritier lui-même vient d'être frappé. Les châtimens de Dieu vont en augmentant comme nos crimes. Mes Frères, quand arrêterons-nous donc son bras levé sur nous ?

Le peuple infidèle s'enorgueillit au milieu de ses succés (5) : il chante des chants de joie et de victoire : et la France, la portion la plus pure de l'Église ; la région de la vérité et de la lumière ; une nation choisie, et dont le Roi, selon le cœur de Dieu, a ôté tous les hauts lieux et tous les autels étrangers ; la France gémit, son prince lui est enlevé, et le Seigneur semble avoir oublié ses anciennes miséricordes.

Qu'avons-nous donc fait ? et comment cette désolation

(1) Job. 30. 15.
(2) Jerem. 14. 19.
(3) Ps. 119. 7.
(4) M. le Prince, M. le prince de Conti, M. le Duc.
(5) Bataille d'Hochstet.

est-elle arrivée en Israël ? Nous avons abandonné le
Seigneur, et il nous a affligés. Nous ne sommes pas retournés à lui dans notre affliction, et le Prince a été ôté
du milieu du peuple. Dieu nous frappera-t-il donc toujours en vain ? Ses coups portent à faux, si en nous
affligeant, ils ne nous corrigent pas. Et que nous pré-
pare-t-il, si ce dernier malheur est encore pour nous une
leçon inutile ?

Viendrons-nous toujours dans ces pompes lugubres,
avec la langage de la douleur, n'attendre, comme ces enfans de l'Évangile, de ceux qui nous écoutent, que des
larmes qui ne sont qu'un jeu et un amusement puéril ?
Tournerons-nous en spectacle nos propres malheurs ? et
la leçon la plus terrible de la foi, ne sera-t-elle jamais
pour nous qu'une vaine cérémonie ?

A la vue de ce tombeau, où toute la grandeur humaine
est devenue cendre et poussière, nos jugemens et nos
espérances sur les choses d'ici-bas, sont-elles encore les
mêmes ?

La mort nous enlève un prince doux et bienfaisant ;
nous le jugions digne du trône des rois ses ancêtres ;
nous en espérions des jours tranquilles et fortunés : voilà
le sujet de nos larmes. La mort confond nos jugemens,
nos espérances, et ne change point notre cœur : voilà le
sujet de nos instructions.

Rendons-nous utile notre douleur : mêlons les ré·
flexions de la foi avec les larmes de la nature et de la
tendresse ; et en offrant les prières de l'Église, et le sacrifice d'expiation pour ces cendres chères et augustes,
détrompons-nous de l'erreur de nos jugemens et de la
vanité de nos espérances. C'est-à-dire, jugeons enfin que
tout ce qui passe n'est rien, et ne trouvons digne de
notre espérance que ce qui ne passe point.

PREMIÈRE PARTIE.

Les hommes parlent tous les jours sur le néant des

choses humaines, le langage de la foi et de la vérité ; et ils n'en suivent pas moins les voies de la vanité et du mensonge. Nous disons sans cesse que le monde n'est rien, et nous ne vivons que pour le monde. Sages seulement dans les discours, insensés dans les œuvres. Philosophes dans l'inutilité des conversations, peuple dans tout le cours de notre conduite. Toujours éloquens à décrier le monde, toujours plus vifs à l'aimer. Nous fléchissons le genou avec la multitude, devant l'idole que nous venions de fouler aux pieds ; et à nos mépris succèdent bientôt de nouveaux hommages.

Ce qui paroît grand aux yeux du monde, est toujours grand pour nous : ce qu'il appelle bonheur, est la seule félicité où notre cœur aspire : ce qu'il vante, est la seule gloire qui nous touche. Ouvrons enfin les yeux, et que cette cérémonie de religion et de tristesse, confonde la vanité de nos jugemens, et nous rappelle de l'erreur des sens aux lumières de la foi.

Tout ce que le monde a de plus grand paroissoit rassemblé dans le prince que nous pleurons. Une naissance qui efface l'éclat de toutes les généalogies de l'univers : un nom au-dessus de tous les autres noms : un sang qui prend sa première source dans le trône, et qui coule sans interruption depuis tant de siècles, et par tant de souverains : une maison auguste, qui a vu naître toutes les autres, qui a donné naissance à nos histoires, qui compte parmi ses titres domestiques, tous les monumens qui nous restent des règnes les plus éloignés ; et qui seule demeurée depuis le commencement, au milieu du débris de tant de maisons souveraines qui ont péri, semble être, comme celle de Noé, la seule dépositaire de toute la gloire des siècles passés, et de la première alliance que le Seigneur fit avec nos pères : *Testamenta sæculi posita sunt apud illum* (1).

Tel étoit Louis, dauphin ; l'enfant de tant de rois, l'hé-

(1) Eccl. 44. 19.

ritier de la gloire de tant de siècles ; ajoutez encore, le fils de Louis le Grand.

Les Pyrénées venoient de voir finir, par un traité glorieux, une guerre encore plus glorieuse à la nation ; *les montagnes avoient reçu la paix pour le peuple* (1).

L'Espagne se consoloit de ses pertes, en donnant à Louis une princesse pieuse, qui venoit partager avec lui son trône et ses victoires. La France sortie des troubles inséparables d'une longue minorité, voyoit croître avec le Roi, ses espérances et sa gloire. Nos troupes aguerries par nos propres dissensions ; de grands généraux formés, et en combattant même contre la patrie, devenus des chefs consommés pour la défendre ; les finances rétablies par les soins d'un ministre habile ; la licence changée en règle ; les anciennes maximes presque oubliées, rappelées à leur premier esprit ; les arts déchus dans la foiblesse du gouvernement, reprenant avec lui leur éclat et leur vigueur ; les lettres que nos troubles et nos malheurs avoient comme bannies, rétablies en honneur pour publier nos victoires ; ces hommes uniques, dont les ouvrages seront de tous les temps, et qui jusque-là n'avoient paru que successivement de siècle en siècle, ou de règne en règne parmi nous, devenus communs, et se pressant, pour ainsi dire, de naître tous à la fois sous un règne déjà si glorieux ; l'état, comme le Roi, dans une jeunesse vive et florissante.

Au milieu de tant de prospérités, le dauphin est donné à la France ; l'objet des vœux publics, le gage du bonheur des peuples, l'espérance de la monarchie, le lien de la succession royale, l'enfant de la gloire et de la magnificence.

Nos succès croissent avec lui : ses jours ne sont plus comptés que par les victoires d'un père triomphant : chaque saison vient mettre aux pieds de son berceau royal des trophées et des dépouilles : les merveilles se multi-

(1) Ps. 71. 3.

plient ; l'abondance embellit le dedans du royaume, tandis que la valeur en recule les frontières : la pompe des maisons royales répond à la grandeur du roi : de superbes édifices sortent en un instant, comme par enchantement, du sein de la terre : l'ouvrage de plusieurs siècles devient l'ouvrage de quelques mois : la stérilité des lieux se tourne en ornement ; et le Roi, de retour de ses campagnes, après avoir vaincu ses ennemis, vient se délasser chez lui à vaincre encore la nature. Ce sont les bienfaits de Dieu que nous rappelons ; et si nous les eussions toujours regardés comme tels, peut-être en jouirions-nous encore.

Cependant sortoit de l'enfance l'héritier de tant de grandeur : un naturel heureux commençoit à se montrer : les qualités héroïques du Roi, la piété de la reine, formoient déjà ce mélange de douceur et de majesté, qui fit toujours son caractère, et ces belles espérances, qui n'attendoient plus que le secours des maîtres.

Mais quel soin que celui d'être chargé de former la jeunesse des souverains ; de jeter dans ces ames destinées au trône, les premières semences du bonheur des peuples et des empires ; de régler de bonne heure des passions, qui n'auront plus d'autre frein que l'autorité ; de prévenir des vices, ou d'inspirer des vertus, qui doivent être, pour ainsi dire, les vices et les vertus publiques ; de leur montrer la source de leur grandeur dans l'humanité ; de les accoutumer à laisser auprès d'eux à la vérité l'accès que l'adulation usurpe toujours sur elle ; de leur faire sentir qu'ils sont grands, et de leur apprendre à l'oublier ; de leur élever les sentimens, en leur adoucissant le cœur ; de les porter à la gloire par la modération ; de tourner à la piété des penchans à qui tout va préparer le poison du vice ; en un mot, d'en former des maîtres et des pères, de grands rois et des rois chrétiens ? Quel ouvrage ! mais quels hommes la sagesse du Roi ne choisit-elle pas pour le conduire ?

L'un (1), d'une vertu haute et austère; d'une probité au-dessus de nos mœurs; d'une vérité à l'épreuve de la cour; philosophe sans ostentation; chrétien sans foiblesse; courtisan sans passion; l'arbitre du bon goût et de la rigidité des bienséances; l'ennemi du faux; l'ami et le protecteur du mérite; le zélateur de la gloire de la nation; le censeur de la licence publique; enfin un de ces hommes, qui semblent être comme les restes des anciennes mœurs, et qui seuls ne sont pas de notre siècle.

L'autre (2), d'un génie vaste et heureux; d'une candeur qui caractérise toujours les grandes ames et les esprits du premier ordre; l'ornement de l'épiscopat, et dont le clergé de France se fera honneur dans tous les siècles; un évêque au milieu de la cour; l'homme de tous les talens et de toutes les sciences; le docteur de toutes les Églises; la terreur de toutes les sectes; le Père du dix-septième siècle, et à qui il n'a manqué que d'être né dans les premiers tems, pour avoir été la lumière des conciles, l'ame des Pères assemblés, dicté des canons, et présidé à Nicée et à Éphèse.

Deux hommes uniques chacun dans leur caractère, et qu'on auroit cru ne pouvoir plus être remplacés après leur mort, si ceux qui leur ont succédé (3) dans l'éducation du Prince qui doit régner, ne nous avoit appris que la France ne fait guère de pertes irréparables.

Voilà ce qui nous avoit paru si grand. Les termes manquoient à l'éloquence pour publier tant de merveilles : l'amour multiplioit les éloges ! la politesse du siècle les rendoit dignes de passer à la dernière postérité : les étrangers venoient des isles les plus éloignées, mêler ici avec nous leur admiration et leurs hommages. Et que

(1) M. le duc de Montausier.
(2) M. Bossuet, évêque de Meaux.
(3) M. le duc de Beauvilliers; M. de Fénelon, archevêque de Cambray.

sais-je, si pour avoir étalé avec trop de complaisance à leurs yeux, nos trésors et notre magnificence (1), comme le roi des Juifs aux envoyés de Babylone, et trop vanté notre gloire, Dieu n'a pas permis qu'elle nous fût enfin, comme à eux, pour un peu de tems ôtée?

Mais du moins la triste cérémonie qui nous assemble, dissipe le fantôme de grandeur qui nous abusoit. Tout ce qui doit passer ne peut être grand : ce n'est qu'une décoration de théâtre : la mort finit la scène et la représentation : chacun dépouille la pompe du personnage, et la fiction des titres ; et le souverain, comme l'esclave, est rendu à son néant et à sa première bassesse. Les dons de la grace tout seuls ne périssent point avec nous : la mort leur assure une éternelle immutabilité ; et dans ce moment, où toute la grandeur du monde se précipite dans le tombeau, s'évanouit et n'est plus ; une vertu obscure qui nous lioit à Dieu, sort éclatante de nos cendres, et mène le Juste comme en triomphe, dans le sein de l'éternité. Ceux qui vous craignent, ô mon Dieu! seront seuls grands, parce qu'ils le sont devant vous, et qu'ils le seront toujours : *Qui autem timent te, magni eront apud te per omnia* (2). Fausse idée de grandeur! vous ne vous soutenez que jusqu'à la mort ; et vous avez pourtant toujours été, et vous serez jusqu'à la fin, l'illusion la plus séduisante de toute la vie humaine.

Peut-être le bonheur qui l'environne aura-t-il quelque chose de plus réel. Écoutons, mes Frères, et détrompons-nous. Si le monde pouvoit faire des heureux, le prince pour qui nous prions, devoit l'être. La tendresse du Roi pour lui croissoit avec le succès de son éducation : on voyoit ce monarque si glorieux, en partager lui-même les soins avec les grands hommes à qui elle étoit confiée. C'étoit David de retour de ses victoires, qui faisoit venir devant lui son fils Salomon, pour l'instruire

(1) 4 Reg. 20. 13.
(2) Judith, 16, 19.

des devoirs de la royauté, et des maximes de la vertu et de la sagesse. Les héros peuvent être des pères tendres ; et rougir des sentimens de la nature et de l'humanité, comme d'une foiblesse, c'est se prêter une fausse grandeur, et montrer en même temps qu'on n'a pas la grandeur véritable.

Les années du Prince s'avancent, et la tendresse du Roi se change en amitié : ce fils si cher devient un ami fidèle. Monseigneur est associé aux secrets du gouvernement, et aux mystères des conseils ; de ces conseils impénétrables, dont la sagesse et le secret faisoient alors la force et la sûreté de la monarchie, la terreur et l'admiration de toute l'Europe. Le Roi décharge dans son sein le poids de ses pensées, et les soucis mêmes de la prospérité et de la gloire : la confiance prend la place de l'autorité paternelle : l'amitié augmente chaque jour par l'usage de la confiance ; et Monseigneur devient le collègue de l'empire, plutôt que l'héritier de la couronne.

A tant de bonheur, que manquoit-il que d'assurer la succession dans la maison royale ; et donner, par un mariage auguste, des princes à la France et de nouveaux appuis au trône ? Une maison, de tout temps alliée à la couronne, nous fournit une princesse féconde et spirituelle. Mais la Bavière ne se donnoit encore qu'à demi ; elle nous préparoit de plus grands dons. Ces deux princes (1) croissoient pour nous. Vous les rendez, ô mon Dieu ! à leurs peuples, qui les demandent : le temps est venu ; et peut-être les conduisez-vous par ces voies de dépouillement et d'oppression, à de plus grandes et de plus hautes destinées.

Quels furent nos chants de joie, quand de ce mariage sacré, nous vîmes naître le premier prince (2) que nous admirons aujourd'hui ? Nous lisions dans l'avenir : nous voyions de loin une jeunesse sainte, une religion éclairée,

(1) Les électeurs de Bavière et de Cologne retirés en France.
(2) Le duc de Bourgogne.

un cœur tendre pour Dieu et pour les peuples, un esprit pour les grandes choses; la piété d'un David; la sagesse et l'élévation d'un Salomon; la clémence et l'humanité d'un Josias; des lumières et des vertus. Et que nous sommes heureux de lui rendre cet hommage dans ce temple (1) ancien et auguste, le monument éternel de la piété de saint Louis, dont il nous rappelle si parfaitement tous les jours l'histoire et les exemples!

Quel don pour la France! Mais les dons de Dieu n'étoient pas encore épuisés. La fécondité continue dans la maison royale : Monseigneur devient le père de deux autres princes (2); et ici s'ouvrent encore à nous de plus grands événements.

L'Espagne, de tout temps jalouse de notre gloire, et qui autrefois avoit voulu nous donner des maîtres, en vient chercher un parmi nous. Les prévoyances humaines échouent! les mesures d'une maison rivale se tournent contre elle : les desseins de Dieu s'accomplissent : la Castille devient le patrimoine d'un fils de France : les anciennes jalousies cessent : les deux nations se réunissent. Semblables à deux vaillans rivaux, lesquels après avoir long-tems combattu, et tout tenté pour se renverser sur la poussière, tirent des épreuves mêmes de valeur qu'ils ont faites l'un contre l'autre, le lien d'estime et d'amitié qui les unit; et qui employent les mêmes armes dont il savoient voulu se percer, à se prêter une défense commune.

Mais que vois-je ici? L'enfer se déchaîne; les temps sont abrégés; les jours mauvais recommencent; le bonheur de la France arme tous les peuples contre elle; les deux couronnes réunies dans la même maison, répandent la discorde et la fureur dans toute l'Europe. Les rois des environs, alarmés des merveilles que le Seigneur vient d'opérer en faveur d'Israël, s'entredisent,

(1) La Sainte-Chapelle de Paris.
(2) Le duc d'Anjou et le duc de Berry.

comme autrefois les rois de Chanaan : Ce peuple va dé-
vorer tous les peuples, et engloutir tous les pays d'alen-
tour : *Delebit hic populus omnes qui in nostris finibus
commorantur* (1). Ils ne voyent pas que notre entrée
est pacifique, et que nous ne voulons que nous mettre en
possession de la terre que le Seigneur a promise à nos
pères. Cependant une guerre cruelle s'allume : les nations
conjurées fondent sur nous : Dieu semble même abandonner son peuple : il semble oublier que l'union des
deux monarchies est son ouvrage. Nous aurions attribué
nos succès à notre puissance : il nous affoiblit ; mais
c'est pour devenir lui seul notre bouclier et notre victoire. Les intérêts et les passions humaines ne prévau-
dront pas contre les desseins de Dieu. Le sang de Blanche de Castille demeurera sur le trône : le sceptre ne
sera point ôté de la maison de Juda : Dieu qui fait les
rois saura les protéger. Nos prospérités et l'orgueil qui
les accompagne, l'avoient peut-être éloigné de nous ; il
faut que nos malheurs le rapprochent.

Déjà le jour arrive : Dieu sort du nuage où il s'étoit caché ; et je le vois qui recommence à se montrer à nous.
Les succès sont rendus au bon droit : l'Aragon nous
venge du Brabant : le chef de la ligue est frappé, et il n'est
plus (2). Ne chantons pas des chants d'allégresse sur son
tombeau, nous qui pleurons une perte semblable. Le deuil
de nos ennemis ne sera jamais pour nous un jour de fête
et de victoire. La religion ne sait pas se réjouir de la mort
d'un souverain fidèle. Si la France perd un ennemi, l'É-
glise perd toujours un César. Nous souhaitons seulement
des jours plus heureux pour les peuples : nous demandons
la paix plutôt que la victoire.

Descendez donc, fille du ciel ! don du Très-Haut ! Que
les deux princes que l'Église vient de perdre, réunis dans

---

(1) Num., 22. 4.
(2) Mort de l'empereur Joseph, arrivée en même temps que
celle de Monseigneur.

le sein de Dieu, et ayant dépouillé avec le corps terrestre, les intérêts et les animosités de la terre, vous obtiennent à leurs peuples ! Qu'ils soient devant Dieu les ministres et les négociateurs d'une paix, qui n'a pu être jusqu'ici l'ouvrage des hommes ! Que le traité soit conclu dans les tabernacles éternels en présence des anges tutélaires des nations, et apporté par eux sur la terre ! Que la mort des deux princes, qui finit tout pour eux, finisse aussi nos dissensions et nos troubles ! Que la colère de Dieu accepte ces deux illustres victimes ! Que leurs cendres sacrées mêlées ensemble soient répandues sur les deux peuples en signe d'alliance ; et qu'un malheur commun devienne la source d'une joie commune ! Mais ces vœux ont échappé à la vivacité de nos desirs ; et les desirs ne consultent pas toujours l'ordre des tems. Ne hâtons pas le triste spectacle de la mort du Prince que nous pleurons, et rentrons dans notre sujet.

Que paraissoit-il manquer au bonheur d'un père tendre comme Monseigneur, si le bonheur étoit donné sur la terre ? L'amitié du Roi, l'amour des peuples, les plus grandes espérances du Prince son fils, que la loi du royaume et l'ordre de la naissance, mais plus encore, qu'une prédilection singulière de Dieu sur la France, nous destine : le prince son second fils sur le trône d'Espagne, et maître de la plus vaste monarchie de l'Europe ; son autorité affermie contre les efforts d'un concurrent, par un successeur (1) que Dieu donne à sa couronne, et par la fidélité inouïe de ses peuples.

Princes heureux devant les hommes ! Mais qu'est aux yeux de la foi le bonheur humain ? que dure-t-il ? et dans sa courte durée, combien traîne-t-il avec lui de fiel et d'amertume ? Quel privilége ont ici les princes au-dessus du peuple ? tout ce qui les environne, les rend-il heureux ? Hélas ! tout ce qui est hors de nous, ne sauroit jamais faire un bonheur pour nous. Les plaisirs occupent

(1) Naissance du prince des Asturies.

les dehors ; le dedans est toujours vuide. Tout paroît joie pour les grands, et tout se tourne en ennui pour eux. Plus les plaisirs se multiplient, plus ils s'usent. Ce n'est pas être heureux, que de n'avoir plus rien à désirer, c'est perdre le plaisir de l'erreur ; et le plaisir n'est que dans l'erreur, qui l'attend et qui le désire. La grandeur elle-même est un poids qui lasse. Les chagrins montent sur le trône, et vont s'asseoir à côté du souverain : la félicité les rend plus amers. Le monde étale des prospérités ; le monde ne fait point d'heureux. Les grands nous montrent le bonheur, et ils ne l'ont pas. Quel est donc l'homme heureux sur la terre ? c'est l'homme qui craint le Seigneur ; c'est le Juste qui n'est pas de ce monde ; c'est un cœur qui ne tient qu'à Dieu, et à qui la mort n'ôte rien que l'embarras du corps terrestre qui l'éloignoit de Dieu.

Tournez-vous encore d'un autre côté, dit le Sage ; la gloire même des hommes, cette idole à qui le monde a de tout temps dressé des autels, n'est encore que vanité.

Elle ne manque point, cette gloire, au Prince que nous regrettons. Une trève longtemps désirée alors de nos ennemis, venoit de désarmer toute l'Europe. Le Roi au milieu de ses succès, avoit préféré le bonheur des peuples à des victoires, qui sont toujours *le prix du sang et le péril des ames* : quand du fond de la Hollande sort un nouveau vase (1) de la colère du Seigneur, destiné de Dieu pour détrôner les plus saints rois, et être l'instrument de ses vengeances sur les royaumes et sur les peuples : un prince profond dans ses vues ; habile à former des ligues et à réunir les esprits ; plus heureux à exciter les guerres qu'à combattre ; plus à craindre encore dans le secret du cabinet, qu'à la tête des armées : un ennemi que la haine du nom françois avoit rendu capable d'imaginer de grandes choses et de les exécuter ; un de ces génies qui semblent nés pour mouvoir à leur gré les peuples et les souverains ; un grand homme, s'il n'avoit jamais voulu être roi.

(1) Le prince d'Orange.

Il parcourt en secret toutes les cours d'Allemagne : il réunit toute l'Europe en faveur de son usurpation. Le Roi demeure seul défenseur des droits sacrés de la royauté : la cause de tous les souverains protégée, arme tous les souverains contre lui. L'orage est prêt à fondre sur nous : le Roi le prévient : déjà Monseigneur, à la tête d'une armée triomphante, marche vers le Rhin. C'étoit alors la destinée de la France, de prévenir par nos conquêtes, les mesures et les projets mêmes des ennemis. Philisbourg, le rempart de l'Allemagne, est le prix des premières armes du fils de Louis. Le Rhin encore effrayé du fameux passage du Roi, reconnoît dans le fils, la gloire et la valeur rapide du père. Manheim, Frankendal, et tant d'autres places, suivent la destinée de Philisbourg. Le jeune prince ne trouve rien qui l'arrête : il soutient par son intrépidité, le courage des troupes accoutumées à vaincre : il leur rend tout possible par son humanité et par ses largesses : il ne connoît pas le péril : il veut tout voir de ses yeux, et tout animer par ses ordres ; et nous en ferions ici honneur à sa mémoire, si la valeur étoit un éloge pour les descendans de Charlemagne et de saint Louis.

Vous ne l'avez pas oublié. Nos succès firent éclater partout la guerre déjà rallumée dans les cœurs : le feu qui couvoit, s'embrase et se répand partout. La Flandre étoit alors le théâtre de notre gloire. Le maréchal de Luxembourg nous consoloit tous les jours, par des victoires réitérées, de la perte des Condé et des Turenne. Monseigneur y vole : l'armée sous ses ordres déconcerte, par une marche inouïe, les desseins des ennemis : nos troupes, comme celles que vit le serviteur du Prophète (1), se trouvent par un soudain enchantement, de Vignamont sur les bords de l'Escaut. Notre présence glace les alliés ; et si leurs ruses les dérobent au combat, elles ne dérobent pas à Monseigneur la gloire de l'avoir cherché. C'est avoir

(1) 4. Reg. 6. 17.

vaincu l'ennemi, que de lui avoir fait craindre de combattre contre nous.

Mais laissons au monde à louer ces faits : c'est à nous à vous instruire. Les succès éclatans font parmi nous les grands hommes ; mais les grands hommes sont bien petits au tribunal redoutable, si leurs succès font tout leur mérite. Au fond, il n'est de gloire réelle que celle qui nous suit devant Dieu. Hélas ! que sont les héros au lit de la mort, si toutes leurs vertus se bornent à leurs victoires ? Leur vie est pleine de grands événemens qui passeront dans nos histoires, et vuide de ces œuvres qui seules seront écrites dans le livre de vie. Ils ont vécu pour la postérité ; ont-ils vécu pour l'éternité ? Ils ont rempli la terre du bruit de leur nom ; et le Seigneur ne les connoît pas, *parce qu'il ne connoît que ceux qui lui appartiennent* (1). Ils ont remporté des victoires ; mais Dieu ne compte que les victoires de la foi, et celles que le Juste remporte sur lui-même. On a vanté leurs succès et leur valeur héroïque ; et souvent leurs succès ont été des crimes ; et peut-être l'injustice seule en a fait des héros. On leur a dressé des statues et des monumens superbes : mais ce ne sont là que les monumens de la vanité ; ils périront avec elle. *Vous les briserez, ô mon Dieu ! dans votre cité éternelle*, et la ressemblance seule de Jésus-Christ crucifié ornera les portiques de la sainte Jérusalem : *In civitate tuâ imaginem ipsorum ad nihilum rediges* (2). En un mot, ils ont été les hommes du siècle présent ; seront-ils les hommes du siècle à venir ? L'histoire des conquérans sera effacée : l'histoire des Justes, écrite en caractères immortels, subsistera dans l'éternité. Les passions, qui forment les guerres et les héros, seront détruites avec le monde ; les vertus, qui font les saints, ne périront jamais.

Cherchons la gloire qui vient de Dieu, mes Frères. Ne

(1) 2. Tim., 2. 19.
(2) Ps. 72. 20.

nous refusons pas à la patrie : la religion n'autorise pas la paresse ; mais elle ne couronne que les vertus. Combattons les ennemis de l'état ; mais souvenons-nous que la foi nous montre des ennemis encore plus à craindre. Regardons le monde, avec toute sa gloire, comme nous le verrons à la mort, et comme l'a vu sans doute dans ce moment, le Prince que nous pleurons. Étudions sur ce tombeau la terreur de la puissance et de la majesté de Dieu, et le néant de toutes les choses humaines ; et que la mort d'un prince, que la naissance avoit fait si grand, et que son caractère de bonté avoit rendu si aimable, après avoir corrigé l'erreur de nos jugemens, confonde encore la vanité de nos espérances.

DEUXIÈME PARTIE

Si le monde n'attachoit les hommes que par le bonheur de leur condition présente ; comme il ne fait point d'heureux, il ne feroit point d'adorateurs : l'avenir qu'il nous montre toujours, est sa grande ressource et sa séduction la plus inévitable : il nous lie par ses espérances, ne pouvant nous satisfaire par ses dons ; et l'erreur de ses promesses nous endort toujours sur le néant de tous ses bienfaits. Achevons de nous instruire.

Les fruits de la lumière, dit l'Apôtre, *sont la bonté, la justice, la vérité* (1) ; et ces fruits lumineux ne brillèrent dans le Prince que nous regrettons, que pour nous détromper aujourd'hui de la vanité de nos espérances, en justifiant l'excès de notre douleur et de nos regrets.

Le plus grand éloge d'un prince, c'est d'être bon ; et les seules louanges que le cœur donne, sont celles que la bonté s'attire. La valeur toute seule ne fait que la gloire du souverain ; la bonté fait le bonheur de ses peuples : les victoires ne lui valent que des hommages ; la bonté lui gagne les cœurs : c'est pour lui qu'il est conquérant ;

1) Ephes. 5. 9.

c'est pour nous qu'il est bon : et la gloire des armes ne va pas loin, dit l'esprit de Dieu, si l'amour des peuples ne la rend immortelle.

Ici le deuil de la France se renouvelle : la plaie se rouvre : l'image de Monseigneur reparoît : les larmes publiques recommencent : et il est mal aisé de rappeler tout ce que nous avons perdu, sans aigrir et renouveler toute la douleur de notre perte. La bonté n'étoit pas seulement une de ses vertus : c'étoit son fonds, c'étoit lui-même. *Elle étoit née avec lui,* comme parle Job, *et sortie avec lui du sein de sa mère* (1).

Une bonté toujours accessible. Il faut étudier les momens favorables pour aborder les grands, et le choix des tems et des occasions, est la grande science du courtisan. Ici, tous les tems étoient les mêmes ; et l'habileté du courtisan ne trouvoit pas plus d'accès et d'affabilité, que la simplicité du peuple, ou l'ignorance du citoyen. On ne sentoit point en l'approchant ces inquiétudes secrètes que forme le succès douteux de l'accueil : la bonté se montroit d'abord avant la majesté : on cherchoit le maître dans la douceur du particulier ; ou plutôt à sa douceur. on sentoit d'abord qu'il étoit digne d'être le maître : le cœur lui donnoit à l'instant des titres de souveraineté plus glorieux que ceux que donne la naissance. C'est l'amour qui fait les rois : la naissance ne donne que les couronnes ; c'est l'amour qui forme les sujets.

Une bonté sensible à l'amour des peuples pour lui. Les princes ne savent pas toujours goûter le plaisir d'être aimés : ils n'estiment pas assez les hommes pour être touchés de leur amitié : ils ne connoissent pas assez le prix des cœurs ; et le long usage des adulations les rend insensibles à la véritable tendresse.

Monseigneur aimoit les peuples ; et il aimoit d'en être aimé. Quelle joie ! quand venant se montrer au milieu de cette ville régnante, il voyoit tous les cœurs voler après

(1) Job. 31. 18.

lui : la tendresse publique se ranimer; le peuple oublier
ses misères, et ne plus sentir que le plaisir de voir un si
bon maître !

Rappelez ce moment terrible, où le Seigneur menaça,
pour la première fois, la vie de ce bon prince Hélas! il
nous montroit de loin notre malheur. L'amour ose tout.
Le peuple, oui, le peuple le plus bas et le plus obscur,
court aux pieds du trône; et les portes augustes de la
gloire et de la majesté, s'ouvrent à l'amour : c'est un titre
qui donne toujours le droit d'aborder un bon prince.
Monseigneur se laisse voir (1) : cette foule obscure approche du lit de sa douleur : il ne paroit rendu à la vie
que pour se rendre à son peuple : il respecte dans ses
démonstrations populaires, l'amour de la nation : il croit
qu'un prince, quelque grand qu'il puisse être, est toujours
honoré d'être aimé ; et essuye, en se montrant, des larmes, toujours plus sincères dans le peuple, parce qu'il ne
sait pas emprunter la douleur, et qu'il ne regrette que ce
qu'il aime.

Prince digne d'une nation, dont le caractère perpétuel
a toujours été d'aimer ses maîtres ; qui compte un seul de
leurs regards comme un bienfait ; et qui, dans le temps
même de ses misères les plus tristes, n'a qu'à lever les
yeux vers le souverain, pour ne plus sentir la douleur de
ses plaies, et oublier à l'instant ses malheurs et ses
peines.

Une bonté sage et éclairée. La bonté des princes autorise souvent la malice des délateurs (2). Les meilleurs
rois, disoit autrefois Assuérus, jugeant des autres par
eux-mêmes, sont moins en garde contre les artifices des
méchans.

Les cours surtout sont pleines de délations et de mau-

(1) Les halles de Paris députent six des principales haran-
gères qui viennent à Versailles féliciter Monseigneur sur sa
convalescence, et il veut qu'elles s'approchent de son lit.
(2) Esth. 16. 6.

vais offices : c'est là où toutes les passions se réunissent, ce semble, pour s'entrechoquer et se détruire : les haines et les amitiés y changent sans cesse avec les intérêts : il n'y a de constant et de perpétuel, que le désir de se nuire. Les liens même du sang se dénouent, s'ils ne sont resserrés par des intérêts communs. *L'ami*, comme parle Jérémie, *marche frauduleusement sur son ami, et le frère supplante le frère* (1). Il semble qu'on soit convenu que la bonne foi ne seroit pas une vertu, et que l'amitié ne seroit plus qu'une bienséance : l'art de tendre des piéges n'y déshonore que par le mauvais succès : enfin la vertu elle-même souvent fausse, y devient plus à craindre que le vice. La religion y fournit souvent les apparences qui cachent les embûches qu'on nous tend : l'on y donne quelquefois les dehors à la piété, pour réserver plus sûrement le cœur à l'amertume de la jalousie, et au désir insatiable de la fortune : et comme dans ce temple de Babylone, dont il est parlé dans Daniel, en public tout paroît pour la divinité ; en secret et par des voies souterraines, on reprend tout pour soi-même (2).

Monseigneur étoit bon ; mais il falloit l'être pour avoir accès auprès de lui. Ses oreilles étoient fermées à la malignité des délations et des impostures : le détracteur secret ne trouvoit en lui qu'un silence d'indignation et de sévérité. La langue empoisonnée, loin de lui souffler le venin, s'infectoit toute seule elle-même ; la malice retomboit toujours sur l'homme méchant. On se perdoit, en voulant perdre l'innocent : on se préparoit à soi-même la peine de l'ignominie qu'on lui avoit destinée. Il bannissoit de son cœur ces ennemis publics de la société, qu'il faudroit bannir du milieu des hommes, convaincu, comme il le disoit souvent, que les méchans ne décrient pas leurs semblables, et que l'imposture ne s'en prend jamais qu'à la vertu.

(1) Jerem. 9. 4.
(2) Dan. 14. 12.

Enfin une bonté universelle. Bon pour ses amis ; capable d'attachement et de tendresse ; aimant toujours ce qu'il avoit une fois aimé ; ne connoissant pas ces inégalités toujours attachées à l'amitié des princes ; et n'usant pas du privilège des grands, qui est de n'aimer rien, ou de n'aimer pas longtems. Bon père : partageant avec les princes ses enfans, la douceur et l'innocence de ses plaisirs ; ne leur montrant son autorité que dans sa tendresse ; sensible à leur gloire, plus sensible encore, ce semble, à leur amitié ; aimant à vivre au milieu d'eux ; et ne leur faisant sentir d'autre contrainte, que celle que donne la joie de vivre avec ce qu'on aime.

Bon maître. Jamais de ces momens d'humeur si ordinaires à ceux que rien n'oblige à se contraindre ; plus on le voyoit de près, plus on sentoit qu'il étoit bon ; ce n'étoit plus un maître, c'étoit un ami ; entrant dans tous les besoins des siens ; croyant qu'un prince n'est jamais plus grand que lorsque c'est la bonté qui l'abaisse ; voulant que tout le monde fût heureux avec lui ; persuadé que les princes ne sont nés que pour le bonheur des autres hommes ; et ne comptant pas que ce fût être heureux que de l'être seul.

Grand Dieu ! quelles espérances nous montriez-vous ? L'amour des peuples ne rend pas immortel, puisque sa course a été si rapide et si précipitée ; mais la mort des bons princes est toujours le châtiment le plus rigoureux dont vous punissiez la malice des hommes.

Ainsi sommes-nous séduits par nos espérances, mes Frères. La nation espéroit tout d'un si bon prince ; plusieurs de ceux qui m'écoutent, fondoient sur sa bonté et sur son amitié, des vues sûres et particulières d'élévation et de fortune. Chacun se forme dans l'avenir un fantôme qui l'éblouit ; le bonheur se montre toujours à nous de loin ; la mort de nos maîtres, ce grand spectacle, où le monde et toute sa gloire fond à nos yeux, leur mort change seulement nos vues, sans changer notre cœur ; chacun tente la fortune par de nouvelles voies ;

nous formons de nouveaux projets ; nous nous faisons
un nouveau plan de cour et de mesures ; nous nous consolons de nos pertes par de nouvelles prétentions ; nos
projets échouent sans cesse, et nos espérances revivent
de nos projets mêmes renversés ; au milieu du débris de
tout ce qui nous environne, nous nous sauvons encore
dans l'avenir. Tout nous désabuse du monde, et rien ne
nous rappelle à Dieu. Espérance d'élévation qui nous séduit ; espérance de durée.

C'étoit la bénédiction promise à la piété filiale ; et la
justice renfermée dans l'accomplissement de ce devoir,
ne fut pas moins le caractère constant de Monseigneur
que la bonté : *In omni bonitate, et justitiâ* (1).

Mais devons-nous faire ici un mérite à la mémoire de
ce Prince, de sa soumission tendre et respectueuse pour
le Roi? Quand la nature toute seule ne nous apprendroi
pas à honorer nos pères ; quand l'amour que nous leur
devons ne couleroit pas dans nos veines avec le sang que
nous avons reçu d'eux ; quand ce respect ne seroit pas
né avec nous, et formé, pour ainsi dire, avec notre cœur;
quel père, quel roi, est ici offert à la tendresse et à la
piété filiale de Monseigneur ! un roi, la gloire et le modèle de tous les rois ; un père, le plus tendre et le meilleur de tous les pères.

Mais les droits de la nature sont quelquefois plus foibles dans le cœur des enfans des grands, que dans celui
des autres hommes: ils regardent les sentimens du sang
et de la nature, comme le partage du peuple: l'ambition
prend chez eux la place de la tendresse : leurs pères deviennent souvent leurs rivaux. Les histoires des siècles
passés et du nôtre, seront toujours souillées de ces tristes exemples; et David, ce père si tendre, ce roi si
grand et si glorieux, ne laissa pas de trouver un Absalon.

Le respect perpétuel et sincère de Monseigneur pour

(1) Ephes. 5. 9.

le Roi, n'a peut-être point d'exemple, non-seulement dans l'histoire des princes, mais encore dans celle des hommes d'une destinée plus ordinaire. Plus l'âge l'approchoit du trône, plus sa soumission sembloit croître. Parvenu à des années qu'on regarde presque comme la vieillesse des rois, on ne l'a jamais vu se lasser un instant d'être sujet. Content de voir couler ses plus beaux jours aux pieds du trône, jamais ses désirs ne montèrent plus haut; et né pour régner, il n'a jamais pensé qu'il dût vivre que pour obéir.

Réglant toujours ses volontés sur celles du Roi; les prévenant dès qu'il avoit pu les connoître; formant ses goûts et ses désirs sur les siens; respectant ses vues et ses destinations; et par-là, de peur de les gêner, réservé même à demander des graces: apprenant aux sujets le respect qu'ils doivent aux choix et aux desseins de leurs maîtres; à ne pas entrer témérairement dans le sanctuaire des conseils et des secrets de la royauté; à ne pas s'élever au-dedans d'eux-mêmes un tribunal d'indépendance et de vanité, devant lequel ils osent citer les rois de la terre; et à ne toucher aux mystères du trône, comme à ceux de l'autel, qu'avec une espèce de religion et de silence.

Les vues du roi sur Monseigneur lui paroissoient toujours le seul parti qu'il eût à prendre: volant à la tête des armées dès que ses ordres l'appeloient; reprenant à Meudon, avec la même soumission, la douceur et l'innocence d'une vie privée, dès que le bien de l'État le demandoient. Toujours entre les mains du roi, et toujours charmé d'y être.

Les hommes n'admirent d'ordinaire que les grands évènemens: la vie des princes leur paroît vuide et obscure, et ne les frappe plus dès qu'ils n'y trouvent pas de ces actions d'éclat, qui embellissent les histoires, et auxquelles souvent ils n'ont prêté que leur nom. Il nous faut du spectacle pour attirer nos regards. *Rendons notre nom immortel* (1), disoient ces enfants de Noé, en laissant à nos neveux un monument éternelle de votre vanité. Ce sont presque toujours les passions qui immortalisent les hommes dans l'esprit des autres hommes : les vices éclatans passent à la postérité ; une vertu toujours renfermée dans les bornes de son état, est à peine connue de son siècle. Un prince qui a toujours préféré le devoir à l'éclat, paroît n'avoir point vécu : il ne fournit rien à la vanité des éloges, dès qu'il n'a pas eu de ces desseins ambitieux qui troublent la paix des états ; qui renversent l'ordre des successions et de la nature ; qui portent partout la misère, l'horreur, la confusion, et qui ne mènent à la gloire que par le crime. Il est beau de remporter des victoires, et de conquérir des provinces ; et sans doute que les occasions seules en manquèrent à Monseigneur. Mais qu'il est grand, dit saint Ambroise, de n'avoir jamais été que ce qu'on devoit être ! *Grande est aliquem intra se tranquillum esse et sibi convenire* (2).

Non, mes Frères, la façon de penser de la plupart des hommes est là-dessus digne d'étonnement : il semble que nous n'aurons plus rien à dire, dès que nous n'aurons plus à louer que des vertus utiles au bonheur des peuples et à la tranquillité des empires ; et qu'il nous faut pour le succès de ces discours, ou des crimes éclatans à pallier, ou des talens pernicieux au genre humain à honorer de pompeux éloges. Hommes frivoles ! vous méritez d'avoir de tels maîtres dès que vous êtes capables de les admirer.

Le talent le plus cher à Monseigneur fut un respect et une soumission constante et à l'épreuve de tout pour le Roi. Et ne croyez pas que cette soumission lui coûtât. Ce n'étoit pas ici seulement une vertu de raison : il ne donnoit rien aux égards et à la bienséance ; il ne

____

(1) Gen. 11. 4.
(2) S. Ambr. De vitâ Jacob.

suivoit que les mouvemens de son cœur. Occupé sans cesse de tout ce qui pouvoit plaire au Roi ; comblé de joie dès qu'il avait su se ménager l'occasion de lui plaire ; transporté lorsqu'il avoit l'honneur de le recevoir à Meudon ; plein d'inquiétudes aimables, et entrant dans tous les détails, afin que le plaisir du Roi fût égal au sien, et paroissant plutôt un courtisan empressé, qu'un héritier de la couronne.

L'espérance du trône, si douce et si capable d'étouffer les sentimens mêmes de la nature, ne s'offrit jamais à lui que comme une image affreuse. Le téméraire qui eût osé la lui faire entrevoir seulement de loin, eût trouvé à l'instant, comme ceux qui crurent faire leur cour à David en lui apprenant qu'il étoit roi, la peine de sa témérité et de son insolence. Jamais on ne l'a entendu former de ces projets à venir si ordinaire aux hommes, et si inévitables à l'imagination, qui supposassent même qu'il pût régner un jour. Il a toujours pensé comme s'il devoit toujours obéir ; et si la nature sembloit lui promettre des jours au-delà des jours du Roi, sa tendresse les abrégeoit ; et on lui a souvent ouï dire : *Que sa plus douce espérance étoit de compter que le Roi lui survivroit, et qu'il ne pourroit pas survivre lui-même à la douleur de sa perte.*

Aussi nous vîmes ses alarmes sincères durant ces jours d'affliction, où toute la France parut menacée avec la santé de ce monarque. On auroit cru à sa douleur profonde, qu'il alloit perdre avec lui sa fortune et ses espérances. La royauté ne lui paroissoit plus que le dernier des malheurs pour lui, dès qu'il eût fallu l'acheter par la perte d'un si grand roi et d'un si bon père : content d'obéir pourvu que le Roi régnât.

La longue durée des jours devoit, ce semble, être la récompense d'une piété si tendre ; et ses jours ont été abrégés ; *et il a cherché en vain le reste de ses années* (1).

(1) Is. 38. 10.

Nous nous le promettions pour nos neveux, et il n'est plus même pour nous.

Quel fonds peut-on faire sur la vie ? c'est ce que nous vous avons dit. Qui peut compter sur le lendemain ? ce sont les réflexions que nous avons mêlées avec nos larmes. Et cependant nous vivons comme si tout ceci ne devoit jamais finir. La mort nous paroît toujours comme l'horizon qui borne notre vue ; s'éloignant de nous à mesure que nous en approchons, ne la voyant jamais qu'au plus loin, et ne croyant jamais pouvoir y atteindre : chacun se promet une espèce d'immortalité sur la terre. Tout tombe à nos côtés : Dieu frappe autour de nous nos proches, nos amis, nos maîtres ; et au milieu de tant de têtes et de fortunes abattues, nous demeurons fermes, comme si le coup devoit toujours porter à côté de nous, ou que nous eussions jeté ici-bas des racines éternelles. Nous comptons toujours y être à tems pour le salut ; et le tems du salut est aujourd'hui, et nous mourrons avec le seul désir de mieux vivre.

Dernière espérance qui nous séduit. La religion du Prince, pour qui nous prions, a prévenu cette surprise. Bon pour les peuples, respectueux à l'égard du Roi, il n'a pas été moins religieux envers Dieu ; et la vérité avoit fait en lui une sainte alliance avec la bonté et la justice : *In omni bonitate, et justitiâ, et veritate.*

Ce n'est pas que je veuille envelopper ici sous l'artifice insipide des louanges, les foiblesses de ses premières années. Ne louons en lui que les dons de Dieu, et déplorons les fragilités de l'homme : n'excusons pas ce qu'il a condamné : et dans le temps que l'Église offre ici la victime de propitiation, et que ses chans lugubres demandent au Seigneur qu'il le purifie des infirmités attachées à la nature, ne craignons pas de parler comme elle prie, et d'avouer qu'il en a été capable.

Hélas ! qu'est-ce que la jeunesse des princes ? et les inclinations les plus heureuses et les plus louables, que peuvent-elles contre tout ce qui les environne ? Moins exposés qu'eux, sommes-nous plus fidèles ? Nos chutes se cachent sous l'obscurité de notre destinée : mais qu'offriroit notre vie aux yeux du public, si elle étoit en spectacle comme la leur ? Ah ! c'est un malheur de leur rang, que souvent, avec plus d'innocence que nous, ils ne sauroient jouir comme nous de l'impunité d'un seul de leurs vices.

S'il y a eu quelque dérangement dans les premières années de ce prince, l'âge y eut plus de part que le cœur : l'occasion put le trouver foible ; elle ne le rendit jamais vicieux ; et le reste de ses jours passés depuis dans la règle, montrent assez que l'égarement n'avoit été qu'un oubli, et qu'en se rendant au devoir, il s'étoit rendu à lui-même.

Oui, Monseigneur pouvoit dire comme Salomon (1), qu'il avoit eu en partage une ame bonne, et un cœur tourné à la vertu : d'une droiture et d'une vérité digne de l'éducation qu'il avoit reçue de ce courtisan chrétien, qui passa pour l'homme le plus vrai de son siècle. Religieux observateur de la bonne foi, des sentiments d'honneur et de probité, plus sûrs quelquefois pour la vertu, que les ardeurs les plus vives du zèle. Un secret à l'épreuve de la familiarité même la plus privée : et en un mot, un de ces hommes, dont chacun auroit voulu se faire un ami, si le respect eût permis de se faire un ami de son maître.

Plus Monseigneur étoit vrai, plus il étoit ennemi du faux. Quel mépris pour les adulateurs, la honte des cours, et l'écueil des meilleurs princes ! regardant les fausses louanges comme un aveu public de la mauvaise foi de celui qui les reçoit ; croyant que les éloges donnés aux vertus que nous n'avons pas, deviennent pour la postérité des censures qui ne servent qu'à immortaliser nos défauts véritables ; et persuadé qu'un bon prince est toujours assez loué d'être aimé.

(1) Sap. 8. 19.

Mais jusqu'ici il n'a paru vertueux que devant les hommes. Vous l'allez voir vertueux devant Dieu, juste et charitable. Et de quoi n'est pas capable la bonté naturelle, quand elle est aidée d'un fonds de religion, et que la nature donne, pour ainsi dire, les mains à la grace ?

Maison déserte et désolée, qui devenue sans habitant, comme parle un prophète, pleurez votre solitude (1), et la gloire de vos anciens jours ! vous n'oublierez jamais les pieuses largesses de ce bon prince : vos pauvres pleureront avec vous ; la veuve et l'orphelin viendront vous redemander leur consolateur et leur père : ils mouilleront de leurs larmes les lieux heureux qu'il habita ; leurs clameurs, en vous renouvelant sans cesse le souvenir de sa perte, vous renouvelleront aussi l'espérance consolante qu'il n'est perdu que pour le temps.

Ses largesses saintes n'autorisoient pas l'oubli de ses devoirs religieux ; et il ne croyoit pas, comme la plupart des grands, que tout l'Évangile se borne pour eux à la miséricorde. Tout le monde a connu son respect conservé depuis l'enfance pour les loix de l'Église. Les jours qu'elle consacre à l'abstinence, à peine connus des grands, furent toujours pour lui des jours sacrés. On l'a vu se refuser même le morceau pris par oubli ; et comme Jonathas, se croire presque digne de mort, pour avoir, par ignorance, goûté un peu de miel contre le vœu du peuple saint.

Et ce n'étoit pas ici une observance scrupuleuse, où il entre souvent plus de foiblesse que de foi ; c'étoit un cœur religieux, c'étoit un fonds de piété sincère : tout ce qui appartenoit à la religion lui paroissoit grand : et c'est ce fonds de religion qu'il opposa toujours aux discours de l'impiété. Car, qu'il est rare que les grands, surtout dans le premier âge, ne soient pas environnés de ces hommes audacieux, qui disent : *Quel est notre Dieu ?* et qui trop foibles pour le servir, croyent paroître forts, en fai-

(1) Meudon.

sant semblant de ne pas le connoître : ces hommes qui ne savent de la science de la foi, que les blasphèmes qui l'attaquent; qui ont appris d'être incrédules avant que d'apprendre à croire; qui ne sont impies que par ostentation, et qui souvent inspirent aux autres l'incrédulité à laquelle ils n'ont pu encore parvenir eux-mêmes.

La langue de l'impie sécha toujours devant lui de honte et de confusion. Il n'usa de son autorité, que lorsqu'il vit l'autorité de la foi attaquée : sa douceur n'étoit plus qu'un courroux majestueux et digne d'un descendant de Clovis : c'étoit la force et la sévérité, qui sortoit du doux et du clément. Et qu'il étoit beau de voir l'héritier de la couronne défendre, en défendant la religion, le plus beau privilège qui illustre le trône de ses pères; ne pouvoir souffrir que l'impie ôtât à la maison de France le plus ancien patrimoine dont elle se glorifie; et qu'il regardât le titre de la foi et de premier roi chrétien, dont les rois ses ancêtres se sont toujours honorés, comme un titre vain et une erreur populaire !

Leçon immortelle pour les souverains, qui doivent se souvenir que la religion assure leur autorité; que l'incrédule, qui a secoué le joug de la foi, se désaccoutume bientôt du joug de l'obéissance; que ceux qui ne connoissent point de Dieu, ne respectent pas plus les hommes; et que les impies sont toujours mauvais sujets.

Ainsi la piété sincère de ce prince honoroit la religion. Mais enfin, ô mon Dieu ! la France n'en étoit pas digne; vous ne le formiez que pour vous seul : il n'a régné que sur les cœurs, et son autre règne ne pouvoit pas être de ce monde.

L'ordre part des conseils éternels : l'Ange d'en haut, ministre des desseins et des vengeances du Seigneur, vient marquer la maison du premier-né; la plaie qui afflige le peuple, entre dans la maison du Prince, et le bien-aimé est frappé. Quelle consternation répandue dans le public avec cette triste nouvelle ! Le peuple est tremblant; la ville pleure, les temples saints sont les dépo-

sitaires de la douleur et de la crainte publique ; toutes
les mains sont levées au ciel ; la cour change en deuil
sa majesté et sa gloire. Un bon prince est l'héritage de
chaque particulier, et chacun craint, parce que chacun
doit perdre.

Le Roi, touché du péril de Monseigneur, n'en connoît
plus pour lui-même : il oublie qu'il se doit à son peuple,
et se livre à sa tendresse : il expose, avec sa personne
sacrée, le salut de l'état, et ajoute au poison de la douleur, dont son cœur tendre et paternel est déjà flétri,
celui de l'air mortel qu'il respire. Un si bon fils étoit digne,
sans doute, que le meilleur de tous les pères reçût ses
derniers soupirs : il avoit toujours vécu entre ses mains,
il falloit qu'il mourût de même.

Hélas ! tout couvert de sa douleur, et de la plaie qui
infecte tous ses membres, quelles sont ses craintes et
ses inquiétudes? Il craint pour le Roi : une vie si précieuse exposée devient la plus vive de ses peines. *Je
mourrois de douleur*, dit-il, *si le Roi, au sortir d'ici, avait
seulement mal à la tête.*

Quel spectacle de tendresse s'offre ici à la postérité !
La douleur d'un père, toujours grand dans ses afflictions
comme dans ses prospérités, ne compte pour rien le
danger ; et le danger du père devient l'unique douleur du
fils mourant. Quelle leçon domestique dans les siècles à
venir, pour les descendans de cette auguste maison ! Et
les histoires doivent-elles moins immortaliser ces exemples touchans d'humanité, que les victoires et les conquêtes, lesquelles n'ont souvent attiré de la gloire aux
hommes, qu'aux dépens de l'humanité même?

Les deux princes ses fils, déjà accablés des inquiétudes
de la crainte, portent encore l'accablement de la séparation. Meudon qui renferme tout ce qu'ils ont de plus
cher au monde, leur devient un lieu interdit. Une prin-
.cesse (1) auguste, le lien et la joie de la maison royale,

____

(1) Adélaïde de Savoie, duchesse de Bourgogne.

et qui donne si heureusement pour l'état des héritiers à
à la couronne qu'elle doit porter, demande comme une
grâce, qu'il lui soit permis d'aller partager le péril. Mais
la France se refuse à leur tendresse : nous devions assez
perdre, et il ne falloit pas tout risquer.

Cependant tout flattoit encore nos espérances. Une
douce sécurité semble toujours précéder les grands
malheurs : plus on doit perdre, plus on espère. Les
apparences du mal ne sembloient annoncer qu'un danger
ordinaire : les conjectures de l'art, que l'affection et
l'habileté rendoient également éclairées, étoient favorables
à nos desirs : le coup de foudre qui alloit éclater, se
cachoit encore sous l'éclat trompeur de la nuée. Dieu
nous laissoit encore jouir de notre erreur : hélas ! nous
sommes toujours à ses yeux les jouets de nos vaines
espérances : *La parole de mort étoit sortie de sa bouche,
elle ne devoit pas retourner à lui vuide* (1).

Déjà des présages douteux nous l'annoncent : le mal
surmonte les remèdes : le Prince paroît menacé de plus
près : soumis à Dieu, il adore la main qui le frappe :
nulle impatience au milieu de ses douleurs : la violence
du mal toute seule nous apprend qu'il souffre : on n'en
tire pas même les plaintes nécessaires aux secours de
l'art. Il ne se plaint qu'à Dieu seul, et ce n'est pas de
ses douleurs : il ne sent que le regret de ses fautes : il
en trouve l'expiation dans sa patience et dans ses desirs.
Une révolution soudaine l'accable : elle répand déjà un
nuage sur ses yeux, et arrête sur sa langue les paroles
de pénitence et de réconciliation : il tend, par des signes
de douleur et de repentir, les mains à l'Église; cette
Église, dont il avoit toujours respecté les loix, qui venoit
de le nourrir depuis peu de ce pain mystérieux qui fait
les délices des rois, et de laquelle sa naissance le destinoit à être le protecteur. Sa langue déjà immobile se délie
enfin pour demander les graces des sacremens; ces

(1) Is. 55. 2.

grâces dont il avoit toujours usé avec tant de religion, et auxquelles les derniers mystères de la Pâque l'avoient vu participer avec des sentimens de foi et de piété plus vifs et plus touchans que jamais, comme s'il eût pressenti que cette Pâque devoit être la veille et l'appareil de sa mort; et qu'il ne boiroit plus de ce breuvage mystérieux, qu'il ne le bût de nouveau dans le royaume du Père céleste.

Mais enfin la foi supplée au ministère des hommes. Le feu du ciel tout seul peut allumer, quand il le faut, le sacrifice, et sanctifier la victime : ses desirs fervens deviennent eux-mêmes la grace qu'il demande : il ne lui en a manqué que la consolation : il en a eu l'effet et la vertu; et nous en avons l'espérance.

Grand Dieu ! une âme si bonne et si religieuse n'auroit-elle pas trouvé ouvert le sein de vos miséricordes éternelles? un Prince si fort selon le cœur des hommes, ne seroit-il pas selon votre cœur? Recevez, Seigneur, le sacrifice de nos larmes et de nos prières : regardez du haut du ciel sur ces offrandes saintes : que le sang de la victime, qui coule sur l'autel, ne coule pas en vain pour lui : consolez la piété d'un roi et la douleur d'un père, qui ne demande plus que son fils vive, pourvu qu'il vive devant vous : que ce temple auguste parle lui-même en faveur du sang de saint Louis ! Donnez votre justice au fils du roi (1), si ses justices se trouvent défectueuses : placez-le devant vous parmi ces saints rois ses ancêtres, qui occupèrent le trône que sa naissance lui destinoit : que le livre éternel le fasse rentrer dans la succession des Charlemagne et des saint Louis, dont il sera exclu dans nos histoires; et rendez-lui dans le ciel la couronne que vous n'avez pas voulu qu'il portât sur la terre. *Ainsi soit-il!*

(1) Ps. 71. 1.

ORAISON FUNÈBRE

DE

LOUIS LE GRAND

ROI DE FRANCE

Prononcée dans la Sainte Chapelle de Paris.

———

Ecce magnus effectus sum, et præcessi omnes sapientiâ, qui fuerunt ante me in Jerusalem........ et agnovi quod in his quoque esset labor, et afflictio spiritûs.

Je suis devenu grand : j'ai surpassé en gloire et en sagesse tous ceux qui m'ont précédé dans Jérusalem ; et j'ai reconnu qu'en cela même, il n'y avoit que vanité et affliction d'esprit. (Eccles. 1. 16, 17.)

Dieu seul est grand, mes Frères, et dans ces derniers momens surtout, où il préside à la mort des rois de la terre ; plus leur gloire et leur puissance ont éclaté, plus, en s'évanouissant alors, elles rendent hommage à sa grandeur suprême : Dieu paroît tout ce qu'il est ; et l'homme n'est plus rien de tout ce qu'il croyoit être.

Heureux le prince dont le cœur ne s'est point élevé au milieu de ses prospérités et de sa gloire ; qui, semblable à Salomon, n'a pas attendu que toute sa grandeur expirât avec lui au lit de la mort, pour avouer qu'elle n'étoit que vanité, et affliction d'esprit ; et qui s'est humilié sous la main de Dieu, dans le tems même que l'adulation sembloit le mettre au-dessus de l'homme !

Oui, mes Frères, la grandeur et les victoires du Roi que nous pleurons, ont été autrefois assez publiées : la magnificence des éloges a égalé celle des évènemens : les hommes ont tout dit, il y a long-tems, en parlant de sa gloire. Que nous reste-t-il ici, que d'en parler pour notre instruction ?

Ce Roi, la terreur de ses voisins, l'étonnement de l'univers, le père des rois; plus grand que tous ses ancêtres, plus magnifique que Salomon dans toute sa gloire, a reconnu comme lui, que tout étoit vanité. Le monde a été ébloui de l'éclat qui l'environnoit : ses ennemis ont envié sa puissance : les étrangers sont venus des isles les plus éloignées baisser les yeux devant la gloire de sa majesté : ses sujets lui ont presque dressé des autels ; et le prestige, qui se formoit autour de lui, n'a pu le séduire lui-même.

Vous l'aviez rempli, ô mon Dieu ! de la crainte de votre nom : vous l'aviez écrit sur le livre éternel, dans la succession des saints rois qui devoient gouverner vos peuples : vous l'aviez revêtu de grandeur et de magnificence. Mais ce n'étoit pas assez; il falloit encore qu'il fût marqué du caractère propre de vos élus : vous avez récompensé sa foi par des tribulations et par des disgraces. L'usage chrétien des prospérités peut nous donner droit au royaume des cieux; mais il n'y a que l'affliction et la violence, qui nous l'assure.

Voyons-nous des mêmes yeux, mes Frères, la vicissitude des choses humaines ? Sans remonter aux siècles de nos pères, quelles leçons Dieu n'a-t-il pas données au nôtre ? Nous avons vu toute la race royale presque éteinte : les princes, l'espérance et l'appui du trône, moissonnés à la fleur de leur âge : l'époux et l'épouse auguste, au milieu de leurs plus beaux jours, enfermés dans le même cercueil, et les cendres de l'enfant suivre tristement et augmenter l'appareil lugubre de leurs funérailles : le Roi qui avoit passé d'une minorité orageuse, au règne le plus glorieux dont il soit parlé dans nos histoires, retomber de cette gloire dans des malheurs presque supérieurs à ses anciennes prospérités ; se relever encore plus grand de toutes ces pertes, et survivre à tant d'évènemens divers pour rendre gloire à Dieu, et s'affermir dans la foi des biens immuables.

Ces grands objets passent devant nos yeux comme des scènes fabuleuses : le cœur se prête pour un moment au spectacle ; l'attendrissement finit avec la représentation : et il s'emble que Dieu n'opère ici-bas tant de révolutions, que pour se jouer dans l'univers, et nous amuser plutôt que nous instruire.

Ajoutons donc les paroles de la foi à cette triste cérémonie, qui sans cela nous prêcheroit en vain : racontons, non les merveilles d'un règne que les hommes ont déjà tant exalté, mais les merveilles de Dieu sur le roi qui nous est ôté. Rappelons ici ses vertus plutôt que ses victoires : montrons-le plus grand encore au lit de la mort, qu'il ne l'étoit autrefois sur son trône, dans les jours de sa gloire. N'ôtons les louanges à la vanité, que pour les rendre à la grace. Et quoiqu'il ait été grand, et par l'éclat inouï de son règne et par les sentimens héroïques de sa piété, deux réflexions sur lesquelles va rouler ce devoir de religion que nous rendons à la mémoire de très-haut, très-puissant et très-excellent prince Louis XIV du nom, roi de France et de Navarre ; ne parlons de la gloire et de la grandeur de son règne, que pour en montrer les écueils et le néant qu'il a connu ; et de sa piété, que pour en proposer et immortaliser les exemples.

PREMIÈRE PARTIE.

Tout ce qui fait la grandeur des rois sur la terre, en fait aussi le danger. Les succès éclatans dans la guerre, la magnificence dans la paix, l'élévation des sentimens, et la majesté dans la personne : voilà tout ce que la vanité peut faire souhaiter aux souverains ; et voilà aussi tout ce que la foi doit leur faire craindre.

Le Roi, pour qui nous prions, passa, pour ainsi dire, du berceau sur le trône : il ne jouit point des avantages de la vie privée, toujours utile au souverain, parce qu'elle lui apprend à connoître les hommes, et que les hommes lui apprennent à se connoître lui-même.

Mais Dieu qui veille à l'enfance des rois, et qui en formant leurs premières inclinations, semble former les destinées publiques, versa de bonne heure dans son ame ces grandes qualités qui suppléent aux instructions, et que l'instruction toute seule ne donne pas toujours.

Les troubles d'une longue minorité étant calmés par les soins d'une régente vertueuse et d'un ministre habile, Louis au sortir de ces nuages, commence à se montrer à ses peuples. La jeunesse, toujours plus aimable, ce semble, dans les princes ; cet air grand et auguste, qui tout seul annonçoit le souverain ; la tendresse perpétuelle de la nation pour ses rois, tout le rendit maître des cœurs ; et c'est alors qu'un prince est véritablement roi, quand l'amour des peuples, si j'ose parler ainsi, le proclame.

La France reprenoit alors cet état florissant, qu'un nouveau règne semble toujours promettre aux empires. Les dissensions civiles l'avoient plus aguerrie et purgée de mauvais citoyens, qu'épuisée. Les grands réunis aux pieds du trône, ne pensoient plus qu'à le soutenir. Les guerres étrangères, et qui n'étoient encore que de nation à nation, occupoient la valeur de ses sujets, sans accabler ses peuples. Heureuse si elle n'eût pas connu depuis toute sa puissance ; et si en ignorant combien il lui étoit aisé de conquérir, elle n'eût pas senti dans la suite tout ce qu'elle pouvoit perdre !

Le mariage de l'infante d'Espagne avec Louis, venoit de suspendre les anciennes jalousies, que le voisinage, la valeur, la puissance formoient entre les deux nations. Les Pyrénées qui les avoient vues tant de fois se disputer la victoire, les virent mener en triomphe sur les mêmes lieux, les gages augustes de la paix. Le lit nuptial fut, pour ainsi dire, dressé sur le champ fameux de tant de batailles. On y célébroit, sans le savoir, la naissance future d'un souverain, que ce mariage devoit un jour donner à l'Espagne. Mais ce grand jour qui enfanta depuis la réunion des deux empires, ne put encore réunir les cœurs.

La régente ne survécut pas long-tems à la joie d'une cérémonie, qui fut le fruit de sa sagesse, l'objet fixe de ses desirs, et qui couronna sa glorieuse administration. Le grand ministre, qui l'avoit aidée à soutenir le poids des affaires, et qui avoit su sauver la France, malgré la France conjurée contre lui, avoit vu peu auparavant expirer avec lui une autorité, que la France ne souffrit jamais sans jalousie entre les mains d'un étranger, mais que les orages avoient affermie.

Louis se trouva seul, jeune, paisible, absolu, puissant, à la tête d'une nation belliqueuse ; maître du cœur de ses sujets et du plus florissant royaume du monde ; avide de gloire ; environné des vieux chefs, dont les exploits passés sembloient lui reprocher le repos où il les laissoit encore. Qu'il est difficile, quand on peut tout, de se défier qu'on peut aussi trop entreprendre !

Les succès justifient bientôt nos entreprises. La Flandre est d'abord revendiquée comme le patrimoine de Thérèse ; et tandis que les manifestes éclaircissent notre droit, nos victoires le décident.

La Hollande, ce boulevard, que nous avions élevé nous-mêmes contre l'Espagne, tombe sous nos coups : ses villes devant lesquelles l'intrépidité espagnole avoit tant de fois échoué, n'ont plus de mur à l'épreuve de la bravoire françoise ; et Louis est sur le point de renverser en une campagne, l'ouvrage lent et pénible de la valeur et de la politique d'un siècle entier.

Déjà le feu de la guerre s'allume dans toute l'Europe : le nombre de nos victoires augmente celui de nos ennemis ; et plus nos ennemis augmentent, plus nos victoires se multiplient. L'Escaut, le Rhin, le Pô, le Ther n'opposent qu'une foible digue à la rapidité de nos conquêtes. Toute l'Europe se ligue, et ses forces réunies ne servent qu'à montrer la supériorité des nôtres : les mauvais succès irritent nos ennemis, sans les désarmer : leurs défaites, qui doivent finir la guerre, l'éternisent : tant de sang déjà répandu, nourrit les haines, loin de les éteindre : les traités de paix ne sont que comme l'appareil d'une nouvelle guerre. Munster, Nimègue, Riswick, où toute la sagesse de l'Europe assemblée promettoit de si beaux jours, ne forment que des éclairs qui annoncent de nouveaux orages : les situations changent, et nos prospérités continuent. La monarchie n'avait pas encore vu des jours si brillans : elle s'étoit relevée autrefois de ses malheurs : elle a pensé périr et écrouler sous le poids de sa propre gloire.

La terre toute seule ne sembloit pas même suffire à nos triomphes. La mer encore gémissoit sous le nombre et sous la grandeur énorme de nos navires. Nos flottes, qui suffisoient à peine sous les derniers règnes pour mettre nos côtes à couvert de l'insulte des pirates, portoient partout au loin la terreur et la victoire. Les ennemis attaqués jusque dans leurs ports, avoient paru céder à l'étendard de la France, l'empire des deux mers. La Sicile, la Manche, les isles du Nouveau-Monde, avoient vu leurs ondes rougies par les défaites les plus sanglantes. Et l'Afrique même, encore fière d'avoir vu autrefois échouer sur ses côtes, la valeur de saint Louis et toute la puissance de Charles-Quint, ne trouvant plus d'asile sous ses remparts foudroyés, avoit été obligée de venir s'humilier, et d'en chercher un aux pieds du trône de Louis.

Nous nous élevions de tant de prospérités, et nous ne savions pas que l'orgueil des empires est toujours le premier signal de leur décadence.

Telle fut la grandeur de Louis dans la guerre. Jamais la France n'avoit mis sur pied des armées si formidables : jamais l'art militaire, c'est-à-dire, l'art funeste d'apprendre aux hommes à s'exterminer les uns les autres, n'avoit été poussé si loin : jamais tant de généraux fameux ; et pour ne parler que de ces premiers temps, un Condé, dont le premier coup-d'œil décidoit toujours de la victoire ; un Turenne, qui plus tardif en apparence n'en étoit que plus sûr du succès ; un Créqui, plus grand le jour de sa défaite, que dans les jours de ses triomphes ; un Luxembourg, qui sembloit se jouer de la victoire ; et tant d'autres venus depuis, que nos annales mettront un jour parmi les Guesclin et les Dunois de notre siècle.

Mais hélas ! triste souvenir de nos victoires, que nous rappelez-vous ? Monumens superbes élevés au milieu de nos places publiques, pour en immortaliser la mémoire, que rappellerez-vous à nos neveux, lorsqu'ils vous demanderont, comme autrefois les Israélites, ce que signifient vos masses pompeuses et énormes ? *Quando interrogaverint vos filii vestri dicentes : Quid sibi volunt isti lapides* (1) ? Vous leur rappellerez un siècle entier d'horreur et de carnage : l'élite de la noblesse françoise précipitée dans le tombeau ; tant de maisons anciennes éteintes ; tant de mères point consolées, qui pleurent encore sur leurs enfants ; nos campagnes désertes, et au lieu des trésors qu'elles renferment dans leur sein, n'offrant plus que des ronces au petit nombre des laboureurs forcés de les négliger ; nos villes désolées ; nos peuples épuisés ; les arts à la fin sans émulation ; le commerce languissant : vous leur rappellerez nos pertes, plutôt que nos conquêtes : *Quando interrogaverint vos filii vestri dicentes : Quid sibi volunt isti lapides ?* Vous leur rappellerez tant de lieux saints profanés ; tant de dissolutions capables d'attirer la colère du ciel sur les plus justes entreprises ; le feu, le sang, le blasphème, l'abomination, et toutes les horreurs qu'enfante la guerre : vous leur rappellerez nos crimes, plutôt que nos victoires : *Quando inter-*

(1) Jos. 4. 6.

*rogaverint vos filii vestri, dicentes : Quid sibi volunt
isti lapides?*

O fléau de Dieu ! ô guerre ! cesserez-vous enfin de ravager l'héritage de Jésus-Christ ? O glaive du Seigneur !
levé depuis long-temps sur les peuples et sur les nations,
ne vous reposerez-vous pas encore ? *O mucro Domini !
usquequò non quiesces* (1)? Vos vengeances, ô mon Dieu !
ne sont-elles pas encore accomplies ? N'auriez-vous encore donné qu'une fausse paix à la terre ? L'innocence de
l'auguste enfant que vous venez d'établir sur la nation,
ne désarme-t-elle pas votre bras, plus que nos iniquités
ne l'irritent ? Regardez-le du haut du ciel, et n'exercez
plus sur nous des châtimens qui n'ont servi jusqu'ici qu'à
multiplier nos crimes : *O mucro Domini ! usquequò non
quiesces ? Ingredere in vaginam tuam, refrigerare, et
sile.*

Un si long cours de prospérités inouïes, qui devoit un
jour nous coûter si cher, éleva bientôt le royaume à un
point de gloire et de magnificence, où les siècles passés
ne l'avoient pas encore vu. La France devint comme le
spectacle pompeux de toute l'Europe. Que de maisons
royales s'élevèrent, demeure superbe de Louis, où toutes
les merveilles de l'Asie et de l'Italie rassemblées, sembloient venir rendre hommage à sa grandeur. Paris,
comme Rome triomphante, s'embellissoit des dépouilles
des nations. La cour, à l'exemple du souverain, plus
brillante et plus magnifique que jamais, se piqua d'effacer
l'éclat des cours étrangères. La ville, l'imitatrice éternelle de la cour, en copia le faste. Les provinces à l'envi
marchèrent de loin sur les traces de la ville. La simplicité des anciennes mœurs changea : il ne resta plus de
vestiges de la modestie de nos pères, que dans leurs
vieux et respectables portraits, qui en ornant les murs de
nos palais, nous en reprochaient tout bas la magnificence.
Le luxe, toujours le précurseur de l'indigence, en corrom-

____

(1) Jerem. 47. 6.

pant les mœurs, tarit la source de nos biens : la misère même, qu'il avoit enfantée, ne put le modérer : la perpétuelle inconstance des ornemens fut un des attributs de la nation : la bizarrerie devint un goût : nos voisins mêmes à qui notre faste nous rendoit si odieux, ne laissèrent pas d'en venir chercher chez nous le modèle ; et après les avoir épuisés par nos victoires, nous sûmes encore les corrompre par nos exemples.

Cependant chaque jour embellissoit le règne de Louis. La navigation plus florissante que sous tous les règnes précédens, étendit notre commerce dans toutes les parties du monde connu. Des hommes habiles furent envoyés vers les côtes les plus éloignées de l'un et de l'autre hémisphère, pour prendre des points fixes et en perfectionner les connoissances. Un édifice célèbre (1) s'éleva hors de nos murs, où en observant le cours des astres et toute la magnificence des cieux, on marque au pilote des routes certaines sur la vaste étendue de l'Océan ; et on apprend au philosophe à s'humilier sous la majesté immense de l'Auteur de l'univers. Nos flottes, aidées de ces secours, nous apportoient tous les ans, comme celles de Salomon, les richesses du Nouveau Monde. Hélas ! ces nations insulaires et simples, nous envoyoient leur or et leur argent, et nous leur portions peut-être en échange, au lieu de la foi, nos déréglemens et nos vices.

Le commerce, si étendu au dehors, fut facilité au dedans par des ouvrages dignes de la grandeur des Romains. Des rivières, malgré les terres et les collines qui les séparoient, virent réunir leurs eaux, et porter aux pieds des murs de la capitale, le tribut et les richesses diverses de chaque province. Les deux mers, qui entourent et enrichissent ce vaste royaume, se donnèrent, pour ainsi dire, la main ; et un canal miraculeux, par la hardiesse et les travaux incompréhensibles de

(1) L'Observatoire.

l'entreprise, rapprocha ce que la nature avoit séparé par des espaces immenses.

Il étoit réservé à Louis d'achever ce que les siècles précédens de la monarchie n'auroient même osé souhaiter : c'étoit le règne des prodiges : nos pères ne les avoient pas même imaginés, et nos neveux n'en verront jamais de semblables ; mais plus heureux que nous, ils verront peut-être le règne de la paix, de la frugalité et de l'innocence. Qu'ils n'arrivent jamais au comble frivole de notre gloire, plutôt que de l'acheter au prix des vices et des malheurs où elle nous a précipités !

Il est vrai que les soins de Louis, pour augmenter l'éclat et le bon ordre du royaume, ne se proposoient point de bornes. La ville régnante, l'abord de toutes les nations, et qui rassemble le choix, comme le rebut de nos provinces, vit ce nombre prodigieux d'habitans si différens de mœurs, d'intérêts, de pays, vivre comme un seul homme. La police y ôta au crime la sûreté que la confusion et la multitude lui avoient jusque-là donnée. Au milieu de ce chaos régnèrent l'ordre et la paix ; et dans ce concours innombrable d'hommes si inconnus les uns aux autres, nul presque ne fut inconnu à la vigilance du magistrat.

Le royaume entier changea de face comme la capitale : la justice eut des loix fixes ; et le bon droit ne dépendit plus, ou du caprice du juge, ou du crédit de la partie : des règlemens utiles, et qui deviendront la jurisprudence de tous les règnes à venir, furent publiés : l'étude du droit françois et du droit public, se ranima : des sénateurs célèbres, et dont les noms formeront un jour la tradition des grands hommes, qui embelliront l'histoire de la magistrature, ornèrent nos tribunaux : l'éloquence, et la science des loix et des maximes, brillèrent dans le barreau ; et la tribune du sénat principal devint aussi célèbre par la majesté des plaidoyers publics, que l'avoit été sous les Hortense et sous les Cicéron, celle de Rome.

A quel point de perfection les sciences et les arts ne furent-ils pas portés ? Vous en serez les monumens éternels, écoles fameuses rassemblées autour du trône, et qui en assurez plus l'éclat et la majesté, que les soixante vaillans qui environnoient le trône de Salomon (1) ! L'émulation y forma le goût : les récompenses augmentèrent l'émulation : le mérite qui se multiplioit, multiplia les récompenses.

Quels hommes et quels ouvrages vois-je sortir à la fois de ces assemblées savantes ? des Phidias, des Apelles, des Platons, des Sophocles, des Plautes, des Démosthènes, des Horaces ; des hommes et des ouvrages, au goût desquels le goût des âges futurs de la monarchie se rappellera toujours ! Je vois revivre le siècle d'Auguste, et les temps les plus polis et les plus cultivés de la Grèce. Il falloit que tout fût marqué au coin de l'immortalité sous le règne de Louis ; et que les époques des lettres y fussent aussi célèbres que celles des victoires.

La France a retenti long-tems de ces pompeux éloges; et nous nous sommes comme rassasiés là-dessus de nos propres louanges. Mais le dirai-je ici ? en ajoutant à la science, nous avons ajouté au travail et à la malice : les arts en flattant la curiosité, ont enfanté la mollesse : le théâtre plus florissant, mais toujours le triste fruit de l'abondance, de l'oisiveté et de la corruption, ou a donné du ridicule au vice, sans corriger les mœurs, ou a corrompu les mœurs, en rendant le vice plus aimable : la poésie, en nous rappelant tout le sel et tous les agrémens des anciens, nous en a rappelé les séductions et la licence : la philosophie a paru perdre du côté de la simplicité de la foi, ce qu'elle acquéroit de plus sur les connoissances de la nature : l'éloquence, toujours flatteuse dans les monarchies, s'est affadie par des adulations dangereuses aux meilleurs princes : enfin la science même de la religion, plus exacte et plus approfondie, et

(1) Cant. 3. 7.

d'où devoient naître la paix et la vérité, a dégénéré en vaines subtilités, et éternisé les disputes. O siècle si vanté ! *votre ignominie s'est donc multipliée avec votre gloire* (1) ! Mais la gloire appartenoit à Louis, et l'abus qu'on en a fait, a été notre seul ouvrage. Ainsi éclatoit au loin la grandeur et la réputation de la France, tandis qu'au-dedans, elle s'affoiblissoit par ses propres avantages.

Je ne rappelle ici qu'une partie des merveilles dont vous avez été témoins. Tout ce qui fait la grandeur des empires, se trouvoit réuni autour de Louis. Des ministres sages et habiles, ressource des peuples et des rois : nos frontières reculées, et qui sembloient éloigner de nous la guerre pour toujours : des forteresses inaccessibles élevées de toutes parts, et qui paroissoient plus destinées à menacer les états voisins, qu'à mettre nos états à couvert : l'Espagne forcée de nous céder, par un acte solemnel, la préséance qu'elle nous avoit jusque-là disputée : Rome même désavouer par un monument public, le droit des gens violé, et l'outrage fait à une couronne, de qui elle tient sa splendeur et la vaste étendue de son patrimoine : enfin le souverain lui-même, d'une république florissante, descendre de son trône, d'où ses prédécesseurs n'étoient pas encore descendus, quitter ses citoyens et sa patrie, et venir mettre les marques fastueuses de sa dignité aux pieds de Louis, pour fléchir sa clémence.

Grands évènemens qui nous attiroient la jalousie bien plus que l'admiration de l'Europe ! et des évènemens, qui font tant de jaloux, peuvent bien embellir l'histoire d'un règne, mais ils n'assurent jamais le bonheur d'un État.

Que manquoit-il dans ces temps heureux à la gloire de Louis ? Arbitre de la paix et de la guerre ; maître de l'Europe ; formant presque avec la même autorité les dé-

(1) Osée, 4. 7.

cisions des cours étrangères, que celles de ses propres conseils ; trouvant dans l'amour de ses sujets des ressources, qui en tarissant leurs biens, ne pouvoient épuiser leur zèle ; conservant sur les princes issus de son sang, signalés par mille victoires, un pouvoir aussi absolu que sur le reste de ses sujets ; voyant autour de son trône les enfans de ses enfans ; le père d'une nombreuse postérité ; le patriarche, pour ainsi dire, de la famille royale, et élevant tout à la fois, sous ses yeux, les successeurs des trois règnes suivans. Jamais la succession royale n'avoit paru plus affermie. Nous voyions croître aux pieds du trône, les rois de nos enfans et de nos neveux. Hélas ! à peine en reste-t-il un pour nous-mêmes ; et il n'est demeuré qu'une étincelle dans Israël. Mais ne hâtons pas ces tristes images que la constance de Louis doit nous ramener dans la suite de ce discours.

Que ces jours de deuil paroissoient loin de nous en ce jour brillant, où nous donnions des rois à nos voisins ; et où l'Espagne même, qui avoit ébranlé tant de fois l'empire françois, et qui depuis si longtemps usurpoit une de nos couronnes, vint mettre toutes les siennes sur la tête d'un des petits-fils de Louis !

Ce fut ce grand jour qu'il parut comme un nouveau Charlemagne, établissant ses enfants souverains dans l'Europe ; voyant son trône environné de rois sortis de son sang ; réunissant encore une fois, sous la race auguste des Francs, les peuples et les nations ; faisant mouvoir du fond de son palais, les ressorts de tant de royaumes ; et devenu le centre et le lien de deux vastes monarchies, dont les intérêts avoient semblé jusque-là aussi incompatibles que les humeurs.

Jour mémorable ! il est vrai, vous ne serez écrit sur nos fastes qu'avec le sang de tant de François que vous avez fait verser ; les malheurs que vous prépariez, nous ont rendu cette gloire triste et amère : vos dons éclatans, en flattant notre vanité, ont humilié, et pensé renverser notre puissance. L'Espagne ennemie n'avoit pu nous nuire ; l'Espagne alliée nous a accablés : nos disgraces seront éternellement gravées autour de la couronne qu'elle a mis sur la tête d'un de nos princes. Mais si la Castille a vu notre joie modérée par nos pertes, elle ne verra jamais notre estime pour sa valeur et sa fidélité, et notre reconnoissance pour son choix, affoiblie.

J'avoue, mes Frères, que la gloire des événemens, qui embellit un règne, est souvent étrangère au souverain : les rois ne sont grands que par les vertus qui leur sont propres ; leurs succès les plus éclatants peuvent ne couvrir que des qualités fort obscures, et prouver qu'ils sont bien servis, plutôt que dignes de commander.

Mais ici nous ne craignons pas de dépouiller Louis de tout cet éclat qui l'environnoit, et de vous le montrer lui-même. Quelle sagesse ! et quel usage des affaires ! l'Europe redoutoit la supériorité de ses conseils, autant que celle de ses armes : ses ministres étudioient sous lui l'art de gouverner : sa longue expérience mûrissoit leur jeunesse, et assuroit leurs lumières : les négociations conduites par l'habileté, réussissoient toujours par le secret. Quel bonheur la réputation seule du gouvernement ne promettoit-elle pas à la France, si nous eussions su nous contenter de la gloire de la sagesse? Tous les rois voisins, qui en naissant avoient trouvé Louis déjà vieilli sur le trône, se fussent regardés comme les enfants et les pupilles d'un si grand Roi : il n'eût pas été leur vainqueur ; *mais il étoit assez grand pour mépriser les triomphes* (1) ; et il eût été leur tuteur et leur père.

De ce fonds de sagesse sortoit la majesté répandue sur sa personne : la vie la plus privée ne le vit jamais oublier la gravité et les bienséances de la dignité royale : jamais roi ne sut mieux que lui soutenir le caractère ma-

____

(1) Jam Cæsar tantus erat, ut posset triumphos contemnere. Flor.

jestueux de la souveraineté. Quelle grandeur, quand les ministres des rois venoient aux pieds de son trône ! quelle précision dans ses parolss ! quelle majesté dans ses réponses ! Nous les recueillons comme les maximes de la sagesse; jaloux que son silence nous dérobât trop souvent des trésors qui étoient à nous ; et s'il m'est permis de le dire, qu'il ménageât trop ses paroles à des sujets, qui lui prodiguoient leur sang et leur tendresse.

Cependant, vous le savez, cette majesté n'avoit rien de farouche : un abord charmant, quand il vouloit se laisser approcher; un art d'assaisonner les graces, qui touchoit plus que les graces mêmes ; une politesse de discours qui trouvoit toujours à placer ce qu'on aimoit le plus à entendre. Nous en sortions transportés, et nous regrettions des moments que sa solitude et ses occupations rendoient tous les jours plus rares. Nation fidèle nous aimons de tout temps à voir nos rois, et les rois gagnent toujours à se montrer à une nation qui les aime.

Et quel roi y auroit plus gagné que Louis ? Vous pouvez le dire ici à ma place, anciens et illustres sujets occupés autour de sa personne. Au milieu de vous ce n'étoit plus ce grand Roi, la terreur de l'Europe, et dont nos yeux pouvoient à peine soutenir la majesté ; c'étoit un maître humain, facile, bienfaisant, affable : l'éclat qui l'environnoit, le déroboit à nos regards ; nous ne voyions que sa gloire, et vous voyiez toutes ses vertus.

Un fonds d'honneur, de droiture, de probité, de vérité ; qualités si essentielles aux rois, et si rares portant même parmi les autres hommes : un ami fidèle ; un époux, malgré les foiblesses qui partagèrent son cœur, toujours respectueux pour la vertu de Thérèse ; condamnant, pour ainsi dire, par ses égards pour elle l'injustice de ses engagemens, et renouant par l'estime, un lien affoibli par les passions ; un père tendre, plus grand dans cette histoire domestique, qui ne passera peut-être point à nos neveux, que dans les évènemens éclatans de son règne,

que les histoires publiques conserveront à la postérité.

Mais ces vertus humaines, que sont-elles devant Dieu,
quand la piété ne les a pas sanctifiées ? hélas ! le vain
sujet souvent des louanges des hommes et des vengeances du Seigneur. Mais cette gloire si célébrée, et qui a
fait tant de jaloux ou de flatteurs, à quoi mène-t-elle pour
l'éternité, si l'on ne l'a pas rendue à Celui à qui seul la
gloire est dûe ? à un jugement plus rigoureux, et par
l'ambition qui toujours y conduit, et par l'orgueil qu'elle
inspire. Destinée terrible, et toujours à craindre pour les
plus grands rois surtout, vous n'augmenterez pas le deuil
de nos prières ; et vous ne troublerez pas la paix des
offrandes saintes qui reposent sur l'autel, et qui vont
solliciter pour Louis, le Père des miséricordes.

Il connut le néant de la gloire humaine : *Et agnovit
quod in his quoque esset labor, et afflictio spiritûs* ; et il
fut encore plus grand par une foi humble et par une
piété sincère que par l'éclat de sa puissance et de ses
victoires.

DEUXIÈME PARTIE.

L'onction sainte répandue sur les rois consacre leur
caractère, et ne sanctifie pas toujours leur personne :
l'étendue de leurs devoirs répond à celle de leur puissance ; le sceptre est plutôt le titre de leurs soins et de
leur servitude, que de leur autorité ; ils ne sont rois, que
pour être les pères et les pasteurs des peuples : ils ne sont
pas nés pour eux seuls ; et les vertus privées, qui assurent
le salut du sujet toutes seules, se tourneroient en vices
pour le souverain.

C'est à la sublimité de ces idées primitives, que l'Écriture rappelle l'éloge d'un des plus saints rois de Juda. Il
conserva son cœur fidèle à Dieu : *Gubernavit ad Dominum cor ipsius* (1) ; c'est le devoir essentiel de l'homme. Il

(1) Eccl. 49. 3, 4.

renversa les abominations de l'impiété et tous les monumens de l'erreur: *Tulit abominationes impietatis;* c'est
le zèle du souverain. Il affermit la piété dans les jours
de péché et de malice, en l'honorant de ses faveurs et de
sa confiance: *In diebus peccatorum corroboravit pietatem;*
et c'est l'exemple que doit à ses sujets celui qui en est
le pasteur et le père.

Louis porta en naissant un fonds de religion et de
crainte de Dieu, que les égaremens mêmes de l'âge ne
purent jamais effacer. Le sang de saint Louis et de tant
de rois chrétiens, qui couloit dans ses veines; le souvenir encore tout récent d'un père juste; les exemples d'une
mère pieuse; les instructions du prélat irrépréhensible,
qui présidoit à son éducation; d'heureuses inclinations,
encore plus sûres que les instructions et les exemples;
tout paroissoit le destiner à la vertu comme au trône.

Mais hélas! qu'est-ce que la jeunesse des rois? une
saison périlleuse, où les passions commencent à jouir
de la même autorité que le souverain, et à monter avec
lui sur le trône. Et que pouvoit attendre Louis surtout
dans ce premier âge? l'homme le mieux fait de sa cour;
tout brillant d'agrémens et de gloire; maître de tout
vouloir, et ne voulant rien en vain; voyant naître tous
les jours sous ses pas des plaisirs nouveaux, qui attendoient à peine ses desirs; ne rencontrant autour de lui
que des regards toujours trop instruits à plaire, et qui
paroissoient tous réunis et conjurés pour plaire à lui
seul; environné d'apologistes des passions, qui souffloient
encore le feu de la volupté, et qui cherchoient à effacer
ses premières impressions de vertu, en donnant des titres
d'honneur à la licence; au milieu d'une cour polie, où la
mollesse et le plaisir ont trouvé de tout tems le secret de
s'allier, et même d'aller de pair, avec la valeur et le courage; et enfin dans un siècle, où le sexe peu content
d'oublier sa propre pudeur, semble même défier ce qui
peut en rester encore dans ceux à qui il veut plaire.

Et cependant de l'exemple du prince, quel déluge de

maux dans le peuple! Ses mœurs forment bientôt les mœurs publiques: l'imitation toujours sûre de plaire et d'attirer des graces, réconcilie l'ambition avec la volupté: les plaisirs, d'ordinaire gênés par les vues de la fortune, en facilitent les avenues et en deviennent la plus sûre route: des écrivains profanes vendent leur plume à l'iniquité, et chantent des passions que le respect tout seul auroit dû ensevelir dans un éternel silence; de nouveaux spectacles s'élèvent pour en faire des leçons publiques; tout devient la passion du souverain.

O roi des peuples, dit l'Esprit de Dieu, vous, qui assis sur votre trône, voyez avec tant de complaisance à vos pieds la multitude des nations, c'est à vous que j'adresse ces paroles: *Ad vos, ô reges, sunt hi sermones mei* (1). Souvenez-vous que la puissance vous a été donnée d'en-haut; que l'usage en doit être saint, comme l'origine en est sainte; qu'un jugement très-dur est préparé à ceux qui sont établis pour commander aux autres, et qu'à l'étendue de l'autorité l'abondance du châtiment est presque toujours réservée.

Mais ici les miséricordes éternelles préparées à Louis commencent à se manifester. Dieu le prépare de loin à la vertu en armant les premiers traits de son autorité contre les vices. L'usage barbare des duels, ancien reste de la férocité de nos premiers conquérans, que la religion, et la politesse qu'elle met dans les mœurs, n'avoit pu depuis modérer; que tant de rois avoient vainement condamné, et qui avoit coûté tant de sang à la nation, fut aboli; et Louis consacra le commencement de son règne, par une action qui assure le repos et la tranquillité de tous les règnes à venir.

Oui, mes Frères, dans le temps même que Louis paroissoit encore loin du Seigneur, le Seigneur étoit déjà près de lui: les passions mêmes qui blessent son cœur, respectent sa foi. Quelle horreur pour ce genre d'hommes

______

(1) Sap. 6. 3, 4, 5, 10.

qui ne goûtent qu'à demi le plaisir, s'il n'est assaisonné d'impiété, et qui paroissent ne se souvenir de Dieu, que pour le mettre dans leurs affreuses débauches! L'impie étoit proscrit, dès-là qu'il étoit connu : la naissance et les services, loin d'assurer l'impunité à l'irréligion, en rendoient le châtiment plus éclatant : les agrémens mêmes de l'esprit, séduction dont on a tant de peine à se défendre, n'en avoient plus pour lui, dès qu'il voyoit luire une étincelle d'incrédulité. Il ne connoissoit point de mérite dans l'homme qui ne connoît point de Dieu; et l'impie, qui dit anathème au ciel, devenoit à l'instant pour lui, l'anathème de la terre.

Ainsi se préparoit l'ouvrage de la sanctification de Louis. Mais sortons de ces temps de ténèbres, si inévitables aux rois, et si ordinaires aux autres hommes; périssent et soient à jamais effacés de notre souvenir, ces jours qu'il a effacés par ses larmes et par sa piété, et que le Seigneur a sans doute oubliés! Les premières années de la jeunesse des souverains, comme les commencemens de leur naissance, se ressemblent presque toutes : *Nemo enim ex regibus habuit aliud nativitatis initium* (1). Mais si Louis les a suivis dans ces premières voies des passions; où sont les rois qui ayent marché depuis avec autant de grandeur et de fidélité que lui, dans les voies de la grace? où sont même ceux de ses sujets, qui vivoient sous ses yeux, et que leur rang rapprochoit du trône? Hélas! imitateurs la plupart, pour ne pas dire coupables adulateurs de ses foiblesses, ils ont peut-être fini par censurer sa vertu.

Et quelle vertu? uniforme, tendre, constante. On ne vit point en lui de ces inégalités de piété si inséparables de l'inconstance des hommes, que l'uniformité toute seule lasse; que l'ennui du vice attire souvent tout seul à la nouveauté de la vertu; pour qui l'usage de la vertu redevient bientôt un nouvel attrait favorable au vice; et qui

(1) Sap. 7. 5.

en repassant sans cesse du vice à la vertu, cherchent plus à soulager leur inconstance, qu'à fixer leur infidélité.

Dès la première démarche que Louis eut faite dans la voie de Dieu, il y marcha toujours d'un pas égal et majestueux. Un jour instruisoit l'autre jour; et une nuit donnoit des leçons semblables à l'autre nuit. L'histoire de sa piété est l'histoire d'une de ses journées; et hors les évènemens inattendus, qui montroient en lui de nouvelles vertus, la vertu du premier jour fut celle du reste de sa vie.

Soins immenses du gouvernement, dont il portoit presque tout seul le poids, vous n'interrompîtes jamais l'exactitude de ses devoirs religieux : jamais la vie de la cour, toujours inégale, parce qu'elle est oiseuse, ne dérangea la respectable uniformité de sa conduite; et dans un lieu où le caprice et le loisir sont si ingénieux à varier les jours et les momens, Louis seul étoit le point fixe, où tous les jours et tous les momens se trouvoient les mêmes : vertu rare, dans les princes surtout que rien ne contraint, et en qui l'inconstance de l'imagination est sans cesse réveillée par le choix et la multiplicité des ressources.

La piété et la bonne foi des dispositions répondoient à l'exactitude des devoirs. Quelle profonde religion aux pieds des autels! Avec quel respect venoit-il courber devant la gloire du sanctuaire, cette tête qui portoit, pour ainsi dire, l'univers; et que l'âge, la majesté, les victoires rendoient encore moins auguste que la piété! Quelle terreur en approchant des mystères saints et de cette viande céleste, qui fait les délices des rois! Quelle attention à la parole de vie! et malgré les dégoûts et les censures d'une cour éclairée et difficile, quel respect pour la sainte liberté du ministère et pour les défauts mêmes du ministre! *Il nous en a dit assez pour nous corriger*, répondoit-il à ceux de sa cour qui paroissoient mécontens de l'instruction. Quelle tendresse de conscience! quelle horreur pour les plus légères transgressions! Tout le bien qui lui fut montré, il l'aima; et s'il n'accomplit pas toute justice, c'est qu'elle ne lui fut pas toute connue. C'est la destinée des meilleurs rois; c'est le malheur du rang plutôt que le vice de la personne.

Mais l'épreuve la moins équivoque d'une vertu solide, c'est l'adversité. Et quels coups, ô mon Dieu! ne prépariez-vous pas à sa constance! Ce grand Roi, que la victoire avoit suivi dès le berceau, et qui comptoit ses prospérités par les jours de son règne : ce Roi, dont les entreprises toutes seules annonçoient toujours le succès; et qui jusque-là, n'ayant jamais trouvé d'obstacle, n'avoit eu qu'à se défier de ses propres desirs; ce Roi, dont tant d'éloges et de trophées publics avoient immortalisé les conquêtes, et qui n'avoit jamais eu à craindre que les écueils qui naissent du sein même de la louange et de la gloire; ce Roi, si long-tems maître des évènemens, les voit, par une révolution subite, tous tournés contre lui. Les ennemis prennent notre place : ils n'ont qu'à se montrer, la victoire se montre avec eux : leurs propres succès les étonnent : la valeur de nos troupes a semblé passer dans leur camp : le nombre prodigieux de nos armées en facilite la déroute : la diversité des lieux ne fait que diversifier nos malheurs: tant de champs fameux de nos victoires sont surpris de servir de théâtre à nos défaites : le peuple est consterné; la capitale est menacée; la misère et la mortalité semblent se joindre aux ennemis ; tous les maux paroissent réunis sur nous : et Dieu, qui nous en préparoit les ressources, ne nous les montroit pas encore; Denain et Landrecies, étoient encore cachés dans les conseils éternels. Cependant notre cause étoit juste; mais l'avoit-elle toujours été? et que sais-je si nos dernières défaites n'expioient pas l'équité douteuse, ou l'orgueil inévitable de nos anciennes victoires?

Louis le reconnut; il le dit : *J'avois autrefois entrepris la guerre légèrement, et Dieu avoit semblé me favoriser : je la fais pour soutenir les droits légitimes de mon petit-fils à la couronne d'Espagne, et il m'abandonne : il me préparoit cette punition que j'ai méritée.* Il s'humilia sous la main qui s'appesantissoit sur lui : sa foi ôta même à ses malheurs la nouvelle amertume que le long usage des prospérités leur donne toûjours : sa grande ame ne parut point émue : au milieu de la tristsse et de l'abattement de la cour, la sérénité seule de son auguste front rassuroit les frayeurs publiques. Il regarda les châtimens du ciel comme la peine de l'abus qu'il avoit fait de ses faveurs passées : il répara par la plénitude de sa soumission, ce qui pouvoit avoir manqué autrefois à sa reconnoissance. Il s'étoit peut-être attribué la gloire des évènemens ; Dieu la lui ôte, pour lui donner celle de la soumission et de la constance.

Mais le temps des épreuves n'est pas encore fini. Vous l'avez frappé dans son peuple, ô mon Dieu ! comme David ; vous le frappez encore comme lui dans ses enfans : il vous avoit sacrifié sa gloire, et vous voulez encore le sacrifice de sa tendresse.

Que vois-je ici ? et quel spectacle attendrissant même pour nos neveux, quand ils en liront l'histoire ? Dieu répand la désolation et la mort sur toute la maison royale. Que de têtes augustes frappées ! que d'appuis du trône renversés ! Le jugement commence par le premier né : sa bonté nous promettoit des jours heureux ; et nous répandîmes ici nos prières et nos larmes sur ses cendres chères et augustes. Mais il nous restoit encore de quoi nous consoler. Elles n'étoient p s encore essuyées nos larmes ; et une princesse aimable (1), qui délassoit Louis des soins de la royauté, est enlevée dans la plus belle saison de son âge aux charmes de la vie, à l'espérance d'une couronne, et à la tendresse des peuples, qu'elle commençoit à regarder et à aimer comme ses sujets. Vos vengeances, ô mon Dieu ! se préparent encore de nouvelles victimes : ses derniers soupirs soufflent la douleur

____

(1) Adélaïde de Savoie.

et la mort dans le cœur de son royal époux (1). Les cendres du jeune prince se hâtent de s'unir à celles de son épouse : il ne lui survit que les momens rapides qu'il faut, pour sentir qu'il l'a perdue ; et nous perdons avec lui les espérances de sagesse et de piété qui devoient faire revivre le règne des meilleurs rois, et les anciens jours de paix et d'innocence.

Arrêtez, grand Dieu ! montrerez-vous encore votre colère et votre puissance contre l'Enfant qui vient de naître ? voulez-vous tarir la source de la race royale ? et le sang de Charlemagne et de saint Louis, qui ont tant combattu pour la gloire de votre nom, est-il devenu pour vous comme le sang d'Achab, et de tant de rois impies dont vous exterminiez toute la postérité ?

Le glaive est encore levé, mes Frères ; Dieu est sourd à nos larmes, à la tendresse et à la piété de Louis. Cette fleur naissante, et dont les premiers jours étoient si brillans, est moissonnée (2) ; et si la cruelle mort se contente de menacer celui qui est encore attaché à la mamelle (3), ce reste précieux que Dieu vouloit nous sauver de tant de pertes, ce n'est que pour finir cette triste et sanglante scène, par nous enlever le seul des trois princes (4) qui nous restoit encore pour présider à son enfance, et le conduire ou l'affermir sur le trône.

Au milieu des débris lugubres de son auguste maison, Louis demeure ferme dans la foi. Dieu souffle sa nombreuse postérité, et en un instant elle est effacée comme les caractères tracés sur le sable. De tous les princes qui l'environnoient, et qui formoient comme la gloire et les rayons de sa couronne, il ne reste qu'une foible étincelle sur le point même alors de s'éteindre. Mais le fonds de

(1) Le duc de Bourgogne.
(2) Mort du duc de Bretagne, frère aîné de Louis XV, arrivée encore peu de jours après.
(3) Le roi Louis XV fut alors à l'extrémité.
(4) Mort du duc de Berry, oncle du roi Louis XV,

sa foi ne peut être épuisé par ses malheurs : il espère, comme Abraham, que le seul enfant de la promesse ne périra point : il adore celui qui dispose des sceptres et des couronnes ; et voit peut-être dans ces pertes domestiques, la miséricorde qui expie et qui achève d'effacer du livre des justices du Seigneur, ses anciennes passions étrangères.

Louis conserva donc à Dieu un cœur fidèle : *Gubernavit ad Dominum cor ipsius ;* et c'est là le devoir essentiel de l'homme. Mais jusqu'où ne porta-t-il point son zèle pour l'Église, cette vertu des souverains, qui n'ont reçu le glaive et la puissance, que pour être les appuis des autels et les défenseurs de sa doctrine? *Tulit abominationes impietatis.*

Ici les évènements parlent pour moi ; et les plaintes séditieuses de l'hérésie chassée du royaume, qui ont si long-tems retenti dans toute l'Europe ; et les clameurs des faux prophètes dispersés, qui sonnoient partout, à l'exemple de leurs pères, le signal de la guerre et de la vengeance contre Louis, ont fait avant nous l'éloge de son zèle.

Spécieuse raison d'état, en vain vous opposâtes à Louis les vues timides de la sagesse humaine : le corps de la monarchie affoiblie par l'évasion de tant de citoyens ; le cours du commerce ralenti, ou par la privation de leur industrie, ou par le transport furtif de leurs richesses ; les nations voisines, protectrices de l'hérésie, prêtes à s'armer pour la défendre. Les périls fortifient son zèle ; l'œuvre de Dieu ne craint point les hommes : il croit même affermir son trône en renversant celui de l'erreur : les temples profanes sont détruits ; les chaires de séduction abattues ; les prophètes de mensonge arrachés des troupeaux qu'ils séduisoient ; les assemblées étrangères réunies à l'assemblée des fidèles. Le mur de séparation est ôté : nos frères viennent retrouver aux pieds de nos autels, avec les tombeaux de leurs ancêtres, les titres domestiques de la foi dont ils avoient dégénéré : le tems, la grace, l'instruction achèvent peu à peu un changement dont la force n'obtient jamais que les apparences ; et l'erreur, qui née en France sembloit y avoir jeté des racines éternelles ; et cette zizanie, qui tant de fois avoit pensé étouffer parmi nous le bon grain ; et l'hérésie, depuis si long-tems redoutable au trône, par la force de ses places, par la foiblesse des règnes précédens forcés à la tolérer, par un déluge de sang françois qu'elle avoit fait verser, par le nombre de ses partisans, et par la science orgueilleuse de ses docteurs, par l'appui de tant de nations, et même par l'ancien souvenir et l'injustice de cette journée sanglante, qui devroit être effacée de nos annales, que la piété et l'humanité désavoueront toujours, et qui en voulant l'écraser sous un de nos derniers rois, ranima sa force et sa fureur, et fit, si je l'ose dire, de son sang, la semence de nouveaux disciples ; l'hérésie à l'abri de tant de rempars, tombe au premier coup que Louis lui porte ; disparoît, et est réduite, ou à se cacher dans les ténèbres d'où elle étoit sortie, ou à passer les mers, et à porter avec ses faux dieux, sa rage et son amertume dans les contrées étrangères.

Heureuse si la soumission eût précédé les châtimens ; si au lieu de céder à l'autorité, elle n'eût cédé qu'à la vérité ; et si ses sectateurs contens la plupart d'obéir en apparence au souverain, n'eussent tiré d'autre avantage du zèle de Louis, que de laissser à leurs enfans et à leurs neveux, le bonheur d'obéir aujourd'hui à l'Église. Mais enfin la France, à la gloire éternelle de Louis, est purgée de ce scandale ; la contagion ne se perpétue plus dans les familles ; il n'y a plus parmi nous qu'un bercail et un pasteur ; et si la crainte fit alors des hypocrites, l'instruction a fait depuis, de ceux qui sont venus après eux, de véritables fidèles.

Aussi sous quelque couleur que l'erreur cherchât à reparoître, elle réveilloit également le zèle et la piété de Louis. Vaines idées de perfection, qui sous prétexte d'élever l'homme jusques à Dieu, le laissiez tout entier à lui-même, et lui faisiez de la pureté sublime de sa vertu, la sûreté de son libertinage! nouveau système d'oraison, si inconnu à la simplicité de la foi, et qui mettiez l'acquiescement oiseux et le fanatisme de vos prières, à la place des devoirs et des violences de l'Évangile! doctrine impie et ridicule, qui cherchiez à persuader en secret, que la prière, qui seule nous obtient la grace de surmonter les tentations, nous donne elle-même le droit d'y succomber sans crime! Louis eut horreur de vos blasphèmes; il arma le zèle de l'Église contre les piéges mystérieux que vous tendiez à la piété; et le grand évêque (1), qui pour démêler vos illusions, s'en étoit presque laissé éblouir; plus séduit par son amour pour la prière, que par les fausses maximes qui en abusoient, se joignit à la voix unanime des pasteurs contre lui-même, laissa un exemple à l'épiscopat, qui sauveroit à l'Église bien des scandales s'il étoit imité; et changea, par la candeur et la promptitude de sa soumission, les éclairs et les foudres de l'Église qui le menaçoient, en une pluie abondante de graces et de bénédictions pour lui : *Fulgura in pluviam fecit* (2).

Mais l'homme ennemi veille toujours pour semer des scandales dans le champ du Seigneur. La vérité a triomphé de l'hérésie et du fanatisme; mais la paix que nous attendions n'est point encore venue : *Expectavimus pacem, et non erat bonum* (3). Les mystères de la grace, où l'orgueil de l'esprit humain a si souvent échoué, échauffent de nouveau les esprits : les pasteurs de l'Église, qui toujours unis entre eux, ne devroient jamais prendre les armes que contre les ennemis du dehors, se divisent, comme s'ils avoient des intérêts et des espérances différentes : les esprits s'aigrissent, les disputes s'animent;

(1) M. de Fénelon, archevêque de Cambray.
(2) Ps. 134. 7.
(3) Jerem. 8. 15.

ce n'est partout que trouble et que confusion. Grand Dieu! à quoi aboutiront ces dissensions funestes? Un siècle entier de contestations ne devroit-il pas en avoir enfin ralenti la fureur? Les troupes des Philistins nous environnent; au lieu de nous réunir pour repousser les infidèles, c'est nous-mêmes qui leur fournissons des prétextes spécieux d'insulter aux armées du Dieu vivant. Mais laissons une matière dont le seul récit ne peut qu'affliger les enfants de l'Église qui ont quelque amour pour cette mère commune des fidèles : il suffit à mon sujet de dire que Louis n'eut rien tant à cœur, que de voir la concorde et l'union régner parmi les pasteurs; la foi maintenue dans la pureté; les fidèles point partagés entre Paul, Apollon, ou Céphas, mais uniquement attachés à Jésus-Christ et à son Église; et que c'étoit là constamment le but de toutes ses démarches. Dieu ne lui a pas donné la consolation avant de mourir, de voir finir nos tristes dissensions : mais avec quelle douleur les voyoit-il se perpétuer dans son royaume! Les malheurs de l'état le trouvoient constant : les troubles de la religion flétrissoient son cœur, et effaçoient l'auguste sérénité de son visage; et dans le lit même de sa douleur et de sa mort, comme un autre Théodose mourant, les maux de l'Église l'occupoient plus, le touchoient plus, que les horreurs de la mort dont il étoit environné : *Qui cùm jam corpore solveretur, magis de statu Ecclesiarum, quàm de suis periculis angebatur* (1).

Tout ce qui pouvoit avancer les intérêts de la religion devenoit un intérêt d'état pour lui. Avec quelle magnificence ouvroit-il son royaume et ses trésors, à un roi (2) et à une reine pieuse, qui, pour avoir voulu faire remonter la foi sur le trône de leurs ancêtres, en avoient été eux-mêmes chassés? Une nation vaillante,

(1) S. Ambr. in orat. funeb. Theod.
(2) Le roi Jacques II et la reine sa femme, chassés d'Angleterre, et réfugiés en France.

mais aussi orageuse que la mer qui l'environne, et accoutumée à donner de semblables spectacles à l'Europe,
s'ébranle, s'agite, se soulève, et jette hors de son sein
ces sacrés dépôts. Louis, seul de tous les souverains,
que cet outrage intéressoit tous, court au-devant d'eux,
les essuie du naufrage, offre un asile à la religion et à
la royauté fugitives ; s'arme pour venger la majesté des
rois et la sainteté de la foi, foulées aux pieds en leurs
personnes ; attire sur ses états les fureurs d'une ligue
redoutable, et les calamités d'une longue guerre qui n'a
pensé finir qu'avec la monarchie ; et s'il n'a pas eu la
gloire de leur rendre leur couronne, il a eu le mérite
d'exposer la sienne.

Mais si son zèle pour la défense de la foi sembloit
croître et se ranimer avec son grand âge ; rappelez-vous
quels furent ses soins pour le rétablissement de la piété
en ces jours de péché et de malice : *Corroboravit pietatem in diebus peccatorum ;* et c'est l'exemple que doit le
pasteur et le père de ses sujets.

Vous le savez, mes Frères ; la source de la régularité
et de la pureté des mœurs publiques, est toujours dans le
zèle et dans la sainteté des évêques, établis pour être la
forme du troupeau, pour le sanctifier et pour le conduire :
aux soins et aux exemples des premiers pasteurs, est
presque toujours attaché le salut ou la perte des fidèles.
Pénétré de cette vérité, quelles furent les attentions de
Louis à choisir des ministres irrépréhensibles ! quelles
précautions ! quelle délicatesse de conscience ! Les témoignages les plus sûrs, les plus publics, pouvoient à peine
suffire pour le rassurer dans ses choix. Plus effrayé que
flatté de ce droit brillant attaché à sa couronne, il le
regarda comme l'écueil des rois, et le fardeau le plus
pénible et le plus dangereux de la royauté. Les brigues,
la faveur, la chair et le sang n'étoient pas un droit auprès
de lui, pour posséder les places de l'Eglise, qui est le
royaume de Jésus-Christ. Les services mêmes, la naissance, la longue suite d'ancêtres ne lui paroissoient pas

une vocation suffisante au sacerdoce de Melchisédech, qui n'avoit point de généalogie. Il étoit vivement persuadé que l'épiscopat n'étoit pas une faveur temporelle, destinée à gratifier les familles ; mais un don céleste destiné à honorer l'Eglise, en lui donnant des ministres capables d'honorer leur ministère : et l'exactitude de sa religion et de son zèle là-dessus, alla peut-être quelquefois plus loin même que celle des règles.

Il vouloit que la puissance de son règne ne servît qu'à établir le règne de Dieu sur ses peuples. Quelle joie quand il voyoit quelqu'un de sa cour revenir des égaremens des passions et mener une vie conforme à la sagesse et à la piété de la sienne ! c'étoit pour lui comme une nouvelle conquête ajoutée à ses anciennes victoires. La ,vertu n'étoit plus un titre de dérision à la cour : c'étoit elle qui remplissoit les premières places ; elle qui étoit comblée d'honneurs ; elle enfin qui frayoit l'accès au trône et à la confiance du souverain.

Jours fortunés ! vous deviez ramener parmi nous le règne de la piété et de l'innocence : et cependant jamais la malice n'a plus abondé ; et les faveurs royales, accordées à la vertu, n'en ont peut-être rendu que les apparences estimables. Siècle pervers ! tout coopère donc à ta perte ! Si le prince oublie Dieu, il affermit et perpétue les vices : s'il favorise les Justes il multiplie les hypocrites.

Mais enfin, Louis contraignit les œuvres de ténèbres à se cacher, et à ne plus insulter à la lumière : le désordre ne fut plus un bon air ; et s'il n'en arrêta pas le cours, il en ôta du moins l'ostentation et le scandale.

La licence d'un théâtre étranger, où, à la honte des mœurs publiques et de la politesse de la nation, les plus grossières obscénités assembloient les grands et le peuple ; où le vice parloit un langage dont notre langue même rougit ; et où le sexe lui-même venoit publiquement applaudir à des indécences qui étoient comme des insultes solemnelles faites à sa pudeur ; cette licence fut proscrite,

et les débris de cette scène impure, élevèrent à la piété
de Louis un monument plus immortel que les murs
renversés de tant de villes conquises n'en avoient élevé
à sa gloire.

En renversant les écoles du vice, quels asiles n'érigea-
t-il point à la piété ? Vous l'apprendrez à nos neveux,
édifice auguste (1), où la valeur réfugiée consacre aux
pieds des autels, les restes tronqués et languissants
d'une vie tant de fois exposée pour l'état ! Vous l'apprendrez encore, maison sainte (2), où la naissance et la
pauvreté dotées, sauvent également l'innocence du sexe
des périls, et sa noblesse de la honte et de l'indigence !

Que d'établissemens pieux vois-je s'élever sous son
règne, au milieu de la capitale et dans les provinces! Le
règne de Dieu croît et s'étend avec celui de Louis. Les
jeunes ministres du sanctuaire reprennent dans des
maisons saintes, que chaque pasteur élève à l'envi, ce
premier esprit de science, de ferveur, de discipline, si
déchu du temps de nos pères. Les forêts mêmes se
repeuplent de solitaires ; et comme au temps des Machabées, plusieurs descendent dans le désert (3), pour y
chercher le jugement et la justice ; parce que les maux
et la corruption avoient inondé, et que Dieu n'étoit plus
connu au milieu des villes : *Tunc descenderunt multi
quærentes judicium et justitiam in desertum, quoniam
inundaverunt super eos mala* (4). Des ouvrages infinis,
remplis de doctrine et de lumière, paroissent pour aider
à la piété des fidèles. Nos neveux, qui, en remontant,
retrouveront dans ce siècle les premiers monumens de
la science et de la piété renouvelées, béniront le règne de
Louis; recevront la grace que nous avons rejetée ; et
puiseront dans ces secours, dus à ses soins et transmis

(1) Hôtel des Invalides.
(2) Maison de Saint-Cyr
(3) La Trappe et Sept-Fonts.
(4) 1. Mac. 2. 29, 30.

d'âge en âge, les règles des mœurs, la justice et le salut que nous n'avons pu trouver même dans ses exemples.

Qu'étoit-il réservé à une piété si fidèle à Dieu, si zélée pour l'Église, si utile aux peuples, qu'une couronne de justice, encore plus éclatante que celle qu'il avoit reçue de ses ancêtres, et une mort encore plus glorieuse à la grace, et plus héroïque que sa vie ?

Non, mes Frères, la source du véritable héroïsme et de l'élévation des sentimens, est dans la foi : le monde n'a jamais fait que de faux héros ; et la mort, qui nous montre toujours tels que nous sommes, découvre enfin en eux, ou une foiblesse de timidité qui les déshonore, ou une ostentation de fermeté, encore plus foible et plus méprisable que leur frayeur, parce qu'elle est plus fausse.

Louis meurt en roi, en héros, en saint. Un soudain dépérissement ébranle d'abord les fondemens, ce semble, inaltérables d'une santé, que l'âge, les afflictions et les soins laborieux d'un long règne avoient jusque-là respectée. Il avoit vécu au-delà de l'âge des rois ; et elle nous promettoit encore une vie au-delà du cours ordinaire de celle des autres hommes : il avoit vu naître nos pères, et il semble que nous comptions que c'étoit à nos neveux à le voir mourir. Tout ce qui nous flatte, nous paroît toujours devoir être éternel.

Mais Dieu, dont le règne seul ne finit point, et qui avoit déjà empreint au-dedans de lui les caractères ineffaçables de la mort, les cachoit encore aux lumières de l'art et aux vaines espérances d'une cour que l'excellence du tempérament rassuroit encore. Mais enfin le secret de Dieu se déclare : la mort cachée au-dedans, laisse voir au-dehors des signes toujours trop infaillibles qui l'annoncent ; on ne peut plus la méconnoître ; sa lenteur augmente encore les horreurs de l'appareil. Louis seul la voit d'un œil tranquille. Au milieu des sanglots de ses anciens et fidèles serviteurs, de la consternation des princes et des grands, des larmes de toute sa cour, Louis trouve dans la foi une paix, une fermeté, une grandeur d'ame, que le monde n'a pas encore donnée. *Pourquoi pleurez-vous*, dit-il à un des siens, que les larmes abondantes d'une douleur moins circonspecte lui font remarquer, *aviez-vous cru que les rois étoient immortels*?

Ce monarque environné de tant de gloire, et qui voyoit autour de lui tant d'objets si capables de réveiller ou ses désirs ou sa tendresse, ne jette pas même un œil de regret sur la vie : il ne lui reste pas même ces incertitudes qui montrent encore la vie au mourant, et qui mêlent du moins aux tristes saisissemens de la crainte, les douceurs de l'espérance. Il sait que son heure est venue et qu'il n'y a plus de ressource, et il conserve dans le lit de sa douleur, cette majesté, cette sérénité qu'on lui avoit vue autrefois aux jours de ses prospérités sur son trône : il règle les affaires de l'état, qui ne le regardent déjà plus, avec le même soin et la même tranquillité, que s'il commençoit seulement à régner ; et la vue sûre et prochaine de la mort, ne lui donne pas ce dégoût et cette horreur de penser à ce qu'on va quitter, qui est plutôt un désespoir secret de le perdre, qu'une marque que l'on ne l'aime plus. Les sacremens des mourans n'ont pas autour de lui cet air sombre et lugubre, qui d'ordinaire les accompagne ; ce sont des mystères de paix et de magnificence. Et ce n'est pas ici un de ces momens rapides et uniques, où la vertu se rappelle toute entière, et trouve dans la courte durée de l'effroi du spectacle, la ressource de sa fermeté : les jours vuides et les nuits laborieuses se prolongent, et l'intrépidité de sa vertu semble croître et s'affermir sur les débris de son corps terrestre. Qu'on est grand, quand on l'est par la foi !

La vue fixe et assurée de la mort, soutenue durant plusieurs jours sans foiblesse, mais avec religion ; sans philosophie, mais avec une majestueuse fermeté ; ne voulant exciter ni l'attendrissement, ni l'admiration des spectateurs ; ne cherchant, ni à les intéresser à sa perte par ses regrets, ni à s'attirer leurs éloges par sa constance ; plus grand mille fois que s'il eût affecté de le paroître. Accourez à ce spectacle, censeurs frivoles et éternels de sa vertu, qui aviez traité peut-être sa piété de foiblesse, et voyez si la vanité toute seule ne se feroit pas honneur de tout ce que la grace opère de grand en Louis dans ces derniers momens ? Mais la vanité n'a jamais eu que le masque de la grandeur : c'est la grace qui en a la vérité.

Il assemble autour de son lit, comme un autre David mourant, chargé d'années, de victoires et de vertus, les princes de son auguste sang et les grands de l'etat. Avec quelle dignité soutient-il le spectacle de leur désolation et de leurs larmes ? Il leur rappelle, comme David, leurs anciens services ; il leur recommande l'union, la bonne intelligence, si rare sous un prince-enfant; les intérêts de la monarchie, dont il sont l'ornement et le plus ferme soutien : il leur demande pour son fils Salomon et pour la foiblesse de son âge, le même zèle, la même fidélité qui les avoit toujours si fort distingués sous son règne. Jamais il n'a paru plus véritablement roi : c'est qu'il l'étoit déjà dans le ciel ; et que le règne du Juste est encore plus grand et plus glorieux que celui des rois de la terre.

Enfin, le jeune Salomon, l'auguste enfant, est appelé. Louis offre au Dieu de ses ancêtres ce reste précieux de sa maison royale; cet enfant sauvé du débris, qui lui rappelle la perte encore récente de tant de princes, et que ses prières et sa piété ont sans doute conservé à la France. Il demande pour lui à Dieu, comme David pour son fils Salomon un cœur fidèle à sa loi, tendre pour ses peuples, zélé pour ses autels et pour la gloire de son nom : *Salomoni quoque filio meo da cor perfectum, ut custodiat mandata tua* (1). Il lui laisse pour dernières instructions, comme un héritage encore plus cher que sa couronne, les maximes de la piété et de la sagesse. *Mon fils, lui dit-il, vous allez être un grand roi, mais souvenez-vous que tout votre bonheur dépendra d'être soumis à Dieu, et du soin que vous aurez de soulager vos peuples. Évitez la guerre; ne*

(1) Par. 29. 19.

suivez pas là-dessus mes exemples; soyez un prince paci-
fique : craignez Dieu, et soulagez vos sujets. Il lève les
mains au ciel, comme les patriarches au lit de la mort, et
répand sur cet enfant, avec ses vœux et ses bénédictions,
des larmes qui échappent à sa tendresse, ou à la joie qu'il
a d'aller posséder le royaume de l'éternité qui lui est préparé.

Retournez donc dans le sein de Dieu d'où vous étiez
sortie, ame héroïque et chrétienne ! votre cœur est déjà où
est votre trésor. Brisez ces foibles liens de votre mortalité, qui prolongent vos desirs et qui retardent votre espérance : le jour de notre deuil est le jour de votre gloire et
de vos triomphes. Que les anges tutélaires de la France
viennent au-devant de vous, pour vous conduire avec
pompe sur le trône qui vous est destiné dans le ciel à
côté des saints rois vos ancêtres, de Charlemagne et de
saint Louis. Allez rejoindre Thérèse, Louis, Adélaïde, qui
vous attendent, et essuyer auprès d'eux, dans le séjour de
l'immortalité, les larmes que vous avez répandues sur
leurs cendres : et si, comme nous l'espérons, la sainteté
et la droiture de vos intentions a suppléé devant Dieu ce
qui peut avoir manqué, durant le cours d'un si long règne,
au mérite de vos œuvres et à l'intégrité de vos justices,
veillez, du haut de la demeure céleste, sur un royaume
que vous laissez dans l'affliction, sur un roi-enfant qui
n'a pas eu le loisir de croître et de mûrir sous vos yeux
et sous vos exemples; et obtenez la fin des malheurs qui
nous accablent, et des crimes qui semblent se multiplier
avec nos malheurs.

Et vous, grand Dieu ! jetez du haut du ciel des yeux
de miséricorde sur cette monarchie désolée, où la gloire
de votre nom est plus connue que parmi les autres nations; où la foi est aussi ancienne que la couronne; et
où elle a toujours été aussi pure sur le trône, que le
sang même de nos rois qui l'ont occupé. Défendez-nous
des troubles et des dissensions auxquelles vous livrez
presque toujours l'enfance des rois : laissez-nous du

moins la consolation de pleurer paisiblement nos malheurs et nos pertes. Étendez les ailes de votre protection sur l'enfant précieux que vous avez mis à la tête de votre peuple ; cet auguste rejeton de tant de rois ; cette victime innocente échappée toute seule aux traits de votre colère et à l'extinction de toute la race royale. Donnez-lui un cœur docile à des instructions qui vont être soutenues de grands exemples, que la piété, la clémence, l'humanité et tant d'autres vertus, qui vont présider à son éducation, se répandent sur tout le cours de son règne. Soyez son Dieu et son père, pour lui apprendre à être le père de ses sujets ; et conduisez-nous tous ensemble à la bienheureuse immortalité.

Ainsi soit-il.

ORAISON FUNÈBRE

DE

MADAME, DUCHESSE D'ORLÉANS

Surrexurunt filii ejus, et beatissimam prædicaverunt; vir ejus,
et laudavit eam; et laudent eam in portis opera ejus.

Ses enfans l'ont appelée bienheureuse; son époux l'a com-
blée de louanges; et ses actions ont fait son éloge dans tou-
tes les assemblées publiques. (Prov. 31. 28. 31.)

Après ces éloges publics et domestiques, que nous
resteroit-il à dire sur les louanges de très-haute, très-
puissante et très-excellente princesse, Madame, duchesse
d'Orléans, si nous ne venions ici que pour la louer plutôt que pour vous instruire?

Nous venons de rendre de tristes et pieux devoirs à
sa mémoire: la religion les consacre; la piété les justifie,
et la douleur publique les exige. Mais en vous rappelant
ses vertus, qui seules peuvent nous consoler de sa perte,
que prétendons-nous, que vous rappeler à ce moment
fatal et peut-être proche, où dégradés devant Dieu, de
votre rang et de vos titres, ce que vous aurez fait
pour le salut, fera seul notre consolation et votre
éloge?

Eh! quelle autre image pourrions-nous vous offrir

au milieu de cette cérémonie lugubre, et dans ce temple (1) auguste surtout, où sont exposées de toutes parts les tristes dépouilles de la grandeur humaine; où les sceptres et les couronnes brisées, rappellent à peine le souvenir de ceux qui les ont portées; où toute la magnificence des souverains est renfermée dans celle de leurs tombeaux; où les cendres de tant de princes que nos yeux ont vus, et qui faisoient nos plus douces espérances, fument encore; et où le grand roi lui-même, que nous avons tant pleuré, n'est plus que poussière?

Quel spectacle pour les yeux même de la chair! Madame depuis long-tems ne le perdoit plus de vue; elle ne parut survivre à toutes les pertes de la maison royale, que pour attendre la mort avec plus de courage, et s'y disposer avec plus de foi: elle vit de plus près le néant de tout, et ne crut digne d'elle, que ce qui étoit digne de l'immortalité.

Ne craignons donc pas de mêler aux prières de l'Église, et à la solemnité des saints Mystères, des louanges honorables à l'Église, et dont le vice seul doit rougir. Nous les devons à l'amour des peuples qui les publient; au deuil de toute la nation qui la regrette; à la douleur amère d'un auguste fils (2) qui la pleure; aux larmes d'une maison désolée, dont elle fut toujours la mère plutôt que la maîtresse: nous nous les devons à nous-mêmes; et de tous ceux qui m'écoutent, en est-il peut-être un seul que la bonté de cette princesse n'ait honoré de quelque marque particulière de bienveillance; et qui, dans la perte publique, comme le disoit saint Ambroise d'un empereur, ne pleure encore une perte qui lui est personnelle? *Omnes enim tanquam parentem publicum obiisse domestico fletu doloris illacrymant, suaque omnes funera dolent* (3).

(1) L'église de Saint-Denis, où sont les tombeaux de nos rois.

(2) Philippe, duc d'Orléans, régent de France.

(3) In obit. Valent.

Épouse fidèle, mère tendre, maîtresse douce et bienfaisante, princesse chrétienne ; c'est-à-dire, devoirs domestiques et publics, toujours remplis durant le cours
d'une longue vie, avec décence, avec noblesse, avec humanité, avec religion. Vous la reconnoissez à ces traits
simples et peu recherchés ; ils suffisent à la vérité, et son
caractère est son éloge. C'est par vous seul, ô mon Dieu !
que son éloge peut devenir notre instruction.

PREMIÈRE PARTIE.

La cour étoit à peine consolée de la mort d'Henriette
d'Angleterre (1), quand l'Allemagne la remplaça à la
France par la princesse que nous pleurons. Née des anciens souverains du Rhin, elle vint se mettre à côté du
trône, où sa naissance auroit pu la placer ; et les couronnes étrangères lui parurent moins brillantes, que
l'honneur de toucher de près, par un mariage auguste, à
celle de Louis.

De quelle gloire et de quelle magnificence se vit-elle
environnée dans ces jours fortunés de la monarchie? Un
souverain, maître de l'Europe, plus glorieux que tous ses
prédécesseurs, plus grand par l'amour de ses peuples,
que par le nombre de ses conquêtes : un époux aimable,
et qui, aux charmes de la jeunesse, ajoutoit l'honneur des
victoires et des triomphes ; une cour, où nos guerres
avoient formé tant de héros, où les largesses du prince
attiroient tous les jours les plus grands talens, où de nou-
veaux-plaisirs se succédoient sans cesse, où les monumens les plus superbes de la magnificence excitoient la
curiosité, et peut-être la jalousie de toutes les nations, et
où l'excès seul de nos prospérités pouvoit nous préparer
de loin des disgraces.

Rappelons, sans crainte, ces tems heureux. Ils furent

(1) Première femme de Monsieur, frère unique du roi Louis
le Grand.

effacés, je le sais, par des jours de tribulation et d'amertume, qui leur succédèrent. Mais le Seigneur vouloit nous châtier; il ne vouloit pas nous détruire. Le nuage depuis long-tems se dissipe, la lumière réparoît, un nouveau soleil se lève sur nos têtes (1), une régence paisible et glorieuse lui a préparé les voies. C'est le destin de la France, ou plutôt, c'est de tout tems la conduite de Dieu sur une nation qu'il chérit. Nos malheurs ont toujours été les précurseurs infaillibles de notre élévation et de notre gloire.

Madame se montra à la France dans ces tems les plus heureux du dernier règne. La licence est d'ordinaire inséparable des prospérités: les bienfaits de Dieu nous amollissent: nous tournons contre lui ses propres dons; et les jours de ses faveurs sont presque toujours les jours de nos crimes. Au milieu de tant d'écueils, où l'exemple décide toujours des devoirs, la princesse, pour qui nous prions, demeura fidèle; et Dieu qui venoit de la retirer du sein de l'hérésie qu'elle avoit sucée avec le lait, conserva le nouvel ouvrage de sa grace. Livrée à l'erreur par sa naissance et par son éducation, un trait d'élection singulière avoit été la discerner comme une autre Ruth, dans une terre étrangère, pour l'appeler à l'héritage du Seigneur, et l'associer à son peuple. Vos miséricordes, ô mon Dieu! sont fidèles, et vous les multipliez sur vos élus; les lumières de la foi, en dissipant les ténèbres de l'esprit, ne percent pas toujours les nuages que l'âge et les passions forment autour du cœur: dociles aux vérités de la doctrine sainte, nous n'en sommes pas moins rebelles aux devoirs qu'elle nous impose. Hélas! les mœurs ne discernent presque plus le peuple de Dieu des incirconcis; le Seigneur n'est pas plus servi dans la Judée, que dans Samarie; et la face de la terre partagée par tant de doctrines diverses, ne montre presque partout que des hommes qui se ressemblent.

(1) Louis XV venoit d'être sacré, et alloit être déclaré majeur.

La fidélité de Madame à ses devoirs, honora son retour à la foi. Entrée dans la voie de la vérité, elle y marcha d'un pas noble et constant ; et de peur que l'erreur jalouse ne disputât à la grace la gloire de son changement, elle le ratifia tous les jours par sa conduite.

Les liens sacrés du mariage, qui venoient de l'attacher au prince son époux, lui attachèrent en même tems toute sa tendresse: son cœur et son devoir ne se séparèrent jamais. La cour même, qui ne pardonne jamais à ses maîtres, et qui outre toujours à leur égard et l'adulation et la censure, en parla comme nous : il faut que la vertu soit bien pure, quand le courtisan la respecte.

Vous ne tardâtes pas, ô mon Dieu ! de répandre sur cette union sainte, les bénédictions promises à la postérité de saint Louis ! Un prince, l'appui du trône, Philippe (1), le tuteur du Roi et de l'état ; le protecteur éclairé des droits du sacerdoce et de l'empire ; le premier exemple d'une minorité pacifique ; le modèle des princes bienfaisans, fut le premier fruit de vos promesses. Vous prévoyiez nos malheurs et nos pertes, et vous nous prépariez une ressource. Une nouvelle fécondité honora encore les chastes amours de cet auguste hyménée. La France en vit naître avec joie une princesse (2), qui régnoit déjà sur tous les cœurs, et que nous ne devions pas posséder. Heureux les peuples qui la voyent ! Au milieu du calme et des plaisirs innocens d'une cour paisible et chrétienne, elle fait depuis long-tems les délices de ses sujets, et le lien de la monarchie avec une maison féconde en héros, et à qui la maison de France seule peut disputer la gloire des siècles et l'antiquité de l'origine.

Les sentimens de la nation perdent souvent leurs droits dans le cœur des princes : élevés au-dessus de nous, il leur paroît trop vulgaire de penser et de sentir comme nous ; nés les maîtres des hommes, ils ne veulent pas même leur ressembler par l'humanité ; et destinés par

(1) Le duc d'Orléans, régent de France.
(2) La duchesse de Lorraine.

leur naissance à être les pères des peuples, ils se font quelquefois une honte de ce titre aimable à l'égard même de leurs enfans. Fausse grandeur que Madame ne connut point : elle crut que les devoirs et les sentimens de la nature étoient les plus nobles, parce qu'ils étoient les plus anciens ; que la simplicité des premières mœurs avoit plus de dignité et de véritable élévation, que tout le faste de nos usages ; et la princesse la plus majestueuse que la France ait vue, fut en même tems la mère la plus tendre.

Dois-je en attester ici les larmes du prince affligé qui m'écoute, et ne point ménager sa douleur ? Mais ces chères cendres parleroient à ma place ; et c'est le consoler, que de rappeler un souvenir même qui l'afflige.

Quelle tendresse ressembla jamais à celle de Madame pour ce prince auguste ? ses yeux pouvoient à peine suffire à le voir, et son cœur à l'aimer. Quelle joie, quand elle vit briller dans son enfance presque, les espérances de ces grands talens, et de cette supériorité de lumières, que la variété et l'immensité des connoissances cultivèrent depuis ; que les victoires ennoblirent, et qu'une régence mémorable éternisera dans les annales ! Elle le vit, sans l'avoir désiré, comme la mère des enfans de Zébédée, assis par le droit de sa naissance, à la première place du royaume ; dépositaire du sceptre ; maître de nos destinées et de celles de l'état : et plus touchée de sa gloire que de son élévation, elle vit alors avec des larmes de tendresse, dans le cœur de tous les François, les mêmes sentimens d'amour que ceux qu'elle avoit pour son fils ; et toute la nation l'adopter, si je l'ose dire, comme son enfant, dans le tems qu'elle le choisissoit pour son maître. Mais nous pouvons l'ajouter ici, son salut l'intéressoit encore plus que sa grandeur. Comme une autre Monique, elle l'enfantoit tous les jours par ses prières et par ses larmes : elle n'offroit jamais à Dieu le sacrifice de son cœur et de ses lèvres, sans lui demander qu'il jetât enfin des regards de miséricorde sur ce cher enfant. Et que lui restoit-il en effet à désirer pour lui, que la gloire des saints ?

Une princesse vertueuse l'avoit déjà rendu père d'une nombreuse famille : elle voyoit les enfans de ses enfans : un jeune prince (1) dont les destinées rassurent l'état et affermissent le trône : des princesses (2) régner dans les plus brillantes cours de l'Europe : l'Espagne nous envoyer (3) et recevoir de nous les gages précieux d'une union éternelle : le feu qui avoit paru s'allumer, éteint par des alliances sacrées : le sang royal réuni à sa source ; et par l'habileté d'un ministre, pour qui les difficultés mêmes semblent devenir des ressources, le fruit de nos victoires et de nos pertes, conservé à l'État ; et une couronne qui nous avoit tant coûté, et que la valeur du prince, que nous consolons, avoit assurée au petit-fils de Louis le Grand, mise sur la tête de la princesse sa fille. C'est ainsi, ô mon Dieu ! que les profondeurs de votre sagesse disposent les évènemens ; et qu'en paroissant ébranler les empires que vous protégez, vous ne voulez qu'en affermir le trône et en accroître la domination et la puissance.

Peuples déjà si rapprochés par la valeur, et par les guerres mêmes qui vous avoient toujours divisés, et aujourd'hui si unis par le sang même de nos maîtres, puissiez-vous transmettre, avec la succession de vos rois, cette alliance sainte aux races futures ! que les deux peuples ne forment jamais qu'un peuple ! que les campagnes ne voyent jamais nos étendards opposés, et les lis déployés contre les lis ! que cette alliance resserrée par tant de nouveaux liens, devienne la loi fondamentale des deux monarchies ! que l'ame de Louis le Grand, qui

(1) Le duc de Chartres.

(2) La princesse de Modène, la reine d'Espagne, femme de Louis Ier.

(3) L'infante d'Espagne, destinée à être reine de France, et retournée depuis à Madrid.

en a été le principe, en soit le nœud éternel ! et puissent les deux nations, pour se soutenir, se prêter jusqu'à la fin des âges les mêmes armes qu'elles avoient employées pour se détruire !

Mais faisons-nous honneur ici à Madame d'une tendresse maternelle, où la nature a, ce semble, plus de part que la vertu ? Oui, mes Frères, et nous devons cette consolation à la douleur du prince qui la pleure. Un cœur qui aime ce qu'il doit aimer, est toujours digne d'éloge ; et ce n'est que par vertu, qu'on satisfait aux devoirs de la nature. Mais d'ailleurs, Madame aima les princes ses enfans, en mère, en princesse, en chrétienne. Ce n'étoit pas ici une de ces sensibilités vulgaires que les foiblesses déshonorent, et où à force de donner tout à la tendresse, on ne donne rien à la raison et au devoir. Quelles leçons de grandeur, de dignité, de bienséance, de sagesse, furent les fruits de son amour maternel ! mais quels exemples encore plus puissans que les leçons ! Vous en conserverez un tendre et éternel souvenir, famille désolée ; et vous honorerez sa mémoire en imitant ses vertus. Et vous, pieuse Adélaïde (1), qui cachée dès vos plus jeunes ans dans le secret sanctuaire, avez préféré l'opprobre de Jésus-Christ à tout ce que le siècle peut laisser espérer de plus éclatant, vous ne cesserez de demander aux pieds des autels, que vos vœux et les nôtres, sur les destinées de votre auguste maison, s'accomplissent.

Rien en effet n'est plus rare pour les grands, que les vertus domestiques : la vie privée est presque toujours le point de vue le moins favorable à leur gloire. Au-dehors, le rang, les hommages, les regards publics qui les environnent, les gardent, pour ainsi dire, contre eux-mêmes : toujours en spectacle, ils représentent ; ils ne se montrent pas tels qu'ils sont. Dans l'enceinte de leurs palais, renfermés avec leurs humeurs et leurs caprices, au milieu d'un petit nombre de témoins domestiques et accoutumés,

____

(1) Louise-Adélaïde d'Orléans, abbesse de Chelles.

le personnage cesse , et l'homme prend sa place et se développe.

Ici nous pouvons tirer le voile, et entrer sans crainte dans ce secret domestique, où la plupart des grands cessent d'être ce qu'ils paroissent. Ce qu'il y a eu de privé et d'intérieur dans la vie de Madame, est aussi grand et aussi respectable, que ce qui en a paru aux yeux du public.

Dites-le ici à ma place, témoins affligés et fidèles de l'humanité, de la douceur et de l'égalité d'une si bonne maîtresse ! Aviez-vous à souffrir de son rang ou de ses caprices ? votre zèle n'étoit-il compté pour rien ? vous croyoit-elle trop honorés de lui sacrifier vos soins et vos peines ? vous regardoit-elle comme des victimes vouées à la bizarrerie et à l'humeur d'un maître ? sentiez-vous votre dépendance que par ses égards et ses attentions à vous l'adoucir ? en satisfaisant à vos services, pouviez-vous satisfaire à toute votre tendresse pour elle ? votre cœur n'alloit-il pas toujours plus loin que votre devoir ? et quel chagrin avez-vous jamais senti en la servant, que la crainte de la perdre et la douleur de l'avoir perdue ? L'abondance de vos larmes répond pour vous ; et plus vivement que mes foibles expressions, elle fait son éloge et le vôtre.

Oui, mes Frères, au milieu de sa nombreuse maison, Madame n'étoit plus une maîtresse ; c'étoit une mère affable et bienfaisante : dépouillée de sa grandeur, sans l'être jamais de sa dignité, elle descendoit avec bonté dans le détail des peines et des besoins des siens. L'élévation est d'ordinaire, ou dure, ou inattentive ; et il suffit, ce semble, d'être né heureux, pour n'être pas né sensible. Madame, avec un cœur élevé et digne de l'empire, avoit un cœur plus humain et plus compatissant que ceux mêmes qui naissent pour obéir.

L'enceinte de sa maison ne borna pas, vous le savez, son inclination bienfaisante : son crédit fut toujours une ressource publique : nous trouvions tous en elle une protectrice assurée : l'accès n'étoit pas même refusé aux plus inconnus ; et le besoin, ou la misère seule, devenoit le titre qui donnoit droit de l'approcher. Si les regrets de la reconnoissance sont les plus sincères et les plus sûrs, quel deuil a jamais dû être plus universel ?

L'autorité de la régence ne lui parut même souhaitable pour le prince son fils, que par la possession où ce nouveau rang alloit le mettre de faire des graces. L'évènement a été encore plus loin que vos desirs, princesse si digne de nos regrets ! Les faveurs du prince sont aujourd'hui écrites dans les titres de nos plus illustres maisons, et en perpétueront les honneurs et les prééminences : chaque jour de son administration a été le jour de ses bienfaits ; et la reconnoissance s'est plutôt épuisée que ses largesses.

Il n'est pas étonnant que le cœur de Madame, si sensible aux besoins et aux intérêts des personnes les plus indifférentes, fût si tendre et si fidèle pour ses amis. L'amitié est le seul plaisir presque que la plupart des grands font gloire de s'interdire. Prévenus que les hommes leur doivent tout, ils croyent ne leur rien devoir eux-mêmes, et que c'est assez payer leurs empressemens, que de les souffrir. L'amitié plus sincère, et dès-là moins rampante et moins empressée que l'adulation, leur paroît un hommage sec et aride : leur attachement même et leur confiance, n'est qu'un goût passager, qui les gêne et les ennuye bientôt, et dont ils se débarrassent comme d'une contrainte. Ainsi vivant seuls, dès qu'ils vivent sans amis au milieu de la multitude qui les environne, leurs vices font des adulateurs ; leurs bienfaits, des ingrats ; leurs vertus mêmes, des censeurs injustes. Madame eut pour ses amis, cette confiance et cette fidélité, dont on cherche depuis longtems des exemples même parmi les hommes du commun. Un ami lui parut toujours le bien le plus précieux de la terre, et qui honore même les princes et les rois. Tous les biens, nous les devons, ou à la fortune, ou à la naissance : celui-là nous ne le devons qu'à nous-mêmes.

Tel fut le caractère de Madame dans sa vie privée; caractère connu, respecté, non-seulement de la nation, mais de toute l'Europe : une épouse fidèle, une mère tendre, une amie constante, une maîtresse douce et bienfaisante. Nos voisins l'ont toujours caractérisée par ces traits comme nous : c'étoit l'éloge public que toutes les cours ont toujours fait d'elle; et si ces traits paroissent vulgaires, ce ne sera jamais qu'à ces hommes frivoles, qui ne voyent rien de grand dans les devoirs; qui croyent que les vertus domestiques ne sont faites que pour le peuple; que les princes ne sont dignes de nos éloges, que lorsque leur faste et leur fierté les rend indignes de notre amour; qu'un cœur tendre et compatissant déshonore le rang et la naissance; que l'humanité dégrade l'homme; et qu'il faut être né dur et bizarre, pour être né grand. Quel fléau pour le genre humain, si celui qui donne les princes à la terre punissoit l'erreur de ces images, en nous donnant des maîtres qui leur fussent semblables.

Et qu'y a-t-il de plus honorable à la grandeur que l'humanité? Les princes ne sont puissans que pour être bons : ils doivent, si je l'ose dire, leur puissance et leur grandeur à nos besoins; et s'il n'y avoit pas des foibles et des malheureux, le ciel n'auroit pas donné des maîtres à la terre.

C'est par là que Madame remplit toute la destinée de son rang : comblée des louanges de son époux; appelée bienheureuse par ses enfans, et par ceux qui, attachés à son service, l'avoient toujours aimée comme leur mère : *Surrexerunt filii ejus, et beatissimam prædicaverunt; vir ejus, et laudavit eam : et domestici ejus vestiti sunt duplicibus.* Il nous reste encore la voix des peuples à écouter. Son histoire publique pourroit fournir des traits plus brillans que sa vie privée; mais elle n'offrira pas de plus grandes vertus; et si la fidélité d'une épouse, la tendresse d'une mère, la bonté d'une maîtresse ont fait son éloge domestique; la majesté, la bienséance, la piété solide et toujours soutenue d'une princesse, son amour pour le Roi et pour l'état, vont remettre devant nos yeux un spectacle qui a long-tems honoré notre siècle, et qui a toujours fait son éloge public : *Et laudent eam in portis opera ejus.*

DEUXIÈME PARTIE.

Les princes ont plus de devoirs à remplir que le reste des hommes : plus ils sont grands, plus ils doivent de grands exemples : il sont en spectacle aux regards, comme aux hommages de la multitude. Les premières obligations de leur rang sont le zèle pour l'État, dont ils sont les premiers sujets, et dont ils peuvent devenir les maîtres ; la bienséance dans les mœurs publiques, dont ils sont toujours les modèles ; la fidélité aux devoirs de la religion, que leurs ancêtres placèrent sur le trône.

A ces traits, nous croyons voir revivre la princesse que nous avons perdue. Les mêmes liens qui l'attachèrent au prince son époux, l'attachèrent à la France : elle parut avoir épousé la nation. Le sang germanique, qui couloit dans ses veines, retrouva pour le sang françois, les penchans et les affections de la même origine ; et descendue de ces anciens conquérans, qui des bords du Rhin, vinrent fonder dans les Gaules une monarchie, qui a vu depuis commencer toutes celles de l'Europe, elle parut, en arrivant parmi nous, s'être rendue à sa patrie, plutôt qu'en être sortie. Notre culte étoit devenu son culte, et notre peuple fut le sien ; nos dieux furent ses dieux ; nos usages, ses usages ; notre gloire ou nos malheurs, ses malheurs ou sa gloire ; et oubliant ses premières destinées, elle n'en connut plus d'autres que celles de la monarchie. Liée par le sang, ou par des commerces d'amitié et de bienséance, à la plupart des souverains de l'Europe, elle ne le fut jamais, par le cœur, qu'à la nation ; et au milieu des guerres qui les avoient armés contre nous, ses liaisons avec les cours étrangères, ne furent jamais que des témoignages éclatans de son amour pour la France. Nos

histoires lui en feront honneur; et parmi les princesses
étrangères, que les liens du mariage unirent au sang
de nos rois, et qui vécurent au milieu de nous, elles lui
opposeront des exemples qui l'honoreront encore davantage.

Louis le Grand connut son zèle, et le paya d'une amitié
et d'une confiance qui ne finirent qu'avec lui. Nul de vous
ne l'ignore, quelle fut la constance de l'estime et de la
tendresse de ce grand Roi pour Madame. Les cours sont
orageuses; les intérêts décident toujours des affections; et
comme les intérêts y changent sans cesse, les affections y
connoissent presque pas de durée : tout y forme des nuages;
les jours ne s'y ressemblent jamais; les mêmes flots, qui
vous élèvent, vous ouvrent le gouffre à l'instant; et la vicissitude éternelle des évènemens est comme le seul évènement et le seul point qu'on y voit de fixe.

Madame n'éprouva point ces révolutions. Une noble
franchise, si ignorée dans les cours et qui sied si bien
aux grands, la rendit toujours respectable au Roi : il trouvoit en elle, ce que les rois ne trouvent guère ailleurs, la
vérité. Plus éloignée encore par l'élévation de son caractère que par celle de sa naissance, d'une basse adulation, elle
n'employa jamais pour plaire que sa droiture et sa candeur. Les souplesses et les artifices de la dissimulation,
qui font toute la science et tout le mérite des cours, lui
parurent toujours le sort des ames vulgaires. C'est se mé
priser soi-même, que de n'oser paroître ce qu'on est. L'art
de se contrefaire et de se cacher, n'est souvent que l'aveu
tacite de nos vices ; et elle crut qu'on n'étoit grand, qu'autant qu'on étoit vrai.

Aussi Louis, plus touché du simple et du naturel, que
du faste des hommages, venoit se délasser des adulations
auprès de Madame. C'étoit là que sa cour prenoit une nouvelle face : le faux en étoit banni ; la vérité y présidoit,
et reprenoit ses droits ; la confiance et la noble simplicité
environnoit le trône, et la tendresse en faisoit le plus
superbe hommage.

Ce prince, qui avoit élevé plus haut que tous ses ancêtres, la gloire de la monarchie, et qui vit un si long cours de prospérités finir par des disgraces, vit aussi l'amour et le courage de Madame, croître avec nos malheurs. Quelles larmes ne donna-t-elle point alors à nos pertes! La vie même de son cher fils tant de fois exposée, ne l'occupoit pas plus vivement que le danger de l'état. Les plaies de la nation étoient aussi douloureuses pour elle, que celles dont ce prince belliqueux sortoit souvent couvert des combats; et sa gloire même ne pouvoit la consoler de nos disgraces.

Rappellerai-je ici ces jours de deuil tant de fois déjà rappelés, où toute la famille royale presque éteinte; où le trône environné de tant d'appuis, demeuré seul en un instant; où tant de têtes que la couronne attendoit, abattues, il ne nous restoit de toutes nos espérances, que la caducité d'un grand Roi que nous allions perdre, et l'enfance d'un successeur que nous craignions de ne pouvoir conserver? Louis, inébranlable au milieu des débris de sa maison, ne vit dans ces lugubres funérailles, que l'appareil et le préparatif des siennes : il avoit assez vécu pour sa gloire; mais il n'avoit pas encore vécu assez pour nous. Cependant ce règne long et glorieux devoit avoir le destin des choses humaines; ses jours, comme les nôtres, étoient comptés; le terme fatal arriva; les desseins du ciel sur sa grande ame étoient accomplis; et la France perdit un Roi, qui sera toujours encore plus grand dans nos cœurs, que dans nos annales. Mais Madame perdoit un ami; et s'ils sont rares sur la terre, ils le sont encore plus sur le trône. Sa douleur égala sa perte, et lui cacha même des espérances flatteuses qu'auroit pu entrevoir un cœur moins touché. La cour, que Louis seul remplissoit de sa gloire et de sa majesté, ne lui parut plus qu'une solitude affreuse : elle crut vivre dans une terre déserte et abandonnée; et ce monarque si glorieux, qui laissoit en mourant un si grand vuide sur la terre, en laissa un dans son cœur que rien depuis ne put jamais remplacer.

Son zèle seul pour nos rois survécut à Louis ; et s'attendrissant sur le bas-âge du prince que tant de morts venoient d'élever sur le trône, en le reconnoissant pour son maître, elle l'aima comme son enfant. De quels yeux voyoit-elle croître tous les jours avec lui ses heureuses inclinations et nos espérances ! avec quels transports de tendresse y voyoit-elle se développer chaque jour les traits, la majesté, les manières, tout le grand du caractère de son auguste bisaïeul ! avec quelle circonspection respectueuse approchoit-elle de ce trône naissant ! L'enfance des souverains, qui rend toujours autour d'eux les bienséances du respect et des hommages moins attentives, redoubloit la bienséance et l'attention de son respect et de ses hommages ; et si une nation si tendre, si fidèle, si respectueuse envers ses rois, avoit eu besoin là-dessus de ces grands exemples, elle nous avoit appris à aimer nos maîtres, elle nous apprenoit alors à les respecter.

C'étoit la louange publique que la France donnoit à Madame. Et ce zèle pour nos rois, qui fait ici son éloge, n'a-t-il pas lui-même hâté notre deuil ! Ses yeux qui voyoient déjà de loin la terre des vivans, avant de se fermer à la lumière, voulurent voir le Roi dans sa splendeur et dans toute la gloire de son sacre (1) : *Regem in decore suo videbunt oculi ejus, cernent terram de longè* (2). Ses forces parurent se ranimer ; son courage n'écouta point nos frayeurs. Munie des saints mystères et de cette viande qui fait la force des voyageurs, nous la vîmes partir en triomphe pour la cérémonie auguste, comme si elle alloit elle-même prendre possession de l'empire, ou, pour mieux dire, de l'immortalité. Elle vit, avec des yeux déjà mourans, l'onction sainte couler sur l'enfant de tant de rois : cette onction qui est le titre le plus an-

(1) Voyage de Madame à Rheims, pour voir le sacre de Louis XV. Elle y alla malade, et mourut peu de jours après son retour.

(2) Is. 33. 17.

cien et le plus vénérable de la foi de nos monarques, et des prérogatives de la monarchie : cette onction qui consacra les Clovis, les Charlemagne, les saint Louis, et qui a donné tant de saints et tant de héros au trône des François. Elle porta aux pieds des autels, avec ses derniers vœux, les vœux de toute la nation, pour le salut et la gloire d'un prince que le Dieu de ses pères venoit de marquer du caractère sacré de la royauté. Elle parut, comme le saint vieillard de Jérusalem, si respectable par ses années et par sa piété, n'avoir plus de regrets à la vie, depuis que ses yeux avoient vu cet enfant précieux, qui devoit être la gloire et l'espérance de son peuple, faire dans le temple, au Maître des rois, le premier hommage public de sa souveraineté.

Jour trop heureux, que vous nous prépariez de larmes ! elles couleront long-tems pour vous surtout, princesse affligée (1), que la présence d'une mère si chérie avoit attirée d'une cour étrangère à cette superbe solemnité ! Vous courriez recevoir ses tendres embrassemens, hélas ! et vous veniez recevoir ses derniers soupirs : vous redoubliez pour elle vos soins, vos empressemens, vos tendresses, hélas ! et vous lui rendiez vos derniers devoirs. Ainsi, ô mon Dieu ! vous nous menez toujours à l'affliction par des jours de sérénité et d'allégresse.

Mais cachons-nous encore pour un moment ce triste spectacle. L'amour de Madame pour le Roi et pour l'état, prenoit sa source dans un cœur, pour qui les devoirs étoient devenus des penchans : plus son rang l'approchoit de la majesté royale, plus elle fut attentive à n'en pas laisser avilir la dignité : elle le rendit plus respectable, en le respectant toujours elle-même. Quelle bienséance et quelle majesté dans les mœurs publiques ! Les grands regardent souvent leur naissance comme une prérogative qui en autorise les avilissemens, et se font de nos hommages mêmes un titre d'indécence. Per-

(1) La duchesse de Lorraine, fille de Madame.

suadés qu'ils ne doivent rien au reste des hommes, ils croient aussi ne se devoir rien à eux-mêmes.

La France a-t-elle jamais vu de princesse soutenir avec plus de décence et de dignité, l'élévation de son rang? Les mœurs avoient beau changer; en vain le siècle ne connoissoit plus l'ancienne gravité de nos pères; en vain la licence avoit pris la place des règles et des bienséances ; en vain la modestie et la pudeur n'étoient plus pour le sexe que des usages surannés; en vain la cour elle-même, loin de s'opposer à ces nouvelles mœurs, en fournissoient souvent le modèle : Madame se ressembla toujours à elle-même. Nous l'avons vue seule presque, conserver aux règnes à venir, la bienséance et la tradition des premiers usages, que l'amour de la paresse et de la commodité abolissoient peu à peu; faire passer aux âges suivans, ce qui nous reste de grand et d'honorable des anciennes cours ; et sauver l'uniformité à une nation que la lassitude seule des changemens pourra fixer un jour.

Majestueuse, sans faste, elle ne regarda pas la fierté comme une bienséance de son rang : la majesté qui l'environnoit, étoit affable et accessible : en lui offrant nos hommages, nous ne pouvions lui refuser nos cœurs : on ne trouvoit point autour d'elle cette barrière d'orgueil, de silence ou de dédain, qui fait souvent toute la majesté des grands : on n'y voyoit pas une cour tremblante, n'oser presque lever les regards jusques au maître, et craindre de manquer au respect dans l'excès même de ses hommages. L'adulation en étoit encore plus bannie que la crainte : assurée de nos cœurs, elle ne cherchoit pas nos louanges : vraie, franche, naturelle, la fadeur des éloges lui étoit à charge : le langage des cours qu'elle n'avoit jamais parlé, elle ne l'écouta aussi jamais qu'avec dégoût. Cependant, jamais de ces momens fâcheux, où il est si dangereux d'aborder nos maîtres : une douce affabilité nous rassuroit toujours contre son rang : tous les momens étoient ceux que nous aurions choisis nous-mêmes : en sortant d'auprès d'elle, chacun se trouvoit marqué par quelque trait singulier de bonté ; et nous ne comptions les devoirs que nous lui rendions, que par les marques de bienveillance que nous en avions reçues. Qu'il est rare de savoir être grand, et de ne pas faire souffrir de notre grandeur ceux qui nous approchent !

Enfant auguste (1) que l'Espagne vient de nous rendre, élevée au milieu de nous pour régner un jour sur nous, et destinée à partager avec le jeune Louis le trône de vos ancêtres, pourquoi vos jeunes ans ont-ils été sitôt privés d'un si grand exemple ? Puissiez-vous l'avoir assez connue pour l'imiter ! que ces vertus douces et bienfaisantes brillent en vous, autant que la couronne qui vous attend ! Tout ce que la France peut désirer, c'est une maîtresse qui lui ressemble.

Mais, mes Frères, ce qui nous rend aimables devant les hommes ne nous rend pas toujours agréables aux yeux de Dieu. Les vertus humaines peuvent nous attirer des éloges humains ; les siècles peuvent louer les actions qui honorent les siècles, et qui s'effaceront avec eux ; la piété seule survit aux siècles et aux tems, et va écrire nos louanges, ou plutôt les louanges de la grace, dans les livres éternels. Ce seroit peu d'avoir mis le monde dans les intérêts de notre gloire : hélas ! la gloire que le monde donne n'a pas plus de durée ni plus de réalité que lui : la vie la plus éclatante sans la foi n'est qu'un songe et un fantôme ; et on n'a pas vécu, quand on n'a pas vécu pour Dieu. Vérités saintes, que le monde ne connoît pas, une foi vive vous avoit gravées dans le cœur de notre pieuse princesse !

Quels exemples de piété n'a-t-elle pas donnés à la France, et d'une piété qui portoit tous les traits de son caractère ; simple et soumise, exacte et régulière, noble et héroïque !

Les préjugés de l'erreur, qui avoit présidé à son édu-

(1) L'infante d'Espagne, encore alors à Versailles.

cation, ne paroissoient plus en elle que par une docilité plus religieuse aux mystères de la foi. Ses lumières se bornoient à ses devoirs : elle respectoit le nuage qui couvre toujours le sanctuaire. Les saintes ténèbres de la religion fixoient elles-mêmes sa foi, et affermissoient sa soumission : elle croyoit qu'il étoit insensé à l'homme de vouloir connoître ce que Dieu a voulu nous cacher. *Il y a trop à hasarder,* disoit-elle souvent ; *et c'est une folie de vouloir chercher dans le doute une sûreté que la religion seule promet.* Jamais de ces ostentations, si indécentes au sexe surtout, de ces étalages vulgaires d'incrédulité, qui croit tout savoir quand elle doute de tout ; qui ne se glorifie du naufrage de la foi, que pour se calmer souvent sur celui de la pudeur ; et qui ne connoît pas même assez ce qu'il faut croire pour en douter.

Désabusée des erreurs étrangères, elle ne voyoit qu'avec une vive douleur, les tristes dissensions, qui dans ces jours de trouble et de confusion, se sont élevées dans le sein même de l'Église : elle adressoit au ciel les vœux les plus ardens, afin qu'il bénît les soins que le prince son fils prenoit de les calmer. Mais instruite qu'il est nécessaire qu'il y ait des scandales, les troubles de l'Église affligèrent son cœur, sans ébranler jamais sa foi et sa soumission : jamais de retour sur ce qu'elle avoit quitté volontairement : jamais de doute sur le parti qu'elle avoit pris, parce qu'elle l'avoit pris avec lumière et par conviction. L'Église, quoique battue des flots, agitée par les tempêtes, n'en étoit pas moins à ses yeux la colonne et la base de la vérité, et l'arche sainte dans laquelle seule se trouve la paix et le salut. Vous avez marqué, ô mon Dieu ! des bornes aux maux de cette Église, l'objet éternel de votre amour ; de cette épouse chérie, que vous avez acquise au prix de tout le sang de votre Fils. C'est de ces tems de trouble et d'obscurité, que sort toujours le calme et la lumière : toujours dans votre colère, vous vous souvenez de faire miséricorde. Quand viendront des jours paisibles et sereins, succéder à ces jours malheureux? Puissent nos soupirs et nos larmes les hâter! puissions-nous en être les heureux témoins; et ne transmettre à nos neveux, que. l'histoire déplorable de nos dissensions!

Piété de Madame, simple et soumise; mais exacte et régulière. La foi veut des œuvres; et l'on croit en vain, quand on vit mal. Avec quelle profonde religion approchoit-elle régulièrement des saints mystères? Abîmée devant la majesté de Dieu, toutes les grandeurs de la terre ne lui paroissoient plus qu'un atome et un néant. Les livres saints étoient sa consolation de tous les jours: elle y sentoit ce touchant, ce sublime, ce divin, qui ne peut être l'ouvrage de l'esprit de l'homme. Ces vérités saintes dans nos bouches, ne lui paroissoient pas moins dignes de son amour et de ses empressemens; et nous la voyions avec joie dans nos temples, au milieu de la multitude des fidèles, venir soutenir par la majesté de sa présence, et la dignité de notre ministère, et le respect dû à la parole dont nous sommes les ministres.

Ses sentimens ne démentoient pas ces œuvres publiques. Vous le savez, Vierges saintes (1), pieuses dépositaires des plus secrets mouvemens de son cœur! que de prières ferventes, que de pratiques de piété, que d'entretiens édifians vos murs sacrés ont cachés au public! L'austérité de votre retraite déjà si adoucie par la ferveur, ne l'étoit-elle pas encore par ces grands exemples? permettoit-elle seulement à votre tendresse des vœux pour la prolongation de ses jours? *Bornez vos vœux à mon salut,* vous disoit-elle souvent: *il importe peu de vivre; mais il importe de s'assurer de l'éternité.*

Elle se l'assuroit en effet tous les jours par le mérite de ses œuvres. Les pauvres soulagés avec profusion; les serviteurs de Dieu honorés de sa familiarité et de sa confiance: les offenses oubliées, et cachées au pied de la

____

(1) Les religieuses carmélites de la rue de Grenelle, où Madame se retiroit souvent.

croix ; une constance chrétienne et une tranquillité même héroïque dans la durée de ses maux ; une humilité que l'élévation de son caractère et de son cœur rehaussoit encore ; une attention scrupuleuse sur tous les devoirs de la religion, où tout lui paroissoit grand ; une sainte avidité pour le froment des élus ; une confiance sans réserve pour le ministre qui la conduisoit dans les voies du ciel ; un goût pour le bien, un dégoût pour tout ce qui ne mène pas à Dieu : c'est l'histoire nue et simple de sa vie ; et tout ce que l'art pourroit y ajouter déshonoreroit son éloge.

Ne nous abusons pas, mes Frères : ainsi vécut cette pieuse princesse ; et ce ne sont que les mêmes routes qui peuvent nous conduire à la paix, au calme, au courage qui accompagnèrent sa mort. On ne la voit approcher avec confiance, que lorsqu'on l'a attendue avec frayeur. Dieu, qui se préparoit sa victime pour l'autel éternel, la purifioit depuis long-tems par l'épreuve des infirmités et des souffrances. Nous voyions de loin approcher notre deuil : les remèdes prolongeoient ses jours, et ne calmoient pas nos craintes : son courage sembloit donner une nouvelle force aux remèdes, et ne donnoit pas une nouvelle sûreté à nos espérances : le ciel touché des vœux et des larmes d'une maison désolée, sembloit suspendre quelquefois le cours de ses maux, mais ne suspendoit pas l'ordre des desseins éternels, et le cours destiné aux jours de sa vie mortelle. Nous avions beau la rassurer par nos souhaits ; l'éternité s'ouvroit de jour en jour à ses yeux : plus le Seigneur sembloit différer, plus elle le voyoit près ; elle le hâtoit même par ses desirs : en cela seul peu attentive à nos vœux, elle craignoit d'avoir trop vécu, et souhaitoit de ne plus vivre. *Je ne crois pas que de vivre plus long-tems me rende meilleure :* c'étoit son langage ordinaire. Nous nous flattons tous par des espérances de conversion : elle nous apprenoit, que le temps qu'on destine au repentir, ne fait qu'accumuler de nouveaux crimes ; et qu'un vain espoir de changer est plutôt un écueil qu'une ressource de salut.

11.

Enfin, sourd à nos gémissemens, le ciel se rend à ses desirs. De retour du voyage où sa tendresse avoit eu plus de part que la pompe du spectacle, l'accablement augmente ; nos frayeurs redoublent, nos espérances s'évanouissent ; la mort, qu'elle portoit depuis longtems dans son sein, se montre à découvert et se déclare. Et de quels yeux Madame la voit-elle approcher ? Faut-il recourir, pour lui annoncer le jour du Seigneur, à ces précautions étudiées, qui ne le montrent qu'en le cachant ? C'est elle qui le publie, qui l'annonce à des spectateurs désolés, et qui voudroient se le cacher à eux-mêmes. A-t-on besoin, pour la calmer sur les frayeurs de la mort, de lui montrer de fausses espérances de vie ? Au milieu du trouble, de la consternation, des cris, des sanglots, qui environnent le lit de sa mort : *Nous nous retrouverons dans le ciel*, dit-elle avec une sérénité que ses maux et ses souffrances ne peuvent altérer. Elle console notre douleur : elle sourit à nos clameurs : c'est le jour de son triomphe, et elle ne veut pas qu'on le déshonore par des larmes. Les larmes mêmes du prince son fils, ce fils, l'objet le plus cher de sa tendresse ; ce fils, qu'elle voit à ses pieds, accablé, pénétré d'une profonde douleur, et pour qui elle avoit sollicité si longtems aux pieds des autels, les miséricordes éternelles ; les larmes de ce cher fils touchent son cœur maternel, mais n'ébranlent point sa foi. Ses vœux mourans le présentent encore au Dieu qui vient au-devant d'elle : en le comblant de ses bénédictions, elle ne lui souhaite pas, comme autrefois un patriarche au lit de la mort, à son fils : *Que les peuples lui obéissent, que les tribus l'adorent comme leur chef, qu'il soit le maître de ses frères, que les enfants de sa mère se prosternent devant lui* (1). Elle l'avoit vu jouir presque de toutes ces vaines prospérités : ses desirs sont plus hauts et plus dignes de la foi : elle ne lui souhaite que le

____

(1) Gen. 27. 29.

don de Dieu, et ne compte pour rien de se séparer de lui dans le tems, pourvu qu'elle ne le perde pas dans l'éternité. *Servez Dieu et le Roi*, lui dit-elle, *et ne m'oubliez jamais.*

Non, vous ne serez jamais effacée de son souvenir, princesse si digne de ses regrets et de sa tendresse! la grandeur de sa perte ne nous répond que trop de la durée de sa douleur: nous mêlerons toujours nos larmes aux siennes. Et si les vœux des Justes mourans sont toujours exaucés, grand Dieu! puissent ceux de la princesse qui expire, être écoutés! puissent les derniers desirs de sa foi et de sa tendresse pour son fils, être montés avec elle aux pieds de votre trône; attirer sur lui les regards de votre miséricorde; le rendre aussi agréable à vos yeux, qu'il est grand devant les hommes; et écrire son nom dans le livre de l'immortalité, en caractères aussi glorieux qu'il le sera dans nos histoires.

Pour nous, mes Frères, n'attendons pas la dernière heure: ceux qui attendent toujours, ne changent jamais. Comptons avec nous-mêmes avant que Dieu compte avec nous. Vivons comme nous voudrions alors avoir vécu. Assurons-nous ce que nous espérons. Ne faisons pas du salut un vain projet; mais faisons de tous nos projets la voie de notre salut. Et quelque éclatante qu'ait été notre vie, souvenons-nous que nous n'y trouverons de réel, que ce que nous aurons fait pour l'éternité.

Ainsi soit-il.

ORAISONS FUNÈBRES

DE

FLÉCHIER

ORAISON FUNÈBRE

DE

MADAME JULIE-LUCINE D'ANGENNES

DE RAMBOUILLET

DUCHESSE DE MONTAUSIER, DAME D'HONNEUR DE LA REINE

Prononcée en présence de Mme l'Abbesse de Saint-Etienne de Reims et de Mme l'Abbesse d'Hière, ses sœurs, en l'église de l'abbaye d'Hière, le 2 janvier 1672.

Mulierem fortem quis inveniet? Procul et de ultimis finibus pretium ejus.

Qui trouvera une femme forte? Son prix passe tout ce qui vient des pays les plus éloignés. (Prov. 31.)

MESDAMES,

Le plus sage de tous les rois, éclairé des lumières de l'esprit de Dieu, inspiré de laisser à la postérité le portrait d'une femme héroïque, nous la représente revêtue de force et de bonne grace; occupée à de grandes choses, sans sortir de la modestie de son sexe; comblée des biens même de la fortune, mais toujours prête à les répandre dans le sein des pauvres, pénétrée de la crainte de Dieu, et convaincue de la vanité des grandeurs humaines; tirant sa gloire d'une solide vertu, et non de l'éclat trompeur d'une fragile beauté ; mourant avec un visage tranquille et riant ; digne d'être reçue dans le ciel, où elle se présente accompagnée de ses bonnes œuvres, et chargée des trésors d'honneur et de grace qu'elle a amassés ; digne enfin après sa mort des regrets et des louanges de son époux, après avoir mérité sa tendresse et sa confiance pendant sa vie. Mais avant que de nous dépeindre cette femme forte et courageuse, il nous avertit qu'il est difficile de la rencontrer : il nous en donne une idée, mais il semble qu'il n'en ait jamais trouvé d'exemple. Il la forme dans son imagination ; et doutant qu'elle se puisse trouver dans la nature, il s'écrie : Qui est-ce qui la trouvera : *Mulierem fortem quis inveniet?*

Mais cette haute vertu qu'il a cherchée avec si peu de succès, et dont il semble que son siècle n'étoit pas capable, s'est rencontrée en la personne de l'illustre Julie-Lucine d'Angennes de Rambouillet, duchesse de Montausier. Dans tout le cours de sa vie et de ses actions, elle a exprimé ce parfait original, par sa générosité naturelle, par le bon usage des biens et de la faveur, par la connoissance de son néant et de la grandeur de Dieu, par un aveu sincère des foiblesses et des vanités humaines, par une mort douce et tranquille, par le regret universel de tous ceux qui l'avoient connue. Que Salomon désespère de la trouver cette femme forte et courageuse, nous pouvions nous vanter de l'avoir trouvée.

Mais, hélas ! ces pieux devoirs que l'on rend à sa mémoire, ces prières, ces expiations, ce sacrifice, ces chants lugubres qui frappent nos oreilles, et qui vont porter la tristesse jusque dans le fond des cœurs ; ce triste appareil des sacrés mystères ; ces marques religieuses de douleur, que la charité imprime sur vos visages, me font souvenir que vous l'avez perdue. Tout l'éclat de sa fortune est donc réduit à la célébration d'une pompe funèbre ! De tout ce qu'elle étoit, il ne vous reste plus que cette funeste pensée, qu'elle n'est plus. Cette amitié même, et ce nom de sœur, que la chair et le sang vous rendoient si doux, sont retournés dans leur principe, et se sont perdus dans le sein de la charité de Dieu. Il **ne vous** reste que le déplaisir de sa perte et la mémoire de ses vertus ; et vous ne pouvez que trop redire désormais les paroles de mon texte : « Qui trouvera maintenant une « femme forte ? »

Quand je considère pourtant que les chrétiens ne meurent point ; qu'ils ne font que changer de vie ; que l'apôtre nous avertit de ne pas pleurer ceux qui dorment dans le sommeil de paix, comme si nous n'avions point d'espérance ; que la foi nous apprend que l'Église du ciel et celle de la terre ne font qu'un corps ; que nous appartenons tous au Seigneur, soit que nous mourions, soit que nous vivions, parce qu'il s'est acquis par sa résurrection et par sa vie nouvelle, une domination souveraine sur les morts et sur les vivans : quand je considère, dis-je, que celle dont nous regrettons la mort est vivante en Dieu, puis-je croire que nous l'ayons perdue ? Non, non, c'est assez pleurer sa séparation, il est tems de penser à son bonheur : la douleur doit céder à la foi, et la compassion naturelle doit faire place à la consolation chrétienne.

Je prétends vous remettre aujourd'hui devant les yeux sa vie mortelle, afin de vous persuader de son immortalité bienheureuse. Je veux retracer dans votre mémoire les graces que Dieu lui a faites, afin que vous louiez la miséricorde qu'il vient de lui faire. Autant de vertus qu'elle a pratiquées, sont autant de sujets de confiance en la bonté de Dieu, qui se plaît à récompenser ceux à qui il inspire de le servir. Partagez donc avec moi les trois états différens de sa vie. Examinez sa sagesse dans une condition privée, sa modération dans les plus grandes dignités de la cour, et sa patience dans une longue et ennuyeuse maladie. Admirez cette femme forte qui résiste aux foiblesses de son sexe dès son enfance, à l'orgueil dans sa plus grande élévation, à la douleur dans le temps de son abattement et de sa mort même. Voilà tout le sujet de ce discours. Je n'ai besoin ni de paroles étudiées, ni de figures excessives, ni de louanges flatteuses. Je suis en la présence du Dieu de la vérité ; je parle à des ames pures et sincères, qui ont horreur du soupçon même de la vanité et du mensonge ; et je vous propose les vertus d'une vie dont je déplore en même temps la misère et la fragilité.

Si j'avois à parler devant des personnes que l'ambition ou la fausse gloire attachent au monde, je m'accommoderois à leur foiblesse et à la coutume ; et relevant la naissance de notre illustre Duchesse, j'irois leur chercher dans l'histoire ancienne les sources de la noble famille d'Angennes, dont la gloire, la grandeur et l'ancienneté sont assez connues. Je descendrois jusqu'aux derniers siècles, où l'on a vu tout à-la-fois cinq frères de cette illustre maison, trois chevaliers des ordres du roi, un cardinal et un évêque, tous ambassadeurs en même temps, qui remplissoient de l'éclat de leurs vertus différentes, presque toutes les cours de l'Europe. Je leur dirois que son aïcule, Julie Savellie, étoit sortie d'une des plus anciennes familles d'Italie ; qu'elle comptoit des rois, des conquérans, des souverains pontifes pour ses ancêtres, et trois de nos rois pour ses alliés. Je les exciterois après insensiblement à imiter les vertus de celle dont ils auroient révéré la noblesse ; et faisant semblant de flatter leur vanité, je leur insinuerois des exemples de modération et de sagesse.

Mais oserois-je, mesdames, vous entretenir d'une gloire à laquelle vous avez renoncé ? Ne sais-je pas qu'ayant abandonné le monde pour mener une vie plus sainte et plus cachée dans la retraite, vous ne prétendez plus qu'à l'honneur d'être de la famille de Jésus-Christ ? Il suffit de vous dire qu'il y a une noblesse d'esprit plus glorieuse que celle du sang, qui inspire des sentimens généreux et une louable émulation, et qui fait descendre par une heureuse suite d'exemples, les vertus des pères dans les enfans. La sage Julie d'Angennes sembloit avoir recueilli cette succession spirituelle ; et cette gloire qui donne ordinairement de l'orgueil et de la fierté, ne lui donna que des sentimens modestes, et des desirs ardens d'assister ceux qui pouvoient avoir besoin de son secours.

Que si elle sut régler les mouvemens de son cœur, elle ne régla pas moins les mouvemens de son esprit. Qui ne sait qu'elle fut admirée dans un age où les autres ne sont pas encore connues ; qu'elle eut de la sagesse en un temps où l'on n'a presque point encore de la raison ; qu'on lui confia les secrets les plus importans, dès qu'elle fut en âge de les entendre ; que son naturel heureux lui tint lieu d'expérience dès ses plus tendres années, et qu'elle fut capable de donner des conseils en un temps où les autres sont à peine capables d'en recevoir ? Une si heureuse naissance la rendit d'abord la passion de tout ce qu'il y avoit de vertueux et d'élevé dans la cour : on se fit honneur d'avoir part en son amitié ; elle eut le bonheur de plaire à des reines. Des princesses d'un mérite extraordinaire, des dames que la faveur élevoit presque au rang des princesses, la désirèrent à l'envi pour favorite ; et telle fut son adresse, que sans user d'aucun art indigne de son grand courage, elle se conserva toujours dans leur confidence, du consentement même de celles qui auroient pu la lui disputer : tant son esprit avoit de charmes, tant elle étoit élevée au-dessus même de l'envie !

Quand la nature ne lui auroit pas donné tous ces avantages, elle auroit pu les recevoir de l'éducation ; et pour être illustre, il suffisoit d'avoir été élevée par madame la marquise de Rambouillet. Ce nom capable d'imprimer du respect dans tous les esprits où il reste encore quelque politesse ; ce nom qui renferme je ne sais quel mélange de la grandeur romaine et de la civilité françoise ; ce nom, dis-je, n'est-il pas un éloge abrégé, et de celle qui l'a porté, et de celles qui en sont descendues ? C'étoit d'elle que l'admirable Julie tenoit cette grandeur d'ame, cette bonté singulière, cette prudence consommée, cette piété sincère, cet esprit sublime, et cette parfaite connoissance des choses qui rendirent sa vie si éclatante.

Vous dirai-je qu'elle pénétroit dès son enfance les défauts les plus cachés des ouvrages d'esprit, et qu'elle en discernoit les traits les plus délicats? Que personne ne savoit mieux estimer les choses louables, ni mieux louer ce qu'elle estimoit? Qu'on gardoit ses lettres comme le vrai modèle des pensées raisonnables, et de la pureté de notre langue? Souvenez-vous de ces cabinets que l'on regarde encore avec tant de vénération, où l'esprit se purifioit, où la vertu étoit révérée sous le nom de l'incomparable Artenice, où se rendoient tant de personnes de qualité et de mérite qui composoient une cour choisie, nombreuse sans confusion, modeste sans contrainte, savante sans orgueil, polie sans affectation. Ce fut là que, tout enfant qu'elle étoit, elle se fit admirer de ceux qui étoient eux-mêmes l'ornement et l'admiration de leur siècle.

Il est assez ordinaire aux personnes à qui le ciel a donné de l'esprit et de la vivacité, d'abuser des graces qu'elles ont reçues. Elles se piquent de briller dans les conversations, de réduire tout à leur sens, et d'exercer un empire tyrannique sur les opinions. L'affectation, la hauteur, la présomption corrompent leurs plus beaux sentimens; et l'esprit qui les retiendroit dans les bornes de la modestie, s'il étoit solide, les porte, ou à des singularités bizarres, où à une vanité ridicule, ou à des indiscrétions dangereuses. A-t-on jamais remarqué la moindre apparence de ces défauts en celle dont nous faisons aujourd'hui l'éloge? Y eut-il jamais un esprit plus doux, plus facile, plus accommodant? Se fit-elle jamais craindre dans les compagnies? Etoit-elle éloignée de la cour, on eût dit qu'elle étoit née pour les provinces. Sortoit-elle des provinces, on voyoit bien qu'elle étoit faite pour la cour. Elle se servoit toujours de ses lumières pour connoître la vérité des choses, et pour entretenir la charité; et croyoit que c'étoit n'avoir point d'esprit, que de ne point l'employer, ou à s'instruire de ses devoirs, ou à vivre en paix avec le prochain.

En effet, qu'est-ce que l'esprit dont les hommes paroissent si vains? Si nous le considérons selon la nature,
c'est un feu qu'une maladie et qu'un accident amortissent
sensiblement. C'est un tempérament délicat qui se
dérègle, une heureuse conformation d'organes qui s'usent,
un assemblage et un certain mouvement d'esprits qui
s'épuisent et qui se dissipent. C'est la partie la plus vive
et la plus subtile de l'ame qui s'appesantit, et qui semble
vieillir avec le corps. C'est une finesse de raison qui
s'évapore, et qui est d'autant plus foible et plus sujette à
s'évanouir, qu'elle est plus délicate et plus épurée. Si nous
le considérons selon Dieu, c'est une partie de nous-
mêmes plus curieuse que savante, qui s'égare dans ses
pensées. C'est une puissance orgueilleuse qui est souvent
contraire à l'humilité et à la simplicité chrétienne, et qui
laissant souvent la vérité pour le mensonge, n'ignore
que ce qu'il faudroit savoir, et ne sait que ce qu'il
faudroit ignorer.

Cette généreuse fille se mit au-dessus des opinions
vulgaires. Parmi les erreurs et les faux jugemens du
monde, elle s'appliqua à découvrir ce point de vérité, qui
fait regarder la vanité des choses humaines ; et c'est d'elle
que le Sage semble avoir dit, que ses lumières ne s'étein-
droient point dans la nuit, *non extinguetur in nocte lucerna
ejus*. On estime les biens : elle a cru qu'il falloit les
recevoir de la Providence, et les communiquer par la
charité. On recherche les honneurs : elle a jugé qu'il suffisoit de s'en rendre digne. On s'attache à la vie : elle l'a
méprisée dès qu'elle a pu la connoître.

Agréez, mesdames, que je m'arrête à ces dernières
paroles ; que je me serve de toute votre attention et que
je loue ici une de ses actions célèbres, où la force d'esprit
et la charité chrétienne ont également éclaté. Dieu, qui
imprime de temps en temps la terreur de ses jugemens
dans les cœurs des hommes par des punitions publiques,
affligea la capitale de ce royaume d'une maladie contagi-
gieuse : la corruption se répandit d'abord sur le peuple ;

elle passa dans les maisons des grands; elle approcha du palais des rois; elle n'épargna pas votre famille, et vous enleva un frère dans un âge encore tendre, presque sous les yeux de votre charitable mère. Hélas! suis-je destiné à rouvrir toutes les plaies de votre famille? et de combien de morts faut-il vous renouveler le souvenir à l'occasion d'une seule? Ce fut en cette rencontre que cette fille forte et courageuse donna un exemple mémorable de sa fermeté. La frayeur de la mort ne lui fit point abandonner sa maison; elle voulut assister ce frère mourant, sans craindre ces souffles mortels qui portent le poison dans les cœurs.

Vous savez l'horreur qu'on a de recueillir ces soupirs contagieux, qui sortent du sein d'un mourant, pour faire mourir ceux qui vivent. Le mal qui consume l'un, menace les autres: le danger est presque égal en celui qui souffre, et en celui qui l'assiste; et l'on ne peut avoir en servant ces sortes de malades, que la malheureuse consolation de les voir mourir, ou la triste espérance de les survivre de quelques jours. La nature en cette occasion relâche beaucoup de ses droits, et de ses obligations ordinaires. Les loix de la chair et du sang ne sont pas si fortes que l'horreur d'une mort presque inévitable. La religion même dispense de ces funestes devoirs ceux qui n'y sont pas engagés par un caractère particulier. Il est permis d'acheter des secours, et d'employer des ames que l'avarice jette dans les dangers, ou qu'une charité surabondante a dévouées au bien public. Mais JULIE s'élève au-dessus des sentimens d'une piété commune. Elle semble être née pour faire des actions héroïques; elle sacrifie volontairement une vie douce, heureuse, illustre dès ses premières années; et par une constance admirable, elle demeure ferme au milieu d'un péril qui fait trembler les plus courageux.

Vous admirez sans doute cette fermeté que Dieu a récompensée de tant de prospérités, et de tant de graces; et vous croiriez, mesdames, que c'est le dernier effort

de sa constance, que ce sacrifice qu'elle a fait de sa propre
vie, si je ne vous faisois souvenir qu'ayant enfin trouvé
un mérite et un cœur digne d'elle, il y eut des dangers
qu'elle craignit plus que les siens mêmes ; il y eut une
vie qui lui fut plus chère que la sienne propre.

Vous pensez déjà aux combats, aux blessures, aux
victoires de son illustre époux : vous repassez dans
votre mémoire ces exemples de fidélité qu'ils ont donnés
dans des temps de confusion et de révolte : l'un forçant
des villes par sa valeur, l'autre gagnant des cœurs par
son adresse : l'un rangeant des rebelles à leur devoir,
par la terreur et par l'effort de ses armes, l'autre excitant la fidélité dans l'esprit des peuples par la vénération
qu'on avoit pour elle : l'un perçant lui seul des escadrons
entiers, sans craindre ni la force, ni la multitude, ni le
danger, ni la mort même ; l'autre le voyant revenir après
un glorieux combat, tout couvert de sang et de plaies,
sans que l'affliction domestique l'empêchât de travailler
elle-même à la sûreté et au repos de la province.

Jamais cœur ne fut pressé d'une plus vive douleur
que le sien : jamais cœur ne fut si constant. Sa tristesse
n'empêchoit pas sa prévoyance. Ce qu'elle alloit, ce semble, perdre, ne lui faisoit pas oublier ce qu'elle devoit
conserver. La tendresse pour son époux s'accordoit en
elle avec les soins pour la république. Soulageant les
blessures mortelles de l'un, et calmant les mouvemens
dangereux de l'autre, elle s'acquittoit en même temps de
tous les devoirs d'une fidèle épouse, et d'une fidèle sujette.
Il n'en faut pas davantage pour vous faire voir qu'elle a
résisté aux faiblesses de son sexe. Il reste à vous montrer
qu'elle a résisté à l'orgueil dans son élévation.

Un ancien (1) disoit autrefois que les hommes étoient
nés pour l'action et pour la conduite du monde, et que les
dieux leur avoient donné en partage la valeur dans les
combats, la prudence dans les conseils, la modération
dans les prospérités, et la constance dans la mauvaise

(1) Thucydide.

fortune. Que les femmes n'étoient nées que pour le repos et pour la retraite ; que toute leur vertu consistoit à être inconnues, sans s'attirer ni blâme ni louange ; et que celle-là étoit sans doute la plus vertueuse, de qui l'on avoit le moins parlé. Ainsi il les retranchoit de la république, pour les renfermer dans l'obscurité de leur famille : de toutes les vertus morales, il ne leur accordoit qu'une pudeur farouche ; il leur ôtoit même cette bonne réputation, qui semble être attachée à l'honnêteté de leur sexe ; et les réduisant à une oisiveté qu'il croyoit louable, il ne leur laissoit pour toute gloire que celle de n'en avoir point.

Il est aisé de reconnoître l'injustice de ce sentiment ; car outre que la philosophie nous apprend que l'esprit et la sagesse sont de tout sexe ; que les âmes d'une même espèce ont des mouvemens semblables, et qu'ayant des principes communs de raison et d'équité naturelles, elles sont capables des mêmes vertus ; l'expérience nous apprend encore que Dieu suscite de tems en tems des femmes fortes qu'il élève au-dessus des foiblesses ordinaires de la nature, à qui il paroît qu'il donne un tempérament particulier, et qu'il rend dignes de soutenir de grands emplois, et de servir d'exemple et d'ornement à leur siècle.

Telle fut l'incomparable JULIE, que toute la France a si long-tems admirée, et que toute la France regrette aujourd'hui. Elle eut toutes les qualités naturelles qui composent un mérite éminent, et qui attirent l'estime et la vénération publique. Que ne puis-je vous décrire cet air de grandeur, et cette majesté accompagnée de tant de graces ; cet esprit si solide et si délicat tout ensemble ; ce jugement si éclairé et si incapable d'être surpris ; cette âme si noble et si généreuse ; ce cœur si sensible à l'honneur et à la véritable gloire ? Que ne puis-je vous marquer ici cette inclination bienfaisante qui n'a jamais perdu une occasion de servir ceux qui ont eu besoin de son secours : ces manières civiles, humaines, officieuses

qui lui ont gagné tant de cœurs ; cette façon de s'exprimer
si juste et si naturelle ; ce tour d'esprit particulier qui
rendoit sa conversation si agréable ; ces pensées toujours
fondées sur les principes de la raison, et sur l'expérience
du grand monde dont elle connoissoit si bien toutes les
humeurs, tous les intérêts et tous les usages ? Que ne
puis-je vous dire enfin ce que vous sauriez mieux que
moi, si la douleur de l'avoir perdue ne vous faisoit
oublier pour un temps le plaisir que vous avez eu de la
posséder ?

Quand vous ne sauriez ni le nom, ni l'histoire de la
personne dont je vous parle, quand vous auriez oublié
toute la gloire de votre maison, ne reconnoîtriez-vous pas
dans ce portrait que je viens de faire, tous les traits d'une
dame illustre, capable de former l'esprit et le cœur des
enfants du plus grand monarque du monde, de leur inspirer des paroles et des pensées dignes de leur rang et
de leur naissance, d'imprimer dans leurs âmes encore
tendres, ces sentimens élevés qui distinguent les ames
royales d'avec les ames du commun ; de leur apprendre
l'art de se faire aimer de leurs sujets avant qu'ils sachent
se faire craindre de leurs ennemis, de soutenir la gloire
et les espérances d'un grand royaume ; en un mot, d'être
gouvernante d'un dauphin de France ? On pouvoit connoître par ce qu'on voyoit en elle, ce qu'on devoit en espérer ; et dans le temps de la naissance de ce jeune prince,
il étoit aisé de juger que Dieu, dont la providence veille
sur les rois et sur les royaumes, l'avoit destinée à son
éducation ; et que le Roi, dont le discernement est si juste,
la devoit choisir entre toutes les personnes de sa cour
pour un emploi si important.

Il la choisit en effet, mesdames, pour lui confier ce
royal enfant, qui fait aujourd'hui l'amour et les délices
des peuples. L'ambition ni le hasard n'eurent point de
part à ce choix. Toute la France l'avoit prévenu par ses
vœux et par ses desirs, et le souverain le fit avec connoissance et avec justice. En ce temps qu'il commençoit à

12

se charger lui-même du poids des affaires ; qu'il méditoit ces glorieux desseins qu'il a depuis exécutés, de réprimer l'injustice, de rétablir la discipline, de corriger les abus qui s'étoient glissés dans les loix mêmes, d'affermir la paix dans ses provinces, et d'entrer dans ses droits, ou en conquérant, ou en prince pacifique : en ce temps, dis-je, que rempli de ces grandes maximes d'équité qu'il a depuis toujours pratiquées, il commençoit à récompenser par lui-même le mérite de ses sujets, il crut qu'il ne pouvoit donner une plus grande idée de son discernement et de sa justice, qu'en donnant à la personne de son royaume la plus fidèle et la plus éclairée, le soin le plus important de son état.

C'est elle donc qui a eu la gloire de former les premiers sentimens et les premières paroles de ce jeune prince. Pouvoit-il penser, pouvait-il parler plus dignement ? Elle lui a montré à lever ses mains pures et innocentes vers le ciel, à tourner ses premiers regards vers son Créateur. Elle lui a inspiré ses premiers vœux et ses premières prières : elle a tiré de son cœur ses premiers soupirs. Combien de fois, en essuyant ses larmes, a-t-elle demandé à Dieu, qu'il lui inspirât de la tendresse pour son peuple ! Combien de fois, en le corrigeant, a-t-elle demandé pour lui un cœur sage et docile aux inspirations du Ciel ! Combien de fois a-t-elle prié Dieu, qui tient en ses mains les cœurs des rois, d'en faire un prince selon le sien ! Et combien de fois a-t-elle fait cette prière du prophète : « Seigneur, donnez au Roi votre jugement, et « votre justice au fils du Roi (1) ! » Je laisse ces instructions si utiles, et ces maximes si pures, qu'elle lui a depuis insinuées : je laisse celles qu'elle eût pu lui insinuer, si Dieu lui eût prolongé le cours de ses années. Je me contente de dire qu'il n'y eut jamais d'attachement plus fort que celui qu'elle eut pour ce prince. Qui pourroit exprimer la joie qu'elle ressentoit lorsqu'elle

_____

(1) Ps. 71. v. 1.

voyoit paroître ses bonnes inclinations, croître ses bonnes habitudes, et germer ces précieuses semences de gloire et de vertu qu'elle avoit jetées avec tant de soin dans son cœur? Mais qui pourroit exprimer la douleur qu'elle ressentit, lorsque la providence de Dieu la retira de cet emploi, où elle étoit autant liée par l'inclination et par la tendresse, que par la fidélité et par le devoir?

En effet, il n'y a rien de si aimable que l'enfance des princes destinés à l'empire, lorsqu'ils donnent des marques d'un naturel heureux. On voit en eux des rayons de la majesté de Dieu, tempérés des ombres de la foiblesse des hommes. Ce sont des soleils dans leur orient, qui réjouissent les yeux, et qui ne les éblouissent pas encore : chacun cherche sur leur visage des présages de son bonheur à venir. On croit trouver dans toutes leurs petites actions les fondemens des espérances publiques. Ils sont d'autant plus aimés, qu'ils n'ont rien qui les fasse craindre; et ils règnent d'autant plus fortement dans les cœurs, qu'ils ne règnent pas encore dans leurs états.

La majesté des rois inspire plus de respect que de tendresse. C'est une espèce de religion civile et de culte politique, qui nous fait révérer ces traits que la main de Dieu a gravés sur le front de ceux à qui il daigne communiquer sa puissance. Ils ont beau descendre jusqu'à nous, nous n'oserions nous élever jusqu'à eux. Quoiqu'ils soient les pères des peuples, ils en sont les maîtres et les souverains. Quelque foiblesse qu'ils puissent avoir, l'homme se cache, pour ainsi dire, sous le monarque; et quelque bonté qu'aient les rois, ils ont toujours l'éclat et la pompe de la royauté. Mais lorsqu'ils n'ont que ces agrémens que l'âge donne, qu'on ne voit dans leurs yeux et sur leur visage que des traits de douceur et d'innocence, qu'ils sont encore assez dociles pour entendre la vérité, et qu'au lieu d'une grace, qu'un ancien (1) disoit que Dieu donne à chaque souverain, pour tempérer l'aus-

____

(1) Xénophon.

térité du commandement, il semble que toutes les graces ensemble les accompagnent : alors il se fait des impressions d'amour et de tendresse dans les cœurs de ceux qui les voient, et beaucoup plus de ceux qui les gouvernent, et qui doivent être les instrumens de la félicité publique.

Y eut-il jamais de gouvernante plus zélée ? Y eut-il jamais de jeune prince plus aimable ? Jugez par là combien cette séparation lui fut sensible. Elle ne put s'en consoler que par l'obéissance qu'elle rendoit au plus grand et au plus sage de tous les rois, et par l'honneur qu'elle avoit de passer au service de la plus grande et de la plus pieuse reine du monde.

Mais, hélas ! il falloit se préparer à des séparations bien plus sensibles. O mort ! cruelle mort ! que ne lui laissois-tu plus long-tems le plaisir de voir le fruit de ses travaux ! Que n'a-t-elle vu accomplir la plus grande partie de ses espérances ! Que n'a-t-elle vu éclater ces grandes qualités dont elle avoit formé les principes ! Belle ame qui reposez maintenant dans le sein de la paix et du repos éternel, je sais que c'est presque la seule douceur qui vous a fait souhaiter de vivre. Mais s'il vous reste encore quelque sentiment pour le monde que vous avez quitté, pensez que ces vertus naissantes se fortifient; que votre ouvrage se perfectionne tous les jours ; qu'une partie de vous-même achève ce que vous avez commencé ; que votre illustre époux emploie à cette éducation si importante cet esprit que vous avez tant estimé, cet ame qui est encore unie si étroitement à la vôtre, ce cœur où vous êtes encore vivante ; et que dans la douleur de vous avoir perdue, il a la consolation de retrouver encore quelque chose de vous dans l'esprit et dans les actions de cet admirable enfant qu'il élève.

Pourquoi interrompre, mesdames, par ces idées funestes, la relation glorieuse de ses honneurs et de ses charges ? Ce seroit ici le lieu de vous la représenter dans le plus grand éclat de sa vie, honorée de l'estime et de la confiance de ses maîtres, comblée de toutes les graces

qui pouvoient tomber sur sa personne ou sur sa famille,
suivie de tous ceux qui reconnoissoient le mérite, ou qui
adoroient la faveur. Mais je sais qu'elle n'a jamais mis
sa confiance qu'en Dieu seul; et je me souviens que je
parle à des épouses de Jésus-Christ, qui mènent une vie
humble et pénitente, et pour qui toute grandeur humaine
n'est que vanité. Ne pensons donc à cette gloire, à cet
éclat, à ces dignités, que pour connoître le bon usage
qu'elle en a fait.

Les honneurs sont institués pour récompenser le mérite, pour exercer la sagesse, et pour être des occasions
de faire du bien : aussi ils n'appartiennent de droit qu'à
des ames modérées, justes, charitables, qui les reçoivent
sans empressement, qui les possèdent sans orgueil, qui
les retiennent sans intérêt. Mais l'esprit du monde en a
perverti le véritable usage. On les brigue sans les mériter; ou en abuse quand on les a obtenus; on n'en veut
jouir que pour soi quand on les possède. L'ambition les
acquiert par des voies même criminelles; la vanité les regarde comme des préférences et des distinctions du reste
des hommes; et l'injustice fait qu'on en retient tout le
fruit qui devroit se communiquer aux autres. Notre illustre Duchesse a évité ces écueils. Elle n'a pas recherché les honneurs, quoiqu'elle les ait mérités. Elle ne s'est
pas toujours servie de toute l'autorité qu'elle auroit pu
prendre. Elle a employé tout son crédit pour assister tous
ceux qui ont eu besoin de son secours.

Si la grandeur et la tranquillité de son ame avoient été
moins connues, je vous dirois seulement qu'elle n'a employé aucun de ces artifices que les ambitieux appellent la
science du monde et le secret de parvenir, et qu'elle ne
s'est insinuée à la cour ni par de pressantes sollicitations,
ni par de lâches flatteries. Mais je puis passer plus avant,
et dire qu'elle a élevé son esprit au-dessus des fausses
idées des hommes; qu'elle a regardé sans envie ce qui
étoit au-dessus de sa fortune, comme elle a vu sans mépris tout ce qui paroissoit au-dessous d'elle; qu'elle a re-

cherché la vertu pour elle-même, et non pour son éclat et pour ses récompenses ; et qu'enfin les honneurs l'ont trouvée sans qu'elle ait eu le soin de les chercher.

Rappelez dans votre mémoire, mesdames, les commencemens de ses emplois. Elle étoit accablée d'une dangereuse maladie ; et comment eût-elle fait des vœux pour sa fortune, elle qui n'en faisoit presque pas pour sa guérison ? Eût-elle eu des prétentions pour la gloire de la terre, lorsqu'elle approchait si fort de celle du ciel ? Pouvoit-on briguer pour elle des charges, lorsqu'on étoit assez occupé à lui conserver un reste de vie ? On ne demandoit pas de ces grandes prospérités ; c'étoit assez de ne la point perdre ; et dans le danger où elle étoit, on n'avoit à solliciter que le ciel pour elle. Dieu exauça les vœux de sa famille, en même temps qu'il exauçoit ceux de la France. Il fit naître un prince qui devoit être l'héritier de ce grand royaume : il empêcha de mourir celle que sa providence avoit destinée pour sa gouvernante.

Ce n'est pas assez que d'entrer ainsi dans les honneurs, si l'on n'en use avec modération quand on les possède. Ceux qui savent régler leurs désirs, ne règlent pas toujours leur autorité. L'orgueil, qui est presque inséparable de la faveur, est un poison pénétrant et subtil, qui se glisse insensiblement dans l'ame des grands ; et ceux mêmes qui n'étoient point ambitieux dans une condition médiocre, deviennent quelquefois insolens lorsqu'ils se trouvent dans une plus grande élévation. Mais l'admirable JULIE ne se laissa point éblouir à l'éclat des dignités du siècle. Plus elle fut élevée, et plus elle parut modeste. Elle connoissoit le fond de la vanité ; et pleine de ces réflexions judicieuses, qui fortifient l'esprit contre les fausses opinions du monde : « Qu'est-ce que nous « faisons, » disoit-elle un jour, « et qu'est-ce que nous « prétendons avec notre orgueil ? Toutes nos charges « tomberont bientôt avec nous ; la mort confondra les « cendres de celles qui brillent à la cour, et de celles qui « sont obscures dans la retraite ; et toute la différence ne

« va qu'à quelques titres de plus ou de moins dans nos
« épitaphes. » Toute son étude étoit d'employer utilement
son crédit; et l'on peut dire d'elle qu'ayant eu, selon le
monde, des sujets, et souvent des occasions favorables
de se ressentir des injustices qu'on lui avoient faites, elle
a toujours sacrifié ses ressentimens, et n'a jamais voulu
nuire, non pas même à ceux qu'elle pouvoit croire ses
ennemis, ou, pour mieux dire, ses envieux.

Comment auroit-elle voulu nuire, elle dont le propre
caractère étoit d'être bienfaisante, et qui, pour me servir
des termes d'un célèbre Romain (1), ne paroissoit pas tant
une dame mortelle, qu'une divinité favorable à tous les
malheureux? Elle savoit que ceux qui ont accès auprès
des rois, doivent, selon leur pouvoir, leur présenter les
supplications et les larmes de leurs sujets, comme font
ces anges de paix, qui portent vers le trône de Dieu les
vœux des justes, et les encens de leurs sacrifices. Elle
savoit que les grands sont d'autant plus les images de
Dieu, qu'ils ont plus de moyens de bien faire, et qu'ils
ne semblent être nés que pour exercer la charité. Elle
savoit enfin qu'on a besoin d'intercession et de faveur à
la cour, où les injures sont plus fréquentes que les bienfaits, où l'on méprise ceux que la fortune a abandonnés,
où toute l'envie attaque les puissans, et nulle pitié n'assiste les foibles, et où l'on croit faire grace à des malheureux, quand on n'achève pas de les opprimer.

Elle aimoit mieux employer son crédit pour les intérêts
des autres, que de le ménager pour les siens propres.
La crainte de faire des ingrats, ou le déplaisir d'en avoir
trouvé, ne l'ont jamais empêchée de faire du bien. Falloit-il appuyer une prétention raisonnable, faire connoître
un mérite caché, obtenir une grâce douteuse, donner de
bonnes impressions d'une fidélité rendue suspecte, faire
valoir un service rendu, adoucir une faute pardonnable,
donner un avis salutaire, procurer un petit établisse-

(1) Valer. Max. l. 4. c. 8.

ment? Elle étoit toujours prête à solliciter : semblable à ces fleuves qui, roulant leurs flots avec majesté, arrosent des terres stériles et sèches, et recueillant des eaux qui se perdoient dans les campagnes, vont porter à la mer leur tribut et celui des ruisseaux dont ils sont grossis.

Sa manière de faire du bien étoit toujours plus agréable que le bienfait. Elle écoutoit, sans se rebuter, les importuns mêmes, et les grâces accompagnoient jusqu'à ses refus. Sa sagesse lui faisoit choisir les momens favorables pour demander ; et je dis d'elle ce que le Sage a dit de la femme forte, qu'il y avoit une loi de douceur qui conduisoit sa langue, et un esprit de prudence et de discernement qui régloit toutes ses paroles (1) : *Os suum aperuit sapientiæ, et lex clementiæ in lingua ejus.* Aussi lorsque Dieu l'a retirée de ce monde, où il l'avoit rendue si utile, et où sa mémoire est en bénédiction ; en un temps où chacun juge de son prochain avec liberté, où l'on fait le recueil des bonnes et des mauvaises qualités de ceux qui meurent, et où chacun retraçant dans son esprit les sujets qu'il a de s'en louer ou de s'en plaindre, selon ses passions, fait leur épitaphe à sa mode ; que de regrets sincères ! que d'éloges non suspects ! que de témoignages publics d'estime et de reconnoissance ! Ceux dont elle a présenté les vœux ou les plaintes, offrent pour elle de tous côtés les sacrifices de leurs larmes ou de leurs prières. Les familles qu'elle a assistées, et qui lui doivent le repos dont elles jouissent, lui souhaitent incessamment le repos éternel devant Dieu. Les villes les plus nombreuses assemblent leurs peuples pour lui rendre pompeusement des devoirs funèbres. Les provinces qu'elle a autrefois édifiées par sa piété, et par les aumônes qu'elle y a répandues, retentissent du bruit de ses louanges. Les prêtres offrent pour elle le sacrifice de Jésus-Christ sur les autels, et les pauvres qu'elle a se-

_____

(1) Proverb. c. 31. 16.

courus demandent à Dieu pour elle la miséricorde qu'elle leur a faite.

Auriez-vous pensé, mesdames, vous qui avez connu les dangers du monde dès votre enfance, et qui en avez craint la corruption, qu'on en pût faire un si bon usage, et qu'on pût tirer les moyens de son salut de cet éclat et de cette abondance, qui sont si souvent des occasions de malheur et de ruine pour les ames ? Ne croyez pas pourtant que pour consoler ou pour flatter votre douleur, je veuille exagérer la vertu de celle que vous pleurez, et la justifier elle et le monde tout ensemble. A Dieu ne plaise que je cherche des matières d'éloges aux dépens de la vérité, et que par une fausse complaisance je tâche d'accorder l'esprit du siècle et l'esprit de Jésus-Christ contre les règles de l'Évangile !

Je sais que sa vie a été réglée ; mais peut-elle avoir été assez pure, assez dégagée, assez chrétienne ? Dieu l'a délivrée des grands déréglemens qui sont presque inséparables de la faveur et de la fortune ; mais a-t-elle évité ces foiblesses attachées à la nature, ces désirs séculiers dont parle S. Paul, ces considérations humaines, ces intentions demi-bonnes, demi-mauvaises, ces molles condescendances, cette inutilité de vie, ces affections tièdes pour son salut ? A-t-elle été exempte de ces défauts qui sont inévitables dans le monde, où la cupidité domine sur les âmes les plus désintéressées, où les esprits les plus fermes sont entraînés par l'exemple et par la coutume ; où, si l'on ne se perd, au moins on s'égare souvent, et si l'on ne refuse son cœur à Dieu, au moins on le partage entre lui et les créatures ?

Ainsi quelques vertus que nous ayons remarquées, je craindrois encore pour elle. Mais outre qu'elle a passé ces années dangereuses auprès d'une reine aussi illustre par sa piété que par son rang et par sa naissance, qui est plus souvent au pied des autels que sur le trône, et de qui l'on peut apprendre des vertus capables de sanctifier la cour même : je considère qu'elle a racheté ses péchés par les aumônes qu'elle a répandues secrètement dans le sein des pauvres, et qu'elle les a expiés par une longue pénitence qu'elle a soutenue avec beaucoup de force. C'est la troisième partie de ce discours.

Si l'illustre Duchesse dont nous avons vu les prospérités, eût fini ses jours dans les plaisirs et dans la joie du siècle ; si tout éblouie de l'éclat de sa fortune, elle fût entrée dans l'horreur et dans les ténèbres du tombeau ; si, sortant du palais des rois, elle se fût trouvée devant le tribunal de Dieu, je ne parlerois de sa mort qu'en tremblant, et je vous exciterois à la pleurer, dussiez-vous interrompre le cours de cet éloge funèbre par vos soupirs et par vos larmes.

Je sais bien que l'Église, qui connoît le prix et l'efficace du sang de Jésus-Christ, ne désespère jamais du salut de ceux qui meurent dans sa foi et dans l'usage de ses sacremens ; que Dieu excerce, quand il veut, ses jugemens de miséricorde sur ses élus ; qu'il a des graces vives et pénétrantes, qui consument en peu de tems toute l'impureté que le commerce des hommes et l'air contagieux du monde laissent dans les cœurs, et qu'il y a de précieux momens de charité qui valent des années de pénitence. Mais je sais aussi qu'il faut avoir souffert avec Jésus-Christ pour régner avec Jésus-Christ ; qu'il faut se reconcilier avec Dieu par la prière, par les larmes, par la retraite, quand on a suivi le monde son ennemi. Je sais que la pénitence de ceux qui se laissent surprendre à la mort doit être suspecte ; que leur tristesse est souvent un regret de mourir, plutôt qu'une douleur d'avoir mal vécu ; que leur abattement vient de la foiblesse de la nature, plutôt que du zèle de la charité ; et que leurs soupirs sont plutôt les effets d'une crainte humaine que les fruits d'une solide pénitence.

Je rends graces à Notre-Seigneur Jésus-Christ de nous avoir délivrés de ces craintes. Je parle avec confiance d'une mort chrétienne, préparée par des infirmités sensibles et humiliantes, par un retranchement des plaisirs et des grandeurs humaines, par une langueur affligeante, par une soumission entière à la volonté de Dieu, et par une longue patience.

Les saints canons ordonnoient autrefois aux pénitens d'être plusieurs années dans un état d'expiation, avant que d'être admis à la participation des sacrés mystères. Ils se sacrifioient eux-mêmes, pour avoir part au sacrifice de Jésus-Christ; ils demeuroient prosternés aux portes des temples sacrés, avant que d'oser approcher du sanctuaire : trop heureux d'entrer dans la joie du Seigneur par les larmes et par les souffrances, et de tâcher d'apaiser sa justice, avant que de jouir de ses faveurs. Ce que la discipline de l'Église avoit établi, la providence de Dieu l'a exécuté sur votre vertueuse sœur, mesdames. Il a rompu les liens qui l'attachoient au monde, pour l'attirer dans la céleste Jérusalem. Il l'a purifiée par l'exercice de sa patience, afin qu'elle fût digne d'entrer dans sa gloire. Il l'a humiliée devant les hommes, pour l'élever jusqu'à lui; et par trois ans de pénitence, il l'a disposée à jouir d'une éternelle félicité.

Vous représenterai-je ici ses infirmités naissantes, ses forces qui diminuent tous les jours? Je ne sais quel poids qui l'accable insensiblement, une foiblesse imprévue qui l'arrête au milieu de ses grands emplois. Vous dirai-je quelle recueillit mille fois ce qui lui restoit de force pour s'acquitter de ses devoirs ordinaires; que son cœur ne se ressentit jamais de l'abattement de son corps; que son zèle la soutint dans les défaillances de la nature; qu'elle sacrifia sa santé, toute foible et tout usée qu'elle étoit, à l'honneur d'être auprès d'une grande reine ; et que de tous les maux qu'elle souffrit, elle ne se plaignit jamais que de l'impuissance où elle étoit de la servir? Laissons ces circonstances, qui tiennent encore un peu du monde, et passons de ces vertus civiles aux vertus chrétiennes qu'elle a pratiquées.

Sa retraite fut le commencement de sa pénitence ; et la violence qu'elle se fit en s'éloignant de la cour, où l'habitude, les honneurs, les graces, l'inclination même respectueuse qu'elle avoit pour le prince, là tenoient si étroitement liée ; cette violence, dis-je, fut le premier sacrifice qu'elle offrit à Dieu. Qu'il est difficile de se réduire à la solitude, lorsqu'on a vécu long-temps dans la cour des rois ! Les yeux accoutumés à voir la figure de ce monde qui passe par les endroits les plus éclatans, sont toujours prêts à se fermer, lorsqu'ils ne trouvent rien qui flatte leur curiosité ou leur convoitise. L'esprit rempli d'idées magnifiques, qui se plaît à se perdre dans ses vastes pensées, s'ennuie dès qu'il se trouve renfermé en lui-même, et resserré en un petit nombre d'objets languissans, qui ne le frappent que foiblement. L'ame accoutumée à être émue par de grandes passions qui l'agitent vivement, n'est plus touchée de ces impressions foibles et légères qu'elle reçoit dans la retraite. De-là vient l'attachement qu'on a à cette vie, quoique difficile et tumultueuse. Ceux qui s'en plaignent tous les jours le plus éloquemment, ne laissent pas enfin de s'y plaire. La patience y est soutenue par le desir, et le desir par l'espérance (1). C'est cet enchantement dont parle le Sage. Il s'y fait un engagement presque involontaire. On y reconnoît sa servitude, et l'on n'y craint rien tant que sa liberté : quelque peine qu'on ait à y être, il est insupportable d'en être éloigné. Il n'appartient qu'à vous, mon Dieu, de briser les chaînes de ces esclaves, de rompre le charme qui les éblouit, et de remplir de vos vérités adorables, des esprits et des cœurs que le monde que vous avez vaincu occupe de ses vanités.

Voilà la grace qu'il a faite à cette illustre morte que nous pleurons. Il l'a conduite dans la solitude, pour parler à son cœur dans le secret et dans le silence. Elle est sortie de l'Égypte ; et par des déserts secs et stériles, elle a passé dans cette terre heureuse où coulent le lait et le miel. Elle a regardé ces dernières années comme des restes d'une vie qu'elle avoit partagée, et qu'elle ne vou-

(1) Fascinatio nugacitatis. Sap. c. 4

lait plus consacrer qu'à Dieu seul. Cette imagination autrefois si vive, ne lui représentoit plus le monde qu'en éloignement. Cette mémoire qui avoit été si prompte et si présente, devint toute vuide des espèces et des images du siècle, Dieu voulant par un triste, mais heureux abattement, qu'elle ne pensât plus qu'à lui, qu'elle ne se souvînt que de lui, qu'elle ne fût sensible que pour lui.

Après cette séparation, accablée sous le poids de ses infirmités, elle s'appliqua à les souffrir chrétiennement; et cette grandeur d'ame qui avoit éclaté dans toutes les actions de sa vie, parut encore dans sa patience. Quelqu'un dira peut-être qu'elle n'a pas ressenti de ses douleurs aiguës, qui font qu'on regarde la mort comme une consolation, et la vie comme un supplice; que sa croix a été plus incommode que pesante, et que cette langueur qui la consumoit insensiblement, étoit plutôt une privation de plaisir qu'une peine. Il est vrai qu'elle n'a pas souffert de ces cruelles pointes de douleur qui percent le corps, qui déchirent l'ame, et qui épuisent en un moment toute la constance d'un malade. Dans la défiance où elle étoit de ses propres forces, elle avoit souvent demandé à Dieu qu'il l'en délivrât : il sembloit qu'il l'eût exaucée. Mais si sa miséricorde a adouci la rigueur de sa pénitence, sa justice en a augmenté la durée; et il n'a pas fallu moins de force à soutenir cette longue épreuve, que si elle avoit été plus courte et plus rigoureuse.

En effet, dans les maux violens, la nature se recueille toute entière, le cœur se munit de toute sa constance : on sent beaucoup moins à force de trop sentir; et si l'on souffre beaucoup, on a toujours la consolation d'espérer qu'on ne souffrira pas long - tems. Mais les maladies de langueur sont d'autant plus rudes, que l'on n'en prévoit pas la fin. Il faut supporter et les maux et les remèdes aussi fâcheux que les maux mêmes. La nature est tous les jours plus accablée; les forces diminuent à tous momens, et la patience s'affoiblit aussi bien que celui qui souffre. C'est ici que nous pouvons appliquer à notre femme forte, ce que Salomon a dit de la sienne : *Accinxit fortitudine lumbos suos* (1) : qu'elle a ramassé toutes ses forces pour combattre cette langueur ennemie, qui lui ôtoit incessamment quelque partie d'elle-même, et qui lui portoit tous les jours quelque trait mortel dans le sein.

Une patience de trois ans a-t-elle jamais été plus égale? La douleur a-t-elle jamais tiré de sa bouche, ou de son cœur, je ne dis pas une plainte amère, une parole de murmure, mais un seul mouvement d'impatience, une parole d'inquiétude? A-t-elle trouvé sa pénitence trop longue ou trop rigoureuse? A-t-elle cru que sa croix étoit trop dure ou trop affligeante? Ames saintes, devant qui je parle, accoutumées à porter le joug du Seigneur dès vos plus tendres années, élevées aux pieds des autels, à l'ombre de la croix de Jésus-Christ, consommées dans l'exercice d'une pénitence austère, souffrez-vous avec plus de constance et de foi les peines que Dieu vous envoie? J'atteste vos cœurs et vos consciences, conservez-vous plus religieusement qu'elle la paix intérieure dans vos solitudes? Non, non, lorsque la providence de Dieu l'a séparée du monde, elle a quitté les honneurs avec autant de générosité que vous en avez eu à les fuir. Sortant du Louvre, elle a pratiqué des vertus que l'on n'apprend, ce semble, que dans les cloîtres; et après s'être acquittée de tous ses devoirs à la cour, elle a souffert, comme vous souffrez dans vos cellules, sans murmurer et sans se plaindre.

Que dis-je, mesdames, sans se plaindre? Oublié-je ce que j'ai vu, ce que j'ai ouï? ces soupirs sortis du fond de son cœur, cette tristesse peinte sur son visage, ces paroles mêlées de douleur et de crainte? ne craignez rien qui fasse tort à sa mémoire et à sa vertu. Cette émotion dont je vous parle, n'étoit pas une foiblesse d'esprit; c'étoit un zèle de pénitence. Ce n'étoit pas une marque d'attachement à la vie; c'étoit le regret d'avoir eu sujet de s'y attacher. Elle craignoit d'avoir été trop heureuse, et

(1) Prov. 31.

de ne souffrir pas assez ; et rappelant dans l'amertume de
son ame ces années qu'elle avoit passées dans les honneurs et dans la gloire : « Je ne me plains pas de mourir,
« disoit-elle, je me plains d'avoir vécu trop heureuse-
« ment: Les peines que le ciel m'envoie ne sont pas pro-
« portionnées aux prospérités que j'en ai reçues; et je
« souffre de ce que je ne souffre pas assez. » Et nous re-
chercherons après cela, pécheurs et mortels que nous
sommes, une joie qui passe et qui ne laisse que du regret!
et nous prendrons pour objet de notre ambition ces honneurs, qui doivent être un jour des sujets de tristesse et
de crainte! Et nous appellerons bonheur de notre vie, ce
qu'il faut quitter, ce qu'il faut haïr, ce qu'il faut expier à
notre mort !

Pardonnez, mesdames, ce mouvement de zèle. Ce que
je dis pour confondre les personnes du siècle, doit servir
à vous consoler, et à vous faire comprendre que vous
êtes heureuses d'avoir renoncé vous-mêmes aux grandeurs
et aux prospérités mondaines : heureuses encore de ce
que votre illustre sœur, après en avoir eu tout l'éclat, en
a reconnu toute la misère. Oui, elle a reconnu qu'il y
avoit en elles je ne sais quelle malignité qui les rendoit
souvent criminelles, et toujours au moins dangereuses.
Elle a cru qu'il falloit employer une partie de sa vie à
pleurer celle où le monde avoit eu trop de part ; elle n'a
plus pensé qu'à accomplir son temps de pénitence, et n'a
pas même voulu souhaiter d'être moins infirme.

Souffrir la maladie avec patience, être dans l'indifférence
de la maladie ou de la santé, ne regretter pas ses prospérités passées, ne désirer pas même d'être délivrée des
langueurs présentes : cette suspension de desirs entre
la vie et la mort, et cette volonté soumise à celle de Dieu,
ne sont-ce pas des caractères d'une ame chrétienne ?
Tristes, mais fidèles témoins de ses derniers sentimens,
combien de fois vous a-t-elle dit: « Je ne fais point de
« vœux pour ma santé; j'en fais qui sont plus dignes de
« Dieu, qui sont plus importans pour moi; je lui de-

« mande qu'il me sauve, et non pas qu'il me guérisse. »
Qu'elle étoit éloignée de la foiblesse ordinaire de ceux
qui tombent dans les infirmités ! Ils se flattent incessamment de l'espérance de leur guérison : accablés de douleur
et d'ennui, ils emploient toute la force qui leur reste à
faire des vœux pour leur santé. S'ils ne peuvent lever
les mains ni les yeux au ciel, ils y adressent leurs soupirs. Une partie d'eux-mêmes est déjà morte, que l'autre
desire de vivre. Lors même qu'ils souhaitent l'immortalité, ils voudroient arrêter la mort qui les y conduit ; et
s'approchant du ciel où ils aspirent, ils regardent encore,
presque sans y penser, la terre qu'ils quittent: tant le
desir de vivre est naturel à tous les hommes ! tant on
espère ce qu'on désire !

Notre généreuse malade s'est regardée comme une victime destinée au sacrifice, elle a vu venir le coup sans demander grace. Elle n'a pas souhaité de vivre, quoiqu'elle
eût vécu avec tant d'éclat et tant de douceur ; elle n'a pas
souhaité de mourir, quoique sa vie languissante lui fût
à charge. Abattue par ses maux et non par ses chagrins,
elle n'avoit que le désir d'accomplir la volonté du Seigneur, dût-il prolonger ses jours pour prolonger ses
peines, dût-il augmenter ses douleurs pour consommer
sa pénitence.

La providence de Dieu a permis, mesdames, que vous
l'ayez vue en cet état. Ceux qui admiroient sa fermeté,
perdirent la leur ; ceux qui la plaignoient, paroissoient
presque les seuls à plaindre. La pitié fut plus cruelle que
la douleur ; et ceux qui voyoient le mal étoient plus tristes
et plus changés que celle même qui le souffroit. Je recueillerois ici volontiers tous les sentiments tendres et
généreux de son illustre époux. Je vous renouvellerois
le souvenir de cette affliction si chrétienne, de ces prières
si touchantes, de ces exhortations si vives et si pieuses,
de cette tristesse si sage et si forte tout ensemble, et de
cette charité sensible, qui, selon les termes de l'épouse
des Cantiques, fait sur nous les mêmes impressions que la

mort (1). Mais faut-il vous attendrir par la douleur de
ceux qui vivent, vous qui êtes déjà si touchées par la
perte que vous avez faite !

Éloignons encore un peu, si nous pouvons, cette idée
funeste de mort: cessons de penser à notre héroïne, pour
admirer la tendresse et la piété de son illustre fille. Nous
l'avons vue deux ans entiers dans toutes les fonctions de
la charité. Tantôt elle employoit ses pieuses mains au
soulagement de la malade, tantôt elle les levoit au ciel
pour demander à Dieu sa santé. Attachée auprès de son
lit, où elle sacrifioit toute sa joie, prosternée au pied des
autels, où elle offroit à Dieu toutes ses peines, elle se par-
tageoit entre ses soins et ses prières, en un âge où les
devoirs domestiques passent pour contrainte, et où il
semble qu'on ne doive vivre que pour soi; en un siècle
où la discipline des mœurs est relâchée, où les liens du
sang et de la nature ne serrent presque plus les cœurs, et
où il ne reste de l'ancienne piété, qu'autant qu'il en faut
pour la bienséance. Que Dieu et la nature lui rendent ce
qu'elle a fait pour l'un et pour l'autre, et lui donnent des
enfans qui soutiennent la gloire de leur naissance, et pour
dire encore plus, qui lui ressemblent et qui aient pour
elle ces sentimens tendres et respectueux qu'elle a conservés pour son incomparable mère jusqu'à sa mort.

Mais hélas ! je prononce sans y penser cette funeste
parole ; et quelque digression que je cherche, je reviens
malgré moi à ce cruel sujet de mon discours. Retenons
nos larmes ; ce seroit faire tort à la mémoire de cette
femme forte, que de montrer de la foiblesse. Parlons de
sa mort, s'il se peut, aussi constamment qu'elle est morte.

Qui est celui qui ne frémisse au seul nom de la mort ?
qui ne soit saisi d'horreur et de crainte à la vue de la
mort d'autrui, et à la simple pensée de la sienne propre,
soit par une prévention d'esprit, qui nous fait regarder
la fin de notre vie comme le plus grand de tous nos mal-

(1) Fortis est ut mors dilectio. CANT. c. 8.

heurs ; soit par une providence de Dieu, qui veut que l'homme ressente l'amertume des maladies et de la mort, depuis qu'il a perdu par son péché le plaisir d'être sain et d'être immortel ; soit enfin par un juste, mais terrible jugement de Dieu, qui laisse quelquefois dans les frayeurs de la mort ceux qui ont passé leur vie dans les plaisirs et dans la mollesse, et qui abandonne à leur crainte et à leur douleur, ceux qui se sont abandonnés à leurs desirs et à leurs passions déréglées. Alors on s'effraie à la vue d'un confesseur, comme s'il ne venoit que pour prononcer des arrêts de mort. On éloigne les derniers sacremens, comme si c'étoit des mystères de mauvais augure. On rejette les vœux et les prières que l'Église a instituées pour les mourans, comme si c'étoit des vœux meurtriers et des prières homicides. La croix de Jésus-Christ, qui doit être un sujet de confiance, devient à ces esprits lâches un objet de terreur, et pour toute disposition à la mort, ils n'ont que l'appréhension ou la peine de mourir. Quels funestes égards ! quels ménagemens criminels n'a-t-on pas pour eux ! Bien loin de leur faire voir leur perte infaillible, à peine les avertit-on de leur danger ; et lors même qu'ils sont mourans, on n'ose presque leur dire qu'ils sont mortels. Cruelle pitié, qui les perd de peur de les effrayer ! crainte funeste, qui les rend insensibles à leur salut.

La mort de notre illustre duchesse n'a pas été de ces morts imprévues ou dissimulées. Elle l'a vue plusieurs fois dans son plus terrible appareil, sans en être émue. Elle l'a sentie sur elle-même, sans s'étonner. Cette langueur, ces abattemens, ces diminutions, que Tertullien appelle des portions de la mort, ne la lui faisoient-ils pas éprouver par avance ? Ces rechutes, ces agonies fréquentes, ne lui servoient-elles pas comme d'apprentissage à bien mourir ? La main de Dieu qui donne la vie et la mort, qui conduit sur le bord du tombeau, et qui en retire, sembloit l'immoler et la faire revivre plusieurs fois, pour la disposer à son dernier sacrifice. La désola-

tion de ses domestiques, les entretiens et les avis pieux
et sincères de son directeur, le corps et le sang de Jésus-
Christ reçus plusieurs fois comme viatique, la sainte onction des mourans, appliquée deux fois en moins d'une
année, n'étoient-ce pas des avertissemens qu'il falloit se
préparer à la mort ? Ces derniers remèdes que l'Église
emploie pour le salut des fidèles, ne faisoient-ils pas voir
l'extrémité de sa maladie ?

Le courage qu'elle témoignoit en souffrant, faisoit qu'on
lui parloit hardiment de ses souffrances. Ceux-là mêmes
qui prenoient le plus de part à sa vie, osoient lui annoncer sa mort. Cependant vîtes-vous changer son visage ?
Ses yeux furent-ils jamais moins sereins ? Perdit-elle
quelque chose de sa tranquillité ordinaire ? Sa voix fut-
elle moins ferme jusqu'à la fin ? Il est vrai qu'elle n'en
eut que pour Dieu dans ces derniers jours. L'interrogeoit-
on sur ses maux, lui faisoit-on des questions plus nécessaires pour son soulagement que pour son salut ? elle
étoit muette, elle étoit insensible. Lui parloit-on de dispositions à la mort ? elle recueilloit dans son sein tout ce
qui lui restoit de force et de sentiment, pour rendre raison des mouvemens de son ame ; et ne prenant plus aucune part au monde, elle ne parloit qu'à ceux à qui elle
devoit répondre de sa résignation et de sa foi.

Je n'aurois plus qu'à reprendre les paroles de mon
texte, et à finir par où j'ai commencé. Car, que me reste-t-
il à vous dire, mesdames ? Vous représenterois-je des
exemples ? votre profession vous engage assez à une vie
pénitente. Vous marquerois-je la fragilité des grandeurs
et des plaisirs du siècle ? je vous ai déjà dit que vous y
avez renoncé. Vous exhorterois-je à modérer votre douleur ? vous n'êtes pas de ces ames païennes, qui, n'ayant
point d'espérance solide, n'ont point aussi de véritable
consolation. Je chercherois peut-être dans les raisonnemens des philosophes et dans la persuasion de la sagesse
humaine, ce qu'il faut trouver dans les pures sources de
la vérité. Il faut que Jésus-Christ vous parle lui-même,

comme il parloit autrefois à deux sœurs, illustres par leur piété, par leur retraite, par les fonctions de la charité qu'elles avoient exercées, et par une affliction pareille à la vôtre. Il vous dira : Cette sœur que vous pleurez n'est pas morte (1). Tous ce qui croient et vivent en moi, ne mourront jamais. Vous l'avez, ce semble, perdue, au moins vous l'avez pleurée. Cependant elle est vivante en moi, qui suis la résurrection et la vie. Ne le croyez-vous pas ainsi ? Si je pénètre dans vos sentimens, si j'entends bien la voix de votre cœur, il me semble que chacune de vous, animée d'une foi vive et d'une espérance sincère, pense ce que pensoient ces filles affligées et soumises, et qu'elle répond ce qu'une d'elles répondit : Je le crois, Seigneur, je le crois.

Pour vous, chrétiens, qui tenez encore au monde par vos passions, par vos desirs, par vos espérances, rentrez en vous-mêmes ; reconnoissez les illusions et les tromperies du monde : que cette mort qui vous a touchés vous serve de disposition à la vôtre. Plût à Dieu que cette illustre morte pût encore vous exhorter elle-même ! Elle vous diroit : Ne pleurez pas sur moi ; Dieu m'a retirée par sa grace des misères d'une vie mortelle ; pleurez sur vous qui vivez encore dans un siècle où l'on voit, où l'on souffre et où l'on fait tous les jours beaucoup de mal : apprenez en moi la fragilité des grandeurs humaines. Qu'on vous couronne de fleurs, qu'on vous compose des guirlandes ; ces fleurs ne seront bonnes qu'à sécher sur votre tombeau ; que votre nom soit écrit dans tous les ouvrages que la vanité de l'esprit veut rendre immortels ; que je vous plains, s'il n'est pas écrit dans le livre de vie ! Que les rois de la terre vous honorent ; il vous importe seulement que Dieu vous reçoive dans ses tabernacles éternels. Que toutes les langues des hommes vous louent : malheur à vous, si vous ne louez Dieu dans le ciel avec ses anges ! Ne perdez pas ces momens de vie, qui peu-

(1) Jean, c. 11.

vent vous valoir une éternité bienheureuse. Trois ans de langueur, trois ans de pénitence ne sont pas donnés à tout le monde. Profitons de ces instructions; bénissons Dieu avec elle, et tâchons de nous rendre dignes des graces qu'il lui a faites, et de la gloire qu'il lui a donnée.

ORAISON FUNÈBRE

DE

MME MARIE DE WIGNEROD

DUCHESSE D'AIGUILLON PAIR DE FRANCE

Prononcée en l'église des Carmélites de la rue Chapon, le 12e jour d'août 1675

———

Reliquum est... ut qui utuntur hoc mundo, tanquam non utantur: præterit enim figura hujus mundi.

L'importance est d'user de ce monde comme si l'on n'en usoit pas; car la figure de ce monde passe.

(Ep. i, aux Corinthiens, chap. 7.)

Qu'attendez-vous de moi, messieurs, et quel doit être aujourd'hui mon ministère? Je ne viens ni déguiser les foiblesses, ni flatter les grandeurs humaines, ni donner à de fausses vertus de fausses louanges. Malheur à moi, si j'interrompois les sacrés mystères pour faire un éloge profane, si je mêlois l'esprit du monde à une cérémonie de religion, et si j'attribuois à la force ou à la prudence de la chair, ce qui n'est dû qu'à la grace de Jésus-Christ. Je cherche à vous édifier plutôt qu'à vous plaire. Je viens vous annoncer avec l'apôtre que tout finit, afin de vous ramener à Dieu qui ne finit point, et vous faire souvenir de la fatale nécessité de mourir, pour vous inspirer une sainte résolution de bien vivre.

Les tristes dépouilles d'une illustre morte, les larmes de ceux qui la pleurent, des autels revêtus de deuil, un prêtre qui offre attentivement le sacrifice que l'Église appelle terrible, un prédicateur qui, sur le sujet d'une seule mort, va décrire la vanité de tous les mortels, tout cet appareil de funérailles vous a sans doute déjà touchés. A la vue de tant d'objets funèbres la nature se trouve saisie ; un air triste et lugubre se répand sur tous les visages : soit horreur, soit compassion, soit foiblesse, tous les cœurs se sentent émus ; et chacun regrettant la mort d'autrui, et tremblant pour la sienne propre, reconnoît que le monde n'a rien de solide, rien de durable, et que ce n'est qu'une figure et une figure qui passe.

Oui, messieurs, les plus tendres amitiés finissent ; les honneurs sont des titres spécieux que le temps efface ; les plaisirs sont des amusemens qui ne laissent qu'un long et funeste repentir ; les richesses nous sont enlevées par la violence des hommes, ou nous échappent par leur propre fragilité ; les grandeurs tombent d'elles-mêmes ; la gloire et la réputation se perdent enfin dans les abîmes d'un éternel oubli. Ainsi le torrent du monde s'écoule, quelque soin qu'on prenne à le retenir. Tout est emporté par cette suite rapide de momens qui passent ; et par ces révolutions continuelles nous arrivons, souvent sans y avoir pensé, à ce point fatal où le temps finit et où l'éternité commence.

Heureuse donc l'ame chrétienne, qui, suivant le précepte de Jésus-Christ, n'aime ni ce monde, ni tout ce qui le compose ; qui s'en sert comme de moyens par un usage fidèle, sans s'y attacher comme à sa fin par une passion déréglée ; qui sait se réjouir sans dissipation, s'attrister sans abattement, désirer sans inquiétude, acquérir sans injustice, posséder sans orgueil, et perdre sans douleur. Heureuse encore une fois l'ame qui, s'élevant au-dessus d'elle-même, et malgré le corps qui l'appesantit, remontant à son origine, passe au travers des choses créées sans s y arrêter, et va se perdre heureusement dans le sein de son Créateur.

J'ai fait, messieurs, sans y penser, sous le nom d'une ame chrétienne, le portrait de très-haute et très-puissante dame Marie de Wignerod, duchesse d'Aiguillon pair de France ; et croyant vous donner seulement une instruction, j'ai presque achevé son éloge. Désabusée des vanités et des folies trompeuses du monde ; occupée à distribuer ses richesses, sans se mettre en peine d'en jouir ; pénétrée durant sa vie des tristes, mais salutaires pensées de la mort, par la miséricorde du Seigneur elle a sauvé son cœur des attachemens grossiers et des mauvais usages du monde.

J'atteste ici la conscience des grands de la terre ; quel fruit recueillent-ils de leur grandeur? Ils jouissent du monde en y mettant leur affection, au lieu d'en profiter pour leur salut, en le méprisant ; ils en goûtent les plaisirs, et n'en veulent pas connoître les dangers ; ils font servir à leur convoitise les biens qu'ils ont reçus pour exercer leur charité ; ils livrent leurs cœurs aux vaines douceurs d'une vie molle et oisive. Ainsi, superbes dans leur élévation, avares dans leur abondance, malheureux dans le cours même de leurs prospérités temporelles, ils errent de passion en passion, et deviennent par un secret jugement de Dieu, les jouets de la fortune et de leur propre cupidité.

Grace à Jésus-Christ, il se trouve des ames fidèles qui usent de la grandeur avec modération, des richesses avec miséricorde, de la vie avec un généreux mépris ; qui s'élèvent à Dieu par la foi ; qui se communiquent au prochain par la charité ; qui se purifient elles-mêmes par la pénitence. C'est là le caractère de celle dont nous pleurons aujourd'hui la mort, et dont nous honorons la mémoire. Elle n'a été grande que pour servir Dieu noblement ; riche, que pour assister libéralement les pauvres de Jésus-Christ ; vivante, que pour se disposer sérieusement à bien mourir. Voilà tout le sujet de ce discours. Seigneur, posez sur mes lèvres cette garde de circonspection et de prudence, que vous demandoit autrefois le roi-prophète (1), et ne permettez pas qu'il se glisse rien de bas ni rien de profane dans un éloge que je prononce devant vos autels, et que je ne dois fonder que sur vos vérités évangéliques.

Loin donc de cette chaire cet art qui loue vainement les hommes par les actions de leurs ancêtres, qui remonte à des sources souvent inconnues, pour flatter l'orgueil des familles ambitieuses, et qui s'arrête à des généalogies sans fin, comme parle l'apôtre (2), plus propres à satisfaire une vaine curiosité, qu'à édifier une foi solide. Vous savez, messieurs, et c'est assez, que la noble maison de Wignerod, originaire d'Angleterre, établie en France sous le règne de Charles VII, s'est élevée au rang qu'elle y tient, par une longue succession de vertus, et a mérité par de signalées victoires remportées sur terre et sur mer, de perpétuels accroissemens d'honneur et de gloire.

Vous savez que la maison du Plessis-Richelieu, après s'être soutenue durant plusieurs siècles par elle-même, et par ses glorieuses alliances avec des princes, des rois et des empereurs, s'est enfin trouvée au plus haut point de grandeur où des personnes d'illustre naissance puissent atteindre. Que dois-je dire après cela de notre vertueuse Duchesse, sinon qu'elle a anobli par sa piété ces familles dont elle est sortie, et que réduisant l'honneur à son véritable principe, elle a reconnu que la naissance glorieuse du chrétien est celle qui le rend enfant de Dieu; qu'il y a une pureté de mœurs, plus estimable que celle du sang, et une noblesse spirituelle qui consiste à être conforme à l'image de Jésus-Christ?

Ces sentimens furent gravés dans son esprit aussitôt qu'elle en fut capable; et quand ne le fut-elle pas? La sagesse n'attendit pas en elle la maturité de l'âge; elle eut

(1) Ps. 31.
(2) Epist. 1. Tim. cap. 1.

de bonnes inclinations ; elle conçut de bons desirs ; elle fit
de bonnes œuvres presque en même temps. Les vertus
sembloient lui être inspirées avant qu'on les lui eût apprises, et son heureux naturel ne laissa presque rien à
faire à l'éducation. Ainsi Dieu prévient quelquefois ses
élus de bénédictions avancées ; et par des dons naturels,
préparant lui-même les voies à la grace qu'il leur destine,
il porte leurs volontés naissantes au bien, par des impressions secrètes de son amour et de sa crainte, pour les conduire aux fins que sa providence leur a marquées.

Cette jeune plante, ainsi arrosée des eaux du ciel, ne fut
pas longtemps sans porter de fruit. On vit croître en cette
admirable fille tant de louables habitudes, aussitôt qu'on
les eut vues naître ; cette piété qui la fit recourir à Dieu
dans tous ses besoins ; cette modestie qui la retint toujours dans les loix d'une austère vertu et d'une exacte
bienséance ; cette prudence qui lui fit discerner le vrai
d'avec le faux, le vil d'avec le précieux ; cette grandeur
d'ame qui la soutint également dans la bonne et la mauvaise fortune ; cette tendresse et cette compassion qui la
rendit sensible à toutes les misères connues ; et cette attention perpétuelle qu'elle eut à rendre aux uns tout ce
qu'elle leur devoit, et à faire aux autres tout le bien dont
elle s'estimoit capable. Ces vertus, qui sont le fruit de
l'expérience et d'une longue réflexion dans les personnes
ordinaires, étoit, ce semble, le fond de l'esprit et du tempérament de celle-ci.

Le premier usage qu'elle fait du monde, c'est d'en connoître la vanité. Tout lui marque d'abord la fragilité et
l'inconstance des choses humaines. Elle est née d'une
mère (1) qui peut lui servir d'exemple et de guide dans la
voie du salut : une mort précipitée la lui enlève. On l'appelle à la cour d'une grande reine (2), pour en être un des
principaux ornemens : un coup imprévu de tempête civile

(1) Françoise du Plessis-Richelieu.
(2) Marie de Médicis.

et domestique, jette sur des bords étrangers cette princesse infortunée qui l'honoroit de sa bienveillance et de son estime. On lui choisit un époux, tiré du sein de la faveur et de la fortune (1) ; et cet époux, dans une ardeur de gloire qui transporte les jeunes courages, trouve bientôt une honorable, mais triste mort, sous les murailles d'une ville rebelle. Ne cherchons que dans le ciel la cause de ces funestes événemens. C'est vous, mon Dieu, qui, pour attirer à vous seul les desirs et les affections de cette ame choisie, rompiez ses liens aussitôt qu'ils étoient formés, et mêlant à ces premières douceurs des amertunes salutaires, l'accoutumiez à ne s'attacher qu'à votre souveraine grandeur et à votre immuable vérité.

Mais pourquoi m'arrêtai-je à ces circonstances ? Ne disons rien que d'important, et passons tout d'un coup au mépris qu'elle eut pour le monde, lorsqu'elle se vit au milieu de ses vanités. Déjà pour l'honneur de sa maison, et plus encore pour celui de la France, étoit entré dans l'administration des affaires, un homme plus grand par son esprit et par ses vertus, que par ses dignités et par sa fortune ; toujours employé, et toujours au-dessus de ses emplois ; capable de régler le présent et de prévoir l'avenir ; d'assurer les bons événemens, et de réparer les mauvais ; vaste dans ses desseins, pénétrant dans ses conseils ; juste dans ses choix, heureux dans ses entreprises, et pour tout dire en peu de mots, rempli de ces dons excellens que Dieu fait à certaines ames qu'il a créées pour être maîtresses des autres, et pour faire mouvoir ces ressorts dont sa providence se sert pour élever ou pour abattre, selon ses décrets éternels, la fortune des rois et des royaumes.

Ici, messieurs, vous pensez au cardinal de Richelieu, sans que je le nomme. Recueillez en votre esprit ce qu'il fit pour son maître, ce que son maître fit pour lui ; les

(1) M. de Combalet, neveu du connétable, fut tué au siége de Montpellier.

services qu'il rendit et les graces qu'il reçut : et quoique le mérite fût au-dessus des récompenses, représentez-vous toutefois en lui seul tout ce que l'Église a de grand, tout ce que le siècle a de pompeux et de magnifique, les biens, les honneurs, les dignités, le crédit, les prééminences, et tout ce qui suit ordinairement la faveur et la reconnoissance d'un roi juste et puissant, lorsqu'elles tombent sur un sujet capable, fidèle et nécessaire.

La grandeur de la nièce étoit liée à celle de l'oncle. Que fera-t-elle ? tout flatte son ambition d'autant plus dangereusement, qu'elle est soutenue par la beauté, la douceur, la sagesse, et toutes les graces du corps et de l'esprit, qui nourrissent l'orgueil, et qui attirent la vaine complaisance des hommes. Ne craignez pas, messieurs ; la foi lui découvre tous les piéges qui l'environnent. Elle apperçoit, au travers de tant d'apparences trompeuses, le fond de la malignité du monde, et se prépare à le quitter. Vierges de Jésus-Christ, devant qui je parle, s'il en reste encore parmi vous qui aient porté la croix depuis si longtemps et vieilli saintement sous le joug de l'Évangile, vous l'avez vu, sinon vous l'avez appris, qu'avec des ailes de colombes, elle vola sur le Carmel, pour y mener, comme vous, aux pieds des autels, une vie austère et pénitente, et pour cacher une gloire importune qui la suivoit, sous le même voile dont on l'a vue couverte après sa mort.

La puissance et l'autorité s'opposèrent à son dessein, et sa foible santé lui ôta les moyens de l'accomplir. Mais avec quel noble dépit reprit-elle alors les chaînes qu'elle croyoit avoir quittées ? Combien de fois accusa-t-elle de lâcheté son obéissance, quoique forcée ; combien de fois se reprocha-t-elle la délicatesse de sa complexion, comme si c'eût été sa faute, et non pas celle de la nature ? Combien de fois tourna-t-elle ses tristes regards vers l'autel d'où l'on venoit de l'arracher, renfermant dans son cœur sa vocation toute entière, et se faisant au milieu d'elle-même une solitude intérieure et secrète, où le monde ne pût la troubler ? Aveugle sagesse des hommes, qui sur des vues que donnent la chair et le sang, entreprenez d'interrompre le cours des œuvres de Dieu! ou plutôt, sage providence de Dieu, qui par des routes inconnues, conduisez à l'exécution de vos desseins l'aveugle sagesse des hommes! C'étoit assez que la victime se présentât devant l'autel. Son sacrifice fut agréable quoiqu'il ne fût pas accepté. Celui qui sonde les cœurs, et qui voit nos volontés dans le fond de l'ame, se contenta de ce desir qu'il avoit lui-même inspiré, et ne permit pas qu'on laissât dans une étroite et sombre retraite, celle dont les exemples devoient être si éclatans, et dont la charité devoit s'étendre jusqu'aux extrémités de la terre.

Jugez par là, messieurs, de toute la suite de sa vie. Je ne m'arrêterai pas à vous décrire ici sa conduite si sage et si régulière, en un âge où le monde pardonne quelque emportement de vanité, en un état où elle auroit pu soutenir par autorité ce qu'elle auroit fait par imprudence. Ne sortons point du sens de mon texte, et réduisons-nous à l'usage qu'elle a fait du crédit qu'elle eut dans le monde.

Représentez-vous donc un grand ministre qui sert un grand roi, et qui l'assistant de ses soins et de ses conseils, le décharge du détail ennuyeux des affaires publiques et particulières. C'est lui qui reçoit les vœux, qui écoute les plaintes, qui examine les nécessités, qui pèse les services, qui démêle les intérêts, et qui posant au pied du trône comme un dépôt sacré, les prières et les espérances des peuples, leur rapporte ensuite ces oracles décisifs, qui déclarent l'intention du prince, et font la destinée des sujets. Aussi chacun le regarde comme un médiateur par qui se distribuent les bienfaits et les récompenses; chacun court à lui comme au centre où aboutissent toutes les lignes de la fortune. Mais qui peut s'assurer de trouver les momens commodes et favorables d'un homme chargé de tant de soins, et de pénétrer jusqu'à ces cabinets presque inaccessibles, dont les portes fatales ne s'ouvrent souvent qu'aux plus importuns ou aux plus heureux, sans le secours de quelque main puissante et charitable?

Ce fut en ces occasions que notre illustre duchesse employa ce pouvoir que son esprit et sa sagesse lui avoient acquis. Il ne fallut faire ni des pauvres, ni des malheureux pour remplir son ambition ou son avarice. Il fallut protéger des foibles et secourir des misérables, pour satisfaire sa charité. Elle ne retint pas les graces qu'elle reçut, et ne fut si près de leur source, que pour en faire couler les ruisseaux sur ceux qui eurent besoin de sa protection. Savoit-elle une famille opprimée? elle animoit la justice contre l'oppression. Trouvoit-elle des gens de bien inconnus ou négligés? elle leur procuroit des emplois selon leurs talens. Arrivoit-il des dissensions et des discordes? elle portoit des paroles de réconciliation et de paix. Apprenoit-elle les cris et les gémissemens des provinces que le malheur des temps avoit affligées? elle leur obtenoit, par ses avis fidèles et par ses sollicitations ardentes, des soulagemens et des assistances considérables.

Que dirai-je davantage? Le ministre s'appliquoit aux affaires d'état, et lui laissoit le ministère de ses libéralités et de ses aumônes; et pendant que l'un formoit dans son esprit les grands desseins d'abattre les ennemis de la France, de forcer les élémens pour dompter des rebelles, de s'ouvrir, malgré les hivers, un passage dans les Alpes pour aller secourir des alliés, et préparoit ainsi une longue et heureuse matière de triomphes, l'autre songeoit aux moyens de soutenir des hôpitaux chancelans, de fonder des missions dans le royaume et hors du royaume, de former de saintes sociétés pour dispenser les charités des fidèles, et préparoit la matière de ces glorieux établissemens, qui seront les monumens éternels de sa piété.

Puissiez-vous profiter de cet exemple, vous qui ne cherchez dans votre crédit que le plaisir de vous satisfaire, et peut-être la facilité de nuire aux autres impunément : vous qui ne vivez que pour vous-mêmes, et qui perdez non-seulement la charité qui couvre la multitude des péchés, mais encore l'amitié et l'affection humaine qui est le lien de la société civile ; vous enfin, à qui les longues prospérités ont formé des entrailles cruelles (1), selon la parole de l'Écriture, et qui, bien loin de soulager des misérables, achevez d'opprimer ceux qui le sont. Pardonnez cet emportement, messieurs, à une juste indignation : je reviens à mon sujet. Vous avez vu comment une ame prédestinée use de la grandeur et de la puissance : apprenez comment elle use des richesses.

L'esprit de Dieu ne parle presque jamais des richesses que pour nous en donner de l'horreur. Il les appelle des trésors d'impiété, et les confond ordinairement avec les crimes : il leur attribue un caractère de réprobation qui paroît inévitable, et il en fait la matière de ses plus sévères jugemens. Il avertit de les craindre ; il commande de les mépriser ; il conseille de s'en défaire, tant parce qu'elles endurcissent le cœur et le déchirent par ces inquiétudes du siècle qui étouffent la semence de la parole de Dieu, que parce qu'elles entretiennent l'orgueil, l'ambition, la mollesse, et tous les autres déréglemens de l'ame.

Toutefois le même esprit de Dieu nous apprend que rien n'est impossible à la grace ; qu'il y a un usage de miséricorde et de charité qui sanctifie les richesses ; qu'elles sont utiles à l'homme sage ; que c'est le moyen d'amasser un trésor de bonnes œuvres qui se retrouvent dans le ciel, et que Dieu qui les distribue avec une justice toute divine, les donne aux uns, afin qu'elles soient le supplice de leurs passions, comme elles en sont l'instrument, et les donne aux autres comme un moyen d'édifier l'Église par leurs aumônes, et de se perfectionner eux-mêmes par le mépris des biens du monde.

S'il est donc vrai que les richesses entrent dans les des-

____

(1) Viscera impiorum crudelia. Prov. 12.

seins de la miséricorde de Dieu sur les ames nobles et désintéressées, renouvelez, messieurs, cette favorable attention dont vous m'honorez. Je parle d'une espèce de charité vive, libérale, universelle, qui ne cesse de faire du bien, et ne croit jamais en faire assez, qui donne beaucoup et donne toujours avec joie; qui ne rejette aucune prière, qui prévient souvent le desir et qui ne manque jamais au besoin. Ce n'est point là une idée de perfection que j'imagine; c'est une vérité que je fonde sur les actions de celle dont nous célébrons aujourd'hui les obsèques.

Je pourrois vous la représenter dans ces tristes demeures où se retirent la misère et la pauvreté, où se présentent tant d'images de morts et de maladies différentes, recueillant les soupirs des uns, animant les autres à la patience, laissant à tous des fruits abondans de sa piété. Je pourrois la décrire ici dans ces lieux sombres et retirés, où la honte tient tant de langueurs et de nécessités cachées, versant à propos des bénédictions secrètes sur des familles désespérées, qu'une sainte curiosité lui faisoit découvrir pour les soulager. Je voudrois vous marquer ce zèle avec lequel elle animoit les ames les plus tièdes à secourir le prochain dans le temps des calamités publiques, et ranimoit la charité en un siècle où elle est non-seulement refroidie, mais presque éteinte. Ce seroit là le sujet du panégyrique d'un autre; c'est la moindre partie du sien. Je ne prends que les vertus extraordinaires, et je choisis les fleurs que je jette sur son tombeau.

Je ne révèle pas même ici tant de grandes actions qu'elle a tâché de rendre secrètes. Je révère encore après sa mort, l'humilité qui les a cachées; je les laisse sous les voiles qu'elle avoit tirés pour les couvrir, et je consens qu'elles soient perdues. Que dis-je, perdues! Tout est profitable aux élus, et la charité ne fait rien en vain. Elles sont écrites pour l'éternité dans le livre de vie : et Dieu qui en fut le principe et le seul témoin, en est lui-même la récompense. Publions donc les exemples de sa charité, et n'en sondons pas les mystères.

Qui ne sait, messieurs, que l'établissement d'un grand hôpital dans cette capitale du royaume, qui renferme tant de grandeurs et tant de misères tout ensemble, a été un des plus grands ouvrages de ce siècle? On en prévoyoit l'utilité, on en connaissoit l'importance depuis long-tems. Personne ne discernoit plus les pauvres de nécessité d'avec ceux de libertinage. On ne savoit, en donnant l'aumône, si l'on soulageoit la misère, ou si l'on entretenoit l'oisiveté. Les plaintes et les murmures confus excitoient plutôt l'indignation que la pitié. On voyoit des troupes errantes de mendians, sans religion et sans discipline, demander avec plus d'obstination que d'humilité, voler souvent ce qu'ils ne pouvoient obtenir, attirer les yeux du public par des infirmités contrefaites, et venir jusqu'au pied des autels troubler la dévotion des fidèles par le récit indiscret et importun de leurs besoins ou de leurs souffrances.

On se contentoit de se plaindre de ces désordres, qu'on croyoit non-seulement difficile, mais encore impossible de corriger. Il falloit de la sagesse pour disposer les moyens, de la fermeté pour surmonter les obstacles, de grands biens pour fournir les fonds; une piété encore plus grande pour établir un ordre et une discipline salutaires parmi des hommes pour la plupart déréglés. Où se trouvoient ces qualités, qu'en la seule duchesse d'Aiguillon? Elle fut l'ame de cette entreprise, elle encouragea les uns, elle sollicita les autres, elle donna l'exemple à tous. Elle joignit le zèle des particuliers avec l'autorité des magistrats, et n'oublia rien de ce qu'elle crut nécessaire pour achever ce qu'elle avoit heureusement commencé.

Durez sur le fondement solide des aumônes chrétiennes, vastes bâtimens de cette sainte maison, où Dieu, créateur des pauvres et des riches, est honoré par la patience des uns, et par la charité des autres : durez, s'il se peut, jusqu'à la fin des siècles, et soyez d'éternels monumens des soins et des libéralités de votre première bienfaitrice !

Pendant qu'elle ouvroit une main pour distribuer ses biens dans cette grande ville, elle étendoit l'autre pour assister des provinces affligées. Rappelez un moment en votre mémoire la triste idée des guerres, soit civiles, soit étrangères, où le soldat recueille ce que le laboureur avoit semé, et consume en peu de tems non-seulement les fruits d'une année, mais encore l'espérance de plusieurs autres : où des familles effrayées fuyent devant la face de l'épée de l'ennemi, et croyant éviter la mort, tombent dans la faim et le désespoir, plus redoutables que la mort même, Souvenez-vous de ces années stériles, où, selon le langage du prophète, le ciel fut d'airain et la terre de fer. Les mères mouroient sans secours sous les yeux de leurs enfans, les enfans entre les bras de leurs mères, faute de pain ; et les peuples dans les campagnes et dans les villes, ne vivoient plus qu'à la merci de quelques riches, souvent intéressés, qui songeoient plus à profiter des maux d'autrui qu'à les soulager.

Pardonnez, messieurs, si je remets devant vos yeux tant de pitoyables objets. Je suis réduit, en louant une personne si charitable, d'en représenter tant de malheureuses ; et pour vous raconter les différentes actions de miséricorde qu'elle a faites, il faudroit vous décrire ici toutes les misères humaines. Que fit-elle donc dans ces rencontres pressantes ? ce que commande Jésus-Christ, ce qu'il conseille dans son Evangile. Elle donna ce qu'elle avoit de superflu, elle vendit ce qu'elle possédoit de précieux, elle se retrancha de ce que d'autres auroient pris pour nécessaire. Vains prétextes de condition et de bienséance, timides conseils de la sagesse de la chair, vous n'eûtes point ici de part. A l'exemple de ces généreux chrétiens que loue saint Paul, elle assista les pauvres selon ses forces, au-delà même de ses forces. Elle devint avare pour elle-même, afin d'être prodigue pour Jésus-Christ, et s'attira les bénédictions que le sage promet à ceux qui aiment à faire du bien, et qui distribuent aux pauvres leur propre pain.

Ce fut alors que sa charité, comme un fleuve sorti d'une source vive et abondante, et grossi de quelques ruisseaux étrangers, rompit ses bords, et s'épandit sur tant de terres arides. Parlons sans figure, messieurs, ce fut alors qu'unissant à ses aumônes celles qu'elle avoit sollicitées et recueillies, elle fit couler dans ces provinces désolées un secours de trois ou quatre cent mille livres. Elle avoit appris dans l'Écriture que ceux qui ont beaucoup sont obligés de donner beaucoup, et que la mesure de leurs aumônes doit être celle de leurs richesses. Elle trouvoit honteux que l'avarice n'eût point de bornes, que le luxe se répandît en superfluités infinies, et qu'il n'y eût que la charité qui fût ménagère et resserrée. Elle savoit enfin que les biens des riches sont un dépôt sacré, qui doit être dispensé avec une fidélité digne de Dieu, selon l'expression de l'apôtre, c'est-à-dire avec une libéralité digne de sa grandeur et de sa magnificence divine.

Que diront, après cet exemple, ceux à qui tout est étranger et indifférent hors d'eux-mêmes, et qui, comme enivrés de leur fortune, abandonnent les autres à tous les accidens de la leur? Que diront ceux qui s'épuisent en folles dépenses, et se croyent dans l'impuissance d'être charitables, parce qu'ils se sont imposé la nécessité d'être ambitieux et d'être superbes? Que diront ceux qui voient les chrétiens languissans et demi-morts, sans les secourir, et qui deviennent les meurtriers de ceux dont ils devroient être les pères? Qu'ils confessent leur dureté, et qu'ils louent au moins la générosité de cette femme chrétienne, s'ils n'ont pas le courage de l'imiter.

Parcourrai-je les sommes incroyables qu'elle a distribuées en divers tems, les fondations qu'elle a faites en divers lieux? Je lasserois votre imagination et ma mémoire, si j'entreprenois d'exprimer tous les travaux et toutes les formes de cette ingénieuse et infatigable charité. Je me contente de vous dire que le zèle de la foi y eut toujours la meilleure part; et que la conversion des cœurs fut le motif et le fruit ordinaire de ses aumônes. Fonde-t-elle des hôpitaux ? elle y joint des missions, afin que les pauvres soient nourris, et soient évangélisés tout ensemble. Assiste-t-elle dans un de nos ports ces misérables forçats, qui dans leurs prisons flottantes gémissent sous le travail de la rame, et sous l'inhumanité d'un comite ? elle veut qu'on les instruise, et qu'on leur apprenne à faire d'un supplice forcé, une expiation volontaire de leurs crimes. Envoie-t-elle jusqu'en Afrique des prêtres, comme des anges consolateurs, aux chrétiens qui y sont esclaves ? c'est pour les affermir dans la foi, pour leur inspirer le désir de la liberté des enfans de Dieu, et leur faire trouver la pesanteur de leurs péchés plus rude que celle de leurs chaînes. Ainsi il se fait par ses soins, en plusieurs endroits, une double distribution, et de la nourriture pour le corps, et du pain de la parole de Dieu pour l'ame.

Que ne puis-je vous découvrir ces nobles mouvemens de son cœur, qui la portoient à tout entreprendre, pour étendre le royaume de Jésus-Christ ! Combien de fois, déplorant l'aveuglement de tous les peuples qui vivent dans les ténèbres, à l'ombre de la mort, s'écria-t-elle dans la ferveur de son oraison : « Seigneur, que votre « nom soit sanctifié parmi ces nations infidèles ! » Combien de fois porta-t-elle son imagination et ses desirs au-delà de tant de mers que la foiblesse ni la bienséance du sexe ne lui permettoient pas de passer ? Combien de fois jetant les yeux sur les vastes campagnes des Indiens et des Sauvages, et croyant y voir une moisson jaunissante qui n'attendoit que la main des ouvriers, pria-t-elle le Père de famille d'y en envoyer !

Elle n'épargna rien pour préparer les voies à ces hommes apostoliques, qui vont acquérir de nouveaux héritages à Jésus-Christ. Elle forme le dessein d'un commerce tout spirituel. On équipe par ses conseils, et presque à ses dépens, un vaisseau qui doit porter dans la Chine les richesses de l'Évangile. Le ciel, la mer, les vents, favorisent d'abord cette entreprise. Mais Dieu, dont les jugemens sont impénétrables, rompt le cours de cette heureuse navigation ; et les flots irrités font tout d'un coup échouer avec le vaisseau, les espérances qu'on avoit conçues du salut de tant d'âmes égarées.

Quels furent alors les sentimens de notre Duchesse ? Elle oublia ses intérêts, et ne pensa qu'à ceux de Dieu. Elle fut touchée de ce malheur ; mais elle n'en fut pas abattue. « Je reconnois, Seigneur, disoit-elle, ce que « vous avez dit dans votre Évangile, qu'après avoir tra- « vaillé selon nos forces, nous sommes encore des ser- « viteurs inutiles. Vous savez mieux que nous en quoi « consiste votre gloire : toute la nôtre est d'être soumis « à vos volontés. C'étoit votre œuvre ; vous l'accompli- « rez, quand le temps et les momens que vous avez « marqués pour cela seront arrivés. Nous avons essayé « d'envoyer par mer des ouvriers à votre vigne ; vous « nous avez fermé ce chemin, vous pouvez nous en ou- « vrir d'autres : et lors même que nous adorons la sévé- « rité de vos jugemens, nous espérons en votre misé- « ricorde. »

En effet, elle espéra, comme Abraham, contre toute espérance. Les eaux de la mer n'éteignirent pas l'ardeur de sa charité ; elle redoubla son zèle ; et Dieu, après avoir éprouvé sa foi, récompensa sa soumission par des suc- sès qui surpassèrent son attente.

Je me sens comme transporté au milieu de ces Églises naissantes de l'Orient. J'y vois lever la lumière de la vérité. Ici les premiers rayons de la foi commencent à dissiper l'obscurité de l'erreur, et forment des cathécu- mènes. Là coulent sur des têtes humiliées les eaux salu- taires du baptême. Ici des âmes tendres sont nourries de lait jusqu'à ce qu'elles soient capables d'enseigne- mens plus solides. Là se forme le courage d'un martyr par des épreuves réitérées de patience. En cet endroit on plante une croix : en l'autre on dresse un autel. Il me semble que je vois des prêtres, des évêques, ou pour mieux dire, des apôtres courir par-tout selon les besoins ; et notre charitable Duchesse, de son palais comme du centre de la charité, envoyer les secours et les rafraîchissemens nécessaires pour entretenir et pour avancer ce grand ouvrage.

N'ai-je donc pas sujet de croire que Dieu lui a fait la miséricorde qu'elle fit aux autres ? que les pauvres après sa mort l'ont reçue dans les tabernacles éternels, et qu'elle jouit de Dieu pour jamais ? Que s'il restoit encore en cette ame quelque tache qui eût besoin d'être purifiée ; car, messieurs, je ne viens pas ici justifier la créature devant son Créateur, je trahirois l'humilité de l'une, j'offenserois la vérité de l'autre ; je sais que tout homme est pécheur, qu'il y a une mesure de justice au-delà de laquelle la condition mortelle ne va point ; que les gens de bien même tombent dans des infidélités inévitables, et ne sont parfaits qu'imparfaitement : s'il restoit, dis-je, encore quelque tache, puisse-t-elle être expiée par le sang de Jésus-Christ ! Que ces nouveaux fidèles des mondes barbares, au premier bruit de la mort de leur bienfaitrice, présentent au souverain juge tant d'aumônes qu'elle leur a faites ; qu'ils lui adressent pour elle ces prières qui ont encore toute leur ferveur, et que le temps et le relâchement n'ont pas encore refroidies ; qu'on loue sa charité dans les assemblées ; que chaque martyr qui y verse son sang, en offre une portion pour elle, et qu'on célèbre autant de fois le saint sacrifice, qu'on a bâti de chapelles et dressé d'autels à ses dépens. Vous êtes sans doute persuadés, messieurs, du bon usage qu'elle a fait de la grandeur et des richesses. Que me reste-t-il, qu'à vous montrer en peu de mots comment elle a usé de sa vie pour arriver à une bienheureuse mort ?

Un des plus importans et des plus utiles conseils que Dieu donne dans l'Écriture ; et vous savez, messieurs, qu'il n'appartient proprement qu'à Dieu de conseiller (1), parce que tout ce qu'il pense est sagesse, tout ce qu'il dit est vérité : donc un des plus utiles conseils que Dieu donne aux hommes, c'est de penser souvent à leur dernière heure, et de régler toute leur vie sur le moment qui la doit finir, afin de se détacher par religion de ce qu'ils doivent quitter par nécessité, et de pourvoir, durant le peu de temps qu'ils sont en ce monde, à ce qu'ils doivent être éternellement. Ce fut cette pensée qui remplit l'esprit de notre Duchesse, et la porta à reconnoître son néant, à s'humilier dans la vue de ses péchés, à s'attacher à Dieu seul, à craindre ses jugemens, à s'abandonner à sa providence, à espérer en ses miséricordes. Voilà la disposition générale de son cœur; voilà la source féconde de tant d'œuvres de justice et de charité qu'elle a pratiquées : en un mot, voilà des préparations à bien mourir.

Elle se retira de la cour dès qu'elle eut la liberté d'en sortir : sa pénitence ne fut ni tardive, ni forcée; elle vint de la ferveur de la charité, et non pas de la foiblesse de l'âge. Au milieu de ses beaux jours, et loin du tombeau, elle commença ce sacrifice d'elle-même, qu'elle ne vient que d'achever; et mourut longuement à ses passions, avant que de perdre la vie du corps. O vous, qui ne regardez le ciel qu'après que le monde a cessé de vous regarder, et qui ne donnez au soin de votre salut que ces vieux jours qui, malgré vous, ne sont plus propres à la vanité; femmes mondaines, qui dans une retraite de bienséance, couvrant les restes de vos passions d'un voile de dévotion extérieure, ne mettez entre vos péchés et votre mort que l'intervalle de quelques soupirs, arrachés par la crainte des jugemens prochains, et ne cherchez Dieu que lorsqu'il est prêt à vous donner le coup de la mort (2), selon l'expression de l'Écriture ; trem-

(1) Meum est concilium. Pr. v. 8.
(2) Cum occideret eos, quærebant eum. Ps. 77.

blez devant lui , priez - le qu'il renforce autant votre foi et votre charité, que vous avez négligé votre pénitence.

Nous n'avons pas ces sujets de crainte, messieurs ; je parle d'une ame pénitente, qui a vu de loin le jour du Seigneur, et qui s'y est préparée par la solitude et par la prière. Je vois ces autels où fuma si souvent l'encens de ses oraisons, où furent consacrées tant de dépouilles qu'elle remporta sur le monde, où se ralluma sa ferveur toutes les fois que le commerce du siècle l'avoit tant soit peu ralentie. Je vois au travers de ces grilles ce chœur où elle a tant de fois chanté les cantiques de Sion, ces oratoires où elle a pleuré ses péchés, et passé tant de jours et de nuits dans la contemplation des choses célestes ; ce cloître où elle a répandu l'odeur de tant de vertus, qui y sont encore comme vivantes ; et pour recueillir tout ensemble, ce monastère, qu'elle a soutenu par ses libéralités, qu'elle a fréquenté par ses retraites, qu'elle a édifié par ses exemples.

Épouses de Jésus-Christ, qui m'entendez, interrompez ici mon discours, si vous y découvrez des louanges excessives, et laissez-vous emporter au zèle de la vérité. Vous connoissiez sans doute le cœur de votre seconde fondatrice, j'ai presque dit de votre sœur ; car elle fut pour vous l'une et l'autre, et la grace joignit en elle la grandeur d'une duchesse, et l'humilité d'une religieuse. Vous connoissiez la pureté de ses intentions, l'ardeur de son zèle, la grandeur de son courage, l'étendue de sa charité, et vous en gardez dans le fond de l'ame un portrait que tous les traits de l'éloquence ne pourront jamais égaler.

En effet, messieurs, qui pourroit dire avec quel dégoût elle posséda tous les biens que le monde estime ; avec quelle soumission elle ploya sa volonté dès que celle de Dieu lui fut connue ; avec quelle fidélité elle ménagea les occasions de travailler à son salut et à celui des autres ; avec quelle constance elle supporta les pertes, les afflictions, et les disgraces, compagnes inséparables des grandes fortunes ? Je m'arrête à ces dernières paroles ;

et pourquoi perdrois-je ici l'occasion de vous montrer le
néant des grandeurs humaines ?

Considérez la condition d'un homme qui a la meilleure
part à la faveur et à la conduite des affaires, quelque sage
et quelque absolu qu'il puisse être : que d'agitations ! que
de traverses ! ceux qui l'admirent voudroient être à sa
place ; ceux qui le craignent voudroient l'en tirer.
Ses vertus font des envieux; ses bienfaits même font des
ingrats. Si l'on ne peut ruiner son pouvoir, on attaque au
moins sa réputation. Ceux qu'il punit se plaignent qu'il
les persécute : ceux qui ne sont que malheureux croient
être opprimés. On lui impute les mauvais succès; et de
tous les malheurs publics, on cherche à lui faire des
crimes particuliers. De-là viennent les murmures, les
plaintes, les calomnies, les conspirations et les cabales.
Ainsi Dieu tempère les prospérités des hommes puissans
par des peines presque inévitables, et les abandonne aux
traits envenimés de l'envie, de peur qu'ils ne s'abandonnent eux-mêmes à l'ambition et à l'orgueil.

Leurs amis et leurs proches se trouvent enveloppés
dans les mêmes peines, et ce fut en ces rencontres que
notre femme forte se servit de tout son courage. Elle
pardonna, lors même qu'il lui étoit facile de se venger.
Elle lassa l'injustice par sa patience. Elle soutint avec
humilité et avec douceur les plus rudes tribulations de la
vie ; et toujours égale, toujours magnanime, elle entretint
la paix dans son cœur avec ceux qui lui déclarèrent la
guerre. Son ame s'exerçoit par ces vertus, pour arriver à
la perfection où Dieu l'appeloit ; et ce bon usage des
biens et des maux, qui la détachoit insensiblement de la
vie, la conduisoit au repos d'une heureuse mort.

D'une heureuse mort ! me voici donc au triste endroit
de ce discours, qui va renouveler votre douleur. Quoi
donc, tant de trésors n'étoient renfermés que dans un
vase d'argile, et tout ce que j'ai dit qu'elle fut, n'aboutira
qu'à dire qu'elle n'est plus ! Oui, messieurs ; mais ne
laissons pas, en la perdant, d'adorer la main qui nous

l'enlève, et recueillons les restes précieux d'une vie qui ne fut jamais plus édifiante, que lorsque Dieu voulut qu'elle finît. Telle est l'heureuse condition des justes. Ils sentent aux approches de la mort, un redoublement d'ardeur et de force. L'ame se resserre en elle-même, et croit voir, à chaque moment, les portes de l'éternité s'entr'ouvrir pour elle. Les nuages que forment les passions se dissipent, et les voiles qui couvrent la vérité se lèvent insensiblement. Les desirs s'enflamment à mesure qu'ils avancent vers la jouissance du souverain bien, et la charité se consomme par ces derniers mouvemens de la grace, qui va se perdre dans les abîmes de la gloire.

Ce furent là, messieurs, les dispositions intérieures de cette femme héroïque, ou plutôt, ce furent les derniers efforts que la grace de Jésus-Christ fit en elle. Dieu, qui dispense les biens et les maux selon les forces ou les foiblesses des hommes, éprouva par de longues infirmités, sa résignation et sa patience; mais quelque pesante que fût sa croix, elle la porta, et n'en fut pas accablée. On la vit souffrir; mais on ne l'ouït pas se plaindre. Elle fit des vœux pour son salut, et n'en fit point pour sa santé. Prête à vivre pour achever sa pénitence; prête à mourir pour consommer son sacrifice; soupirant après le repos de la patrie, supportant patiemment les peines de son exil; entre la douleur et la joie, entre la possession et l'espérance, se réservant toute entière à son Créateur, elle attendit tout ce qui pouvoit arriver, et ne souhaita que ce que Dieu voudroit faire d'elle.

Mais lorsqu'elle sentit la mort dans son sein, quelle fut sa ferveur et son zèle! Autant de mots, autant de sentimens de piété. Autant de soupirs, autant de transports de pénitence; elle se jette aux pieds de son juge, et s'accuse comme coupable : elle se prosterne devant son Sauveur, et lui demande grace. Vous le savez, fidèles témoins de ses derniers sentimens. Ce fut alors que les images de toutes ses actions passées revinrent dans son esprit, pour y être examinées dans l'amertume de son cœur, selon les règles

les plus sévères de la vérité et de la justice. Ce fut alors qu'elle épancha son ame devant Dieu, avant qu'elle parût devant son redoutable tribunal. Ce fut alors que, dégagée de toute affection mondaine, elle employa un reste de force qui la soutenoit, pour tourner sur Jésus-Christ crucifié, ces yeux qu'elle avoit déjà fermés pour le monde. Ce fut alors que dans les exercices de la plus vive foi, de la plus ferme espérance, de la plus ardente charité, de la plus humble pénitence, entre des paroles touchantes et un silence éternel, elle remit son ame entre les mains de Celui qui l'avoit créée. Moment fatal pour tant de pauvres, dont elle étoit la mère et la protectrice ! Moment heureux pour elle, qui entroit en possession de l'éternité ! Moment triste, mais utile pour nous, si nous apprenons à vivre et à mourir comme elle !

Hélas ! nous vivons sans réflexion. A nous voir pousser nos désirs si loin, et faire ces longs projets de fortune que nous faisons ; qui ne diroit que nous croyons être immortels ? Cependant ce petit nombre de jours malheureux qui composent la durée de notre vie, s'écoule insensiblement. Chaque instant nous retranche un partie de nous-mêmes. Nous arrivons au terme qui nous est marqué ; le charme se rompt, et tout ce qui nous enchante s'évanouit avec nous. La vérité pourroit nous faire connoître la fragilité des biens du monde, par la fragilité de notre vie qui les termine ; mais l'amour-propre nous fait voir cette vie sans bornes, de peur d'en donner aux choses que nous aimons. Ainsi notre imagination et notre vanité vont plus loin que nous. Nous n'avons jamais qu'un moment à vivre, et nous avons toujours des espérances pour plusieurs années. Revenons, revenons aux paroles de mon texte ; pensons que la figure de ce monde passe. Ne pleurons plus la perte de celle qui en a fait un si bon usage ; imitons seulement ses exemples, afin que nous puissions, comme elle, vivre et mourir en Jésus-Christ, qui vit et règne au siècle des siècles.

ORAISON FUNÈBRE

DE

TRÈS-HAUT ET TRÈS-PUISSANT PRINCE

HENRI DE LA TOUR-D'AUVERGNE

VICOMTE DE TURENNE

MARÉCHAL GÉNÉRAL DES CAMPS ET ARMÉES DU ROI, COLONEL GÉNÉRAL DE LA CAVALERIE LÉGÈRE, GOUVERNEUR DU HAUT ET BAS LIMOUSIN,

**Prononcée à Paris, dans l'église de Saint-Eustache,
le 10ᵉ jour de janvier 1676**

Fleverunt eum omnis populus Israel planctu magno, et lugebant dies multos, et dixerunt : Quomodo cecidit potens, qui salvum faciebat populum Israel ! (I. Mach. 9.)

Tout le peuple le pleura amèrement; et après avoir pleuré durant plusieurs jours, ils s'écrièrent : Comment est mort cet homme puissant qui sauvoit le peuple d'Israel !

Je ne puis, messieurs, vous donner d'abord une plus haute idée du triste sujet dont je viens vous entretenir, qu'en recueillant ces termes nobles et expressifs dont l'Écriture sainte se sert pour louer la vie, et pour déplorer la mort du sage et vaillant Machabée (1) : cet homme, qui portoit la gloire de sa nation jusqu'aux extrémités de la terre ; qui couvroit son camp du bouclier, et forçoit celui des ennemis avec l'épée ; qui donnoit à des rois ligués contre lui des déplaisirs mortels, et réjouissoit Jacob par ses vertus et par ses exploits, dont la mémoire doit être éternelle.

Cet homme qui défendoit les villes de Juda, qui domptoit l'orgueil des enfans d'Ammon et d'Esaü, qui revenoit chargé des dépouilles de Samarie, après avoir brûlé sur leurs propres autels les dieux des nations étrangères ; cet homme que Dieu avoit mis autour d'Israël, comme un mur d'airain, où se brisèrent tant de fois toutes les forces de l'Asie, et qui, après avoir défait de nombreuses armées, déconcerté les plus fiers et les plus habiles généraux des rois de Syrie, venoit tous les ans, comme le moindre des Israélites, réparer avec ses mains triomphantes les ruines du sanctuaire, et ne vouloit d'autre récompenses des services qu'il rendoit à sa patrie, que l'honneur de l'avoir servie. Ce vaillant homme poussant enfin, avec un courage invincible, les ennemis qu'il avoit réduits à une fuite honteuse, reçut le coup mortel, et demeura comme enseveli dans son triomphe. Au premier bruit de ce funeste accident, toutes les villes de Judée furent émues, de ruisseaux de larmes coulèrent des yeux de tous leurs habitans. Ils furent quelque temps saisis, muets, immobiles. Un effort de douleur rompant enfin ce long et morne silence, d'une voix entrecoupée de sanglots que formoient dans leurs cœurs la tristesse, la pitié, la crainte, ils s'écrièrent : « Comment est mort cet homme « puissant, qui sauvoit le peuple d'Israël ! » A ces cris Jérusalem redoubla ses pleurs ; les voûtes du temple s'ébranlèrent ; le Jourdain se troubla, et tous ses rivages retentirent du son de ces lugubres paroles : « Comment est mort « cet homme puissant, qui sauvoit le peuple d'Israël ! »

(1) 1 Mac. c. 3, 4, 5, etc.

Chrétiens, qu'une triste cérémonie assemble en ce lieu, ne rappelez-vous pas en votre mémoire ce que vous avez vu, ce que vous avez senti il y a cinq mois? Ne vous reconnoissez-vous pas dans l'affliction que j'ai décrite? et ne mettez-vous pas dans votre esprit, à la place du héros dont parle l'Écriture, celui dont je viens vous parler? La vertu et le malheur de l'un et de l'autre sont semblables; et il ne manque aujourd'hui à ce dernier, qu'un éloge digne de lui. O si l'esprit divin, l'esprit de force et de vérité, avoit enrichi mon discours de ces images vives et naturelles qui représentent la vertu, et qui la persuadent tout ensemble, de combien de nobles idées remplirois-je vos esprits, et quelle impression feroit sur vos cœurs le récit de tant d'actions édifiantes et glorieuses!

Quelle matière fut jamais plus disposée à recevoir tous les ornemens d'une grave et solide éloquence, que la vie et la mort de très-haut et très-puissant prince Henri de laTour-d'Auvergne, vicomte de Turenne, maréchal-général des camps et armées du roi, et colonel-général de la cavalerie légère? Où brillent avec plus d'éclat les effets glorieux de la vertu militaire, conduites d'armées, siéges de places, prises de villes, passages de rivières, attaques hardies, retraites honorables, campemens bien ordonnés, combats soutenus, batailles gagnées, ennemis vaincus par la force, dissipés par l'adresse, lassés et consumés par une sage et noble patience? Où peut-on trouver tant et de si puissans exemples, que dans les actions d'un homme sage, modeste, libéral, désintéressé, dévoué au service du prince et de la patrie; grand dans l'adversité par son courage, dans la prospérité par sa modestie, dans les difficultés par sa prudence, dans les périls par sa valeur, dans la religion par sa piété?

Quel sujet peut inspirer des sentimens plus justes et plus touchans, qu'une mort soudaine et surprenante, qui a suspendu le cours de nos victoires, et rompu les plus douces espérances de la paix? Puissances ennemies de la France, vous vivez et l'esprit de la charité chrétienne

m'interdit de faire aucun souhait pour votre mort. Puissiez-
vous seulement reconnoître la justice de nos armes,
recevoir la paix que malgré vos pertes, vous avez tant de
fois refusée, et dans l'abondance de vos larmes éteindre
les feux d'une guerre que vous avez malheureusement
allumée. A Dieu ne plaise que je porte mes souhaits plus
loin! les jugements de Dieu sont impénétrables. Mais vous
vivez et je plains en cette chaire un sage et vertueux
capitaine, dont les intentions étoient pures, et dont la
vertu sembloit mériter une vie plus longue et plus
étendue.

Retenons nos plaintes, messieurs, il est temps de commencer son éloge, et de vous faire voir comment cet
homme puissant triomphe des ennemis de l'état par sa
valeur, des passions de l'ame par sa sagesse, des erreurs
et des vanités du siècle par sa piété. Si j'interromps cet
ordre de mon discours, pardonnez un peu de confusion
dans un sujet qui nous a causé tant de trouble. Je con-
fondrai quelquefois peut-être le général d'armée, le sage,
le chrétien. Je louerai tantôt les victoires, tantôt les
vertus qui les ont obtenues. Si je ne puis raconter tant
d'actions, je les découvrirai dans leurs principes;
j'adorerai le Dieu des armées, j'invoquerai le Dieu de la
paix, je bénirai le Dieu des miséricordes, et j'attirerai
par-tout votre attention, non par la force de l'éloquence,
mais par la vérité et par la grandeur des vertus dont je
suis engagé de vous parler.

PREMIÈRE PARTIE.

N'attendez pas, messieurs, que je suive la coutume des
orateurs, et que je loue M. de Turenne comme on loue
les hommes ordinaires. Si sa vie avoit moins d'éclat, je
m'arrêterois sur la grandeur et la noblesse de sa maison;
et si son portrait étoit moins beau, je produirois ici ceux
de ses ancêtres. Mais la gloire de ses actions efface celle
de sa naissance, et la moindre louange qu'on peut lui
donner, c'est d'être sorti de l'ancienne et illustre maison

de la Tour-d'Auvergne, qui a mêlé son sang à celui des rois et des empereurs, qui a donné des maîtres à l'Aquitaine, des princesses à toutes les cours de l'Europe; et des reines même à la France.

Mais que dis-je? il ne faut pas l'en louer ici, il faut l'en plaindre. Quelque glorieuse que fût la source dont il sortoit, l'hérésie des derniers temps l'avoit infectée. Il recevoit avec ce beau sang, des principes d'erreur et de mensonges; et parmi ses exemples domestiques, il trouvoit celui d'ignorer et de combattre la vérité. Ne faisons donc pas la matière de son éloge, de ce qui fut pour lui un sujet de pénitence; et voyons les voies d'honneur et de gloire que la providence de Dieu lui ouvrit dans le monde, avant que sa miséricorde le retirât des voies de la perdition et de l'égarement de ses pères.

Avant sa quatorzième année, il commença à porter les armes. Des siéges et des combats servirent d'exercice à son enfance, et ses premiers divertissements furent des victoires. Sous la discipline du prince d'Orange, son oncle maternel, il apprit l'art de la guerre en qualité de simple soldat, et ni l'orgueil ni la paresse ne l'éloignèrent d'aucun des emplois, où la peine et l'obéissance sont attachées. On le vit en ce dernier rang de la milice, ne refuser aucune fatigue, et ne craindre aucun péril; faire par honneur ce que les autres faisoient par nécessité, et ne se distinguer d'eux que par un plus grand attachement au travail, et par une plus noble application à tous ses devoirs.

Ainsi commençoit une vie dont les suites devoient être si glorieuses, semblable à ces fleuves qui s'étendent à mesure qu'ils s'éloignent de leur source, et qui portent enfin par-tout où ils coulent, la commodité et l'abondance. Depuis ce temps, il a vécu pour la gloire et pour le salut de l'état. Il a rendu tous les services qu'on peut attendre d'un esprit ferme et agissant, quand il se trouve dans un corps robuste et bien constitué. Il a eu dans la jeunesse toute la prudence d'un âge avancé, et dans un âge avancé toute la vigueur de la jeunesse. Ses jours ont été pleins (1), selon les termes de l'Écriture, et comme il ne perdit pas ses jeunes années dans la mollesse et dans la volupté, il n'a pas été contraint de passer les dernières dans l'oisiveté et dans la foiblesse.

Quel peuple ennemi de la France n'a pas ressenti les effets de sa valeur, et quel endroit de nos frontières n'a pas servi de théâtre à sa gloire ? Il passe les Alpes ; et dans les fameuses actions de Casal, de Turin, de la route de Quiers, il se signale par son courage et par sa prudence ; et l'Italie le regarde comme un des principaux instrumens de ces grands et prodigieux succès qu'on aura peine à croire un jour dans l'histoire (2). Il passe des Alpes aux Pyrénées, pour assister à la conquête de deux importantes places, qui mettent une de nos plus belles provinces à couvert de tous les efforts de l'Espagne. Il va recueillir au-delà du Rhin (3) les débris d'une armée défaite ; il prend des villes et contribue au gain des batailles. Il s'élève ainsi par degrés, et par son seul mérite, au suprême commandement, et fait voir dans tous le cours de sa vie, ce que peut pour la défense d'un royaume un général d'armée qui s'est rendu digne de commander en obéissant, et qui a joint à la valeur et au génie l'application et l'expérience.

Ce fut alors que son esprit et son cœur agirent dans toute leur étendue. Soit qu'il fallût préparer les affaires, ou les décider ; chercher la victoire avec ardeur, ou l'attendre avec patience ; soit qu'il fallût prévenir les desseins des ennemis par la hardiesse, ou dissiper les craintes et les jalousies des alliés par la prudence ; soit qu'il fallût se modérer dans les prospérités, ou se soutenir dans les malheurs de la guerre ; son ame fut toujours égale. Il ne

(1) Ps. 73.
(2) Perpignan et Colloure.
(3) Trèves, Aschaffembourg, etc. Combat de Fribourg, bataille de Norlingue.

fit que changer de vertus quand la fortune changeoit de face : heureux sans orgueil, malheureux avec dignité, et presqu'aussi admirable lorsqu'avec jugement et avec fierté il sauvoit les restes des troupes battues à Mariandal, que lorsqu'il battoit lui-même les Impériaux et les Bavarois, et qu'avec des troupes triomphantes (1), il forçoit toute l'Allemagne à demander la paix à la France.

On eût dit qu'un heureux traité alloit terminer toutes les guerres de l'Europe, lorsque Dieu, dont les jugemens (2), selon le Prophète, sont des abîmes, voulut affliger et punir la France par elle-même, et l'abandonna à tous les déréglemens que causent dans un état les dissensions civiles et domestiques. Souvenez-vous, messieurs, de ce tems de désordre et de trouble, où l'esprit ténébreux de discorde confondoit le devoir avec la passion, le droit avec l'intérêt, la bonne cause avec la mauvaise ; où les plus brillans souffrirent presque tous quelqu'éclipse, et les plus fidèles sujets se virent entraînés, malgré eux, par le torrent des partis, comme ces pilotes qui, se trouvant surpris de l'orage en pleine mer, sont contraints de quitter la route qu'ils veulent tenir, et de s'abandonner pour un tems au gré des vents et de la tempête. Telle est la justice de Dieu ; telle est l'infirmité naturelle des hommes. Mais le sage revient aisément à soi, et il y a dans la politique comme dans la religion, une espèce de pénitence plus glorieuse que l'innocence même, qui répare avantageusement un peu de fragilité par des vertus extraordinaires, et par une ferveur continuelle.

Mais où m'arrêtai-je, messieurs ! Votre esprit vous représente déjà sans doute M. de Turenne à la tête des armées du Roi. Vous le voyez combattre et dissiper la rébellion ; ramener ceux que le mensonge avoit séduits, rassurer ceux que la crainte avoit ébranlés, et crier comme un autre Moïse à toutes les portes d'Israël : « Que ceux

(1) La paix de Munster.
(2) Ps. 35.

« qui sont au Seigneur se joignent à moi (1). » Quelles furent alors sa fermeté et sa sagesse ! Tantôt sur les rives de la Loire, suivi d'un petit nombre d'officiers et de domestiques, il court à la défense d'un pont (2), et tient ferme contre une armée ; et soit la hardiesse de l'entreprise, soit la seule présence de ce grand homme, soit la protection visible du ciel, qui rendoit les ennemis immobiles, il étonna par sa résolution ceux qu'il ne pouvoit arrêter par la force, et releva par cette prudente et heureuse témérité, l'état penchant vers sa ruine (3). Tantôt se servant de tous les avantages des tems et des lieux, il arrête avec peu de troupes une armée qui venoit de vaincre, et mérite les louanges mêmes d'un ennemi qui, dans les siècles idolâtres, auroit passé pour le Dieu des batailles (4). Tantôt vers les bords de la Seine, il oblige par un traité un prince étranger, dant il avoit pénétré les plus secrètes intentions, de sortir de France, et d'abandonner les espérances qu'il avoit conçues de profiter de nos désordres.

Je pourrois ajouter ici des places prises, des combats gagnés sur les rebelles. Mais dérobons quelque chose à la gloire de notre héros, plutôt que de voir plus longtems l'image funeste de nos misères passées. Parlons d'autres exploits qui aient été aussi avantageux pour la France que pour lui-même, et dont nos ennemis n'aient pas eu sujet de se réjouir.

Je me contente de vous dire qu'il appaisa par sa conduite l'orage dont le royaume étoit agité. Si la licence fut réprimée ; si les haines publiques et particulières furent assoupies ; si les loix reprirent leur ancienne vigueur ; si l'ordre et le repos furent rétablis dans les villes et dans les provinces ; si les membres furent heureusement réu-

____

(1) Exod. 32.
(2) Le pont de Gergeau.
(3) A Blaneau.
(4) A Villeneuve-Saint-George.

nis à leur chef, c'est à lui, France, que tu le dois. Je me trompe, c'est à Dieu qui tire, quand il veut, des trésors de sa Providence, ces grandes ames qu'il a choisies comme des instrumens visibles de sa puissance, pour faire naître du sein des tempêtes le calme et la tranquillité publique, pour relever les états de leur ruine, et réconcilier, quand sa justice est satisfaite, les peuples avec leurs souverains.

Son courage qui n'agissoit qu'avec peine dans les malheurs de sa patrie, sembla s'échauffer dans les guerres étrangères, et l'on vit redoubler sa valeur. N'entendez pas par ce mot, messieurs, une hardiesse vaine, indiscrète, emportée, qui cherche le danger pour le danger même ; qui s'expose sans fruit, et qui n'a pour but que la réputation et les vains applaudissements des hommes. Je parle d'une hardiesse sage et réglée, qui s'anime à la vue des ennemis ; qui dans le péril même pourvoit à tout, et prend tous ses avantages ; mais qui se mesure avec ses forces ; qui entreprend les choses difficiles, et ne tente pas les impossibles ; qui n'abandonne rien au hasard de ce qui peut être conduit par la vertu ; capable enfin de tout oser quand le conseil est inutile, et prêt à mourir dans la victoire ou à survivre à son malheur, en accomplissant ses devoirs.

J'avoue, messieurs, que je succombe ici sous le poids de mon sujet. Ce grand nombre d'actions dont je dois parler m'embarrasse : je ne puis les décrire toutes, et je voudrois n'en omettre aucune. Que n'ai-je le secret de graver dans vos esprits un plan invisible et raccourci de la Flandre et de l'Allemagne ! Je marquerois sans confusion dans vos pensées tout ce que fit ce grand capitaine, et vous dirois en abrégé, selon les lieux (1) : Ici il forçoit des retranchemens et secouroit une place assiégée ; là il surprenoit les ennemis ou les battoit en pleine campagne ;

(1) Le secours d'Arras.

ces villes (1) où vous voyez les lis arborés, ont été, ou défendues par sa vigilance, ou conquises par sa fermeté et par son courage (2) : ce lieu couvert d'un bois et d'une rivière, c'est le poste où il rassuroit ses troupes effrayées après une honorable retraite (3) ; ici il sortoit de ses lignes pour combattre, et d'un seul coup il prenoit une ville et gagnoit une bataille ; là distribuant ce qui lui restoit de son propre argent, il achevoit un siége, et il alloit en faire lever un en même tems.

Je recueillerois ensuite tant de succès, et vous ferois souvenir de ces mauvaises nuits que le roi d'Espagne avoua qu'il avoit passées (4), et de cette paix recherchée par des traités et des alliances, sans laquelle, Flandre, théâtre sanglant où se passent tant de scènes tragiques, triste et fatale contrée, trop étroite pour contenir tant d'armées qui te dévorent, tu aurois accru le nombre de nos provinces, et au lieu d'être la source malheureuse de nos guerres, tu serois aujourd'hui le fruit paisible de nos victoires.

Je pourrois, messieurs, vous montrer vers les bords du Rhin (5) autant de trophées que sur les bords de l'Escaut et de la Sambre. Je pourrois vous décrire des combats gagnés, des rivières et des défilés passés à la vue des ennemis, des plaines teintes de leur sang, des montagnes presqu'inaccessibles traversées pour les aller repousser loin de nos frontières. Mais l'éloquence de la chaire n'est pas propre au récit des combats et des batailles : la langue d'un prêtre destinée à louer Jésus-Christ, le sauveur des hommes, ne doit pas être employée à parler d'un art qui tend à leur destruction, et je ne viens pas pour vous donner des idées de meurtre et de carnage devant

(1) Condé, Landrecies, Ypres, Oudenarde, etc.
(2) Retraite de Valenciennes.
(3) Bataille des Dunes et prise de Dunkerque. Saint-Venant pris. Ardres secourue.
(4) Paix des Pyrénées
(5) A Entk, Sentkein, Mulhausen, etc.

ces autels où l'on n'offre plus le sang des taureaux en sacrifice au Dieu des armées, mais au Dieu de miséricorde et de paix une victime non sanglante.

Quoi donc! N'y a-t-il point de valeur et de générosité chrétienne (1)? L'Écriture qui commande de sanctifier les guerres, ne nous apprend-elle pas que la piété n'est pas incompatible avec les armes? Viens-je condamner une profession que la religion ne condamne pas, quand on en sait modérer la violence (2)? Non, messieurs, je sais que ce n'est pas en vain que les princes portent l'épée ; que la force peut agir, quand elle se trouve jointe avec l'équité ; que le Dieu des armées préside à cette redoutable justice que les souverains se font à eux-mêmes ; que le droit des armes est nécessaire pour la conservation de la société, et que les guerres sont permises pour assurer la paix, pour protéger l'innocence, pour arrêter la malice qui se déborde, et pour retenir la cupidité dans les bornes de la justice.

Je sais aussi que la modération et la charité doivent régler les guerres parmi les chrétiens; que les capitaines qui les conduisent sont les ministres de la providence de Dieu, qui est toujours sage, et de la puissance des rois, qui ne doit jamais être injuste ; qu'ils doivent avoir le cœur doux et charitable, lors même que leurs mains sont sanglantes, et adorer intérieurement le Créateur, lorsqu'ils se trouvent dans la triste nécessité de détruire ses créatures.

C'est ici que j'atteste la foi publique, messieurs, et que parlant de la douceur et de la modération de M. de Turenne, je puis avoir pour témoins de ce que je dis tous ceux qui l'ont suivi dans les armées. S'est-il fait un plaisir de se servir du pouvoir qu'il a eu de nuire à ceux même qu'on regarde et qu'on traite comme ennemis ? Où a-t-il laissé des marques terribles de sa colère, ou de ses vengeances

(1) Joel. c. 7.
(2) Epist. ad Rom. c. 13.

particulières ? Laquelle de ses victoires a-t-il estimée par le nombre des misérables qu'il accabloit, ou des morts qu'il laissoit sur le champ de bataille ? Quelle vie a-t-il exposée pour son intérêt, ou pour sa propre réputation ? Quel soldat n'a-t-il pas ménagé comme un sujet du prince et une portion de la République ? Quelle goutte de sang a-t-il répandue qui n'ait servi à la cause commune ?

On l'a vu, dans la fameuse bataille des Dunes, arracher les armes des mains des soldats étrangers, qu'une férocité naturelle acharnoit sur les vaincus. On l'a vu gémir de ces maux nécessaires que la guerre traîne après soi, que le tems force de dissimuler, de souffrir et de faire. Il savoit qu'il y a un droit plus haut et plus sacré que celui que la fortune et l'orgueil imposent aux foibles et aux malheureux, et que ceux qui vivent sous la loi de Jésus-Christ doivent épargner, autant qu'ils peuvent, un sang consacré par le sien, et ménager des vies qu'il a rachetées par sa mort.

Il cherchoit à soumettre les ennemis, non pas à les perdre. Il eût voulu pouvoir attaquer sans nuire, se défendre sans offenser, et réduire au droit et à la justice ceux à qui il étoit obligé par devoir de faire violence.

Enfin, il s'étoit fait une espèce de morale militaire qui lui étoit propre. Il n'avoit pour toute passion que l'affection pour la gloire du Roi, le desir de la paix, et le zèle du bien public. Il n'avoit pour ennemis que l'orgueil, l'injustice et l'usurpation. Il s'étoit accoutumé à combattre sans colère, à vaincre sans ambition, à triompher sans vanité, et à ne suivre pour règle de ses actions que la vertu et la sagesse. C'est ce que je dois vous montrer dans cette seconde partie.

SECONDE PARTIE.

La valeur n'est qu'une force aveugle et impétueuse, qui se trouble et se précipite, si elle n'est élairée et conduite par la probité et la prudence : et le capitaine n'est pas accompli, s'il ne renferme en soi l'homme de bien et sage. Quelle discipline peut établir dans un camp celui qui ne sait régler ni son esprit ni sa conduite ? Et comment saura calmer ou émouvoir selon ses desseins dans une armée tant de passions différentes, celui qui ne sera pas maître des siennes (1) ? Aussi l'esprit de Dieu nous apprend dans l'Écriture, que l'homme prudent l'emporte sur le courageux (2), que la sagesse vaut mieux que les armes des gens de guerre, et que celui qui est patient et modéré est quelquefois plus estimable que celui qui prend des villes et qui gagne des batailles.

Ici vous formez sans doute, messieurs, dans votre esprit, des idées plus nobles que celles que je puis vous donner. En parlant de M. de Turenne, je reconnois que je ne puis vous élever au-dessus-de vous-mêmes, et le seul avantage que j'ai, c'est que je ne dirai rien que vous ne croyiez ; et que, sans être flatteur, je puis dire de grandes choses. Y eût-il jamais homme plus sage et plus prévoyant, qui conduisît une guerre avec plus d'ordre et de jugement ; qui eût plus de précautions et plus de ressources ; qui fût plus agissant et plus retenu ; qui disposât mieux toutes choses à leur fin, et qui laissât mûrir ses entreprises avec tant de patience ? Il prenoit des mesures presque infaillibles ; et pénétrant non-seulement ce que les ennemis avoient fait, mais encore ce qu'ils avoient dessein de faire, il pouvoit être malheureux, mais il n'étoit jamais surpris. Il distinguoit le tems d'attaquer et le tems de défendre. Il ne hasardoit jamais rien que lorsqu'il avoit beaucoup à gagner, et qu'il n'avoit presque rien à perdre. Lors même qu'il sembloit céder, il ne laissoit pas de se faire craindre. Telle enfin étoit son habileté, que lorsqu'il vainquoit, on ne pouvoit en attribuer l'honneur qu'à sa prudence ; et lorsqu'il étoit vaincu, on ne pouvoit en imputer la faute qu'à la fortune.

(1) Sap. c. 6. Eccl. c. 9.
(2) Prov. c. 16.

Souvenez-vous, messieurs, du commencement et des suites de la guerre, qui n'étant d'abord qu'une étincelle, embrasse aujourd'hui toute l'Europe. Tout se déclare contre la France. On soulève les étrangers, on débauche les alliés, on intimide les amis, on encourage les vaincus, on arme les envieux. Sur des craintes imaginaires et des défiances artificieusement inspirées, les intérêts sont confondus, la foi violée, et les traités méprisés. Il falloit, je l'avoue, pour résister à tant d'armées jointes ensemble contre nous, des troupes aussi vaillantes et des capitaines aussi expérimentés que les nôtres. Mais rien n'étoit si formidable, que de voir toute l'Allemagne, ce grand et vaste corps, composé de tant de peuples et de nations différentes, déployer tous ses étendards, et marcher vers nos frontières, pour nous accabler par la force, après nous avoir effrayés par la multitude.

Il falloit opposer à tant d'ennemis un homme d'un courage ferme et assuré, d'une capacité étendue, d'une expérience consommée, qui soutînt la réputation, et qui ménageât les forces du royaume ; qui n'oubliât rien d'utile et de nécessaire, et ne fît rien de superflu ; qui sût, selon les occasions, profiter de ses avantages, ou se relever de ses pertes ; qui fût tantôt le bouclier, et tantôt l'épée de son pays ; capable d'exécuter les ordres qu'il auroit reçus, et de prendre conseil de lui-même dans les rencontres.

Vous savez de qui je parle, messieurs ; vous savez le détail de ce qu'il fit, sans que je le dise. Avec des troupes considérables, seulement par leur courage et par la confiance qu'elles avoient en leur général, il arrête et consume deux grandes armées, et force à conclure la paix par des traités, ceux qui croyoient venir terminer la guerre par notre entière et prompte défaite. Tantôt il s'oppose à la jonction de tant de secours ramassés, et rompt le cours de tous ces torrens qui auroient inondé la France. Tantôt il les défait ou les dissipe par des combats réitérés. Tantôt il les repousse au-delà de leurs rivières, et les arrête toujours par des coups hardis, quand

15.

il faut rétablir la réputation ; par la modération, quand il ne faut que la conserver.

Villes, que nos ennemis s'étoient déjà partagées, vous êtes encore dans l'enceinte de notre empire. Provinces qu'ils avoient déjà ravagées dans le désir et dans la pensée, vous avez encore recueilli vos moissons. Vous durez encore, place que l'art et la nature ont fortifiées, et qu'ils avoient dessein de démolir, et vous n'avez tremblé que sous des projets frivoles d'un vainqueur en idée, qui comptoit le nombre de nos soldats, et qui ne songeoit pas à la sagesse de leur capitaine.

Cette sagesse étoit la source de tant de prospérités éclatantes. Elle entretenoit cette union des soldats avec leur chef, qui rend une armée invincible ; elle répandoit dans les troupes un esprit de force, de courage et de confiance, qui leur faisoit tout souffrir, tout entreprendre dans l'exécution de ses desseins ; elle rendoit enfin des hommes grossiers, capables de gloire ; car, messieurs, qu'est-ce qu'une armée ? c'est un corps animé d'une infinité de passions différentes, qu'un homme habile fait mouvoir pour la défense de la patrie ; c'est une troupe d'hommes armés qui suivent aveuglément les ordres d'un chef, dont ils ne savent pas les intentions : c'est une multitude d'ames, pour la plupart viles et mercenaires, qui, sans songer à leur propre réputation, travaillent à celle des rois et des conquérans : c'est un assemblage confus de libertins qu'il faut assujettir à l'obéissance ; de lâches qu'il faut mener au combat ; de téméraires qu'il faut retenir ; d'impatiens qu'il faut accoutumer à la constance. Quelle prudence ne faut-il pas pour conduire et réunir au seul intérêt public tant de vues et de volontés différentes ? Comment se faire craindre sans se mettre en danger d'être haï, et bien souvent abandonné ? Comment se faire aimer, sans perdre un peu de l'autorité, et relâcher de la discipline nécessaire ?

Qui trouva jamais mieux tous ces justes tempéramens, que ce prince que nous pleurons ! Il attacha par des

nœuds de respect et d'amitié ceux qu'on ne retient ordinairement que par la crainte des supplices ; et se fit
rendre par sa modération une obéissance aisée et volontaire. Il parle, chacun écoute ses oracles ; il commande,
chacun avec joie suit ses ordres ; il marche, chacun croit
courir à la gloire. On diroit qu'il va combattre des rois
confédérés avec sa seule maison (1), comme un autre
Abraham ; que ceux qui le suivent sont ses soldats et
ses domestiques ; et qu'il est et général et père de famille
tout ensemble. Aussi rien ne peut soutenir leurs efforts :
ils ne trouvent point d'obstacles qu'ils ne surmontent ;
point de difficultés qu'ils ne vainquent ; point de péril
qui les épouvante ; point de travail qui les rebute ; point
d'entreprise qui les étonne ; point de conquête qui leur
paroisse difficile. Que pouvoient-ils refuser à un capitaine
qui renonçoit à ses commodités pour les faire vivre dans
l'abondance, qui, pour leur procurer du repos, perdoit le
sien propre, qui soulageoit leurs fatigues, et ne s'en
épargnoit aucune, qui prodiguoit son sang, et ne ména-
geoit que le leur ?

Par quelle invisible chaîne entraînoit-il ainsi les volontés ?
Par cette bonté avec laquelle il encourageoit les uns, il
excusoit les autres, et donnoit à tous les moyens de s'a-
vancer, de vaincre leur malheur, ou de réparer leurs
fautes ; par ce désintéressement qui le portoit à préférer
ce qui étoit plus utile à l'État à ce qui pouvoit être plus
glorieux pour lui-même ; par cette justice, qui, dans la
distribution des emplois, ne lui permettoit pas de suivre
son inclination au préjudice du mérite ; par cette noblesse
de cœur et de sentimens, qui l'élevoit au-dessus de sa
propre grandeur, et par tant d'autres qualités qui lui
attiroient l'estime et le respect de tout le monde. Que
j'entrerois volontiers dans les motifs et dans les circonstances de ses actions ! Que j'aimerois à vous montrer
une conduite si régulière et si uniforme, un mérite si

_____

(1) Gen. **14.**

éclatant, et si exempt de faste et d'ostentation ; de grandes vertus produites par des principes encore plus grands ; une droiture universelle qui le portoit à s'appliquer à tous ses devoirs, et à les réduire tous à leurs fins justes et naturelles, et une heuréuse habitude d'être vertueux, non pas pour l'honneur, mais pour la justice qu'il y a de l'être ! Mais il ne m'appartient pas de pénétrer jusqu'au fond de ce cœur magnanime ; et il étoit réservé à une bouche plus éloquente que la mienne (1), d'en exprimer tous les mouvemens et toutes les inclinations intérieures.

Pour récompenser tant de vertus par quelque honneur extraordinaire, il falloit trouver un grand roi qui crût ignorer quelque chose, et qui fût capable de l'avouer. Loin d'ici ces flatteuses maximes, que les rois naissent habiles, et que les autres le deviennent ; que leurs ames privilégiées sortent des mains de Dieu qui les crée, toutes sages et intelligentes ; qu'il n'y a point pour eux d'essai ni d'apprentissage ; qu'ils sont vertueux sans travail, et prudens sans expérience. Nous vivons sous un prince qui, tout grand et tout éclairé qu'il est, a bien voulu s'instruire pour commander ; qui, dans la route de la gloire, a su choisir un guide fidèle, et a cru qu'il étoit de sa sagesse de se servir de celle d'autrui. Quel honneur pour un sujet d'accompagner son roi, de lui servir de conseil, et, si je l'ose dire, d'exemple dans une importante conquête ! Honneur d'autant plus grand que la faveur n'y put avoir part ; qu'il ne fut fondé que sur un mérite universellement connu, et qu'il fut suivi de la prise des villes les plus considérables de la Flandre (2).

Après cette glorieuse marque d'estime et de confiance, quels projets d'établissement et de fortune n'auroit pas fait un homme avare et ambitieux ! Qu'il eût amassé de biens et d'honneurs, et qu'il eût vendu chèrement tant de travaux et de services ! Mais cet homme sage et dé-

----

(1) Mascaron, alors évêque de Tulle.
(2) Charleroi, Douai, Tournai, Ath, Lille, etc.

sintéressé, content des témoignages de sa conscience, et
riche de sa modération, trouve dans le plaisir qu'il a de
bien faire, la récompense d'avoir bien fait. Quoiqu'il puisse
tout obtenir, il ne demande et ne prétend rien ; il ne désire (1), à l'exemple de Salomon, qu'un état frugal et
honnête entre la pauvreté et les richesses; et quelques
offres qu'on lui fasse, il n'étend ses desirs qu'à proportion
de ses besoins, et se resserre dans les bornes étroites du
seul nécessaire. Il n'y eut qu'une ambition capable de le
toucher, ce fut de mériter l'estime et la bienveillance de
son maître. Cette ambition fut satisfaite, et notre siècle a
vu un sujet aimer son roi pour ses grandes qualités, non
pour sa dignité ni pour sa fortune; et un roi aimer son
sujet plus pour le mérite qu'il connoissoit en lui, que
pour les services qu'il en recevoit.

Cet honneur, messieurs, ne diminua point sa modestie.
A ce mot, je ne sais quel remords m'arrête. Je crains de
publier ici des louanges qu'il a si souvent rejetées, et
d'offenser après sa mort une vertu qu'il a tant aimée pendant sa vie. Mais accomplissons la justice, et louons-le
sans crainte, en un temps où nous ne pouvons être suspects de flatterie, ni lui susceptible de vanité. Qui fit
jamais de si grandes choses ? qui les dit avec plus de retenue ? Remportoit-il quelque avantage ? à l'entendre ce
n'étoit pas qu'il fût habile, mais l'ennemi s'étoit trompé.
Rendoit-il compte d'une bataille ? il n'oublioit rien, sinon
que c'étoit lui qui l'avoit gagnée. Racontoit-il quelques-
unes de ces actions qui l'avoient rendu si célèbre? on eût
dit qu'il n'en avoit été que le spectateur, et l'on doutoit
si c'étoit lui qui se trompoit ou la renommée. Revenoit-il
de ces heureuses campagnes qui rendront son nom immortel? il fuyoit les acclamations populaires, il rougissoit
de ses victoires, il venait recevoir des éloges comme on
vient faire des apologies, et n'osoit presque aborder le Roi,
parce qu'il étoit obligé par respect de souffrir patiemment

(1) **Prov.** c. 30.

les louanges dont Sa Majesté ne manquoit jamais de l'honorer.

C'est alors que dans le doux repos d'une condition privée, ce prince se dépouillant de toute la gloire qu'il avoit acquise pendant la guerre, et se renfermant dans une société peu nombreuse de quelques amis choisis, il s'exerçoit sans bruit aux vertus civiles ; sincère dans ses discours, simple dans ses actions, fidèle dans ses amitiés, exact dans ses devoirs, réglé dans ses desirs, grand même dans les moindres choses. Il se cache, mais sa réputation le découvre ; il marche sans suite et sans équipage, mais chacun dans son esprit le met sur un char de triomphe. On compte, en le voyant, les ennemis qu'il a vaincus, non pas les serviteurs qui le suivent ; tout seul qu'il est, on se figure autour de lui ses vertus et ses victoires qui l'accompagnent : il y a je ne sais quoi de noble dans cette honnête simplicité ; et moins il est superbe, plus il devient vénérable.

Il auroit manqué quelque chose à sa gloire, si trouvant par-tout tant d'admirateurs, il n'eût fait quelques envieux. Telle est l'injustice des hommes, la gloire la plus pure et la mieux acquise les blesse ; tout ce qui s'élève au-dessus d'eux, leur devient odieux et insupportable ; et la fortune la plus approuvée et la plus modeste n'a pu se sauver de cette lâche et maligne passion. C'est la destinée des grands hommes d'en être attaqués ; et c'est le privilége de M. de Turenne d'avoir pu la vaincre. L'envie fut étouffée, ou par le mépris qu'il en fit, ou par des accroissemens perpétuels d'honneur et de gloire ; le mérite l'avoit fait naître, le mérite la fit mourir. Ceux qui lui étoient moins favorables ont reconnu combien il étoit nécessaire à l'état ; ceux qui ne pouvoient souffrir son élévation se crurent enfin obligés d'y consentir, et n'osant s'affliger de la prospérité d'un homme qui ne leur auroit jamais donné la misérable consolation de se réjouir de quelqu'une de ses fautes, ils joignirent leur voix à la voix publique, et crurent qu'être son ennemi, c'étoit l'être de toute la France.

Mais à quoi auroient abouti tant de qualités héroïques, si Dieu n'eût fait éclater sur lui la puissance de sa grace, et si celui dont sa providence s'étoit si noblement servie, eût été l'objet éternel de sa justice ? Dieu seul pouvoit dissiper ses ténèbres, et il tenoit en sa puissance l'heureux moment qu'il avoit marqué pour l'éclairer de ses vérités.

Il arriva ce moment heureux, ce point où se rapportoit toute sa véritable gloire. Il entrevit des piéges et des précipices que sa prévention lui avoit jusqu'alors entièrement cachés. Il commença à marcher avec précaution et avec crainte dans ces routes égarées où il se trouvoit engagé. Certains rayons de graces et de lumières lui firent apercevoir qu'en vain rempliroit-il les plus beaux endroits de l'histoire, si son nom n'étoit écrit dans le livre de vie ; qu'en vain gagneroit-il le monde entier, s'il perdoit son ame ; qu'il n'y avoit qu'une foi et un Jésus-Christ ; et une vérité simple et indivisible, qui ne se montre qu'à ceux qui la cherchent avec un cœur humble et une volonté désintéressée. Il n'étoit pas encore éclairé ; mais il commençoit d'être docile. Combien de fois consulta-t-il des amis savans et fidèles ? Combien de fois, soupirant après ces lumières vives et efficaces, qui seules triomphent des erreurs de l'esprit humain, dit-il à Jésus-Christ, comme cet aveugle de l'Évangile (1) : « Seigneur, faites « que je voie ? » Combien de fois essaya-t-il d'une main impuissante d'arracher le bandeau fatal qui fermoit ses yeux à la vérité ? Combien de fois remonta-t-il jusqu'à ces sources anciennes et pures, que Jésus-Christ a laissées à son Église, pour y puiser avec joie les eaux d'une doctrine salutaire ?

Habitude, prétextes, engagement, honte de changer, plaisir d'être regardé comme le chef et le protecteur

_____

(1) Marc. c. 10.

d'Israël, vaines et spécieuses raisons de la chair et du sang, vous ne pûtes le retenir. Dieu rompit tous ses liens, et le mettant dans la liberté de ses enfants, le fit passer de la région des ténèbres, au royaume de son fils bien-aimé, à qui il appartenoit par son élection éternelle : ici un nouvel ordre de choses se présente à moi. Je vois de plus grandes actions, de plus nobles motifs, une protection de Dieu plus visible. Je parle désormais d'une sagesse que la véritable piété accompagne, et d'un courage que l'esprit de Dieu fortifie. Renouvelez donc votre attention en cette dernière partie de mon discours, et suppléez dans vos pensées à ce qui manquera à mes expressions et à mes paroles.

TROISIÈME PARTIE.

Si M. de Turenne n'avoit su que combattre et vaincre ; s'il ne s'étoit élevé au-dessus des vertus humaines ; si sa valeur et sa prudence n'avoient été animées d'un esprit de foi et de charité, je le mettrois au rang des Scipion et des Fabius, je laisserois à la vanité le soin d'honorer la vanité, et je ne viendrois pas dans un lieu saint faire l'éloge d'un homme profane. S'il avoit fini ses jours dans l'aveuglement et dans l'erreur, je louerois en vain des vertus que Dieu n'auroit pas couronnées : je répandrois des larmes inutiles sur son tombeau ; et si je parlois de sa gloire, ce ne seroit que pour déplorer son malheur. Mais, graces à Jésus-Christ, je parle d'un chrétien éclairé des lumières de la foi, agissant par les principes d'une religion pure, et consacrant par une sincère piété, tout ce qui peut flatter l'ambition ou l'orgueil des hommes. Ainsi les louanges que je lui donne retournent à Dieu qui en est la source ; et comme c'est la vérité qui l'a sanctifié, c'est aussi la vérité qui le loue.

Que sa conversion fut entière, messieurs ! et qu'il fut différent de ceux qui, sortant de l'hérésie par des vues intéressées, changent de sentimens sans changer de

mœurs ; n'entrent dans le sein de l'Église que pour la
blesser de plus près par une vie scandaleuse, et ne cessent d'être ennemis déclarés qu'en devenant enfants rebelles ! Quoique son cœur se fût sauvé des déréglemens
que causent d'ordinaire les passions, il prit encore plus
de soin de le régler ; il crut que l'innocence de sa vie
devoit répondre à la pureté de sa créance. Il connut la
vérité, il l'aima, il la suivit. Avec quel humble respect
assistoit-il aux sacrés mystères ! Avec quelle docilité
écoutoit-il les instructions salutaires des prédicateurs
évangéliques ! Avec quelle soumission adoroit-il les œuvres de Dieu, que l'esprit humain ne peut comprendre !
Vrai adorateur en esprit et en vérité, cherchant le Seigneur, selon le conseil du Sage (1), dans la simplicité du
cœur, ennemi irréconciliable de l'impiété, éloigné de toute
superstition, et incapable d'hypocrisie.

A peine a-t-il embrassé la saine doctrine, qu'il en devient le défenseur ; aussitôt qu'il est revêtu des armes
de lumière, il combat les œuvres de ténèbres ; il regarde
en tremblant l'abîme d'où il est sorti, et il tend la main
à ceux qu'il y a laissés. On diroit qu'il est chargé de
ramener dans le sein de l'Église tous ceux que le schisme
en a séparés : il les invite par ses conseils, il les attire
par ses bienfaits, il les presse par ses raisons, il les
convainc par ses expériences ; il leur fait voir les écueils
où la raison humaine fait tant de naufrages, et leur
montre derrière lui, selon les termes de saint Augustin, le
pont de la miséricorde de Dieu, par où il vient de passer
lui-même. Tantôt il allume le zèle des docteurs, et les
exhorte d'opposer au faste du mensonge, la force de la
vérité. Tantôt il leur découvre ces voies douces et insi-
nuantes qui gagnent le cœur pour gagner l'esprit. Tantôt
il fournit, selon son pouvoir, les fonds nécessaires pour
assister ceux qui abandonnent tout pour suivre Jésus-
Christ qui les appelle. Vous le savez, évêques confidens

(1) Sap. 1.

de son zèle ; tout occupé qu'il est dans le cours de ses dernières actions de guerre, il concerte avec vous des entreprises de religion, et n'oublie rien de ce qui peut contribuer ou à instruire ceux qu'une longue prévention aveugle, ou à gagner ceux que la cupidité et l'intérêt retiennent encore dans leurs erreurs ; digne fils de cette Église, dont la charité s'étend à tout, à l'imitation de celle de Dieu, et qui procure à ses enfans, outre l'héritage éternel, le soulagement même de leurs nécessités temporelles.

Telle étoit la disposition de son ame, messieurs, lorsque la Providence de Dieu permit que le Roi justement irrité allât porter la guerre au milieu des états d'une république injuste et ingrate, et fît sentir la force de ses armes à ceux qui méprisoient ses bienfaits, et qui vouloient s'opposer à sa gloire. Ce fut alors que notre héros reprit les armes, et qu'à la suite de son maître et à la tête de ses armées, il exposa son sang dans une guerre non-seulement heureuse, mais sainte, où la victoire avoit peine à suivre la rapidité du vainqueur, et où Dieu triomphoit avec le prince. Quelle étoit sa joie, lorsqu'après avoir forcé des villes (1), il voyoit son illustre neveu, plus éclatant par ses vertus que par sa pourpre, ouvrir et réconcilier des Églises ! Sous les ordres d'un roi aussi pieux que puissant, l'un faisoit prospérer les armes, l'autre étendoit la religion : l'un abattoit des remparts, l'autre redressoit des autels : l'un ravageoit les terres des Philistins, l'autre portoit l'arche autour des pavillons d'Israël : puis unissant ensemble leurs vœux, comme leurs cœurs étoient unis, le neveu avoit part aux services que l'oncle rendoit à l'état, et l'oncle avoit part à ceux que le neveu rendoit à l'Église.

Suivons ce prince dans ses dernières campagnes, et regardons tant d'entreprises difficiles, tant de succès glorieux, comme des preuves de son courage et des ré-

(1) Arnheim, Nimègue, les forts de Buritk, de Skein, etc.

compenses de sa piété. Commencer ses journées par la
prière, réprimer l'impiété et les blasphèmes, protéger les
personnes et les choses saintes contre l'insolence et l'avarice des soldats, invoquer dans tous les dangers le Dieu
des armées ; c'est le devoir et le soin ordinaire de tous
les capitaines. Pour lui, il passe plus avant. Lors même
qu'il commande aux troupes, il se regarde comme un
simple soldat de Jésus-Christ. Il sanctifie les guerres par
la pureté de ses intentions, par le désir d'une heureuse
paix, par les loix d'une discipline chrétienne. Il considère
ses soldats comme ses frères, et se croit obligé d'exercer la charité dans une profession cruelle, où l'on perd
souvent l'humanité même. Animé par de si grands motifs,
il se surpasse lui-même, et fait voir que le courage devient plus ferme quand il est soutenu par des principes de
religion ; qu'il y a une pieuse magnanimité qui attire les
bons succès, malgré les périls et les obstacles, et qu'un
guerrier est invincible, quand il combat avec foi, et
quand il prête des mains pures au Dieu des batailles qui
le conduit.

Comme il tient de Dieu toute sa gloire, aussi la lui
rapporte-t-il toute entière, et ne conçoit autre confiance
que celle qui est fondée sur le nom du Seigneur. Que ne
puis-je vous représenter ici une de ces importantes occasions (1) ; où il attaque avec peu de troupes toutes les
forces de l'Allemagne ! Il marche trois jours, passe trois
rivières, joint les ennemis, les combat et les charge. Le
nombre d'un côté, la valeur de l'autre, la fortune est longtemps douteuse. Enfin le courage arrête la multitude ;
l'ennemi s'ébranle et commence à plier. Il s'élève une
voix qui crie : Victoire. Alors ce général suspend toute
l'émotion que donne l'ardeur du combat, et d'un ton sévère : « Arrêtez, » dit-il, « notre sort n'est pas en nos
« mains, et nous serons nous-mêmes vaincus, si le Sei-
« gneur ne nous favorise. » A ces mots il lève les yeux

(1) Combat d'Eintzeim.

au ciel d'où lui vient son secours, et continuant à donner ses ordres, il attend avec soumission, entre l'espérance et la crainte, que les ordres du ciel s'exécutent.

Qu'il est difficile, messieurs, d'être victorieux et d'être humble tout ensemble ! Les prospérités militaires laissent dans l'âme je ne sais quel plaisir touchant, qui la remplit et l'occupe toute entière. On s'attribue une supériorité de puissance et de force ; on se couronne de ses propres mains ; on se dresse un triomphe secret à soi-même : on regarde comme son propre bien ces lauriers qu'on cueille avec peine, et qu'on arrose souvent de son sang ; et lors même qu'on rend à Dieu de solemnelles actions de graces, et qu'on pend aux voûtes sacrées de ses temples des drapeaux déchirés et sanglans qu'on a pris sur les ennemis, qu'il est dangereux que la vanité n'étouffe une partie de la reconnoissance, qu'on ne mêle aux vœux qu'on rend au Seigneur des applaudissemens qu'on croit se devoir à soi-même, et qu'on ne retienne au moins quelques grains de cet encens qu'on va brûler sur ses autels ?

C'étoit en ces occasions que M. de Turenne, se dépouillant de lui-même, renvoyoit toute la gloire à Celui à qui seule elle appartient légitimement. S'il marche, il reconnoît que c'est Dieu qui le conduit et qui le guide : s'il défend des places, il sait qu'on les défend en vain, si Dieu ne les garde : s'il se retranche, il lui semble que c'est Dieu qui lui fait un rempart pour le mettre à couvert de toute insulte : s'il combat, il sait d'où il tire toute sa force, et s'il triomphe, il croit voir dans le ciel une main invisible qui le couronne. Rapportant ainsi toutes les graces qu'il reçoit à leur origine, il en attire de nouvelles. Il ne compte plus les ennemis qui l'environnent ; et sans s'étonner de leur nombre ou de leur puissance, il dit avec le prophète (1) : « Ceux-là se fient « au nombre de leurs combattans et de leurs chariots : « pour nous, nous nous reposons sur la protection du

(1) Ps. 19. 8.

« Tout-Puissant. » Dans cette fidèle et juste confiance, il redouble son ardeur, forme de grands desseins, exécute de grandes choses, et commence une campagne qui sembloit devoir être si fatale à l'Empire.

Il passe le Rhin, et trompe la vigilance d'un général habile et prévoyant. Il observe les mouvemens des ennemis. Il relève le courage des alliés. Il ménage la foi suspecte et chancelante des voisins. Il ôte aux uns la volonté, aux autres les moyens de nuire ; et profitant de toutes ces conjonctures importantes qui préparent les grands et glorieux événemens, il ne laisse rien à la fortune de ce que le conseil et la prudence humaine lui peuvent ôter. Déjà frémissoit dans son camp l'ennemi confus et déconcerté. Déjà prenoit l'essor pour se sauver dans les montagnes cet aigle, dont le vol hardi avoit d'abord effrayé nos provinces. Ces foudres de bronze que l'enfer a inventés pour la destruction des hommes, tonnoient de tous côtés pour favoriser et pour précipiter cette retraite ; et la France en suspens attendoit le succès d'une entreprise qui, selon toutes les règles de la guerre, étoit infaillible.

Hélas ! nous savions tout ce que nous pouvions espérer, et nous ne pensions pas à ce que nous devions craindre. La Providence divine nous cachoit un malheur plus grand que la perte d'une bataille. Il en devoit coûter une vie que chacun de nous eût voulu racheter de la sienne propre ; et tout ce que nous pouvions gagner ne valait pas ce que nous allions perdre. O Dieu terrible (1), mais juste en vos conseils sur les enfants des hommes, vous disposez et des vainqueurs et des victoires. Pour accomplir vos volontés, et faire craindre vos jugemens, votre puissance renverse ceux que votre puissance avoit élevés. Vous immolez à votre souveraine grandeur de grandes victimes, et vous frappez, quand il vous plaît, ces têtes illustres que vous avez tant de fois couronnées.

(1) Ps. 65.

N'attendez pas, messieurs, que j'ouvre ici une scène tragique ; que je représente ce grand homme étendu sur ses propres trophées, que je découvre ce corps pâle et sanglant auprès duquel fume encore la foudre qui l'a frappé ; que je fasse crier son sang comme celui d'Abel, et que j'expose à vos yeux les tristes images de la religion et de la patrie éplorées. Dans les pertes médiocres, on surprend ainsi la pitié des auditeurs ; et par des mouvemens étudiés, on tire au moins de leurs yeux quelques larmes vaines et forcées. Mais on décrit sans art une mort qu'on pleure sans feinte. Chacun trouve en soi la source de sa douleur, et rouvre lui-même sa plaie ; et le cœur, pour être touché, n'a pas besoin que l'imagination soit émue.

Peu s'en faut que je n'interrompe ici mon discours. Je me trouble, messieurs : Turenne meurt, tout se confond, la fortune chancelle, la victoire se lasse, la paix s'éloigne, les bonnes intentions des alliés se ralentissent, le courage des troupes est abattu par la douleur et ranimé par la vengeance ; tout le camp demeure immobile. Les blessés pensent à la perte qu'ils ont faite, et non pas aux blessures qu'ils ont reçues. Les pères mourans envoient leurs fils pleurer sur leur général mort. L'armée en deuil est occupée à lui rendre les devoirs funèbres, et la Renommée, qui se plaît à répandre dans l'univers les accidens extraordinaires, va remplir toute l'Europe du récit glorieux de la vie de ce prince, et du triste regret de sa mort.

Que de soupirs alors, que de plaintes, que de louanges retentissent dans les villes, dans la campagne ! L'un voyant croître ses moissons, bénit la mémoire de celui à qui il doit l'espérance de sa récolte. L'autre qui jouit encore en repos de l'héritage qu'il a reçu de ses pères, souhaite une éternelle paix à celui qui l'a sauvé des désordres et des cruautés de la guerre. Ici l'on offre le sacrifice adorable de Jésus-Christ pour l'âme de celui qui a sacrifié sa vie et son sang pour le bien public. Là on lui dresse une pompe funèbre, où l'on s'attendoit de lui dresser un triomphe. Chacun choisit l'endroit qui lui paroît le plus éclatant dans une si belle vie. Tous entreprennent son éloge ; et chacun s'interrompant lui-même par ses soupirs et par ses larmes, admire le passé, regrette le présent, et tremble pour l'avenir. Ainsi tout le royaume pleure la mort de son défenseur; et la perte d'un homme seul est une calamité publique.

Pourquoi, mon Dieu, si j'ose répandre mon âme en votre présence et parler à vous, moi qui ne suis que poussière et que cendre, pourquoi le perdons-nous dans la nécessité la plus pressante, au milieu de ses grands exploits, au plus haut point de sa valeur, dans la maturité de sa sagesse? Est-ce qu'après tant d'actions dignes de l'immortalité, il n'avoit plus rien de mortel à faire? Ce temps étoit-il arrivé, où il devoit recueillir le fruit de tant de vertus chrétiennes, et recevoir de vous la couronne de justice, que vous gardez à ceux qui ont fourni une glorieuse carrière? Peut-être avions-nous mis en lui trop de confiance, et vous nous défendez dans vos Écritures (1) de nous faire un bras de chair, et de nous confier aux enfans des hommes. Peut-être est-ce une punition de notre orgueil, de notre ambition, de nos injustices. Comme il s'élève du fond des vallées des vapeurs grossières, dont se forme la foudre qui tombe sur les montagnes, il sort du cœur des peuples des iniquités dont vous déchargez les châtimens sur la tête de ceux qui les gouvernent ou qui les défendent. Je ne viens pas, Seigneur, sonder les abîmes de vos jugemens, ni découvrir ces ressorts secrets et invisibles qui font agir votre miséricorde ou votre justice : je ne veux et ne dois que les adorer. Mais vous êtes juste: vous nous affligez ; et dans un siècle aussi corrompu que le nôtre, nous ne devons chercher ailleurs que

____

(1) Paral. l. 2. c. 32.

dans le déréglement de nos mœurs toutes les causes de nos misères.

Tirons donc, messieurs, tirons de notre douleur des motifs de pénitence, et ne cherchons qu'en la piété de ce grand homme de vraies et solides consolations. Citoyens, étrangers, ennemis, peuples, rois, empereurs le plaignent et le révèrent ; mais que peuvent-ils contribuer à son véritable bonheur ? Son roi même, et quel roi ! l'honore de ses regrets et de ses larmes : grande et précieuse marque de tendresse et d'estime pour un sujet, mais inutile pour un chrétien. Il vivra, je l'avoue, dans l'esprit et dans la mémoire des hommes : mais l'Écriture m'apprend ce que l'homme pense (1), et l'homme lui-même, n'est que vanité (2). Un magnifique tombeau renfermera ses tristes dépouilles ; mais il sortira de ce superbe monument, non pour être loué de ses exploits héroïques, mais pour être jugé selon ses bonnes ou mauvaises œuvres. Ses cendres seront mêlées avec celles de tant de rois qui gouvernèrent ce royaume qu'il a si généreusement défendu ; mais après tout, que leur reste-t-il à ces rois, non plus qu'à lui, des applaudissemens du monde, de la foule de leur cour, de l'éclat et de la pompe de leur fortune, qu'un silence éternel, une solitude affreuse, et une terrible attente des jugemens de Dieu sous ces marbres précieux qui les couvrent ? Que le monde honore donc, comme il voudra, les grandeurs humaines ; Dieu seul est la récompense des vertus chrétiennes.

O mort ! trop soudaine, mais pourtant, par la miséricorde du Seigneur, depuis long-tems prévue, combien de paroles édifiantes, combien de saints exemples nous as-tu ravis ! Nous eussions vu, quel spectacle ! au milieu des victoires et des triomphes, mourir humblement un chrétien. Avec quelle attention eût-il employé ses derniers momens à pleurer intérieurement ses erreurs passées, à s'anéantir devant la majesté de Dieu, et à im-

(1) Ps. 93. 11.
(2) Ps. 38. 6.

plorer le secours de son bras, non plus contre des
ennemis visibles, mais contre ceux de son salut? sa
foi vive et sa charité fervente nous auroient sans doute
touchés; et il nous resteroit un modèle d'une confiance
sans présomption, d'une crainte sans foiblesse; d'une
pénitence sans artifice, d'une constance sans affectation, et d'une mort précieuse devant Dieu et devant les
hommes.

Ces conjectures ne sont-elles pas justes, messieurs?
Que dis-je, conjectures? C'étoient des desseins formés. Il
avoit résolu de vivre aussi saintement, que je présume
qu'il fût mort. Prêt à jeter toutes ses couronnes au pied
du trône de Jésus-Christ, comme ces vainqueurs de l'Apocalypse; prêt à ramasser toute sa gloire, pour s'en dépouiller par une retraite volontaire, il n'étoit déjà plus du
monde, quoique la Providence l'y retînt encore. Dans le
tumulte des armées, il s'entretenoit des douces et secrètes
espérances de sa solitude. D'une main il foudroyoit les
Amalécites, et il levoit déjà l'autre pour attirer sur lui les
bénédictions célestes. Ce Josué, dans le combat, faisoit
déjà la fonction de Moïse sur la montagne; et sous les
armes d'un guerrier, portoit le cœur et la volonté d'un pénitent.

Seigneur, qui éclairez les plus sombres replis de nos
consciences, et qui voyez dans nos plus secrètes intentions ce qui n'est pas encore, comme ce qui est, recevez
dans le sein de votre gloire cette ame, qui bientôt n'eût
été occupée que des pensées de votre éternité. Recevez
ces desirs que vous lui aviez vous-même inspirés. Le
temps lui a manqué, et non pas le courage de les accomplir. Si vous demandez des œuvres avec ses desirs, voilà
des charités qu'il a faites ou destinées pour le soulagement et pour le salut de ses frères; voilà des ames égarées qu'il a ramenées à vous par ses assistances, par ses
conseils, par son exemple; voilà ce sang de votre peuple
qu'il a tant de fois épargné; voilà ce sang qu'il a si géné-

reusement répandu pour nous; et pour dire encore plus, voilà le sang que Jésus-Christ a versé pour lui.

Ministre du Seigneur, achevez le saint sacrifice. Chrétiens, redoublez vos vœux et vos prières, afin que Dieu pour récompense de ses travaux, l'admette dans le séjour du repos éternel, et donne dans le ciel une paix sans fin à celui qui nous en a trois fois procuré une sur la terre, passagère à la vérité, mais toujours douce et toujours desirable.

ORAISON FUNÈBRE

DE

M. LE PREMIER PRÉSIDENT

DE LAMOIGNON

**Prononcée à Paris, dans l'église de Saint-Nicolas-du-Chardonnet,
le 18 février 1679.**

Diligite justitiam, qui judicatis terram : sentite de Domino in bonitate ; et in simplicitate cordis quærite illum.

(SAP. C. 1. V. 1.)

Aimez la justice, juges de la terre ; ayez des sentimens conformes à la bonté de Dieu, et cherchez-le dans la simplicité du cœur.

Je ne viens pas ici, messieurs, renouveler dans vos esprits le triste souvenir d'une mort que vous avez déjà pleurée. Laissons aux infidèles ces longues et sensibles douleurs que la religion ne modère pas. Comme leurs pertes sont irréparables, leur tristesse peut être sans bornes ; et comme ils n'ont point d'espérance, ils n'ont pas aussi de consolation. Pour nous à qui Dieu par sa grace a révélé ses vérités, nous avons lu dans ses Écritures (1), qu'il y a un tems de pleurer, et une mesure de larmes ; que le

---

(1) Eccl. 3. Ps. 79. Eccl. 12.

soleil qui ne doit jamais se coucher sur notre colère, ne doit pas se coucher plus de sept fois sur notre affliction, et que la même charité qui nous fait regretter la mort des fidèles, nous fait espérer leur résurrection, et nous invite à nous réjouir de leur bonheur.

Pourquoi rouvrirois-je donc une plaie que le temps et la raison doivent avoir déjà fermée? N'attendez pas, messieurs, que je déplore ici le néant et la misère des hommes; je ne viens que louer la grandeur et la miséricorde du Seigneur. Je veux vous apprendre à chercher Dieu, dont la durée est éternelle, et non pas vous affliger pour des créatures qui finissent; et dans l'éloge que j'entreprends de messire Guillaume de Lamoignon, premier président du Parlement, ce n'est pas mon dessein d'exagérer la perte que vous avez faite d'un homme juste, mais de vous porter à aimer comme lui la justice, *diligite justitiam*.

Dans ces jours de trouble et de deuil, où l'on se sent comme frappé du spectacle sensible d'une mort récente et inopinée, on se renferme tout en soi-même, et l'on s'occupe de sa douleur. Si l'on fait quelques réflexions, c'est en général sur l'inconstance et sur la vanité des choses humaines, sans descendre jusqu'à ses propres défauts ou à ses infirmités particulières. On cherche à se consoler plutôt qu'à s'instruire; et si l'on parle des bonnes œuvres de ceux qui sont morts, c'est pour justifier les larmes qu'on verse pour eux, plutôt que pour profiter de leurs exemples. Mais il est temps de nous élever par la foi au-dessus des foiblesses de la nature. C'est peu de reconnaître la nécessité de mourir, l'importance même de bien mourir, si l'on n'en tire des motifs et des conséquences pour bien vivre; et c'est en vain qu'on croit honorer la mémoire des gens de bien qui sont décédés, si l'on ne va recueillir les restes de leur esprit sur ces tombeaux où l'on rend des honneurs funèbres aux tristes dépouilles de leur corps mortel.

C'est dans cette vue, messieurs, que je dois vous représenter aujourd'hui un magistrat qui n'a rien ignoré,

ni rien négligé dans son ministère, et qu'aucun intérêt ne
détourna jamais du droit chemin de l'équité ; un homme
doux et secourable, qui a su tempérer l'austérité des loix
et de la justice par tous les adoucissemens qu'inspirent la
miséricorde et la charité ; un chrétien qui a consacré ses
vertus morales et politiques par une piété simple et sincère. Je laisse à Dieu, qui seul est le maître du cœur des
hommes, et qui les touche quand il veut, par l'efficace
qu'il donne aux bons exemples, à graver dans vos cœurs
ces sentiments de droiture, de bonté et de religion que je
vous propose. Pour moi, je ne puis que vous redire de
sa part ces paroles de mon texte : « Aimez la justice, ayez
« des sentimens conformes à la bonté du Seigneur, et
« cherchez-le dans la simplicité du cœur, »

PREMIÈRE PARTIE.

Dieu, dont la providence destine les juges pour gouverner son peuple, comme elle destine les prêtres pour
le sanctifier, et qui conduit les uns et les autres par les
sentiers de sa justice et par la voie de sa vérité; Dieu,
messieurs, disposa lui-même, par une heureuse naissance,
M. de Lamoignon à porter ses loix et à exercer ses jugemens dans le plus auguste sénat du monde.

Il naquit d'une des plus nobles et des plus anciennes
maisons du Nivernois, qui, après s'être distinguée dans
les emplois militaires, avant le règne même de saint Louis,
entrant depuis sous Henri II, dans les premières dignités
de la robe, a soutenu dans le parlement la gloire qu'elle
avoit acquise dans les armées ; et quoiqu'elle ait changé
de profession, elle n'a rien diminué de l'éclat et de la
grandeur de son origine : semblable à ces fleuves qui,
trouvant de nouvelles pentes et se creusant avec le temps
un nouveau canal, vont arroser d'autres campagnes, et
ne perdent rien de l'abondance ni de la pureté de leurs
eaux, encore qu'ils aient changé de lit et de rivage.

Mais ne louons de sa naissance que ce qu'il en loua

lui-même, et disons qu'il sortoit d'une famille où l'on ne semble naître que pour exercer la justice et la charité, où la vertu se communique avec le sang, s'entretient par les bons conseils, s'excite par les grands exemples, où les pères ont plus de soin du salut de leurs héritiers que de l'accroissement de leurs héritages, où les enfans aiment mieux succéder à la probité qu'à la fortune de leurs pères, et où la crainte de Dieu, la miséricorde et la paix sont les règles de la discipline domestique.

Privé dans ses jeunes ans de l'instruction et des secours d'un père dont il n'avoit fait qu'entrevoir les bons exemples, et dont il devoit long-tems ressentir la perte, il demeura sous la conduite d'une mère, que les pauvres avoient toujours regardée comme la leur. Aussi la tendresse qu'elle eut pour l'un, ne diminua pas la pitié qu'elle avoit des autres : elle crut que ses aumônes ne seroient pas infructueuses; qu'elle recueilleroit dans sa famille ce qu'elle semoit dans les hôpitaux; qu'ayant soin des pauvres de Jésus-Christ, Jésus-Christ auroit soin de ses enfans; et qu'elle ne pouvoit leur apprendre rien de plus important que les maximes évangéliques, ni leur laisser un bien plus solide que la succession de sa charité.

Ses espérances ne furent pas trompées, messieurs : Dieu présida lui-même à l'éducation de ce fils qu'elle lui avoit tant de fois offert. Il le prévint de ses bénédictions spirituelles, et lui fit éviter par sa grace ces dangereuses passions, qui sont comme les écueils où l'ardeur de l'âge, la licence du siècle, la corruption de la nature, le mauvais exemple, et souvent le mauvais conseil, poussent une jeunesse inconsidérée.

Aussi remarqua-t-on bientôt en lui tout ce qui fait les grands magistrats : un cœur docile pour recevoir les impressions de la vérité, noble pour s'élever au-dessus des passions et des intérêts, tendre pour assister les malheureux, ferme pour résister à l'iniquité; un esprit avide de tout savoir, et capable de tout apprendre; prompt à concevoir les matières les plus élevées; heureux à les expri-

mer quand il les avoit une fois conçues; discernant non-
seulement le bon d'avec le mauvais, mais encore le meilleur d'avec le bon; appliqué à examiner les difficultés et
à les résoudre; à chercher la vérité, et à la suivre après
qu'il l'avoit découverte; à connaître tout, et à tirer toujours quelque fruit de ses connoissances. Cette sagesse
avancée le fit dispenser des règles ordinaires de l'âge.
On connut la maturité de son jugement, et l'on ne compta
pas le nombre de ses années; il s'assit à dix-huit ans
avec les anciens d'Israël, et se mit à juger, comme eux,
les différends qui naissent parmi le peuple.

Ne croyez pas, messieurs, qu'il fût entré sans vocation
dans le sanctuaire de la justice; il savoit que les premières loix qu'il faut étudier sont celles de la Providence;
que la judicature est une espèce de sacerdoce, où il n'est
pas permis de s'engager sans l'ordre du ciel; et que Jésus-
Christ n'a pas moins été fait juge que pontife par son Père.
Aussi, avant que d'entrer dans les charges, il voulut en
connoître les devoirs. Le premier tribunal où il monta, fut
celui de sa conscience, pour y sonder le fond de ses intentions. Il n'écouta ni l'orgueil, ni l'ambition, ni l'avarice. Il
consulta Dieu à qui appartient le conseil et l'équité, et Dieu
lui marqua la route qu'il vouloit lui faire suivre.

Ce fut alors que se considérant dans une profession où
les questions sont si différentes, et les droits si difficiles
à démêler; où l'on décide des biens, de l'honneur et de
la vie des hommes, et où les fautes ne sont jamais petites,
et sont presque toujours irréparables; il ne craignit rien
tant que l'erreur dans ses jugemens. Il passa les jours et
les nuits à l'étude; et quels progrès n'y fait-on pas, quand
on soutient de longues veilles par la santé et par la constance; quand, outre ses propres lumières on a le conseil
et la communication des grands hommes, et quand on joint
à l'assiduité du travail, la facilité du génie? Il auroit cru
manquer à la partie la plus essentielle de son état, si,
comme il sentoit ses intentions droites, il ne les rendoit
éclairées. Aussi, disoit-il ordinairement, qu'il y avoit peu

de différence entre un juge méchant et un juge ignorant. L'un au moins a devant ses yeux les règles de son devoir et l'image de son injustice; l'autre ne voit ni le bien ni le mal qu'il fait : l'un pèche avec connoissance, et il est plus inexcusable; mais l'autre pèche sans remords, et il est plus incorrigible. Mais ils sont également criminels à l'égard de ceux qu'ils condamnent ou par erreur, ou par malice. Qu'on soit blessé par un furieux ou par un aveugle, on ne sent pas moins sa blessure; et pour ceux qui sont ruinés, il importe peu que ce soit ou par un homme qui les trompe, ou par un homme qui s'est trompé.

Ces réflexions, messieurs, redoublèrent son ardeur. Il acquit une parfaite connoissance du droit humain et du droit divin, une intelligence profonde des loix et de la coutume, un usage familier des formalités et des procédures. Savans et immenses recueils où il renferma la jurisprudence ancienne et nouvelle, vous pourriez être des témoins publics de ce que je dis; du moins serez-vous entre les mains de ses descendans comme un dépôt sacré, et un monument précieux de son esprit et de son travail.

Ce seroit ici le lieu de vous le faire voir dans la justice du conseil, où son mérite l'avoit appelé, favorisant la bonne cause, décidant la douteuse, développant la difficile, renonçant à tous les plaisirs, hormis à celui qu'il recevoit en accomplissant ses devoirs. Je le donnerois pour exemple à ceux qui, renversant l'ordre des choses, se font une occupation de leurs amusemens, et qui ne donnent à leurs charges, que les restes d'une oisiveté languissante, comme s'ils n'étoient juges que pour être de tems en tems assis sur les fleurs de lys, où ils vont rêver à leurs divertissemens passés, dont ils ont l'imagination encore remplie, ou réparer par un mortel assoupissement les veilles qu'ils ont données à leurs plaisirs.

Je ne veux que vous faire souvenir de la cause célèbre de ces étrangers, que l'espérance du gain avoit attirés des bords du Levant, pour porter en Europe les richesses de l'Asie. Contre la liberté des mers et la fidélité du commerce, des armateurs françois leur avoient enlevé et leurs richesses, et le vaisseau qui les portoit. Ceux qui devoient les secourir, aidoient eux-mêmes à les opprimer. On avoit oublié pour eux, non-seulement cette pitié commune qu'on a pour tous les malheureux, mais encore cette politesse singulière que notre nation a coutume d'avoir pour les étrangers. Éloignés de leurs amis par tant de terres et par tant de mers, dans un pays où l'on ne pouvoit les entendre, où l'on ne vouloit pas même les écouter, ils eurent recours à M. de Lamoignon, comme à un homme incorruptible, qui prendroit le parti des foibles contre les puissans, et qui débrouilleroit ce chaos d'incidens et de procédures dont on avoit enveloppé leur cause.

Il le fit, messieurs : il alluma tout son zèle contre l'avarice, il leva les voiles qui couvroient ce mystère d'iniquité, et rapporta durant trois jours, au conseil du roi cette affaire avec tant d'ordre et de netteté, qu'il fit restituer à ces malheureux ce qu'ils croyoient avoir perdu, et les obligea d'avouer ce qu'ils avoient eu peine à croire, qu'on pouvoit trouver parmi nous de la fidélité et de la justice.

Mais je passe à des choses plus importantes. Voyonsle dans la première charge du parlement, et montrons par la dignité, comme disoit un ancien, quel a été l'homme qui l'a possédée. Les rois, en des siècles plus innocens, furent autrefois eux-mêmes les juges du peuple. Rappelez en votre mémoire ces premiers âges de la monarchie. La fraude, l'ambition, l'intérêt, vices encore naissans et peu connus avoient à peine commencé d'altérer la bonne-foi l'heureuse simplicité de nos pères. Ils vivoient la plupart contens de ce qu'ils avoient reçu de la fortune, ou de ce qu'ils avoient acquis par leur travail. Comme ils possédoient leur propre bien sans inquiétude, ils regardoient celui des autres sans envie. Leurs espérances ne s'étendoient pas au-delà de leur condition; et les bornes de leurs héritages étoient les bornes de leurs desirs.

Comme les procès étoient rares, et qu'il ne falloit pour

les juger que les principes communs d'une équité naturelle, les souverains tenoient eux-mêmes leur parlement.
Ils descendaient du trône pour monter sur le tribunal ; et
se partageant entre le bien public et le repos des particuliers, après avoir calmé ces grandes tempêtes qui troublent les régions supérieures de l'état, ils venoient dissiper
ces petits orages qui s'élèvent quelquefois dans les inférieures.

Mais depuis que la justice gémit sous un amas de loix
et de formilités embarrassées, et qu'on s'est fait un art de
se ruiner les uns les autres par la chicane, les rois n'ont
pu suffire à cette fonction. Occupés à soutenir de longues
et sanglantes guerres, à rompre des ligues que forme
contr'eux la jalousie qu'on a de leur puissance, à réunir
une infinité d'intérêts, pour donner au monde une paix durable, ils sont contraints de remettre, comme Moïse, cette
justice tumultueuse à des hommes sages qui craignent
Dieu, en qui se trouve la vérité, et qui haïssent l'avarice.

L'importance, messieurs, c'est de leur choisir un chef,
et jamais choix ne fut plus louable que celui qu'on fit de
M. de Lamoignon. Quelles pensez-vous que furent les
voies qui le conduisirent à cette fin ? La faveur ? Il n'avoit
eu d'autres relations à la cour, que celles que lui donnèrent
ou ses affaires ou ses devoirs. Le hasard ? On fut long-
tems à déliberer ; et dans une affaire aussi délicate, on
crut qu'il falloit tout donner au conseil, et ne rien laisser à la
fortune. La cabale ? Il étoit du nombre de ceux qui n'avoient
suivi que leur devoir ; et ce parti, quoique le plus juste, n'a-
voit pas été le plus grand. L'habileté à se servir des conjonctures ? Ces temps difficiles étoient passés, où l'on donnoit
les charges par nécessité plutôt que par choix, et où chacun
voulant profiter des troubles de l'État, vendoit chèrement, ou
les services qu'il pouvoit rendre, ou les moyens qu'il avoit
de nuire. La réputation qu'il s'étoit acquise dans le parlement et dans le conseil, fut la seule sollicitation auprès des
puissances. Elles lui déclarèrent qu'il ne devoit son élévation qu'à son mérite, et qu'il n'auroit pas été préféré, si l'on

eût connu dans le royaume un sujet plus fidèle et plus capable de cet emploi.

Quelle fut alors son application ? Il crut que Dieu l'avoit mis dans le palais, comme Adam dans le paradis, pour y travailler, et répondit depuis à ceux qui le prioient de se ménager : « Que sa santé et sa vie étoient au public, et non « pas à lui. » Vous dirai-je qu'il se fit une religion d'écouter les raisons des parties, et de lire tous leurs mémoires, quelque longs et ennuyeux qu'ils pussent être, sans se fier à ces extraits mal digérés, et souvent tracés à la hâte par des mains infidèles ou négligentes, qui confondent les droits et défigurent une bonne cause ? Vous dirai-je que s'étant engagé à ne donner jamais les rapports qu'on lui demandoit, il fit agréer à un grand ministre et à une grande reine, qu'il ne s'en dispensât pas en leur faveur : ôtant ainsi aux particuliers l'espérance d'obtenir de lui, par importunité ou par amitié, ce qu'il n'avoit accordé ni à la reconnoissance qu'il avoit pour son bienfaiteur, ni au respect qu'il devoit à la plus grande reine du monde ?

Passons de ses actions à ses principes, et disons qu'il se dépouilla de certains intérêts délicats, qui sont les sources de la foiblesse et de la corruption des hommes. Qu'il étoit éloigné de l'humeur de ces hommes vains et intéressés, qui n'aiment la vertu que pour la réputation qu'elle donne et qui n'auroient point de plaisir à bien faire, s'ils n'avoient l'art de faire valoir tout le bien qu'ils font ! Il s'étoit mis au-dessus de ce faux honneur. S'il falloit faire réussir une grande affaire, d'autres auroient choisi les moyens les plus éclatans, il choisissoit les plus sûrs et les plus utiles. S'il devoit donner ses avis, il regardoit non pas ce qui seroit le plus approuvé, mais ce qu'il croyoit le plus équitable. Il ne se piquoit pas d'être l'auteur des bonnes résolutions qu'il avoit fait prendre ; c'étoit assez pour lui qu'on les eût prises.

Combien de projets a-t-il faits ou réformés ! Combien d'ouvertures a-t-il données ! Combien de services a-t-il rendus, dont il a dérobé la connoissance à ceux qui en ont ressenti les effets ! Ainsi, utile sans intérêt, vertueux sans vouloir se faire honneur de sa vertu, il s'acquitta de ses devoirs, pour la seule satisfaction de s'en être acquitté ; et ne voulut dans toutes ses actions d'autre règle que sa fidélité, d'autre but que l'utilité publique, d'autre récompense que la gloire de bien faire.

C'est dans ce même esprit [qu'il méprisa souvent les bruits du vulgaire, et même se renfermant dans ses bonnes intentions, il lui abandonna les apparences. Il crut qu'un magistrat devoit penser, non pas à ce qu'on disoit de lui, mais à ce qu'il se devoit lui-même ; et que pour servir le public, il falloit quelquefois avoir le courage de lui déplaire (1). C'est ainsi que, suivant le conseil d'un des plus grands hommes de l'antiquité, il ne considéra ni la fausse gloire, ni le faux déshonneur, et que ni les louanges, ni les murmures ne purent jamais le détourner de son devoir.

C'est par ce désintéressement qu'il se réserva cette liberté d'esprit si nécessaire dans la place qu'il occupoit. Car, messieurs, qu'est-ce qu'un premier magistrat, sinon un homme sage, qui est établi pour être le censeur de la plupart des folies des hommes, et qui voyant autour de lui toutes les passions, n'en doit avoir aucune en lui-même ? L'un tâche à l'émouvoir par des images affectées de sa misère ; l'autre travaille à l'éblouir par des apparences de droit, et par des raisons spécieuses. Celui-ci, par des soupçons artificieux, veut l'animer contre l'innocence de sa partie. Celui-là emploie l'autorité et quelquefois même l'amitié, corruption d'autant plus dangereuse qu'elle est plus douce. Chacun voudroit lui communiquer ses préventions, lui dicter l'arrêt qu'il se dresse lui-même dans son esprit selon son caprice, et de juge qu'il est de sa cause, en faire le complice de sa passion. M. de Lamoignon se sauva de tous ces piéges ; il jugea comme les lois jugent, par les seules règles de l'équité, et non pas par aucune impressiou étrangère.

(1) Q. Fabius Max. apud. Liv. 1, 2 Dec. 3.

Que ne puis-je vous faire voir, du moins en éloignement, des espérances rejetées, quand elles ont pu l'engager à quelque basse complaisance? Des ressentimens étouffés, lorsqu'il a eu le pouvoir de se venger? Des reproches soutenus constamment, quand il a eu pour lui le témoignage de sa conscience? L'amitié et le respect mis au-dessous de la justice, et sa propre réputation sacrifiée au bien public? Ici, messieurs, mon silence le loue plus que mes paroles. Il vous paroît sans doute plus grand par les actions que je ne dis pas, que par celles que j'ai dites. La postérité les verra, quand le tems qui dévore tout aura rongé les voiles qui les couvrent, et qu'il ne restera plus d'intérêt que celui de la vérité. Cependant Dieu les voit, et il en est lui-même la récompense.

Mais avons-nous besoin pour louer son intégrité, de découvrir ses actions secrètes? En cherchons-nous un témoignage plus éclatant que celui qu'en donna le Roi, quand il consentit que les premières places du parlement fussent occupées par sa famille! Il voulut donner cette marque extraordinaire de confiance à celui de qui il avoit reçu tant de preuves de fidélité. Il jugea que ceux qui appartenoient à ce grand homme, n'étoient capables de conspirer que pour son service et pour le bien de ses sujets: et que recevant de plus près les influences pures et lumineuses du chef, ils les communiqueroient après à leur compagnie.

Ainsi ne craignant pas pour eux ces conséquences dangereuses qu'il avoit sagement prévues pour d'autres, il crut qu'il pouvoit violer une de ses loix en faveur de ceux qui feroient observer toutes les autres ; et que les unir dans un même corps, ce n'étoit pas donner lieu à la corruption, ou renverser l'ordre, mais récompenser la vertu et fortifier le parti de la justice. Les services que chacun d'eux rend tous les jours dans ses fonctions, justifient assez le jugement qu'en a fait le prince. N'avois-je pas raison de vous exhorter à imiter la sagesse et l'équité de ce célèbre magistrat ? Je ne suis pas moins fondé à vous dire : « Imitez comme lui la bonté de Dieu. »

SECONDE PARTIE.

C'est une vérité, messieurs, et Jésus-Christ même nous l'enseigne dans son évangile (1), que la bonté, à proprement parler, est le caractère de Dieu seul, soit parce qu'il n'appartient qu'à lui de se communiquer aux hommes par cette variété de dons et de graces qui sont les trésors de sa miséricorde et les richesses de sa bonté, soit parce qu'étant infiniment puissant, comme il est infiniment bon, il veut tout le bien qu'il peut faire, et il fait tout le bien qu'il veut. Toutefois il s'élève dans tous les tems certaines ames bienfaisantes, qui, servant comme d'instrument à cette bonté souveraine, ne donnent d'autres bornes à leur charité, que celles que Dieu a données à leur pouvoir.

Tel étoit M. de Lamoignon. S'il m'étoit libre d'alléguer ici ces expressions, vives et nobles dont il s'est servi pour exprimer les nécessités des peuples, vous verriez combien il étoit sensible à toutes leurs peines. Je laisse ces audiences secrètes, où la vérité prudente, mais courageuse, a soutenu dans les occasions l'autorité des loix et de la justice. Il ne m'appartient pas de révéler ce qui s'est passé dans le sanctuaire. Je parle de ces remontrances, où mêlant le respect que doit un sujet à son souverain, avec cette confiance que doit avoir un magistrat qui porte la parole de la justice devant le roi du monde le plus juste, il a parlé des intérêts publics selon les règles de sa conscience.

Mais il faudroit avoir sa prudence pour ne dire que ce qu'il faut, son éloquence pour le dire efficacement, sa voix et son action, pour conserver tout le poids et toute la grace qu'il avoit accoutumé de donner à ses paroles.

(1) Nemo bonus, nisi solus Deus. Marc 10, 18.

Voyons-le dans l'exercice ordinaire de sa charge. Éloignez de vos esprits cette idée qu'on a d'ordinaire de la justice, qu'elle doit être toujours aveugle, toujours effrayante, toujours armée. Il la rendit, sans l'amollir, douce et traitable. Il leva le bandeau qui fermoit ses yeux, et et lui laissa jeter des regards de pitié sur les misérables; et sans lui retrancher aucun de ses droits, il lui ôta toute sa rudesse. Je puis attester ici la foi publique. Ceux qui eurent besoin de son secours, trouvèrent-ils jamais entr'eux et lui des barrières impénétrables? Fallut-il essuyer à sa porte de mauvaises heures, pour attendre un de ses momens commodes? Fut-il jamais inaccessible, je ne dis pas à ses amis, je dis aux indiscrets et aux importuns? Refusa-t-il à quelqu'un la liberté de lui dire les choses nécessaires? N'accorda-t-il pas à plusieurs la consolation de lui en dire de superflues? Quelqu'un lui parlant d'une affaire, pût-il, par quelque marque de chagrin ou d'impatience, s'apercevoir qu'il en eût d'autres? Affligea-t-il les malheureux, et leur fit-il acheter, par quelque dureté, la justice qu'il leur a rendue? Je parle avec d'autant plus de confiance, que j'ai pour témoins de ce que je dis, la plupart de ceux qui m'entendent.

Il ne régla jamais sur la faveur ou sur la disgrace des personnes, le bon ou le mauvais accueil qu'il leur pouvoit faire. Il écoutoit avec patience, et répondoit avec douceur. « N'ajoutons pas, a-t-il dit souvent, au malheur « qu'ils ont d'avoir des procès, celui d'être mal reçus de « leurs juges; nous sommes établis pour examiner leurs « droits, et non pas pour éprouver leur patience. » Loin d'ici ces juges sévères qui, selon le langage du Prophète, rendent les fruits de la justice amers comme de l'absynthe (1), qui perdent le mérite de leur équité par leur austérité chagrine; et qui fiers de leur pouvoir, et même de leur vertu, redoutables indifféremment aux innocents et aux coupables, font croire qu'ils ne rendent la justice aux

(1) Amos, c. 6.

uns qu'à regret, et aux autres qu'avec colère. Celui que nous louons avoit une conduite bien différente ! Il ne rebuta jamais personne. Favorable à ceux qui méritoient sa protection, civil à ceux à qui il ne pouvoit être favorable ; il faisoit connoître aux bons, qu'il eût voulu les satisfaire sans leur donner la peine de solliciter ; et aux méchants, qu'il eût voulu les corriger, sans avoir le déplaisir de les punir.

Combien de fois a-t-il essayé de bannir du palais ces lenteurs affectées et ces détours presque infinis, que l'avarice a inventés, afin de faire durer les procès par les loix mêmes qu'on a faites pour les finir, et de profiter en même temps des dépouilles de celui qui perd et de celui qui gagne sa cause ! Combien de fois a-t-il arrêté la licence de ceux qui, sur la foi et sur la tradition des ennemis et des envieux, débitent impunément en plaidant des médisances et qui, par des railleries piquantes, tâchent de rendre au moins ridicules ceux qu'ils ne peuvent rendre criminels ! Combien de fois, par des accommodemens raisonnables, a-t-il arrêté le cours de ces divisions qui passent des pères aux enfants, et qui se perpétuent dans les familles !

Peut-être doutez-vous, messieurs, qu'étant éloigné des yeux du public, il fût encore égal à lui-même. Entrons dans sa vie privée. Que ne puis-je vous le montrer parmi ce nombre de gens choisis, qui formoient chez lui une assemblée, que le savoir, la politesse, l'honnêteté, rendoient aussi agréable qu'utile ! C'est là que ne se réservant de son autorité que cet ascendant que lui donnoit sur le reste des hommes la facilité de son humeur et la force de son esprit, il communiquoit ses lumières et profitoit de celles des autres. C'est là qu'il a souvent éclairci les matières les plus embrouillées, et que sur quelque genre d'érudition que tombât le discours, on eût dit qu'il en avoit fait son occupation et son étude particulière. C'est là qu'après avoir écouté les autres, il reprenoit quelquefois les sujets qu'on croyoit avoir épuisés, et que recueillant les épis qu'on avoit laissés après la moisson, il en faisoit une récolte plus abondante que la moisson même.

Que ne puis-je vous le représenter tel qu'il étoit, lorsqu'après un long et pénible travail, loin du bruit de la ville et du tumulte des affaires, il alloit se décharger du poids de sa dignité, et jouir d'un noble repos dans sa retraite de Bâville ! Vous le verriez tantôt s'adonnant aux plaisirs innocens de l'agriculture, élevant son esprit aux choses invisibles de Dieu par les merveilles visibles de la nature : tantôt méditant ces éloquens et graves discours, qui enseignoient et qui inspiroient tous les ans la justice, et dans lesquels formant l'idée d'un homme de bien, il se décrivoit lui-même sans y penser : tantôt accommodant les différends que la discorde, la jalousie ou le mauvais conseil font naître parmi les habitans de la campagne; plus content en lui-même, et peut-être plus grand aux yeux de Dieu, lorsque dans le fond d'une sombre allée, et sur un tribunal de gazon, il avoit assuré le repos d'une pauvre famille, que lorsqu'il décidoit des fortunes les plus éclatantes, sur le premier trône de la justice.

Vous le verriez recevant une foule d'amis, comme si chacun eût été le seul, distinguant les uns par la qualité, les autres par le mérite, s'accommodant à tous et ne se préférant à personne. Jamais il ne s'éleva sur son front serein aucun de ces nuages que forment le dégoût ou la défiance. Jamais il n'exigea ni de circonspection gênante, ni d'assiduité servile. On l'entendit, selon les tems, parler des grandes choses, comme s'il eût négligé les petites, parler des petites, comme s'il eût ignoré les grandes. On le vit dans des conversations aisées et familières, engageant les uns à l'écouter avec plaisir, les autres à lui répondre avec confiance, donnant à chacun le moyen de faire paroître son esprit, sans jamais s'être prévalu de la supériorité du sien.

Ces actions, messieurs, vous semblent peut-être communes. Mais qui ne sait que la véritable vertu s'étend et se resserre quand il le faut, et qu'il y a de la grandeur à s'acquitter constamment des moindres devoirs? Dans les affaires d'éclat, où l'on est soutenu par le désir de la gloire, par les espérances de la fortune, par le bruit des acclamations et des louanges, souvent on se contraint et l'on se déguise. Mais dans une vie particulière et retirée, où l'âme, sans intérêt et sans précaution, s'abandonne à ses mouvemens naturels, on se découvre tout entier. Ce fut dans cette conduite ordinaire que M. de Lamoignon fit paroître ce qu'il étoit. Jamais il ne se démentit, jamais il ne se relâcha. Dans les choses les moins importantes, il ne laissa pas de suivre les grandes règles. Quoiqu'il agît différemment, l'esprit qui le fit agir fut toujours le même, et l'on reconnut aisément que la sagesse lui étoit venue comme naturelle, et que sa bonté constante et toujours égale, ne venoit pas d'un effort de réflexion, mais du fond de l'inclination qu'il y avoit, et de l'habitude qu'il s'en étoit faite.

Je me hâte, messieurs, de passer aux plus nobles effets de cette bonté ; je veux dire aux soins qu'il eut des pauvres de Jésus-Christ. Près des murs de cette ville royale, s'élève un vaste et superbe édifice (1), que l'autorité des magistrats et les aumônes des citoyens entretiennent depuis trente ans, et que Dieu, par des moyens que la prudence humaine ne prévoit pas, et que sa providence a marqués, soutiendra dans la suite des tems, malgré les relâchemens du siècle et le refroidissement de la piété. C'est là que la faim est rassasiée, que la nudité est revêtue, que l'infirmité est guérie, que l'affliction est consolée, que l'ignorance est instruite, et que chaque espèce de misère de l'ame ou du corps, trouve une espèce de miséricorde qui la soulage.

L'amour qu'on a naturellement pour l'ordre ; l'honneur qu'on se fait d'avoir part aux grandes œuvres de piété ; certaine ferveur qu'on a d'ordinaire pour les nouveaux

(1) L'Hôpital général.

établissemens, et surtout la grace de Jésus-Christ qui ranime de tems en tems les ames tièdes ; tout contribua d'abord à fonder cette sainte maison. Mais elle fut bientôt ébranlée. Ceux qui avoient entrepris de la soutenir, tombèrent eux-mêmes par des accidens imprévus. On vit tarir tout d'un coup les principales sources de la charité. M. le Premier président, par le droit de sa charge, et plus encore par sa propre inclination, entreprit de maintenir un ouvrage que son illustre prédécesseur (1) avoit commencé avec tant de succès.

Quel soin ne prit-il pas de chercher des fonds, en un tems où la misère étant augmentée et la charité refroidie, les pauvres avoient plus besoin de secours, et les riches avoient moins de volonté et moins de moyens de les secourir ! Quelle application n'eut-il pas pour établir la discipline parmi cette troupe de mendians renfermés, qui regardent souvent leur asyle comme une prison, et qui croient n'avoir rien à ménager parce qu'ils sentent bien qu'ils n'ont rien à perdre ! Quel ordre ne donna-t-il pas pour les accoutumer au travail et à la piété, afin qu'ils devinssent plus agréables à Dieu et moins à charge à la charité des fidèles !

Ce fut en ce tems qu'on le vit paroître à la cour, et y demander avec empressement des audiences. Qui n'eût dit que sous prétexte de rendre compte de son emploi, il cherchoit l'heureux moment de faire valoir ses services, et de hater les graces qu'il pouvoit espérer du Prince? Qui n'eût pensé que c'étoit un hommage qu'il alloit rendre à la fortune, et qu'après avoir obtenu les dignités, il recherchoit les biens qui manquoient encore à sa famille? Vous vous trompiez, prudens du siècle, il demandoit pour les pauvres, en un lieu où l'on se fait un point d'habileté de ne demander que pour soi, et où l'on ignore aisément les misères d'autrui, parce qu'on n'en ressent aucune. Il ne se piqua jamais tant d'être persuasif, que dans ces sol-

(1) M. de Bellièvre.

licitations charitables ; et il ne fut pas si sensiblement touché des graces qu'on fit à sa maison, que des secours qu'il obtint pour les hôpitaux.

Il ne s'arrêta pas à la protection, messieurs, il passa jusqu'aux assistances effectives, et il joignit à son crédit ses propres aumônes ; car sans compter ses rosées fréquentes qu'il répandit sur les terres de sa dépendance, ni ces secours abondans qu'il contribua dans les calamités publiques, il consacra ce qu'il retiroit tous les ans du travail actuel du palais à la subsistance des pauvres. Il n'étoit pas content de leur avoir distribué du pain, s'il ne l'avoit gagné lui-même. Il ne leur offroit pas les restes de sa vanité ou de sa fortune, mais les fruits de ses propres mains. Il leur distribuoit par la miséricorde, ce qu'il avoit acquis par la justice. Cette portion de son bien lui étoit sacrée ; il y mettoit son cœur comme à son trésor. Vous le savez, pieuse confidente de ses aumônes secrètes (1), qui lui rendez aujourd'hui les offices publics d'une sainte amitié ; vous le savez, avec quelle joie il dispensoit ces revenus de sa charité pour racheter ses péchés, et pour honorer Dieu de sa substance.

Que diront ici ceux qui, parce qu'ils n'ont pas volé le bien d'autrui, croient être en droit d'abuser du leur ; comme si l'aumône n'étoit pas une obligation indispensable pour tous les chrétiens, comme si l'on pouvoit abandonner les pauvres de Jésus-Christ, parce que d'autres les ont opprimés ; et comme si l'on ne devoit rien à Dieu, parce qu'on n'a rien pris aux hommes ? Que diront ceux qui veulent donner par dévotion ce qu'ils ont ravi par violence ; qui se promettent les récompenses des justes, parce qu'ils font quelques largesses de ces biens qui sont le prix de leurs injustices, et qui se font honneur, auprès des pauvres, des larcins mêmes qu'ils leur ont faits ? Qu'ils suivent l'exemple d'un homme juste, qui a ouvert son cœur et ses entrailles à ses frères, qui leur a fait une

______

(1) Mme de Miramion.

offrande pure du bien le plus légitimement acquis, et qui après avoir imité la bonté du Seigneur, l'a cherché par la piété.

TROISIÈME PARTIE.

Ce n'est pas sans raison, messieurs, que l'esprit de Dieu, qui donne à chaque état les instructions qui lui sont propres, ordonne aux juges de la terre de chercher le Seigneur, parce qu'étant d'un côté liés à une infinité de devoirs, et de l'autre étant regardés comme les arbitres du sort des hommes, il est difficile que leur esprit ne s'arrête, ou à cette multiplicité d'affaires qui les occupe, ou à la complaisance de cette autorité qui les distingue. Il faut donc qu'ils sortent comme d'eux-mêmes (1), pour aller à Dieu par une piété simple et sincère.

Je dis par une piété simple et sincère ; car, messieurs, il s'est élevé dans l'Église une espèce de chrétiens, qui, se faisant aux dépens même de la dévotion une réputation d'être dévots, couvrent leurs passions sous une apparence de piété et sous un air extérieur de réforme, pour arriver plus facilement à leurs fins, et pour surprendre l'approbation du monde, en lui faisant accroire qu'ils ont déjà celle de Dieu. Ce sont ces hommes qui deviennent humbles pour pouvoir dominer, utiles afin de se rendre nécessaires, et qui jugeant de tout, se mêlant de tout, et remuant mille ressorts, dont la religion est toujours le plus apparent, s'ils ne se font estimer par leur vertu, du moins se font craindre par leur cabale.

Je parle ici d'un véritable chrétien, qui n'eut pour guide que la foi ; qui ne s'attacha qu'aux maximes de l'Évangile ; qui ne fut ni d'Apollo, ni de Céphas, ni de Paul, mais de Jésus-Christ ; qui réprima les impies, et n'eut point de part avec les hypocrites ; et qui, suivant non pas son intérêt, mais son devoir, et ramenant toutes choses à leur

_____

(1) In simplicitate cordis et sinceritate Dei. 2. Cor. 1, 12.

17.

principe, conserva sa religion pure, et trouva Dieu, parce qu'il ne le chercha que pour lui-même

Entrerai-je, messieurs, dans les exercices secrets de sa piété? Dirai-je qu'il déroboit le temps de son sommeil pour le donner à la prière? qu'il commença toutes ses journées par un sacrifice qu'il fit à Dieu de lui-même? que lisant tous les jours à genoux quelques articles de la loi de Dieu, il puisoit dans les pures sources de la vérité, les règles de la véritable sagesse? qu'il ne laissa passer aucune semaine sans rallumer sa ferveur par l'usage des sacremens? qu'il se rendoit compte à lui-même de tous les jugemens qu'il avoit rendus, et repassoit de temps en temps toutes les années de sa vie dans l'amertume de son ame, pour s'exciter à la pénitence? Dirai-je qu'il se renferma soigneusement en lui-même, et ne montra de ses bonnes œuvres qu'autant qu'il en falloit pour édifier les peuples; qu'il n'en interrompit jamais le cours dans ses plus grands embarras d'affaires; et que la coutume et la longue habitude qu'il en avoit, ne diminua rien de sa ferveur, ni de sa tendresse?

Mais il a donné plus d'étendue à sa piété, et j'ai de plus grandes choses à dire que celles qui sont bornées à son salut particulier. Quel amour n'eut-il pas pour Jésus-Christ! Quel zèle n'eut-il pas pour la religion! D'où venoit ce soin qu'il prit de ramener les anciens ordres dans la première pureté de leur institut, et de renouveler dans les enfans l'esprit de leurs pères, en réparant les brèches que le temps avoit faites à leur discipline? D'où venoit cette protection qu'il donnoit à tous ces ouvriers évangéliques, qui vont planter la croix sur les rivages étrangers, et semer la foi de Jésus-Christ dans les îles du Nouveau Monde? D'où venoit cette joie intérieure qu'il ressentoit, lorsqu'il voyoit dans le clergé des hommes dignes de leur ministère, s'unir et conspirer ensemble, pour dissiper par leurs instructions et par l'exemple de leur vie, les maximes d'erreur que le monde inspire à ceux qui le suivent? Quel fut le principe qui le fit agir en ces occasions, sinon le zèle qu'il eut pour l'Église ?

Permettez, messieurs, que je reprenne ici mes esprits, et que je recueille ce qui me reste de force, pour vous représenter ce qu'il a fait pour la discipline. Qui ne sait que l'Église étoit dans une espèce de servitude ? La juridiction séculière ne laissoit presque plus rien à faire à la spirituelle. Sous prétexte d'empêcher une trop austère domination, ou de maintenir des priviléges que la nécessité des temps a fait accorder, on renversoit l'ordre, et souvent on autorisoit la rébellion. Ceux qui secouoient le joug de l'obéissance, et qui ne défendoient leur liberté que pour entretenir leur libertinage, ne laissoient pas d'être écoutés et de trouver des protecteurs. Les évêques n'avoient plus de droits qui fussent incontestables. Vouloient-ils punir un pécheur obstiné ? Une justice étrangère leur ôtoit des mains ces armes que Jésus-Christ même leur a données. Entreprenoient-ils de réprimer la licence ? Leur zèle passoit pour une entreprise contre les loix. Ils gémissoient en secret, et ils portoient en vain de temps en temps leurs plaintes jusqu'au pied du trône.

Mais sous un chef si religieux, on a changé de jurisprudence. Le droit naturel n'est plus étouffé par les exemptions. La brebis qui s'égare est renvoyée à son pasteur. On confirme dans le palais ce qu'on ordonne dans le sanctuaire. Les pécheurs ne trouvent plus de refuge que dans leur propre pénitence ; et les loix du prince n'étant plus armées que pour faire observer celles de Dieu, chaque prélat peut faire le bien, et corriger le mal sans opposition. Sacrés ministres de Jésus-Christ, dont ce grand homme a si souvent soutenu les droits, vous le louâtes dans vos assemblées ; vous lui rendîtes par vos députés des témoignages publics de reconnaissance. La capacité, la sagesse et la piété de son illustre successeur vous promettent les mêmes secours, et vos vœux seront accomplis, quand cet auguste parlement, qui doit être la règle et le modèle de tous les autres, leur aura communiqué son esprit et ses maximes.

Quelque gloire que M. de Lamoignon ait acquise en faisant observer la discipline, je n'en parlerois qu'en tremblant, s'il ne l'avoit lui-même observée : je louerois son autorité, et je me défierois de son désintéressement. Mais comme ses jugemens ont été justes, sa conduite de même a toujours été irréprochable. Ne refusa-t-il pas une grande abbaye qu'on lui offait pour un de ses fils, parce qu'il n'étoit pas encore capable de se déterminer par son propre choix, et que la jouissance d'un grand revenu lui pouvoit être dans la suite un engagement à demeurer sans vocation dans l'état ecclésiastique ? Où sont les pères scrupuleux qui négligent des moyens si sûrs et si faciles d'établir la fortune de leurs enfans; qui n'attirent sur eux du patrimoine de Jésus-Christ, quand ils ne peuvent leur donner du leur, et qui ne rachètent par des dispenses la foiblesse de leur volonté, et l'incapacité de leur âge? Heureux qui n'alla pas après les richesses ! Plus heureux qui les refusa, quand elles allèrent à lui !

Il n'eut pas moins de soin d'examiner la vocation de ses deux vertueuses filles, qui portent le joug du Seigneur dans un des plus saints ordres d'Église (1). De quelle adresse n'usa-t-il pas pour découvrir si le désir qu'elles avoient de se consacrer à Dieu étoit une résolution constante, ou une faveur passagère ! Combien de fois leur représenta-t-il les conséquences dangereuses d'une retraite précipitée ! Avec quelle tendresse demanda-t-il à Dieu qu'il les déterminât par sa divine volonté, et qu'il les conduisît par sa sagesse ! Après leur avoir montré les vanités du monde qu'elles avoient résolu de quitter, il leur fit voir les croix où elles devoient être attachées, et n'oublia rien de ce qui pouvoit l'assurer de la

(1) La Visitation.

solidité d'un dessein qu'il lui étoit important de connoître, et qu'il ne lui étoit pas permis de traverser.

Des vertus si pures et si chrétiennes furent comme autant de dispositions à une sainte et heureuse mort. Il ne fallut pas l'y préparer par de lentes infirmités, ni la lui faire ressentir par de cruelles douleurs. L'ayant considérée depuis long-temps, non-seulement comme nécessaire à tous les hommes, mais encore comme avantageuse aux chrétiens, il en fut frappé; mais il n'en fut pas surpris. Son esprit heureusement rempli de funestes pressentimens de sa fin prochaine, se fortifia contre les craintes de l'avenir par de longues et sérieuses réflexions qu'il y fit. Il regarda sans s'étonner, l'appareil de son sacrifice (1). Il vit le monde prêt à s'évanouir pour lui, mais il ne l'avoit jamais cru solide. Il vit l'éternité s'approcher, et il redoubla ses forces pour achever ce qui restoit à fournir de sa carrière. Il vit les jugemens de Dieu, il les craignit, mais il les attendit avec confiance. Cet amour si vif et si tendre qu'il avoit eu pour sa famille, se confondit insensiblement dans la charité qu'il avoit pour Dieu. Ainsi, dépouillé de toutes les affections du monde, il ne pensa qu'à son salut; et ramenant toutes les créatures dans le sein de leur Créateur, il s'y rendit lui-même pour s'aller joindre à son principe, et pour y recevoir la récompense de ses vertus.

N'attendez pas, messieurs, que je fasse ici un dernier effort pour vous émouvoir à la pitié et à la douleur. J'offenserois cette ame sainte, qui, après avoir lavé dans le sang de Jésus-Christ ces taches que le péché laisse en nous après notre mort, jouit sans doute d'un bonheur éternel dans les tabernacles du Dieu vivant. Vous le savez, mon Dieu, et je ne fais que le présumer; mais tant de graces que vous lui fîtes, et tant de vœux qu'on vous a faits; Jésus-Christ tant de fois invoqué, tant de fois même

(1) Spiritu magno vidit ultima. Eccl. 48. 27.

immolé pour lui sur l'autel, sans entrer trop avant dans vos jugemens, me donne cette confiance.

Puisse-t-il avoir reçu de vos mains cette couronne de justice que vous donnez à ceux qui vous aiment! Puissent ces flambeaux que la piété chrétienne a rallumés, être les marques de sa gloire, plutôt que les ornements de ses funérailles! Puisse ce sacrifice d'expiation qu'on offre pour lui, être aujourd'hui un sacrifice d'action de graces! et vous, messieurs, puissiez-vous faire revivre après sa mort les vertus qu'il a pratiquées, afin d'arriver à la gloire qu'il s'est acquise!

ORAISON FUNÈBRE

DE

MARIE-THÉRÈSE D'AUTRICHE

REINE DE FRANCE ET DE NAVARRE

Prononcée à Paris, le 24e jour de novembre 1683, en l'église des religieuses du Val-de-Grace, où son cœur repose ; en présence de Monseigneur le Dauphin, de Monsieur, de Madame, de Mademoiselle et des Princes et Princesses du sang.

Fundamenta æterna supra petram solidam, et mandata Dei, in corde mulieris sanctæ.　　　　　　(Eccl. 26.)

Les fondemens éternels sur la pierre solide et ferme , et les commandemens de Dieu sont dans le cœur de la femme sainte. — (Au livre de l'Ecclésiastique, ch. 26.)

MONSEIGNEUR ,

Au milieu de ce funèbre appareil, dans ce temple sacré où la mort amasse de grandes dépouilles, à la vue de ce triste cercueil et de ce cœur royal, qui n'est plus que cendre, vous pensez peut-être que je dois vous entretenir de la fragilité et du néant des grandeurs humaines.

L'esprit de Dieu (1) nous apprend dans ses écritures (2), qu'il faut déplorer le sort des pécheurs (3).

(1) Psal. 143.
(2) Psal. 145.
(3) Psal. 9.

Leur vie passe comme l'ombre ; il vient un jour fatal où périssent toutes leurs pensées ; leur mémoire fait un peu de bruit (1), et va se perdre dans un silence éternel. Les biens qu'il ont acquis échappent de leurs mains avares (2); leur gloire sèche comme l'herbe ; leurs couronnes se flétrissent, et tombent presque d'elles-mêmes (3). Il est vrai : ce qui sert à la vanité n'est que vanité, et tout ce qui n'a que le monde pour fondement, se dissipe et s'évanouit avec le monde.

Mais le même esprit de Dieu nous enseigne que la grandeur est solide quand elle sert à la piété (4). Il y a des couronnes qu'on jette aux pieds de l'agneau, des richesses qu'on répand dans le sein des pauvres (5), un royaume qui appartient à Jésus-Christ (6), et qui n'est pas de ce monde ; une gloire qu'on tire de la croix même du Sauveur (7) et une élévation des justes qui demeure éternellement, parce qu'elle est fondée sur la pierre (8); et cette pierre, selon l'apôtre, c'est Notre-Seigneur Jésus-Christ (9).

Je ne viens donc pas ici vous désabuser des grandeurs humaines ; mais vous montrer le bon usage qu'on en peut faire. Ce n'est pas mon dessein de vous émouvoir par mon discours, mais de vous instruire par des exemples ; et je vous exhorte aujourd'hui, non pas à pleurer une reine (10), mais à imiter une sainte. C'est ainsi que saint Paul appeloit autrefois les chrétiens ; et c'est ainsi que

(1) Psal. 75.
(2) Psal. 89.
(3) 1. Corinth. 9.
(4) Apoc. 4.
(5) Joan. 18.
(6) Gal. 6.
(7) Eccles. 27.
(8) Psal. 110.
(9) 1. Corinth. 10.
(10) Eph. 4. Philip. 5.

j'appelle très-haute, très-puissante, très-excellente et très-religieuse princesse, Marie-Thérèse, infante d'Espagne, reine de France et de Navarre, qu'une piété sans interruption, et une fidélité constante à observer la loi de Dieu, ont rendue digne d'être louée à la face de ses autels par les ministres de son Évangile.

Quand on a pour matière de ces sortes d'éloges, une de ces vies mondaines dont on ne peut louer que la fin, et où le christianisme est réduit à quelques actes de religion faits dans le cours d'une maladie : qu'il est difficile qu'on ne flatte la vanité, ou que du moins on ne l'épargne ; qu'on ne confonde la fortune avec la vertu, et qu'on ne jette, sans y penser, quelques grains de l'encens que l'on doit à Dieu, sur le monde qui n'est qu'une idole ! Malheur à nous, si nous louons ce que Dieu n'a pas approuvé, si nous consacrons sans discernement ces victimes purifiées à la hâte, sur le point de recevoir le coup mortel, et si nous excusons des années de vanité, en faveur de quelques jours de pénitence !

Graces à Jésus-Christ, je suis aujourd'hui à couvert de ces difficultés et de ces craintes. Je parle d'une reine que le ciel avoit prévenue de ses bénédictions, et dont la vertu ne s'est jamais ni démentie, ni relâchée. Sa vie a été une préparation continuelle à bien mourir, et sa mort est pour nous une exhortation à bien vivre. Quelque endroit de ses actions que je touche, tout est vertu, tout est piété. Intrigues de cour, affaires du monde, raisons d'État, vous n'avez point ici de part, et c'est la grandeur de mon sujet d'être renfermé dans une vie toute chrétienne. La conduite de Dieu sur la reine, la conduite de la reine à l'égard de Dieu ; ou, pour diviser mon discours par les paroles de mon texte, les desseins de Dieu, fondemens éternels de la piété de cette princesse accomplis en elle ; les commandemens de Dieu gravés dans son cœur et mis en pratique, sont toute la matière de son éloge : *Fundamenta æterna supra petram solidam, et mandata Dei in corde mulieris sanctæ.* Je ne dis rien que son cœur, que nous voyons ici, n'ait ressenti. Je ne crains pas de mêler ses louanges au sacrifice qu'on offre pour elle , et je prends sur l'autel tout l'encens que je brûle sur son tombeau.

PREMIÈRE PARTIE.

Quoiqu'il n'y ait point devant Dieu de différence de personne ou de condition, et que sa Providence veille indifféremment sur tous les hommes, l'Écriture (1) sainte nous enseigne pourtant qu'il a des soins particuliers de ceux qu'il porte sur le trône, et qu'il met à la tête de son peuple. Ce sont ses créatures les plus nobles, revêtues de sa puissance et de sa grandeur, et faites proprement à sa ressemblance et à son image. Il les conduit par son esprit, il les fortifie par sa vertu, il les couronne dans ses miséricordes (2). Il tient leurs cœurs entre ses mains, et les tourne comme il lui plaît, afin qu'ils servent à l'accomplissement de ses volontés et à l'avancement de sa gloire. Reconnaissons , messieurs , cette protection et cette conduite de Dieu sur la Reine.

Elle étoit d'une maison auguste qui remplit plusieurs trônes à la fois, qui donne depuis longtems des empereurs, des rois et des reines à toute l'Europe, et qui regarde la gloire et la piété comme ses biens héréditaires. Elle étoit fille de ces rois, qui, par la force des armes, par la prudence des conseils, ou par le droit des successions, ont réuni plusieurs couronnes en une seule, qui portent leur domination au-delà des mers et des monts, qui se font obéir dans l'ancien et le nouveau monde, et dont la puissance s'étend si loin, qu'ils gémissent, pour ainsi dire , sous le faix de tant de provinces et de royaumes, et que leur grandeur même leur est à charge. Mais ce qui relevoit sa naissance, c'est qu'elle la devoit à une fille de Henri-le-Grand (3), et que le sang de nos

(1) Ps. 104. Ps. 17.
(2) Ps. 102. Prov. 21.
(3) Elisabeth de France, reine d'Espagne.

rois, ce sang le plus noble et le plus pur qui ait jamais coulé dans aucune maison royale, étoit heureusement mêlé au sang d'Autriche et de Castille.

Le ciel n'avoit mis ensemble tant de grandeur, qu'afin de couronner la modéstie de cette princesse. Elle ne se laissa pas éblouir à tout cet éclat. Au-dehors, reine magnifique, au-dedans humble servante de Jésus-Christ, portant sur son visage la majesté de tant de rois dont elle tiroit sa naissance, conservant dans son cœur l'humilité du Fils de Dieu, d'où dépendoit toute sa vertu : elle voyoit dans la suite de ses ancêtres, non pas ce qui l'anoblissoit devant les hommes, mais ce qui pouvoit la sanctifier devant Dieu, dans le sein duquel elle alloit chercher et sa fin et son origine.

Aussi l'on ne l'ouït jamais se glorifier que de la qualité chrétienne. On la vit souvent s'abaisser et se dérober à sa dignité, pour se jeter aux pieds des pauvres : et si des yeux mortels pouvoient percer ces voiles qui couvrent au-dedans de nous les opérations de la grace, et les sentimens de nos consciences, on l'auroit vue établir au-dedans d'elle le règne de Dieu selon les règles évangéliques (1), planter la croix de Jésus-Christ sur un tas de sceptres et de couronnes, recevoir le sang du Sauveur pour purifier le sang de ses pères, effacer les titres de sa maison pour y graver ceux de son baptême ; et dans ce cœur où le mensonge et la flatterie n'osèrent jamais approcher pour lui donner une fausse gloire, écouter la vérité qui lui apprenoit ses devoirs, et qui lui montroit ses foiblesses.

Quoique Dieu par sa grace eût formé de si saintes inclinations dans son âme, il voulut qu'elle s'aidât des instructions et des exemples d'une mère, qu'une sincère piété, une tendresse respectueuse pour son époux, une bonté officieuse et libérale pour ses sujets, un courage mâle dans les pressans besoins de l'État, et une sage patience dans les peines et les tribulations domestiques, avoient rendue

(1) Luc 17.

vénérable et à l'Espagne où elle régnoit, et à la France d'où elle étoit sortie.

Ce fut d'elle que cette jeune infante apprit ces premières règles de la sagesse chrétienne; qu'il faut rendre à Dieu par reconnaissance, ce que nous tenons de sa bonté; que le bonheur des richesses ne consiste pas dans le bien qu'ils ont, mais dans le bien qu'ils peuvent faire; et que parmi tant de choses vaines et superflues qui environnent les grands du monde, ils doivent regarder leur salut comme la seule nécessaire. C'est ainsi qu'on l'accoutumoit dans son enfance à craindre Dieu et à l'aimer; et l'on peut dire d'elle ce que l'Écriture a dit d'une autre reine, qu'elle ne changea pas son éducation : *Et non mutavit Esther educationem suam* (1).

Providence éternelle, c'étoit pour nous que vous formiez ce cœur chrétien. Vous conduisiez ces deux princesses à vos fins par des voies secrètes; et pour partager vos faveurs aux deux premiers royaumes du monde, vous vouliez que la fille vînt comme restituer à la France tant de vœux et tant de vertus que la mère avoit portés à l'Espagne.

Le ciel fit naître en même temps, et faisoit croître sous une pareille éducation le Roi, dont la naissance miraculeuse promettoit à tout l'univers une vie pleine de miracles. On voyait avec joie avancer le jour heureux de cette auguste alliance, les nœuds en étoient serrés dans l'éternité; et par des droits secrets que le ciel avoit décidés, la princesse du monde la plus parfaite appartenoit déjà au plus grand des rois. Ils travailloient sans y penser à se plaire et à se mériter l'un l'autre. Louis recueilloit dans son esprit ces grands principes qui composent l'art de régner, qu'il exerce avec tant de gloire. Thérèse s'avançoit dans la connoissance des vertus chrétiennes qu'elle a pratiquées avec tant d'édification. En l'un, la prudence et le courage se fortifioient insensiblement par

____

(1) Esth. c. 2.

l'expérience : en l'autre, la modestie et la piété s'entretenoient par la prière. Dieu donnoit au Roi sa justice et son jugement pour le gouvernement de son peuple, à la Reine, sa miséricorde et sa charité pour le soulagement des pauvres. L'un, nourri dans ses camps et dans ses armées, commençoit à prendre cette glorieuse habitude qu'il a de vaincre; l'autre, élevée au pied des autels, s'accoutumoit à faire des vœux pour des victoires. Tel fut le soin que le ciel prit, dans des climats différens, de ces deux grandes ames qu'il devoit rassembler un jour; et tels étoient dans les desseins éternels de Dieu, les préparatifs de cette puissance qui fait aujourd'hui la terreur, l'admiration ou la jalousie de toutes les autres.

La destinée du monde entier étoit liée à celle de cette princesse. Chacun croyoit voir en elle la fin des misères publiques et particulières, et les peuples la regardoient comme cet ange de l'Apocalypse (1), envoyé de Dieu sur la terre, l'arc-en-ciel sur la tête, pour marquer la paix et les miséricordes du Seigneur, et le visage comme le soleil, pour dissiper les nuages qui couvroient toute la face de l'Europe, et pour allumer dans le cœur d'un jeune roi victorieux, des feux plus doux et plus purs que ceux de la guerre. Cette gloire lui avoit été réservée, messieurs, et c'étoit uniquement à ses vœux que devoit s'accorder une paix ferme et générale.

La France l'avoit desirée (2), même dans sa prospérité.

Une reine alors régente (3) l'offroit aux hommes, après l'avoir demandée à Dieu. Sacrés autels, vous le savez, des troupes de vierges chrétiennes, employées pour l'obtenir, redoublèrent leurs oraisons, et les prêtres de Jésus-Christ en firent une partie des vœux de leurs sacrifices. Qui n'eût dit que tous les princes alloient l'accepter; les uns ennuyés de leurs pertes, les autres lassés de leurs

(1) Apoc. **10.**
(2) La paix de Munster.
(3) Anne d'Autriche, veuve de Louis XIII.

victoires; et que rien ne pouvoit retarder un traité où la justice et la religion avoient tant de part, et où chacun devoit trouver sa consolation ou son avàntage?

Mais Dieu ne juge pas comme nous jugeons : le jour de sa paix et de sa miséricorde n'étoit pas encore arrivé. Les passions des particuliers opposées au bien commun, les difficultés survenues dans ce grand nombre d'intrigues et de partis, les négociations traversées par la mauvaise foi des uns, ou par l'impatience des autres, et l'accord à peine conclu entre la France et l'Allemagne, firent voir que la paix n'est pas un bien que le monde donne, et que Dieu, qui l'accorde quand il lui plaît, et comme il lui plaît, se réservoit à la donner par l'entremise de notre princesse.

Ce fut, en effet, messieurs, la première bénédiction de son mariage. Représentez-vous cette île fameuse, où deux hommes chargés des intérêts et du destin des deux nations, faisoient valoir leur habileté à disputer les droits des couronnes, et tantôt se soutenant avec grandeur, tantôt se relâchant avec prudence, joignant l'adresse et la persuasion à la justice ou à la conjoncture des affaires, après avoir déployé tous les secrets de leur politique, conclurent enfin cette bienheureuse alliance; alliance qui fut pourtant l'ouvrage de la providence de Dieu, et non pas le fruit des travaux et de la sagesse de ces grands hommes. Quel fut ce jour heureux qu'on la vit sortir, comme la colombe de l'arche, de ce petit espace de terre que les flots respecteront éternellement, pour annoncer aux provinces leur félicité, et porter par-tout où elle passoit, la paix et la joie dans les cœurs des peuples! Quel fut ce triomphe, lorsqu'environnée de la gloire de son époux et de la sienne propre, elle nous parut par sa modestie comme un ange de Dieu, parmi les acclamations et les fêtes de cette ville royale!

Trompons, si nous pouvons, notre douleur, messieurs, par le souvenir de nos joies passées; et nous élevant aux grandeurs invisibles de Dieu, par les grandeurs visibles des créatures, formons-nous une légère idée de la gloire dont elle jouit, par la gloire où nous l'avons vue. Mais elle avoit bientôt passé cette gloire. Autant d'hommages qu'on rendoit à son rang ou à sa vertu étoient autant d'offrandes qu'elle faisoit intérieurement à Jésus-Christ crucifié : et l'impatience où elle étoit de se cacher dans quelque paisible et sainte retraite, pour y vaquer à la prière, marquoit assez combien les applaudissemens et les vaines louanges des hommes lui étoient à charge.

Ses premières occupations furent d'aller d'église en église reconnoître Dieu partout où il veut être adoré. Sous la conduite d'une reine qui lui servoit de mère par sa tendresse, et de guide par son expérience, et qui, déchargée du poids du gouvernement, et libre des soins et des distractions des affaires, n'avoit plus de pensées que pour le ciel et pour son salut ; sous ces auspices, dis-je, on la vit dans tous les lieux saints consacrer les prémices de son règne, et mettre au pied de chaque autel la plus belle couronne du monde. C'est dans cette sainte maison qu'elles venoient s'unir par la foi et par la charité, plus étroitement qu'elles n'étoient unies par le sang et par la nature, raffermir par leur vœux la paix quand elle étoit chancelante, attirer les lumières de Dieu sur le Roi, et ses bénédictions sur le royaume.

Vierges de Jésus-Christ qui m'entendez, rappelez ces jour heureux en votre mémoire. Le zèle que vous avez pour votre époux, vous faisoit voir avec plaisir ces majestés humiliées en sa présence ; et l'ardeur de leurs oraisons vous servit souvent de motif pour renouveler la ferveur des vôtres. Vous vîtes ces maîtresses du monde vivre parmi vous comme vous qui l'avez quitté, chanter les cantiques du Seigneur, se mêler dans vos exercices de pénitence, faire dans ce désert un sacrifice des plaisirs et des joies du siècle, et répandre leurs cœurs devant Dieu ; ces cœurs qui l'aimèrent pendant leur vie, et que vous voyez ici desséchés et consumés moins par la mort que par les desirs et l'impatience qu'ils ont d'être ranimés pour l'aimer éternellement.

Ne croyez pas qu'il entrât ni ostentation, ni raison humaine dans la religion de cette princesse. Elle se proposa, non pas de servir de spectacle au peuple, ou de se faire d'abord une réputation de piété par ces dévotions extérieures qui sont ordinaires à sa nation, et qui ne s'établissent que trop dans la nôtre ; mais d'aimer Dieu dans la simplicité de son cœur, d'accomplir ses devoirs, et de donner de bons exemples. Un air de sagesse et de vérité, répandu dans toutes les actions de sa vie, marquoit la pureté de ses intentions. La modestie de son visage répondoit de la sincérité et de la bonté de son cœur ; et sa persévérance dans la piété, faisoit voir qu'elle étoit fondée sur la charité et sur la grace de Jésus-Christ, et non pas sur les jugemens et sur l'approbation des hommes.

Ce n'est pas qu'elle ne se crût redevable aux hommes. C'est à tous les chrétiens que Jésus-Christ a commandé dans son Évangile de faire des fruits de pénitence et de justice, afin de s'édifier les uns les autres par les bonnes œuvres qu'ils font, et de s'exciter à glorifier le Père céleste (1) qui leur donne la force et la volonté de les faire. Mais ce commandement regarde sur-tout les rois de la terre : ils sont plus élevés, et leurs actions sont plus remarquables ; ils ont plus d'autorité, et leurs exemples sont plus efficaces ; ils tirent leur grandeur de Dieu, et ils doivent servir à sa gloire.

Telle fut la Reine dans tout le cours de sa vie. Dieu l'avoit élevée sur le trône, afin qu'elle honorât sa religion ; unie au plus grand roi du monde, afin que sa vertu fût plus regardée ; établie dans un royaume où la communication plus libre des rois avec leurs sujets fait qu'on perd moins de leurs bons exemples. Elle suivit sa vocation et jamais vie ne fut plus pure, plus régulière, plus uni-

____

(1) Ut videant opera vestra bona, et glorificent patrem, etc. Matth. 5. 16.

forme, plus approuvée. Est-il échappé quelque indiscrétion à sa jeunesse? Sa beauté n'a-t-elle pas toujours été sous la garde de la plus scrupuleuse vertu? A-t-elle aimé qu'on la louât contre la vérité, ou qu'on la divertît aux dépens de la charité chrétienne? A quelle espèce de ses devoirs publics ou particuliers, de religion ou domestiques, a-t-elle manqué? Quelle liberté s'est-elle donnée qui pût, je ne dis pas mériter une censure, mais souffrir une mauvaise interprétation?

La crainte de Dieu régloit toutes ses actions, et la médisance n'eut jamais ni le sujet ni le courage d'en parler. *Timebat Dominum valde, nec erat qui loqueretur de ea verbum malum* (1). Louange que l'Écriture donne à Judith, plus grande encore en ce temps où il y a si peu de réputations innocentes et irréprochables, et à la cour où la malice ne pardonne rien à la foiblesse, et où l'innocence même se sauve difficilement des soupçons et des mauvais bruits.

La Providence se servit d'elle pour donner aux uns l'envie de leur perfection, pour ôter aux autres les prétextes de leur négligence. Combien d'ames timides a-t-elle encouragées par sa profession publique de dévotion, et par les marques visibles de la miséricorde de Dieu sur elle? Combien de fausses vertus a-t-elle redressées par les règles qu'elle prescrivit à la sienne! Combien de désordres a-t-elle arrêtés, moins par la force de ses corrections, que par la persuasion de son exemple!

Il est vrai que tout le poids de l'autorité, et toute la grandeur de l'État est en la personne des rois; mais on peut dire que la discipline des mœurs, et le succès de la piété dans la cour est en la personne des reines. C'est autour d'elles que se range et que se réunit ordinairement tout l'esprit du siècle, le désir de plaire, l'envie de parvenir, le plaisir de voir et d'être vue. C'est là que se forgent

(1) Judith. 8, 8.

ces traits de feu, selon les termes de l'Apôtre (1), dont l'ennemi se sert pour allumer les passions dans ces ames vaines qui sont les idoles du monde, et dont le monde lui-même est l'idole. C'est là que s'apprennent tous les usages du luxe, de la vanité, de l'ambition et de la délicatesse ; que se forment ces passions qui font mouvoir toutes les autres, et par un commerce fatal au salut des ames, les uns se font un art de séduire, et les autres une gloire d'être séduits. Comme le vice est contagieux, il se répand de là dans les régions inférieures des royaumes : on se fait des modèles de ces déréglemens de mœurs ; et par une suite funeste, mais naturelle, les péchés mêmes des grands deviennent les modes des peuples, et la corruption de la cour s'établit enfin comme politesse dans les provinces.

Jusqu'où vont ces excès, quand une princesse mondaine les entretient ou les autorise ! Qui ne sait que l'esprit du siècle est un poison qui s'enflamme et se dilate par de tels exemples ? Et quelle espérance de salut peut-on avoir dans un lieu qui devient le centre de la vanité, le règne des mauvais désirs, le séjour des tentations, et le pays de l'idolatrie ?

La Reine, messieurs, sanctifia sa cour en se sanctifiant elle-même. Pour être appelée auprès d'elle, il ne suffisoit pas de la suivre, il falloit aussi l'imiter dans ses pratiques de piété. La sagesse et l'ordre y régnoient partout ; la pudeur y étoit plus estimée que la beauté ; et la vertu y trouvoit plus de crédit que la fortune. Méditer les sacrés mystères, assister au saint sacrifice, écouter la parole de Dieu, réciter les prières de l'Église ; c'étoient les occupations de chaque journée. La visite extraordinaire d'un hôpital dans des nécessités pressantes, un voyage de dévotion pour honorer la fête d'un saint, une retraite dans un monastère pour y faire une revue de sa conscience ; c'étoient les affaires que sa religion et sa charité lui fai-

(1) Tela nequissimi ignea. Eph. 6, 16.

soient regarder comme importantes. Ceux qui, par leur rang ou par leurs devoirs, avoient l'honneur de l'approcher, étoient touchés de ces bons exemples ; et le peuple qui la voyoit dans ses dévotions, et dans quelles dévotions, ne la vit-on pas ! l'admiroit, la bénissoit et l'imitoit.

Ne vous figurez pas pourtant, messieurs, que cette Reine, quoique tout occupée de son salut, n'ait point eu de part aux événemens et aux affaires du siècle. Elle y a eu toute celle que la Providence lui avoit destinée. Je ne parle pas de ces soins et de ces craintes cruelles, qui firent si souvent porter à son cœur le poids de tant de difficiles entreprises. Je ne parle pas de cette régence, qui dans son peu de durée, ne laissa pas de faire voir les lumières qu'elle recevoit de Dieu, et la confiance que le Roi son époux avoit en elle. Je parle de cette piété, qui fut la source des prospérités constantes, et souvent même inespérées de ce royaume. Je ne crains point de diminuer la grandeur des actions du Roi : ce prince veut bien partager sa gloire avec la Reine, et joindre ce que le ciel a fait par lui, à ce que le ciel fit pour elle. S'il méditoit en secret ses grands et impénétrables desseins, la Reine invoquoit cette sagesse éternelle, qui préside au conseil des rois. Si la victoire voloit devant lui, les vœux de la Reine avoient volé devant la victoire. S'il marchoit au milieu des hivers, l'oraison de cette Princesse pénétroit les nues, pour lui préparer les saisons. S'il combattoit les ennemis, elles levoit ses mains innocentes vers le ciel ; et nos armées s'échauffoient plus de l'ardeur de sa prière que de la chaleur du combat. S'il s'exposoit lui-même aux périls ; anges de Dieu, députés à la garde du Roi et à la sienne, combien de fois vous conjura-t-elle d'accourir, de veiller, et de lui conserver une tête si chère et si précieuse !

C'est ainsi que s'accomplissoient les desseins de Dieu et sur le Roi et sur la Reine, et que se vérifioient ces

oracles de l'Écriture (1) : « Que la femme vertueuse est
« la récompense de l'homme de bien ; qu'elle attire grace
« sur grace sur sa famille, et qu'elle est la couronne de
« son époux. » Les ordres du Seigneur dont cette Reine
étoit chargée, furent les fondemens de sa grandeur ; et les
commandemens du Seigneur qu'elle avoit gravés dans son
cœur, furent les règles de sa piété. C'est ce qui me reste
à vous faire voir.

SECONDE PARTIE.

Quoique la piété ait ses règles et ses principes, et que
selon l'Apôtre (2), le culte qu'on rend à Dieu doive toujours être raisonnable, on peut dire qu'il y a parmi les
hommes peu de dévotions sages et bien conduites. Les
uns, sous les dehors de la vertu, cachant les desirs et les
affections du siècle, donnent les œuvres à la religion, et
gardent le cœur pour le monde. Les autres vivant selon
leur esprit, dans une excessive sévérité, ou dans une
molle indulgence, se font une dévotion d'humeur et de
naturel, et se rendant eux-mêmes leurs propres guidés,
veulent servir Dieu comme il leur plaît, et non pas comme
il leur ordonne. Plusieurs quittent leurs devoirs essen-
tiels pour des nouveautés superstitieuses, et mettent à la
place des commandemens de Dieu, les méthodes et les
traditions des hommes.

La Reine s'est sauvée de ces défauts, messieurs ; et
nous avons vu dans sa conduite une dévotion solide, et
selon les règles, cherchant les connoissances nécessaires,
et fuyant une vaine et dangereuse curiosité, donnant à
l'édification du prochain ce qu'elle devoit à l'exemple,
donnant à sa propre sanctification ce qu'elle devoit à sa
conscience ; se mettant au-dessus de la coutume quand
elle étoit contraire à la loi ; ne trouvant rien de petit

(1) Eccl. c. 26. Prov. c. 12.
(2) Rationabile obsequium vestrum. Rom, 12.

dans la religion, ni rien de difficile pour son salut ; attachée à tous ses devoirs, comme si elle n'en eût eu qu'un seul à remplir ; humble sans bassesse, simple sans superstition, exacte sans scrupule, sublime sans présomption, animée enfin de l'esprit de Dieu, établie sur ses vérités, et réglée par ses préceptes.

Comme tous ces préceptes se réduisent à aimer Dieu et le prochain ; que c'est à ces deux points que se rapportent toute la loi et toute la discipline des prophètes, et que toutes les bonnes œuvres, selon l'expression de saint Augustin (1), sont l'ouvrage de la seule charité, parce que c'est d'elle que naissent les pensées pures, les bons desirs et les actions saintes, et que toutes les vertus chrétiennes sont ou les fruits ou les offices de celles-là : voyons, messieurs, quel fut sur ce principe l'esprit et la piété de la Reine.

Une parfaite docilité d'esprit et de cœur, un desir sincère de sa perfection et de son salut, une intention générale d'obéir et de plaire à Dieu ; c'étoit là le fond de son ame. On exhorte les autres à faire le bien ; il suffisoit de le proposer à cette Princesse. Vous nous attirez par vos promesses ; vous nous faites craindre vos jugemens, mon Dieu. C'étoit assez de lui faire connoître vos volontés ; et ce que nous faisons par obligation et avec peine, elle le faisoit par son inclination et par votre amour.

Nous l'avons vue sur un simple avertissement, pratiquer à la rigueur toute l'austérité des jeûnes et des abstinences, et se priver de certains adoucissemens, que les priviléges et les coutumes de son pays lui avoient fait regarder comme permis, et que la flatterie lui avoit même conseillés comme nécessaires. Elle reçut tous les avis qu'on lui donna pour son salut comme autant de loix qu'on lui imposoit, persuadée que tout chrétien doit obéir à la vérité, et chercher toujours avec Jésus-Christ

____

(1) Aug. in Ps. 29.

ce qui est plus agréable à son Père. *Quæ placita sunt ei facio semper* (1).

De-là venoit cette délicatesse de conscience qui lui faisoit peser toutes ses actions au poids du sanctuaire : de-là ces fréquentes et soigneuses recherches, jusques dans les replis les plus secrets de son ame, pour y découvrir les moindres desirs que l'esprit du siècle et l'amour propre y pouvoient cacher : de-là ces saintes joies ou ces tristesses salutaires qu'on a si souvent remarquée sur son visage à la fin de ses oraisons et de ses retraites, selon le plus ou moins de progrès qu'elle croyoit avoir fait dans les voies de Dieu : de-là ces confessions réitérées, qui marquoient que dans son cœur contrit et humilié elle sentoit le poids des fautes même les plus pardonnables et les plus légères ; de-là venoit enfin cette louable impatience de remplir tous les devoirs de son état, et d'étendre sa charité au-delà même de ses devoirs.

Ames tièdes, qui ménagez votre timide et avare piété, et qui croyez avoir toujours assez fait pour votre salut, ames laches, à qui le péché pèse moins que la pénitence, venez ici vous confondre : ou plutôt, ames pures qui portez le joug du Seigneur, et qui marchez dans les sentiers de ses commandemens et de ses conseils, venez vous exciter ici par les exemples d'une reine.

Une vue intérieure de Dieu lui ôtoit tout le goût des plaisirs du siècle. La figure du monde, dont parle l'Apôtre (2), passoit devant ses yeux sans s'y arrêter ; et dans ses divertissemens mêmes il y avoit non-seulement de la dignité, mais encore du christianisme. Au milieu des jeux et des assemblées où l'ame se dissipe et s'évapore ordinairement, la sienne se recueilloit en elle-même ; et tant d'objets de vanité qui se répandent autour des trô-

(1) Joan. 8, 29.
(2) 1. Cor. 7. 31.

nes, étoient des sujets de réflexions pour sa piété, et non pas des sources de distractions pour ses prières.

Avec quel empressement alloit-elle en effacer jusqu'aux moindres idées dans le fond de son oratoire, et présenter à Jésus-Christ un cœur tout fait pour l'adorer et pour le bénir ! C'est-là qu'elle portoit sa reconnoissance et sa joie pour les assurances de la paix, pour les bons succès de la guerre. C'est-là qu'elle répandoit ses larmes et sa tendresse, soit dans la perte de ses enfans, que le ciel lui donna pour accomplir ses desirs, et lui ôta pour éprouver sa résignation ; soit dans l'absence du Roi, lorsque l'ardeur de son courage et les besoins de l'état l'engageoient à ces expéditions militaires, où il achetoit par ses propres périls sa réputation et sa gloire ; soit dans ces inquiétudes et dans ces peines secrètes que la providence de Dieu, pour le salut de ses élus, mêle souvent aux grands fortunes.

Mais ne sondons pas ce qui se passoit entre Dieu et elle. Les gémissemens de la colombe doivent être laissés à la solitude et au silence, à qui elle les a confiés. Il y a des croix dont le sort est de demeurer cachées à l'ombre de celle de Jésus-Christ, et il suffit de dire à la gloire de cette Princesse, que tout servit à son salut, et que le Père des miséricordes, et le Dieu de toute consolation qu'elle aima toujours également, la soutint et dans ses douleurs et dans les amertumes de la vie.

Aussi rien ne la toucha jamais si sensiblement que l'intérêt de sa religion. Quelle mission y a-t-il eu, qu'elle n'ait ou assistée de son crédit, ou entretenue de ses bienfaits ! Quelles conversions a-t-elle apprises, dont elle n'ait eu la même joie que les anges en ont dans le ciel selon la parole de l'Évangile (1).

Dès qu'on ouït gronder l'orage qui vient de fondre sur l'Empire et sur la Hongrie, n'ajouta-t-elle pas à ses dévotions ordinaires une heure d'oraison par jour ? Ne dit-elle

______

(1) Luc, 15. 7, 10.

pas plusieurs fois : « Qu'étant chrétienne sur toutes cho« ses, elle craignoit encore plus pour sa religion que
« pour sa maison? » Et peut-être que ce coup du ciel qui
vient de dissiper ce gros nuage, et d'arracher la couronne
des empereurs des mains presque des infidèles, est un
effet des intercessions de cette Princesse,

Ce zèle qu'elle avoit pour la foi de Jésus-Christ, lui foisoit admirer tout ce que le Roi fait pour elle. C'étoit-là
comme le centre de cette vive et constante tendresse qu'elle
nourrissoit pour lui dans son cœur. Qu'il étoit grand, et
qu'il lui paroissoit aimable, quand par la sévérité de ses loix
il arrêtoit la licence et l'impiété ; quand, à l'exemple de ces
princes religieux dont le Saint-Esprit a fait l'éloge dans
l'Écriture, il abattoit les hauteurs, je veux dire les temples
que l'hérésie avoit élevés sur les débris de nos autels ;
quand il rétablissoit le culte de Dieu dans ses conquêtes, et
que marchant sur ces remparts qu'il venoit de foudroyer, il
alloit lui offrir pour premier hommage, au pied de ses autels renouvelés, les lauriers qu'il avoit cueillis! Quel étoit le
cœur de la Reine en ces occasions où l'intérêt de l'Église
étoit joint à celui de l'état, et où l'amour de Dieu et l'amour
du Roi n'étoient presque qu'une même chose ?

Que ne puis-je vous la représenter dans les pratiques
du christianisme! Quel spectacle plus édifiant, que de la
voir dans les églises, et très-souvent dans sa paroisse,
plus remarquable encore par sa vertu que par sa suite,
se mêlant aux plus simples brebis pour entendre la voix
du pasteur, et ne se distinguant de la foule que par son
humilité, son recueillement et son application à la
prière ?

Suspendez pour un tems votre douleur, fidèles et désolés domestiques de cette Princesse, et rendez ici témoignage à la vérité. Dès qu'elle entroit dans la maison de Dieu, n'oublioit-elle pas qu'elle étoit reine ?
L'avez-vous vue distraire sa foi par un regard curieux,
ou par une parole indiscrète ? Dans les plus rudes hivers, au milieu des étés brûlans, vous êtes-vous jamais

aperçus de quelque relâchement, ou de quelque impatience dans la longueur de ses oraisons? Ne fut-elle pas en tout tems également attentive, immobile, anéantie en elle-même? Combien de fois la vîtes-vous ramener les courtisans à l'exercice de leur foi par les marques qu'elle donnoit de la sienne, inspirer des sentimens de religion aux ames les plus déréglées, et les retenir dans le silence et dans le devoir, moins par le respect de sa dignité, que par l'exemple de sa modestie?

Les événemens d'une régence tumultueuse, la valeur d'un héros, une suite de guerres et de victoires, des vertus brillantes et presque mondaines, frapperoient peut-être davantage vos esprits; mais je ne viens pas vous surprendre par des actions extraordinaires, je viens vous édifier par des vertus qui, toutes communes qu'elles paroissent, ne laissent pas d'être héroïques.

Avec quelle soumission écoutoit-elle la parole de Dieu! On lisoit dans son cœur l'impression qu'elle y faisoit, et le fruit qu'elle y devoit faire : pourvu que Jésus-Christ fût annoncé, et que son âme fût nourrie, elle demeuroit satisfaite. Dans nos sermons, mes frères, elle cherchoit ses défauts, elle nous pardonnoit les nôtres; et pour toucher nos auditeurs, avouons-le, sa présence fut quelquefois plus efficace que nos paroles.

Quel respect enfin n'avoit-elle pas pour tout ce qui regarde Jésus-Christ, pour ses saints, pour ses autels. pour le chef visible de son Église, pour ses prêtres ! Prêtres que les gens du monde n'estiment ordinairement que par leur qualité, ou par les revenus de leurs bénéfices, et que les grands regardent quelquefois comme les moins importans et les moins utiles de leurs domestiques, avilissant ainsi le sacerdoce de Jésus-Christ, et passant insensiblement du peu d'estime pour les ministres, au peu de respect pour le ministère.

C'étoit de leurs mains qu'elle recevoit le corps et le sang du Fils de Dieu: voilà la source de son respect. Comme c'est de cette nourriture céleste que l'ame chrétienne tire sa force, sa consolation et sa charité, la Reine se disposoit à profiter de ses avantages. Quoiqu'elle approchât souvent des autels, c'étoit religion et non pas coutume. Elle communioit avec autant de pureté, que si elle eût communié tous les jours ; avec autant de préparation, que si elle n'eût communié qu'une fois l'année. Cette familiarité, pour ainsi dire, des sacrés mystères, ne faisoit que la rendre plus respectueuse et plus circonspecte ; et l'usage fréquent qu'elle en faisoit, toujours humble et toujours tremblante, ne diminuoit pas sa ferveur, et redoubloit sa reconnoissance. Elle s'éprouvoit, elle se corrigeoit, elle veilloit sur elle-même, à l'imitation de cette merveilleuse femme dont parle l'Écriture (1) : « Elle visitoit tous les endroits de sa mai- « son, et ne mangeoit pas son pain dans l'oisiveté, » travaillant tantôt à humilier sa grandeur par des abaissemens volontaires, tantôt à soumettre sa volonté à des complaisances difficiles, souvent à réprimer par sa patience ses vivacités naturelles, et toujours à secourir le prochain dans ses nécessités et dans ses peines.

C'est ici, messieurs, que s'ouvre une matière nouvelle à mon discours, et que j'ai besoin que l'esprit de Dieu, dans le peu de temps qui me reste, élève mon esprit et ma voix pour louer les miséricordes qu'il a faites, et celles qu'il a inspirées à cette Princesse. Deux choses endurcissent ordinairement le cœur des riches et des puissans du siècle à l'égard des pauvres : l'orgueil de la condition, et la délicatesse de la personne. Comme ils sont vains, ils ont peine à descendre à des ministères qui sont honnêtes, mais qui ne paroissent pas honorables ; et comme ils sont à couvert de la plupart des misères humaines, ils ont moins de pitié de ceux qui les souffrent. Cependant l'Écriture leur ordonne d'humilier

____

(1) Consideravit semitas domus suæ, et panem otiosa non comedit. Prov. 31, 27.

leurs ames devant le pauvre, et d'être touchés dans le cœur de sa pauvreté et de ses peines.

C'étoit-là, messieurs, le caractère de la Reine. Ces dédains, ces dégoûts que le respect assidu des grands, et l'abaissement des petits ne produisent que trop souvent dans l'ame des princes, ne rebutèrent jamais le malheureux ni l'indigent, lorsqu'il implora son secours. Tout ce qui lui représenta Jésus-Christ souffrant, fut l'objet de sa compassion et de son estime, et sa charité n'eut d'autres bornes que celles que Dieu avoit données à son pouvoir ou à ses desirs. Retraites sombres où la honte renferme la pauvreté, combien de fois a-t-elle fait couler jusqu'à vous ses consolations et ses aumônes, inquiète de vos besoins et de vos chagrins, et plus soigneuse de cacher ses charités, que vous ne l'étiez de cacher votre misère ! Monastères qui n'avez que la croix de Jésus-Christ pour possession et pour héritage, combien de fois vous fit-elle voir que vous pouviez mettre en lui votre confiance, et que rien ne manque à ceux qui le craignent ? Combien de troupes de malades assista-t-elle ! Combien de jeunes filles fit-elle élever dans des communautés de vierges chrétiennes ! Combien de communautés même fit-elle subsister par ses pensions et par ses bienfaits ! Qui pourroit raconter ici tout ce que nous avons connu de sa charité, découvrir tout ce que son humilité nous en a caché ?

Mais qu'est-il besoin de lever le voile qu'elle a jeté sur ces actions ? Voyons-la dans ces hôpitaux où elle pratiquoit ses miséricordes publiques, dans ces lieux où se ramassent toutes les infirmités et tous les accidens de la vie humaine, où les gémissemens et les plaintes de ceux qui souffrent, remplissent l'ame d'une tristesse importune, où l'odeur qui s'exhale de tant de corps languissans, porte dans le cœur de ceux qui les servent le dégoût e. la défaillance, où l'on voit la douleur et la pauvreté exercer à l'envi leur funeste empire, et où l'image de la misère et de la mort entre presque par tous les sens : c'est-là que s'élevant au-dessus des craintes et des délicatesses de la nature, pour satisfaire à sa charité, au péril de sa santé même, on la vit toutes les semaines essuyer les larmes de celui-ci, pourvoir aux besoins de celui-là, procurer aux uns des remèdes et des adoucissemens à leurs maux, aux autres des consolations de l'esprit et des secours pour la conscience.

Compagnes fidèles de sa piété, qui la pleurez aujourd'hui, vous la suiviez quand elle marchoit dans cette pompe chrétienne : plus grande dans ce dépouillement de sa grandeur, et plus glorieuse, lorsque entre deux rangs de pauvres, de malades ou de mourans, elle participoit à l'humilité et à la patience de Jésus-Christ, que lorsqu'entre deux haies de troupes victorieuses, dans un char brillant et pompeux, elle prenoit part à la gloire et aux triomphes de son époux.

Admirez, femmes riches, et tremblez, dit le Prophète (1), vous qui par des dépenses folles et excessives, contraignez vos maris à chercher dans l'opression des pauvres, de quoi fournir à vos vanités et à votre luxe ; vous qui frémissez à la vue d'un hôpital ; qui faite servir votre délicatesse de prétexte à votre dureté ; et qui bien loin de soulager les maux de tant de personnes affligées, affectez de les ignorer.

Mais ce qui couronne la vie de cette princesse, c'est qu'elle fut toujours égale : même vertus, mêmes retraites, mêmes prières, même usage des sacremens, mêmes principes, mêmes règles. La grace l'excitant, la grace la soutenant, elle demeuroit en Jésus-Christ, et Jésus-Christ demeuroit en elle. Comme sa foi ne fut pas feinte, sa persévérance ne lui fut point ennuyeuse, et sa ferveur se renouvela par tout ce qui devoit, ce semble, la ralentir. Occupations, divertissemens, devoirs publics, nécessités et servitudes de la royauté, rien ne put lui faire perdre la suite de ses oraisons. Elle savoit racheter le tems,

(1) Obstupescite, opulentæ, et conturbamini. Isa. 32, 11.

selon le conseil de l'Apôtre (1), et reprendre sur son sommeil les heures qu'on avoit dérobées à sa retraite. Où trouvoit-elle du repos dans les fatigues des voyages, sinon dans les cloîtres, au pied des autels ? Et qui de nous ne l'a pas vue se délasser dans ses exercices de piété, et ménager si bien son tems, que sans retarder les desseins du Roi, et sans rien omettre de ses dévotions, elle avoit toute la complaisance qu'une femme doit à son époux, et toute la fidélité qu'une chrétienne doit à Dieu.

Telle fut, durant le tems qu'elle vécut, la foi persévérante de la Reine. Vous l'avez dit, mon Dieu (2) : « Qui « persévérera jusqu'à la fin, celui-là sera sauvé ; » et vous l'avez fait, en donnant votre couronne et votre salut à cette princesse prédestinée. Vous l'avez prise au milieu de ses satisfactions, de son bonheur et de sa joie ; et vous avez pourtant trouvé son cœur occupé de vous. Vous l'avez enlevée par un accident imprévu ; nous adorons vos jugemens, et nous reconnoissons vos miséricordes. La confiance qu'elle avoit en vous, ne devoit être affoiblie par aucune crainte, et l'innocence de sa vie valoit bien la pénitence des mourans.

La Reine avoit passé ses jours avec la même attention à son salut qu'on a d'ordinaire à sa dernière heure. Hostie vivante de Jésus-Christ, elle avoit dressé de ses propres mains le bûcher où elle devoit consommer son sacrifice ; et il étoit juste de lui épargner les horreurs de la mort en récompense de sa bonne vie.

Pour nous, Seigneur, qui violons si souvent votre sainte loi, faites-nous sentir que nous mourons long-tems avant que de mourir. Qu'un prophète nous vienne dire de votre part (3) : « Mettez ordre à votre maison ; car votre heure « dernière approche. » Menez-nous pas à pas à la mort ; et pour expier nos péchés, faites durer notre sacrifice.

(1) Ephes, 5. Coloss. 4.
(2) Matt. 10, 22.
(3) Isaïe. 38. 1.

Que notre ame ait le tems de se purifier par la tribulation et par la patience d'une maladie ; et que l'image de la mort, et la crainte de vos jugemens venant à remuer nos cœurs, excitent en nous la ferveur de la pénitence.

Que lui restoit-il, messieurs, à demander au ciel, ou à desirer sur la terre ? Elle voyoit le Roi au comble des prospérités humaines, aimé des uns, craint des autres, estimé de tous, pouvant tout ce qu'il veut, et ne voulant que ce qu'il doit, au-dessus de tous par sa gloire, et par sa modération au-dessus de sa gloire même.

Elle voyoit en vous, monseigneur, tous ses vœux accomplis. Ce caractère de grandeur et de bonté, de modération et de courage, de justice et de religion ; ce respect que le Roi vous inspira toujours pour elle, cette soumission qu'elle vous inspira toujours pour le Roi ; ces vertus de tous les deux unies ensemble, qui vous font regarder comme l'image de l'un et de l'autre ; cette union si pure et si tendre avec cette auguste princesse que le ciel semble nous avoir donnée pour recueillir le double esprit de la Reine, et pour nous représenter sa grandeur et sa piété ; ces bénédictions que Dieu a répandues, et qu'il va répandre encore sur votre auguste mariage, furent des sources de joie et de consolation pour elle. Que son cœur fut touché, lorsqu'elle vous vit dans ces camps où votre intelligence, votre activité, votre application vous tenant lieu d'expérience, vous pratiquiez les règles du commandement sans avoir presque besoin de les apprendre, prêt à recevoir les ordres du Roi, et à les donner à ses armées ; capable de faire exécuter ses grands desseins, et de suivre ses grands exemples ; fait pour obéir à lui seul, et pour commannder au reste du monde ! Dieu voulut que ce fût là sa dernière joie ; heureuse d'avoir vu jusqu'où peut aller votre gloire, sans être exposée à ces craintes que pouvoit lui donner un jour votre grand courage.

Que pouvoit-elle espérer après sa mort ? la surprise et l'effroi, puis les regrets et la douleur des peuples ; les monumens dressés à sa gloire, les prières et les sacrifices offerts pour elle, les larmes des pauvres répandues, les témoignages rendus à sa vertu par la voix publique, ses bonnes œuvres annoncées pour l'édification des fidèles, tout relève, tout bénit sa mémoire. Vous-même, grand Roi, unique objet de son respect et de sa tendresse, auguste témoin de sa vertueuse et sage conduite, vous l'avez aimée, vous l'avez pleurée, vous l'avez louée : vous l'avez dit : « Je n'ai jamais reçu de chagrin d'elle que « celui de l'avoir perdue ; » et si parmi les joies du ciel il reste encore aux saintes ames quelques sentimens pour les consolations de ce monde, elle est touchée de celle-ci, et il me semble que je vois ce cœur, tout insensible qu'il est, se réveiller et s'attendrir à cette parole.

Mais les honneurs dont elle a joui, et ceux qu'on rend à sa mémoire sont d'inutiles et foibles secours : ce qui seul peut nous consoler dans la mort soudaine de cette princesse, c'est l'assurance de son salut. C'est aussi ce qui doit nous instruire, messieurs, et nous faire prévoir les dangers. Après un reste de malheureux jours, « une nuit vient, » dit le fils de Dieu « où personne ne peut travailler. » *Venix nox quando nemo potest operari* (1). Un aveuglement volontaire qu'on s'est fait durant le cours de plusieurs années par la négligence de ses devoirs, forme enfin des ténèbres impénétrables. On est surpris d'une maladie dont on craint trop, ou dont on ne craint pas assez les progrès. On ne voit ni l'importance du passé, ni les conséquences de l'avenir. On a commis le péché sans crainte, on reçoit les sacremens sans réflexion. On se flatte de vaines espérances de guérison, ou l'on est flatté de vaines espérances de salut, et l'on est mort avant qu'on ait aperçu qu'on pouvoit mourir.

Quand il luiroit quelque rayon de connoissance, les puissances de l'ame se trouvent ou liées par la douleur, ou usées par l'habitude. On se repaît des vains projets

(1) Joan. 9. 4.

d'une conversion imaginaire, ou d'une confiance présomptueuse en la miséricorde divine ; et dans ces malheureux momens où l'on ne peut ni pratiquer les vertus, ni vaincre les vices, on tombe entre les mains de la justice de Dieu, avec le désespoir de ne pouvoir y satisfaire.

Fasse le ciel, messieurs, que nous prévenions ces dangers ; et que si nous n'avons pas, comme la Reine, les mérites d'une vie pure et innocente, nous ayons au moins les précautions de la pénitence, afin d'obtenir par le mérite du sang de Jesus-Christ la gloire qu'elle possède, et que je vous souhaite.

ORAISON FUNÈBRE

DE

TRÈS-HAUT ET PUISSANT SEIGNEUR

MESSIRE MICHEL LE TELLIER

CHEVALIER
CHANCELIER DE FRANCE

Prononcée dans l'église de l'Hôtel royal des Invalides,
le 29ᵉ jour de mai 1686

Usque in senectutem permansit ei virtus, ut ascenderet in excelsum terræ locum, et semen ipsius obtinuit hæreditatem, ut viderent omnes filii Israel, quia bonum est obsequi sancto Deo.

Sa vertu s'est soutenue jusqu'à sa vieillesse; elle l'a fait monter aux lieux élevés de la terre : sa postérité a recueilli son héritage, afin que les enfans d'Israël connoissent qu'il est bon d'obéir au Dieu saint. (Au livre de l'Ecclés., c. 46.)

A quel dessein, messieurs, êtes-vous assemblés ici, et quelle idée avez-vous de mon ministère? Viens-je vous éblouir de l'éclat des honneurs et des dignités de la terre, et venez-vous interrompre ici l'attention que vous devez aux saints mystères, pour nourrir votre esprit du récit spécieux d'une félicité mondaine? Attendez-vous qu'au lieu d'exciter votre piété par des instructions salutaires, j'irrite votre ambition par de vaines représentations des prospérités de la vie? Oserois-je à la vue de ce tombeau, fatal écueil des grandeurs humaines, à la face de ces autels, demeure sacrée de Jésus-Christ anéanti, louer les vanités du siècle, et dans un jour de tristesse et de deuil, étaler à vos yeux l'image flatteuse des faveurs et des joies du monde !

Dans l'éloge que je fais aujourd'hui de très-haut et puissant seigneur Messire Michel Le Tellier, ministre d'état, chevalier, chancelier de France, j'envisage, non pas sa fortune, mais sa vertu ; les services qu'il a rendus, non pas les places qu'il a remplies ; les dons qu'il a reçus du ciel, non pas les honneurs qu'on lui a rendus sur la terre ; en un mot, les exemples que votre raison vous doit faire suivre, et non pas les grandeurs que votre orgueil pourroit vous faire desirer.

Ce n'est pas, messieurs, que je veuille blâmer ici ces ministères honorables où la providence de Dieu l'avoit élevé, qui sont les fruits de la réputation et du mérite. Je sais que son crédit n'a fait qu'autoriser sa probité ; que ses grands emplois ont servi de moyen et de matière à ses bonnes œuvres ; et que nous devons à ses dignités ce caractère singulier d'une vie simple dans sa sagesse, modeste dans son élévation, tranquille dans l'embarras et le tumulte des affaires ; uniforme dans ses conditions différentes, toujours louable, toujours utile, et toujours, quelque bonheur qui l'accompagnât, plus heureuse pour le public que pour lui-même.

Il est vrai que le ciel a rempli ses desirs, et qu'il a eu, pour ainsi dire, la destinée des patriarches ; cette plénitude de jours qui consomme la prudence de l'homme juste ; cette suite de bons succès que le tems et la fortune qui change tout, n'ont osé troubler ; ces richesses innocentes qui ont entretenu son honnête et frugale opulence ; cet esprit qui, malgré le poids des années et des affaires, a conservé sa force et sa vigueur dans les ruines mêmes du corps ; cette gloire qu'il a maintenue, et qu'il a vu renaître en ses enfans de génération en génération ; cette mort dans la paix et dans l'espérance du Seigneur, qu'il a regardée comme la fin de son travail et le terme de son pélerinage.

Ce sont là les récompenses visibles de la vertu ; mais ce n'est pas la vertu même. Ce sont les bénédictions de l'ancienne loi, non pas les graces de la nouvelle. Je m'arrête à cette vertu persévérante et continuée, suivant les paroles de mon texte, et je viens vous montrer par quels emplois le ciel avoit préparé ce grand homme, par quelles voies il l'a conduit, par quels secours il l'a soutenu dans les dignités éminentes ; et recueillir en sa personne la fidélité d'un sujet, la sagesse d'un ministre d'état, la justice d'un chancelier. Fasse l'esprit divin que la religion règne dans mon discours, et que les enfans de ce siècle apprennent aujourd'hui de moi la prudence des enfans de lumière.

PREMIÈRE PARTIE

Dans le royaume spirituel de Jésus-Christ, il y a des vocations différentes : les uns dans la retraite et dans le silence opèrent en secret leur propre salut, les autres dans l'action et dans des offices publics de religion, travaillent au salut de leurs frères, conduisent la maison de Dieu, et sont les ministres de Jésus-Christ pour l'utilité de son Église. Ainsi dans les royaumes temporels, la Providence divine, qui, par d'invisibles ressorts, conduit les hommes à ses fins, resserre le cœur des uns, et les retient dans les bornes étroites d'une administration domestique ; élève l'esprit des autres pour en faire les juges ou les conducteurs de son peuple, et pour aider de leurs conseils les souverains qui le gouvernent. Le Seigneur en fait des serviteurs fidèles, les guide lui-même dans les sentiers de la justice, et leur révèle peu à peu les secrets de sa sagesse.

C'est ainsi qu'il forma cet habile et fidèle ministre dont vous honorez ici la mémoire. La bonté du naturel prévint en lui les soins de l'éducation. L'étude, le génie, les réflexions fortifièrent bientôt sa raison. On vit dans une grande jeunesse ce qu'on trouve à peine dans un âge plus avancé, de la régularité et de la retenue. Son esprit parut, et par ce que sa vivacité en produisoit, et par ce qu'en cachoit son jugement et sa modestie. Un air doux et insinuant lui attiroit l'estime et la confiance ; et je ne sais quoi d'honnête et d'heureux répandu dans ses actions et sur son visage, laissoit voir dans le caractère de sa vertu le présage de sa fortune.

La première passion qu'il eut, fut celle de se rendre utile ; et comme il étoit né dans le sein même de la magistrature, et qu'il avoit devant les yeux l'image de l'équité et de la réputation de ses pères, il eut dessein d'entrer dans une de ces compagnies célèbres où règnent l'honneur et l'intégrité, et où s'exercent non pas les jugemens des hommes, mais ceux de Dieu, selon le langage des Écritures (1). Il s'instruisit de ses devoirs : il consulta les oracles de la jurisprudence ; et dans ces tribulations domestiques qu'attirent d'ordinaire sur les enfans un père mort, une mère veuve, contraint de défendre les droits de sa succession contre des prétentions illégitimes, il se fit de l'ennuyeuse poursuite de son affaire une étude louable de sa vocation. Il apprit par ses propres peines à compatir à celles des autres. Il discerna les raisons de la bonne cause d'avec les préventions et les artifices de la mauvaise. Il vit ce que prescrivent les loix, ce que la chair et le sang inspirent ; et tirant de la conduite de ses juges des enseignemens pour la sienne, il apprit en soutenant son propre droit, à conserver celui des autres ; et la justice qu'il demandoit lui fit connoître la justice qu'il devoit rendre.

Avec cette disposition il entra dans le grand conseil. La connoissance des affaires, l'application à ses devoirs, l'éloignement de tout intérêt le firent connoître au public,

(1) 2. Par. 19, 6.

et produisirent cette première fleur (1) de réputation qui
répand son odeur plus agréable que les parfums, sur
tout le reste d'une belle vie. Les plaisirs ne troublèrent
pas la discipline de ses mœurs, ni l'ordre de ses exercices. Il joignit à la beauté de l'esprit et au zèle de la
justice, l'assiduité du travail, et méprisa ces ames oisives
qui n'apportent d'autre préparation à leurs charges que
celle de les avoir desirées, qui mettent leur gloire à les
acquérir, non pas à les exercer ; qui s'y jettent sans discernement, et s'y maintiennent sans mérite, et qui n'achè-
tent ces titres vains d'occupation et de dignité, que
pour satisfaire leur orgueil, et pour honorer leur paresse.

Les sollicitations de ses amis, et les conjonctures du
tems le poussèrent bientôt dans un autre emp'oi, qui, le
faisant l'homme du Roi dans une grande jurisdiction,
donna plus d'étendue à sa vertu, et plus de matière à sa
gloire. C'est là que chargé de la protection des loix et
des polices humaines, au milieu d'un conflit tumultueux
de grands et de petits intérêts qui divisent les citoyens,
il réprimoit la licence des uns, relevoit la foiblesse des
autres ; et de son équitable tribunal à l'épreuve des im-
portunités, au-dessus des passions qui l'environnent, il
poursuivoit le crime, armé du glaive de la justice, et
couvroit l'innocence du bouclier des loix et de l'autorité
royale.

La douceur naturelle de son esprit ne faisoit qu'augmenter le respect qu'on avoit pour lui. Quel malheureux
n'espéroit pas, en l'abordant, du secours ou de la pitié ?
La bonne cause perdit-elle jamais devant lui la confiance
et la liberté qui lui est due ? A qui refusa-t-il jamais le
tems et la patience de l'écouter ? Le vit-on rebuter un
pauvre, et mépriser sa propre chair (2), comme parle le
prophète ? Qu'il étoit éloigné de ceux qui, joignant à la

(1) Eccl., 7, 2.
(2) Carnem tuam ne despexeris. Isa. 58, 7.

sévérité de leur profession la rudesse de leur humeur, affligent les pauvres de Jésus-Christ, et désespèrent, par leur dureté, des misérables qui ne gémissent déjà que trop sous le poids de leur mauvaise fortune, qui craignent plus leurs juges que leurs parties, et qui regardent le mépris qu'on a pour eux, comme un avant-coureur de l'injustice qu'on leur va faire.

Mais Dieu le destinoit à de plus nobles fonctions, et vouloit approcher des rois une tête aussi capable de les servir. Il s'élève, et se fait admirer dans le conseil. Que croiriez-vous, messieurs, de ces changemens et de ces accroissemens de gloire, si sa modération ne vous étoit aussi connue que sa fortune! Ne vous figurez pas de ces élévations soudaines que produit quelquefois dans les états l'heureuse ambition des sujets, ou l'aveugle faveur des princes. Ne pensez pas à cette impatience téméraire de la plupart des jeunes gens, moins occupés des charges qu'ils ont que de celles qu'ils n'ont pas; qui se dispensent de l'ordre du tems et de la raison, pour monter précipitamment aux premiers tribunaux du royaume, comme si l'honneur pouvoit s'acquérir sans travail, et la sagesse sans expérience.

Souvenez-vous plutôt de la sainte simplicité de nos pères. Chacun mesuroit ses emplois à ses propres forces. L'ambition n'étoit ni présomptueuse ni inquiète. On se faisoit une espèce de religion d'apprendre ses premiers devoirs, avant que de passer à d'autres. Il y avoit une proportion, et comme un point de maturité que chacun cherchoit en lui-même avant que d'entrer aux administrations publiques. Les progrès qu'on faisoit dans les dignités étoient des marques et des récompenses du mérite; et les services qu'on avoit rendus dans les unes étoient des gages assurés des services qu'on devoit rendre dans les autres.

Ainsi s'avançoit M. le Tellier, rempli de ses obligations présentes, fidèle à chacune de ses conditions, comme s'il n'en eût jamais dû sortir, et se préparant par de grandes vertus à de grands emplois. Lorsque le feu de la rebellion s'alluma dans la capitale (1) d'une province voisine, et qu'un illustre chancelier (2) avec la justice armée alloit ou l'arrêter par l'autorité des loix, ou la punir par la puissance des armes, il fut choisi pour l'assister de ses conseils, et pour chercher avec lui ces difficiles tempéramens de menace qui étonne, de remontrance qui corrige, de douceur qui appaise, de sévérité qui châtie. Quel soin ne prit-il pas de désarmer cette multitude irritée, de dissiper leurs fausses craintes, et d'imprimer dans ces esprits que sa parole avoit calmés, le respect et l'obéissance! Il apprenoit alors à prononcer des arrêts, à sceller des graces, à ramener dans de plus importantes occasions les peuples à l'autorité royale.

Que dirai-je de cette intendance qui fut comme un coup d'essai de son ministère, sinon qu'il fit craindre et qu'il fit aimer la France dans l'Italie; qu'il aida par son industrie à réunir les princes de l'auguste maison de Savoie; qu'il parut bon négociateur et bon courtisan, et qu'il remporta autant d'estime et d'affection publique de ces pays étrangers, qu'il y avoit laissé d'exemples d'une sage et vertueuse conduite?

Mais je passe à des actions plus éclatantes, et je commence à sentir le poids de mon sujet. Ce fut en ce tems que, pour le malheur du royaume, mourut ce cardinal fameux par la force de son génie, par le succès de ses entreprises, par la beauté de son esprit, à qui la France devoit sa grandeur, son repos et sa politesse. Quelle chute, messieurs, et combien de fortunes chancelantes ou renversées en une seule! Que sont les hommes, lorsqu'au milieu de leurs espérances et de leurs établissemens, Dieu, dont les jugemens sont impénétrables, brise le bras de chair qui les appuyoit?

Les uns se perdent sans ressource, les autres étonnés et incertains de leur état, ne pouvant ni soutenir leur

(1) Rouen.
(2) M. de Séguier.

dignité, ni supporter leur disgrace, ni se maintenir à la cour, ni se résoudre à la retraite, traînent avec ennui les foibles restes d'un crédit qui se soutient encore un peu par lui-même, et qui tombe bientôt après sous le poids d'une nouvelle domination. Les bienfaits s'oublient, les amitiés cessent, la confiance s'éloigne, les services mêmes sont comptés pour des récompenses. Quand on seroit utile, on cesse d'être agréable : de nouveaux intérêts font chercher de nouveaux sujets. Telles sont les vicissitudes du monde (1). Vous seul, Seigneur, êtes toujours le même, et vos années ne finissent point : bienheureux ceux qui se confient en vous, leurs espérances ne seront point confondues !

Ce fut dans ces révolutions que M. Le Tellier, contre les apparences, et contre ses propres projets, fut rappelé de ses emplois, pour entrer dans la charge de secrétaire d'état, et dans le ministère de la guerre, en un temps où la discorde régnoit dans toutes les parties de l'Europe, où le bruit de nos armes retentissoit de tous côtés, et où nos ennemis et nos envieux s'animoient par nos pertes, et s'irritoient de nos victoires. Il falloit un homme laborieux pour se charger d'un long et pénible détail; exact, pour entretenir l'ordre et la discipline de tant d'armées; fidèle, pour distribuer les finances avec des mains pures et innocentes; juste, pour représenter les services des soldats et des officiers, et faire élever les plus dignes aux places qu'une louable, mais malheureuse valeur rendoit vacantes; sage, pour ménager dans des conjonctures difficiles ces esprits vains et remuans, qu'il est également dangereux d'abattre ou d'élever; éclairé, pour décider dans les conseils, et trouver des expédiens et des ouvertures dans les affaires.

Tel étoit ce nouveau ministre; l'usage des loix et des judicatures qu'il avoit exercées, la connoissance qu'il avoit acquise du dehors et du dedans du royaume, des

---

(1) Tu autem idem ipse es, et anni tui non deficient. Ps. 101, 28.

principes qu'il s'étoit faits pour la vie publique et particulière, les habitudes qu'il avoit eues avec les plus renommés politiques, avoient formé en lui cette étendue de
lumières, et cette prudence universelle d'un ministre
d'état, dont je dois vous entretenir dans la seconde partie
de cet éloge.

SECONDE PARTIE.

Quoique la puissance de Dieu soit sans bornes et sans
mesure; que la vertu de son esprit s'imprime par la force
de sa parole, et que sa volonté soit la règle de ses actions,
il ne dédaigne pas de se servir quelquefois dans la conduite de l'univers de ces esprits bienheureux qui sont
dans le ciel immortels adorateurs de sa gloire, invisibles
administrateurs de ses ordres et de ses desseins sur la
terre. Faut-il s'étonner si les rois dans leur condition mortelle, chargés du poids et de la multiplicité de leurs devoirs, choisissent parmi leurs sujets des esprits fidèles
et sages, à qui, se réservant la supériorité de la décision,
et l'autorité du commandement, ils laissent la liberté du
conseil et la prudence de l'exécution?
Un roi (1), dont la vie fut le règne de la religion et de
la justice, pouvoit-il, en mourant, faire un plus digne
choix que celui de M. Le Tellier? Le Dieu des armées bénit aussitôt nos guerres en ses mains; la réputation de
nos armes ne fit que croître; la perte d'un roi victorieux
fut adoucie par le gain d'une bataille, et par une suite de
victoires; la France affligée et triomphante tout ensemble,
mêla aux chants de douleur et de funérailles, des cantiques
de louanges et d'actions de graces; et l'Espagne sentit à
Rocroi qu'une révolution n'étoit pas capable de renverser
l'heureuse administration de nos affaires; que la nouveauté
des acteurs, si j'ose parler ainsi, ne changeoit pas la face
de la scène; et que si nos rois étoient mortels, la fortune

(1) **Louis** XIII.

de l'état, la valeur de la nation, et la protection du Dieu vivant sur ce royaume ne mouroient pas.

Déjà, pour le soutien d'un minorité et d'une régence tumultueuse, s'étoit élevé à la cour un de ces hommes en qui Dieu met ses dons d'intelligence et de conseil, et qu'il tire de tems en tems des trésors de sa Providence pour assister les rois et pour gouverner les royaumes. Son adresse à concilier les esprits par des persuasions efficaces, à préparer les événemens par des négociations pressées ou lentes, à exciter ou à calmer les passions par des intérêts et des vues politiques, à faire mouvoir avec habileté les ressorts ou de la guerre ou de la paix, l'avoit fait regarder comme un ministre non-seulement utile, mais encore nécessaire. La pourpre dont il étoit revêtu, la capacité qu'il fit voir, et la douceur dont il usa, après plusieurs agitations, le mirent enfin au-dessus de l'envie; et tout concourant à sa gloire, le ciel même faisant servir à son élévation et sa faveur et ses disgraces, il prit les rênes de l'état : heureux d'avoir aimé la France comme sa patrie, d'avoir laissé la paix aux peuples fatigués d'une longue guerre, et plus encore d'avoir appris l'art de régner et les secrets de la royauté, au premier monarque du monde.

Le discernement de ce cardinal fit reconnoître la prudence de M. Le Tellier, et la prudence de M. Le Tellier servit à rétablir l'autorité de ce cardinal dans un tems de confusion et de désordre. Ne craignez pas, messieurs, que je vous fasse un triste récit de nos divisions domestiques, et que je parle ici de rétablissemens et d'éloignemens, de prisons et de libertés, de réconciliations et de ruptures. A Dieu ne plaise que, pour la gloire de mon sujet, je révèle la honte de ma patrie, que je rouvre des plaies que le tems a déjà fermées, et que je trouble le plaisir de nos constantes et glorieuses prospérités par le funeste souvenir de nos misères passées !

Que dirai-je donc ? Dieu permit aux vens et à la mer de gronder et de s'émouvoir, et la tempête s'éleva. Un air empoisonné de factions et de révoltes gagna le cœur

de l'état, et se répandit dans les parties les plus éloignées. Les passions que nos péchés avoient allumées,
rompirent les digues de la justice et de la raison ; et les
plus sages mêmes, entraînés par le malheur des engagemens et des conjonctures contre leur propre inclination,
se trouvèrent, sans y penser, hors des bornes de leur
devoir. L'inquiétude naturelle de l'esprit humain, l'ignorance où l'on est des véritables intérêts de l'état, la confiance qu'inspirent la naissance, la capacité, les services,
les mouvemens de l'ambition, et plus encore la main du
Seigneur, qui s'appesantit quand il veut, et se sert pour
la punition des hommes de leurs propres déréglemens,
furent les causes des partis formés, et de l'autorité
souveraine blessée enfin en la personne du premier
ministre.

Quelle fut la constance de M. Le Tellier dans ces jours
d'aveuglement et de foiblesse, et combien de formes donna-t-il à sa fidélité et à sa prudence! Quelle application à découvrir la source des maux, et la convenance
des remèdes! Quelle retenue pour cacher les secrets de
la régence, qu'on avoit confiés à sa sagesse! Quelle
pénétration, quand il fallut percer les nuages de la dissimulation et de l'artifice, et découvrir non-seulement
les desseins, mais encore les motifs et les intentions!
Quelle présence d'esprit, lorsqu'il fallut·s'accommoder
aux conjonctures, et prendre pour le bien public des
résolutions subites! Quelle adresse à s'attirer la confiance des partis, et à réunir la diversité des avis et des
connoissances au seul point de la tranquillité publique!

Mais quelle fut sa fermeté, lorsque, par l'effort des
factions et des cabales, la Reine, obligée de céder au
tems, consentit à le voir éloigné des affaires! Il ne
perdit rien par sa disgrace, parce qu'il se soutenoit
moins par sa faveur que par sa vertu. Ceux qui demandoient son éloignement, faisoient eux-mêmes son éloge.
On ne lui reprochoit que les services qu'il rendoit à
l'état, et l'attachement qu'il avoit pour son bienfaiteur.

Ses crimes étoient sa droiture, sa fidélité, sa reconnoissance. Tout le changement qui se fit en lui fut qu'il jouit de son repos et de lui-même. Il se retira dans sa solitude, portant avec lui sa réputation et son innocence, et faisant du triomphe de ses envieux un sacrifice volontaire à son prince et à sa patrie. C'étoit assez pour lui de faire cesser les moindres prétextes des troubles dont la France étoit agitée; et ne pouvant servir le Roi par ses actions et par ses discours, il le servit par son repos et par son silence.

Que dis-je, messieurs, par son repos et par son silence! Sa retraite ne fut ni lâche ni oisive. Là se formoient d'heureux projets pour la réunion des esprits, quand ils seroient capables de raison ou de repentir. De-là couloit une source secrète de sages conseils sur tous les serviteurs fidèles. Sa solitude lui servoit comme de voile pour mettre en sûreté l'importance de ses services. De ce port où la tempête l'avoit jeté, il marquoit les routes qui pouvoient sauver du naufrage. On eût dit qu'il n'étoit sorti de la cour que pour y être et plus accrédité et plus utile; et son absence ne fit que montrer le désir qu'on avoit eu de le retenir, et l'impatience qu'on eut de le rappeler.

Aucun nuage ne troubla depuis la sérénité de sa vie. Sa prudence ne permit plus rien au caprice de la fortune; et l'envie qui poursuit sans cesse les autres vertus, eut quelque honte d'avoir une fois attaqué la sienne.

Que ne puis-je vous le représenter après son retour, avec cet ascendant qu'il eut toujours sur les esprits, ménageant les craintes et les défiances des uns, animant les désirs et les espérances des autres; liant les grands par des traités, gagnant les peuples par des remontrances, jusqu'à ce que Dieu eût béni ses travaux, et rétabli par sa miséricorde l'autorité du prince, l'honneur du ministère, et la concorde d'un état qu'il vouloit mettre au-dessus des autres, par une heureuse paix ou par de continuelles victoires!

Que ne puis-je plutôt vous montrer la part qu'il a eue aux glorieux événemens d'un règne rempli de merveilles ! Les affaires d'état, selon l'Écriture (1), sont des mystères du conseil des rois : il n'y a que ceux qui entrent dans le sanctuaire qui puissent en savoir les secrets. On ne les voit pas en eux-mêmes : mille voiles les dérobent à nos yeux. On ne les voit que dans les mouvemens qu'ils font, et dans les effets qu'ils produisent.

Rappelez donc en votre mémoire ces guerres si renommées dont il fut le directeur et le ministre ; cette paix fortunée dont il fut le solliciteur, et pendant le traité le dépositaire ; ces conquêtes surprenantes, dont il avoit été comme le prophète ; ces négociations avantageuses, dont il fut et l'auteur et le conducteur par ses projets et par ses vues. Ajoutez à tous ces honneurs le témoignage d'un roi dont les paroles sont des oracles : « Que jamais homme sur toutes sortes d'affaires « n'avoit été de meilleur conseil. »

Cependant, messieurs, a-t-on vu dans sa conduite quelque apparence de vanité ? S'est-il écarté de l'honnête simplicité de ses pères ? A-t-il répandu en superfluités de festins ou de bâtimens, ce qu'il tenoit des libéralités du Roi, ou de sa prudente et modeste économie ? A-t-il prodigué des trésors pour embellir ses maisons, et forcé la nature et les élémens pour orner ses solitudes ? Qu'a-t-il cherché dans sa retraite de Chaville, que les pures délices de la campagne ? Et quelles peines n'eut-on pas à lui persuader d'étendre un peu, en faveur de sa dignité, les limites de son patrimoine, et d'ajouter quelques politesses de l'art aux agrémens rustiques de la nature ?

De ce fonds de modération naissoit cette douceur et cette affabilité si nécessaire et si rare dans les grands emplois, où l'importunité des hommes, l'opiniâtreté du travail, et je ne sais quel esprit de domination rendent

(1) Mysterium consilii sui. Judith. 2, 2.

l'humeur austère et chagrine. Il écoutoit avec patience,
il accordoit avec bonté, et refusoit même avec grâce·
Accessible, accueillant, honnête, sachant employer son
tems, et quelquefois même le perdre pour compatir à
des misérables, à qui il ne reste d'autre consolation que
celle de redire ennuyeusement leur misère, il se communiquoit selon les besoins, et ne pouvoit souffrir ces
hommes chargés des affaires du public et des particuliers, qui se renferment, et se rendent comme invisibles,
et se font de leurs cabinets comme un rempart à leur
oisiveté ou à leurs plaisirs, contre les peines et les devoirs de leur ministère.

Mais quelle étoit cette douceur, quand elle se renfer-
moit dans l'enceinte de sa famille, et dans les bornes
d'une vie privée! Quel sage et noble repos! Quelle tendresse pour ses enfans! Quelle union avec cette épouse
fidèle, qui, selon le langage du Saint-Esprit, est la récompense de l'homme de bien! Quelle sensibilité et
quelle constance pour ses amis! Qu'il eût aimé à jouir
en repos du fruit de ses travaux dans une heureuse vieillesse! Il laissoit à l'état un fils dont il avoit formé l'esprit et le cœur; ils remplissoient les mêmes emplois avec
les mêmes vertus; et ils auroient été l'un et l'autre ini-
mitables, si le père n'eût eu le fils pour successeur, et si
le fils n'eût eu le père pour exemple. Mais sa vertu devoit
continuer jusqu'à la fin, et l'élever au premier trône de
la justice, je veux dire à la charge de chancelier de
France. *Ut ascenderet in excelsum terræ locum* (1).

TROISIÈME PARTIE.

La première fonction des rois, et la partie la plus
essentielle de la royauté, c'est la justice. L'Écriture,
après avoir représenté le courage de David dans ses
combats, et sa reconnoissance dans ses victoires, ajoute

(1) 1. Reg. 9, 14.

incontinent comme la perfection de son règne, qu'il rendoit justice et jugement à son peuple : *Regnavit David
super omnem Israel, et faciebat judicium et justiciam
omni populo* (1). Ce n'est que par occasion qu'ils ont des
ennemis à vaincre, et c'est par institution qu'ils ont des
sujets à gouverner : et comme il leur convient de choisir
des hommes puissans pour porter leur foudre dans la
conduite tumultueuse de la guerre, il leur importe encore plus de choisir des hommes justes pour exercer
leurs jugemens dans une charge où résident l'ordre et la
paix intérieure de l'état, et qui est comme un canal spirituel par où la protection des lois et de la justice descend du prince vers les peuples, et le respect et la fidélité
des peuples remontent vers le souverain.

Qui est-ce qui s'est acquitté plus dignement de cette suprême magistrature, que M. Le Tellier? En entrant dans
le ministère, il ne s'etoit pas éloigné de la justice, il en
avoit conservé les lumières et les maximes au milieu de
la politique, et s'étoit uni plus étroitement avec elle, en
s'approchant d'un roi qui en fait la règle de ses desirs et
de ses actions, qui veut qu'elle règne sur ses sujets et sur
lui-même, et qui lui soumet tout, jusqu'à ses intérêts et
sa gloire.

Mais lorsqu'il se vit établi arbitre souverain des loix, il
se fit des principes inviolables d'une exacte et sévère
équité. Il s'appliqua à discerner la cause du juste d'avec
celle du pécheur, à découvrir la vérité au travers des voiles
du mensonge et de l'imposture dont les cupidités humaines
la couvrent ; à séparer les formalités nécessaires d'avec
les procédures obliques, et ces malignes subtilités que
l'avarice a introduites dans les affaires ; et pour rompre
l'iniquité dans sa source, il arma son zèle contre les juges
qui la commettoient ou qui la souffroient.

Au milieu du palais auguste, et presque sous le trône
de nos rois, s'élève sous le nom de conseil un tribunal

(2) 2. Reg. 8, 15.

souverain, où l'on réforme les jugemens, et où l'on juge les justices. C'est là que la foible innocence vient se mettre à couvert de l'ignorance ou de la malice des magistrats qui la poursuivent. C'est de là que partent ces foudres qui vont cousumer l'iniquité, jusqu'aux tribunaux les plus éloignés : c'est là qu'on règle le sort des jurisdictions douteuses, et que du haut de sa dignité le premier et universel magistrat, au milieu des juges d'une probité et d'une expérience consommée, veille sur tout l'empire de la justice, et sur la bonne ou mauvaise conduite de ceux qui l'exercent.

Il entretint l'ordre que ses prédécesseurs avoient établi dans le conseil, et il l'augmenta. Il n'y souffrit aucun de ces relâchemens que le tems n'introduit que trop dans les compagnies les plus régulières. Y eut-il rien de tumultueux ou de déréglé dans sa discipline ? Vit-on donner arrêt contre arrêt, et confondre les droits et les espérances des parties par des contradictions scandaleuses ? Sous prétexte qu'on n'y touche pas au fond des affaires, les négligea-t-on ? Vit-on jamais affoiblir la justice en faveur des juges, et livrer la bonne cause à leurs passions, sous prétexte de la renvoyer à leur conscience ?

La veuve et l'orphelin ne se plaignirent pas de la lenteur ou de la foiblesse de son âge. On n'ouït pas ces tristes prières : « Jugez-nous, Seigneur, parce qu'il n'y a « point de jugement sur la terre. » Il savoit qu'un juge doit rendre compte non-seulement de son travail, mais encore de son loisir ; qu'il est également coupable de laisser triompher la malice des uns, ou languir la misère des autres ; qu'il doit racheter le tems, et abréger les mauvais jours que le procès donne à des misérables, qui ne sont pas moins ruinés par la longueur des procédures, que par l'erreur des jugemens.

M. Le Tellier (1), comme un autre Moïse, partagea son

(1) Exod. 18.

esprit avec ceux qui se trouvoient associés à sa judicature, esprit de régularité et d'ordre. Une téméraire jeunesse se jetoit sans étude et sans connoissance dans les charges de la robe : on entroit dans le sanctuaire des loix en violant la première loi, qui veut qu'on soit instruit de sa profession. Pour obtenir les priviléges des jurisconsultes, il suffisoit d'avoir de quoi les acheter ; l'équité s'éteignoit avec la science, et les fortunes des particuliers tomboient entre les mains de ces ignorans volontaires, à qui le pouvoir de les défendre étoit un titre pour les ruiner. Il rétablit les études, et fit revivre dans les écoles du droit ces exercices publics et solennels, et ces rigoureuses épreuves qui feront refleurir les loix et l'éloquence de nos pères.

Quel soin n'eût-il pas d'arrêter en plusieurs rencontres l'intempérance d'esprit et la licence d'écrire de ceux qui, par un vain désir de gloire, se font une malheureuse occupation de recueillir leurs vaines pensées, et pour se soulager du poids de leur oisiveté, et faire perdre aux autres un tems qu'ils perdent eux-mêmes, jettent dans le public les fruits amers de leurs études frivoles ou mal digérées ?

Quelles précautions n'avoit-il pas accoutumé de prendre dans les rémissions et les graces qu'il accordoit (1), craignant également de prodiguer ou de resserrer les bienfaits du prince, se souvenant, comme parle Tertullien, du pouvoir de la jurisdiction, et n'oubliant que les foiblesses de l'humanité ?

Quel zèle ne témoigna-t-il pas toujours pour l'Église, et par sa propre piété, et par les soins de ce fils qui en remplit les dignités avec éclat, et qui en soutient les droits avec fermeté ? Perdit-il une occasion, ou de maintenir ses priviléges, ou de pacifier ses différends, ou d'appuyer sa

____

(1) Potes et officio tuæ jurisdictionis fungi, et humanitatis meminisse. (Tert. ad Scap.)

discipline, et même d'étendre sa foi sur le débris heureux et inespéré de l'hérésie ?

Quel spectacle s'ouvre ici à mes yeux, et où me conduit mon sujet ! Je vois la droite du Très-Haut changer, ou du moins frapper les cœurs, rassembler les dispersions d'Israël, et couper cette haie fatale qui séparoit depuis long-tems l'héritage de nos frères d'avec le nôtre. Je vois des enfans égarés revenir en foule au sein de leur mère ; la justice et la vérité détruire les œuvres de ténèbres et de mensonge ; une nouvelle église se former dans l'enceinte de ce royaume ; et l'hérésie, née dans le concours de tant d'intérêts et d'intrigues, accrue par tant de factions et de cabales, fortifiée par tant de guerres et de révoltes, tomber tout d'un coup, comme une autre Jéricho, au bruit des trompettes évangéliques, et de la puissance souveraine qui l'invite ou qui la menace.

Je vois la sagesse et la piété du prince, excitant les uns par ses pieuses libéralités, attirant les autres par les marques de sa bienveillance, relevant sa douceur par sa majesté, modérant la sévérité des édits par sa clémence, aimant ses sujets et haïssant leurs erreurs, ramenant les uns à la vérité par la persuasion, les autres à la charité par la crainte : toujours roi par autorité, et toujours père par tendresse.

Il ne restoit qu'à donner le dernier coup à cette secte mourante ; et quelle main étoit plus propre à ce ministère que celle de ce sage chancelier, qui, dans la vue de sa mort prochaine, ne tenant presque plus au monde, et portant déjà l'éternité dans son cœur, entre l'espérance et la miséricorde du Seigneur, et l'attente terrible de son jugement, méritoit d'achever l'œuvre du prince, ou pour mieux dire l'œuvre de Dieu, en scellant la révocation de ce fameux édit, qui avoit coûté tant de sang et tant de larmes à nos pères ? Soutenu par le zèle de la religion plus que par les forces de la nature, il consacra par cette sainte fonction tout le mérite et tous les travaux de sa charge.

On vit couler de ses yeux, que sa foi seule sembloit
tenir encore ouverts, ces larmes heureuses que tiroient
de son cœur attendri la piété du Roi et la réunion de son
peuple. On vit tomber de leur propre poids ces mains
fatales à l'erreur, qui ne devoient plus servir désormais
à aucun office humain et terrestre. Il recueillit son ame,
et voyant avec joie le salut du Seigneur et la révélation
de la vérité répandue dans toute la France, il acheva le
sacrifice de cette vie mortelle, dont il avoit eu, sans émotion et sans crainte, l'affreux appareil présent depuis plusieurs jours.

Il l'avoit bien connu, messieurs, que cette dignité et
cette gloire dont on l'honoroit n'étoit qu'un titre pour la
sépulture. Au milieu des grandeurs humaines, il en découvrit le néant : il se vit mortel, et se sentit tel que
nous le voyons aujourd'hui. Illustres têtes qui m'écoutez,
voyez cette pompe funèbre, lisez ces tristes caractères
qui font l'éloge de ce ministre, et apprenez où doivent
aboutir vos desseins, vos prétentions et vos fortunes, si
vous ne les soutenez par vos bonnes œuvres, et si vous
ne préparez comme lui par vos prières, par vos larmes,
par l'usage des sacremens, une mort qui ne laissera pas
un si long espace à la correction et au repentir, ou à la
sanctification de vos ames.

Comme il avoit vécu sans passions, il mourut tranquille. Il n'y eut point dans son esprit de foiblesse à ménager. La chair et le sang n'amollirent pas son courage.
La mort ne lui fut pas amère, parce qu'il n'avoit pas mis
sa paix dans ses prospérités ni dans ses richesses. On
n'eut pas besoin de chercher pour lui ces tours ingénieux,
qui ne font entrevoir aux malades le danger où ils sont,
qu'au travers de feintes promesses, ou de vaines espérances de guérison. Il ne fallut pas emprunter la voix
d'un prophète inconnu, pour lui dire comme à Ézéchias (1) :
« Vous mourrez. » Un fils osa rendre ce triste et charita-

(1) 4., Reg. 220, 1.

ble office à son père ; et la fidélité de l'un fit voir la résignation de l'autre.

Il reçut sans trembler la réponse de mort, comme parle l'Apôtre (1). On vit en lui cette tristesse de pénitence, qui opère le salut, et non pas cette douleur d'inquiétude et d'abattement qui porte au péché ; une confiance sans présomption, et une crainte sans foiblesse, une sublimité chrétienne, sans aucun mélange de vanité philosophique, d'autant plus dangereuse à l'extrémité de la vie, que l'homme près d'être jugé , doit s'humilier davantage devant son juge.

Que si le commerce des hommes et la dissipation de l'esprit, inévitable dans les grands emplois, ont laissé quelque impureté dans une vie aussi sage et aussi chrétienne ; achevez, mon Dieu, de purifier par le sang de votre Fils, cette ame que vous avez conduite dans les voies de la vérité et de la justice, et que vous avez élue pour jouir sans fin de votre amour et de votre gloire.

Sacré ministre de Jésus-Christ (2), qui dans la chaire évangélique, avec une éloquence vive et chrétienne, avez avant moi consacré la mémoire immortelle de ce grand homme, achevez d'offrir pour lui cette hostie innocente et pure qui lave les péchés et les fragilités du monde (3). Peuple qui ressentez encore les effets de son exacte équité, reprenez le cantique qu'il avoit commencé des miséricordes éternelles. Et vous, vaillans et malheureux guerriers, qui, dans cet hôtel royal, traînant les restes de vos corps aux pieds de ces autels, attendant avec patience une mort que vous avez si souvent bravée, sacrifiez au Dieu de la paix les lauriers que vous avez cueillis dans les armées, et faites des malheurs de votre ambition et de votre gloire, les fruits de votre pénitence : redoublez, pour son repos éternel, ces vœux ardens que vous avez si souvent faits pour une vie si utile et si précieuse.

(1) 2., Cor., 2.
(2) M. Bossuet, évêque de Meaux, officiant.
(3) Misericordias Domini in æternum cantabo. Ps. 88, 2.

ORAISON FUNÈBRE

DE

MARIE-ANNE-CHRISTINE DE BAVIÈRE

DAUPHINE DE FRANCE

Prononcée dans l'église de Notre-Dame, le 15 juin 1690, en présence de Monseigneur le Duc de Bourgogne, de Monsieur, et des Princes et Princesses du sang.

Dies mei sicut umbra declinaverunt, et ego sicut fœnum arui : tu autem, Domine, in æternum permanes.

Mes jours se sont évanouis comme l'ombre, et j'ai séché comme l'herbe : mais vous, Seigneur, vous demeurez éternellement. (Ps. 101, v. 12.)

Monseigneur,

C'est ainsi que parloit autrefois un roi selon le cœur de Dieu, quand ses jours défaillans et ses infirmités mortelles l'approchoient du tombeau, et lui laissoient encore un reste de vie pour sentir sa langueur et sa chute, et pour adorer la grandeur et la durée éternelle du Dieu vivant.

Il regarde sa vie, tantôt comme la fumée qui s'élève(1), qui s'affoiblit en s'élevant, qui s'exhale et s'évanouit dans les airs, tantôt comme l'ombre qui s'étend, se ré-

(1) Defecerunt sicut fumus dies mei. (Ps. 101, v. 4.)

2

trécit, se dissipe ; sombre, vuide et disparoissante figure !
tantôt comme l'herbe qui sèche dans la prairie, qui perd
à midi sa fraîcheur du matin, et qui languit et meurt sous
les mêmes rayons du soleil qui l'avoit fait naître. De
combien de tristes idées son esprit est-il occupé, et combien trouve-t-il d'images sensibles de nos fragiles plaisirs
et de nos grandeurs passagères ?

Mais lorsqu'il se regarde du côté du Seigneur (1),
comme une de ces créatures qui sont faites pour le louer,
comme un de ces rois (2) qui doivent servir à sa gloire,
il demeure en suspens entre la confusion et la confiance.
Il excite son humilité à la vue de son néant ; il anime ses
espérances à la vue de la bonté et de l'éternité de Dieu.
Il voit une vanité qui passe, et il dit (3) : Vous les chan-
gerez, Seigneur, et ils seront changés. Il voit une vérité
qui demeure, et il s'écrie : Pour vous, mon Dieu (4), vous
êtes toujours le même, et vos années ne finissent point (5).
Il tremble à la face de l'indignation et de la colère de
ce Dieu qui coupe le fil de ses jours, et qui le brise après
l'avoir élevé (6) ; mais il se rassure par la pensée de ses
miséricordes, qui se réveillent ordinairement dans le
temps de nos plus grandes misères (7).

Ne connoissez-vous pas, messieurs, dans les sentimens
de ce prince, ceux de la Princesse que nous pleurons ?
Ne vous semble-t-il pas qu'elle vous dit d'une voix mourante : La lumière de mes yeux s'éteint, un nuage sans
fin se lève entre le monde et moi : je meurs, et je m'é-
chappe insensiblement à moi-même ? Tristes momens !
terme fatal de ma languissante jeunesse ! Mais si je sens
qu'il n'y a qu'un petit nombre de jours pour moi, je

(1) Populus qui creabitur, laudabit Dominum. (Ps. 101, v. 19.)
(2) Reges ut serviant Domino. (Ib., v. 23.)
(3) Mutabis eos, et mutabuntur. (Ib., v. 28.)
(4) Tu autem idem ipse es. (Ib., 28.)
(5) A facie iræ et indignationis tuæ. (Ib., 11.)
(6) Quia elevans allisisti me. (Ib., 11.)
(7) Quia tempus miserendi ejus. (Ib., 14.)

sais aussi qu'il y a des années éternelles. La main qui
me frappe me soutiendra ; et comme, par la loi du corps,
je tiens à ce monde qui passe , par l'espérance et par la
foi, je tiens à Dieu qui ne passe point.

Si je venois ici déplorer la mort imprévue de quelque
princesse mondaine, je n'aurois qu'à vous faire voir le
monde avec ses vanités et ses inconstances ; cette foule
de figures qui se présentent à nos yeux, et s'évanouissent :
cette révolution de conditions et de fortunes, qui commencent et qui finissent, qui se relèvent et qui retombent :
cette vicissitude de corruptions, tantôt secrètes, tantôt
visibles, qui se renouvellent : cette suite de changemens
en nos corps par la défaillance de la nature, en nos ames
par l'instabilité de nos desirs, enfin ce dérangement universel et continuel des choses humaines, qui tout naturel
et tout désordonné qu'il semble à nos yeux, est pourtant
l'ouvrage de la main toute-puissante de Dieu, et l'ordre de
sa Providence.

Mais, graces au Seigneur, je viens louer une Princesse
plus grande par sa religion que par sa naissance ; et vous
montrer, au lieu des fragilités de la nature, les effets
constans de la grace ; des vertus évangéliques pratiquées
en esprit et en vérité, des sacremens reçus avec des sentimens d'une dévotion exemplaire, des prières attentives
et persévérantes ; une volonté soumise et conforme à la
conduite de Dieu sur elle ; des souffrances unies à celles
de Jésus-Christ crucifié ; des consolations venues du sein
du Père des miséricordes ; des espérances immobiles,
fondées sur Celui qui dit dans l'écriture : « Je suis Dieu,
je ne change point (1). » Recueillons ce discours, et ré-
duisons-le à vous faire voir une vie courte, mais toute
réglée par la sagesse : une longue mort soutenue par la
résignation et la patience. Ces deux réflexions compose-
ront l'éloge de très-haute, très-puissante, très-excellente
princesse Marie-Anne-Christine-Victoire de Bavière, dauphine de France.

(1) Malach. 3, v. 6.

PREMIÈRE PARTIE.

Quel est donc mon dessein, messieurs, et de quelle sagesse dois-je ici vous entretenir? Ce n'est pas de celle du siècle, qui s'empresse et qui s'inquiète, qui conduit des intrigues, qui démêle des intérêts, qui traite d'affaires, qui cause ou qui termine des différends. Vous ne verrez dans ce discours ni ces digressions politiques qu'on accommode au sujet avec art, et qu'on ramène à la religion avec peine, ni ces portraits ingénieux, où l'imagination vive et hardie fait voir, comme en éloignement, les agitations présentes du monde, avec les intérêts et les passions des grands hommes qui le gouvernent.

L'histoire de notre Princesse n'est pas liée à celle du siècle ; elle n'a nulle part à la guerre ni à la paix des nations. Ses actions n'ont point de plus grand éclat que celui que la vertu donne : la Providence de Dieu ne s'est pas tant servie d'elle pour faire de grandes œuvres que pour donner de grands exemples. Quelque honorée qu'elle ait été, elle a eu moins de réputation que de mérite; et nous pouvons dire d'elle à la lettre ce que disoit le roi-prophète, que toute la gloire de la fille du roi est renfermée au-dedans d'elle : *omnis gloria filiæ regis ab intus* (1).

Je parle donc de cette sagesse qui montre à chacun les règles et les bienséances de son état; qui donne le discernement pour connoître, et la prudence pour agir ; qui sépare les vérités des illusions ; qui se fait des préceptes de bien vivre, et qui les observe ; enfin de cette sagesse dont parle l'apôtre saint Jacques (2) : « qui vient d'en haut, « qui est chaste, paisible, modeste, équitable, susceptible « de tout bien, docile, pleine de miséricorde et de fruits « de bonnes œuvres, qui ne juge point, et qui n'est point « dissimulée. » Est-ce la sagesse qu'il loue ? est-ce la prin-

(1) Ps. 44, 14.
(2) Epist. c. 100, 3, v. 17.

cesse? L'une et l'autre, ce n'est presque qu'une même chose.

Avec quelle modération a-t-elle usé des avantages que lui donnoient son rang et sa naissance? Qui ne sait que la maison de Bavière est une de ces maisons augustes, où la puissance, la valeur et la piété se perpétuent, et dont la gloire ne vieillit point avec le tems? Il en est sorti des rois et des empereurs; il y est entré des impératrices et des reines. Combien de siècles faut-il percer pour découvrir son origine? Combien de couronnes faut-il unir pour compter ses alliances? Et combien faudroit-il rapporter de noms et d'actions héroïques, pour la faire voir dans tout son éclat?

Madame la Dauphine, je l'avoue, ne fut pas insensible à cette espèce de gloire, mais elle n'en fut pas éblouie; elle fondoit sa grandeur sur les exemples plutôt que sur les titres de ses ancêtres; l'idée qu'elle avoit de sa naissance, excitoit dans son cœur non pas une élévation d'orgueil, mais une émulation de vertu; et la pureté du sang ne fit que servir de motif à la pureté de ses mœurs. Elle savoit que Maximilien, son aïeul, soutint par son zèle et par son courage les autels que l'hérésie avoit ébranlés, et sauva la religion attaquée et chancelante dans l'Allemagne. Elle n'ignoroit pas que Guillaume, son bisaïeul, après avoir sagement gouverné ses états, s'en démit par une abdication volontaire, pour jouir d'une sainte tranquillité dans une retraite religieuse. C'est de là qu'elle tiroit ses principes de religion et de retraite, et ce desir qu'elle avoit eu, dans ses jeunes ans, de renoncer tout-à-fait au monde.

Mais Dieu la réservoit dans les trésors de sa Providence, pour donner à la France, par son heureuse fécondité, la seule bénédiction qui lui manquoit. La prudente Adélaïde méditoit ce noble dessein. Occupée de la puissance et de la majesté de nos rois dont elle sortoit, quel soin ne prit-elle pas de son enfance! Combien de fois demanda-t-elle au ciel dans ses prières, d'approcher la fille du trône où la mère avoit autrefois espéré de monter ! Avec quelle application lui forma-t-elle une humeur sage, un esprit juste, un cœur françois ! Heureuse, si elle eût pu faire passer ces inclinations dans le reste de sa famille ! Ses vœux furent enfin accomplis ; mais elle ne vit pas le jour du Seigneur ; elle mourut, comme Moïse (1), sur la montagne ; et Dieu, pour sa consolation, se contenta de lui montrer de loin la terre promise.

Cependant la réputation de cette jeune princesse croissoit avec l'âge. Sa prudence avancée lui tenoit lieu d'éducation. Elle se fit dans son palais une cour et une retraite ; et par la force de sa raison, elle apprit l'art de parler et de se taire. On vit paroître en elle ce que nous avons depuis admiré : la retenue qu'inspire la solitude, la politesse que donne l'usage du monde, une fierté noble qui marquoit la grandeur de sa naissance, une scrupuleuse pudeur qui marquoit le fonds de sa vertu ; une vivacité qui lui faisoit souvent prévenir les pensées des autres ; une sagesse qui lui donnoit toujours le tems de peser les siennes ; une bonté prête en tout tems à faire le bonheur des uns, à soulager les peines des autres ; une sincérité qui la rendoit incapable de dissimuler, ni par gloire, ni par foiblesse ; une fidélité inviolable dans ses amitiés et dans ses paroles ; enfin une piété qui n'étoit ni austère ni relâchée, qui se faisoit honorer de tous, et ne se faisoit craindre à personne.

Toutes ces grandes qualités brillèrent à son arrivée. Souvenez-vous, messieurs, de ces jours heureux, où parmi les vœux et les acclamations des peuples, elle parut au milieu d'une cour pompeuse avec un air qui n'avoit rien ni d'étranger ni de contraint, avec une grace plus estimable et plus touchante que la beauté même. Vous la vîtes soutenir les favorables regards du plus grand roi du monde, avec les sentimens d'une joie modeste et d'une humble reconnoissance ; allumer aux pieds des autels, à la vue d'un aimable et royal époux, les feux sacrés d'un

(1) Deut. 32, v. 49.

chaste mariage, et recevoir les hommages qu'on lui rendoit, avec un visage aussi doux et aussi riant que sa fortune. Applaudie de tous, mais à son tour, affable et civile à tous, elle prévenoit ceux ci, répondoit honnêtement à ceux-là, donnant au rang et au mérite des préférences d'inclination et de justice, sans faire des mécontens ni des envieux ; conservant de sa dignité, ce que lui en faisoit garder sa bienséance, et ne comptant pour rien ce que sa bonté lui en faisoit perdre.

Mais quoi ! oublié-je mon triste sujet ? et comment accordé-je ici le souvenir de ces joyeuses solennités à cet appareil de cérémonies funèbres ? Il est juste, messieurs, que vous estimiez la perte que vous avez faite ; que vous sachiez les joies aussi bien que les douleurs que madame la Dauphine a ressenties, et que vous connoissiez le bon usage qu'elle a fait des biens et des maux de la vie.

Quelle fut la modération de son esprit ! Vous parlerai-je de ces audiences où elle recevoit les ambassadeurs, entrant dans les intérêts de chacun, et parlant à chacun sa langue ; accompagnant les honneurs qu'elle leur faisoit, d'un air de grandeur et d'intelligence ; et joignant toujours à l'élégance du discours les graces de la modestie ? Vous dirai-je avec quel discernement elle jugeoit des ouvrages d'esprit ? Quelle justesse, mais aussi quelle circonspection étoit la sienne ! Exacte sans critique, indulgente sans flatterie, louant par connoissance, excusant par inclination, et ne blâmant que par nécessité, elle se défioit de ses lumières : une sage timidité lui fit presque toujours supprimer une partie de son avis, bien loin de décider comme la plupart des personnes de son élévation et de son sexe, qui, pour faire valoir leurs sentimens, se servent de l'autorité qu'elles ont, et de la complaisance qu'on a pour elles.

Combien étoit-elle plus retenue en matière de religion ! Éloignée de curiosité et de présomption, elle ne savoit que deux choses, obéir, croire. Elle ne refusoit pas d'être instruite, mais elle n'avoit pas besoin d'être convaincue ;

allant à Dieu par la docilité de son cœur, non par l'agitation de son esprit. Le moindre bruit de division dans l'Église la faisoit trembler. Les différends et les disputes des théologiens alarmoient sa piété d'autant plus craintive qu'elle étoit constante et solide ; et comme on voulut quelquefois lui faire entendre la diversité des opinions et des doctrines : « Laissez-moi, » disoit-elle, « mon heu-« reuse ignorance, et ne m'ôtez pas le mérite et la tran-« quillité de ma foi. » Attachée au saint siége et à l'Église de Jésus-Christ (1) par les liens de paix, de charité et d'obéissance, elle savoit que tout fidèle doit captiver sou entendement (2) ; que, comme il y a une voie étroite qui resserre les mœurs dans les règles de l'évangile, il y a aussi un chemin étroit qui resserre l'esprit dans la créance de l'Église ; et qu'enfin Dieu ne demande pas aux personnes de son sexe une sublime raison, ni une science fastueuse, mais une dévotion tendre, et une foi simple, accompagnée d'un humble silence.

N'est-ce pas cette foi qui la conduisit et la régla dans tous les offices de la vie chrétienne ? Quel ordre et quelle attention dans ses prières ! Elle s'y prépare par le recueillement, s'y soutient par la ferveur, s'y perfectionne par les desirs, les résolutions et la vigilance. Son imagination se purifie, les idées du monde s'éloignent au moindre signal qu'elle leur donne, et son cœur, par une sainte habitude, se rend à elle, ou plutôt à Dieu, aux heures qu'elle a marquées pour implorer ses miséricordes, ou pour réciter ses louanges. Entre-t-elle dans les lieux saints pour assister aux sacrés mystères? Prosternement, adorations, silence. Elle porte à l'Agneau sans tache, immolé sur l'autel, des vœux sincères, des pensées pures, des affections spirituelles, l'oblation d'un cœur contrit et reconnoissant, et le sacrifice de ses passions détruites, ou du moins humiliées.

(1) 2. Cor. 10.
2) Léon. Ser. 24. c. 1.

Quels égards n'avoit-elle pas pour les prêtres de Jésus-Christ, qu'elle considéroit comme les ministres de sa loi, et les dispensateurs de son sang et de sa parole ! Écoutez, esprits moqueurs et libertins, qui prenez plaisir d'abaisser ceux que Dieu élève, et qui cherchez aux dépens de leur caractère le ridicule de leur personne. Elle ne souffroit pas qu'on touchât aux oints du Seigneur, les honorant lors même qu'ils sembloient se rendre méprisables, couvrant leurs foiblesses par sa charité, et voyant au travers des défauts de l'humeur et de l'esprit de ceux que Dieu souffroit dans ses ministères, l'honneur de leur vocation et la dignité de leur sacerdoce. Quelle étoit sa régularité dans les observances de l'Église, qu'elle regardoit non pas comme des coutumes de bienséance, ou des institutions d'une discipline arbitraire, mais comme des règles et des pratiques de salut, dont elle ne se dispensa jamais qu'après avoir examiné ses besoins, et rendu à ses pasteurs les déférences nécessaires !

De ce même principe de religion et de sagesse, naquit cette bonté si connue et si éprouvée. Que ne puis-je vous découvrir ici les inclinations généreuses de cette Princesse bienfaisante, libérale et charitable ! A qui refusa-t-elle jamais ses assistances ? A qui ne fit-elle pas tout le bien qui dépendît d'elle ? A qui ne souhaita-t-elle pas tout celui qu'elle ne put faire ? Je réveille ici, sans y penser, maison désolée de cette Princesse, votre tendresse et votre douleur, par le souvenir des bienfaits ou de l'espérance qui vous restoit de la protection d'une si bonne et si puissante maîtresse. Elle alloit à la source des graces avec une humble confiance. Elle employoit auprès du roi ses sollicitations et ses prières ; prudente sans timidité, pressante sans indiscrétion, montrant plus d'impatience dans ses desirs que dans ses demandes, attendant de la bonté du prince plus que de son propre crédit, les graces qu'il voudroit lui faire. Elle en revenoit toujours satisfaite, soit qu'elle rapportât des biens présens, ou des promesses pour l'avenir, également reconnoissante de ce qu'on lui accordoit avec plaisir, ou de ce qu'on lui refusoit avec peine.

Combien de lampes précieuses qui brûlent dans le sanctuaire ; combien de vases sacrés qui servent à la gloire du saint sacrifice ; combien de dons brillans suspendus devant les autels, sont des monumens éternels de sa foi et de sa piété libérale ! Combien de familles et de communautés chancelantes ont été soutenues par les secours qu'elle leur donnoit ! Que vous dirai-je. messieurs, de sa charité ? que la compassion sembloit être née avec elle (1) ; qu'elle a étendu sa main sur le pauvre ; qu'elle n'a pas fait attendre inutilement la veuve et l'orphelin ; que l'abondance de ses aumônes a répondu à la tendresse de son cœur ; qu'elle a soulagé autant de misérables qu'elle a connu de véritables misères (2) ; et qu'enfin, à l'exemple du Dieu qu'elle servoit, elle a été riche en miséricorde.

Attentive à tout ce qui peut servir le prochain, elle ne l'est pas moins sur tout ce qui peut le blesser. Qui de vous, sur des bruits incertains, l'ouït jamais parler désavantageusement de personne ? Ne se fit-elle pas une religion de donner un frein à sa langue, en un siècle où l'on blâme indifféremment les vices et les vertus, où l'on se fait une étude des défauts d'autrui, où la malignité des uns se joue de la foiblesse des autres, où, par un juste jugement de Dieu, la vanité insulte à la vanité, et où les plus sages ont peine à se sauver de l'iniquité des jugemens, et de la contradiction des langues ?

Echappa-t-il jamais à son esprit vif et présent quelqu'une de ces railleries d'autant plus piquantes qu'elles sont plus ingénieuses, qui cachent beaucoup de venin sous peu de paroles, et donnent la mort en riant, selon le langage de l'Écriture (3).

(1) Job. 31. Prov. 31.
(2) Ephes. 2.
(3) Prov. 10.

C'étoit sa maxime, que la raillerie ne convient pas à
ceux qui sont élevés au-dessus des autres ; que les traits
qui partent d'en haut font des blessures plus profondes ;
qu'il est inhumain de s'en prendre aux gens à qui la
crainte et le respect ôtent la liberté de se défendre et de
se plaindre, et que de tels discours sont empoisonnés, et
par la dignité de celui qui parle, et par la maligne et flatteuse approbation de ceux qui écoutent.

Que si la faute d'un domestique, car peut-on être toujours si juste et si fidèle dans ses devoirs ? ou si la force
de ses maux, car peut-on posséder toujours son ame dans
la patience ? avoient comme arraché d'une bouche si sage
et si circonspecte, une parole plutôt sévère que fâcheuse,
quel soin ne prenoit-elle pas d'adoucir et de guérir la
plaie qu'elle avoit faite ? Elle excusoit l'action, elle louoit
l'intention, elle offroit ou rendoit ses bons offices, accor-
dant le pardon comme si elle l'eût demandé, et justifiant la
promptitude de son esprit par la constance et par la bonté
de son cœur.

Mais si elle mit une garde de prudence sur ses lèvres,
pour les fermer à la médisance (1), elle mit aussi, selon
le conseil du Sage, une haie d'épines autour de ses
oreilles, pour arrêter et pour piquer les médisans. Reconnoissez ici votre ignorance ou votre injustice, vous qui
prêtez l'oreille au mensonge, et qui par honneur ou par
conscience, renonçant à débiter les médisances, vous
êtes réservé de droit de les croire, et le plaisir de les
écouter. Que faites-vous par vos crédulités et vos complaisances ? Vous animez le médisant, vous réchauffez le
serpent qui pique, afin qu'il pique plus sûrement ; vous
ne voulez pas être l'assassin, mais vous devenez le complice : et c'est à tort que vous croyez êtes innocent du
sang de vos frères, quand par vos applaudissemens, vous
aiguisez les flèches dont on les perce ; et qu'au lieu de
les protéger, vous appuyez le bras qui les tue. « Garde-

(1) Sepi aures tuas spinis. (Eccl. 28, 28.)

« toi d'écouter la méchante langue (1), » dit le Sage :
« Ne t'avise pas d'être complaisant à ceux qui parlent mal
« du prochain, si tu ne veux porter leur péché, » dit-il
encore. Et quelle marque donne le Saint-Esprit de la justice et de l'innocence d'un homme de bien ? C'est de n'a-
voir pas reçu favorablement l'opprobre et la médisance
contre ses frères: *Qui opprobrium non accepit adversus
proximos suos* (2).

Ce fut là le caractère de madame la Dauphine : bien
loin d'avoir de la crédulité, elle n'eut pas même en ces
occasions de la patience. Elle rompit l'iniquité, et fit la
guerre au détracteur. Combien de réputations innocentes
sauva-t-elle des mauvais bruits qu'alloit semer la haine
d'un ennemi, ou la jalousie d'un concurrent ! Combien de
fois, par un triste silence ou par un sévère regard, étouf-
fa-t-elle dans sa naissance une calomnie qui auroit causé
des divisions éternelles ! Combien de fois arrêta-t-elle par
autorité le coup mortel qu'une langue cruelle alloit porter
à l'honneur ou à la fortune d'une famille !

Qu'attendez-vous d'une vie si sage et si chrétienne? ce
qui en est la suite et la récompense : une mort soutenue
par une sainte résignation et par une heureuse patience.

SECONDE PARTIE.

« Soit que nous vivions, soit que nous mourions, nous
« sommes au Seigneur, » dit l'Apôtre. C'est lui qui
m'a fait et qui m'a créé, et qui me réduit au néant sans
que je le sache : je reconnois en l'un et en l'autre sa souveraineté, ma dépendance. Mais quoique nous vivions en
Dieu, et que Dieu nous fasse vivre, il semble qu'en mourant nous soyons encore plus à lui. Il étend sa main, et il
déploie sur nous sa puissance; il entre en possession
pour l'éternité, et de nos corps et de nos ames; il con-

(1) Eccl. 28, 28.
(2) Ps. 14, 3.

somme en nous ses miséricordes ou ses justices; il nous arrache au monde, à nos plaisirs, à nous-mêmes ; et dans cet état de séparation et d'humiliation, nos volontés à son égard doivent être plus patientes et plus soumises.

Telle étoit la disposition de notre Princesse. Je n'ai fait jusqu'ici que louer d'heureuses vertus, et qu'amasser, pour ainsi dire, les fleurs qui parent la victime. Je viens à celles que produit la tribulation, et qui font l'appareil et la consommation du sacrifice. N'attendez pas, messieurs, que je ménage vos esprits, ou que par des figures étudiées, je flatte ou j'irrite votre douleur. La mort de madame la Dauphine est une de ces morts précieuses qui couronnent une belle vie ; qui font naître les soupirs, et qui les étouffent ; et qui, après avoir attendri par la compassion, rassurent par la piété, et consolent par l'espérance.

Elle s'y prépara par la retraite. Elle connut les inutilités et les corruptions du monde ; et je ne sais quels pressentimens d'une fin prochaine lui en donnèrent du dégoût. On la vit renoncer insensiblement aux plaisirs, et se faire une solitude où elle pût se dérober à sa propre grandeur, et jouir d'une paix profonde au milieu d'une cour tumultueuse.

Je sais ce que vous pensez, messieurs, que les princesses comme elle, ne sont pas faites ordinairement pour la solitude ; qu'elles se doivent au public ; qu'encore qu'elles ne veuillent être qu'à Dieu, leur condition les oblige à se prêter quelquefois au monde, pour être comme les liens entre les souverains et les sujets qui les approchent ; pour remplir les jours vuides des courtisans, et leur ôter l'ennui d'une triste et pénible oisiveté ; pour calmer et suspendre par d'honnêtes et nécessaires divertissemens, les passions secrètes qui les dévorent, et pour entretenir entr'eux la paix et la société, en les rassemblant tous les jours auprès du trône qu'ils révèrent.

Mais qui ne sait que, selon l'Apôtre (1), « nous ne som-

______

(1) Rom. 8, 12.

« mes pas débiteurs à la chair, pour vivre selon la chair; » que le détachement du monde est la première vocation et le premier vœu de l'ame chrétienne; et que la religion de Jésus-Christ est une religion de séparation et de solitude?

Il y a, direz-vous, un éloignement d'esprit et de mœurs, et une retraite en soi-même, qui, dans le commerce des hommes, séparent invisiblement les justes d'avec les pécheurs, et mettent les uns à couvert des dissipations et des convoitises des autres.

Mais qu'il est difficile qu'au milieu de tant de passions, si l'innocence ne se perd, du moins elle ne s'affoiblisse! A force de voir la vanité, on s'accoutume à la connoitre et à l'aimer. Dé tant d'objets qui frappent les sens, il s'en trouve toujours quelques-uns qui se glissent jusqu'au cœur; et les saints Pères nous enseignent qu'il y a dans le siècle des séductions imperceptibles, et qu'il faut moins de force à y renoncer, qu'à s'y maintenir avec la sagesse et la modération que Dieu demande.

Saintes vérités, dont notre Princesse étoit pénétrée, que n'êtes-vous connues à ces ames, dirai-je trompeuses, dirai-je trompées, qui, pour plaire à Dieu, et pour plaire aux hommes, accommodent la religion avec les plaisirs; regardent quelquefois le ciel sans perdre la terre de vue, et se font honneur d'une dévotion qui n'exclut pas les empressemens ni les affections du siècle : comme si l'on pouvoit mêler aux graces de Jésus-Christ les consolations et les joies humaines, et jouir de la paix de la sainte Sion parmi les troubles et la confusion de Babylone?

Madame la Dauphine voulut éviter ces dangers. Jeux, conversations, spectacles, rien ne la tira de sa solitude. L'exemple récent d'une reine que la France admirera et pleurera éternellement lui paroissoit au-dessus de la portée de sa vertu. « Que suis-je, » disoit-elle, « auprès « d'une sainte, en qui la grace avoit purifié tous les sen- « timens de la nature; également pieuse dans ses austé- « rités et dans ses condescendances, qui savoit trouver « Dieu, la même où souvent les autres le perdent? » Ainsi

retenue par une triste et secrète langueur, tantôt elle culti-
voit son esprit par la lecture des histoires édifiantes, et
nourrissoit sa piété du suc et de la substance des saintes
écritures. Tantôt occupée à l'ouvrage, mêlant industrieuse-
ment l'or à la soie, elle employoit l'adresse, et pour
parler avec le Sage (1), le conseil et la prudence de ses
mains royales à la décoration des autels et à la gloire du
tabernacle. Tantôt, après ses prières accoutumées, s'a-
baissant jusqu'à son néant, ou s'élevant jusqu'à Dieu par
la foi et la méditation de ses mystères, elle lui demandoit
sa grace, et lui offroit un cœur contrit et humilié.

C'est alors, mon Dieu, que vous lui parliez dans la solitude où vous-même l'aviez conduite : vous vouliez
qu'elle mourût peu à peu et comme par degrés au monde ;
qu'elle perdît insensiblement le goût des plaisirs et des
vanités, et qu'ayant à mourir dans votre paix et dans
votre amour, sa vie fût auparavant cachée en vous avec
Jésus-Christ.

Quelle vie, messieurs ! Une vie souffrante et crucifiée.
A ce mot, combien de tristes objets viennent s'offrir à ma
pensée ! une langueur qui semble d'abord plus incommode que dangereuse ; des maux d'autant plus à plaindre,
que n'étant pas assez connus, ils n'étoient pas peut-être
assez plaints ; des remèdes aussi cruels que les maux
mêmes ; des douleurs vives et longues tout ensemble :
les humiliations de l'esprit jointes à celles du corps ; les
forces de la nature usées par le soin même qu'on prend
de la soutenir ; l'art des guérisons impuissant, et toutes
les ressources réduites à la patience et à la mort de cette
Princesse.

Je ne crains pas d'avancer ici le pitoyable récit de ses
peines. Pourquoi ne dirois-je pas sans crainte ce qu'elle a
prévu, ce qu'elle a souffert sans foiblesse ? Elle fit de
tous ses maux, comme l'épouse des Cantiques (2), un fais-

(1) Prov. 31, 13.
(2) Cant. 2.

ceau de myrrhe, qu'elle reçut des mains de son bien-aimé et qu'elle mit dans son sein, comme une marque précieuse de son amour et de ses volontés sur elle. Elle attendit ces mauvais jours que le ciel lui préparoit, pour en composer avec soumission les exercices de sa piété et le cours de sa pénitence. Elle vit toutes les dimensions de sa croix, et résolut de s'y laisser attacher sans se plaindre, et de faire du supplice de ses péchés un sacrifice volontaire de sa vie. Prévenue des bénédictions et des miséricordes du Seigneur, au travers même des nuages qu'un corps corruptible et mourant élève jusques dans l'esprit, les yeux éclairés de sa foi découvrirent la main paternelle qui la frappoit, pour éprouver sa fidélité et sa confiance.

Loin d'étendre sa vue sur les espérances trompeuses d'un heureux avenir, elle se dit mille fois (1) : « Le jour « du Seigneur approche. » Près de paroître devant le tribunal de sa justice, elle se présenta souvent à celui de sa miséricorde, après une exacte recherche de ses actions et de ses pensées. Péché, affection au péché, ombres et apparences de péché, elle vous poursuivoit dans les plus secrets replis de son ame. Rien n'échappoit aux soins ni aux lumières de sa pénitence : elle craignoit tout ; elle pesoit tout au poids du sanctuaire, comptant pour grand tout ce qui peut déplaire à Dieu, quelque léger qu'il fût en lui-même, et considérant, non pas l'importance du commandement, mais la dignité du Dieu qui commande. Ne vous figurez pas ici une foiblesse de scrupule, mais une délicatesse de vertu, un grand desir de la pureté et une humilité profonde. Trois jours lui suffisoient à peine pour régler ses confessions ordinaires ; et combien en prit-elle dans le cours de sa maladie, pour repasser dans l'amertume de son ame toutes les années de sa vie, dérobant, pour ainsi dire, à la douleur de ses maux, tout le tems qu'elle pouvoit donner au repentir de ses péchés ?

Vous qui, dans vos confessions précipitées, n'examinez

(1) Isaïe, 13. 6.

que la surface de votre ame; qui ne pouvez haïr vos péchés, que vous ne vous donnez pas le temps de connoître;
qui sous un air de pénitent portez encore un cœur coupable; qui ne vous présentez au sacrement de réconciliation
que pour arracher à l'Église une absolution qui vous lie
encore davantage, et qui semblez, en retenant une partie
de vos fautes, ne dire l'autre que pour appaiser les remords de vos consciences; condamnez-vous aujourd'hui
sur les soins et sur l'exactitude de cette Princesse.

Lavée ainsi dans le sang de l'Agneau, elle prit des nouvelles forces pour soutenir des maux pressans, et pour
attendre une mort tardive. Quand elle vient en peu de
tems, cette mort toujours amère et toujours cruelle, on
n'a pas le loisir de la voir avec tout ce qu'elle a d'affreux.
Les sens ont toute leur vigueur : on a, pour ainsi dire,
son ame encore tout entière : on oppose à ses maux une
constance ramassée : la patience se soutient par le desir
de vivre, ou par l'espérance même de mourir. Mais lorsqu'il faut souffrir une longue et pénible langueur; qu'un
cœur est rempli d'amertume et devient à charge à lui-
même; qu'affoibli du passé, accablé du présent, on es
encore effrayé de l'avenir, qu'il est à craindre que l'inquiétude et l'impatience ne diminuent un peu la soumission et
la foi! Une pénitence continuée n'est pas toujours également volontaire, et on est las de porter sa croix, quand il
faut la porter si loin.

Madame la Dauphine, dans toute sa tribulation, n'est
point sortie des mains de Dieu ni de l'ordre de sa providence : elle a vu, sans murmurer, le débris de son corps
mortel; et joignant à la fermeté qu'elle tenoit de la nature,
celle que la piété lui avoit acquise, elle a senti jusqu'où va
la misère humaine, jusqu'où vont les miséricordes divines. La maladie ou la santé lui devinrent indifférentes.
Que demanda-t-elle à Dieu dans ses prières? Sa grace,
rien de plus. On faisoit mille vœux pour sa guérison : on
la prioit d'y joindre son intention, « Quelle intention puis-
« je avoir, » disoit-elle, « sinon que la volonté du Seigneur

s'accomplisse ? Quel tems pensez-vous qu'elle ¡vouloit donner à ses peines ? Autant qu'il en falloit pour expier ses péchés. Combien de fois s'unissant en esprit à Jésus-Christ crucifié, lui offrit-elle son cœur et son mal, afin qu'il fortifiât l'un, et qu'il augmentât ou adoucît l'autre ! Combien de fois humiliée, mais non pas abattue, lui dit-elle avec une humble confiance, comme cet homme de l'Évangile (1) : « Si vous voulez me guérir, Seigneur, vous « le pouvez. » Mais aussi combien de fois, l'adorant comme sa fin et son principe, disoit-elle ces paroles d'un roi soumis et pénitent : Ma vie est dans sa volonté (2) *vita in voluntate ejus*. C'est ainsi qu'elle s'élevoit au-dessus d'elle-même, et de la mort qu'elle craignoit.

La mort qu'elle craignoit ! Ne fais-je point de tort à sa religion et à son courage, et ne me contredis-je point ? Non, messieurs, cette crainte d'amour et de pénitence n'a rien de lâche. Elle se regardoit comme une pécheresse frappée de la main de Dieu. Elle savoit que les anges, tout spirituels et célestes qu'ils sont, ne sont pas assez purs en sa présence. Elle avouoit qu'il y a dans la grandeur, quoiqu'innocente, je ne sais quel esprit d'orgueil et de mollesse contraire à l'humilité et aux souffrances de Jésus-Christ. Aussi eut-elle recours aux remèdes de l'âme dans le tems qu'elle méprisoit ceux du corps. Sa conscience acheva de se purifier, et tout l'appareil de la mort ne fit que redoubler son zèle et sa componction.

Avec quels sentimens de reconnoissance et d'amour reçut-elle le saint viatique ! Que n'êtes-vous à ma place dans cette chaire, éloquent et pieux prélat, qui portiez ce pain vivant avec la parole de vie ! Vous l'avez vue, et vous diriez en des termes plus énergiques, que la foi ranimant la nature, elle sentit vivement la charité de Jésus-Christ ; qu'elle le vit au travers des voiles mysté-

(1) Matt. 8, 2.
(2) Ps. 29, 6.

rieux qui le couvrent ; qu'elle sortit comme hors d'elle-
même pour aller au-devant lui ; qu'après d'inutiles efforts
pour se relever, retombant comme sous le poids de la
divinité présente, par respect moins que par foiblesse,
elle reçut ce dernier gage de son amour comme le sceau
de sa prédestination éternelle.

Que ne puis-je vous exprimer avec quelle présence
d'esprit elle ménagea ce qui lui restoit de momens précieux, pour délier les nœuds qui l'attachoient encore au
monde ? Avec quelle candeur elle ouvrit son cœur au
Roi, humiliée devant lui, et touchée non pas de sa grandeur, de sa gloire ou de sa puissance, Dieu seul, devant
qui elle alloit comparoître, lui paroissoit grand ; mais de
sa religion, de sa justice, de sa bonté et du mérite de sa
personne ! Avec quelle douceur elle leva vers monseigneur ses yeux mourans et ses mains tremblantes : ses
yeux qu'elle avoit toujours arrêtés sur lui, comme sur
l'unique objet de sa tendresse : ses mains qu'elle avoit
si souvent levées au ciel, lorsqu'il s'exposoit à tous les
périls de la guerre, et qu'elle occupoit, dans les transports de sa joie, à lui préparer des couronnes après ses
victoires ? S'il restoit encore en son cœur quelque endroit sensible, c'étoit à l'amour, à la gloire, et plus encore
au salut de ce prince.

Tout s'attendrissoit, tout fondoit en larmes : la sainte
onction qu'on lui donnoit, les tristes prières qu'on faisoit pour elle, la croix de Jésus-Christ qu'elle embrassoit,
le pardon qu'elle demandoit, tantôt à Dieu, tantôt aux
hommes ; la compassion qu'on avoit pour elle, et celle
qu'elle avoit pour ceux qui l'avoient servie, causoient
une douleur qui portoit la consolation, mais aussi le
trouble dans l'ame : elle seule, messieurs, elle seule demeuroit tranquille.

Maîtresse de son esprit, et tout occupée de ses devoirs,
au milieu même des horreurs de la mort, elle voulut bénir
les jeunes princes ses enfans, celui-là même qu'elle croyoit
être l'enfant de sa douleur ; et recueillant sa force avec

sa sagesse : « Voyez, » dit-elle, « mes enfans, l'état où
« Dieu m'a mise, et que cela vous porte à le servir et à
« le craindre ; rendez au Roi et à Monseigneur l'obéis-
« sance que vous leur devez : souvenez-vous du sang dont
« vous êtes sortis, et ne faites rien qui en soit indigne. »
Prince (1), qui faites aujourd'hui les espérances et les délices de la France, que pourrois-je vous dire de plus touchant ? Puissent ces efficaces et saintes paroles être éternellement gravées dans votre esprit ; et dans le tems que
sous les ordres du roi, dont le ciel a toujours béni les
armes, un père victorieux va par mille actions éclatantes,
vous tracer le chemin de la gloire ! puisse le pieux souvenir d'une mère infirme et mourante, maintenir dans votre
cœur une vive impression de la crainte de Dieu, et de l'humilité chrétienne !

Vos souhaits seront accomplis, pieuse Princesse : fermez, fermez pour jamais vos yeux à la vanité, que vous
avez connue, et que vous avez méprisée. Pour nous, mes
frères, ouvrons-les pour la connoître et pour nous en désabuser. Quels conseils nous faut-il ? quelles raisons ?
quels exemples ? Nous voyons mourir tous les jours nos
inférieurs, nos égaux, nos maîtres. Nous portons en nous-
mêmes une voix et une réponse de mort, comme parle
l'Apôtre (2) ; une sentence qui se prononce et qui s'exécute incessamment par l'affoiblissement et la diminution
continuelle de notre vie ; et nous sommes aveugles et insensibles ! A la vue de cette mort que nous pleurons, touché de douleur et baigné de larmes, vous reconnûtes votre
néant, grand Roi, et vous dites : « C'est ainsi que nous
« finissons : voilà qui nous égale tous. » Job, au milieu
de ses infortunes, parloit ainsi (3) : « Celui-ci meurt dans
« les prospérités et dans les richesses, celui-là dans la mi-
« sère et dans l'amertume de son ame ; et les uns et les

(1) M. le duc de Bourgogne.
(2) 2. Cor. 1.
(3) Job. 21.

« autres dormiront ensemble dans la même poussière. »
Et vous, lorsque votre grandeur et votre puissance semblent éclater davantage, vous donnez à votre cour et prenez pour vous-même cette leçon si salutaire.

Pour nous, messieurs, nous voyons ce lugubre appareil et ces tristes cérémonies, peut-être sans fruit et sans
réflexions sur nous-mêmes. Une tristesse superficielle
compose pour un tems le visage et la contenance ; mais
l'esprit et le cœur n'en sont pas frappés. Notre penchant
nous porte à des idées plus agréables : nous nous livrons
à nos plaisirs, le siècle présent nous entraîne, les bons
ou les mauvais succès nous enflent ou nous inquiètent ;
nous ne pensons ni à la mort dont Dieu nous menace, ni
à l'immortalité qu'il nous promet. Si nous n'étions chrétiens que pour cette vie, et si nous n'espérions qu'aux
biens de ce monde, nous serions peut-être excusables ;
mais par la grace de Jésus-Christ, nous sommes chrétiens
pour l'autre vie, et c'est en Dieu seul que se fondent nos
espérances.

Oublions donc ce qui n'est que périssable et passager,
pour nous attacher à ce qui est notre partage éternel ; et
pour finir par où j'ai commencé, disons-nous sans cesse,
selon le conseil de saint Augustin : « Toutes choses pas-
« sent comme l'ombre, » pour nous exciter à la pénitence, ou pour renouveler notre ferveur, de peur de dire
un jour inutilement : « Toutes choses ont passé comme
« l'ombre, » pour nous reprocher notre oisiveté, et pour
nous plaindre de nos pertes irréparables. Fasse le ciel
que nous profitions du tems, des graces et des exemples
que Dieu nous offre ; et qu'après nous être unis à lui par
la foi, nous jouissions de lui par la charité aux siècles
des siècles !

21.

ORAISON FUNÈBRE

DE

TRÈS-HAUT ET TRÈS-PUISSANT SEIGNEUR

MESSIRE CHARLES DE SAINTE-MAURE

DUC DE MONTAUSIER, PAIR DE FRANCE

Prononcée dans l'église des Carmélites de la rue du Faubourg-Saint-Jacques, le 11 août 1690.

Sicut ambulavit in conspectu tuo, in veritate et justicia, et recto corde tecum, custodisti ei misericordiam grandem.

Comme il a marché devant vous, Seigneur, dans la vérité, dans la justice et dans la droiture de cœur, vous lui avez conservé votre grande miséricorde.

(Au liv. 3 des Rois, chap. 3.)

Ce fut après un solennel et magnifique sacrifice (1) où coula le sang de mille victimes, dans la ferveur de la prière, en présence du Dieu d'Israël, que Salomon, déjà rempli de son esprit et de sa sagesse, fit cet éloge du roi son père ; et c'est dans la solemnité des saints mystères, parmi les vœux et les suffrages des fidèles, à la face de ces

(1) Mille hostias, obtulit Salomon. 3. Reg. 3. Apparuit autem Dominus Salomoni (Ibid.)

autels où Jésus-Christ, sauveur du monde, hostie pure et
salutaire, se présente aux yeux de ma foi, et s'immole pour
les vivans et pour les morts, que j'applique ce même éloge
à très-haut, très-puissant seigneur messire Charles de
Sainte-Maure, duc de Montausier, pair de France, gouverneur de Normandie, chevalier des ordres du roi, ci-devant
gouverneur de Monseigneur le Dauphin.

David avoit mérité ces louanges : ce roi qui se plaisoit
dans la vérité, qui marchoit dans les sentiers de la justice,
qui cherchoit le Seigneur dans toute l'étendue de son
cœur, qui chantoit dans la paix des cantiques de Sion, qui
brisoit dans la guerre la force des Philistins : ce roi, selon
le cœur de Dieu, observateur de ses ordonnances, zélateur
de sa sainte loi, ami des ames simples et fidèles, ennemi
des esprits doubles et des mauvais cœurs, pécheur par
fragilité, pénitent par réflexion, juste et saint par la grace
et par la miséricorde de Dieu.

Je viens faire revivre ici les mêmes vertus et les mêmes
miséricordes, et vous faire admirer un homme qui ne se
détourna jamais de ses devoirs, qui, pour maintenir la
raison, se roidit contre la coutume, qui n'eut jamais d'autre
intérêt que celui de la vérité et de la justice, et qui ayant eu
part à toutes les prospérités du siècle, n'en a point eu à ses
corruptions : un homme d'une vertu antique et nouvelle,
qui a su joindre la politesse du temps à la bonne foi de nos
pères, en qui la fortune ne fait que donner du crédit au
mérite, qui a sanctifié l'honneur et la probité, par les
règles et les principes du christianisme, qui s'est élevé par
une austère sagesse au-dessus des craintes et des complaisances humaines, et qui, toujours prêt à donner à la vertu
les louanges qui lui sont dues, a fait craindre à l'iniquité
le jugement et la censure ; vaillant dans la guerre, savant
dans la paix ; respecté, parce qu'il étoit juste, aimé,
parce qu'il étoit bienfaisant, et quelquefois craint, parce
qu'il étoit sincère et irréprochable.

C'est vous, divine Providence, qui m'avez conduit en ces
lieux, pour recevoir les derniers gages de son amitié, et

pour recueillir les derniers soupirs de sa pénitence. Vous vouliez qu'il me fût connu tout entier, et qu'après avoir vu sa modération dans les tems heureux de sa vie, je fusse aussi dans ses jours de douleur et d'infirmité, le témoin de sa patience. Vous avez couronné sa piété, et vous m'avez destiné à honorer sa mémoire : faites servir à votre gloire les grands exemples qu'il a donnés, et comme vous formiez en lui, pour sa perfection, de saints desirs et de bonnes œuvres, inspirez-moi pour l'édification de mes auditeurs, d'efficaces et justes louanges.

Ne craignez pas, messieurs, que l'amitié ou la reconnoissance me préviennent. Nous parlons devant Dieu en Jésus-Christ, dit l'Apôtre (1) ; et je puis dire comme lui : Vous savez, mes frères, que la flatterie jusqu'ici n'a pas régné dans les discours que je vous ai faits : *Neque enim aliquando fuimus in sermone adulationis, sicut scitis* (2). Oserois-je dans celui-ci, où la franchise et la candeur font le sujet de nos éloges, employer la fiction et le mensonge ? Ce tombeau s'ouvriroit, ces ossements se rejoindroient et se ranimeroient pour me dire : Pourquoi viens-tu mentir pour moi, qui ne mentis jamais pour personne ? Ne me rends pas un honneur que je n'ai pas mérité, à moi qui n'en voulus jamais rendre qu'au vrai mérite. Laisse-moi reposer dans le sein de la vérité, et ne viens pas troubler ma paix par la flatterie que je hais. Ne dissimule pas mes défauts, et ne m'attribue pas mes vertus ; loue seulement la miséricorde de Dieu, qui a voulu m'humilier par les uns, et me sanctifier par les autres.

Je me renferme donc dans les paroles de mon texte, et me destine à vous faire voir l'amour de la vérité, le zèle de la justice, l'esprit de droiture, qui sont le caractère de ce grand homme que vous regrettez, et que vous louez avec moi. Si je n'observe pas dans ce discours tout l'ordre et toutes les règles de l'art, pensez qu'il y a je ne sais quoi

(1) 2. Cor. 2.
(2) 1. Thess. 2.

de désordonné dans la tristesse, que les grands sujets sont
à charge à ceux qui les traitent, et que c'est ici une effusion de mon cœur, plutôt qu'un ouvrage et une méditation
de mon esprit.

PREMIÈRE PARTIE

Quoiqu'il n'y ait rien de si naturel à l'homme que d'aimer
et de connoître la vérité, il n'y a rien qu'il aime moins, et
qu'il cherche moins à connoître. Il craint de se voir tel
qu'il est, parce qu'il n'est pas tel qu'il devroit être ; et pour
mettre à couvert ses défauts, il couvre et flatte ceux des
autres. Le monde ne subsiste plus que par ses complaisances mutuelles. Il semble que l'esprit de mensonge que
Dieu menaçoit de répandre sur ses prophètes (1), soit répandu sur tous les hommes. On n'a plus ni le courage de
dire la vérité, ni la force de l'écouter. La sincérité passe
pour incivilité et pour rudesse. Il n'y a presque plus d'a-
mitié qui soit à l'épreuve de la franchise d'un ami. L'esprit fécond en déguisemens s'étudie à défigurer selon ses
besoins ou ses intérêts, tantôt les vices, tantôt les vertus ;
et la parole, qui est l'image de la raison, et comme le
corps de la vérité, est devenue l'organe de la dissimulation et du mensonge.

Charles de Sainte-Maure se sauva par la miséricorde de
Dieu, de cette corruption commune. Il naquit avec des inclinations libres et généreuses, qui affranchissent l'ame de
toute autre loi que de celle de ses devoirs. Le ciel versa
dans son esprit et dans son cœur ces principes d'honneur
et d'équité, qui font qu'on produit, sans rougir, ses sentimens et ses pensées. La feinte ne pouvoit rien ajouter à
sa gloire, et l'art en lui ne pouvoit mieux faire que la
nature. Son illustre maison, dont l'origine s'est perdue
dans les obscurités du temps, lui fournissoit depuis sept
cents ans de grands exemples. Il y trouvoit une noblesse

(1) 3. Reg. 22.

toujours pure par ses vertus, toujours utile par ses services, toujours glorieuse par son rang, par ses emplois, par ses alliances. Il voyoit dans l'histoire ses ancêtres, tantôt soutenant avec éclat les premières dignités du royaume, tantôt dans l'assemblée des seigneurs de plusieurs provinces, s'intéressant pour les droits et pour les libertés des peuples, tantôt allant avec des troupes nombreuses, levées à leurs dépens, reprendre les terres que des seigneurs voisins leur avoient usurpées ; plus touchés de l'honneur que de l'intérêt, aussi peu capables de souffrir une injustice que de la commettre.

Mais il racontoit avec plaisir les services que son aïeul avoit rendus à Henri IV, de glorieuse mémoire, et plus encore les conseils sages et libres qu'il lui donnoit ; ajoutant à son récit : « Que ses pères avoient toujours été fi-« dèles serviteurs des rois leurs maîtres, mais qu'ils n'a-« voient pas été leurs flatteurs : que cette honnête liberté « dont il faisoit profession étoit un droit acquis, et une « possession de famille, et que la vérité étoit venue à lui « de père en fils, comme une portion de son héritage. »

La mort lui enleva, dès les premières années de son enfance, un père dont la perte auroit été irréparable, s'il ne fût tombé sous la conduite d'une mère de l'ancienne maison de Châteaubriant, qui renonçant d'abord à toute sorte de vanités et de plaisirs, pour vaquer dans une triste et laborieuse viduité, aux affaires de sa famille, et contenant sous les loix d'une austère vertu et d'une exacte modestie, une grande beauté et une florissante jeunesse, sacrifia toutes les douceurs et tout le repos de sa vie, à la fortune et à l'éducation de ses enfans. Charles étoit encore en cet âge où l'on ne suit que les premiers instincts de la liberté. Un feu que la raison n'avoit pas encore modéré, le révoltoit contre la discipline et la contrainte. Elle réprima, par une sage sévérité, les premières vivacités de son esprit, et les saillies naturelles d'une fierté encore naissante. Elle le plia avec douceur sous le joug de l'autorité maternelle, l'accoutumant insensiblement à une vie simple et patiente ; et comme elle n'eut pas pour lui ces complaisances foibles qui amollissent la raison et le courage des enfans, elle ne souffrit pas en lui ces délicatesses qui affoiblissent le tempérament et la vigueur du corps et de l'ame.

Mais hélas ! elle employa ses premiers soins à lui apprendre les principes d'une fausse religion (1). Égaré dès qu'il entra dans les voies de Dieu ; nourri depuis par les maîtres mêmes de l'erreur, et dans le sein, pour ainsi dire, de l'hérésie, il prit une profane nouveauté pour la vénérable antiquité de l'Église. Sensible à tous les malheurs du parti, attentif à tout ce qui flattoit ses préventions, se mêlant, tout enfant qu'il étoit, dans les conversations et les disputes, il suppléoit par son ardeur à ce qui manquoit à sa connoissance ; et dans un âge où l'on ne sait pas encore sa religion, il défendoit déjà la sienne.

O Dieu de vérité ! vous n'avez pas fait cet esprit pour le mensonge ; laissez couler sur lui du sein de votre gloire un de ces rayons pénétrans de votre grace lumineuse, qui portent le vrai dans le fond des cœurs, et ne permettez pas que l'erreur et la vanité le possèdent. Ou si vous laissez croître ses ténèbres pour avoir plus de gloire à les dissiper, gardez-lui une miséricorde d'autant plus grande, que son zèle ardent et ses intentions sincères le justifient à lui-même, et qu'il croit faire honneur à la vérité, dans l'hommage même qu'il rend au mensonge.

Vous dirai-je le progrès qu'il fit dans la connoissance des lettres humaines, le goût qu'il eut pour la poésie et pour l'éloquence, dont il apprit non-seulement toutes les beautés, mais encore toutes les règles ; l'étude qu'il fit de cette noble et savante antiquité, qu'il regardoit comme la source de la raison et de la politesse de nos siècles ? Un amour curieux des livres, une avidité de savoir, une assiduité, et, si je l'ose dire, une intempérance de lecture, ont été

____

(1) A Sédan, sous le ministre Du Moulin.

les passions de sa jeunesse. Vous parlerai-je de ces campagnes, où la gloire allumant les premiers feux de son courage, il fit voir dans les siéges de Rosignan et de Casal, par les services qu'il rendit, ceux que le prince et la patrie en pouvoient attendre? Animé par les exploits éclatans d'un frère, dont la réputation ne pouvoit égaler le mérite, il eut part aux louanges que lui donnèrent justement et ses ennemis et ses maîtres.

La bienséance et la coutume, et plus encore les devoirs de sa condition et de sa naissance, l'engagèrent à se mêler dans la foule des courtisans, pour révérer la grandeur et la majesté d'un roi (1) plein de religion et de justice, et pour gagner la faveur et l'estime d'un grand ministre (2), qui connoissoit la vertu, et qui distribuoit la fortune. On lui dit mille fois que la franchise n'étoit pas une vertu de la cour; que la vérité n'y faisoit que des ennemis; qu'il falloit, pour y réussir, savoir selon les tems, ou déguiser ses passions, ou flatter celles des autres; qu'il y avoit un art innocent de séparer les pensées d'avec les paroles, et que la probité pouvoit souffrir ces complaisances mutuelles, qui, étant devenues volontaires, ne blessent presque plus la bonne foi, et maintiennent la paix et la politesse du monde.

Ces conseils lui parurent lâches. Il alloit porter son encens avec peine sur les autels de la fortune, et revenoit chargé du poids de ses pensées qu'un silence contraint avoit retenues. Ce commerce continuel de mensonges ingénieux pour se tromper, injurieux pour se nuire, officieux pour se corrompre; cette hypocrisie universelle, par laquelle chacun travaille à cacher de véritables défauts, ou à produire de fausses vertus : ces airs mystérieux qu'on se donne pour couvrir son ambition, ou pour relever son crédit; tout cet esprit de dissimulation et d'imposture ne convint pas à sa vertu. Ne pouvant s'au-

(1) Louis XIII.
(2) Le cardinal de Richelieu.

toriser encore contre l'usage; il fit connoître à ses amis qu'il alloit à l'armée faire sa cour par des services effectifs, non pas par des offices inutiles; qu'il lui coûtoit moins d'exposer sa vie que de dissimuler ses sentimens, et qu'il n'acheteroit jamais ni de faveur ni de fortune aux dépens de sa probité.

Il ne voulut apprendre d'autre langage que celui de l'Évangile (1), oui, oui, non, non : effectif dans ses résolutions, fidèle dans ses promesses, plus prêt à tenir sa parole qu'à la donner, tout vrai dans ses actions et dans sa conduite. Aussi n'eut-il besoin pour s'élever dans sa profession, ni de sollicitations, ni d'artifices. Sa prudence, son application, sa valeur, lui attirèrent l'estime et la confiance des deux plus renommés capitaines (2) de son tems, qui dans les guerres d'Allemagne s'étoient servis utilement de son secours et de ses conseils dans la suite de leurs victoires.

L'Alsace qui avoit été le théâtre de ses travaux, en fut aussi la récompense. Quelle nouvelle matière de gloire pour lui ! l'ennemi redoutable et voisin ; un peuple qui n'étoit qu'à demi soumis, le peu de secours qu'il pouvoit attendre, une province qu'on lui donnoit plutôt à conquérir qu'à gouverner : tant de difficultés ne firent qu'animer sa constance ; et, par des combats presque journaliers, ayant affermi son gouvernement, il le rendit, par sa modération, un des plus heureux et des plus tranquilles du royaume.

Il revint à la cour, et ne se prévalut ni des louanges, ni des espérances qu'on lui donna : il joignoit la retenue du jugement à la hardiesse du courage. Quoiqu'il aimât la gloire, il la cherchoit dans ses actions, non pas dans le témoignage des hommes. Il n'a voulu faire contribuer à sa réputation, autre chose que son mérite. De toutes les vérités, il n'a caché que celles qui lui étoient avantageu-

(1) Sit autem sermo vester, est, est, non, non. (Matth. 5, 37.)
(2) Le duc de Weimar et le maréchal de Guébriant.

ses, et rien n'a jamais pu affoiblir sa sincérité, que sa modestie. Nous savons pourtant, Messieurs, que jamais ame ne fut plus fière ni plus intrépide : on le vit à la bataille de Cerné, charger trois fois les ennemis, couvert de sang et de poussière, et dresser aux pieds de son général, comme un honorable trophée, trois drapeaux qu'il leur enleva. Il parut avec deux cents hommes, durant le siége de Brisach, renversant sur les bords du Rhin deux mille Allemands à la vue de leur armée.

Mais viens-je faire ici l'histoire sanglante de ses combats ; et mon sujet n'a-t-il rien de plus édifiant et de plus doux ! Déjà se formoient dans le ciel ces nœuds sacrés, qui devoient unir éternellement son cœur à celui de l'incomparable Julie (1). Déjà s'allumoient dans son ame ces feux ardents et purs, que la sagesse, la beauté, l'esprit et un mérite universel ont coutume de faire naître. L'admiration, l'estime entretenoient cette sage et vertueuse passion, et plus encore une conformité de mœurs et d'inclination, qui fait les liaisons parfaites ; même candeur dans leurs procédés, même élévation de génie et de courage, même penchant à la vertu, au préjudice de la fortune, même fidélité pour tous les devoirs de la vie, même goût pour la conversation et pour toute sorte de belles-lettres, même plaisir à faire du bien, mais parmi tant de ressemblance une religion différente.

Tombez, tombez, voiles importuns, qui lui couvrez la vérité de nos mystères ; et vous, prêtres de Jésus-Christ, qui depuis si longtemps offrez à Dieu pour son salut, et vos vœux et vos sacrifices, prenez le glaive de la parole, et coupez sagement jusqu'aux racines de l'erreur, que la naissance et l'éducation avoient fait croître dans son ame. Mais par combien de liens étoit-il retenu? La chair et le sang qui l'attachoient auprès de sa mère qu'il aimoit autant par reconnoissance et par raison, que par tendresse de naturel : certaines vues d'honneur, qui lui faisoient

(1) Julie d'Angennes, depuis duchesse de Montausier.

craindre jusqu'aux moindres soupçons de changement et d'inconstance : le pouvoir que prenoit sur lui une première impression de vérité ou de justice : les réponses que les oracles du parti lui avoient rendues, et les soins qu'il avoit pris lui-même de s'aveugler par des lectures dangereuses, étoient autant d'engagemens qui le lioient à sa communion.

Mais aussi dans les recherches de sa foi, il lui étoit échappé quelque doute : la lecture des histoires de l'Église lui avoit fait entrevoir quelque nouveauté dans ces derniers tems ; des contestations et des disputes qu'il avoit eues, il étoit sorti je ne sais quelles clartés passagères, qui avoient laissé quelque trace de lumière dans son esprit. Il n'étoit pas de ces hommes tièdes à qui Dieu et le salut sont indifférens, qui demeurent sans mouvement où ils sont tombés, soit au midi, soit au septentrion, selon le langage de l'Écriture (1) : qui ignorent ce qu'ils croient, et n'ont une religion que par hasard et non par lumière. Il savoit rendre raison de sa foi, comme l'Apôtre le commande, et la connoissance que Dieu lui donna fut peut-être la récompense de son zèle.

Des lumières imperceptibles et successives dissipèrent une partie de ces nuages dont il étoit environné. Il demanda, et il reçut ; il frappa, et on lui ouvrit ; il reconnut dans l'Église de Jésus-Christ une puissance de décision, qui nous fait croire ce qu'elle croit, pratiquer ce qu'elle ordonne, et tolérer même avec soumission ce qu'elle tolère ; et se faisant de cette créance une nécessité pour toutes les autres ; docile, humble, pénitent, surmontant le monde par sa foi, et la nature par la grace, il alla sous la conduite d'un grand prélat (2) aux pieds des autels assujettir sa raison à l'autorité de l'Église, et

(1) Eccl. 11.
(2) M. Faur, évêque d'Amiens.

faire un sacrifice de ses erreurs devant les ministres du Dieu de la vérité.

Quels ont été depuis les accroissemens de sa foi ! Avec quelle reconnoissance et quelle joie chantoit-il au Seigneur le cantique de sa délivrance ! Avec quel zèle exhortoit - il quelques-uns de ses domestiques à rentrer, comme lui, dans le bercail de Jésus-Christ, leur fournissant et les livres et les raisons les plus propres à les convaincre ! Avec quelle douceur et quelle charité consoloit-il en ces derniers tems quelques-uns de ses amis, dont il voyoit la conscience irrésolue et inquiète ! Il les touchoit par ses conseils et par sa propre expérience ; il leur racontoit ses combats, pour les exciter à gagner sur eux la même victoire ; et pour guérir leur opiniâtreté, il déploroit en leur présence la sienne propre.

Je ne vous dirai pas, Messieurs, les commandemens et les emplois de confiance qu'on lui destina ; les solennités de son mariage, où toute la France s'intéressa ; les gouvernemens et les charges dont il fut pourvu dans des conjonctures où il étoit difficile de les soutenir. N'attendez pas que je vous le représente se dérobant aux premières tendresses d'un chaste mariage, pour aller chercher la gloire sous les ordres d'un prince (1) toujours prêt à combattre, et toujours assuré de vaincre. Je ne viens pas non plus vous le faire voir conduisant le légat (2) de Sa Sainteté, montrant des vertus de l'ancienne Rome aux prélats de la nouvelle, et faisant admirer à cette nation une judicieuse sincérité, qui valoit mieux que ses subtilités et ses adresses.

Il est temps de venir au point de sa réputation et de sa gloire. Dieu, dont la Providence veille au bonheur de ce royaume, l'appela à l'instruction et à la conduite de monseigneur le Dauphin ; et cette même sagesse, qui, selon l'Écri-

(1) M. le prince de Condé.
(2) Le cardinal Chigi, neveu d'Alexandre VII.

ture (1), fait régner les rois, lui apprit l'art de former une ame royale.

Que lui manquoit-il pour un si glorieux, mais si diffi-cile ministère ? Du savoir ? Il avoit acquis par ses lectures continuelles des habitudes dans tous les pays et dans tous les siècles : il étoit devenu, pour ainsi dire, le spectateur et le témoin de la conduite de tous les princes : il avoit assisté à leurs conseils et à leurs combats : il connoissoit toutes les routes de la vertu et de la gloire ancienne et nouvelle. De la probité ? Rien n'étoit plus connu que son équité, son désin-téressement et la religion de sa parole : il pouvoit instruire, sans se rétracter et sans se condamner soi-même : ses exemples n'affoiblissoient pas ses préceptes, et il n'avoit point à justifier au prince ni aux courtisans la contrariété de ses mœurs et de ses règles. La piété ? Il avoit connu Dieu, et l'avoit toujours glorifié ; il avoit regardé le liber-tinage comme un monstre, et dans la cour et dans les ar-mées. Il avoit appris dans la loi de Dieu, ce qu'elle défend et ce qu'elle ordonne : censeur zélé des vices, sans aigreur, sans indiscrétion : chrétien de bonne-foi, sans superstition, sans hypocrisie.

Le Roi qui, dans ses choix, en faisant justice au mérite, a toujours fait honneur à sa sagesse, s'applaudit même de celui-ci. Avec quelle confiance le substitua-t-il en sa place, dans l'un de ses plus importans et plus indispensables de-voirs ! Avec quelle bonté voulut-il remettre lui-même ce dépôt sacré en des mains si pures et si fidèles ! Ayant sur lui tout le gouvernement de son peuple, il lui donna toute la conduite de son fils ; il lui recommanda le soin de l'ins-truction, et se chargea des grands exemples : il voulut que le siècle présent jouît de la félicité de son règne, et laissa à la conscience et à l'habileté de ce prudent gou-verneur, les espérances du siècle à venir.

Aussi quelle reconnoissance fut la sienne ! il sacrifia ses plaisirs, ses intérêts et sa liberté ; il ne pensa plus qu'à

(1) Prov. 8, 15.

ce jeune prince; il n'eut plus d'esprit, il n'eut plus de cœur que pour lui. De peur de s'amollir par la tendresse, il emprunta l'autorité du Roi : de peur de rebuter par l'austérité des préceptes, il prit les entrailles du père; et par ce juste tempérament, il avançoit en lui les fruits de la raison, et corrigeoit les défauts de l'âge.

Sa principale application fut de l'accoutumer à connoître et à souffrir la vérité. Il savoit que les grands naissent avec certaines délicatesses, qui retiennent dans un timide respect les courtisans qui les approchent; qu'on ne leur présente jamais des miroirs fidèles; qu'avant qu'ils sachent qu'ils sont hommes, et qu'ils sont pécheurs, on leur apprend qu'ils ont des sujets, et qu'ils sont les maîtres du monde.

Plus le prince qu'il gouvernoit avoit de bonté et de docilité naturelle, plus il éloignoit tout ce qui pouvoit le corrompre. Combien de fois arrêta-t-il une flatterie, qui, comme un serpent tortueux, alloit se glisser dans son ame ! Combien de fois éteignit-il l'encens, dont la douce et maligne odeur auroit empoisonné une imagination encore tendre ! Combien de fois lui fit-il faire la différence d'un ami d'avec un flatteur ! Combien de fois leva-t-il d'une main sévère les premiers voiles qu'une cour artificieuse alloit mettre devant ses yeux pour lui cacher quelque vérité ou quelque devoir !

Permettez que je me le représente ici comme ce cavalier que vit saint Jean dans l'Apocalypse ; il s'appeloit fidèle et véritable : *fidelis et verax* (1) ; montrant à cet auguste enfant les sources du vrai et du faux, et lui formant dans le monde, que saint Augustin appelle la région des faussetés et des mensonges, une ame innocente et sincère. Il portoit plusieurs couronnes, lui expliquant pour son instruction la différence des bons et des mauvais règnes. Il tenoit en ses mains un glaive luisant, pour couper les filets de ses passions naissantes, et les discours et les exemples qui pour-

(1) Apoc. 19, 11.

roient les entretenir. Voilà quel étoit son amour pour la
vérité : voyons quel étoit son zèle pour la justice.

SECONDE PARTIE.

Il est difficile, quand on aime la vérité, qu'on n'ait aussi
du zèle pour la justice, tant par cette union qui lie toutes
les vertus, que par certaines règles d'ordre et de proportion, que l'esprit cherche dans les actions aussi bien que
dans les paroles. Ces deux inclinations furent également
fortes en M. de Montausier.

Il y avoit dans son cœur une loi d'équité sévère, qui le
portoit à résister à toutes les passions désordonnées des
hommes, et à rendre à chacun, ou le service, ou l'honneur,
ou la protection qu'il pouvoit espérer de lui. On le vit
dans la jeunesse, se faisant une espèce de crédit et d'autorité du fonds de ses bonnes intentions, pour s'opposer
aux désordres, pour arrêter la fraude et la violence, et
pour réduire tout à la discipline, supportant lui-même
avec constance toutes les fatigues et toutes les contraintes
que lui imposoient, dans les bornes de sa profession, la
raison et l'ordre.

Cet esprit de justice n'a fait que croître avec son
bonheur. Pour avoir sa protection, c'étoit assez d'être
malheureux. Quelqu'inconnu qu'on fût, on n'avoit besoin d'autre recommandation auprès de lui que de
celle que porte avec soi la vertu et l'innocence persé-
cutée. Il n'avoit pas de ces froides indifférences, ni de ces
foibles ménagemens, qui font qu'on abandonne les affaires d'autrui pour ne s'en pas faire à soi-même. Partout où se pouvoit étendre son pouvoir, l'oppression et
l'injustice n'étoient pas libres : et celui-là ne pouvoit s'assurer de son repos, qui troubloit le repos des autres.
A-t-il craint d'irriter les puissans, quand il a pu secourir
les foibles ? A-t-il plié sous la grandeur, lorsqu'elle s'est
trouvée injuste ? A-t-il manqué de hardiesse, et lui a-t-il
fallu d'autre droit que celui de la protection et de la cha-

rité commune, quand il a pu défendre les gens de bien?

N'a-t-il pas eu, dans la licence même de la guerre, une constante et scrupuleuse retenue, dans un tems où la confusion régnoit encore dans les armées, où l'on croyoit que le soldat devoit s'enrichir, non-seulement des dépouilles de l'ennemi, mais encore de celles des peuples, et où par des condescendances nécessaires, on pardonnoit un peu d'avarice et de dureté, pour entretenir le courage et la bonne humeur des gens de guerre? Il ne s'en tint pas à ces coutumes, il se régla sur une prudente équité, non pas sur un barbare droit des armes ; modeste, désintéressé, songeant à des acquisitions d'honneur et de gloire, non pas aux biens et aux commodités de la vie ; généreux pour les autres, sévère et dur à lui-même, et partageant avec les moindres officiers, ses biens par libéralité, et leurs fatigues par constance.

Il eut même des égards pour les ennemis, ne croyant pas que tout ce qui étoit permis fût expédient, et disant quelquefois : « Faisons-leur craindre notre valeur, non « pas notre cupidité. » Aussi ne laissa-t-il jamais après lui de traces funestes de ses passages; et sa conscience lui rendant justice à son tour, il n'eut pas besoin de réparer sur ses vieux ans les torts qu'il avoit faits en sa jeunesse, ni de restituer aux enfans ce qu'il avoit autrefois injustement exigé des pères.

Quelle pensez-vous que fut son occupation dans ses gouvernemens ? La justice. Plein de maximes d'honneur et de probité, dont il savoit toutes les loix, il retenoit la noblesse dans l'ordre ; il étouffoit les querelles dans leur naissance, gagnant les uns par persuasion, arrêtant les autres par autorité, compensant les satisfactions avec les injures, rendant à l'honneur et au droit de chacun ce que l'avarice ou la colère en avoit ôté ; mettant les uns à couvert de l'insulte, et les autres hors d'état de nuire. Il coupoit ainsi, par une équité décisive, sans préoccupation et sans intérêt, les racines des haines et des procès, et por-

toit par-tout la modération et la paix, qui est le fruit de
la justice.

Mais quel fut son zèle et sa vigilance dans les calamités
publiques ! Il jouissoit à la cour de la douceur du repos,
et de la gloire où le ciel venoit d'élever sa famille, lorsqu'un mal funeste et contagieux se répandit et s'échauffa
dans les principales villes de Normandie, soit que l'intem-
périe des saisons eût laissé dans les airs quelque maligne
impression, sait qu'un commerce fatal y eût apporté des
pays éloignés, avec de fragiles richesses, des semences de
maladie et de mort, soit que l'ange de Dieu eût étendu sa
main pour frapper cette malheureuse province. Il y accourut. Dans cette affliction qui dérange tout, où d'ordinaire
on est perdu, parce qu'on est abandonné, où chacun occupé
de ses propres craintes, oublie les malheurs d'autrui, et où
l'horreur d'une mort prochaine semble justifier les infidélités que l'on se fait les uns aux autres : la raison fit en
lui ce que ne fait ordinairement ni le sang ni la nature. Il
répondit à ceux qui lui représentoient ses dangers : « qu'il
« devoit l'ordre et la protection à ce peuple ; qu'étant établi
« pour le gouverner, il l'étoit aussi pour le secourir, et
« que sa vie ne lui étoit pas plus précieuse que son de-
« voir. » Il ranima les citoyens par sa présence, les excitant à s'entr'aider par des offices mutuels ; et par une exacte
police, qui coupoit les communications mortelles pour en
ouvrir de salutaires, il sauva ce peuple qui avoit perdu
toute espérance de santé, et toute mesure de prudence.

Mais à quoi m'arrêté-je, messieurs ? n'ai-je pas de plus
nobles idées à vous donner de sa vertu ! Si la fidélité est
une justice que chacun doit à son souverain, quel sujet en
a jamais fourni de plus grands exemples ? Que ne puis-je
vous exprimer les sentimens d'admiration, de vénération,
et, si je l'ose dire, de tendresse qu'il eut pour le Roi ? Par
combien de liens tenoit-il à lui ! Tantôt il recueilloit tous
ses bienfaits dans son esprit, pour multiplier sa reconnoissance. Tantôt il pensoit à ses expéditions militaires, pour

faire le récit de ses travaux, et pour compter le nombre de ses victoires. Tantôt il le voyoit au milieu de sa magnificence et de sa splendeur, pour s'éblouir de sa majesté, et se réjouir de sa gloire, et quelquefois il se dépouilloit de toute idée de sa puissance et de sa grandeur, pour avoir le plaisir d'honorer gratuitement le mérite de sa personne. Que ne puis-je vous représenter la forte passion qu'il eut pour l'état, dont les intérêts lui furent plus chers et plus sensibles que les siens propres ! Quelle étoit son indignation contre ceux à qui le bien public est indifférent, et qui ne se comptant, et ne se regardant qu'eux-mêmes, sans honneur et sans charité, abandonnent au hasard le reste du monde !

Dans le cours de ces fatales années, où la discorde alluma dans le sein de la France le feu de tant de passions, qui firent tant de malheureux et tant de coupables : ne craignez pas, messieurs, je parle d'un homme sage, qui ne sortoit jamais de ses devoirs, qui n'a besoin de grace ni d'apologie, et de qui il n'y a point eu d'erreur à plaindre ni de faute à justifier : sa fidélité fut inébranlable. Retiré dans la province de Saintonge, où se formoient déjà des factions, il les arrêta par sa vigilance et par son courage. Les sollicitations d'un prince (1) qui l'honoroit de sa bienveillance, les mécontentemens qu'il avoit reçus du ministre (2) ne purent jamais le toucher. Il surmonta ces deux tentations délicates, et lui seul peut être a la gloire d'avoir résisté tout d'un coup pour le service de son maître, à la force de l'amitié, et au plaisir de la vengeance ; il gagna la noblesse déjà presque demi-séduite ; il fit des siéges, donna des combats, prit des villes, et prodigua son sang et sa vie pour assurer au Roi cette province, que sa situation et les conjonctures du temps avoient rendue très-importante.

Quelle justice lui rendit-on ? On approuva ses services,

(1) Le prince de Condé.
(2) Mazarin.

et bientôt on les oublia. Dans ces jours de confusion et de trouble, où les graces tomboient sur ceux qui savoient à propos se faire soupçonner ou se faire craindre ; on le négligea comme un serviteur qu'on ne pouvoit perdre, et l'on ne songea pas à sa fortune, parce qu'on n'avoit rien à craindre de sa vertu. Mais sa constance le soutint, et la providence de Dieu réservoit au Roi l'honneur de récompenser cette ame fidèle.

Descendons à l'équité de son cœur dans sa conduite particulière. Quels furent ses sentimens pour ses amis ! Ici se réveille ma reconnoissance, mes entrailles s'émeuvent, et l'image d'un bonheur dont je jouissois me fait souvenir que je l'ai perdu. Sa bonté prévint pour cette fois son jugement : d'ailleurs son amitié ne se donnoit point au hasard, c'étoit le prix de son estime. Elle ne s'affoiblissoit jamais ni par le tems ni par l'absence, et rien ne dérangeoit dans son cœur ce que le mérite y avoit une fois placé. On ne craignoit point avec lui les inégalités ni les défiances ; il ne savoit se démentir, et sa bonne foi sembloit lui répondre de celle des autres. Quelque indulgence qu'il eût pour ceux qu'il aimoit, il ne s'aveugloit pas sur leurs défauts : également sincère et charitable, il avoit le courage de les reprendre, ou le plaisir de les excuser. Fidèle dans leurs disgraces, il osa les louer et les servir en des tems où les autres n'osoient presque pas les plaindre. Dans leurs prospérités, il estima leur modération, et se réserva le droit de les avertir de leur orgueil. Il leur laissoit dans l'agréable commerce qu'il avoit avec eux toute la liberté qu'il prenoit lui-même de soutenir leurs opinions, et ne leur interdisoit que la flatterie.

Avec quelle chaleur s'intéressoit-il à leurs satisfactions ou à leurs peines ! Les a-t-il jamais amusés par des caresses, quand ils ont attendu de lui des offices effectifs ? Qui est-ce qui a jamais porté plus de vœux et plus de prières au pied du trône ? J'ai cet avantage dans ce discours, qu'il n'y a personne ici de ceux qui ont eu part à son amitié, qui ne reconnoisse, et qui n'ait ressenti ce que je dis.

Vous le savez, nobles génies, qui cultivez votre esprit, et qui rendez à Dieu, le Seigneur des sciences, l'hommage de vos pensées. Vous avez été souvent surpris et de ses bontés et de ses lumières. Il pesoit les esprits, et donnoit à chacun le rang qu'il méritoit. Personne ne connut mieux l'excellence de leurs ouvrages, et personne ne sut mieux les estimer. Il les encourageoit, et tâchoit de les rendre utiles. Il leur procura souvent les graces du Roi, et leur donna toujours ce qui étoit en ses mains, et ce qu'ils aiment quelquefois davantage, la louange et la gloire.

Combien étoit-il juste et charitable à l'égard de ses domestiques ! Chez lui les races se perpétuoient, les pères laissoient comme un héritage à leurs enfans la protection d'un si bon maître. Environné d'une foule de serviteurs, il cherchoit à chacun une fortune qui lui fût propre. Désintéressé pour lui, empressé pour eux, il ne sentoit jamais mieux son bonheur, que lorsqu'il pouvoit faire le leur. Le nombre pouvoit être à charge à sa dépense, mais non à sa générosité. Il savoit bien qu'il n'avoit pas besoin de tout ce monde, mais il croyoit que tout ce monde avoit besoin de lui, et il le gardoit moins pour servir d'éclat à sa grandeur, que pour servir de matière à sa bonté.

De ce même principe naissoit son amour pour les pauvres. Aux termes de l'Écriture (1), l'aumône est une justice. Ce que nous appellons un don, le Sage le nomme une dette (2) et la mesure de la miséricorde que nous attendons est la miséricorde que nous aurons faite. Pénétré de ces vérités, il répandoit abondamment sur toutes sortes de misérables les secours de sa charité. Il n'attendit pas à la mort à consacrer à Jésus-Christ une partie de ses richesses, il savoit qu'une charité tardive, selon les Pères de l'Église, avoit plus d'avarice que de piété ; qu'il faut

(1) Ps. 110.
(2) Eccl. 4.

exécuter soi-même son testament et ses legs pieux, et faire un sacrifice de religion et une distribution volontaire de ses aumônes.

Que ne puis-je révéler les secrets de sa charité ? Vous verriez ici l'éducation d'une fille à qui la pauvreté pouvoit donner de mauvais conseils ; là, les études d'un pupille, que Dieu, par le moyen de sa charité, a conduit aux fonctions de son sacerdoce : ici, une noblesse indigente poussée par ses charitables secours au service du prince et de la patrie : là, un mérite naissant, qu'auroit accablé le poids de sa mauvaise fortune, relevé par ses libéralités. Sortez de ces retraites où la misère et la honte vous cachent, familles infortunées, et dites-nous par quelles adresses il fit couler jusqu'à vous ses assistances imprévues ? Et vous, asyles sacrés des disgraces de la nature ou de la fortune, monumens éternels de sa piété, hôpitaux dressés par ses soins et par ses bienfaits dans les villes de ses gouvernemens, pour les mettre à couvert d'une importune mendicité, faites retentir jusqu'au ciel les vœux et les prières des pauvres que vous renfermez ! Voilà sa justice, messieurs, il ne me reste plus qu'à vous montrer son esprit de droiture.

TROISIÈME PARTIE

La droiture est une pureté de motif et d'intention qui donne la forme et la perfection à la vertu, et qui attache l'ame au bien pour le bien même. C'est à cette génération simple et droite que l'Esprit de Dieu promet dans ses Écritures, tantôt les bénédictions qu'il verse sur ceux qui le craignent (1), tantôt les lumières qu'il tire quand il veut du sein des ténèbres (2), tantôt le plaisir des appro-

(1) Ps. 111.
(2) Ibid.

bations et des louanges (1), tantôt la joie d'une tranquille conscience (2).

C'est ici la gloire de mon sujet. Quel homme est jamais moins entré dans les voies obliques des passions et des intérêts, que celui que nous regrettons ? La connoissance de ses devoirs lui servoit de raison pour les accomplir, et ses intentions étoient toujours aussi bonnes que ses actions. Quelles furent donc ses règles ? L'ambition, selon lui, n'avoit rien de noble ; elle conduisoit la vertu par des moyens, et à des fins qui sont souvent indignes d'elle : il disoit quelquefois « que les ambitieux « qu'on loue tant étoient des glorieux qui font des bas- « sesses, ou des mercenaires qui veulent être payés. » Aussi n'eut-il jamais en vue de bien faire pour être heureux ; et ce qui le conduisit aux charges et aux dignités, il le fit pour les mériter, et non pas pour les obtenir.

L'intérêt et l'amour du bien ne purent jamais le tenter ; et dans tout le cours de sa vie, il n'eut ni le soin ni le desir d'en acquérir. La succession d'une tante (3), dame d'honneur d'une grande reine, sembloit devoir grossir le patrimoine de ses pères ; mais rebuté des affaires et des procès dont son esprit étoit incapable, il relâcha ce qu'on voulut, et crut que c'étoit un gain que de savoir perdre. Contraint de racheter sa liberté, après une longue prison, durant les guerres d'Allemagne, il employa et son argent et son crédit pour ramener les officiers qu'abandonnoit à leur triste captivité, l'indigence ou l'avarice de leurs familles.

Deux principes le firent agir, la probité, la religion : l'une lui donnoit le desir d'être utile, l'autre le portoit à travailler à son salut. Quels sincères enseignemens a-t-il donnés à monseigneur pour le bien public et pour sa

(1) Ps. 63.
(2) Ps. 96.
(3) Madame de Brassac.

gloire ! Il n'y a rien de si difficile que d'élever un jeune prince qui est né pour la royauté. Il faut lui inspirer de la hardiesse sans présomption, lui faire sentir ce qu'il doit être, et lui faire connoître ce qu'il est. Il suffit de lui faire voir en éloignement le trône où il doit être assis, et de lui essayer, pour ainsi dire, la couronne, afin qu'il sache la porter quand la providence de Dieu la fera tomber sur sa tête. Il est nécessaire de lui donner tout ensemble les vertus d'un roi et celles d'un particulier ; lui montrer la gloire du commandement, et le mérite de l'obéissance, et lui apprendre à dire comme ce centenier de l'Évangile : *Homo sum sub potestate constitutus, habens sub me milites, et dico huic : vade et vadit* (1). Je vois des peuples sous ma puissance, mais j'ai une puissance au-dessus de moi : je commande des armées, mais j'exécute ce qu'on m'ordonne : j'ai des sujets, mais j'ai un maître.

C'étoient les enseignemens que lui donnoit M. le duc de Montausier. Il lui inspiroit la modération, en lui élevant le courage. Il lui formoit ce cœur docile, que Salomon demandoit à Dieu pour la conduite de son peuple. Il lui marquoit les justes mesures de sa grandeur, en l'instruisant de ce qu'un roi doit à ses sujets, et de ce qu'un fils doit à son père.

Combien de fois lui a-t-il dit : Que la fin principale et la première loi du gouvernement étoit le bonheur des peuples ; que la vérité et la fidélité sont les vertus essentielles des princes, qui sont les images du vrai Dieu, et les arbitres de la foi publique ; et que les plus grands royaumes et les plus longs règnes n'étant devant Dieu qu'un point de grandeur et un moment de durée, les souverains devoient apprendre à être doux et modérés dans leur puissance, et soupirer après une gloire tout immortelle et toute divine ? Que ne m'est-il permis d'exposer ici ces sages et saintes maximes que la fidélité lui fit écrire, que la modestie lui a fait cacher, et qui paroissent, selon

(1) Matth. 8, 9.

ses desirs, avec plus d'éclat dans la vie du prince qui les pratique, soit qu'il aille lancer la foudre que le roi lui a mise en main, soit qu'il vienne jouir ici de la gloire qu'il s'est acquise? Rappelez en votre mémoire avec quelle tendre et sensible joie il recueillit ce qu'il avoit semé dans l'ame de ce jeune vainqueur, louant sa bonté, sa douceur, sa libéralité, sa religion et sa justice, et le félicitant de ses vertus, tandis que les autres le félicitoient de ses victoires.

N'étoit-ce pas ce même esprit de probité qui le poussoit à donner tant de bons avis et de salutaires conseils? Il eût voulu corriger tous les abus, et réformer tous les défauts qu'il connoissoit sur les idées de perfection que sa sagesse lui avoit faites. Son âge, son crédit, ses dignités, et je ne sais quoi d'austère et de vénérable dans ses mœurs et dans sa personne, lui avoient acquis une espèce d'autorité universelle, contre laquelle le monde n'osoit réclamer.

Ceux mêmes qui pouvoient ne pas aimer son zèle étoient obligés de le louer, et trouvoient de la vertu dans ses défauts mêmes. On pouvoit jeter dans son ame quelques fausses impressions, mais il suivoit toujours du moins l'ombre de la vérité et de la justice; et quelque ascendant qu'on eût sur lui, on pouvoit le prévenir, mais on ne pouvoit le corrompre. S'il disputoit avec ardeur, ce n'est pas qu'il voulût assujettir le monde à ses opinions, mais le réduire à la vérité qu'il connoissoit, ou que du moins il croyoit connoître. Attaché à ses sentimens par persuasion et non par caprice, souvent contraire aux avis des autres, parce que souvent ils étoient injustes ou déraisonnables, conservant toujours dans les chaleurs et dans les vivacité de son esprit la bonté et la tendresse même de son cœur.

Si sa droiture fut le motif de tant de vertus, sa religion fut le motif et la cause de sa droiture. Ne vous figurez pas une dévotion de spiritualités imaginaires, qui se nourrit de réflexions, et qui laisse les saintes pratiques. Sa foi étoit comme son cœur, simple et solide. Ne pensez pas à

cette vaine et fastueuse religion qui se répand tout au dehors, et qui n'a que le corps et la superficie des bonnes
œuvres : tout étoit intérieur en lui. Loin d'ici cette piété
d'imitation et de complaisance, qui porte dans le sanctuaire
des vœux intéressés et profanes, qui sous un feint amour
de Dieu, couvrant les desirs et les espérances du siècle,
fait servir les mystères et les sacremens de Jésus-Christ à
l'ambition et à la fortune des pécheurs par une affectation
sacrilége. Qui de vous oseroit le soupçonner de respect
humain ou d'hypocrisie ?

Il cherchoit Dieu, selon le conseil de l'Apôtre (1), dans
la simplicité et la sincérité de son cœur. Y eut-il jamais
une foi plus vive que la sienne ? On eût dit qu'il voyoit à
découvert les vérités du christianisme, tant il en étoit
persuadé. Il les croyoit et les aimoit. L'insensé ferma
devant lui ses lèvres impies, et retenant sous un silence
forcé ses vaines et sacriléges pensées, se contenta de dire
en son cœur : Il n'y a point de Dieu. Il assistoit tous les
jours au saint sacrifice ; et son attention et sa modestie
imprimoient le respect aux ames les moins touchées de la
révérence du lieu et de la sainteté du culte. Nous l'avons
vu frappé de ces murmures importuns, qui interrompent
les oraisons des fidèles, et troublent dans la maison de
Dieu le vénérable silence des saints mystères, se lever
avec indignation ; et faisant l'office des anciens diacres de
l'Église, ordonner qu'on fléchît les genoux, et qu'on se tût
devant la majesté présente, qui, pour être cachée, n'en
étoit pas moins redoutable.

Y eut-il jamais d'adoration plus spirituelle et plus véritable, que celle qu'il rendoit à Dieu ? Il le reconnoissoit
comme sa fin et son origine ; et quoiqu'il eût pour lui
cet amour de préférence qui lui donnoit un empire absolu
sur ses volontés, il se reprochoit de n'avoir pas pour lui
toute la tendresse et toute la sensibilité qu'il ressentoit
pour ses amis. Avec quelle effusion de cœur lui expri-

(1) 2. Cor., 1, 12.

moit-il ses nécessités spirituelles et celles de sa famille, dans ces prières pures et tendres qu'il avoit composées lui-même pour implorer ses miséricordes, ou pour lui offrir ses vœux et ses reconnoissances.

D'où puisoit-il toutes ses lumières? De la loi, qui en est la source éternelle. Il avoit lu cent treize fois le Nouveau Testament de Jésus-Christ avec application et avec respect. Ministre de sa parole, destinés à la dispenser à ses peuples, l'avons-nous lue, l'avons-nous méditée si souvent? Les premiers chrétiens faisoient autrefois enterrer avec eux les livres des Évangiles, portant jusques dans le tombeau le trésor de leur foi, et le gage de leur résurrection éternelle; et celui que nous louons aujourd'hui les tint jusqu'à sa mort entre ses mains, et voulut expirer, pour ainsi dire, dans le sein de la vérité et de la miséricorde de Jésus-Christ.

C'est ici, messieurs, l'endroit sensible de mon discours. Ne craignez pas pourtant que je me livre à ma douleur. J'ai vu cette grande miséricorde que Dieu lui avoit réservée, et j'ai pour moi toutes les consolations de la foi et de l'espérance des Écritures. Dans la gloire d'une réputation qu'une vertu consommée lui avoit acquise, et que l'envie n'osoit plus lui disputer : dans une vigueur d'esprit et de corps, que l'âge et les maladies sembloient avoir jusque-là respectée, il tombe tout-à-coup dans ces ennuyeuses douleurs où l'on souffre sans secours et sans intervalle. La respiration qui nous fait vivre le fait mourir à tous momens. Les nuits plus tristes que les jours, lui ôtent la douceur de la compagnie, et ne lui donnent pas celle du repos. Il ne peut ni s'étendre sur sa croix, ni trouver de situation ni de remède qui le soulage. Quels furent ses sentimens de piété dans ce temps de langueur et de patience!

Quel mépris du monde et de ses vanités! il comptoit ses prospérités temporelles, dont il avoit toujours senti et le néant et le danger, et s'écrioit en soupirant : « Seroit-il possible, mon Dieu, que « ce fût là ma récompense! »

Quelle horreur ! mais quel repentir du péché ! Il repassoit
les années de sa vie dans l'amertume de son ame ; et se
réveillant dans ses réflexions de pénitence : « Quatre-vingts
« ans, » disoit-il, « quatre-vingts ans, Seigneur, passés à
vous offenser ! » Quelquefois se défiant de son propre cœur,
et craignant qu'il ne fût pas assez profondément touché, il
disoit : «Vous m'avez appris dans vos Écritures que le cœur
« de l'homme est impénétrable ; le mien n'auroit-il de pli et
« de repli que pour vous ? Vous tromperois-je, me trom-
« perois-je, ô mon Dieu ! » Une sainte frayeur des jugemens divins le saisissoit. On voyoit sa foi dans ses yeux
et dans ses paroles. La confiance chrétienne venant au secours : « J'approche, » ajoutoit-il, « du trône de votre
« grace ; je vous amène un pécheur qui ne mérite point
« de pardon, mais vous m'ordonnez de le demander ; la
« miséricorde en vous est au-dessus du jugement ; le sang
« de votre Fils n'est-il pas répandu pour moi, et n'est-ce
« pas sa fonction d'effacer les péchés du monde ? »

Dans cette ferveur de piété, les heures fatales s'avancent.
Encore un coup, divine Providence, étois-je attendu, étois-
je destiné à être le témoin et comme le ministre de son
sacrifice ? Je vis ce visage que la crainte de la mort ne fit
point pâlir ; ces yeux qui cherchèrent la croix de Jésus-
Christ, et ces lèvres qui la baisèrent. Je vis un cœur brisé
de douleur dans le tribunal de la pénitence, pénétré de
reconnoissance et d'amour à la vue du saint viatique,
touché des saintes onctions et des prières de l'Église ; je
vis un Isaac, levant avec peine ses mains paternelles pour
bénir une fille que la nature et la piété ont attachée à tous
ses devoirs, aussi estimable par la tendresse qu'elle eut
pour lui, que par l'attachement qu'il eut pour elle ; et des
enfans qui firent sa joie, et qui feront un jour sa gloire. Je
vis enfin comment meurt un chrétien qui a bien vécu.

Que vous dirai-je, messieurs, dans une cérémonie aussi
lugubre et aussi édifiante que celle-ci ? Je vous avertirai
que le monde est une figure trompeuse qui passe, et que
vos richesses, vos plaisirs, vos honneurs passent avec

lui. Si la réputation et la vertu pouvoient dispenser d'une loi commune, l'illustre et vertueuse Julie vivroit encore avec son époux : ce peu de terre que nous voyons dans cette chapelle couvre ces grands noms et ces grands mérites. Quel tombeau renferma jamais de si précieuses dépouilles ! La mort a rejoint ce qu'elle avoit séparé. L'époux et l'épouse ne sont plus qu'une même cendre, et tandis que leurs ames teintes du sang de Jésus-Christ reposent dans le sein de la paix, j'ose le présumer ainsi de son infinie miséricorde, leurs ossemens humiliés dans la poussière du sépulcre, selon le langage de l'Écriture (1), se réjouissent dans l'espérance de leur entière réunion et de leur résurrection éternelle.

Offrez pourtant pour eux, prêtres du Dieu vivant, vos vœux et vos sacrifices ; et vous, chastes épouses de Jésus-Christ, gardez religieusement ce dépôt sacré ; arrosez-le des larmes de votre pénitence ; attirez sur lui quelques regards de l'Agneau sans tache que vous suivez, quand il va s'immoler sur tous ces autels, afin qu'étant purifiés par cette divine oblation des restes des fragilités humaines, ils chantent dans le ciel avec vous les miséricordes éternelles.

(1) Exultabunt ossa humiliata. (Ps. 50.)

ORAISONS FUNÈBRES

DE

MASCARON

ORAISON FUNÈBRE

D'ANNE D'AUTRICHE

REINE DE FRANCE

Prononcée aux Pères de l'Oratoire de Paris en 1666.

Fortitudo et decor indumentum ejus. (Proverb. 31.)

Si au lieu de demander avec le Sage, quel est l'homme bienheureux qui a trouvé une femme forte, je demande aujourd'hui quel est le malheureux qui l'a perdue ; j'entendrai mille voix entrecoupées de soupirs, qui me diront qu'ils ont fait cette fâcheuse perte dans la personne de la plus grande, et la plus auguste, et de la plus magnifique Princesse du monde Anne d'Autriche, Reine de France et de Navarre. L'Église qui est immortelle comme Jésus-Christ son époux est immortel, et qui dans l'assurance de cette double immortalité, semble défier la mort de lui pouvoir ôter quelque chose, me dira par la bouche de ses Ministres, que la mort vient de lui faire perdre une Reine qui a défendu sa grandeur, humilié ses ennemis, et comblé d'honneur ceux qui ont combattu pour sa défense. La Maison Royale, par un triste et par un lugubre appareil de ceux qui la composent ou qui la suivent, me dira qu'elle a perdu une Reine qui étoit comme le centre où toutes les parties du monde royal se réunissoient, à qui la tendresse d'un cœur affligé paye un tribut aussi sincère, que les marques en sont pompeuses et magnifiques. Lés pauvres et les malheureux me diront, qu'ils viennent de perdre leur bonne et charitable mère : ce Temple même qui a été si souvent honoré de la présence de cette auguste Reine, me dit que la mort lui a ravi ce précieux trésor ; qu'il ne la faut plus chercher que dans le Ciel, où son esprit est entre les mains de Dieu, pendant que son corps est dans un superbe, mais triste mausolée, qu'on lui a dressé dans le temple de Dieu. Mais quoi ! s'il n'y a qu'un Temple où il soit permis de lui élever un tombeau, dont le marbre et les pierres précieuses désignent la dignité de ses cendres qu'elles enferment ; ne sera-t-il pas permis à la douleur de lui élever un autre tombeau et un Mausolée plus riche que le premier, où toutes les vertus chrétiennes et morales, naturelles et surnaturelles, infuses et acquises, tiendront lieu de marbre et de pierres précieuses ? Mais s'il est difficile de faire un chef-d'œuvre, quand on travaille sur ces matériaux pesans et grossiers, que le soleil cuit dans le centre de la terre, ou que la rosée forme dans le sein de la mer ; à quelle difficulté ne dois-je pas m'attendre, ayant à travailler à ces matériaux invisibles et spirituels, que le soleil de la grace a formés dans le cœur de notre auguste Princesse ? Encore pour réussir dans ce premier ouvrage, souvent il ne faut que retrancher quelque partie superflue avec le ciseau ; mais dans celui-ci je suis obligé de me comporter d'une manière bien différente ; et s'il ne me faut rien ajouter par la flatterie, aussi faut-il que je tâche de ne rien diminuer par la bassesse de mes pensées. Je n'ai pas besoin de précaution pour éviter ce premier inconvénient ; la matière que je traite est grande ; elle est auguste, elle est claire, et dans cette clarté elle ne laisse aucun vuide à la flatterie, parce que la vérité y publie hautement à la louange de notre Reine, ce que le mensonge invente ordinairement pour les autres ; et plût à

Dieu que je sois autant dans la nécessité de ne rien diminuer, que je suis dans l'impuissance de ne rien ajouter. Ainsi dans ces justes sentimens, il faut que j'élève mon esprit ; il faut que j'emprunte le secours du Ciel, et que pour faire le portrait de la plus sage et de la plus accomplie Reine qui fut au monde, je me laisse conduire à la lumière du plus sage et du plus parfait de tous les Rois. Ce grand Prince entreprenant de faire le portrait d'une femme forte et généreuse, et d'une héroïne accomplie, il étudie tous ces traits ; il examine tous ses linéamens, et pour en prendre le véritable caractère, il la considère dans trois états. Il la regarde dans la famille, et nous dit qu'en cet état elle a une fécondité forte, qui la rend mère des enfans qui la bénissent et publient sa grandeur : *Surrexerunt filii ejus et beatissimam prædicaverunt*. Il la regarde dans l'administration des affaires de son époux ; et il dit qu'il se repose entièrement sur sa sage conduite, et que les dépouilles qu'elle emporte de ses ennemis, sont en même tems et les marques de ses victoires, et les témoignages illustres de son courage : *Confidit in ea cor viri sui, et spoliis non indigebit*. Enfin, la considérant dans la dernière action de la vie, il dit que sa magnanimité lui attire le mépris de la mort ; qu'elle se moque de ses horreurs, et qu'elle en triomphe par sa force et par sa constance : *Et ridebit in die novissimo*. Je vous avoue, Messieurs, que l'idée générale de cette courageuse héroïne que Salomon vient de vous dépeindre, se confond tellement avec l'idée particulière de la grande Reine dont je parle, que si l'ordre du tems ne me déterminoit, je ne sçaurois si ce grand Prince auroit pris son idée sur Anne d'Autriche ; ou si cette Reine auroit réglé sa conduite et donné une copie de sa force sur l'original de cette généreuse héroïne. En effet, je la considère dans trois états ; je la regarde dans sa famille ; je la regarde dans sa régence ; je la regarde dans sa mort. Elle est forte dans sa famille par la gloire d'une généreuse fécondité, *surrexerunt filii ejus, etc*. Dans sa régence, je la vois forte et puissante par les dépouilles différentes qu'elle remporte sur ses ennemis, *spoliis non indigebit*. Et enfin, elle me paroît dans le comble de la force et de la magnanimité, lorsque je considère la constance avec laquelle elle a enduré les douleurs et les humiliations de la mort, *et ridebit in die novissimo*. Et partant, avouons que la force et le courage a été comme le manteau Royal qui l'a parée, *fortitudo et decor indumentum ejus*.

PREMIÈRE PARTIE

Dieu qui est fécond et éternel tout ensemble, a fait un partage de ses deux qualités glorieuses entre les deux plus beaux ouvrages qui soient sortis de ses mains : il a donné l'immortalité aux créatures spirituelles ; il a communiqué la fécondité aux créatures corporelles : ces esprits sont stériles, mais ils dureront toujours : ces corps ne dureront pas toujours, mais ils sont féconds ; et comme la stérilité est, pour ainsi dire, un certain contrepoids de l'immortalité des esprits, la fécondité sert de consolation aux êtres corporels dans la nécessité qu'ils ont de mourir. Les créatures spirituelles qui n'ont que trop de belles qualités pour faire naître l'orgueil en elles-mêmes, deviendroient insolentes, si elles pouvoient se reproduire par la fécondité ; mais d'autre côté, les créatures corporelles seroient trop malheureuses, si elles ne trouvoient quelque avantage dans la fécondité et dans la production qui les fait vivre même après leur mort. Anges, consolez-vous de votre stérilité, vous avez de quoi vous borner par l'excellence de votre nature. Hommes, consolez-vous de la nécessité que vous avez de mourir, vous avez de quoi vous consoler par votre fécondité.

Si j'en demeurois là, Messieurs, quel partage donneriez-vous à Anne d'Autriche ? La mettriez-vous parmi le rang des Anges et de ces substances spirituelles, dans le tems de sa stérilité ? ou bien dans la fécondité lui donneriez-vous la première place parmi ces Dames illustres et ces

Héroïnes qui se sont signalées par la production de leurs enfans ? Grande Princesse, consolez-vous de cette stérilité dans laquelle vous avez été si long-tems ; vous aviez assez de charme et de vertus, pour attirer l'amour et le respect de tous les hommes. Consolez-vous de la nécessité que vous avez de subir la mort, parce que votre fécondité vous fera revivre dans une illustre et éclatante postérité.

Il n'y avoit que notre grande Reine qui fût capable de désabuser les esprits de cette maxime intéressée où tout le monde ne regarde que l'utilité et le profit. On méprise les amis quand ils ne sont plus en état de faire du bien ; on néglige les beaux Arts, parce qu'ils n'apportent plus de richesses. Cette maxime est allée même jusqu'à l'idolâtrie. La reconnoissance a porté le plus souvent à adorer comme des dieux ceux dont on recevoit quelques bienfaits ; et l'excès de l'intérêt ne porte que trop souvent les Chrétiens à dérober à Dieu le culte qu'on lui doit, quand sa providence ne les conduit pas à leur gré et ne favorise pas leurs entreprises. Les souverains n'en sont pas exempts : on cherche l'intérêt et le profit dans leur conduite, et sans compter les grandes qualités qui rendent leurs personnes augustes et vénérables, on croit qu'ils ne le sont pas, quand la nature ne leur a point accordé la fécondité. Graces au Ciel, cette injustice ne sera pas imputée à notre France, et si quelque chose pouvoit consoler les François de n'avoir reçu qu'après une longue suite d'années le plus grand de tous les Rois, ce seroit parce que cette stérilité auroit donné le loisir à la France de rendre aux belles qualités d'Anne d'Autriche, la justice qui lui est due, et faire voir que cette Princesse dans le tems de sa stérilité avoit de quoi attirer la vénération et l'amour des peuples, sans que l'intérêt de leur bonheur particulier y fût mêlé. Tellement que je doute si dans la suite elle a mérité plus de gloire, de respect et d'avantage, que dans le tems qui a précédé sa fécondité. Depuis qu'elle eut donné à la France ce grand Monarque, qui fut comme l'astre favorable et fortuné de cette Monarchie ; depuis qu'elle eut appuyé son bonheur par la naissance d'un fécond Prince, *Magna spes altera Romæ ;* depuis que l'administration des affaires lui eut donné le moyen de verser des graces et de continuelles faveurs sur ce Royaume ; on a eu lieu de douter si nous étions reconnoissans ou justes, et si notre amour et notre respect étoit, ou un tribut des bienfaits, ou une simple gratitude que nous rendions à la gloire de notre grande Reine.

Le ciel n'a pas voulu que la chose fût indécise : sa stérilité a fait voir que nous la devions regarder comme un ange, dont nous admirons la beauté et aimons la protection, quelque stérile qu'il puisse être. Quand le soleil ne seroit pas bienfaisant, disoit un ancien ; quand il ne mûriroit pas nos fruits ; quand il ne rendroit pas nos campagnes fécondes, et qu'il ne voudroit pas concourir à toutes les productions sublunaires : cette beauté néanmoins, cet éclat et cette influence qui le fait appeler le père de la nature, est un avantage si grand, qu'il n'auroit qu'à se montrer et à faire le tour de l'univers pour mériter l'adoration des hommes : *Meruit adorari, si solùm præteriret.* Il y a eu un temps où notre Reine dans sa stérilité sembloit n'avoir rien fait ou pour la gloire de l'État, ou pour le bonheur des particuliers. Mais dans ce temps - là même elle avoit tant de charmes et d'attraits qu'elle n'avoit qu'à se montrer pour se rendre aimable et adorable dans le cœur des François : *Meruit adorari.* Et bien loin que pour lors elle nous ait paru si grande que dans la suite ; c'est parce qu'elle nous avoit réduits à ce point de nécessité et d'amour, que nous ne savions si nous souhaitions plutôt la naissance d'un Roi pour la France, ou si nous demandions un fils pour Anne d'Autriche. Nous ne sçavions si nous étions plus sensibles à notre bien et à celui de l'État, qu'à l'intérêt particulier de cette grande Reine. Aussi puis-je dire qu'il y eut un combat de générosité entre elle et ses sujets. Ses sujets ne souhaitoient

sa fécondité que pour elle, et cette grande Reine ne craignoit sa stérilité que pour les François : elle craignoit
la suite fâcheuse des affaires publiques, quand les Rois
meurent sans enfans, comme les siècles derniers nous
en ont fourni de funestes exemples. Peut-être que par une
secrète inspiration du ciel, elle comprit que le fruit de sa
fécondité seroit la gloire de son siècle. Ainsi pleine de compassion pour nos maux, et pleine d'espérance pour le bien
de l'état, elle souhaite, elle demande ; mais elle souhaite,
mais elle demande avec les desirs et les prières, qui (dans
l'expression d'un ancien Père de l'Église) par une sainte
jalousie s'adressent et s'attaquent au ciel : *Invidiâ cœlum
tundimus*. Il n'y eut pas de bouche qu'elle n'ouvrît pour
rendre le ciel exorable à ses vœux : les pèlerinages, les
aumônes, les pénitences, les libéralités frappoient incessamment les oreilles de Dieu; mais je peux dire qu'il en
étoit de toutes ces voix différentes, comme de la voix du
ciel, qui est le tonnerre. Il n'y a qu'un coup, mais ce coup
est redoublé par quantités d'échos qui se multiplient dans
les airs. Dans les prières par lesquelles la terre voulut
forcer le ciel, il n'y avoit qu'une voix, qui étoit celle de
cette grande princesse. Les soupirs des ames saintes
étoient joints à ses soupirs; leurs larmes répondoient à ses
larmes, leurs desirs faisoient les échos des siens ; elle
étoit l'œil de ceux qui pleuroient, et le cœur de ceux qui
souhaitoient cette auguste naissance.

Apprenez de là, Chrétiens, apprenez de là l'art de forcer
le ciel : apprenez que c'est ainsi qu'il faut faire une douce
violence à Dieu; ou pour m'expliquer par les paroles du
grand saint Augustin, apprenez qu'il faut que vos desirs
montent jusqu'au ciel pour en faire descendre des miracles : *Ascendunt desideria;* mais on en a vu descendre un
Isaac : *Descendunt miracula*. Les desirs de Rachel se sont
élevés vers le ciel : *Ascendunt desideria;* mais on en a vu
descendre des Josephs : *Descendunt miracula*. Les desirs
de la femme d'Helcana se sont élevés vers le ciel, mais on
en a vu descendre des Samuels. Les desirs de notre grande

Reine se sont élevés de la sorte, ces vapeurs ont monté jusques dans l'Empirée; mais qu'est-ce qu'il en viendra? Il n'en descendra que des miracles. Comment cela? *Surrexerunt filii ejus :* on en verra descendre deux héros, deux princes miraculeux; voilà le fruit de ses prières, de ses aumônes, de ses larmes et de ses desirs. Elle obtiendra un Samuél qui sera le miracle du monde chrétien par le zèle qu'il aura pour la religion; elle obtiendra un Joseph, que non-seulement l'Égypte, mais toute la terre adorera; elle obtiendra un Benjamin, qui lui servira de soutien et d'appui; elle obtiendra cet Isaac qui fera l'amour et l'espérance d'une postérité glorieuse, mais Isaac peut-être aussi fameux par son immolation que le premier.

Vous me prévenez sans doute, et vous voyez bien que je vous fais ressouvenir de ces tristes jours où la France et la Reine furent en danger de perdre, l'une un grand Roi, l'autre un bon fils; où le ciel qui ne se repent jamais des présents faits aux hommes, sembla se repentir du don qu'il avoit fait à la France; où nous pensâmes voir moissonner en boutons et en fleurs le plus beau fruit qui faisoit toute notre consolation. Cette grande Reine fut en danger de perdre notre monarque, après avoir déjà tant éprouvé quelle étoit l'inclination de son cœur bienfaisant, quel étoit son respect et son amour envers une si bonne mère. Ah! que volontiers je céderois la place que j'occupe à ces cœurs de père et de mère qui sont ici présens! ils nous fourniroient en cette rencontre des expressions beaucoup plus fortes que ne peuvent faire toutes nos méditations. Dites-moi vous-même quels sont les sentimens d'un cœur de père et de mère, dans un sacrifice où le fils doit servir de victime. Dites-moi s'il y a une tyrannie plus grande que celle de la nature, quand il faut rendre par la mort, comme une victime, ce qu'elle a octroyé comme un présent. Quelque soumise que puisse être une mère, elle accuse néanmoins le ciel d'injustice et de cruauté. *Atque deos atque astra vocat crudelia mater.* Les plus modérés disent avec la mère de Jacob : *Si sic futurum erat, quare necesse fuit concipere?* Qu'étoit-il besoin de mettre un fils au monde pour le perdre avec tant de douleur? Mais, tyrannique nature, tu n'exciteras pas ces troubles dans le cœur de notre princesse : tu ne tireras pas ces murmures et ces plaintes de sa bouche. Elle ressentira ces douleurs, mais elle ne s'y abandonnera jamais : elle sera étonnée d'un si grand coup de foudre, mais elle n'en sera pas abattue : et en cela elle entreprend de vaincre Dieu et de se vaincre elle-même; de vaincre Dieu, pour obtenir la santé de son fils; de se vaincre elle-meme, pour obtenir le consentement de sa volonté à sa mort, si Dieu l'ordonne de la sorte, afin qu'après avoir triomphé du ciel, elle triomphe de la terre pour rendre ce monarque au ciel, que le ciel avoit donné à la terre. Elle dit : Si mon fils meurt, du moins que j'aie cette consolation de rendre à Dieu la plus précieuse partie de ce qu'il a donné aux hommes. Ah ! que cela est chrétien, et que cela est grand aux yeux de Dieu même !

Dieu se plaît quelquefois à ménager la pudeur des hommes, et de peur de nous faire rougir, il veut se rendre en quelque façon notre débiteur. Il avoit dessein d'immoler son fils; et il voulut deux mille ans auparavant qu'Abraham immolât le sien, afin qu'il devînt son débiteur; c'est ce que Tertullien appelle par un beau mot, *Typicam contestationem,* une contestation de libéralité et de courage. Je n'ai qu'un fils, dit Abraham, je l'immolerai : je n'ai qu'un fils, dit Dieu à Abraham, que j'engendre et que j'ai engendré de toute éternité; cependant je le donnerai aux hommes. Je n'ai qu'un fils, dit Abraham, dans lequel est renfermée toute l'espérance d'une glorieuse postérité, cependant je l'immolerai. Je ne veux pas dire que l'immolation d'Isaac ait mérité celle de Jésus-Christ; je ne veux pas dire, ni qu'Isaac, ni que Louis fût une victime assez digne pour répondre à celle du premier Être. Mais me tenant au sentiment de notre grande Reine; je dis que si elle n'a pas rendu tout à Dieu, en lui rendant ce fils, elle lui a rendu la principale partie. Car enfin, la générosité du sacrifice payera le miracle de cet enfant donné; et Louis immolé au ciel vaudra Louis donné à la terre. Cependant, grande Princesse, vous avez beau être magnifique, la libéralité du ciel l'emportera sur votre reconnoissance: ce même fils augmentera vos dettes, vous le tirerez du tombeau comme du néant, et il sera le père de tant de héros que le ciel nous promet.

Eussiez-vous pu vous imaginer, Messieurs, qu'une Reine stérile pendant un si long espace de tems, qu'une Reine qui avoit été en danger de perdre le fruit de sa magnanimité, l'ait emporté par sa fécondité sur toutes les Reines que nous comptons dans notre France depuis quatre siècles? Je ne parle pas des augustes qualité de ce héros qu'elle a donné à la terre; il me faudroit remonter jusqu'à la naissance du monde; mais je dis que dans l'histoire il n'y a point eu de Reine qui ait vu des enfans mâles des fils qu'elle avoit mis au monde. Elle a vu naître de Louis XIV et d'Auguste Marie-Thérèse, cet aimable enfant, cet incomparable Dauphin, dont la vivacité et le brillant promet de si grandes choses; dont l'esprit produit des inclinations si magnanimes, que dans un âge si tendre, il n'est pas moins majestueux qu'il est aimable. Elle a vu naître du mariage de Philippe de France et d'Henriette d'Angleterre, un prince et une princesse qui ont fait toute sa joie et ont été les objets de ses tendresses. Où trouverez-vous des exemples semblables d'une si glorieuse fécondité? Remontez à notre histoire, mais remontez lentement, prenez haleine, il vous faudra faire bien de pauses; et après avoir passé quantité de Rois et de Reines, il faudra vous arrêter enfin à saint Louis et à Marguerite de Provence pour les trouver. Je veux que notre Princesse ait été d'ailleurs aussi heureuse que les Reines que nous comptons entre-deux; mais j'ai appris de l'Écriture, que la bénédiction d'une fécondité glorieuse étoit le partage des justes: *Generatio rectorum benedicetur.* Et les bénédictions que le ciel avoit versées sur un saint et vertueux mariage depuis quatre siècles, ne devoient se renouveler que dans le mariage de Louis le Juste et d'Anne d'Autriche, *generatio rectorum benedicetur.* Mais dans ce point d'histoire nous trouvons un autre exemple ; et par ce qu'il faut comprendre que cette Reine a été magnanime, et que cette héroïne a été victorieuse ; disons que si elle a été aussi glorieuse que Blanche de Castille, elle a remporté les dépouilles de ses ennemis qui ont dressé un trophée à sa gloire : *Spoliis non indigebit.* C'est le second trait de son éloge.

DEUXIÈME PARTIE.

C'est une chose surprenante que ce qu'il y a de plus fort se laisse vaincre par ce qu'il y a de plus foible, et que ce qu'il y a de plus foible soit vaincu par le plus fort. Le ciel, qui est le maître de la terre, ne se laisse vaincre que par les prières ; et comme ces armes sont ordinairement le partage des femmes, ce sexe semble en cela plus fort que l'autre ; car, par ses prières, il emporte ce qu'il veut avec plus de facilité et de bonheur. Mais quand il faut vaincre les hommes qui ne sont que foiblesse ; si on n'employe que les larmes, ils sont invincibles ; ces larmes ne produisent rien ; il faut employer plusieurs choses pour en triompher ; il faut que la force, la magnanimité, la prudence et cent autres vertus soient le principe de ces victoires qu'on veut emporter sur les hommes. Notre grande Reine avoit déjà fait voir ce qu'elle pouvoit sur le ciel par ses larmes ; et afin que la force fût connue de toute la terre, il falloit qu'elle fît voir ce que sa générosité et son courage pouvoit faire sur les hommes : il falloit qu'elle en triomphât par une politique chrétienne, qui fait des sages chrétiens, et par une humilité chrétienne qui fait des souverains modestes. Remarquez, je vous prie, tout le commencement et toute la suite de sa régence, et vous verrez que ces trois qualités ont été comme les trois astres qui ont fait le brillant de sa couronne, et qui dans leur ascendant ont rendu tout le cours de sa vie glorieux. Sa force l'a couronnée dans la bataille de Rocroy, dans ce jour heureux que je peux appeler le jour natal de la fortune du Roi. Sa sagesse l'a couronnée dans la réduction des esprits que l'autorité avoit partagés, et dans le choix qu'elle fit de ce brave et de ce fidèle ministre, qui fut comme l'intelligence qui donna le mouvement à notre France. Mais croirez-vous que l'humilité, toute pauvre qu'elle est, lui mit la plus belle couronne sur la tête ?

Souvenez-vous de ce jour où les vœux des François furent accomplis, ou les suffrages des Princes du sang et les arrêts de la cour s'expliquèrent en faveur d'Anne d'Autriche. Souvenez-vous que cette auguste assemblée, dont le conseil des plus hautes puissances de l'état fit une pompe si brillante à l'avantage de cette Princesse, lui déféra la régence sans restriction ; parce que de donner des bornes à son pouvoir, c'étoit en donner à la félicité de cette monarchie. Pensez-vous, Messieurs, que dans cet éclat et ce haut avantage, cette vertu obscure de son humilité tînt le premier rang? De vouloir sonder le cœur des souverains, ce seroit entreprendre sur le droit de celui qui a la clef des abîmes ; mais leurs pensées se montrent sur leur visage ; leurs sentimens se produisent avec des caractères évidens : on voit ou une fierté, ou du moins une joie extraordinaire : leur bouche ne daigne pas parler, mais leur visage dit qu'ils ont tout sous leurs pieds, et qu'ils n'ont que Dieu sur leurs têtes.

Eh ! plût à Dieu qu'ils connussent de bonne foi que tous les grands ne sont que les simples vassaux de Dieu. Mais l'exemple d'une Agrippine ne nous apprend que trop que les rois se voyant dans la grandeur, oublient qu'ils sont hommes, et qu'ils croient avoir bien partagé Dieu, quand ils mettent son trône à côté du leur, et qu'ils disent comme cet ange apostat : *Ascendam et ero similis Altissimo.* De ce faste et de cet orgueil des rois, descendons dans le cœur humble de notre Reine, et voyons quelles furent ses pensées et ses sentimens, lorsque toute la régence lui fut déférée. Elle l'a déclaré à une personne qu'elle estimoit, et qui étoit auprès d'elle : au lieu de se laisser emporter, ou à la fierté ou à la joie, elle ne fut occupée que de cette pensée, qu'elle alloit tenir non-seulement la place du Roi, mais celle du roi des rois qui la devoit juger, et qui ne l'avoit élevée à cette haute dignité, que pour y faire son salut, contribuer à sa gloire, et à la félicité des peuples. Oh ! le beau sentiment ! N'est-ce pas là une Reine régente, qui est digne d'être choisie par tous les états et par tous les peuples pour être la maîtresse de l'univers? S'il y a des couronnes, c'est pour cette tête humble ; s'il y a des sceptres, c'est pour cette main bienfaisante et pieuse ; car en quelles mains Dieu pouvoit-il mieux déposer son autorité que dans celles de cette Reine, qui avoit élevé l'humilité sur le trône en même tems qu'elle s'y étoit assise? En quelles mains plus charmantes les peuples pouvoient-ils mettre leur bonheur que dans celles de cette Princesse, qui n'a de joie de tenir la place de Dieu, que pour faire la félicité des hommes? Et bien loin que cette autorité lui ait attiré un faste et un orgueil extérieur, elle l'a toujours rendue plus modeste. Elle augmentoit néanmoins tous les jours ses conquêtes et multiplioit ses victoires, depuis que ce grand héros, ce formidable Duc d'Anguyen eut signalé son premier coup d'essai dans la bataille de Rocroy, par la défaite de six des plus anciens généraux et de trente mille hommes.

On demande si ce jour fut le dernier miracle de la vie du père, ou le premier du règne du fils; si ce fut la suite du branle que le Roi mort avoit donné au bonheur de la France, ou le mouvement que le Roi vivant avoit commencé d'imprimer à cette monarchie. Tenons le milieu, et disons que le Roi mort lui avoit consigné la fortune; qu'il l'avoit fait dépositaire de son bonheur, et de cet ascendant qu'il devoit avoir sur tous ses ennemis; et que comme le sang du père uni au fils fait son courage, le fils vivant par sa force anime la mort du père ; et que par des communications réciproques, si le Roi vivant s'enrichit des victoires du Roi mort, le Roi mort avoit triomphé dans ses cendres par la félicité et le courage de son fils. Ainsi Dieu voulut combler de grandeur cet état, et ce premier jour n'eut par après que des suites avantageuses et glorieuses à notre France.

Je n'exagererai pas ; et je ne dirai que ce qui se justifie par les endroits les plus certains de l'histoire des six premières années. Le grand Gaston Duc d'Orléans, assura les frontières par la prise de Graveline, qui passoit pour le chef-d'œuvre des Ingénieurs, et qui fut ensuite la source de nos victoires. La postérité le croira-t-elle, quand on lui dira que nous n'employâmes que fort peu de tems pour prendre Dunkerque ; que cette place ne coûta que fort peu de jours ; qu'elle fut enlevée à la vue de six Généraux. Notre Princesse n'a-t-elle pas suivi le vol de la victoire, pour faire voir la Mothe rasée, le Danube, le Rhin, la Bavière, l'Autriche, l'Allemagne dans l'effroi, la ville de Rhode prise aux pieds des Pyrénées ? Est-ce là exagérer ? Et ne puis-je pas dire que le ciel, qui ne fait que des menaces aux Etats, quand les Rois sont enfans, changea ses menaces en bénédictions ; et que cette Princesse pouvoit aussi bien que Débora, rendre justice à ses peuples à l'ombre des palmiers, *sedebat sub palmis,* à l'ombre de ses conquêtes et des dépouilles de l'Allemagne, de l'Espagne, de la Catalogne, et de tous les peuples voisins, afin de vérifier ces paroles : *confidit in ea cor viri sui, et spoliis non indigebit ?*

Oh ! François, nation belliqueuse, peuple guerrier, où n'aurois-tu point porté tes conquêtes sous le génie de cette Reine ; si les dissensions civiles n'avoient armé tes mains contre toi-même, pour te déchirer les entrailles, dans une guerre qui ne mérite jamais de triomphe. Je m'arrête ici, Messieurs, et j'ai appris d'un ancien, que les plais qui blessent le corps d'un état, sont des plaies sacrées, qu'il n'appartient qu'aux mains des puissances souveraines de manier, *tangat vulnera sacra nulla manus.* Pour moi, je n'y porte ni ma langue, ni mes yeux, ni mes mains : j'ai peine même à y porter mon esprit, de peur qu'il n'arrive en ce rencontre, ce que l'Historien romain dit de la pompe funèbre de César, qu'il n'y avoit point d'image qui parût davantage que celles de *Cassius* et de *Brutus,* encore bien qu'elles n'y fussent point exposées, *sed præfulgebant Cassius et Brutus eo quod corum imagines non videbantur* Ce fut en ce point que la majesté de notre Reine le fit paroître. Elle se montra comme un pilote adroit qui tenoit toujours le timon ; elle eut toujours un œil vigilant, et un cœur intrépide au milieu de l'orage : jamais courage ne fut plus ferme : jamais esprit ne fut si présent ; et je veux dire d'elle ce que cet ancien disoit de cette Princesse de Rome, *urbi cunctisque timentem, securamque suî,* que par un soin infatigable elle prévoyòit tous les dangers pour les éviter ; qu'à l'égard de l'Etat et de ses peuples, elle étoit en crainte ; mais que pour elle-même, elle conservoit une confiance, un courage et une fermeté inébranlables ; et comme les outrages particuliers qui ont attaqué la personne, n'altérèrent jamais sa constance, les disgraces n'ébranlèrent jamais son courage. Sa paix fut semblable à celle d'un fleuve, comme dit l'Ecriture, *erit sicut flumen pax tua.* La rame blesse le fleuve, mais les eaux entourent et caressent la rame. Le fleuve pourroit grossir, déraciner et entraîner les arbres qui s'opposent à son cours et qui sont à son rivage ; mais il donne la fécondité à ces mêmes arbres. Les vertus de cette grande Reine n'empêchèrent pas qu'elle ne fût sujette à la médisance et à la calomnie ; mais elle coula toujours les mêmes graces : elle répandit la même fécondité, et elle donna des aumônes considérables à ceux-là même, dont la pauvreté n'empêchoit par l'insolence. Ainsi elle triompha de ses ennemis et d'elle-même ; de ses ennemis, par ses armes ou par ses bienfaits ; d'elle-même, par sa douceur et par sa clémence.

Ce n'est pas qu'elle ne vît avec douleur ses ennemis profiter de nos dissensions : la France devint un théâtre funeste de guerres domestiques et étrangères. Mais elle trouva sa consolation dans son courage et dans l'espérance que notre héros ne laisseroit pas long-temps les débris du naufrage : elle sçavoit que par sa conduite il répareroit les plaies que les guerres civiles avoient faites au corps de l'Etat, et jamais espérance fut-elle mieux fondée ; voyant le plus beau naturel cultivé par des mains les plus ingénieuses ; voyant le plus bel esprit, instruit par les leçons pieuses et politiques du plus grand maître qui ait instruit nos Rois ; voyant son cœur magnanime et bienfaisant dressé par un illustre Gouverneur, qui lui ayant servi de bras dans ses armées, lui servoit de conseil et de conduite dans le cabinet. Mais jamais espérance fut-elle mieux soutenue et plus surpassée ? Elle vit en peu de tems les fruits admirables de son éducation : elle vit ce grand génie paroître avec éclat, se faire redouter de toutes les puissances de la terre ; et c'est en cela que cette grande Reine fut semblable à l'aigle, qui après avoir instruit ses aiglons dans l'art de vaincre les serpens, les anime de ses yeux dans le combat, se tient dans son nid, et les voit triompher avec joie. Anne d'Autriche en fait de même ; elle instruit notre jeune Monarque ; elle laisse dans ce conquérant la foudre contre ses ennemis ; elle l'anime de ses conseils : elle excite son courage, et se contente d'avoir seulement soin de cette partie, qui regarde la religion et la paix.

Allez, disoit autrefois David aux troupes qu'il envoyoit contre Absalon son fils, allez, remportez des victoires, mais souvenez-vous surtout que celui contre qui vous combattez est mon fils ; épargnez son sang et sa vie, *servate filium Absalom :* Allez, disoit cette grande Reine aux Généraux de ses armées, faites craindre mon fils : portez partout la gloire de ses armes : gagnez des

batailles : forcez les villes : remportez des victoires ;
mais souvenez-vous qu'il y a des Princes qui me tiennent
lieu d'enfans ; sauvez leur honneur et leur vie, *servate
filium meum*. Et de peur que l'ardeur des combats, ou
l'insolence des victoires n'attirassent la vengeance de Dieu,
elle étoit continuellement au pied des autels pour attirer
de nouvelles graces et de nouvelles bénédictions sur la
personne du Roi et sur l'état. On connoissoit sa présence
sur les villes frontières, non pas à prendre ses divertissements et ses plaisirs, non pas aux comédies, aux jeux
et aux bals, mais aux dévotions publiques, à soulager les
pauvres, et à délivrer les prisonniers.

C'étoient là les campagnes de sa piété pendant l'hiver
et le reste des saisons, et ainsi elle triompha et du ciel
et de la terre ; et je peux dire que par ces deux combats
que firent la mère et le fils, le héros et l'héroïne, ils
travaillèrent tous deux puissamment à la paix. Cette paix
qui est la mère des vertus et des beaux arts, est un présent
du ciel, il est vrai : mais il faut que la terre l'accepte ; et
il arrive souvent que les vaincus s'y opposent, par le
désir qu'ils ont de réparer leurs pertes. La mère entreprend de triompher de Dieu, pour faire descendre la paix
du ciel ; le fils entreprend d'obliger la terre de recevoir
ce présent du ciel : la mère fait descendre cette olive
agréable ; et le Roi par le cours de ses victoires, désabuse
les ennemis de l'espérance de réparer leurs ruines. Disons
mieux, que le ciel inspira le moyen de satisfaire le vainqueur et le vaincu, de rassasier l'avidité de ce conquérant, et de donner moyen aux ennemis de ne plus rien
perdre. Louis fut satisfait, et jouit du fruit de ses conquêtes : car pouvoit-il faire une conquête plus glorieuse
que celle de Marie-Thérèse ? les vaincus furent satisfaits ;
car l'Espagne pouvoit-elle plus noblement réparer ses
pertes, qu'en procurant à son Infante la plus belle couronne qui soit au monde ? Si Julie eût vécu, disoit un
grand homme, elle eût étouffé les guerres civiles, elle eût
tenu César et Pompée en paix et en bonne intelligence,

parce qu'elle étoit l'épouse de l'un et la fille de l'autre. *Inde virum poteras atque hinc retinere parentem.* Marie-Thérèse est la Julie de la France : elle a désarmé ce grand conquérant son époux : elle a désarmé Philippe Roi d'Espagne son père, *inde virum poteras*, etc. Ainsi notre sage Princesse, après avoir si long-tems triomphé en fermant le temple de la guerre, et en ouvrant celui de la paix, eut cette consolation, que les guerres furent les dépouilles de ses trophées. Après cela ayant ménagé une paix si avantageuse et si glorieuse à la France, elle regarda la terre comme un lieu où elle n'avoit plus rien à faire : elle tourna les yeux vers le ciel ; et selon le style de l'Ecriture, elle voulut mourir et être ensevelie dans la paix, *corpora sanctorum in pace sepulta sunt.* Anne d'Autriche souhaita de mourir dans cette heureuse tranquillité. Mais, grande Reine, cette paix qui est accordée pour les autres, ne sera pas accordée pour vous ; le plus grand de vos combats n'est pas encore donné ; il vous faut combattre contre la mort, mais contre une mort lente, qui vous attaquera avec toute sa rage. Elle l'attaque, Messieurs, mais elle en triomphe avec une constance qui doit ravir tous les esprits, *et ridebit in die novissimo.*

Je suis bien aise que les premiers points de ce discours aient emporté la meilleure partie de mon tems, et que je sois obligé de passer légèrement sur une matière si funeste. Mais, que dis-je, pour peu que j'en parle, je n'en dirai que trop pour abattre les cœurs et les esprits sous le poids de la douleur : je n'ai qu'à vous dire que cette grande Reine n'est plus avec nous ; que nous l'avons perdue par la douleur la plus piquante qu'un corps soit capable de ressentir ; mais tâchons de parler en peu de mots de sa mort, et de la constance avec laquelle elle l'a soufferte.

TROISIÈME PARTIE.

Toute la philosophie tombe d'accord que la force a deux objets principaux, la hardiesse et la crainte ; la crainte, pour modérer la témérité, et empêcher que par son excès elle ne dégénère en brutalité ; la hardiesse, pour dissiper cette terreur panique, et empêcher que par son frisson elle ne vous arrête dans le chemin de la vertu. Mais parce qu'il est plus aisé de modérer la hardiesse, qui n'est que trop ordinaire, que de dissiper la crainte, dont on ne manque jamais, le Philosophe conclut que le principal objet de la force regarde et se termine à la crainte du mal, et cette crainte est plus ou moins grande selon l'appréhension du mal qui nous menace ; et comme entre toutes les choses terribles, il n'y en a point de plus horrible que la mort, la force n'a jamais un plus beau champ de bataille, que lorsqu'elle l'affronte généreusement. Mais quelle est la nature de cette mort dont je veux parler ? Je ne suis pas du sentiment de ce Philosophe, qui croit que cette mort est celle qu'on cherche à la bouche d'un canon, à la tête d'une armée : *Horæ momento cita mors venit aut victoria læta :* cette mort vient en un moment, et on est assuré, ou que l'on en est quitte en peu de tems, ou que l'on se met en état de triompher bientôt de ses ennemis. On croit toujours éviter la mort, et il n'y a point de brave qui voulût s'engager au combat, s'il n'espéroit d'en revenir. Mais d'ailleurs, quand on chercheroit la mort par cette voie ; quand on l'affronteroit avec hardiesse, cette ardeur ne se trouve que dans le bouillant d'une bile échauffée et une espèce de fureur, comme dit ce même Philosophe : *Furor cooperatur.*

Grande Reine, il ne manque rien à votre force, que celle dont votre sexe vous a dispensée. Vous n'avez pu affronter la mort dans les combats. Mais cette mort vous vient chercher dans le lit, pour devenir le sujet de vos victoires. Cette grande Reine se voit frappée d'une maladie mortelle ; on lui promet bien qu'on lui apportera quelque soulagement, mais on ne lui promet pas d'en guérir. Faux gladiateurs, qui cherchez la mort dans des duels : véritables braves, qui la cherchez dans les combats pour la gloire de votre prince ; quel seroit votre sentiment, si on vous faisoit de semblables propositions ? Car enfin après cette nouvelle, il ne seroit pas question d'une bravoure, d'un sang échauffé et d'une bile allumée ; il faut une ame dans un sang froid, qui envisage la mort avec un œil intrépide ; qui l'affronte avec courage, dans l'assurance qu'elle a de ne la pouvoir éviter. Je vous demande, y a-t-il force et courage pareil, et n'est-ce pas d'elle que je dois dire véritablement : *ridebit in die novissimo* ? Elle dit avec une plus grande constance que cet ancien : *Vivens vivenque pereo*, je meurs tout en vie et je péris devant mes propres yeux, et de peur qu'une constance aussi forte que la sienne n'altérât la modestie de son âme, elle se jeta aux pieds d'un crucifix dans un état de pécheresse.

Il est certain que la vie des grands, quoiqu'innocente, est toujours accompagnée de délices, et que quand ils ne seroient pas coupables d'autres péchés, ils seroient toujours coupables, dit un grand homme, de leur félicité. Ils se doivent regarder comme des pénitens, lorsque nous les regardons comme des martyrs. Anne d'Autriche se regarda comme elle devoit dans cet état. La crainte ne fit aucune basse impression sur son cœur. Elle se retrancha toute sorte de consolation ; et lorsqu'elle vit la tendresse de ses enfans, elle en fut touchée comme mère mais elle la rejeta comme chrétienne. Et un jour le Roi lui ayant dit qu'il eût voulu donner son sang pour lui rendre la santé : Ah! mon Dieu, dit-elle, ce n'est plus souffrir que de souffrir avec tant de consolation. Comment cela s'appelle-t-il, Messieurs? Cela s'appelle être intrépide dans ce jour qui ébranle la constance des plus généreux, et regarder la mort d'un œil riant : *Ridebit in die novissimo*. Ce combat est trop beau pour n'être pas considéré attentivement : la magnanimité de ce grand cœur est un spectacle trop beau pour ne pas mériter nos réflexions. Il lui a fallu violer les loix ordinaires, qui veulent qu'on ne meure qu'une seule fois. Oui, elle a été deux fois aux prises avec la mort : elle vit les larmes de ses enfans, et la désolation de sa maison ; mais avec un cœur qui l'emporta sur cet effroi de la mort, et que nous ne pouvons mieux comparer, sans sortir de sa famille, qu'avec ce que fit Charles-Quint, après qu'il se fût retiré du monde pour vivre tout entier avec Dieu. Ce grand Prince, qui dans les combats avoit affronté mille fois la mort naturelle, se mit dans un cercueil qu'il se fit faire pour souffrir une mort mystique : là il entendit faire pour lui vivant, les prières que l'Église fait pour les morts ; il vit l'état où il seroit véritablement réduit après son trépas ; et tout plein de vie qu'il étoit, comme dit son historien, il s'imagina être mort et ne plus converser avec les vivans : *In imaginario fine.* C'est l'exemple que voulut imiter la petite-fille de Charles-Quint. Elle eut deux combats et deux prises différentes avec la mort : elle vit avant que de la souffrir les larmes de ses enfans, la douleur de ses peuples, les pleurs et les gémissemens de la Maison royale ; mais elle les vit avec un esprit tranquille ; mais elle les ressentit avec un courage qui fit reculer la mort ; et cette mort se trouva vaincue par la générosité avec laquelle cette grande Reine la méprisa.

Si l'essai est si généreux, jugez quel sera le chef-d'œuvre. Appréhendera-t-elle une seconde fois la mort, après l'avoir surmontée la première ? Ce monstre avec lequel elle a mesuré ses forces, fera-t-il quelque atteinte sur son esprit, après qu'elle en a triomphé ? Il lui faudra enfin succomber, mais ce sera avec le même succès que celui qui a triomphé de la mort ; elle conservera la magnanimité de son cœur ; elle aura la même liberté de son esprit, et mourra dans le baiser du Seigneur : *In osculo Domini.* Le Fils de Dieu mourant eut deux sentimens, dont l'un regarda le ciel et l'autre la terre. Pour ce qui est de la terre, ce fut en faveur des deux plus chères personnes qu'il eût, Marie, sa mère, et Jean, son disciple. Il recommanda ce fils adoptif à sa mère ; il ordonna réciproquement à ce Disciple, d'avoir à l'égard de Marie l'amour, la tendresse et l'assistance d'un enfant. Voilà quels furent les sentimens de cette grande Reine ; elle regarda la terre en mourant, mais elle ne la regarda que pour les deux plus chères personnes qu'elle eût au monde, le Roi et Monsieur; elle conjura le Roi d'avoir un amour de tendresse pour ce cher frère; elle recommanda à Monsieur d'avoir un amour de respect pour ce Souverain : après ces dernières paroles, après avoir donné à la terre ses regards et ses pensées, elle porta les yeux vers le ciel; elle reçut tous les sacremens avec une piété et une dévotion sans égales; elle reçut son Dieu avec une foi et une charité véritablement chrétiennes, et rendit au ciel cet esprit généreux qui avoit fait le miracle de la terre. C'est ainsi que meurent les politiques par le secours de la philosophie; c'est ainsi que meurent les héros par l'excès de leurs forces; mais c'est ainsi que meurent les Saints par les transports de la grace. Ce sont ces morts qui sont grandes devant Dieu, et précieuses devant ses yeux; ce sont ces morts qui font naître des sanglots, mais qui les étouffent; qui tirent les larmes, mais qui les arrêtent; parce qu'après avoir admiré le cours d'une si belle et si sainte vie, on espère qu'une personne qui meurt avec tant de foi et de courage, ne peut qu'elle ne soit récompensée d'une immortalité bienheureuse.

Mais, mon Dieu, parce que vos yeux trouvent des taches dans les ames les plus pures, parce qu'ils trouvent des défauts dans les astres et dans les anges mêmes : si les fautes de cette Princesse, que la fragilité n'a pu éviter, ne sont pas expiées, écoutez les vœux des François; écoutez et rendez-vous sensible aux larmes des pauvres qui demandent grace pour leur mère; et s'il est vrai que la voix du peuple est la voix de Dieu, mon Dieu, écoutez notre voix qui vous demande le repos de paix pour celle à qui il a dû sa paix. Espérons cela, Messieurs, de la miséricorde de Dieu, et croyons que d'un royaume temporel, elle est passée dans un empire éternel, et une félicité glorieuse. *Amen.*

ORAISON FUNÈBRE

D'HENRIETTE D'ANGLETERRE

DUCHESSE D'ORLÉANS

Prononcée au Val-de-Grâce, où repose son cœur

---

*Filii hominum, usquequo gravi corde? ut quid diligitis vani-
tatem, et quæritis mendacium?*

*Enfans des hommes, jusqu'à quand aurez-vous le cœur
pesant? jusqu'à quand aimerez-vous la vanité, et chercherez-
vous le mensonge?*

Si je n'ai pas le bonheur de vous convaincre aujour-
d'hui, Messieurs, du mépris qu'il faut faire de la vanité
des choses humaines, et de l'amour que nous devons
avoir pour les biens éternels, je reconnois de bonne foi,
dès le commencement de mon discours, que je ne dois
m'en prendre qu'à moi-même, et n'attribuer qu'à ma foiblesse le défaut d'une persuasion, que toutes choses me
rendent si facile dans le lieu où j'ai l'honneur de parler.
Je ne puis me plaindre dans ce rencontre, comme tant
d'autres orateurs, que la partie n'est pas égale entre
celui qui parle et ceux qui écoutent; et qu'il s'en faut
bien que les armes soient pareilles, lorsqu'avec des
paroles que le vent emporte, il faut attaquer des cœurs
qui sont fortifiés par des sentimens qui demeurent, et

défendus par des habitudes invétérées. J'avoue ingénument que cette excuse ne peut pas couvrir ma foiblesse ; puisque je vous combats ici avec plus d'avantage que je ne voudrois. Ce sont ici des cœurs qui parlent à d'autres cœurs ; qui parlent le langage le plus persuasif et le plus touchant qui fût jamais ; qui par la force de leur silence, ne laissent rien à faire à la force de mon discours ; et qui avec un ton d'autorité qu'ils conservent encore dans le tombeau, font marcher la persuasion devant les paroles ; qui nous disent que tout n'est rien sur la terre ; et que quiconque s'y attache par le poids de son cœur, n'aime que la vanité et le mensonge : *Usquequo gravi corde, ut quid diligitis*, etc.

Je ne suis jamais entré depuis plusieurs années dans ce temple auguste, que ces paroles ne me soient venues à l'esprit ; lorsque cet édifice pompeux, et ce dôme superbe qui montre de si loin aux hommes, et de si près aux anges la grandeur de l'illustre Princesse qui l'a élevé, surprenoient mon imagination, et la remplissoient de trop d'idées favorables aux pompes du siècle. Cœur sacré d'une grande Reine, vous m'avez rappelé de cet égarement et par une voix secrète vous avez dit au mien qu'un jour viendra que cet ouvrage sera renversé, que son faîte sera plus bas que son fondement, et que du haut du ciel où vous jugez par des vues bien différentes des nôtres, vous ne voyez rien de solide dans ce chef-d'œuvre de l'architecture, que la seule piété qui vous en inspira le dessein.

Mais comme le bruit confus, quand l'oreille s'y est une fois faite, devient pour nous une espèce de silence, nos cœurs accoutumés à ce triste et salutaire langage, ne sentoient presque plus l'émotion qu'il devoit leur causer. Providence de mon Dieu, vous n'avez pas voulu que le monde manquât plus long-tems de vous faire écouter sur cette importante matière : vous avez voulu qu'un nouveau cœur qui avoit eu tant de part à l'amour du premier, lui succédât dans le soin de désabuser les hommes de l'amour du mensonge. C'est elle, Monseigneur, qui a inspiré à Votre Altesse Royale (1) le dessein d'unir ici ces deux cœurs qui ont occupé tout le vôtre, et de faire par leur union une leçon puissante à toute la terre, où la grandeur forcée de se trahir elle-même, découvre son foible, son inconstance et son néant. C'est ici que Votre Altesse Royale étudiera à se désabuser par religion de l'amour de cette éclatante grandeur, dont elle se dépouille par l'affabilité obligeante qui lui gagne le cœur de tous ceux qui ont l'honneur de l'approcher. C'est ici qu'elle apprendra à mépriser en chrétien une vie qu'elle sait mépriser en héros, lorsque l'amour de la gloire et l'ardeur de son courage la pousse aux périls les plus évidens et aux plus dangereuses occasions. Venez donc, enfans des hommes, venez en ce lieu apprendre le peu de chose que vous êtes, puisque ceux que l'Écriture appelle enfans des dieux, y trouvent une leçon qui les humilie et les anéantit.

On est souvent trop curieux à vouloir pénétrer les desseins de la Providence, et trop hardi à décider sur ses conseils. Mais ce seroit être sourd et aveugle, que de n'entendre pas, et de ne voir pas ce qu'elle a voulu dire à tout l'univers par le funeste accident que nous pleurons. Elle n'avoit réuni dans un même sujet tant de grandeur dans la naissance, tant de brillant dans l'esprit, tant de générosité dans le cœur, tant de graces dans la personne, tant de prospérités dans la fortune, que pour triompher d'un seul coup de tout ce que la grandeur humaine peut opposer à la grandeur divine, et faire voir aux souverains du monde le peu d'étendue qu'a leur puissance, puisque leur propre personne est le terme qui la borne et qui la serre de plus près ; et quand il plaît au ciel de se jouer des grandeurs de la terre, entre les plus grandes félicités il n'y a qu'une heure.

Oh! qui me donneroit le loisir de vous faire ici cette importante leçon dans toute son étendue, et de devenir

______

(1) Monsieur, Philippe de France, présent.

l'interprète fidèle des sentimens de ce grand cœur ? Qui me donneroit des mains assez délicates, et des yeux assez perçans pour en faire l'anatomie, vous en découvrir tous les replis, vous faire entrer dans cet abîme, et vous montrer partout des trésors cachés de gloire, de grandeur et de vertu ? Car, Messieurs, ne nous amusons point à chercher l'homme hors de son propre cœur : partout ailleurs il est déguisé, son esprit ne peut se parer des illusions qui le représentent souvent à lui-même tout autre qu'il n'est; les actions par où on juge ordinairement de lui, ne sont pas toujours des marques certaines des habitudes de son ame ; c'est la force de la nécessité qui l'y contraint ; c'est la seule occasion qui l'y convie ; c'est l'impétuosité d'une fougue passagère qui l'y pousse: et dans toutes ces rencontres on lui arrache l'action, elle lui échappe, il ne la fait pas.

Mais cet homme dont le vrai naturel est si souvent gêné dans les actions publiques, dont le portrait est si souvent flatteur, dans son esprit se trouve tel qu'il est dans son propre cœur. C'est là qu'il est tout entier, comme dit le grand Augustin : *Cor meum ubi ego sum quicumque sum ;* et c'est dans le fond de ce cœur qu'il faut chercher la matière solide des éloges véritables. Esprit Saint, doigt sacré de Dieu, c'est à vous de faire une dissection si délicate ; c'est à vous à me conduire dans un abîme dont le fond n'est connu que de vous, et je me flatte que ce sont vos lumières, qui par les Écritures que vous avez dictées, me font connoître les qualités admirables de ce grand cœur.

Il est parlé dans l'histoire des Rois, d'un cœur docile et soumis à toutes les leçons de la vérité, *cor docile*. Il est parlé dans l'Ecclésiatique d'un cœur noble et élevé, dont tous les desseins et tous les desirs brillent de la gloire d'une véritable grandeur, *cor splendidum*. Il est parlé dans le même livre d'un cœur généreux, intrépide et assuré contre tous les coups de la mauvaise fortune, *cor confirmatum*. Il faut n'avoir point connu la grande

Princesse que nous pleurons, pour ne pas avouer que
ces traits font le portrait achevé de son cœur. Il n'en fut
jamais un plus droit, plus sincère et plus propre à céder
à la vérité quand elle lui paroissoit, *cor docile*. Il n'en
fut jamais un plus haut, plus grand et plus sublime dans
toutes ses vues, *cor splendidum*. Il n'en fut jamais un plus
ferme, un plus serré et plus uni en lui-même contre toutes les attaques de l'adversité, *cor confirmatum*. Voilà,
messieurs, les habitudes naturelles qu'on y a pu découvrir pendant une vie aussi courte que la sienne. Mais,
Dieu! que la grace a tiré du trésor de ce cœur de bien
plus grandes choses à la mort! *De bono thesauro cordis
profert bonum*. De la docilité qu'elle a toujours eue pendant sa vie pour se rendre à la vérité et à la raison, la
grace en a tiré à sa mort l'aveu et le mépris sincère de la
vanité de toutes les grandeurs de la terre, *cor docile*. De
cette sainte élévation de cœur qui n'a jamais rien conçu
de petit et de foible pendant sa vie, la grace en a tiré à
sa mort l'amour de la véritable grandeur, qui ne se trouve
que dans la possession de la gloire éternelle, *cor splendidum*. Mais, comme on ne peut aller du néant de la créature qu'elle a méprisé, à cette plénitude de grandeur
qu'elle a aimée, que par la pénitence et la croix; de la
fermeté naturelle qu'a eue ce cœur pendant toute sa vie,
la grace en a tiré la constance et la générosité chrétienne,
avec laquelle elle a souffert les douleurs extrêmes qui
ont précédé sa mort, *cor confirmatum*. Voilà, Messieurs,
de quelle manière l'Esprit de Dieu a fait servir les nobles inclinations de ce cœur dans la nature aux effets
merveilleux de la grace: *De bono thesauro cordis profert
bonum*. Voilà les trois importantes leçons que fera à jamais à tous les hommes le cœur de très-haute, très-
excellente et très-puissante Princesse, Henriette d'Angleterre, Duchesse d'Orléans.

PREMIÈRE PARTIE.

Il n'y a pas au monde un plus beau caractère d'esprit que d'aimer la vérité ; cet amour est dans notre entendement le remède de toutes les erreurs ; dans notre cœur, le frein de toutes nos passions, et, dans la vie civile, le lien le plus assuré de la société. Cet amour nous rend presque également incapables de tromper et d'être trompés. S'il est autour de notre cœur comme le cristal de cet ancien philosophe pour le découvrir tout entier, il y est aussi comme le triple airain du poëte pour le défendre contre les surprises. En un mot, de tous les débris de cette grande fortune, et de ces trésors spirituels qui faisoient la félicité de l'homme innocent, il n'est rien resté de plus précieux à ses enfans malheureux, que l'amour de la vérité. Je le regarde comme les preuves d'une ancienne noblesse, et les efforts d'un bon sang qui se ressent encore un peu de la pureté de sa source, qui est de conserver de l'inclination pour une chose dont le crime de notre père nous a fait perdre la possession.

Mais combien de combats n'a pas à donner une jeune personne qui entre dans le monde, pour satisfaire cette noble passion ? A combien d'ennemis tout à la fois est-elle obligée de faire tête, pour se parer, et de la surprise de la part des autres, et de l'opiniâtreté de la sienne ? Grands de la terre, vous le sçavez, les sens nous trompent, les fausses opinions nous séduisent, la jeunesse distrait, les passions entraînent et la grandeur éblouit. Tout cela combat pour le mensonge, et l'ame rebutée de la recherche d'une vérité à laquelle il faut aller à travers tant de voiles, tant d'embûches et tant d'ennemis, se réduit presque par force à l'amour du mensonge, qu'elle trouve tout établi au dedans et au dehors.

Notre ame, dit l'éloquent Grégoire de Nisse, doit être à l'égard de nos sens, ce que les mêmes sens sont à l'égard des autres parties du corps ; et comme c'est à eux à régler tous les mouvemens du corps humain, à conduire les différens objets, de même c'est à l'ame à conduire les sens du corps qu'elle anime, à ne pas croire trop légèrement, à ne rien recevoir d'eux sans examen, à les démentir dans la fausseté de leur rapport. Cependant, comme ce sont nos sens qui ont les premiers jugé des choses avant que notre ame fût assez éclairée pour les corriger, il arrive qu'elle s'attache opiniâtrement aux préjugés de ces conseillers infidèles: et il est presque impossible que nous jugions du vrai et du bon par les seules lumières de l'esprit, parce que nous sommes toujours prévenus par le jugement des sens qui prononcent selon leur fausse maxime. Ils sont les gardes dont il est parlé dans les Cantiques, qui bien loin de dire des nouvelles à l'épouse de son bien-aimé qu'elle cherche, la blessent, et lui font autant de plaies qu'ils lui inspirent d'erreurs, comme dit élégamment saint Augustin: *animam per sensus vanissimos mortali et fugaci substantia verberatam.* Ce seroit pour le moins une consolation pour une ame avide de la vérité, si elle avoit le bonheur de cette amante sacrée, et si elle pouvoit dire qu'étant allée au-delà de ses sens, elle a trouvé ce qu'elle cherchoit: *Paululum cum per transissem eos, inveni quem diligit anima mea.* Mais hélas ! cette ame sauvée par un bonheur extraordinaire de l'écueil de ses sens, tombe dans les embûches que lui dressent les fausses maximes, à qui la longueur du tems semble avoir donné toute la dignité et tout l'air de la vérité.

Cette ame se trouve investie par tant de chimères d'honneur et de fantômes de plaisirs; elle trouve l'idole de la vanité et du mensonge établi dans l'esprit et dans le cœur de tout le monde; elle respire cet air sans y penser ; elle trouve que le consentement universel les a mis dans leurs cœurs avant même qu'elle ait eu la liberté de les choisir : et semblable à l'Océan, qui sortant en quelque façon de lui-même par les flots dont il bat le rivage, ne ramène jamais ses eaux sans entraîner avec elles tout ce qu'elles ont trouvé sur les bords ; l'ame sortie d'elle-même par les réflexions qu'elle fait sur tout ce qu'elle voit autour d'elle, n'y revient jamais qu'avec les idées et les fantômes du mensonge, qui ont aveuglé toute la terre. Si quelque rayon de lumière lui fait soupçonner en passant la fausseté des choses qu'elle a vues, les passions déjà soulevées dans le cœur, empêchent qu'elle n'examine à fond ce qu'il est nécessaire de ne voir que sur la superficie pour le trouver beau, et la raison déjà complice et esclave de ses passions, se trouve dans l'état dont parle Tertullien ; elle craint, ou elle a honte d'approfondir ce jugement : *aut timet aut erubescit inquirere.* Honteuse de ne se pas trouver assez forte pour suivre le bien qu'elle verra ; tremblante de peur de trouver les crimes moins doux, quand elle les découvrira ; elle jouit cependant du fruit de cette dissimulation affectée ; elle diffère toujours à juger le fond, et couvre du nom de délai et de paresse une perversité véritable, et une corruption toute formée.

Ce n'est pas pourtant encore le dernier degré du malheur de notre ame ; jusqu'ici vous l'avez vue abusée, trompée, séduite, incertaine, paresseuse, et elle ne vous a pas paru tellement digne de blâme, que vous ne la jugeassiez encore digne de compassion. Mais enfin voici son crime : si quelque curiosité ; si quelque secours lui montre clairement la vérité, cette ame qui s'est déjà familiarisée avec les ténèbres que l'accoutumance lui rend douces, regarde la vérité avec les sentiments de cette Reine, qui s'étant poignardée elle-même, et sur le point d'expirer, chercha encore d'un œil mourant à voir la beauté de la lumière qu'elle alloit perdre, et charmée d'un si bel objet, poussa un soupir et tomba entre les mains de la mort : *Quæsivit cœlo lucem, ingemuitque repertâ.* L'homme abusé cherche la vérité en tremblant ; dès qu'il la trouve, il soupire, mais on ne sait pas ce que veut dire le soupir d'un pécheur, et on a lieu de douter si c'est par l'amour d'une vertu qu'il devroit avoir, ou de dépit d'avoir rencontré ce qui condamne tout ce qu'il

veut aimer et estimer sur la terre : *Quæsivit cœlo lucem,
ingemuitque repertâ*. De manière, Messieurs, que pour
former un cœur docile à la vérité, qui est le plus beau
caractère d'une belle ame, il n'est pas nécessaire absolument d'être prévenu en venant au monde, d'une force
qui nous sauve de la surprise des sens, qui nous dé-
fende de toutes les illusions des fausses maximes :
naître avec cette lumière, n'est pas l'état d'une nature
aussi corrompue que la nôtre. Ce ne seroit pas être le
disciple de la vérité, c'en seroit être le maître et le
possesseur; et pour avoir le cœur docile, il suffit d'aimer et de chercher la vérité ; d'avoir de la pénétration
pour la découvrir, de la reconnoître de bonne foi quand
on la voit, et de l'aimer quand on l'a connue. Cette
recherche, cette pénétration, cette reconnoissance, cet
aveu, cet amour de la vérité, qui furent autrefois dans
le plus sage de tous les Rois l'objet de ce choix judicieux, qui lui fit préférer un cœur docile à l'étendue
des empires et à l'abondance des richesses, furent dans
notre grande princesse les premiers présens de la nature,
qui sont comme une espèce de grace du second ordre,
que l'esprit de Dieu fait servir quand il lui plaît, à cette
grace divine du premier ordre qui distingue le chrétien
de l'homme, et qui le tire de lui-même pour l'appliquer
tout entier à son Dieu.

Elle a toujours aimé naturellement à s'instruire des
choses dont les personnes de son sexe, de son âge et
de son élévation savent à peine se douter. Elle ne s'est
jamais fait un faux mérite de l'ignorance que tant de
grands comptent parmi leurs belles qualités, et les titres
de leur noblesse : elle a aimé la lecture et les gens
d'esprit, et par la connoissance de ce qu'il y a de plus
fin, de plus délicat dans les belles-lettres, dans les
sciences épineuses et dans les beaux-arts, elle a cultivé
et augmenté cette délicatesse d'esprit qu'elle avoit reçue
de la nature. Elle avoit purgé son esprit de cette présomption si familière aux grands de la terre, qui leur

persuade qu'ils ont une souveraineté d'esprit, et un ascendant de raison aussi bien que de puissance; ils mettent leurs opinions au même rang que leurs personnes. Du respect et de la déférence qu'on leur rend, ils en font des raisons pour faire valoir leur sens, et ils sont bien aises, quand on a l'honneur de disputer avec eux, qu'on se souvienne qu'ils commandent à des légions.

Que s'ils n'ont pas cette injustice, difficilement se parent-ils d'une autre : ils ont une certaine inquiétude, une précipitation dans la recherche de la vérité, qui, comme dit si ingénieusement saint Augustin, leur fait d'ordinaire demander une courte réponse à une grande question, *ad quæstionem magnam responsio brevis*. Comme ils n'ont pas toujours la pénétration qu'il faut pour aller vite, et que les grandes occupations ne leur laissent pas le loisir qu'il faut pour aller lentement, ils se défient de la force de la vérité, parce qu'on ne peut pas la renfermer tout entière dans une petite repartie.

L'illustre Henriette n'eut jamais cette négligence pour la vérité, ni ce dédain pour les savants : elle est toujours allée pas à pas dans les choses difficiles qu'elle a voulu pénétrer. Ayant l'esprit entièrement juste, elle s'est toujours laissée conduire de degré en degré ; quelque progrès qu'une préoccupation contraire eût pu faire dans son esprit, jamais la raison ne s'est présentée qu'elle n'y ait fait céder la sienne, et elle étoit bien éloignée de donner le nom de victoire et de force à une résistance obstinée qui ne mérite que le nom d'une opiniâtreté puérile.

Mais autant qu'elle avoit de docilité pour la vraie raison ; autant avoit-elle de pénétration pour découvrir le foible de tous les faux raisonnements, et pour distinguer le fond d'une véritable beauté. L'aiguille touchée de l'aimant, cherche la direction du pôle ; plus elle est fine, moins elle décline. Il y a des ames privilegiées, si bien touchées du goût du vrai et du faux, que leurs premiers mouvemens les tournent toujours infailliblement au point où l'un et l'autre se trouvent. Parmi ces ames du premier ordre, notre auguste princesse étoit du premier rang ; elle avoit une vivacité si prompte dans la conception, et une si grande justesse dans le discernement, qu'elle n'a jamais hésité entre la vraie raison et les apparences : vous eussiez dit qu'elle alloit droit à la vérité sans passer même par les ténèbres du doute.

Toutes ces qualités si grandes, si nobles, si rares dans la simple spéculation, deviennent douces, commodes, obligeantes dans la pratique. Sa sincérité épargnoit à ceux qui avoient l'honneur de l'approcher, ces longues observations et ces terribles découvertes qu'il faut faire pour connoître le cœur des grands, qu'il est aussi difficile de pénétrer, que de mesurer la hauteur du ciel, et de sonder la profondeur de la terre : *Cœlum sursum, terra deorsum, cor regum inscrutabile.* Sincère dans ses paroles, fidèle dans ses promesses, franche dans son procédé, sûre dans ses amitiés, elle a fait voir à toute la terre que si les petites lumières ont besoin de chercher des jours artificiels et des réflexions étudiées pour briller d'un plus grand éclat, les grands astres n'ont qu'à se montrer tels qu'ils sont pour charmer et éblouir tous les yeux.

En voilà assez, Messieurs, s'il ne falloit louer qu'une personne du siècle propre à gagner tous les esprits, soit qu'elle se fît admirer par ses lumières, soit qu'elle admirât celle des autres. Voilà le trésor d'un bon cœur, *de bono thesauro cordis.* Mais, pour parler en chrétien je regarde le trésor de tant de belles qualités qui sont attachées à cet amour naturel de la vérité, comme des pièces rares et antiques d'un cabinet curieux : la matière en est précieuse, l'ouvrage en est exquis ; mais toutes ces médailles n'ont point de cours dans le monde, elles sont marquées à un coin trop ancien ; elles portent l'image d'un Prince dont le nom est à peine connu, et dont l'autorité n'est du tout point reconnue : pour les rendre de mise, il faut qu'elles portent l'image d'un prince, dont la personne et dont la mémoire règnent encore. S'il ne falloit que demeurer dans l'ordre de la nature, le trésor que je vous ai fait admirer, suffiroit ici pour vous faire un des plus riches panégiriques du monde : mais dans l'empire de la religion chrétienne il faut que l'image de Jésus-Christ marquée par l'impression de sa grace, achève cette matière informe que la nature lui présente, et pour tout dire par un bon mot d'un Père de l'Eglise si propre à mon sujet, que cette docilité pour des vérités morales ne soit qu'un essai et un apprentissage pour se soumettre aux vérités surnaturelles et chrétiennes, *ut credat gratiæ discipulus naturæ.*

Dans cette soumission, c'est l'esprit qui porte le premier le joug. Soit qu'il soit moins corrompu que le cœur, soit que l'homme s'intéresse moins pour ses opinions que pour ses plaisirs, il est certain qu'ayant laissé l'ame plus forte et plus libre, il fait plus de chemin en peu de tems à travers les erreurs ; au lieu que le cœur suit lentement le vol de l'esprit, parce que ses ailes sont foibles et liées par la glu des affections de la terre, dont il est d'autant plus difficile de se défendre, qu'elles sont plus honnêtes et plus innocentes, *prævolat intellectus tarde sequitur humanus affectus.* Ainsi la vérité maîtresse de cette pointe de l'esprit par ses rayons et par ses lumières, déclare la guerre à la volonté, ou rebelle ou paresseuse : elle fait des courses sur le cœur pour faire que ce qui est lumière dans l'esprit, devienne feu dans la volonté, et qu'il y ait une persuasion efficace des choses dont l'esprit n'a encore qu'une conviction stérile, *cupiens eorum habere delectationem, quorum potuit reddere rationem.*

Il y avoit long-tems que notre illustre princesse avoit porté plus loin les vues de son esprit et les desirs de son cœur ; elle étoit convaincue que ce faste, ces plaisirs (maux, hélas ! presque nécessaires à l'élévation des grands) peuvent embarrasser le cœur et ne jamais le remplir. La parole de Dieu étoit de même un des plaisirs qui touchoit le plus vivement son esprit et son cœur! elle aimoit les blessures salutaires que fait ce glaive à deux tranchans, qui, comme dit saint Paul, pénètre jusqu'au fond de l'ame, pour lui découvrir tous ses sentimens, et lui faire voir ce que l'amour-propre et l'erreur lui cachoient; elle conservoit toutes ces divines paroles en elle-même; elle repassoit en son cœur, non-seulement le brillant et le beau, mais le touchant et le solide : *Conferens in corde suo.* Il n'y avoit point de jour dans la semaine depuis long-tems, qu'un grand prélat, dans la bouche duquel la vérité est aussi belle que puissante, ne l'entretînt des devoirs de la piété chrétienne; du mépris des choses du monde, et de l'amour de l'éternité. Les audiences de cérémonie et d'affaires sont établies depuis long-temps à la cour : l'illustre Henriette est la première qui y a établi des audiences réglées de piété.

Quand on perd subitement les grands hommes, on fait cent observations sur les choses qui ont précédé leur mort; on s'étonne de ne l'avoir pas prévue par un tel accident; par une telle parole : mais, sans faire ici le prophète après l'événement des choses, ne pouvons-nous pas dire que toutes ces reflexions, tant de desseins, tant d'actions chrétiennes, tant de projets qui ne venoient que d'un esprit de religion, étoient les mouvemens d'une grace puissante qui détachoit son cœur de toutes les choses qu'elle devoit bientôt quitter, qui coupoit les racines de l'arbre, afin que la chute en fût plus aisée et plus douce, et qui ne voulant pas l'arracher avec violence, l'en faisoit dépendre par elle-même : *Quo facilius vitam contemnat, amputatis quasi retinaculis ejus.*

Ne direz-vous pas que la grace, déjà assurée de ce cœur, ne lui fait voir le monde quelques jours avant sa mort, avec tout ce qu'il a de plus pompeux et de plus doux, que pour augmenter la gloire de l'aveu et du mépris qu'elle fera de la vanité? Elle vient de se voir l'amour et l'admiration des deux plus superbes cours de l'Europe : elle est allée chercher un frère, un grand Roi, dont la justice et la bonté rendent le règne si glorieux et si doux, et dont toutes les vertus qui ont de l'éclat, et celles qui sont bienfaisantes font sans cesse l'apologie et l'éloge de la royauté dans ce lieu, où ses droits sacrés ont été le plus cruellement violés. Sa présence avec toutes les marques de l'amitié la plus tendre et la plus sincère, renouvelle dans le cœur de notre grande princesse tout ce que l'estime et la nature peuvent faire ressentir de plus fort à une telle sœur pour un tel frère. Elle revient heureusement, et comble de joie toute la cour et toute la France. Voilà le point fatal où on l'attend pour lui faire avouer que le monde avec toutes ses pompes et toutes ses joies n'est que vanité et que mensonge.

Grace de mon Dieu, que vos coups sont hardis, et que vos plus difficiles entreprises sont glorieusement soutenues ! Venez donc à mon secours, Esprit de Dieu, montrez-moi le point de vue où vous mîtes ce cœur docile; pour lui faire voir d'un seul coup le vuide et le néant de ce monde, que les derniers regards lui avoient montré si plein et si beau. Malheureux mortels que nous sommes, il faut, comme dit saint Augustin, qu'une longue et éternelle douleur donne la question à notre corps pour nous obliger à faire cet aveu. *Incumbit diù corporis questionarius dolor.* Il faut que nous soyons, comme dit un prophète, dans l'état de ces vieux chênes qui voient sécher leurs branches, pâlir et flétrir leurs feuilles, et pourrir leurs troncs. Il faut que nous nous voyions mourir par pièces avant que nous avouions la vanité du monde trompeur : *Cùm fueritis veluti quercus defluentibus foliis.* Encore ne rejettons-nous pas l'espérance de toutes les choses qui se dérobent de nous; par nos desirs nous courons après ces fantômes qui disparoissent.

A la premier pointe; au premier sentiment de sa douleur, l'illustre Henriette entend la voix de la vérité qui lui dit que l'homme n'est que vanité, et que toute la gloire qui

l'entoure, n'a pas plus de durée que la fleur qui sèche
dans les champs : elle voit disparoître autour d'elle, grandeurs, gloire, plaisirs, jeunesse, avec la joie d'une personne qui découvre parfaitement une vérité dont elle
cherchoit à se persuader depuis long-tems ; elle fuit
toutes ces ombres avec plus de précipitation par la docilité de son cœur, que les ombres ne la fuient : par la
foiblesse de son corps et les approches de la mort, elle
les voit disparoître d'une manière bien différente de ceux
qui s'attachent à elle. L'ombre, messieurs, est la fille du
soleil et de la lumière, mais une fille bien différente des
pères qui la produisent. Cette ombre peut disparoître en
deux manieres, ou par le défaut ou par l'excès de la
lumiere qui la produit : il ne faut qu'un nuage ou que la
nuit pour détruire toutes les ombres ; ceux qui sont assez
aveuglés pour courir après elles, ont le malheur de perdre
et l'ombre et la lumière, lorsqu'un nuage ou la nuit vient
à leur dérober le soleil. Enfans du siècle, voilà votre sort,
tout ce que vous aimez sur la terre, toutes les grandeurs,
les plaisirs, tous ces objets de vos amours et de votre
ambition, ne sont que des ombres des vrais biens de
l'éternité qui doivent occuper tout notre cœur. Ce Dieu,
ce soleil brillant ne les produit ici qu'en passant sur la
terre, réservant pour le ciel la plénitude de ses lumières.
Cependant vous tournez le dos à ce soleil pour courir après
ces ombres, vous en êtes amoureux, et dans le moment
que vous les croyez tenir, le nuage d'une mauvaise fortune
vous les cache, et plus que tout cela, le soleil se couchant
sur vous par la nuit de la mort, vous perdez en même
tems, et la lumiere à qui vous tournez le dos, et les
ombres qui étoient le sujet de votre amour et de votre
poursuite.

Il y a une autre façon de voir disparoître les ombres,
qui se fait par la plénitude de la lumiere, telle qu'est celle
du soleil en son midi, lorsque dardant ses rayons à plomb,
il cache l'obscurité de toutes les ombres sous la base de
tous les corps, et les oblige, pour ainsi dire, de s'aller

cacher dans les enfers qui est leur séjour, pour laisser régner la lumiere toute seule sur l'hémisphere.

C'est ainsi, Messieurs, que se sont finis les jours de la grande princesse que nous pleurons : *Dies mei sicut umbra prætereunt*. Une sainte effusion, une pénétration, une plénitude des lumières de cette vérité qu'elle a toujours aimée pendant sa vie, lui a mis à sa mort devant les yeux la vanité de toutes les choses, pour ne lui laisser voir que Dieu : remplie de toutes les vraies lumières de la Divinité, elle a vu sous quelle affreuse nuit est enseveli notre jour : *Postquàm se lumine vero implevit, vidit quantâ sub nocte jaceret nostra dies*. Elle l'a vue, elle l'a méprisée, lorsqu'attachée par ses regards sur un crucifix, j'entends sortir ces paroles de son cœur : Malheureuse, mon Dieu! de n'avoir pas mis en vous mon unique confiance, et d'avoir pu espérer à la vanité et au mensonge. Ces paroles me paroissent comme un anathème contre tout le néant de la créature ; et toutes douces qu'elles sont, elles sont à mes oreilles le bruit de la foudre qui perce l'épaisse obscurité de la nuit, pour faire briller et entendre l'éclat et le bruit de la vérité.

Elle s'est comptée elle-même au nombre des choses qu'elle méprisoit ; et quand je la considère s'anéantissant et s'éclipsant elle-même devant Jésus-Christ, anéanti et éclipsé sous les voiles sacrés de l'adorable Eucharistie qu'elle reçut avec tant d'amour, après l'avoir demandé avec tant d'humilité ; il me semble que je vois l'ombre d'un grande montagne qui couvroit une vaste plaine, disparoître devant le soleil, et s'anéantir elle-même devant la lumière : *Dies mei sicut umbra prætereunt*.

Faites, grand Dieu, que des lumières dont ce cœur docile est pénétré, dans ce moment il s'en fasse quelques réflexions sur les cœurs de tous ceux qui m'écoutent ; qu'à la faveur de cette clarté ils voyent la vanité des ombres qu'ils poursuivent. Ouvrez, grand Dieu, ces ombres de tous les cœurs, pour entendre la voix de ce cœur qui leur crie que le monde n'est qu'un trompeur ; trompeur, hélas !

non pas par lui-même, mais par la fureur des hommes qui le contraignent de servir à leurs illusions. Non, non, Messieurs, n'accusez pas le monde, il est de bonne foi, il ne nous trompe point par ses vicissitudes et ses inconstances, il nous fait lui-même son portrait, je ne suis qu'une fable, qu'un mensonge décevant ; il nous crie : Je passe, je m'en vais, je disparois, et j'entraîne avec moi tous ceux qui s'attachent à moi, *mundus clamat, ego deficio*. O homme, quel est ton aveuglement, d'avoir moins de bonne foi pour toi-même que le monde n'en a? Tu veux trouver quelque vérité où il ne te montre que le mensonge, tu prétends fixer une chose dont il te dit que l'instabilité fait l'essence ; tu veux vivre, comme si tu ne devois jamais sortir d'un lieu dont toutes les grandeurs de la terre ne t'empêcheront pas d'être chassé.

Princes souverains de la terre, parlez : vous appellez-vous les maîtres de la terre, vous qui êtes aussi peu maîtres de l'heure qui vous en fera sortir, que de celle qui vous y a fait entrer? Apprenez, enfans des dieux, apprenez, enfans des hommes, que tout n'est que vanité sur la terre ; que tout y étant trompeur, la véritable élévation de cœur ne peut être satisfaite que de la grandeur de Dieu seul. C'est, Messieurs, ce qu'a si vivement ressenti à sa mort ce cœur brillant, ce cœur grand, *cor splendidum*, qui a été incapable de rien de petit pendant sa vie.

DEUXIÈME PARTIE

Il y a une infinité de choses si connues et si inconnues en même tems, qu'on peut dire d'elles véritablement avec saint Augustin, que tant qu'on ne nous en demande rien, nous les savons : mais dès lors qu'on nous fait des questions, et que nous entreprenons de les résoudre, nous ne les savons plus. *Si nemo ex me quærat, scio ; si quærenti explicare velim, nescio.* Ce sont certaines choses si subtiles et si délicates, qu'il ne faut pas les toucher, ce semble, que par la pointe de l'esprit ; si nous voulons les presser par les réflexions, elles s'évaporent : ce sont de certaines idées générales qui brillent à nos yeux d'un éclat aussi vif que celui d'un éclair, mais qui comme lui ne laissent ni traces ni vestiges.

Votre expérience propre vous fera mieux connoître ce que je vous dis, que toutes mes paroles : dans le moment que je vous ai parlé de la grandeur et de la magnanimité de ce cœur illustre, *cor splendidum*, n'est-il pas vrai que votre esprit s'en est formé une idée noble, grande, éclatante? que tout ce que la vaste idée d'un magnanime enferme, s'est montré à vos yeux? Quiconque ne l'a pas compris par une seule vue, ne le comprendra jamais par une plus longue explication.

Il n'est pas difficile de peindre la figure de ce qui a des bornes et qui par conséquent est figuré; mais ce qui est sans limites ne se peut représenter : et il est aisé de donner le caractère d'une vertu particulière, parce-qu'elle a des bornes dans ses exercices : mais pour la grandeur du cœur humain qui a une influence générale sur tous ses sentimens, sur toutes ses vues, sur tous ses desirs et sur toute sa conduite, qui est au cœur ce que la bonne grace est au corps, qui ne l'abandonne dans aucun exercice, dans aucun mouvement, dans aucune action; c'est ce qu'on ne peut étaler. L'idée est trop haute pour y atteindre, elle est trop vaste pour la resserrer, elle disparoît trop vite en se montrant, pour la fixer. Quiconque est obligé là-dessus à une demande, ne saura jamais y satisfaire par une réponse : *si nemo ex me quærat, scio : si quærenti explicare velim, nescio.* Cependant la philosophie trop curieuse pour rien laisser échapper à ses recherches, n'a pas laissé de faire la dissection d'une chose qui échappe entre les mains, et de tracer le portrait d'une idée qui disparoît dès qu'on s'y applique.

Le magnanime, disent les philosophes profanes, doit avoir de lui-même une grande opinion, proportionnée à son grand mérite. S'attribuer quelque chose et n'en rien mériter, c'est être fol; s'attribuer beaucoup et mériter peu,

c'est être orgueilleux ; s'attribuer peu et mériter peu,
c'est être modeste; s'attribuer peu et mériter beaucoup,
c'est être lâche. Le magnanime marche juste au milieu de
ces extrémités vicieuses; et convaincu qu'il mérite beaucoup, il s'attribue beaucoup aussi : parmi toutes les choses
qui peuvent servir de récompense à la vertu, il dédaigne
toutes les autres et n'est amoureux que de la gloire : le
magnanime ne se fait jamais de sa naissance et de sa dignité un droit de mépriser les autres ; il met ses plus
chères délices à faire du bien, et il n'en reçoit jamais sans
honte. Si n'aimer pas à devoir longtems un bienfait est
une espèce d'ingratitude, il est le plus ingrat de tous les
hommes; parce qu'il se hâte de rendre avec usure : il aime
à oublier le bien qu'on lui a fait, afin d'obliger toujours
par grandeur et par générosité, et jamais par reconnoissance : il n'est point empressé pour agir, il ne prend la
peine de sortir de ce repos où il jouit de lui-même, que
pour peu d'actions, et que pour celles dont l'éclat doit
briller par toute la terre : il n'admire pas facilement, puisqu'il trouve peu de choses conformes à l'idée qu'il s'est
formée du bon et du beau : s'il loue peu, il ne médit jamais, et il croit les défauts des hommes indignes de son
application et de ses discours. Voilà, Messieurs, un portrait d'un cœur magnanime, tiré sur les originaux de la
vanité payenne, particulièrement de la manière d'Aristote
et de Sénèque ; et je ne crains point d'assurer que si ces
philosophes avoient pu avoir Henriette à louer, il n'y a
pas là un éloge qu'ils ne lui eussent donné dans leurs principes, et qu'ils eussent avoué que l'original est si bien,
qu'il est bien plus aisé d'en prendre les traits, qui sont des
choses particulières, que l'air, qui est quelque chose de
général et d'imperceptible.

Mais il me semble que ce cœur me reproche que je le
laisse trop long-tems entre les mains de ces profanes, et
que je ne passe pas assez vite l'éponge sur tous ces traits
d'Adam corrompu, que Rome payenne adore, mais que
Rome chrétienne déteste. Et en effet, si on laissoit le por-

trait d'un cœur magnanime dans l'état où ces philosophes l'ont mis, ne pourroit-on pas lui faire avec justice le même reproche que faisoit autrefois un grand prophète à un grand monarque : *Cum sis homo et non Deus, dedisti cor tuum quasi cor Dei?* Tu n'es qu'un homme, et cependant oubliant la misère de ta condition, tu donnes à ton cœur une fierté et une grandeur qui ne peut appartenir qu'au cœur de Dieu, *dedisti cor tuum quasi cor Dei*. Faisons donc du faste profane de cette magnanimité payenne, ce que nos pères ont fait autrefois de l'appareil de l'idolâtrie : brisons ce qui est profane pour être consacré, et consacrons ce qui est capable d'un bon usage.

Il est certain que ces belles inclinations d'un cœur humain, sont des restes de cette heureuse ressemblance qui rendoit l'homme l'image de Dieu. Ce sont des restes d'une ancienne beauté. C'est ainsi que les appelle saint Augustin dans un ouvrage qu'il adresse à une personne de la première qualité, qui ayant toujours pendant la prospérité conservé une grandeur d'ame héroïque, la tourna tout d'un coup pleinement vers Dieu par le retour d'une grace imprévue, *illud ergo, illud tum,* lui dit-il, *quo semper decora et honesta desiderasti.* Cette inclination noble a je ne sais quoi qu'il est impossible d'exprimer, mais qui cependant régloit tous les desseins de votre ame, et ne les portoit que vers des choses glorieuses et honnêtes ; cette inclination qui vous a toujours fait faire plus de cas de la libéralité que des richesses, qui vous a fait préférer la justice à la puissance, qui vous a toujours fait souhaiter avec plus d'ardeur d'être louable que d'être louée ; enfin ce reste, ce trait de la Divinité, *illud ipsum, inquam, divinum,* qui s'endort sur les grandeurs du siècle, la Providence l'a voulu éveiller en vous par des secousses de vos disgraces, et tourner pleinement le plus grand de tous les cœurs vers le plus grand de tous les objets : *Illud ipsum divinum nescio quo vitæ hujus somno sopitum, vanis illis jactationibus Providentia excitare decrevit.*

Après une si grande autorité, regardons dans ce grand

cœur comme un reste de l'ancienne grandeur de l'homme innocent, cette inclination qui fait que le magnanime ne reçoit jamais qu'avec peine, et donne toujours avec plaisir. Abraham la reconnoissoit bien cette magnanimité, lorsqu'il refusa avec plaisir les dépouilles des ennemis qu'il avoit vaincus en secourant un prince de ses voisins. Je prends à témoin, dit-il, le Dieu qui est le maître du ciel et de la terre, que je ne recevrai pas la moindre chose de votre main ; de peur que vous ne puissiez dire : C'est moi qui ai enrichi Abraham, *non accipiam ex omnibus quæ tua sunt.* Voilà un grand cœur, qui ne peut se résoudre à devoir qu'au Dieu du ciel et de la terre, et qui évangélise avant l'Évangile même, et ressent par avance ce que Jésus-Christ nous a dit depuis, qu'*il est bien plus doux de donner que de recevoir.*

C'étoit l'inclination dominante de Henriette : le remerciement d'un bienfait lui étoit un langage incommode ; le refus d'une grace lui étoit un langage inconnu ; quoique son esprit fût capable autant que nul autre de fournir à cette libéralité si ordinaire aux grands, qui ne consiste qu'en paroles obligeantes, elle étoit persuadée que les grands qui sont les images de Dieu, ne doivent parler que par les effets. Elle aimoit à donner à tout le monde par libéralité, elle aimoit encore plus à donner aux pauvres par religion : parmi ceux-ci elle préféroit les pauvres convertis, par catholicité : et entre eux tous les Anglois avoient plus de part à ses bienfaits, par le généreux dessein d'une conquête religieuse de son pays. Si ce cœur étoit encore capable de quelque sentiment après sa mort, ce que je viens de dire l'eût fait tressaillir. Je touche à l'endroit par où il étoit le plus sensible : la conversion de cette isle fameuse étoit le plus ardent de tous ses souhaits; seule catholique de la maison royale d'Angleterre, seule héritière du dépôt précieux de l'ancienne religion, elle avoit réuni dans son cœur tout le zèle que tant de princes religieux, autrefois assis sur le trône, avoient eu pour la foi.

25.

Vous avez vu que le magnanime est de peu d'entreprise : qu'il est au-dessus de cet empressement qu'on doit plutôt appeler inquiétude qu'action, et qu'il n'aime à agir que pour des choses qui brillent sur la terre. Ce sentiment que la fierté met dans le cœur des héros, est encore inspiré par la nature dans celui des héroïnes ; il n'y a que les actions du premier ordre qui doivent leur faire abandonner le doux repos qui fait leur gloire ; et je remarque, messieurs, que, pour l'ordinaire, ces actions du premier ordre pour elles, sont des conquêtes de religion ; elles laissent aux héros la gloire de se soumettre les états par les armes ; elles leur disputent la gloire de les conduire par la politique ; mais elles surpassent souvent les princes dans cette gloire de les soumettre à Jésus-Christ par la foi. L'Empire doit sa conversion à Hélène ; la France à Clotilde, l'Espagne à Ingonde, l'Angleterre à Adelberge, la Lombardie à Théodelinde. Grande et illustre Princesse, les hommes ignorans et gênés dans leurs jugemens par les succès, ne peuvent pas à la vérité vous placer parmi ces héroïnes plus heureuses et non pas plus zélées que vous. Mais Dieu qui lit dans les cœurs, qui voyoit vos desirs, qui savoit vos desseins, et qui connoissoit vos projets, proportionne les couronnes à sa connoissance, qui n'est pas l'esclave des événemens. Grand Dieu, si votre grace fait germer ces semences, et si cette isle se réunit jamais au monde chrétien, dont l'hérésie la sépare plus que la situation ; nous pouvons dire que vous avez accordé au cœur de l'illustre Henriette d'Angleterre l'accomplissement du plus ardent de ses desirs, et que vous ne l'avez pas frustrée de cette volonté qu'elle avoit témoignée par tant de vœux de son cœur, dont l'efficace ne peut être connue que de vous : *Desiderium tribuisti ei, et voluntate labiorum ejus non fraudasti eam.* Voilà, Messieurs, une de ces grandes et de ces éclatantes actions qui méritent qu'un cœur magnanime sorte de la tranquillité, *cor splendidum.*

Mais si jamais un cœur fut en danger d'entrer dans ces fières maximes de la vanité, où vous avez vu que les phi-

losophes ont mis le caractère le plus beau et le plus recon-
noissable du magnanime ; avouez, Messieurs, que ce grand
cœur avoit tout ce qu'il falloit pour concevoir et pour
soutenir cette fierté qu'ils ont crue si noble et si élevée ;
lorsque d'un côté on voit réunie dans sa personne toute la
gloire des Stuarts qui, comme un fleuve fameux, dont la
source est inconnue, tant elle est éloignée, remonte par la
succession des rois d'Ecosse, jusqu'à l'obscurité de ces
tems qui sont les pays perdus et les terres inconnues
de l'histoire ; lorsqu'on le voit paré de l'autre de tout l'é-
clat de l'auguste Maison de France qui, sûre de la noblesse
de sa source par Charlemagne, néglige de monter plus
haut, et dresse par là la plus ancienne, la plus noble, et
en même tems la plus nette et la plus assurée généalogie
qui ait jamais été comptée depuis qu'il y a des monarques
au monde. Quand on se voit né avec toutes les qualités de
l'esprit et du corps qui eussent fait paroître digne de l'a-
doption de tant de rois et de tant de grands cœurs, si on
n'étoit pas de leur sang : avouons que si cette fière complaisance qui arrête le magnanime sur lui-même, et lui
fait exiger l'estime et le respect des autres comme un tribut de gloire qu'ils lui doivent, pouvoit être excusée, elle
le seroit par tant de grandeur, par tant d'esprit et tant de
mérite ; et que s'il n'y avoit point de Dieu au-dessus de
nos têtes, cette fierté qui est sacrilége, deviendroit juste et
raisonnable.

Mais loin d'ici, vaine et extravagante magnanimité, qui
n'a pour fondement que la destruction d'un Être souverain,
dont l'existence nécessaire est l'unique fondement de toutes choses. Loin d'ici, superbe morale, qui ordonne à ton
héros d'imiter le sacrilége des Empereurs Romains, qui
abattoient la tête de leurs idoles pour mettre la leur à leur
place. La morale chrétienne plus sûre dans ses principes,
plus juste dans ses conclusions, plus pénétrante en matière
de véritable grandeur, avoit appris à notre illustre Princesse, qu'il y avoit un Dieu immortel, invisible, et un
Dieu maître des siècles et de l'éternité, qui seul étant le

principe de toute grandeur, doit être seul le terme et la fin de toute gloire : *Regi sæculorum immortali et invisibili, soli Deo honor et gloria ;* enfin un Dieu si jaloux de cette gloire, qu'il sait réduire en poussière toute grandeur qui s'élève contre la sienne. Elle a su baisser la tête sous cette main toute-puissante, et reconnoître de bonne foi qu'un cœur bien touché de l'amour de la véritable gloire et de la véritable grandeur, ne peut être rassasié que par la grandeur et par la gloire de Dieu : *Satiabor cùm apparuerit,* etc.

Voyez, je vous prie, Messieurs, ce que la guerre tire à sa mort du trésor de ce cœur magnanime, et comme cette vérité n'a rien eu de surprenant pour elle lorsque la mort la lui a montrée de plus près. Elle fait voir la même chose à tous les hommes, le néant de la créature, et la grandeur de Dieu. Tout disparoîtra dans ce jour, dit un Prophète, et le Seigneur tout seul y sera élevé : *Exaltabitur Deus solus in die illa.* Ce mot de *seul* détruit tout, abolit tout : ce *seul* incomparable et impérieux ne laisse rien en l'être des choses, bâtit son trône sur le néant de toutes les grandeurs : ce *seul* abat tous les degrés, rompt tous les rangs, ôte toutes les différences, *exaltabitur Deus solus in die illa.* Pendant la vie, nous gardons quelque mesure entre notre religion et notre orgueil ; nous donnons le plus à Dieu et le moins à l'homme : Dieu est plus puissant, Dieu est plus sage ; l'homme est moins sage ; et moins puissant, disons-nous : mais après tout ce *plus* laisse quelque mérite à ce *moins,* et ne l'éclipse pas tellement qu'il n'en laisse paroître quelque chose. Mais dans ce jour le *moins* est aboli par le *seul* Dieu, rien ne paroît puissant, rien ne paroît sage que Dieu, *exaltabitur solus,* etc. Cependant comme les yeux ignorans n'aperçoivent pas dans un tableau toutes les beautés que les yeux savans y découvrent, cette vue de la grandeur de Dieu ne produit pas le même effet dans tous les cœurs : les uns voient la grandeur d'un juge qui va les perdre, et par-là s'abandonnent à la crainte et au désespoir : les autres n'y considèrent que la grandeur d'un Dieu, qui seul peut les rappeler à la vie ; ils font mille vœux et se flattent de quelques espérances : d'autres, étourdis plutôt que charmés de ce grand objet, ne peuvent ni craindre ni espérer ; et ni les uns ni les autres ne regardent la grandeur de Dieu que par rapport à leur intérêt.

Voyez, Messieurs, voyez toutes les démarches de cette illustre Princesse allant à la mort ; examinez sa constance, écoutez ses paroles, pénétrez ses sentimens, et oubliant tous ces préjugés que ce que je vous ai dit a pu vous inspirer, prenez le caractère de son cœur. Le voyez-vous saisi de crainte devant la majesté de son juge ? Le voyez-vous empressé à demander du terme et du délai ? Y découvrez-vous le moindre trait d'un esclave qui tremble, ou d'un cœur lâche qui recule ? De la crainte, elle n'en prend que le respect et l'humilité ; elle adore son Juge ; elle lui offre les peines extrêmes qu'elle endure pour l'expiation de ses péchés et la satisfaction de sa justice. Dans le desir de la vie, elle ne prend que ce que le christianisme ordonne, et bornant par une sainte hardiesse la puissance de son Dieu, elle ne consent au retour de sa santé qu'à condition de l'employer plus chrétiennement. Elle ne fait que passer sur ces sentimens qui arrêtent tous les autres : elle est enlevée par l'attrait le plus sublime de la grace vers la grandeur de Dieu. C'est-là que ce cœur qui trouvoit si peu de chose à admirer sur la terre, tant l'idée qu'elle avoit de la grandeur de Dieu, étoit élevée et sublime, trouve un objet qui la charme et qui la transporte. Aussitôt elle reconnoît la souveraineté de son Dieu par ces paroles qui attendrissent et ravissent le cœur en même tems ; elle s'écrie : Je suis résolue à la mort, je suis soumise à Dieu, je veux ce qu'il veut, j'espère en sa miséricorde. O Dieu vraiment grand et vraiment magnanime, qui reconnoît dans toutes ses paroles que le plus haut degré de la grandeur de l'homme, est de céder à la grandeur de Dieu et de sortir de la vanité des choses humaines, pour entrer en possession de son éternité.

Il en est des ames basses et vulgaires, comme il est de ces oiseaux domestiques et terrestres : leurs ailes ne servent qu'à les rendre plus pesans ; dès qu'on leur ôte ce qui leur sert d'appui, ils tombent sur la terre de toute la pesanteur de leur corps. Mais il en est de ce cœur noble et généreux comme d'un aiglon qui, dès le moment que le nid où il a été élevé est détruit, tend les ailes, prend son essor, se dérobe à nos yeux, et va contempler d'un œil fixe et d'une paupière intrépide le bel astre dont les hiboux ne peuvent soutenir la lumière. Le cœur de l'illustre Henriette voit détruire, par l'effet subit d'une corruption invétérée, ce corps que les pères ont appelé le nid de l'ame, où elle ne doit être que pour un tems, elle voit toute la grandeur dans le sein de laquelle elle a été élevée, disparoître et s'anéantir. Mais bien loin de s'appesantir et de retomber par le poids de ses desirs vers la terre, poussée par la magnanimité que la grace inspire à ce cœur déjà magnanime par sa nature, elle va se perdre dans le sein de Dieu, elle s'y porte par ses desirs ; et quand on lui demande si elle n'est pas bien heureuse que Dieu l'enlève du milieu de la vanité des choses humaines pour l'appeler à son éternité, n'ayant plus l'usage de la langue, elle fait connoître par une action bien marquée, qu'elle ressent ce bonheur.

Je regarde cette ame comme dans un sanctuaire, pour me servir des termes du grand saint Chrysostôme, où entrant dans la sainteté et dans la solitude majestueuse de Dieu, elle ne jette plus qu'un regard dédaigneux vers toutes les choses du monde. Remplie de la grandeur infinie de Dieu, elle ne voit plus qu'avec mépris tout ce que notre vanité fait tant valoir. Elle ne découvre qu'un point indivisible dans ce que nous divisons pourtant en tant de royaumes et de possessions. Dégoûtée de ce qu'elle voit du côté du monde, charmée de ce qu'elle voit du côté de Dieu, elle souffre d'un cœur généreux et intrépide les douleurs aiguës qui ont précédé sa mort, pour expier l'amour qu'elle a eu pour ce qu'elle dédaigne, et pour mé-

riter la possession de cette grandeur dont elle est charmée, *cor confirmatum*.

TROISIÈME PARTIE.

Puisque des deux parties dont nous sommes composés,
il faut nécessairement que l'une cède au pouvoir de la
mort, il est de la force humaine de défendre l'autre contre
son empire, d'empêcher que le corps qui tombe par pièces,
et qui perd sa beauté, sa force et sa vie, n'ensevelisse
l'ame dans ses débris, et ne la fasse disparoître par une
mort morale, pendant qu'elle conserve une immortalité
naturelle. La religion et la philosophie ont regardé cette
fermeté d'un cœur humain comme le chef-d'œuvre du
Sage. Les Écrivains sacrés et profanes ont cru que la
plus longue vie étoit encore un trop court apprentissage
pour le moment de la mort, et qu'il falloit une longue méditation et plusieurs essais, pour une action qu'on est
aussi assuré de faire une fois, que de ne la pouvoir réparer par de seconds efforts, si on a le malheur de la faire
mal. C'est dans cette vue que Platon a dit que la philosophie n'étoit que la méditation de la mort. Mais le grand
apôtre saint Paul a porté bien plus loin son étude, comme
saint Jérôme nous le fait remarquer. N'étant pas content
d'une simple méditation, il en fait des essais ; il meurt
tous les jours pour apprendre à mourir une heure, *quo-
tidie morior*. Je ne compte pour rien la leçon journalière
de la mort que me fait la nature par la nuit qui m'aveugle,
et par le sommeil qui m'assoupit : je me familiarise avec
elle, je la cherche dans les périls, je l'affronte dans tout
ce qu'elle a de plus affreux, et par ces essais je me dispose au combat effectif que je donnerai un jour contre
elle. Voyez, dit le savant saint Jérôme, la différence qu'il
y a entre le philosophe et l'apôtre. C'est bien moins de
penser que de faire, et il y a bien de la différence entre
un homme qui ne veut vivre que pour apprendre à mourir, et un homme qui veut toujours mourir lorsqu'il

devroit vivre : *Multo fortius Apostolus; aliud enim est agere et conari; aliud vivere moriturum, aliud mori victurum.* Si ceux qui ont rassuré leur esprit et fortifié leur cœur par tout ce que la nature et la grace peuvent inspirer de générosité et de force, ne laissent pas d'être ébranlés, lorsque de ces essais et de la méditation du combat, il faut venir au combat même : en quel état vous trouvez-vous réduites, ames imprudentes, vous qui ne prenez de . tems pour la délibération de la mort que le tems de l'exécution même ; vous qui voyant ce que vous n'avez jamais vu, êtes obligées de penser à ce que vous n'avez jamais pensé ; vous qui, dans un instant, dans un point de tems indivisible, comme parle l'Écriture, vous vous voyez transportés sous cette ligne fatale qui sépare le tems de l'éternité, le ciel de l'enfer, l'éternelle félicité avec l'éternelle misère ; vous à qui la mort n'ouvre les yeux pour les vanités humaines et les vérités divines, qu'au moment qu'elle vous enlève, et vous empêche de regarder ce qu'elle vous montre. Je les vois, Messieurs, ces cœurs, je les vois fiers tant que leur santé dure ; mais sont-ils malades? je les vois surpris, incertains, troublés, abattus, confondus. La nouveauté d'un état imprévu les surprend, la crainte de l'avenir les trouble, la multitude des choses qu'ils ont à faire les effraye. Ayant vécu avec autant d'assurance que s'ils n'avoient jamais dù mourir, ils meurent avec autant de lâcheté que s'ils n'avoient jamais su vivre. Les sentimens qu'ils ont de Dieu, sont tous hors de leur place ; ils l'ont cru tout miséricordieux, lorsqu'il le falloit croire juste, pour ne pas pécher ; ils le croyent juste, lorsqu'il le faut croire miséricordieux, pour ne pas entrer dans le désespoir : et comme la confiance en la miséricorde, qui devroit faire la consolation de leur mort, fait le crime de leur vie ; la crainte de la justice, qui devroit faire la sainteté de leur vie, fait le désespoir de leur mort.

Sur ces principes qui règlent les événemens ordinaires, que devons-nous penser de cette mort généreuse, de cette mort tranquille et pourtant si soudaine? La constance, la fermeté, la tranquillité, la sagesse, la religion qui nous y charment, sont-elles l'effet d'une longue méditation, ou d'un prompt miracle de la grace? Est-ce une mort concertée? Est-elle l'ouvrage d'un moment? meurt-on de cette manière sans y avoir pensé? Y pense-t-on au milieu des grandeurs et des plaisirs? Grace de mon Dieu, je ne sais lequel de ces deux miracles choisir pour votre plus grande gloire et pour celle de ce cœur qui s'est rendu à vos mouvemens. Avoir pris de loin des mesures si justes pour bien mourir, c'est un miracle dans la Cour. Être morte avec tant de fermeté et de religion sans le secours de ces mesures, est un miracle de la grace même. Mais auquel de ces miracles que la raison nous oblige de nous arrêter, il faut s'écrier dans tous les deux, *cor confirmatum*. O cœur affermi contre la mort! ô cœur intrépide! soit que dès votre vie vous ayez fait des méditations secrètes et des essais de la mort, soit que vous ayez surpassé au moment de la mort tous les essais et toutes les méditations de la vie, *cor confirmatum*.

Un prophète dit à un monarque, qu'un âge bien plus avancé, une vie assez longue et une piété constante devoient avoir préparé à la mort. Tu mourras, *morieris tu*. A cette nouvelle, toute ce que son âge, sa piété et sa maladie devoient lui avoir inspiré de résolution disparoît et se trouve sans soumission, sans fermeté; et honteux des pleurs que sa lâcheté lui fait répandre, il se tourne vers une muraille pour cacher ses larmes et sa honte, *convertit se ad parietem*. Non-seulement un homme de bien parlant en Prophète, mais une douleur mortelle dit à l'illustre Henriette d'une voix intérieure plus puissante et plus vive que celle d'un prophète, *morieris tu ;* vous, Princesse, sang illustre de tant de rois, vous, jeune et dans le printems de votre âge, vous, accomplie par l'assemblage de tant de qualités, vous à qui la sagesse donne tant de vues et de projets si glorieux, *morieris,* vous mourrez, et vous mourrez tout à l'heure. O cœur bien différent de celui d'Ezéchias, Prince pourtant *selon le cœur de Dieu*. Dans cet instant, comme si elle s'étoit fait elle-même donner le signal d'une exécution qu'elle eût projetée depuis plusieurs années, elle agit, elle parle, elle ordonne, elle prévoit tout ce qui regarde son salut avec tant de présence d'esprit, tant de fermeté de courage, avec une constance si bien soutenue jusqu'au bout, que pour bien faire le portrait d'une mort qui ressemble si fort à la tranquillité et à la quiétude de la vie, il faut se servir du terme des Latins, qui pour dire qu'une personne est morte, disent qu'elle a vécu, *vixit*.

Je sais bien qu'étant née dans les disgraces de sa Maison, n'ayant eu pour berceau que les débris du trône de ses pères, elle s'est familiarisée avec les disgraces. Dès qu'elle a commencé à respirer, je sais qu'elle a eu pour maîtresses dans l'art de souffrir héroïquement, les grandes adversités de l'illustre Henriette de France, Reine d'Angleterre, sa mère. Ce digne rejéton des lys immortels a eu le double sort que l'Ecriture donne à cette belle fleur ; un tems elle a paru sur le théâtre du monde avec plus de majesté que Salomon : *Dico vobis quia nec Salomon in omni gloria sua vestiebatur sicut unum ex illis.* Un tems elle a paru entourée d'épines, *sicut lilium inter spinas.* Mais dans ces deux états elle a fait voir qu'elle avoit le cœur plus grand que sa fortune ; ce lys plus majestueux que Salomon, ne s'est point corrompu comme lui, elle n'a point quitté la loi de Dieu au milieu d'une cour délicieuse et hérétique ; ce lys au milieu des pointes de ses adversités n'a point été étouffé, et a toujours levé la tête au-dessus des épines qui l'ont entouré, *sicut lilium inter spinas.* Hélas ! qu'est-ce que je fais ? qu'est-ce que je dis ? Je sais ce que l'Ecriture nous veut dire quand elle défend de faire cuire l'agneau dans le lait de sa mère ; et toutefois, inhumain que je suis, je vais jusques dans le tombeau renouveler la douleur d'une illustre mère aimée avec tant de respect, en l'appelant à la mort d'une fille aimée avec tant de tendresse.

Revenons donc, Messieurs, et disons que, quelque grande que puisse être l'habitude d'un grand cœur pour soutenir toutes les pertes qui arrivent du côté de la fortune, il s'en faut bien qu'il ait par là de quoi résister aux maux qui regardent sa personne. L'homme de bien, par l'attention de sa raison, laisse toujours une fort grand distance entre lui et tout ce qui est hors de lui ; et quelque perte qu'il fasse de tout ce qui n'est pas lui-même, pour parler justement, il faut dire qu'il souffre une perte, mais absolument il ne faut pas dire qu'il souf-fre : *Potest adhibere vigilem, rationem et non curare quod patitur, quia non patitur.* Mais lorsqu'il perd les biens du corps, la santé et la vie, c'est alors que l'ame peut s'écrier avec le prophete : *Tribulatio proxima est,* l'ennemi est attaché aux portes de la place. L'esprit et le corps sont deux choses distinctes, il est vrai, mais elles sont unies : ce sont deux substances différentes, mais elles sont sœurs ; ce que l'une veut, l'autre le pense ; et ce que l'une pense, l'autre le sent. Il faut une force d'esprit héroïque pour fermer le passage de l'un à l'autre, et em-pêcher que le désordre qui est le sentiment de l'un par la douleur, ne passe dans les pensées de l'autre par la crainte et la confusion : *Tribulatio maxima est.*

Cependant Tertullien parlant des martyrs, nous dit qu'ils avoient trouvé le secret de séparer les intérêts de leurs ames des intérêts de leurs corps : *Anima fortium sibi gaudium exquirit.* Voilà, Messieurs, le portrait de cette illustre princesse. Parmi les flammes secrètes et les pointes aiguës d'une bile répandue qui brûle, qui tranche, qui détruit tout ce qui est sensible dans le corps ; son âme conserve une tranquillité si admirable, que vous diriez que tout ce que la maladie ôte à la force de son corps, la grace l'ajoute à la force de son ame. On a de la peine à croire que cet esprit qui agit avec tant de jus-tesse, et ce corps qui souffre avec tant de vigueur, soit l'esprit et le corps d'une même personne. Avec tout cela pourtant ce n'est point encore ce chef-d'œuvre de la force de leur grand cœur : il me semble qu'il est bien plus aisé de conserver la fermeté de son ame contre sa propre douleur, que contre la compassion qu'en ont les autres. Soit que la réflexion de la douleur, soit que l'abattement que nous voyons dans les autres, nous donne une permission secrète de nous relâcher en quelque chose de cette constance sévère qui tenoit notre cœur en devoir ; il est certain que la douleur des spectateurs touche, attendrit et abat davantage, que le triste spectacle dont on est l'acteur et le sujet. Cette illustre mourante se voit attaquée par la douleur de ceux qui pleurent sa mort, plus vivement que par la douleur même qui la fait mourir ; tous les cœurs des témoins de ses maux attaquent son cœur, *Peribit cor regis, peribit cor principum, et obstupescent sacerdotes.* Voilà ce qui se passe autour d'elle ; les saints ministres des autels, étonnés d'entendre sortir de la bouche de cette princesse un langage de religion, de piété, de pénitence si différent de celui qu'on parle à la Cour ; mais attendris, parce qu'il les console, fondent en pleurs, *obstupescent sacerdotes.* Tout ce qu'il y a de princes et princesses, répondent par leurs larmes et par leurs soupirs à ceux que ce triste spectacle tire du cœur et de la bouche de Monsieur, et font un chœur de deuil et de tristesse autour d'elle, qui lui est un fidèle miroir de ses maux et du danger où elle est, *cor principum peribit.*

Le grand, l'invincible et le magnanime Louis, à qui l'antiquité eût donné mille cœurs, elle qui les multiplioit dans les héros selon le nombre de leurs grandes qualités, se trouve sans cœur à ce spectacle, *peribit cor regis.* La mort indignée de ne pouvoir l'ébranler sous des formes terribles par la crainte, prend une autre forme plus douce et plus touchante pour l'émouvoir par tout ce que l'estime et l'amitié peuvent inspirer de douleur et de sensible dans une telle rencontre. Cependant au milieu de tant de pleurs, cette princesse s'avance vers la mort avec autant de majesté que le soleil vers son couchant, et dans un tems où les autres sont à peine capables de recevoir des consolations, elle en donne à tout le monde : *Magno spiritu vidit ultima, et consolata est lugentes.* Mais les discours qu'elle fait ne partent point d'une fausse constance. Les longs discours des mourants, auxquels on donne souvent le nom de fermeté, ne sont la plupart du tems que l'effet d'une timidité déguisée. L'ame cherche à s'amuser par tous ces raisonnemens spécieux, pour ne pas voir l'ennemi qu'elle va combattre : bien loin que la bouche parle de l'abondance du cœur, c'est le cœur qui cherche à se fortifier par l'abondance des paroles de la bouche; et comme le dit un ancien, il n'appartient qu'à celui qui craint la mort d'en parler.

Le cœur des insensés est dans leur bouche, dit l'Écriture, et la bouche des sages est dans leur cœur. *In ore satuorum cor illorum, in corde sapientium os illorum,* c'est-à-dire que l'insensé ne garde ni fermeté ni sagesse pour son cœur; il évapore tout par les discours de sa bouche : le sage au contraire ne parle qu'à son cœur, c'est là qu'il conserve la force et la générosité de ses sentimens à la mort. Ces deux extrémités sont dangereuses et suspectes; on ne sait pas bien ce que les longs discours des uns et le silence des autres veut dire. La sage, la généreuse, la chrétienne Henriette fait un mélange judicieux de ces deux choses : elle parle, elle demande, elle ordonne, elle répond par des paroles courtes et généreuses; le trouble ne change rien, la crainte ne diminue rien, le faste n'ajoute rien à tout ce que la fermeté chrétienne et la constance religieuse demandent.

Aussi avoit-elle puisé cette constance dans des sources pures et véritables, je veux dire, dans le fond de la religion et dans les plaies de Jésus mourant. On vante plusieurs morts de l'antiquité payenne, mais à force de les considérer de près et de les mettre en plusieurs jours différens, on y découvre toujours le foible de la nature. Celle de Caton tient plus d'un noir chagrin, pour ne pas dire de la fureur ; celle de Brutus et d'Othon a de la foiblesse ; celle de Sénèque est pleine d'ostentation ; celle de Panthée et de Porcie n'est que l'effet d'une religion violente. Il n'appartient qu'à vous, grace de mon Dieu, de donner à la mort une plénitude de grandeur qui ne laisse point de vuide. La mort de l'illustre Henriette est douloureuse sans chagrin, elle est subite sans trouble et sans foiblesse, elle est constante et glorieuse sans ostentation.

Mais voulez-vous savoir, Messieurs, où ce cœur si ferme par les qualités de la nature, a puisé une fermeté qui est infiniment au-dessus de la nature? Jettez les yeux sur ce Crucifix qu'elle demande dès le commencement de son mal : *Ibi abscondita est fortitudo ejus*, voilà le divin arsenal où elle a pris les armes impénétrables, par lesquelles elle a triomphé à la mort de tous les ennemis de l'homme et du chrétien.

Ce corps déchiré et mourant dans le sein de la douleur, a adouci toute l'amertume et émoussé la pointe des maux de l'illustre Henriette ; elle les a aimés comme la matière du sacrifice de la pénitence. Le cœur de Jésus mourant, ouvert par la blessure de l'amour plus que par la pointe de la lance, a banni de la mort de l'illustre Henriette tous les troubles et toutes les inquiétudes, par l'espérance de la miséricorde et le desir d'une meilleure vie. Cette tête de Jésus mourant, penchée sous le poids de nos péchés et sous la pesanteur de la main de son Père, a chassé tout le faste et l'ostentation de la mort d'Henriette, et lui a fait connoître que les chrètiens ne devoient pas considérer cette dernière heure comme la matière d'une gloire profane devant les hommes, mais comme le supplice de leurs péchés devant Dieu.

Enfin, pour satisfaire aux desirs que l'humilité inspira à ce cœur chrétien dans ce dernier moment, il faut que nous oublions toute la gloire de sa mort, pour ne penser qu'au sacrifice et aux prières dont elle peut avoir besoin pour l'expiation des péchés de sa vie. Elle ne nous laisse point sa mort pour exemple, elle est un miracle, et les conséquences que vous voudriez en tirer pour le délai de la pénitence, ne seront jamais justes, puisqu'elles naîtront d'un principe, qui étant extraordinaire, n'est pas infaillible. Mais ce grand cœur nous laisse à exécuter ce qu'il nous laisse à recueillir de ses dispositions ; ce sont les desirs sincères et les projets généreux d'une vie toute chrétienne, dont il fut véritablement rempli dans ce dernier moment: leur exécution eût édifié toute la terre, si le projet d'une vie si belle et si sainte n'eût été arrêté par la gloire d'une si belle et si sainte mort.

ORAISON FUNÈBRE

DE

M. LE DUC DE BEAUFORT

Prononcée à Notre-Dame en 1670

Esto vir fortis, et præliare bella Domini. (1. *Reg.*, v.)

Soyez brave et généreux ; mais employez principalement votre valeur dans les combats du Seigneur.

Dieu fait encore par ses prédicateurs dans l'Église, ce qu'il faisoit autrefois par ses prophètes dans la Synagogue ; tantôt il purifie leur bouche, comme celle d'Isaïe, pour leur faire expliquer d'une manière sublime et élevée la sainteté et la grandeur de ses mystères ; d'autres fois il les oblige, comme Daniel, à porter sa parole devant les rois, et à ménager dans ce ministère délicat, et la fidélité qu'ils doivent aux vérités dont ils sont chargés, et le respect inviolable qu'ils sont obligés de rendre aux personnes sacrées à qui ils les annoncent : quelquefois il veut que semblables à Ezéchiel, ils ouvrent le ciel aux fidèles, et leur fassent voir le séjour de cette bienheureuse éternité qui doit être l'objet de leur espérance et de leur désir. Mais quand je fais réflexion sur le sujet qui me fait monter aujourd'hui dans cette chaire, tout ce qui se présente de triste à mes yeux, et tout ce que je sens de trouble au-dedans de moi-même, ne me disent que trop que je n'y suis que pour renouveler le personnage que fit autrefois Jérémie à la mort du grand roi Josias, lorsque pénétré de douleur de la perte de ce prince, qui se sacrifia lui-même pour la défense de la sainte cité, et pour empêcher les infidèles d'en approcher, il composa ces tristes, mais belles lamentations, qui ne paroissent pas tant les plaintes d'un homme affligé que les expressions de la douleur même.

On a eu raison de dire que les hommes meurent, que les siècles s'écoulent, et que cependant les mêmes événemens ne laissent pas de revenir. Nous venons de voir le malheureux sort de Jérusalem dans celui de Candie ; la puissance fatale des Egyptiens dans celle des Turcs, et la déplorable mort de Josias défenseur d'Israël dans celle de cet illustre défenseur de l'Église : François de Vendôme, duc de Beaufort, pair de France, chef et surintendant général des mers et du commerce de France, et généralissime des armées navales de Sa Majesté. Permettez-moi, donc, Messieurs, de faire ici des lamentations plutôt qu'un éloge, et de m'écrier tristement : *Quomodo cecidit potens qui salvum faciebat populum Israel!* Par quel secret dessein de la Providence, par quelle main, par quel genre de mort avons-nous perdu ce prince vaillant et religieux, de qui la chrétienté attendoit son salut, et qui sembloit mériter toute la protection du Dieu des armées, puisqu'il combattoit pour la défense de ses autels et pour la liberté des peuples qui l'adorent! *Quomodo*, etc.

En effet, quel changement de nos espérances! N'avions-nous pas tout sujet d'attendre de le voir revenir de Candie, tel que nous le vîmes revenir les années dernières des côtes d'Afrique, chargé des dépouilles des barbares? de voir apporter dans ce temple sacré des étendards enlevés aux ennemis du nom chrétien? et de voir le croissant humilié devant la croix de Jésus-Christ? Mais, hélas! au lieu de ces trophées, je ne vois ici que le triste

appareil de ses funérailles, la sombre couleur des ornemens de ce temple, la lumière défaillante de ces flambeaux. Le son lugubre de nos cloches, les accens pitoyables de la musique : toute cette pompe où la religion et
la valeur paroissent en deuil ; les cérémonies du sacrifice
et le triste maintien de cette auguste assemblée appren-
droient à ceux mêmes qui ne le sçauroient pas déjà, que
c'est ici le triomphe d'un héros, mais d'un héros mort et
enseveli dans son propre triomphe.

Comment ce triste accident ne seroit-il pas un sujet de
larmes pour la France, puisqu'il l'est pour toute l'Europe ?
L'Empire, l'Espagne, les royaumes et les républiques le
pleurent, Rome et Venise lui ont déjà donné des marques publiques de leur deuil et de leur reconnoissance.
Mais, quelque sincère qu'ait pu être leur douleur, il faut
qu'elle cède à la nôtre ; elles ne nous ont prévenus dans
les marques de leur tristesse, que parce que nous les
avons surpassées dans la tristesse même. Nous nous
sommes abandonnés à cette inclination de la nature qui
nous donne un si grand penchant à croire les choses que
nous souhaitons, mais qui nous rend aussi opiniâtres et
ingénieux pour nous affermir et nous tromper par l'incrédulité des choses que nous craignons ; l'espérance, pour
se soutenir, se prend aux moindres nouvelles et aux plus
foibles apparences ; et par l'illusion de ses desirs, l'éloignement qui est l'occasion ordinaire du mensonge, lui
paroît un juste fondement de la vérité qu'on souhaite.
Hélas ! foible déguisement de nos maux, vous ne nous
avez que trop long-tems abusés : la suspension de notre
croyance sur ce funeste accident, n'a servi qu'à nous
faire sentir davantage la pesanteur de son coup et donner
lieu à cent tristes réflexions qu'un prompt étourdissement
de douleurs eût étouffées.

Mais à Dieu ne plaise que ces sombres nuages de tristesse qui obscurcissent notre esprit, nous empêchent de
voir l'éclat des vertus et de la gloire qui a environné ce
prince durant sa vie et à sa mort : au contraire, nous ne

voyons jamais le soleil plus grand que dans son couchant à travers les exhalaisons rougeâtres qu'il élève de la terre. Ce prince ne doit jamais paroître plus brillant de gloire à nos yeux, que dans le moment où tout couvert du sang des ennemis et du sien, en mourant l'épée à la main pour le service de son Dieu et de son roi, il a fait l'apothéose de la valeur, il a consacré un sentiment qui dans ces deux conditions ne mérite que le nom de fureur, puisqu'il est certain qu'il n'y a point de véritable valeur ni de grandeur héroïque, si elle n'est employée à la défense des intérêts de son prince ou de la gloire de son Dieu. Mon texte vous le dit en deux mots : Voulez-vous être un héros, et remplir la vaste idée de ce nom de grand homme ? combattez pour le Seigneur, pour lequel il faut obéir sur la terre : combattez pour le Seigneur, qu'il faut adorer dans le ciel. *Esto vir fortis, et prœliare bella Domini.* C'est dans ces deux emplois d'une valeur chrétienne et héroïque que je prétends vous faire voir le prince dont nous célébrons les obsèques ; il a combattu pour son prince, il est mort pour son Dieu : ce qu'il a fait pour son prince a été comme l'apprentissage de ce qu'il a fait pour son Dieu ; ce qu'il a fait pour son Dieu a été la couronne de ce qu'il a fait pour son prince : *Esto vir fortis ;* ces guerres justes et légitimes qui ont occupé le commencement et la fin de sa vie glorieuse, seront le sujet de son éloge.

PREMIÈRE PARTIE.

Par quelle étrange fascination sommes-nous venus à ce point d'aveuglement, de borner l'exercice de la force, qui est la plus éclatante de toutes les vertus, à la seule valeur qu'on témoigne dans les combats ? Par quel charme cette dangereuse erreur s'est-elle établie dans le cœur des hommes, de n'être sensibles qu'à la gloire des actions militaires ? Ces innocentes victoires, ces victoires admirables, spirituelles et divines où notre ame est en même temps le champ de bataille, le capitaine et le soldat, le vainqueur et le vaincu; où la modération triomphe de l'emportement des passions; où la justice l'emporte sur l'avidité insatiable de l'avarice et de l'ambition; nous les écoutons avec une approbation foible et tranquille : au lieu que le récit d'un combat sanglant, l'histoire d'une guerre, où un million d'hommes auront servi de victimes à l'orgueil d'un ambitieux, nous charme, nous transporte, nous enlève; nous crions au miracle, et au héros : moi-même, tout persuadé que je suis de cette aveugle prévention, qui ne parle ici que pour la condamner, je sens qu'il s'en faut peu que mon imagination trompée par la simple peinture de ce que je condamne, ne séduise mon esprit. Il faut que je me tienne fortement à la foi et à la raison, uniques maîtresses de cette chaire , pour m'empêcher de me laisser aller au torrent d'une opinion qui entraîne tous les hommes, et qui, comme dit saint Ambroise, enchante tellement tous les esprits, que leur admiration ne s'éveille qu'au bruit des combats, et que leurs yeux ne sont éblouis que par la seule lueur des armes : *Aliquos bellica defixos gloria tenet, ut solam putent esse præliorum fortitudinem.*

Soyons, Messieurs, de justes distributeurs de la gloire: pesons le digne prix des belles actions au poids du sanctuaire, et nous verrons la vérité du beau mot de ce Père que je viens de citer, qu'il faut reconnoître de bonne foi que la valeur est une vertu plus éclatante que les autres, mais qu'elle ne sauroit jamais être une vertu quand elle est seule : *Fortitudo velut excelsior cæteris, sed nunquam incomitata virtus.* Persuadée qu'elle est de sa propre férocité et du penchant qu'elle a vers l'oppression et la violence, elle ne se fie pas à elle-même de sa propre conduite; et de peur de faire de faux pas qui ne la font jamais tomber que dans des précipices, *non enim seipsam committit sibi,* elle cherche l'appui des autres vertus pour se soutenir; *quo enim validior est, eo promptior est ut inferiorem opprimat, etc.* Comme dans le ciel il y a des étoiles brillantes à la vérité, mais dont l'influence est maligne, que si elle n'étoit corrigée par la conjonction des autres astres dont les regards sont plus bénins, elles ne brilleroient que pour perdre toute la terre : de même, Messieurs, la valeur a un éclat qui nous éblouit et qui nous charme ; mais cet éclat ne brillera que pour la perte du genre humain et pour la désolation des royaumes, si les autres vertus par leurs compagnies n'arrêtent, ou ne corrigent la malignité de ses influences : *Fortitudo velut excelsior cæteris, sed numquam incomitata virtus.*

Et véritablement, Messieurs, si dans la vie du prince dont nous pleurons la mort, je n'avois aperçu que cette grandeur de courage qui l'a fait passer pour un des plus vaillans hommes de son siècle ; que cette force et cette adresse de corps que les poëtes ont tant vantée dans leurs héros, et qui rendoient le nôtre si infatigable et si adroit dans tous les travaux de la guerre ; si je n'y eusse vu en un mot que ce que ce premier mouvement de notre préoccupation estime dans un grand homme de guerre : j'avoue que je me fusse trouvé embarrassé de mon sujet, et que j'eusse désespéré de pouvoir tirer d'une matière toute mondaine et toute séculière la forme d'un discours chrétien et digne du lieu où j'ai l'honneur de parler.

Temple sacré de la vérité éternelle ; autels où la vérité incarnée est immolée tous les jours ; chaire d'où la vérité divine rend ses oracles, que ma langue s'attache à mon palais, si je n'ai pas pour vous des sentimens plus grands et plus dignes que ceux qu'avoit l'Orateur romain pour le Sénat de Rome où il parloit. Cet éloquent payen parlant au plus grand conquérant du monde, au vainqueur de nos Gaules, c'est tout dire, lui dit avec une liberté plus digne d'un prédicateur chrétien que d'un orateur profane : César, si l'on ne lit dans votre histoire que les actions militaires qui vous ont soumis tout l'Univers, la postérité véritablement y trouvera des choses dignes de son admiration, mais elle n'y en trouvera point qui soient dignes de ses louanges : *Habet quæ miretur in te posteritas, nunc etiam quæ laudet expectat.* Si je me fusse réglé, Messieurs, sur ce sentiment, j'eusse cru les actions de Monsieur le Duc de Beaufort, toutes propres par leur éclat à attirer l'admiration; mais je ne les eusse jamais crues dignes des louanges de la chaire chrétienne, où la vérité de Jésus-Christ est seule l'arbitre de la réputation et de la gloire.

David, ce grand conquérant, ce grand homme de guerre, tout selon le cœur de Dieu qu'il étoit, eut la permission à la vérité d'amasser les matériaux qui devoient entrer dans le bâtiment du temple de Dieu; mais il n'eut pas la gloire de mettre la main à ce saint édifice; ses mains étoient trop sanglantes : l'avantage en fut réservé à son fils Salomon, le plus sage, le plus équitable et le plus pacifique de tous les princes. Pour élever un monument solide à la gloire des héros chrétiens, des mains sanglantes peuvent en amasser la matière : les actions de guerre et la valeur sont comme les pierres précieuses qui entreront dans la structure de leurs trophées mais si David amasse la matière, il faut que Salomon donne la forme ; c'est-à-dire, qu'il faut que les actions de valeur reçoivent leur perfection des mains de la sagesse et de la justice : à moins de cela elles sont des diamans, si vous voulez, mais des diamans sans être taillés : elles sont des pierres de jaspe et de porphyre si inégales et si irrégulières dans leurs figures, qu'elles ne peuvent jamais être employées au bâtiment du temple de la gloire chrétienne, si la vertu ne les taille et ne les polit en leur ôtant ce qu'elles peuvent avoir d'injuste, de cruel, et de furieux.

Graces à Dieu, je n'ai rien à craindre de la qualité de la matière que j'ai à employer dans ce discours : si je vous parle des combats de Monsieur le duc de Beaufort, ce n'est que parce qu'après vous les avoir montrés au-dehors, j'ai de quoi vous faire entrer dans son cœur pour vous faire voir tous les sentimens que les Pères de l'Église demandent des soldats chrétiens, qui signalent la force de leur cœur dans les batailles du Seigneur, *prœliare bella Domini.*

A l'âge de douze ans, il fallut abandonner ce prince à l'ardeur de son courage, qui lui fit demander avec instance de suivre le feu roi, de triomphante mémoire, dans les expéditions de Savoie et de Lorraine : on lui enseigna plutôt à ne combattre pas qu'à combattre. Ceux qui sont autant nés pour la gloire que lui, ne font pas tant l'apprentissage de ce métier glorieux pour apprendre à être vaillans, que pour apprendre à n'être pas téméraires. Et en effet, dans la Hollande où il alla chercher la guerre, et apprendre l'art militaire sous le prince d'Orange, ce grand capitaine dit de lui, que la leçon à laquelle il seroit le plus indocile, seroit celle de se menager. La guerre ne fut pas plutôt déclarée à l'Espagne, qu'il accourut en France : il se signala dans la bataille d'Avein, et fit voir qu'un soldat du sang du grand Henri, est un grand capitaine dès ses premières campagnes. L'année suivante, Monsieur le duc de Vandôme se voyant toujours à la veille de perdre ses fils, à qui l'amour de la gloire faisoit oublier celui de la vie, obtint du Roi de ne permettre qu'à un des deux d'aller à l'armée. Monsieur le duc de Beaufort n'oublia rien pour être choisi : il fit valoir plus haut son rang de cadet, qui sembloit le destiner au hasard de la mort, que les autres ne font valoir leur droit d'aînesse. Il n'a jamais fait violence à la douceur de son ame, ennemie des ruses et des artifices, que pour obtenir cette glorieuse préférence. Il semble qu'un secret pressentiment lui apprenoit les choses merveilleuses qu'il devoit faire dans l'armée que Monsieur le Comte de Soissons opposoit au passage des Espagnols. Il se crut obligé de réparer par un redoublement de valeur l'absence d'un frère très-vaillant, et il soutint si dignement par ses belles actions une préférence qu'il n'avoit obtenue que par un généreux artifice, que tout le corps de cavalerie légère supplia Monsieur le Comte de Soissons de le mettre à leur tête ; et ce général en ayant eu la permission de la Cour avec mille éloges, ce Prince à l'âge de dix-huit ans où les autres sortent à peine de leurs exercices, se vit à la tête de douze mille chevaux, porté à ce glorieux emploi par l'admiration et l'amitié que sa valeur et sa bonté avoient inspirée à toutes les troupes. Ce qu'il fit sous les murailles de Noyon contre les troupes de Jean de Ver, lorsqu'avec deux escadrons il soutint tout l'effort de la cavalerie, aux lignes et au convoi d'Arras, au fort de Ranszeau pris et repris en un jour par sa valeur, sont des actions si belles et si extraordinaires, qu'on peut dire qu'elles surpassent toute la gloire de ce que le mensonge a inventé pour les héros fabuleux.

Mais, imprudent que je suis, je ne vois pas que je fais tort à la grandeur de ses actions en vous les marquant, comme si des choses si publiques et si éclatantes pouvoient être ignorées par des François, elles qui ont faït l'admiration des étrangers et feront celle de la postérité. Vous me demandez, je le vois, ce que je vous ai promis de chrétien dans ses actions, afin que ce qui paroît grand devant les hommes puisse vous paroître grand devant Dieu. Pour satisfaire à votre desir, et pour conserver aux sentimens et aux actions de M. le duc de Beaufort la plénitude de leur gloire, je ne saurois l'appuyer sur un fondement ni plus beau ni plus solide, que celui que saint Augustin me fournit écrivant à un grand homme de guerre de son tems.

Lorsque vous vous préparez au combat, souvenez-vous, lui dit-il, que cette grandeur de courage qui vous anime, et que cette force de corps qui vous soutient, sont des dons de Dieu : et ainsi donnez-vous bien de garde d'abuser des dons de Dieu contre Dieu même ; ayez pour maxime qu'il faut toujours choisir la paix et être contraint à la guerre ; que lors même que la main est armée, il faut que le cœur soit désarmé : *Pacem debet habere voluntas, bellum necessitas.* Il faut immoler l'ennemi qui résiste, non pas à la cupidité de la vengeance, mais à la dure loi de la nécessité ; et la même justice qui le fait mourir dans la chaleur du combat, doit l'épargner lorsque la victoire l'a mis dans nos fers : *Sicut rebellanti violentia redditur, ita victo vel capto misericordia ejus debetur.*

Soyez à jamais béni, Dieu de justice et de vérité, qui n'inspirez pas seulement ces saintes maximes aux docteurs de votre Eglise, qui en écrivent tranquillement dans leurs cabinets ; mais qui savez les graver par votre grace dans le cœur de ceux que leur naissance et leurs emplois engagent dans la profession tumultueuse des armes ; qui conduisez la main de vos guerriers : *Benedictus Dominus Deus meus; qui docet manus meas ad prælium, et digitos meos ad bellum;* et qui faites de ces sentimens de modération et d'équité un frein à l'impétuosité qui les emporte.

Ces maximes qui forment l'idée d'un guerrier chrétien, avoient tellement pénétré le cœur de notre prince, que par les choses que nous en savons, et qui nous découvrent le fond et les habitudes de son ame, j'ose avancer qu'il a suivi exactement cette première leçon de saint Augustin, que c'est la nécessité, et non pas la volonté qui doit faire mourir l'ennemi. Quel est l'homme de guerre, Messieurs, qui, après les ennuis mortels de trois années de prison, ne regarde pas tous les moyens qui lui sont offerts pour recouvrer la liberté, comme des choses nécessaires? Quel est l'homme à qui l'amour-propre ne fasse pas donner le nom de nécessité à son évasion? On se dit que la liberté est plus précieuse que la vie; on se persuade que la même pensée qui a fait paroître digne des fers, pourroit bien faire paroître digne de mort. Pour éviter ces cruelles extrémités rien ne paroît illicite, tout semble permis, et on croit que ce n'est pas la volonté, mais la nécessité qui fait mourir le garde, qui poignarde le geôlier : *Hostem non voluntas, sed necessitas perimit.*

Arrêtez-vous, faux raisonnemens de notre amour-propre, vains fantômes de nécessité, sous lesquels notre âme cherche inutilement à donner le tour de la raison à ses passions; apprenez d'un grand homme de guerre, apprenez d'un prince arrêté depuis trois ans, qui manquant son coup, a lieu de craindre avec raison tout ce que la seule imagination fait appréhender aux autres ; apprenez que la nécessité de tuer les hommes ne se mesure pas par nos craintes ni par nos intérêts particuliers. Il étoit aisé à M. le duc de Beaufort de sortir dès la première année de sa prison, si ce cœur grand et généreux eût voulu consentir à une mort qu'il ne croyoit point permise, parce qu'il n'en pouvoit tirer d'autres fruits que sa liberté particulière. Il lui en coûte deux ans de prison et davantage. Grand Dieu ! tenez-lui compte par votre bonté de ce long espace de tems qu'il a sacrifié à votre justice ; et pour raccourcir et soulager ses peines, souvenez-vous des ennuis de deux ans de prison, où le seul respect de vos saintes lois l'a retenu avec une patience si grande et une fermeté si héroïque, qu'on n'a jamais entendu sortir de sa bouche la moindre chose qui sentît la plainte ou l'emportement.

Mais peut-être me direz-vous que dans la froideur d'une délibération, cette retenue est plus aisée, moins héroïque et moins chrétienne. Que direz-vous donc lorsque deux ans après il exécute durant la nuit le même dessein de sortir, si bien ménagé par un ami ? L'exempt qui le gardoit s'étant éveillé, court aux fenêtres, donne l'alarme à la place. Le premier mouvement de celui qui aide à sa sortie, est de poignarder cet officier. M. le duc de Beaufort a déjà abandonné son cœur aux desirs, à l'amour et aux transports qu'inspire la liberté naissante ; il sent l'ardeur d'un jeune lion qui se sauve de la cage où on l'a tenu longtems enfermé. Qu'il lui en coûtera s'il faut revenir de la douceur de cette espérance ! Cependant il triomphe de tous ces sentimens ; il empêche que cet officier ne soit poignardé ; il fait sortir son ami le premier, et il ne consent à sa liberté que quand le chemin qui le conduit ne sauroit être marqué de sang.

Cette modération, Messieurs, cette présence d'esprit étoit en lui l'effet d'une longue habitude de générosité et

de justice dans ses premières compagnes. A la bataille
d'Avein, dans l'ardeur de son âge et du combat, ayant vu
un soldat tuer de sang-froid un ennemi qui s'étoit rendu
à sa discrétion, il le poussa et lui fit mille reproches d'une
lâcheté indigne d'un cœur chrétien, et d'un cœur françois.
Si la malheureuse ville de Tillemont fut saccagée quelques
jours après, il ne tint pas à la générosité et aux soins de
notre prince que ce malheur ne fût prévenu. Il donna des
gardes aux monastères et aux églises, où il fit enfermer les
dames de la ville et les saints ministres des autels. Partout où il fut, sa présence empêcha la cruauté et la violence ; mais n'ayant pu se trouver partout, il donna des
larmes aux abominations et aux barbaries des troupes
étrangères qui souillèrent notre victoire. Comment s'appelle cela, Messieurs, au langage de l'Orateur romain ?
Cela s'appelle vaincre non-seulement l'ennemi, mais la
victoire même. Elle est d'ordinaire insolente, cruelle, injuste : entre les mains du duc de Beaufort elle étoit douce,
juste et modérée ; malgré ses emportemens ordinaires, il
savoit l'arrêter à ces termes du grand Augustin, qui ne
permet de pousser l'ennemi que par nécessité, et qui veut
qu'on l'épargne par bonté quand il est vaincu : *Sicut rebellanti violentia redditur, ita victo vel capto misericordia debetur.*

Cette humanité pour les ennemis vaincus ne vous fait-
elle pas juger, messieurs, du soin qu'il avoit de ses propres soldats dans tous leurs besoins et toutes leurs maladies ? On pourroit l'appeler le père aussi bien que le
général des armées ; et comme il étoit sévère à exiger
d'eux tous les devoirs de la religion et de la discipline
militaire, il étoit soigneux jusqu'au scrupule de leur faire
rendre dans les hôpitaux tous les secours que l'Eglise et
la médecine offrent pour l'ame et pour le corps.

Cependant, Messieurs, tout ce que je viens d'étaler à
vos yeux n'est point capable d'achever les héros chrétiens : je crois pouvoir dire des grands hommes de guerre
sans profanation, ce que les Pères ont dit des martyrs de

Jésus-Christ : Ce n'est pas la peine [qui fait le martyr, c'est la cause : *Martyrem nom pœna facit, sed causa*. Ce n'est pas seulement la valeur, la science de l'art militaire qui font le héros, c'est la cause qu'il soutient. Le premier n'est point martyr, s'il ne répand son sang pour la foi de Jésus-Christ. Le second n'est héros, que lorsqu'il combat pour le service de son prince. Le souverain reçoit le glaive de Dieu; le sujet le reçoit de la main de son prince : sans cette subordination, la valeur n'est que brutalité, la mort de l'ennemi n'est qu'un meurtre, la modération n'est que finesse, la victoire n'est que cruauté, et le triomphe n'est qu'une espèce d'idolâtrie politique.

On ne peut pas apporter au monde un cœur plus net pour la fidélité et pour l'attachement qu'un sujet doit avoir pour son Prince, pour l'amour qu'on doit à sa patrie, qu'étoit celui du duc de Beaufort. Dans le cours de toutes les actions dont je vous ai parlé jusqu'ici, le zèle pour la gloire de son Roi y parut avec plus d'éclat que la valeur même. Ce zèle l'a cent fois empêché de sentir les coups que l'artifice et l'envie de ses ennemis lui portoient. Quand ils lui ont fait ôter le commandement des armées, ils n'ont pu lui ôter l'ardeur qui l'a fait combattre en qualité de volontaire, obéissant à des gens à qui il venoit de commander : ils n'ont pu lui ôter cette persévérance qui lui a toujours fait attendre la fin des campagnes, et résister à l'exemple des autres volontaires, qui contens de l'exécution de quelque action d'éclat, se retirent d'abord, semblant n'aimer le service que pour la parade et par une vaine ostentation de leur valeur.

Mais, sans perdre le tems à des paroles inutiles, croyons-en nos souverains sur cette importante matière : ils sont les meilleurs juges de la fidélité de leurs sujets. Comme ils manient tous les ressorts cachés de leurs états, ils connoissent ceux dont le mouvement est le plus régulier et le plus juste, et il n'est pas permis d'appeler du jugement que la confiance qu'ils prennent en eux prononce en leur faveur. Jamais jugement fut-il [plus glo-

rieux et plus éclatant pour un sujet, que celui qu'un grand
Roi mourant prononça en faveur de M. le duc de Beaufort? Dans le moment de la mort, qui est le vrai point de
vue de toute la vie, ce grand monarque rempli des connoissances du passé, des craintes du présent, des soins
de l'avenir, s'arrête par toutes ces différentes réflexions
sur M. le duc de Beaufort, comme à celui de qui le grand
cœur le rassure le plus contre les craintes du présent,
et dont la fidélité et la franchise reconnue par mille
épreuves du passé, lui donnent de meilleurs et infaillibles augures pour l'avenir. Il lui confie la garde des
princes ses enfans; commande à toutes les troupes de sa
maison de lui obéir; et lorsque la mort alloit enlever ce
grand prince à la terre, la Reine son épouse, dans cette
crise fatale où l'état languissoit par les approches de la
mort de son Roi, dépose les dieux tutélaires de l'état, et
l'unique sujet de nos espérances entre les mains de notre
prince, et le rend en quelque façon l'intelligence de ce
soleil naissant, qui devoit dans son midi remplir toute la
terre de sa gloire.

On peut dire, Messieurs, avec vérité, que l'orient de ce
beau soleil fut l'orient de la gloire du duc de Beaufort.
Le signe du lion n'est jamais plus brillant, ses influences
ne sont jamais plus fortes que lorsqu'il est joint au soleil et qu'il reçoit un redoublement d'ardeur, de lumière
et d'activité de la conjonction de ce grand luminaire. Jusqu'ici le duc de Beaufort vous a paru comme un lion
dans les combats par sa valeur et par sa générosité;
mais ce lion joint à ce soleil, brille de son plus bel éclat
et est embrasé de ses plus beaux feux. Grand Dieu! veillez sur ce prince, soutenez-le dans une élévation où toute
autre main que la vôtre est un trop foible appui. Grand
Prince! veillez sur vous-même, détournez par votre sagesse, l'influence de quelques autres astres sous lesquels
ce soleil va passer. Si vous parez ce coup, que ne ferez-
vous pas? *Si qua fata aspera rumpas, tu Marcellus eris.*

Mais quoi, Messieurs, la prudence de l'homme est trop

foible pour pouvoir fixer l'inconstance des choses humaines : la rapidité des globes célestes sépare les astres
les uns des autres, et les met, après avoir été unis, dans
des situations opposées. Hélas ! la fragilité de tout ce
qui est sur la terre, l'ignorance des véritables intérêts
de l'état, la confiance qu'inspirent la naissance, les services et la capacité, les mouvemens de l'ambition et de
la vengeance; et plus que tout cela, la main de Dieu qui
se joue des conseils des hommes, et qui fait servir le déréglement de leurs passions aux justes desseins de sa
vengeance, sépare ce qui étoit le mieux uni; c'est une
source alors, qui demeurant unie dans son principe, se
sépare en divers ruisseaux. Le nom du Roi résonne partout, son service sert ou de cause ou de prétexte dans
l'un et l'autre parti, on voit fleurs de lys opposées à
fleurs de lys. Il n'est pas permis d'être neutre : heureux
ceux que l'établissement de leurs affaires et la situation
de leur fortune n'entraîne pas malgré eux dans des partis opposés à leurs inclinations et à leur devoir ! Quand
le malheur, et ce qu'on appelle nécessité dans le monde,
y engage, on peut faire des choses qui paroissent
grandes, à la vérité, et ne perdre jamais le profond respect que l'on doit à ceux dont on croit défendre les intérêts; on peut éviter d'approcher des lieux que la présence de son prince rend sacrés; on peut réprimer l'impétuosité de ceux qui, dans leurs avis et dans leurs
actions, vont trop loin; on peut faire mille coups de
tête, se montrer aussi bon chef de parti que bon chef
d'armée; on peut se rendre le maître de ce monstre à
cent têtes, mais qui n'a point de cœur; on peut enfin
fixer ses affections toujours douteuses et flottantes : mais
quand on aura fait toutes ces choses, quel est l'éloge
qu'elles méritent : il est renfermé dans ces deux mots de
saint Augustin : *Magna hæc sunt, sed non bona;* ce sont
de grandes choses, mais il s'en faut bien qu'elles soient
bonnes. Que ceux qui se persuadent que tout ce qui est
grand est bon, se souviennent qu'il faudroit, suivant leur

faux raisonnement, que les grands maux fussent de bons maux : *Non enim bonum est omne quod magnum est, quoniam sunt magna etiam mala.*

Voilà tout ce qu'on peut dire de ces tems malheureux que votre imagination vous représente : de manière qu'on ne sauroit mieux représenter la carrière de la vie de M. le duc de Beaufort, que par la course de ce fleuve d'Espagne qui est interrompu vers le milieu par la nature de la terre qu'il trouve en son chemin : elle boit les eaux, elle les fait disparoître aux yeux des hommes pour les faire renaître dix lieues plus bas, et les faire couler vers l'Océan. Les deux extrémités de ce fleuve sont couronnées d'arbres qu'il nourrit sur son bord ; le milieu est sec, sabloneux et stérile, et a toute l'apparence d'un désert. Les commencemens et la fin de la vie de M. le duc de Beaufort forment une des plus belles carrières du monde, les lauriers et les palmes y naissent de tous côtés pour les couronner ; mais le milieu est comme cette terre ingrate qui interrompt le cours de ce fleuve fameux ; l'eau y est, la terre y est, mais il n'y croît point d'arbre. La valeur, la prudence paroissent dans ces divisions ; mais de cette valeur et de cette prudence il ne naît point de lauriers pour orner un triomphe : *Bella geri placuit nullos habitura triumphos.* Voyons-le donc sortir comme un fleuve pour s'aller décharger dans l'Océan, qui va devenir le théâtre de sa force dans les combats qu'il doit donner pour le service de la religion et de l'État contre les infidèles : *Esto vir fortis, et præliare bella Domini.*

DEUXIÈME PARTIE.

Je n'ignore pas tout ce que les anciens ont dit contre la navigation qui a ouvert aux hommes le chemin de la mer ; avec quelle véhémence ils ont déclamé contre ces cœurs d'airain, qui, sans être effrayés ni par des tempêtes, ni par des écueils, ont osé les premiers exposer leur vie à l'inconstance de cet élément infidèle. Je sais qu'ils ont di

que la navigation a ouvert une nouvelle porte à la mort :
avant elle on mouroit par le fer, par le feu et par les
maladies ; on ne périssoit point par les naufrages qui ont
englouti tant de flottes. Mais en vérité, quand on tourne
la chose d'un autre sens, on trouve ces inconvéniens
bien réparés par un art qui est le chef-d'œuvre de l'esprit des hommes, la plus belle preuve de la fermeté de
leur courage, qui est le lien de la société humaine, qui
nous donne avec abondance toutes les commodités des
pays éloignés, qui perfectionne tous les arts et toutes
les sciences, et sans lequel tout nous paroîtroit incroyable
parce que nous ignorerions ce qu'il y a de plus rare dans
la nature. Si on considère la politique, il est constant, par
l'exemple de l'histoire ancienne et moderne, que rien ne
contribue tant à la gloire des états que les forces navales : par elles les plus petits deviennent grands, et les
grands deviennent les maîtres des autres. Les Romains
qui en cinq cens ans avoient bien eu de la peine à sub-
juguer l'Italie, se virent en deux siècles les maîtres du
monde, depuis que la première guerre punique leur apprit l'art et les avantages des forces maritimes. Charles le
Sage n'arrêta le progrès des Anglois en France, que par
la flotte qu'il mit en mer sous Jean de Vienne, son amiral ;
il croisa dans la Manche, il empêcha les traits de ses ennemis. Si Venise revint de la perte qu'elle fit de tous ses états
de la Terre-ferme en la journée de la Ghiera d'Adde, ce
ne fut que parce qu'elle conserva ses places maritimes et
ses îles. N'avons-nous pas vu de nos jours la naissance
de la république de Hollande, et comme les forces et
l'art de mer ont mis et la souveraineté et l'abondance dans
un pays que la nature sembloit n'avoir fait que pour la
servitude et la misère. Jugez, Messieurs, quelle grandeur,
quelle abondance doivent faire espérer à la plus florissante
monarchie du monde ces flottes nombreuses, ces superbes
arsenaux, ces compagnies de commerce, ces longues et fréquentes navigations conduites par l'étoile d'un invincible
monarque, animées par les soins et les assiduités infatiga-

bles d'un grand ministre, et conduites par tant de généreux officiers. Nous en pourrions raisonnablement attendre l'empire de l'une et l'autre mer, et le commerce de
l'Europe, si nous pouvions obtenir de l'impatience de
notre génie autant de persévérance que nous avons de
force et d'adresse.

Mais si tous ces avantages, si toute cette gloire touche
l'homme et le citoyen, le chrétien qui juge des choses
par d'autres vues se trouveroit insensible, si cet art que
la curiosité des hommes a inventé, que leur avarice a cultivé, que leur ambition et leur cruauté ont souillé, n'étoit
devenu nécessaire pour l'établissement de la foi dans le
Nouveau Monde et pour la défense de la religion dans
l'Ancien.

Hélas ! depuis que la main de Dieu a changé de fléau
pour châtier son peuple, et qu'au lieu du septentrion d'où
venoient tous les orages de sa colère, *ab Aquilone pandetur omne malum ;* l'orient corrompu dans sa foi, est devenu le fléau de l'occident corrompu dans ses mœurs ; la
rage de ces peuples barbares n'a inondé la chrétienté
que par la mer, et la générosité n'a rien inspiré de grand
aux chrétiens pour la défense ou pour l'attaque, dont la
mer n'ait été ou le théâtre ou le chemin. C'est par les
forces maritimes qu'on a arrêté le progrès de l'empire
des Arabes qui, n'étant que des marchands inconnus
sur le bord de la mer Rouge, se virent en cent ans les
maîtres des trois Arabies, de la Perse et de la Syrie, de
l'Égypte, de l'Afrique et de l'Espagne. C'est par les forces maritimes qu'on les a repoussés dans leurs ports
d'où ils sont si souvent sortis pour ravager l'une et
l'autre Sicile, toutes les côtes d'Italie, où dans le sac de
Rome, ils profanèrent le plus auguste sanctuaire de
la chrétienté. C'est par les forces maritimes que nous
leur avons rendu une partie des maux qu'ils nous ont
fait sentir ; c'est par elles que l'empire de Constantinople et les royaumes de Jérusalem, de Chypre et de Candie ont été établis par les François à la tête de toute

l'Europe croisée ; et toutes les fois que notre malheur ou notre négligence nous a rendus foibles sur mer, nous avons ressenti leur violence et leur insulte, et celle des Turcs qui ont succédé à leur impiété aussi bien qu'à leur empire.

Pour trouver ces tems malheureux, il ne faut pas remonter plus haut de dix ou douze années, où les armemens de mer, négligés par d'autres soins, exposoient toutes nos côtes et toute la mer Méditerranée aux incurcursions de ces Infidèles. Vous l'avez ouï dire, Messieurs, vous l'avez appris par des relations. Hélas ! je l'ai vu de mes propres yeux : quand je me souviens qu'il n'arrivoit point de vaisseaux dans nos ports, qui ne nous apprît la perte de vingt autres ; quand je songe qu'il n'y avoit personne qui ne pleurât ou un parent massacré, ou un ami esclave, ou une famille ruinée. Quand je rappelle dans ma mémoire l'insolente hardiesse avec laquelle ils faisoient des descentes presque à la portée de notre canon, où ils enlevoient tout ce que le hasard leur faisoit rencontrer de personnes et de butin ; que les promenades même sur mer n'étoient pas sûres ; qu'on craignoit toujours que de derrière les rochers il n'en sortît quelque pirate : quand je me représente les cachots horribles d'Alger et de Tunis, remplis d'esclaves chrétiens et de François plus que d'autres nations, exposés à tout ce que la cruauté de ces maîtres impitoyables leur faisoit souffrir, ou pour ébranler leur foi, ou pour les obliger à grossir le prix de leur rançon : quand je rappelle dans ma mémoire toutes les railleries sacriléges et piquantes que faisoient ces insolens, d'un Dieu et d'un Roi qui défendoit si mal, l'un ses adorateurs, et l'autre ses sujets ; mon imagination me rend ces tems malheureux si présens, que je ne puis m'empêcher de m'écrier : *Usquequo, Domine, improperabit inimicus ?* Jusqu'à quand, grand Dieu, les ennemis de votre nom insulteront-ils à votre gloire ? Quel terme mettez-vous à leur puissance fatale et à nos malheurs ? Mais il me semble qu'on me répond :

Attendez que notre grand Roi, attendez que l'invincible Louis prenne lui-même entre ses mains les rênes de l'empire : ce soleil levant fera disparoître ce croissant funeste, et ceux qui ont troublé notre paix viendront nous la demander à genoux.

C'est, Messieurs, ce que nous devons à l'amour que notre grand monarque a pour la gloire de son Dieu et pour la félicité de ses peuples. C'est ce que nous devons aux soins et à la générosité de M. le duc de Beaufort. Il s'applique sous les ordres de son souverain à réparer les forces de mer : je parle mal quand je dis réparer, il faut faire une espèce de création, puisque de cette grande puissance qui nous avoit rendus si redoutable sur mer, il n'en restoit pas même les débris.

Cependant pour faire connoître aux Barbares ce qu'ils devoient attendre de la plénitude ne nos forces, notre grand amiral leur en fait sentir les commencemens ; il se met en mer en 63 avec six vaisseaux seulement et six galères ; il n'a que des matelots qui ont presque oublié leur métier ; mais suppléant à tout par l'intelligence qu'il s'acquit en moins de rien dans la marine, et par son grand cœur, il va chercher les corsaires d'Alger jusques dans leur port, il leur prend et leur coule à fond plus de vingt bâtimens, et leur amiral, amené dans nos ports, fut à son retour un bel ornement de son triomphe. En 64, avec cinq vaisseaux de guerre seulement, il obligea les corsaires de se retirer dans la baie d'Alger, et les y suivit avec un courage intrépide. Enfin le vent contraire l'ayant empêché de brûler leurs vaisseaux, il les canonne, les met hors de service : de là il va sous les forts de la Goulette, et sous leur artillerie brûler l'amiral d'Alger monté de six cens hommes et sa conserve.

Mais fut-il jamais une résolution plus héroïque et plus fameuse que celle qu'il prit, lorsque ne se voyant qu'avec son vaisseau, deux frégates et deux brûlots, il se vit attaqué par vingt-quatre vaisseaux d'Alger, qui croyoient ou sa perte ou sa fuite assurée ? Ils n'eurent pas, ces Barbares, ni le plaisir de l'un, ni la gloire de l'autre. Ce Prince ne put se résoudre à voir fuir le pavillon de France devant celui d'Alger, et le petit-fils du grand-duc de Mercœur, la terreur des Ottomans, devant ces pirates. Plein de la confiance que lui inspirent et la grandeur du Dieu qu'il adore, et l'ascendant de la fortune du prince qu'il sert, il se met en défense, il attend leurs desseins : on le tâte, on le marchande de tous côtés, il paroît partout également intrépide. Cette contenance assurée produit dans le cœur de ces Infidèles la même crainte et le même respect que la fermeté de César à l'égard de ses soldats; et on peut dire de ce Prince aussi bien que de cet empereur, que sans trembler à la vue d'un si grand danger, il fit trembler ceux qui pouvoient le perdre avec tant de facilité : *Meruitque timeri, nil metuens.* Dans une autre rencontre, donnant la chasse à deux vaisseaux qui s'alloient sauver dans le port de Bougie, il leur gagna le devant, se mit entre eux et le fort, et malgré le feu continuel de quatre batteries, il en brûla un, et se rendit maître de l'autre.

La dernière campagne d'Afrique couronna toutes les autres : il attaqua cinq vaisseaux de guerre dans le fond du port de Sarcelles, dont le moindre étoit monté de quarante pièces de canon : il en coula deux à fond, se rendit maître de trois autres, et vainqueur sur terre aussi bien que sur mer, il démonta la batterie de terre qui l'avoit inutilement canonné. Enfin, en quatre ans, ayant pris ou brûlé plus de cent bâtimens aux corsaires, sans avoir perdu la moindre chaloupe, ces Barbares abattus par tant de pertes, ou touchés des affronts que notre amiral leur fit souffrir en cent occasions, demandèrent la paix à Sa Majesté, à des conditons si glorieuses pour la France, qu'on a de la peine à croire comment il est possible qu'en trois ou quatre campagnes ce Prince ait pu, par les généreux efforts de sa valeur, par la sagesse de sa conduite, et par la franchise de son procédé, exécuter trois choses si difficiles, ruiner des forces établies depuis si longtems, rabatttre une fierté soutenue par une si longue suite de nos pertes, et gagner la confiance de la plus scrupuleuse et de la plus défiante nation de la terre.

Mais le plus bel ornement de son triomphe, furent les captifs qu'il retira des prisons d'Alger, de Tunis et de Tripoli. Leurs bénédictions, leurs acclamations, les expressions grossières et confuses de leur reconnoissance, les larmes que la joie tiroit de leurs yeux, celles des parens et des amis qui virent le retour de ce peuple de captivité, dont ils pleuroient la perte depuis si longtems, firent un panégyrique de la religieuse valeur de ce Prince, plus beau, plus touchant et plus durable, que toute l'éloquence des Orateurs. Grand Dieu, permettez-moi de vous adresser pour ce Prince, s'il ne règne point encore dans le sein d'Abraham, les paroles que Job disoit autrefois de lui-même : *Benedictio perituri in me veniat.* Écoutez pour son soulagement la voix de tant de malheureux qui alloient périr sans son secours. Celui-là étoit sur le point de renier sa foi, celui-ci de mourir sous le bâton, sans Sacremens et sans consolation; l'autre de tomber dans le désespoir. Souvenez-vous, grand Dieu, de toutes les bénédictions que lui ont donné ces malheureux qu'il a tirés de leur danger et de leur misère : *Benedictio perituri in eum veniebat.*

Mais, Seigneur, pouvons-nous croire qu'il ait encore besoin de ces suffrages, lorsque nous pensons à l'occasion glorieuse de sa mort? Elle est du nombre de celles que l'Écriture appelle précieuse devant Dieu : si elle n'égale pas celle des Martyrs, elle en approche; puisque, semblable à ce brave Machabée, il s'est sacrifié pour la liberté de son peuple, et pour graver son nom, non pas dans le temple fabuleux de Mémoire, où lon ne voit que des monumens de vanité, mais dans le Livre de vie, où sont les titres illustres d'une gloire véritable et éternelle : *Dedit se ut liberaret populum suum, et faceret sibi nomen æternum.* Vous le savez, Messieurs, Candie que les Vénitiens défendoient depuis si long-tems avec tant de gloire pour eux, et tant d'avantage pour la chrétienté dont elle étoit le boulevart le plus avancé, se voyoit réduite à l'extrèmité. Elle étoit attaquée non pas par des hommes, mais par des démons, qui, cachés dans la terre, faisoient sortir des flammes continuelles pour la détruire et la consumer. La valeur et les heureuses sorties de tant d'illustres François qui y avoient signalé leur courage, faisoient espérer que la levée de ce siege étoit réservée à la puissance du même Prince, et à la faveur de la même Nation qui avoit depuis peu arrêté avec tant d'honneur les progrès des Ottomans dans la Hongrie. C'est Dieu même qui donne le signal de cette guerre, et c'est alors aussi que tout ce qu'il y a de Cavaliers, qui, dans un emploi tout séculier ont conservé un cœur chrétien, lui répondent : *Fortitutinem meam ad te custodiam.* Il est temps, Dieu des armées, de, combattre sous vos étendards ; il est temps qu'après avoir si souvent combattu comme homme dans mes querelles particulières, comme citoyen dans les querelles de l'état, je combatte comme chrétien dans les querelles de mon Dieu, et qu'un sang versé par les mains de la Religion, lave les taches dont un sang versé par l'ambition et la vengeance, a pu souiller mon ame, et que je consacre à Dieu une force que je n'ai reçue que de lui : *Fortitutinem meam, etc.* C'est Messieurs, le privilége des guerres saintes : on n'y a point le déplaisir de voir que ceux qui prétendent posséder ensemble un Royaume éternel et infini sans jalousie, ne puissent posséder des Royaumes bornés dans leur étendue et dans leur durée sans ennui et sans querelle. Dans ces guerres-là la sainte Cité de Dieu n'est point divisée contre elle-même ; c'est Jérusalem toute seule qui combat l'impie Babylone, et qui est toujours assurée de la victoire, quel que puisse être le succès de son entreprise. C'est dans ces guerres où la foi et le salut qui ne peuvent s'unir dans les autres, se trouvent heureusement rassemblés : et on ne peut rien dire de plus beau et de plus chrétien sur ce sujet, que ce que le grand saint Augustin me fournit dans son dernier Livre de la *Cité de Dieu.*

Ce saint Docteur cite cet endroit de Cicéron, qui soutient qu'une Cité bien réglée ne doit ni faire ni soutenir aucune guerre, que pour conserver, ou la foi qu'elle a engagée à ses alliés et à ses maîtres, ou pour se conserver elle-même : *Nullum bellum suscipi à civitate optima nisi pro fide aut salute.* Si cela est, replique le grand Augustin, que fera la pauvre ville de Sagonte assiégée par les Carthaginois ? Les intérêts de sa fidélité et ceux de son salut lui inspirent des desseins tout opposés : si elle veut garder la foi qu'elle a jurée aux Romains, il faut qu'elle renonce à sa conservation ; si elle veut se conserver, il faut qu'elle renonce à sa foi : *Sagunti, si salutem elegerant, fides fuerat eis descrenda : si fides tenenda, amittenda utique salus.* Milice séculière et payenne, voilà votre écueil et votre embarras : comme vous ne reconnoissez point d'autre salut ni d'autres conquêtes que celles qui se font et qui se conservent en ce monde, quel que soit le chemin que vous teniez dans ces périlleuses occasions, ou il vous conduit à la perte de votre foi par la conservation du salut, ou il vous conduit à la perte de votre salut par la conservation de votre foi ; et ainsi cette maxime si belle de Cicéron dans la théorie se trouve confuse et impossible dans la pratique. La Cité de Dieu, quand elle combat Babylone, ne se trouve point dans ces embarras : les intérêts de son salut et de sa foi, bien loin de s'entrechoquer, s'établissent l'un l'autre ; et ceux qui combattent dans ces glorieuses occasions, trouvent tout ensemble dans la mort, et le dégagement de la foi qu'ils ont donnée à Jésus-Christ, et le commencement du salut éternel que Jésus-Christ leur a promis.

C'est par la gloire d'une telle mort que la justice de Dieu a voulu récompenser tout ce que je vous ai fait voir de chrétien dans la milice de notre Prince, et expier en même temps tout ce que la foiblesse humaine y a pu mêler de passion et de vânité. La Providence n'a pas voulu que nous pussions douter des sentimens de son cœur dans cette religieuse entreprise, et que ceux qui seroient chargés de le louer, eussent la peine de faire des découvertes incertaines dans son cœur, et de rendre la vérité douteuse en n'y allant que par des conjectures : sa main a laissé par écrit ce que pensoit son cœur ; ses derniers sentimens paroissent dans les dernières paroles qu'il a écrites au moment qu'on levoit l'ancre et la voile pour partir. *Je pars* (écrivoit-il à Madame la Duchesse de Vendôme sa mère) *avec la plus grande joie du monde, pour me rendre où la Religion, le service de mon Maître, et la véritable gloire m'appellent. Je crois que vos prières à qui je dois tout ce que j'ai eu de bonheur en ma vie, ne me manqueront pas en une occasion qui doit être selon votre goût, puisqu'elle est toute sainte.* Je ne lui prête rien, Messieurs, ce sont ses propres termes ; je les ai vus écrits de sa propre main, et les ai regardés comme les sentimens d'une ame déja détachée de la matière, et pleine de ces vraies idées du bon et du beau, dont les vaillans du monde n'ont pour l'ordinaire que de fausses notions et de vains fantômes. Ne diriez-vous pas qu'il a fait lui-même dans ce peu de paroles tous les apprêts de son apothéose? Ne semble-t-il pas que, semblable à ces Anciens qui se parent de leurs plus riches habits allant à la mort, il a paré son ame des plus beaux sentimens que la générosité puisse inspirer? Il y regarde la Religion comme chrétien, il y regarde le service de son Maître comme sujet, il y regarde la vraie gloire comme un héros, et par la réunion de ces trois regards dans une seule action comme de plusieurs rayons dans un centre, il s'en forme un éclat et un réjaillissement de gloire qui éblouit et qui dissipe tout cet air funeste et ténébreux que les noms de malheurs, de fuite, de terreurs et de mort, veulent répandre devant nos yeux.

Non, non, succès, règles fautives des ignorans, vous ne maîtriserez point notre jugement dans cette rencontre : à travers toutes les préventions et tous les préjugés qu'une mauvaise issue inspire contre un beau dessein, nous voyons toutes choses judicieusement projetées, sagement conduites, vaillamment exécutées. Tant que le Ciel, dont les jugemens sont impénétrables, ne s'en est point mêlé; je vois les Turcs poussés vigoureusement, ou ensevelis dans leurs propres travaux; je les vois se jetter dans la mer et chercher dans les eaux un salut que la terre leur refuse. Mais hélas! ce que tant de milliers d'hommes ne peuvent faire, un accident inopiné, et qui n'est pas de ceux que la prudence peut ou prévoir, ou réparer, le fait; la victoire est arrêtée au milieu de sa course, le feu se met dans un magasin à poudre : le bruit, l'éclat, les coups, les feux entrecoupés frappent les yeux des soldats, et troublent leur imagination. Ils croient que l'Enfer et le Ciel tonnent également contre eux; que la chute du Ciel va les écraser; que l'ouverture de la terre va les engloutir; qu'on n'a pas à combattre contre les hommes, mais contre les démons. Quelques-uns sont enlevés, tous sont épouvantés. La terreur, qui du côté de Dieu est un effet de sa puissance, et du nôtre un effet de notre foiblesse, chasse toute la discipline; il n'y a plus d'ordre, plus d'obéissance : la présence d'esprit et le cœur des chefs ne peut pas même changer la confusion de la fuite en l'ordre d'une retraite; et le soldat n'ayant plus la valeur qu'il faut pour combattre, n'a plus la docilité qu'il faut pour obéir.

C'est ici le triste et malheureux endroit où ma matière m'échappe d'entre les mains : le désordre dérobe ce Prince à ma vue, et il falloit que sa vie ayant été un beau spectacle pour les hommes, sa mort fût un spectacle pour le Dieu des armées et pour les anges qui composent ses légions : *Spectaculum Deo et Angelis.* C'est à vous, anges de Dieu, seuls et uniques spectateurs de ces combats, à parler sur cette matière. Anges tutélaires de cette Église et de la France, ministres du Dieu des armées, dites-nous quels furent dans ce triste abandonnement les sentimens d'un cœur qui se charge lui-seul de faire l'honneur des armées chrétiennes, et de recueillir, pour ainsi dire, dans lui-même le débris de la valeur et du courage de toute une armée. Il me semble, messieurs, que ces esprits bienheureux me répondent par une secrète inspiration, que le Saint Esprit a lui-même fait l'éloge de notre Prince et l'histoire de sa mort dans celle de Judas-Machabée, et qu'il n'y a qu'à changer les noms pour voir la vérité des choses. Représentez-vous donc Monsieur le Duc de Beaufort tel qu'étoit le vaillant Machabée, lorsqu'abandonné des siens, il se vit exposé à toutes les forces et à la fureur de ses ennemis : tout ce qui reste autour de lui, ne lui parle que de fuite et de retraite, elle lui est aussi ouverte qu'aux autres : *Liberemus animas nostras, et revertamur ad fratres nostros.* Il semble que la prudence et les loix de la guerre l'ordonnent : mais l'esprit de force, qui anime ceux qui combattent pour le Seigneur, a ses belles et ses justes irrégularités. Il y a une espèce d'enthousiasme sacré et d'inspiration divine, qui pousse leurs cœurs au delà des bornes dont la prudence humaine est esclave. Les Samsons, les Judas-Machabée, les Éléazars en sont dispensés à leur mort : les excès, les transports, les saints emportemens sont la justesse de cette valeur; et ces excès, ces transports et ces emportemens sont si beaux, que la médiocrité des plus belles vertus ne les vaut pas. C'est par l'inspiration de cet Esprit, que notre prince dit alors les mêmes paroles qui sortirent de la bouche de Judas-Machabée : *Absit ut rem istam faciamus, et fugiamus ab eis :* A Dieu ne plaise que je fuie devant les infidèles; si notre dernière heure est venue, mourons en vaillans hommes, et ne ternissons pas par la fuite de la mort, la gloire d'une belle vie : *Sed moriamur in virtute, et non inferamus crimen gloriæ nostræ.* Voilà les paroles sacrées, et les sentimens religieux par lesquels il a consacré sa mort et lui a donné l'air du martyre. Animé de cette résolution, il fait sentir aux infidèles que si le dessein de mourir augmente la force d'un vaillant homme, le dessein de mourir pour Jésus-Christ relève la valeur jusqu'à l'infini : il porte la terreur et la mort partout où il va adresser ses coups. Mais enfin *cecidit Judas, et cæteri fugerunt.* Ce nouveau Judas-Machabée, après la fuite de tous les autres, cédant au nombre plutôt qu'à la force, tombe sur ses propres trophées, et meurt d'une mort la plus glorieuse qu'un héros chrétien puisse souhaiter, l'épée à la main contre les ennemis de son Dieu et de son Roi, dans le centre du monde, à la vue de l'Europe, de l'Afrique et de l'Asie; et plus que tout cela, à la vue de Dieu et de ses anges.

Après ce coup fatal, qu'attends-tu, Candie, pour te rendre? Toutes tes espérances sont mortes avec ce Prince, ton destin étoit attaché au sien; si la terre avoit pu quelque chose pour ta délivrance, tu l'eusses reçu des mains de ce Prince : *Si Pergama dextrâ defendi possent, etiam hâc defensa fuissent.* Mais, Candie, Dieu s'est expliqué contre toi par cette mort : soumets ta tête à un joug que la main de Dieu t'impose, et tant que durera ta captivité, tu seras un monument de ce que Monsieur le duc de Beaufort a fait pour ta délivrance.

La raison de ce triste succès est impénétrable. Le même Dieu qui laissa perdre deux batailles sanglantes aux onze tribus d'Israël, après leur avoir commandé d'aller exterminer la tribu de Benjamin, a ordonné de secourir Candie, et nous a laissé succomber dans ce secours. Relégués à un coin de la terre et au plus bas étage du monde où nous n'avons que des vues bornées et finies, il ne nous appartient pas de sonder les secrets de la conduite de Dieu, qui règle tout par des vues générales et universelles. Mais on peut dire que l'arrêt de la perte de Candie étoit fulminé dans le ciel. comme autrefois celui de Jérusalem : *Dominus locutus est super eam propter multitudinem iniquitatum ejus.* Nos péchés, nos crimes, nos abominations ont été les. plus vaillans soldats des Ottomans : les oraisons des saints, les vœux des fidèles, les prières d'un saint pape, dont la mémoire sera à jamais en bénédiction, n'ont pu percer les nuages que les noires vapeurs de l'iniquité avoient formés entre

Dieu et nous : *Opposuisti nubem tibi, ut non transeat oratio.* De quel orage, de quelle tempête cette nue grosse de nos crimes ne nous menace-t-elle pas? Je la vois suspendue en l'air, prête à fondre sur tous les endroits où la colère de Dieu comme un vent impétueux la poussera. Tous les apprêts qui se font dans l'Empire Ottoman, sont le bruit de la foudre, qui gronde sourdement dans la nue avant que d'éclater sur Candie; nous avons perdu le mur et l'avant-mur de la sainte cité : *Cecidit antemurale, et murus pariter dissipatus est.* Le monde chrétien est ouvert de tous côtés, et l'Église peut bien dire à son Époux Jésus-Christ : Regardez mon affliction et ma misère, mon ennemi enflé par ses succès et par mes pertes, médite mille funestes desseins contre ma liberté. J'entends le bruit des chaînes qu'il me prépare : *Vide, Domine, afflictionem meam, quoniam erectus est inimicus.* Mais tournant sa voix du ciel vers la terre, n'a-t-elle pas sujet d'adresser aux Princes chrétiens ces tristes paroles : Mes chers et illustres enfans : quelle fureur vous anime si opiniâtrément les uns contre les autres, pendant que l'ennemi commun avance, prend le pays et gagne les dehors, d'où il attaquera bientôt le cœur de vos états! Qu'attendez-vous pour vous unir contre lui? Quoique l'abomination de la désolation paroisse dans le lieu où elle ne doit pas être; que le premier temple du monde soit changé en mosquée : certes Dieu saura bien tirer sa gloire de nos pertes, et son Église représentée par cette femme de l'Apocalypse, prendra des ailes pour voler dans le désert et pour s'établir parmi de nouveaux peuples qui lui ouvrent leurs esprits et leurs cœurs. Mais quelle honte pour vous devant les hommes, et quel jugement devant Dieu, si par votre négligence et vos animosités mutuelles elle se voit chassée d'un lieu où elle a exercé un empire et si long et si glorieux! Ces tristes paroles ne s'adressent pas tant au lieu où je parle, qu'aux pays étrangers. Le zèle de notre invincible monarque pour la défense de l'Église, a paru par des marques si éclatantes, qu'il est aisé de juger que nous ne pleurerions pas la perte de Candie, s'il eût pu agir dans cette rencontre avec toute la plénitude de ses forces, et suivre toute l'étendue de ses desirs.

Ce sera sous ses étendards, Messeigneurs, que nous verrons un jour Vos Altesses (1) venger sur ces infidèles la mort du Prince que nous pleurons. Ce noble courage qui anime vos cœurs, et qui a déjà paru dans toutes les rencontres où il vous a été permis de le montrer, nous donne des augures infaillibles de ce glorieux avenir. Mais lorsque la force de votre âge vous mettra en état d'exécuter ce que vous prévenez déjà par l'impatience de vos desirs, après l'exemple du grand Louis, ayez toujours devant les yeux un Enée et un Hector à qui le sang vous lie de si·près : *Et cum matura adoleverit ætas, vos pater Æneas et avunculus excitet Hector.* Cet Enée chrétien est immortalisé par sa valeur dans mille combats, et par sa piété dans la plus éminente dignité de la religion. Cet Hector chrétien est mort en défendant la Troye chrétienne ; mais sa gloire ne mourra jamais ; tant qu'il y aura des hommes au monde, l'exemple de sa vie et de sa mort dira à tous ceux que leur naissance et leur inclination destine aux emplois de la guerre, qu'il n'y a point de véritable valeur, si elle n'est employée pour la défense des intérêts de son Prince, et de la gloire de son Dieu : *Esto vir fortis, et præliare bella Domini.*

(1) MM. les Princes de Vendôme présens.

ORAISON FUNÈBRE

DE

MESSIRE PIERRE SÉGUIER

CHANCELIER DE FRANCE

Prononcée aux Carmélites de Pontoise en 1672

———

Corona dignitatis senectus, quæ in viis justitiæ reperietur. (*Prov.* 16.)

La plus belle couronne d'une éminente dignité, c'est d'y vieillir avec honneur et en marchant constamment dans les voies de la justice.

Pour achever le portrait de la vanité des choses humaines, il ne me restoit plus qu'à rendre ce triste devoir à la mémoire de messire Pierre Séguier, chancelier de France, garde des sceaux de la couronne et commandeur des ordres de Sa Majesté. Deux ans ne se sont pas encore écoulés, depuis que les obsèques pompeuses d'une illustre princesse (1) et d'un grand prince (2), élevés sur la terre dans le point de leur plus grande gloire, donnèrent une assez ample matière à l'éloquence chrétienne de la chaire ; et il ne nous fut pas difficile d'inspirer du dégoût pour les créatures, étant soutenus par deux exem-

(1) Henriette d'Angleterre.
(2) M. de Beaufort.

ples si fameux de l'inconstance de tout ce que le monde a de plus éclatant et de plus doux.

Cependant il n'est que trop vrai, qu'autant que ces morts soudaines sont propres à jeter d'abord la frayeur et l'étonnement dans les ames, autant dans la suite laissent-elles lieu à l'amour-propre de ne s'en point faire l'application. Chacun se persuade qu'il est destiné à fournir une plus longue carrière dans le monde ; et jugeant de la longueur de sa vie par le désir de vivre qui est sans bornes, on regarde la longue vie dont on se flatte, comme une espèce d'immortalité.

Pour pouvoir donc donner le dernier trait au tableau de l'inconstance des créatures, il falloit encore parler de la mort d'un grand homme, qui, dans une des plus belles et des plus longues vies du monde, eût laissé le loisir au siècle d'épuiser en sa faveur tout ce qu'il peut faire pour la grandeur et la félicité d'un mortel, et qui eût donné à la terre un exemple aussi rare qu'est celui d'une longue vie et d'une longue gloire tout ensemble. On ne peut choisir un meilleur juge pour régler le prix qu'on doit donner à toutes les pompes du siècle, et il n'y eut jamais un juge plus propre à prononcer ce fameux arrêt, que le grand homme que nous pleurons. Personne n'a vu de plus près le comble des grandeurs humaines, que ce grand chancelier du plus grand royaume du monde ; personne ne les a examinées avec des yeux plus éclairés, que ce philosophe chrétien ; personne ne les a vues plus long-tems que le plus ancien officier de la couronne, qui ayant mérité dans sa jeunesse la place des vieillards, a conservé dans sa caducité l'esprit et la vigueur des jeunes gens : *Corona dignitatis senectus, quæ in viis justitiæ reperietur.*

Parlez donc sur ce grand sujet, grand et illustre mort : faites-vous un nouveau tribunal de votre tombeau, et portant votre autorité plus loin après votre mort qu'elle n'a été pendant votre vie, prononcez dans cette illustre assemblée, non plus sur les différends des particuliers, ni sur les affaires publiques de cet état, mais sur le sort général et la condition universelle de tout le genre humain. Dites-nous ce que vous a paru au moment de votre mort cette belle vie, qui joignoit un si grand poids de gloire au poids de vos années. Que vous a paru l'éclat de tant d'actions héroïques, lorsque la mort vous a mis dans ce point de vue, d'où se découvre la véritable proportion de toutes les choses qu'on ne voit ailleurs que dans un faux jour si propre à l'illusion? Quoi! Messieurs, ce grand homme ne peut répondre, ce premier oracle de la justice est muet, et la mort détruit tellement toutes choses, qu'elle ne laisse pas même une langue et une bouche pour prononcer que tout n'est rien.

Imprudent que je suis! le morne silence qui règne autour de ce tombeau, ne fait-il pas la fonction de sa langue et de sa voix? Ne nous dit-il pas que la longue carrière d'une si longue vie n'a paru à ce grand homme au moment de sa mort, que comme le jour qui vient de passer? Hélas! quand on est arrivé au terme, les différentes longueurs de la carrière qui y conduisent, se distinguent aussi peu que celles des lignes, quand elles sont confondues dans leur centre ; la mort unit tout, confond tout, égale tout, parce qu'elle réduit tout dans une espèce de néant qui est indivisible, et qui ne se mesure point par les degrés. Mais comme pour bien juger de la grandeur d'une chute, il faut la mesurer de la hauteur du lieu d'où l'on tombe; pour bien juger du néant de l'homme et de la puissance de la mort, il faut voir quelle a été la grandeur du héros dont elle a triomphé; combien de gloire elle a renfermé dans son tombeau, et que tout y seroit enseveli avec lui, s'il n'avoit opposé au pouvoir de la mort cet assemblage glorieux de tant de vertus naturelles et chrétiennes, domestiques et publiques, civiles et morales, qui étant des qualités immortelles, porteront la gloire de son nom jusqu'à la plus reculée postérité parmi les hommes: elles lui ont préparé le chemin de cette gloire dont Dieu couronne ses élus parmi les anges.

Et, à vous dire le vrai, il n'en falloit pas moins à ce grand homme pour soutenir dignement le poids de l'auguste ministère dont il étoit revêtu, et pour remplir la vaste étendue des fonctions d'un grand chancelier. Car cette importante dignité est dans un sujet l'un des plus beaux et des plus doux ornemens de la royauté. L'image du Dieu des armées que portent les princes, se fait sentir à leurs ennemis par les mains de ceux qui portent ses foudres dans les emplois tumultueux de la guerre : mais l'image douce et brillante du Dieu de paix et de justice que portent les princes à l'égard de leurs sujets, est imprimée dans la personne d'un chancelier, par le caractère auguste de sa charge. Elle est comme un canal spirituel qui entretient un commerce de raison et d'intelligence entre le prince et ses sujets, par où la protection de la justice descend du prince vers les peuples, et le respect et la fidélité des peuples remonte vers le souverain.

Enfin, Messieurs, un chancelier me paroît dans le monde civil, comme une de ces intelligences du premier ordre, que Dieu ne dédaigne pas d'associer à sa providence dans la conduite de l'univers ; il faut qu'il ait leur lumière, leur fermeté et leur religion. Ces purs esprits qui gouvernent le monde sous les loix de Dieu, ne sont que lumière et qu'intelligence, et dans la sphère de leurs fonctions rien ne borne leur connoissance. Leur force n'est pas moindre que leur lumière, rien n'est capable d'arrêter leur opération ; ils maîtrisent la nature ; tous les mouvemens des élémens rebelles sont contraints de céder à leur force et à leur fermeté. Tant de lumière et tant de force ne font aucun tort à leur religion ; pendant qu'ils gouvernent le monde, ils sont eux-mêmes gouvernés par une loi supérieure à laquelle ils sont soumis par le choix de leur liberté, autant que par la nécessité de leur dépendance.

C'est sur les qualités de ces nobles intelligences, que je prends l'idée de celles de M. le chancelier ; il a eu leurs lumières, il a eu leur fermeté, il a eu leur religion. Tout ce qu'il y a de ténèbres répandues sur les beaux-arts et sur les sciences les plus épineuses, cédoit à la pénétration de son génie, et il n'étoit pas moins l'oracle de toutes les belles disciplines, que celui de la jurisprudence et des loix. Son cœur par sa fermeté répondoit aux lumières de son esprit ; la crainte, l'avarice, la flatterie, ces vents impétueux du monde et de la morale, qui renversent les cœurs les plus fermes, n'ont jamais ébranlé le sien : tout élevé qu'il étoit au-dessus des autres hommes par l'éminence de ses qualités et de ses charges, sa religion l'a toujours constamment abaissé sous la main toute-puissante de Dieu, et lui a toujours soumis les lumières de son esprit pendant sa vie, et consacré toutes les affections de son ame à sa mort. Voilà, messieurs, le sujet de son éloge, qui vous convaincra qu'ayant conservé ces sentimens jusqu'à une vieillesse fort avancée, il a mérité pleinement les louanges divines que mon texte renferme : *Corona dignitatis senectus, quæ in viis justitiæ reperietur.*

PREMIÈRE PARTIE.

L'oserions-nous dire, Messieurs, et nous croiroit-on si l'oracle de la vérité ne l'avoit dit avant nous, que les premiers magistrats de la terre doivent être regardés comme des dieux, et que les compagnies de justice sont des assemblées de divinités subalternes, où le véritable Dieu préside par l'esprit de la justice qui y décide toutes choses : *Deus stetit in synagoga deorum ?* Mais que la vanité humaine ne se fasse point un poison d'une qualité si auguste, l'antidote n'est pas loin ; et la même Écriture qui les nomme des dieux, nous apprend avec quelle précaution et en quel sens ce beau titre leur appartient, en les faisant souvenir que tous dieux qu'ils sont, ils ne laisseront pas de mourir comme des hommes : *Dii estis, vos autem sicut homines moriemini.*

Je dis plus, sans crainte d'avancer un paradoxe, si les hommes n'étoient mortels, le nom que porte le Dieu immortel ne leur eût jamais été donné, et ils doivent le plus éclatant de leurs titres à la plus basse de leurs qualités, qui est celle de cendre et de poussière. Avez-vous jamais remarqué, Messieurs, que les anges que Dieu applique au gouvernement de l'Univers, n'ont jamais été appelés des dieux dans les Écritures? Dieu affecte au contraire de leur donner des noms qui les rabaissent, en les appelant ses serviteurs et ses esclaves. Cette réserve, dit le grand saint Augustin, est une prévoyance du Dieu jaloux. S'il eût donné son nom aux anges, il eût risqué quelque chose : ces nobles créatures ont de quoi soutenir ce grand nom avec quelque sorte d'apparence ; leur immortalité jointe à leur lumière eût peut-être trompé les hommes, et on leur eût dressé des autels et présenté des sacrifices. Mais pour les hommes il n'a point eu les mêmes ménagemens : il leur a donné sans crainte le nom de dieux, et à quelque degré d'élévation que leur lumière et l'étendue de leur esprit portât leur grandeur et leur gloire, il n'a pas appréhendé qu'on se trompât, et qu'on s'avisât de faire un dieu d'une créature si fragile.

Voilà, Messieurs, le jugement que le Dieu du ciel prononce sur les dieux de la terre : s'ils avoient de quoi soutenir ce grand nom, il ne leur eût jamais été donné : ils ne sont si hauts par leurs titres, que parce qu'ils sont si bas par les choses; et quelque air de divinité que leur lumière attache à leur personne, le tombeau sera toujours infailliblement un contre-poids de la gloire de leur tribunal. Vous en voyez au milieu de cette Église l'exemple le plus décisif qui fût jamais : *In medio autem Deos dijudicat.*

Le grand homme qui repose dans ce tombeau, n'étoit pas un dieu du commun, *non de plebe deus.* Par la lumière de l'esprit aussi bien que par l'éminence de sa dignité, il pouvoit être appelé, au terme de l'Écriture, le premier des dieux ; ses lumières brilloient de cet éclat qui fait les premiers génies du premier ordre ; elles étoient pures sans aucun mélange d'obscurité, et le faisoient arriver à la pure vérité, sans passer par les ténèbres du doute ; elles étoient aussi vastes' et aussi étendues que son ministère, c'est-à-dire qu'elles avoient une espèce d'immensité ; elles avoient une influence universelle sur tous les corps lumineux de l'État : comme le soleil redouble le feu des astres auxquels il se joint sur la route, toutes les compagnies de justice brilloient d'un éclat redoublé par la présence de celui qui n'étoit pas moins leur soleil pour les éclairer, que leur chef pour leur donner le branle et le mouvement. En faut-il davantage pour soutenir le grand nom que l'Écriture donne aux juges ? En eût-il fallu davantage pour soutenir l'apothéose parmi les peuples, dont la prostitution et l'ignorance mettoient tous les législateurs et tous les magistrats au nombre des dieux ?

Mais hélas ! nous ne pouvons plus nous y tromper, la précaution n'est que trop sûre ; ce grand homme n'est plus que cendre et poussière, cet oracle est muet, ses lumières sont éclipsées par les ombres de la mort, ce grand chancelier n'a plus pour tribunal qu'un tombeau. L'Église reconnoissant la protection qu'il lui a toujours donnée, lui rend ses devoirs ; mais ce n'est plus que comme à un pécheur qui a besoin de la miséricorde du Dieu des dieux et du juge des juges. L'éloquence sacrée de la chaire rend ses hommages au protecteur et au maître de la plus pure éloquence du siècle ; mais c'est par une oraison funèbre. Ah ! ne craignons pas, Messieurs, de l'appeler un dieu, le premier des dieux : n'appréhendons point de blesser la jalousie d'un Dieu. En attirant l'admiration des hommes, nous n'avons, hélas ! devant les yeux que de trop sensibles précautions contre la grandeur de tant de titres, et contre la sublimité de tant de nobles idées.

Et à vous dire le vrai, il nous en prend bien de re=

garder les lumières de ce grand homme si approchantes de celles de ces intelligences, et si bien tirées sur celles de Dieu, à travers les voiles de la mort. Sans ce secours leur éclat nous éblouiroit : nous ne pourrions voir d'un œil ferme cette portion de l'esprit de Dieu, cette émanation de lumières éternelles, cette participation de la sagesse divine. C'est l'avis du sage de louer les hommes après leur mort, qui est un précepte de modestie pour celui qui est loué, et devient en cette occasion un secours nécessaire pour celui qui loue : *Lauda post mortem.*

Car, messieurs, je ne fais pas de difficulté de dire qu'un talent aussi grand et aussi rare que celui de cet illustre chancellier, ne fut un pur don du ciel, qui étoit plus infus qu'acquis. Les hommes peuvent allumer des flambeaux pour éclairer un espace médiocre ; mais il n'appartient qu'à Dieu d'allumer ce grand flambeau qui forme le jour et qui éclaire toute la terre.

Il me seroit aisé, si je voulois tout donner à l'industrie humaine, de trouver dans le bonheur de son éducation et dans l'assiduité de son travail la source de ses grandes connoissances ; car ce grand homme eut pour son précepteur M. Fremiot, que son mérite éleva depuis à la dignité d'archevêque de Bourges et de grand aumônier de France. Il apprit la science du droit du disciple bien-aimé du grand Cujas, et l'on peut dire que ces savans maîtres, pour satisfaire l'avidité de leur illustre disciple, le nourrissoient du suc et de la moëlle de toutes les sciences, comme on dit que Chiron ne nourrissoit son Achille que de la cervelle des lions. Avec la plus belle et la plus heureuse facilité d'esprit qui fût jamais, il n'a pas laissé de s'appliquer à l'étude avec autant d'assiduité, que s'il eût fallu acquérir par un travail opiniâtre, ce que le ciel lui avoit donné par le bonheur de sa naissance. L'amour des sciences fut toujours la passion dominante de son cœur : il lui consacra ses premières années, qui sont d'ordinaire la proie malheureuse de tous les vices pour lesquels il ne faut que des richesses et un corps. La grandeur de ses gains faisoit son avarice dans ce beau commerce. L'histoire, la jurisprudence, la morale et la politique ont toujours été ses plus douces occupations et ses plus chères délices. Cet esprit altéré de la sagesse, l'alla chercher dans le Lycée, dans l'Académie et dans le Portique; et après s'être enrichi de tous les trésors qu'il y trouva, il se fût cru pauvre et indigent de tout ce qui a fait les richesses de toute l'antiquité profane, s'il n'eût trouvé dans les saintes Écritures et dans les connoissances théologiques de quoi remplir l'objet infini de la capacité presque infinie de son esprit. La glace de l'âge n'avoit point amorti dans ce sage vieillard la pointe de cette sainte et noble passion. La mort l'a surpris faisant des extraits de sa propre main sur toutes ces grandes matières; occupation bien plus digne d'un grand homme dans un âge si avancé, que celle de ce Romain si vanté, qui se faisoit honneur d'apprendre la langue grecque.

Je pourrois encore trouver dans son sang la source de ses lumières, et regarder ses connoissances aussi bien comme un héritage que comme une acquisition.

Vous me prévenez, Messieurs, et ce seul mot vous remet devant les yeux toute la gloire des grands hommes que la maison des Séguiers a donnés à la robe depuis qu'elle a renoncé à celle des armes, où ceux de ce nom se sont signalés dès le onzième siècle, tant en la charge de grand sénéchal des comtés de Flandre, qu'en celle de connétable de la duché de Narbonne. Vous vous représentez un Pierre Seguier bisaïeul de notre illustre chancelier, qui fut l'amour et les délices du grand roi François Ier, qui l'ayant entendu parler avec tant de plaisir sur toutes choses, voulut enfin qu'il parlât pour lui au parlement en qualité d'avocat général, et dans les plus importantes négociations des affaires de l'État : un Antoine Séguier, dont la sagesse, l'intégrité, la lumière et la religion font voir de combien les vertus chrétiennes l'emportent sur celles des Caton et des Aristote : Un autre Pierre Séguier, père de cet illustre mort, qui trouva dans les troubles et l'agitation de l'état l'affermissement de sa vertu, une digne matière à son habileté dans les affaires, et une preuve assurée de son inviolable fidélité. Vous vous représentez un sénat tout entier de grands et illustres magistrats de ce nom, douze conseillers au Parlement, six conseillers d'Etat, deux lieutenans civils, deux avocats généraux, sept maîtres des requêtes, cinq présidens au Mortier, deux prévôts de Paris, chefs de la noblesse de France, et plusieurs illustres prélats. Tout brille, tout éclate dans cette illustre généalogie : la religion, la justice, la science et la sagesse y jettent mille rayons de tous côtés, et les réflexions de tant de lumières envoyées des pères aux enfans et réfléchies des enfans vers les pères, y forment un éclat que l'esprit à peine de soutenir. Tous ces grands hommes s'étoient réunis dans leur petit-fils ; ils lui avoient transmis toutes leurs plus glorieuses qualités : et comme les fleuves ne perdent leur nom que dans l'Océan ; le nom, les titres, les dignités, les vertus de cette illustre maison, ne pouvoient se confondre et se perdre plus glorieusement que dans la personne de M. le chancelier et dans cette éminente dignité qui est comme un océan de grandeurs, le comble et le sommet de toutes les dignités du royaume.

> *Præmissaque retro*
> *Nobilitas nec origo latet, sed luce sequente*
> *Vincitur, et magno gaudet cessisse Nepoti.*
> *Prima Togæ virtus stat, filius.*

Mais encore une fois, Messieurs, toutes ces sources, quelque claires qu'elles soient, n'ont pu produire cet esprit de lumière dont ce grand homme étoit inondé, pour me servir des termes d'un ancien. Pour former ce grand déluge et cette inondation, il faut que le ciel s'ouvre et qu'il verse à flots et à torrens ce que la terre ne sauroit donner que goutte à goutte. Pour connoître tout ce qui

mérite d'être su, pour porter d'un seul regard ses réflexions plus loin sur les plus difficiles matières, que les
plus beaux esprits du siècle ne peuvent faire par de longues méditations, et pour avoir cette connoissance presque immense des principes de la jurisprudence, de la diversité des loix, des différens usages, des règles infinies
du droit commun, des exemptions délicates, des priviléges, des intérêts du prince, des devoirs des sujets, des
diverses natures d'expéditions ; pour juger des justices
des autres, et redresser par sa lumière et par son équité,
ce que les plus sages têtes d'un état n'ont point vu ; pour
pénétrer d'un coup d'œil jusqu'au fond des affaires les
plus embrouillées, il faut, Messieurs, il faut être éclairé
d'en haut, il faut avoir une participation de cette clarté
infinie du Tout-Puissant, *Emanatio claritatis Omnipo-
tentis*. Il faut à la manière des anges, comme dit saint Augustin, voir les effets dans les principes, et lire dans Dieu
même les règles de cette première justice, qui dans son
unité contient la multiplicité de toutes les loix, et qui,
sans jamais changer d'elle-même, ne laisse pas de changer
les règles qui sont nécessaires au monde, ou pour arrêter
la malice des hommes, ou pour soulager leur misère. Ne
croyez pas, messieurs, que je diminue la gloire de ce
grand homme en disant qu'on lui a plus donné qu'il n'a
acquis, parce que nous sommes toujours plus riches et plus
ornés des dons de Dieu que des fruits de notre travail.
Par l'étude et par la méditation, c'est l'homme qui acquiert ; par l'infusion, c'est Dieu qui donne : et Dieu est
toujours plus riche et plus libéral pour donner, que
l'homme n'est avide et habile pour acquérir.

Aussi quand ce grand homme ouvroit la bouche pour
expliquer les sentimens de son prince et pour dire les
siens, il faisoit sentir à tous ceux qui l'écoutoient, cet air
d'inspiration, cette force d'en haut qui a tant de grandeur
et qui tient bien plus de l'oracle que de l'orateur. L'éloquence des hommes ordinaires a besoin d'un grand amas
de paroles, de figures et de mouvemens. Il faut qu'elle

attaque le cœur humain dans les formes, pour soutenir cette espèce de tyrannie qu'elle exerce sur les cœurs en les persuadant. Aussi on peut dire que ces figures et ces mouvemens sont comme de petites armées rangées en bataille. Mais l'éloquence d'un prince qui parle à ses sujets, celle d'un chancelier qui parle pour son prince, fière, majestueuse, assurée qu'elle est de ses droits et de sa dignité, néglige tous ces petits arrangemens : elle enlève ce que l'autre ne fait que demander; et par la force des choses, sans secours, sans agitations et mouvemens, elle fléchit les obstinés, persuade ceux qui sont incertains, désarme les rebelles, inspire le respect, et fait avec moins de bruit et plus de force, ce que l'autre n'exécute qu'à peine avec tant de figures tendres et de mouvemens passionnés.

Telle étoit l'éloquence de ce grand homme, facile, claire, énergique et grave, qui portoit le caractère de son esprit et de sa dignité. Nous pouvons lui mettre dans la bouche ces paroles du plus sage de tous les hommes : *Habebo propter sapientiam claritatem ad turbas, et honorem apud seniores ;* ma sagesse m'a donné ce brillant d'esprit et cette force de parole qui attire le respect des peuples, et qui jette de l'étonnement dans l'esprit des plus sages magistrats. *In conspectu potentium admirabilis ero.* Je me suis fait admirer au plus puissant ministre qui fut jamais. Armand le Grand, l'immortel Armand trouva quelque chose à admirer dans la profondeur de ma sagesse et dans la force de mon éloqence, lui qui se connoissant lui-même, devoit avoir épuisé sur ses qualités héroïques toute son admiration : *Facies principum mirabantur me.*

Le grand Roi, qui seul méritoit sur la terre d'être le maître d'un si grand ministre, fut charmé de mes discours, et voulut que la plus haute éloquence servît d'interprète à l'exacte justice du plus juste de tous les rois : *Loquentem me respicient, et sermocinante me plura, manum ori suo imponent.* Tous les ordres du royaume, attentifs des yeux et des oreilles à mes discours, mettoient leur main sur leur bouche, pour garder un plus grand silence, et pour empêcher ces saillies d'applaudissemens que mon éloquence leur arrachoit.

Mais non, Messieurs, oubliez tout cela ; souvenez-vous seulement qu'il a dignement parlé pour notre grand monarque : ce seul mot est le plus grand éloge du monde. Un historien a dit des six guerriers qui devoient décider par un duel le différend d'Albe et de Rome, qu'ils portoient tous les cœurs de deux grandes armées, *ingentium exercituum animos gerentes*. Mais quel éloge peut égaler celui qu'on peut donner à notre chancelier, d'avoir si dignement porté dans ses discours l'esprit et le cœur du grand, du juste, du magnanime Louis? Pour soutenir un caractère presque divin, il faut une espèce d'inspiration et d'enthousiasme. Quiconque ne demeure pas au-dessous de ce grand emploi, est au-dessus de toutes les louanges. Vous les voyez, vous les sentez, Messieurs ; mais j'ose dire que personne ne les sent et ne les voit mieux que moi dans ce moment; et l'impossibilité où je me trouve de parler dignement de ce grand prince, me fait mieux juger de la difficulté qu'il y a de parler pour lui. Mais, Messieurs, si c'est un si grand sujet de louange pour un sujet, d'avoir pu s'élever jusqu'à cette région supérieure de l'esprit de son souverain, est-ce une petite louange pour un souverain de descendre avec tant de dignité jusqu'aux emplois de ses sujets, de faire voir en les continuant avec tant de grace, tant de suffisance et de capacité, que tous ses officiers ne suppléent pas tant à son défaut, qu'ils ne font que soulager ses peines; qu'il est tous ses officiers par sa pénétration et par ses lumières, quoiqu'il ne le soit pas par fonction ; et qu'on peut dire de lui, comme du premier des Césars, que le même génie qui le fait vaincre dans les combats, le fait prononcer avec tant de lumière et de sagesse sur les affaires les plus embrouillées à la tète de son conseil : *Ut illum eodem animo dixisse quo bellavit appareat*. Grande ame, si vous êtes encore sensible aux choses de la terre, et s'il plaît à Dieu de vous faire connoître ce qui s'y passe ; que de joie pour vous d'apprendre que votre mort même n'a pas été inutile à la gloire d'un maître, qui a été votre plus tendre et respectueuse passion durant votre vie !

Sans vouloir pourtant pénétrer dans les secrets de l'autre vie sur lesquels la providence a tiré un voile impénétrable, ne pouvons-nous point dire, que si les lumières de ce grand homme ont été si utiles au service du Roi, l'amour qu'il a eu pour les lettres et pour les savans, ne servira pas peu à immortaliser ce que Sa Majesté a fait de grand et dans la guerre et dans la paix ? S'il se trouve des Virgiles et d'autres génies capables de porter la mémoire de notre grand monarque jusqu'à la plus reculée postérité ; s'il y a des mains assez habiles pour conserver à nos neveux les traits, l'air, la douceur et la majesté de ce visage et de ce port si digne de l'empire du monde : je ne crains point de dire que cet Auguste en doit quelque chose à ce Mécène. C'est lui, Messieurs, c'est lui qui a donné le premier exemple à notre siècle d'exciter le travail des beaux esprits, ou en leur épargnant par ses libéralités la peine et le tems qu'il faut donner à solliciter la fortune, ou en procurant à leur vertu la gloire et l'élévation qui est la plus douce et la plus digne récompense du mérite.

Aussi lorsque le grand cardinal de Richelieu eut quitté la terre, l'Académie françoise, ce corps illustre qui, contre la nature des autres corps, n'est composé que d'yeux brillans qui découvrent tout par leurs lumières, de bouches éloquentes qui charment tout par leurs discours, n'hésita point sur le choix qu'elle devoit faire d'un chef qui continuât de l'animer d'une manière aussi noble et aussi élevée que ce grand Armand. Elle recouvra dans notre illustre chancelier ce qu'elle venait de perdre dans ce premier ministre, et elle considéra moins dans ce choix la protection qu'elle pouvoit recevoir de son autorité, que la supériorité de son génie, qui le rendoit sans leur choix le chef des savans et des beaux esprits, et la libéralité qui l'en rendoit le bienfaiteur et le père. En effet, Messieurs, il a fait élever les uns aux premières dignités de l'Eglise; il a poussé les autres dans le Conseil du Roi; il a fait des libéralités à quelques-uns, que leur mérite peut excuser de profusions. Une partie de ces grands hommes ont déjà rendu leur reconnoissance publique; je laisse aux autres de témoigner leur gratitude d'une manière digne d'eux; il a trop bien placé ses bienfaits, pour craindre que ceux qui les ont reçus les ensevelissent jamais dans l'oubli. Ils publieront sans doute que les graces et les établissemens n'étoient pas les seuls biens qui les atta-choient à ce grand homme, qui étoit leur maître aussi bien que leur protecteur; ils ont reçu des avis de lui dans leurs ouvrages et dans leur profession, qui les ont sur-pris, et qui leur faisoient voir que pour pénétrer ce qu'il y a de plus fin et de plus délicat dans les beaux arts, il ne falloit qu'un seul regard à ce génie sublime, et que ce que les autres ne découvroient qu'à force de travail et d'application, ce grand homme le voyoit dans les petits momens où il se délassoit de la forte assiduité qu'il appor-toit à son ministère. Que ne pourra pas un tel esprit pour la justice, s'il se trouve un cœur qui y réponde par la fermeté? C'est ce que nous allons voir dans la seconde partie de ce discours.

DEUXIÈME PARTIE.

La plus ancienne de toutes les loix, est celle que la main de Dieu a gravée dans le cœur de l'homme en le formant. Nous portons dans le fond de notre être cette loi toujours vivante, qui nous éclaire dans nos doutes, qui nous avertit dans nos erreurs, qui récompense nos vertus, qui punit nos crimes par les sentimens inté-rieurs qni nous consolent ou qui nous déchirent. Aussi l'éloquent saint Chrysostome a fort judicieusement re-marqué, que dans le décalogue que Dieu donna à son peuple, il ne rend aucune raison ni des commandemens, ni des défenses qu'il y fait. En défendant l'adultère et l'homicide, il n'ajoute pas, parce que ce sont de grands maux : en commandant l'honneur des parens, il ne rend pas pour raion la justice qu'il y a d'aimer ceux à qui nous devons la vie. Dieu avoit déjà mis toutes ces raisons dans le cœur de l'homme, et sa propre conscience par une lumière intérieure prévenoit tout ce qu'on auroit pu lui dire pour autoriser l'équité de ces commandemens et de ces défenses : *Quoniam præveniens conscientia hæc omnia nos docuit.*

De manière, Messieurs, que si l'homme se fût donné à lui-même l'attention qu'il se devoit, il n'eût pas eu besoin du secours d'une autre loi. Mais depuis que, séduit par les créatures et emporté par ses passions, il a fui son propre cœur, il a fermé ses oreilles à la loi du dedans qui le guidoit, il lui a fallu une loi du dehors qui le ramenât à lui-même. Dieu l'a traité, dit saint Augustin, comme un esclave fugitif qu'on fait revenir dans sa prison et dans ses fers, à force de courir après lui et de lui couper chemin. L'homme fuyoit son propre cœur et avoit coupé les chaînes sacrées que sa raison lui donne : *Eras fugitibus cordis tui.* Dieu, pour l'obliger à rentrer en lui-même, met un législateur au-dessus de sa tête, lui donne une loi qui frappe ses sens. Il la voit écrite en tous les endroits, il l'entend prononcer en tous lieux. Pressé qu'il est par cette loi extérieure du côté de ses sens, il rentre dans lui-même et revient à cette loi intérieure, par laquelle il devoit se gouverner pour vivre en homme.

C'est, ce me semble, messieurs, le beau sens qu'on peut donner à ces paroles de David : *Constitue legislatorem super eos, ut sciant gentes quoniam homines sunt.* Il considere cette liberté effrénée des Payens qui les faisoit vivre sans loi et sans dépendance dans cet état. Il faut qu'ils se croient ou des dieux ou des bêtes. Dieu est trop grand pour être réglé par une loi supérieure : la bête est trop stupide pour être réglée par une obéissance raisonnable. Quiconque veut vivre sans loi, s'élève ou s'abaisse à l'un de ces degrés, et dans tous les deux il n'est point homme. Mais, grand Dieu, envoyez-leur un législateur qui les place dans leur véritable rang, et qui leur faisant voir qu'ils ne sont pas bêtes, puisqu'ils ont de la raison pour être conduits ; qu'ils ne sont pas dieux, puisqu'ils ont trop de faiblesse pour se conduire eux-mêmes, leur apprenne justement qu'ils sont libres, à la vérité, mais libres sous une loi : *Constitue legislatorem super eos, ut sciant gentes quoniam homines sunt.* Voilà ce que c'est que d'être homme.

Mais quand il faut donner ce législateur, ce premier magistrat à son peuple, qu'il y a de mystère et qu'il faut faire de démarches ! On sépare Moïse de cette foule d'Israélites qui demeurent au bas de la montagne : on le fait monter sur le haut de la sainte colline de Sina : il est défendu aux animaux d'approcher de ce lieu sacré : la gloire du Seigneur dont une nue est le symbole, enferme Moïse dans un même sanctuaire avec Dieu : il en revient avec un éclat et un air de divinité dont les Israélites ne peuvent soutenir la force et le brillant. Tout cela nous dit que le législateur et le premier magistrat d'un grand peuple, entre dans le premier partage de la gloire et de la force du Seigneur ; qu'il laisse bien loin au-dessous de lui cette foule d'hommes déréglés qu'il doit conduire ; qu'il s'élève à cette partie du monde moral, où n'arrivent pas les tempêtes et les orages des passions qui renversent tout dans la basse région où se trouve le commun des hommes, et que s'étant mis au-dessus de tous les sentimens dont la nature animale est capable, il devient un pur esprit et une pure intelligence que la raison détermine, et dont les mouvemens humains ne peuvent ébranler la fermeté.

Il n'est pas besoin, Messieurs, que je descende à une application précise de tout ce que je viens de dire : vous l'avez faite avant moi ; vous avez reconnu les traits de ce juste chancelier dans le portrait de la justice même que je viens de former. Seigneur, s'écrie un prophète, vous n'êtes point comme ces juges de la terre : les passions dont leur tribunal est investi de toutes parts n'approchent point du vôtre ; et maître de vous-même vous jugez avec une tranquillité que rien au monde ne peut troubler : *Tu autem dominator virtutis, cum magna tranquillitate judicas.* Pour en venir là, il faut être Dieu, ou l'image de Dieu. Mais, Seigneur, puisqu'en récompensant nos vertus, vous couronnez vos propres dons, ne soyez point jaloux si j'exprime par ces termes consacrés à votre grandeur, la fermeté d'ame des grands hommes, dont l'équité a été une des plus belles images de votre justice. Oui, Messieurs, ce grand homme a exercé la justice en qualité de maître des requêtes, d'intendant des plus importantes provinces du royaume, de président à mortier, de garde des sceaux, de chancelier de France, avec une fermeté que la flatterie n'a pu amollir avec tout ce qu'elle a de doux ; que l'avarice n'a pu corrompre avec tout ce qu'elle promet de biens, et que la crainte n'a pu ébranler avec tout ce qu'elle a de terreur. Quiconque a pu résister à tous ces coups, peut passer pour invulnérable.

Le roi de Babylone connoissoit bien tout le foible du cœur humain, lorsqu'il entreprit de rendre tout son peuple idolâtre : il sçavoit que les hommes ne sont pas ordinairement gratuitement méchans ; qu'on prétend mettre à couvert ses crimes sous sa lâcheté ; que s'il faut se défaire de sa probité, l'on n'entend point la perdre, mais la vendre ; que ceux qui font l'injustice pour l'injustice même, sont des monstres, et que les monstres sont rares. Ainsi, messieurs, ce Prince fait préparer des musiciens et des instrumens, dont l'accord faisoit une harmonie douce et capable d'amollir les ames les plus dures et les plus farouches. Il fait allumer une fournaise et tenir des bourreaux prêts, afin que l'image d'une mort si présente intimidât les ames foibles ; la statue d'or, afin que l'éclat de cette matière, que Tertullien appelle si bien la Reine du monde, *Princeps mundi*, éblouît les yeux des avares. Toute la Syrie céda à ces différentes attaques ; il y eut peu d'hommes dont Nabuchodonosor n'eût trouvé le faible, et on ne compte que trois jeunes hommes qui eussent le cœur de résister à une si lâche prostitution. La gloire en soit rendue à votre grace, mon Dieu ; vous avez trouvé dans ce grand homme que vous venez d'enlever à la terre, un ministre fidèle, un chancelier incorruptible, et qui ayant résisté aux douces attaques de la flatterie, aux promesses engageantes de l'avarice, aux menaces terribles de la crainte, a si fort approché de cette tranquillité avec laquelle vous jugez : *Tu autem cum tranquillitate judicas.*

Long-tems avant que la sagesse humaine nous dît que les plus dangereux ennemis étoient les donneurs de louange : *Pessimi inimicorum genus laudantes :* la sagesse divine avoit prononcé par l'Oracle de ses Écritures, que les louanges sont à l'homme de bien ce que le feu est à l'or, et que, comme la plus grande preuve de ce métal est la résistance qu'il fait à l'activité de cet élément qui détruit tout : de même la marque certaine d'une grande ame, est la résistance qu'elle fait aux sentimens que la bouche corrompue des flatteurs veut lui inspirer, et de refuser les faveurs que l'on veut tirer par les louanges : car le flatteur est toujours intéressé ; il aborde en adorant, mais ses louanges ne sont que la préface d'une demande : *Accessit adorans et petens aliquid ab eo.* Il prétend que le son des louanges enchante l'ame, l'endort, l'amuse ; et pendant qu'emportée hors d'elle-même par ces louanges, elle ne songe qu'à se regarder avec amour propre dans le beau portrait que les flatteurs lui font d'elle-même, ce qu'elle seroit lui échappe des mains ; chatouillée qu'elle est, elle n'a plus de force à résister. Tout le monde se laisse enchanter à cette syrène ; nous avons un penchant à croire que tout ce que la flatterie dit de nous, sort de la bouche de la vérité. On ajuste la flatterie avec tant d'art, que nous croyons que

les portraits de sa façon nous ressemblent. Personne ne
ferme pleinement la porte aux flatteurs ; on se contente
par une fausse modestie de la pousser doucement et de
la laisser entr'ouverte. Vérités de mon Dieu, venez à mon
secours, pour me faire louer dignement la magnanimité
de cette ame héroïque, qui comme un soleil, a sçu dissiper la vapeur plutôt que l'encens qui s'élève du fond corrompu de l'ame du flatteur. Vous lui devez, vérité de mon
Dieu, autant de véritables éloges qu'il en a refusé de faux
de la bouche de la flatterie. Appelez autant de véritables
panégyristes autour de son tombeau, qu'il a éloigné
d'injustes flatteurs de son tribunal. Que les pauvres qui
n'avoient que l'éloquence des larmes et les tristes discours
de la misère, viennent apprendre à toute la terre, si les
civilités des grands, si les louanges des beaux esprits,
si cette flatterie d'assiduité et de visites leur ont fait trouver l'accès moins favorable auprès de cet autel vivant,
où tous les malheureux rencontroient un asile assuré.
Mais non, Messieurs, ce grand homme qui parloit mieux
que tous les autres hommes, exprimera mieux là-dessus
ses sentimens, et ses propres paroles lui feront bien plus
d'honneur que les miennes : *Je regarde*, disoit-il, *l'excès
des louanges qu'on me donne, comme un préjugé de l'injustice des demandes qu'on me va faire. Je ne suis ni
aussi grand qu'un Dieu pour mériter les parfums les plus
exquis; ni aussi insensible qu'une idole pour soutenir la
vapeur puante des fausses louanges.* S'il est vrai que la
bouche du flatteur est l'épreuve de la fermeté du cœur de
l'homme de bien, jamais cœur a-t-il passé par tant d'exa-
mens et d'épreuves différentes que celui de ce grand
homme, à qui ses dignités attiroient autant de flatteries,
que ses vertus de justes louanges ?

Cependant, Messieurs, quelque grand que soit le sujet
de cet éloge, il me semble que le refus des richesses et
des présens a je ne sais quoi de plus pur et de moins
suspect que celui des honneurs et des louanges ; parce
qu'il est comme impossible de renoncer à ce doux parfum

de la gloire, quand il nous est offert, encore qu'en apparence nous y renoncions. Quiconque refuse d'être loué par les autres, se loue lui-même ; il recueille une moisson de gloire plus noble et plus sûre que celle qu'il dédaigne ; et quand une fois les louanges sont adressées à quelqu'un, soit qu'il les accepte ou qu'il ne les accepte pas, il les reçoit toujours. Il n'en est pas de même des richesses : celui qui les rejette, demeure aussi pauvre qu'il étoit auparavant, et il n'y a point de différence entre les perdre tout-à-fait et les refuser. Aussi l'Écriture sainte compare la fermeté de ces ames que les richesses n'ébranlent point, à celle de ces bâtimens solides, dont les fondemens sont creux jusqu'aux enfers, et dont le faîte s'élève presque jusqu'au ciel : *Qui projicit avaritiam, monumenta saxorum sublimitas ejus.* Mais cette même Ecriture qui vient de me fournir de quoi louer cette générosité en général, me donne les paroles du monde les plus fortes pour en faire l'application à cet illustre chancelier: *Suscitavi eum ad justitiam,* je l'ai fait naître pour être l'appui de la justice, l'exemple de tous les grands magistrats, le protecteur des innocens, la terreur des injustes : *Omnes vias ejus dirigam,* je conduirai ses pieds dans les voies de la justice, je conserverai ses mains, et elles seront pures de toute la corruption que les présens et les gains injustes attachent à celle des avares, *et non in pretio, neque in muneribus.*

Ce grand homme eut la religion de ne rien recevoir qui ne pût être donné justement, et qui lui pût être reproché par les soupirs de quelques particuliers intéressés ; il eût cru être souillé de la confiscation du bien des proscrits : il a regardé la dépouille des malheureux comme une chose profane, et à laquelle la main du souverain prêtre de la justice ne doit jamais toucher. Oui, ce grand homme pouvoit, à la fin de sa vie, avec la même assurance que Samuël, appeler tous les peuples de ce grand état, et leur dire : *Loquimini de me coram Domino et coram Christo ejus :* Venez, peuples innombrables de ce grand royaume, qui avez été soumis à l'autorité de mon tribunal, paroissez avec moi devant celui de Dieu et de Jésus-Christ, son Fils; déposez si j'ai opprimé quelqu'un, si je me suis prévalu de mon autorité pour faire quelque chose contre les loix dont j'étois le tuteur et l'oracle, si j'ai pris des présens, non-seulement de la veuve et de l'orphelin, mais du traitant et de l'homme d'affaire : *Si oppressi aliquem, si de manu cujusquam munus accepi.* Touché comme je le suis de ce que je dis, il me semble, Messieurs, que j'entends les voix confuses de tous les François, qui s'élèvent des quatre coins de cet état, et qui crient : Graces, Seigneur, miséricorde au protecteur des pauvres, dont les mains sont si nettes de tous présens, et dont toute la conduite n'a pu être souillée de l'ombre d'aucun gain injuste. Bien loin de cela, Messieurs, il a mille fois rejeté l'utile qui n'étoit point honnête, pour embrasser l'honnête qui étoit stérile et infructueux. Il me prend ici une envie bizarre, illustres héritiers de ce grand homme; chassez, si vous pouvez, de votre cœur pour quelques momens, cette générosité héroïque que toute la terre connoît, et que j'ai vue de si près dans les derniers jours de la vie de ce grand homme; prenez pour un peu de tems les sentimens et les pensées des avares, les vues de l'avarice loueront mieux ce grand homme que tout ce que je puis avoir de rhétorique. Qu'un héritier intéressé et qui seroit peu touché du désir de la gloire, seroit éloquent à se plaindre d'un père, qui après avoir été quarante ans garde des sceaux et chancelier, sort de ces grands emplois avec un peu moins de biens qu'il n'y en avoit apporté! qu'il se trouveroit bien fondé de l'accuser d'imprudence et d'insensibilité pour sa famille! que ces accusations et ces plaintes seroient glorieuses et honorables, puisque tout ce qui manqueroit à son avidité feroit l'éloge de ce grand homme! Mais, messieurs, il faut nous taire, et vous et moi sur ce sujet, vous ne serez jamais assez avares, ni moi assez éloquent pour le louer, vous par vos plaintes, moi par mes éloges : une bouche plus éloquente l'a fait avant nous, le Roi a loué la générosité et le désintéressement de son ministère, il a publié qu'il n'a trouvé de la résistance en lui, que quand il a voulu lui faire donner de grands appointements pour des emplois extraordinaires dont il se chargeoit : j'ai eu l'honneur d'entendre cet éloge de sa bouche. Que l'envie se taise là-dessus, la bouche du Seigneur a parlé, *os Domini locutum est.*

Mais quoi, ce grand homme sera-t-il plus privilégié dans la morale que ces héros fabuleux ne l'étoient dans la nature ! Ils n'étoient pas absolument invulnérables, et il y avoit toujours quelque endroit dans leur corps par où ils pouvoient être blessés comme le reste des hommes : la crainte n'ébranloit-elle point dans l'exercice de la souveraine justice, celui que la flatterie n'a pu corrompre ? Non, Messieurs, cette passion violente qui, comme parle Tertullien, ouvre toutes les portes de l'ame et y fait entrer tous les crimes, *quando aditus animæ formido laxavit,* n'a pu ébranler la fermeté de ce grand cœur : il n'a point appréhendé les disgraces, puisqu'il ne les a point évitées.

Il n'a point appréhendé les dangers qui ont menacé sa vie : les provinces soulevées, les peuples mutins, l'image présente de la mort n'ont jamais troublé son esprit, ému son cœur, fait pâlir son visage, ou déconcerté la gravité de son maintien. Je parle ici aux confins d'une province qui a vu ce grand Homme à la tête des troupes du Roi aussi bien que de ses conseils, d'un côté donner le mot aux officiers de guerre ; de l'autre faire parler les loix en reines parmi les armes où elles ont accoutumé d'être muettes, et trouver ce doux tempérament de la sévérité qui châtie les rebelles, et de la douceur qui les gagne. Qu'il paroissoit bien que la sévérité avec laquelle ce grand homme pacifia cette importante province, venoit bien plus de la fermeté de son ame, que de la dignité du caractère dont il étoit revêtu, et de la force des troupes qui le soutenoient !

Je n'ose, Messieurs, vous convier de tourner les yeux d'un autre côté, pour voir un théâtre bien plus fameux d'une action encore plus éclatante et plus fameuse. Épargnez-moi la peine de dire les noms, le tems, le lieu et les acteurs ; n'ayons pour ce tems funeste que des larmes et un silence profond : *Lacrymas civilibus armis secretumque damus.* Ne regardons point la chose comme arrivée, persuadez-vous que c'est une idée de générosité que je vais vous tracer, ne descendez que de loin et en passant sur les applications odieuses, permettez-moi de n'en parler qu'en enigme, et ne vous efforcez point de grace d'en trouver le mot.

L'on veut que le plus grand magistrat du royaume paroisse en public, et qu'il passe à travers d'une foule de séditieux qui ont perdu le respect qu'ils doivent à leur souverain, pour aller faire la fonction de son ministère la plus hardie et la plus odieuse à ce peuple mutiné. Aux approches d'un tel péril, une ame du commun ne sent que des mouvemens irréguliers : car ou l'excès de la crainte la fait reculer, ou bien se sentant trop foible pour affronter un tel péril qu'elle auroit considéré dans toute son étendue, elle devient hardie par une espèce de lâcheté qui l'empêche de considérer le péril où elle se jette sans gloire, parce qu'elle le fait sans connoissance.

Le héros dont je parle, éloigné également de ces deux extrêmités vicieuses, ne craint rien pour lui-même, et craint tout pour l'état. Il a tout le cœur qu'il faut pour aller, et toute la présence d'esprit qu'il faut pour délibérer s'il le devoit faire ; il balance s'il ne faut pas ôter à des peuples l'occasion d'un grand crime, tel qu'eût été le meurtre d'un chancelier de France : il sait qu'une goutte de son sang en feroit couler des ruisseaux dans la suite par tout le royaume, et qu'un tel attentat ne méritant point de pardon, ceux qui l'auroient commis ne chercheroient point d'autre impunité que la perte de l'état. Croyez, Messieurs, que dans ce portrait j'ai voulu représenter le sage Caton, qui dans le feu des guerres civiles ne craignoit rien pour lui-même, et n'étoit occupé que des dangers de la république : *Cunctisque timentem, securumque sui.*

Vous savez ce qui arriva, l'ange tutélaire de l'état épargna le plus grand crime du monde aux peuples qu'il avoit sous sa protection. Un reliquaire donné à ce grand homme par une sainte Vierge du Carmel (1), fut une barrière impénétrable contre la rage de ces furieux, et fit voir que quand il plaît à Dieu, deux ais de sapin sauvent ce que de milliers d'hommes n'eussent pu garantir. Il en est des ames communes comme de la mer qui est encore agitée longtems après que les vents sont calmes ; elles passent des frissons de la crainte aux emportemens de la vengeance et aux excès immodérés de la joie, passion également opposée à la sagesse et à la gravité d'un grand homme. Celui dont je parle, retiré par miracle du plus grand de tous les dangers, ne retient de l'image de son péril que ce qui regarde l'image de son prince, et plus ferme que l'Orateur Romain, à qui la vue de quelques soldats fit perdre l'esprit et le cœur, ce grand homme ne soutint jamais mieux dans son discours la dignité de son prince, que dans celui qu'il fit revenant des portes de la mort. Quiconque trouve cette présence d'esprit en sortant d'un si horrible danger, fait voir qu'il ne l'a jamais perdue, que la fermeté de son ame n'est pas un moindre miracle que la conservation de sa personne, qui fut un effet des sentimens qu'il a toujours eus pour Dieu.

TROISIÈME PARTIE.

Me voici, Messieurs, dans la troisième partie de ce discours, où, pressé par le tems, je me contenterai de marquer seulement les choses, et laisserai à vos esprits

(1) Voir la Vie de la Sœur Marguerite du S. Sacrement par le P. Amelot.

le plaisir de faire le reste. Ne croyez pas que ce soit faire descendre monsieur le chancelier de son tribunal, que de le représenter aux pieds des autels de Dieu qu'il a toujours si régulièrement adoré. Ce que l'homme rend à Dieu par les sentimens de sa religion, est le premier devoir de la justice; et j'ai appris du grand saint Augustin et du Docteur angélique saint Thomas, que puisque l'exercice de la justice consiste à rendre à chacun ce qui lui appartient, la plus essentielle de ses obligations se trouve à rendre l'esprit et le cœur à Dieu, qui le regarde comme sa plus douce et sa plus agréable possession.

Je vous atteste ici, sainte et auguste religion d'un Dieu crucifié; avez-vous trouvé une tête plus souple au joug que vous imposez, que celle de ce grand homme? Jamais entendement humain a-t-il porté de meilleure foi les chaînes sacrées dont les vérités révélées tiennent l'orgueil et la fierté de l'esprit captives? Sainte et auguste religion, il a toujours été votre disciple, votre protecteur comme chancelier, votre docteur comme très-savant. C'étoit trop peu pour lui, il eût voulu être votre victime comme martyr, et nous lui avons ouï dire avec des paroles de feu et de larmes, que sa mort n'avoit rien de rude pour lui, sinon de ne la pouvoir souffrir pour la défense de la foi de Jésus-Christ et de son Église. Quand je vois ce grand esprit si soumis aux articles de notre foi, il me semble que je vois l'Océan, cet élément si étendu et si fougueux, qui après avoir porté ses flots jusqu'aux cieux, avoir creusé dans son sein des abîmes jusqu'aux enfers, avoir menacé d'engloutir tout ce qui est sur son rivage dès qu'il approchée du bord, il se dompte lui-même, il brise ses flots, il vient traînant comme un esclave pour baiser le doigt de Dieu qui lui marque ses bornes, et qui lui dit : Élément fougueux, tu viendras jusques-là, et tu ne passeras pas plus avant. L'esprit de M. le chancelier avoit l'étendue de l'Océan, il en avoit le mouvement, il s'élevoit jusqu'au ciel, il descendoit jusqu'aux enfers, par la connoissance qu'il avoit de toutes choses ; mais dès qu'il approchoit des choses de la religion, il adoroit les bornes sacrées que sa foi lui marquoit par l'ordre de Dieu : *Termini positorem adorat.* Cette soumission si sincère venoit des idées sublimes qu'il avoit de la grandeur de Dieu, du néant et de la misère de l'homme. Il avoit souvent dans l'esprit et dans la bouche ces belles paroles de Tertullien, qui ne paroissent pas indignes de Dieu, qui est si grand et si unique dans sa grandeur, qu'il semble détruire tout autour de lui pour demeurer dans sa solitude majestueuse : *Deus solitudinem quandam de singularitate præstantide possidet.* Le seul Etre suprême détruit tout, anéantit tout, ôte tous les degrés et tous les rangs, bâtit son trône sur le néant de toutes les créatures. Trop heureux, trop heureux, disoit-il, si je puis me perdre moi-même pour m'abîmer dans l'infinité de ce premier Être !

Ces sentimens qui l'ont occupé si saintement sur la fin de sa vie, avoient pénétré son esprit et son cœur dans sa jeunesse ; il eut dessein de se consacrer tout entier à la contemplation de la grandeur de son Dieu, et de s'en rendre la victime par la pénitence. Mais les ordres de Dieu lui destinoient une autre place dans son Église, il falloit qu'il en fût le protecteur. Pouvoit-on seconder plus fidèlement ses desseins ? Pouvoit-on être attaché plus scrupuleusement à l'Église, qui est la colonne de la vérité, et avoir plus de déférence pour le Saint Siége qui en est l'oracle ? Pleurez, pleurez, ministres des saints autels, prélats de l'Église, vous avez perdu le plus zélé défenseur de cette ombre de juridiction qui vous reste. Pleurez, familles de Religieux, les uns votre fondateur, les autres votre père, tous votre protecteur. Il me semble ici, Messieurs, que je suis obéi, et que j'entends de tous les côtés du royaume les tristes accens des services qui lui ont été faits en tant d'églises ; tristes, mais précieuses marques de la douleur et de la reconnoissance de ces saints Ordres.

Les sentimens de la religion étoient descendus de son esprit dans son cœur ; il aimoit Dieu, il le regardoit comme son souverain bien, il n'avoit point de plus doux entretien que ceux dont il étoit la matière ; et lorsque dans les conférences secrettes qu'il avoit très-souvent avec des personnes de piété, il lui étoit permis de s'abandonner à sa tendresse, les larmes lui couloient des yeux ; ce sang du cœur, comme parlent les Pères, étoient des marques ardentes de la sincérité de son amour et de sa pénitence ; car il avouoit dans l'amertume de son ame qu'il étoit pécheur.

Loin d'ici le lâche artifice de ces orateurs, qui, au lieu de faire voir ceux qu'ils louent comme pénitens, s'efforcent de les faire impeccables ; ils ne voyent pas que l'autel et la chaire ne s'accordent pas ; que les auditeurs le prennent pour un pécheur, tandis qu'ils s'efforcent de faire voir le panégyrique d'un saint ; et que rien ne s'accorde plus mal qu'un sermon pour un innocent, et qu'une messe pour un coupable. M. le Chancelier a été homme, c'en est assez pour avouer qu'il a été pécheur. Mais, grand Dieu ! si vous ne sauvez que ce qui n'a point péché : hé ! qui sera justifié ? qui remplira les siéges des anges prévaricateurs ? quel sera le sujet de votre miséricorde ? Votre serviteur a péché, c'est ce que font tous les hommes : mais ce que tous les hommes ne font pas, il a fait pénitence, il a versé des larmes amères, il a poussé des soupirs enflammés ; il a fait des profusions dans ses aumônes assez grandes pour éteindre les flammes de l'Enfer. Enfin, il a terminé tant de saintes actions de sa vie par une de ces morts que vos Écritures appellent précieuses devant vous.

Hélas ! j'ai prononcé cette funeste parole, j'ai bouché vos plaies, Messieurs, et je me vois obligé de les r'ouvrir. Illustres enfans de ce grand homme, songez dans ce moment à son exemple, plus qu'à sa perte, ayez autant de constance pour entendre parler de sa mort, qu'il en eut pour la souffrir. Il faut presque adorer ce que vous pleurez : *Quod luctus fleverat ante, nunc adoret.* Il vous a donné l'exemple de la constance, il ne parois- soit pas qu'il allât quitter tant de chers et dignes objets de sa tendresse. Cet endroit me fait souvenir de cet illustre Métellus à qui ses conquêtes avoient donné le nom de Macédonien ; il est peu de personnes dont on puisse plus justement comparer le bonheur avec celui de ce brave Romain : car outre ses grandes actions, ses triomphes, ses charges, le long espace de tems qu'il vêquît, il laissa quatre illustres fils au monde ; il les vit dans un âge avancé et dans les premières places de l'état : on vit quatre fils porter sur leurs épaules le cercueil de cet illustre père. Les deux aînés avoient été consuls, le troisième l'étoit effectivement, et le quatrième le fut bien-tôt. Pour parler juste, dit un Historien, il ne faut pas appeler cela mourir, mais sortir agréablement de la vie.

Notre Chancelier est mort de même au milieu des siens dont il étoit aimé jusqu'à l'adoration, dans les larmes d'une épouse que sa piété et tant d'autres rares qualités lui rendoient considérable. Il voyoit son sang joint à celui du grand Henri par l'alliance d'un grand Prince ; il voyoit dans sa famille par le mariage de Mes- demoiselles ses filles, toute la gloire, la générosité, et ce qui est si rare, la probité des plus illustres maisons du royaume ; il eût eu de la peine à décider, lui qui déci- doit tout, qui l'emportoit dans son illustre famille, ou les prélats dans les vertus religieuses de l'Église, ou les officiers de la Couronne dans les qualités éclatantes de l'épée, ou les dames dans les graces et les vertus modestes de leur sexe. Mourir dans le sein de tant de grandeurs et de tant de gloire, s'appelleroit au style d'un payen, partir doucement de la vie ; mais dans un style chrétien, être le meilleur père du monde, et quitter sans foiblesse tant d'enfans si aimans et si aimés, s'appelle s'endormir au Seigneur, s'appelle espérer une vie où l'on n'est plus lié par les liens périssables de la chair et du sang, mais par les chaînes immortelles d'une éternelle charité.

Jamais homme ne fut plus pénétré de la foi, de l'espérance, de l'amour de cette vie future que ce grand homme. J'eus l'honneur d'être appelé à sa mort, et j'apportai à ce triste ministère toute la douleur que peut inspirer une perte publique, et l'intérêt d'une maison à qui je dois tant de respects et de reconnoissances. Mais pardon, Messieurs, si je vous dis qu'en le voyant je ne pus plus donner que des larmes de joie à votre perte ; au lieu de trouver un malade affoibli qui eût besoin d'être aidé, je vis un homme plus admirable dans le lit de la mort, qu'il n'avoit jamais été sur son tribunal. Je m'oublierai moi-même avant que d'oublier les grandes choses dont je suis le témoin. Combien à travers les ombres de la mort, ce spectacle avoit d'éclat et de grandeur ! Le beau spectacle pour Dieu de voir ce cœur brisé de douleur, humilié dans la vue de ses péchés ; mais soutenu par la confiance de ce Jésus qu'il nommoit si souvent son bon, son doux, son aimable et miséricordieux Jésus, *spectaculum Deo !* Le beau spectacle pour les anges, de voir le brillant de cette grande ame, qui déjà dégagée des sens et de la matière, touchoit, ce semble, aux vérités éternelles, et n'étoit remplie que de cette grandeur et de cette sainteté de Dieu que ces intelligences célèbrent dans toute l'éternité, *spectaculum Angelis !* Le beau spectacle pour les hommes, de voir l'exemple d'une résignation si entière à la volonté de Dieu, et ce choix si juste des passages les plus beaux et les plus affectifs de la sainte Écriture, qu'il sembloit que le même esprit qui les a dictés aux prophètes, les lui inspirât pour les dire et pour en tirer les plus tendres affections, *spectaculum hominibus.*

Mais pourquoi me servir d'un terme singulier pour parler des spectacles de plusieurs agonies, où la grace de Jésus-Christ a fait triompher ce grand homme de toutes les forces de l'enfer et de toutes les horreurs de la mort ? Il a vu plusieurs fois dans ce triste appareil que lui causèrent les cérémonies sacrées de l'Église, la douleur de ses chers enfans, les larmes de ses domestiques et les sentimens qu'inspire la nature : mais il les a vues sans en être ému, il les a senties sans s'étonner. Ces langueurs, ces abattemens, ces symptomes, que Tertullien a si bien appelés des portions de la mort, l'ont mis plusieurs fois aux prises avec elle. La mort du Seigneur qui donne la mort et la vie, qui conduit jusqu'au bord du tombeau et qui en retire, sembloit l'immoler et le faire revivre plusieurs fois pour se donner plus souvent à lui-même, aux hommes et aux anges, le beau spectacle d'une mort si héroïque et si chrétienne. Car, Messieurs, par où jugeons-nous du retour de sa vie, si ce n'est par ses élévations à Dieu, par ses actes de religion? Animé d'une foi si vive, d'une espérance si ferme, d'une charité si ardente pour son Dieu et pour ses ennemis, le premier mouvement de son cœur étoit un mouvement de religion. Il pouvoit dire à Dieu avec le prophète royal, dont il répétoit fidèlement les plus beaux pseaumes : *Resurrexi, et adhuc sum tecum*, je suis ressuscité, mais ce n'est que pour être avec vous. Aussi nous ne nous aperçûmes que ce grand homme avoit cessé de vivre que lorsqu'il cessa de parler de Dieu.

Que dis-je, Messieurs, cessa de parler de Dieu ? Non, non, il ne cessera jamais de le faire ; son corps fait encore dans son tombeau l'office que son esprit faisoit dans son corps ; ses ossemens dans le sépulcre qu'il a choisi, disent encore à Dieu : Seigneur, qui est semblable à vous ? *Omnia ossa mea dicent, Domine, quis similis tibi?* Semblable à ces hommes pleins de foi, dont l'histoire ecclésiastique nous parle, il a renoncé à ce superbe tombeau de ses pères, pour trouver une humble retraite dans la terre des saints, et pour entretenir et cultiver par le voisinage du corps d'une sainte (1), qui a toujours été sa protectrice, ce germe d'immortalité qu'empruntent les fi-

____

(1) La sœur de M. le chancelier, religieuse carmélite de Pontoise, où il a choisi sa sépulture.

dèles mourans par la participation de la chair vivifiante de Jésus-Christ. Il semble que dès le quatrième siècle on a travaillé à son épitaphe par ces beaux vers :

Sprevisti patris corpus sociare sepulchris,
Cum pia fraternis consortia somni,
Sanctorumque cupis cara requiescere terra.

Grand Dieu, ne le frustrez point de son espérance ! Fidèle servante de Jésus-Christ, obtenez-lui par le voisinage de vos sacrés os une heureuse communion de graces et de paix ! Saintes filles d'Élie, ouvrez le ciel, comme votre père, pour en faire descendre, non pas une goutte, mais une inondation de rosée pour éteindre les flammes qui sont destinées à l'expiation de ses péchés ! Et vous, chère et illustre sœur, soulagez votre juste douleur par les paroles que Jésus-Christ vous adresse aussi bien qu'à celle dont il parle dans l'Évangile : *Resurget frater tuus.* Ce frère que vous avez pleuré si amèrement n'est pas mort, il a vécu en moi, il ne sauroit mourir : *Resurget frater tuus.* Vous le souhaitez, vous le croyez : nous le souhaitons, nous le croyons avec vous, nous l'espérons. Mais, comme la justice de Dieu est délicate et si sévère, qu'elle trouve des taches dans les anges qui sont des esprits si purs, qu'elle trouve à réformer dans notre plus exacte justice, nous allons joindre notre esprit et notre cœur à l'esprit et au cœur du grand prélat qui achève le sacrifice que notre discours n'a que trop longtems interrompu, et offrir la victime de propitiation pour cette grande ame ; et pleins de l'espérance de sa gloire, nous nous souviendrons à jamais que la vie de M. le chancelier ayant été assez belle et assez éclatante pour satisfaire l'esprit des plus ambitieux, sa mort assez chrétienne et assez sainte pour remplir les désirs des justes ; vous pouvez lui appliquer sans crainte les paroles sacrées qui ont commencé ce discours, puisque l'on ne peut couronner plus dignement une éminente dignité, qu'en y vieillissant avec honneur et en sortant par la piété et par la religion qui sont les voies véritables de la justice : *Corona dignitatis senectus, quæ in viis justitiæ reperietur.*

ORAISON FUNÈBRE

DE

HENRI DE LA TOUR-D'AUVERGNE

VICOMTE DE TURENNE

Prononcée en 1675, aux Carmélites du grand couvent de Paris, où son cœur fut déposé.

Proba me, Deus, et scito cor meum. (PSALM., CXXXVIII, 23.)

Eprouvez-moi, grand Dieu, et sondez le fond de mon cœur.

Il n'y a rien que l'homme puisse moins soutenir que l'examen de son cœur, soit que Dieu en soit le juge, ou que les hommes en soient les arbitres. Les lumières de Dieu vont découvrir jusque dans les plus secrets replis de notre âme mille défauts que notre amour-propre nous cache et nous déguise à nous-mêmes; et les hommes, tout aveugles qu'ils sont, n'ont pas laissé de conserver un reste de connoissance maligne, qui leur fait entrevoir ce qu'il faudroit pour faire un cœur parfait, mais qui leur donne un penchant secret à croire que ce cœur n'est plus qu'en idée, et qu'on n'en trouve point sur la terre.

Aussi la situation la plus raisonnable où l'homme de bien puisse être là-dessus est de craindre beaucoup les jugemens de Dieu, et de se mettre fort peu en peine de ceux des hommes. Il faut qu'uniquement attentif aux idées de vertu et de gloire que cette règle lui propose, il oublie presque s'il y a des spectateurs sur la terre, pour ne songer qu'à ce Dieu qui est en même temps le spectateur, le juge et la couronne de ses actions. C'est là que le grand roi de qui j'ai emprunté les paroles de mon texte tournoit tous les mouvements de son cœur, lorsque par une fierté sainte et héroïque, dédaignant toutes les vaines opinions de la terre, il alloit apprendre des jugemens de Dieu celui qu'il devoit faire de ses pensées et de ses actions : *Proba me, Deus, et scito cor meum.*

Je sens bien, Messieurs, que je trahis les plus chers sentimens de l'illustre mort que nous pleurons, lorsque j'entreprends d'exposer à vos yeux les trésors d'un cœur que la nature avoit fait si grand, et que la grâce avoit rendu si bon et si religieux. Jamais homme ne fut plus propre à donner de grands spectacles à l'univers; mais jamais homme ne songea moins aux applaudissements des spectateurs; et dans ce moment je me représente si vivement de quel air ce grand homme rejetoit les louanges, et je me sens si fort frappé de cette manière, qui, sans avoir rien de dur, mettoit pourtant sur son visage tout le ressentiment d'une modestie indignée, qu'il s'en faut peu que je n'abandonne mon entreprise, et que je ne laisse à vos cœurs le soin de faire l'éloge d'un cœur que notre héros ne vouloit être connu et approuvé que de Dieu seul : *Proba me Deus, et scito cor meum.*

Et en vérité cette sorte d'éloge lui seroit bien plus avantageuse que tout ce que l'éloquence pourroit produire de pompeux et de magnifique. Il y a de certains sujets où l'auditeur, touché par avance, s'irrite que l'orateur entreprenne de lui inspirer quelque chose de nouveau. Le cœur ne peut souffrir que l'esprit, par des pensées particulières, vienne diviser un sentiment général qui le remplit et qui l'occupe tout entier. C'est l'état où je vous trouve, messieurs; vous sentez bien plus de choses sur ce sujet que vous n'en pensez. Votre âme, pénétrée de tout ce qu'étoit ce grand homme, se sent pleine d'une foule d'idées qui, à force de se presser pour se faire voir tout à la fois, se confondent, et ne font qu'un seul sentiment de tout ce que la vertu d'un héros peut inspirer de respect, d'admiration, de tendresse et de douleur à ceux qui l'ont admiré, et qui l'ont aimé, et qui l'ont perdu. De sorte, Messieurs, que votre imagination élevée au-dessus d'elle-même par la sublimité du sujet, poussée et soutenue par la tendresse et la douleur de vos cœurs, ne laisse rien à faire ni à vos pensées ni aux miennes; et personne ne pourra me reprocher d'être demeuré au-dessous d'une si riche matière, à qui je ne puisse faire le même reproche avec justice, s'il étoit chargé du même emploi.

Eh! où en serois-je réduit, Messieurs, sans cette égalité d'impuissance, où la grandeur du sujet met tout ensemble les auditeurs et l'orateur? Car je ne me cache point à moi-même la difficulté de mon entreprise, et le peu d'espérance qu'elle laisse d'un heureux succès. Je sais que, pour répondre dignement à ce que vous attendez, il faudroit que l'on pût dire de moi ce qu'un historien a dit de six combattans à qui deux armées remirent autrefois la décision de leurs intérêts : ils combattirent en hommes qui étoient animés de l'esprit et du cœur des deux grands peuples qui les employoient : *Magnorum exercituum animos gerentes* (1). Pour louer dignement ce grand homme, ne faudroit-il pas que je fusse animé des sentimens de toute l'Europe? de ceux de la cour, dont il étoit l'admiration ; de ceux des armées dont il étoit l'âme et les délices; de ceux des peuples, dont il étoit le bouclier et le défenseur; de ceux de tout le royaume, dont il étoit l'ornement; de ceux des ennemis, dont il étoit la terreur ; de ceux des honnêtes gens, dont il étoit le modèle; et, plus que tout cela, de ceux de l'Eglise et des saints, dont il étoit l'amour et la joie?

(1) Allusion au combat des Horaces et des Curiaces, décrit par Tite-Live.

Souffrez donc que pour me soutenir un peu dans un si grand dessein, et pour ne pas m'égarer dans la recherche des qualités héroïques d'un si grand homme, je suive l'idée que les divines Écritures nous donnent en la personne d'un grand prince, d'un grand capitaine et d'un grand saint, et que, convaincu comme je le suis de la conformité du cœur de notre héros avec celui de David, j'adresse à toutes les conditions de la terre les paroles que David n'adressoit qu'à Dieu : *Proba me, et scito cor meum.* Sondez et examinez ce cœur, vous qui ne concevez point d'autre grandeur que celle qui vient des vertus militaires, et vous trouverez que, comme celui de David, il a eu toute la valeur et toute la conduite qui fait les grands capitaines. Sondez et examinez ce cœur, vous qui n'êtes sensibles qu'aux vertus douces de la morale et de la société civile, et vous trouverez que, comme celui de David, il a eu la bonté, la douceur, la modération, et toutes les qualités qui forment l'honnête homme et le sage. Sondez et examinez ce cœur, vous qui, plus éclairés que les autres, ne donnez votre approbation qu'aux vertus chrétiennes, et vous serez convaincus que, comme celui de David, il a été pénétré de foi, de religion, d'humilité et de tous ces dons du Saint-Esprit qui font les chrétiens et les saints : *Proba me, et scito cor meum.* Voilà, Messieurs, le sujet et la division du discours que je consacre à la gloire immortelle de très-haut et très-puissant prince Henri de la Tour-d'Auvergne, vicomte de Turenne, maréchal général des camps et armées du Roi, colonel général de la cavalerie légère, gouverneur de la province du haut et bas Limosin.

PREMIÈRE PARTIE.

Je sais, Messieurs, que presque tous les peuples de la terre, quelque différens d'humeur et d'inclination qu'ils aient pu être, sont convenus en ce point d'attacher le premier degré de la gloire à la profession des armes : et soit que, par complaisance pour les plus forts, on ait voulu les élever sur tous les autres ; soit que, par flatterie, on se soit laissé aller à consacrer la passion dominante des grands, ou que véritablement on n'ait rien trouvé au-dessus de cette fermeté d'âme qui fait mépriser les périls et la mort même, rien n'est si établi dans le monde que la supériorité de la gloire qui vient de la valeur, des victoires et des triomphes.

Cependant, si ce sentiment n'étoit appuyé que sur l'opinion des hommes, on pourroit le regarder comme une erreur qui a fasciné tous les esprits, et dont le monde est assez rigoureusement puni par le trouble et la désolation que l'amour d'une telle gloire cause dans tout l'univers. Du moins ne croirois-je pas que la chaire de la vérité fût destinée à louer les erreurs du genre humain, ni que les ministres du Seigneur, qui ne trempent plus leurs mains dans le sang des victimes, dussent être les panégyristes de ces actions dont le récit entraîne avec soi l'idée de tant de meurtres et de carnages.

Mais quelque chose de plus réel et de plus solide me détermine là-dessus ; et si nous sommes trompés dans la noble idée que nous nous formons de la gloire des conquérants, grand Dieu, j'ose presque dire que c'est vous qui nous avez trompés ! car enfin, Messieurs, sous quelle image plus pompeuse les saintes Écritures, qui doivent régler nos sentimens, nous représentent-elles Dieu même, que sous celle d'un général qui marche en personne à la tête des légions innombrables d'esprits qui combattent sous ses étendards ? Elles nous le font voir sur un char tout brillant d'éclairs, la foudre à la main. La terreur et la mort marchent devant sa face, renversent ses ennemis à ses pieds, et se faisant sentir aux choses insensibles même, ébranlent jusqu'à leurs fondements, et ouvrent la terre jusqu'aux abîmes. Le plus auguste des titres que Dieu se donne à lui-même, n'est-ce pas celui de Dieu des armées ? Les anges ne le font-ils pas retentir au-dessus de tous les autres dans le ciel même, qui est le centre de la paix ? Et enfin, lorsque Dieu paraît sur la montagne de Sinaï, comme législateur, pour parler d'un ton de grandeur et d'une voix de magnificence, ne donne-t-il pas ses lois parmi les éclairs et les foudres ?

Ainsi, Messieurs, vous tous que la naissance et même la vocation du ciel appelle à cette glorieuse profession, qui est la défense des autels de Dieu, de l'autorité de votre prince, et de la sûreté de votre patrie, ne la regardez point comme un obstacle formel à votre salut et à votre gloire chrétienne. Ce que l'Église peut louer par la bouche de ses sacrés ministres, vous pouvez le pratiquer en chrétiens. Oui, vous le pouvez et j'atteste sur cette vérité la gloire immortelle de ces héros généreux qui ont autrefois composé les légions à qui la valeur et le courage donnèrent le nom de Fulminantes. L'Église leur a dressé des trophées sur la terre, et le ciel les a couronnés d'une gloire qui ne passera jamais. C'est parmi ces saints héros que nous pouvons croire qu'est placée l'âme de celui que nous venons de perdre, puisqu'avec leur courage et leur valeur, il a eu leur foi et leur religion.

M. de Turenne a eu tout ce qu'il falloit pour faire un des plus grands capitaines qui furent jamais. Sa grande naissance qui, par la suite de mille héros, le faisoit remonter jusques aux anciens comtes souverains d'Auvergne et ducs d'Aquitaine, l'approchoit par ses alliances de toutes les couronnes de l'Europe. Tous ces grands noms de France, Navarre, Angleterre, Ecosse, Bourgogne, Sicile, Portugal, et tant d'autres si souvent répétés dans sa généalogie, ne l'entretenoient que de victoires et de triomphes. Il étoit né avec un grand sens naturel et une pénétration judicieuse, avec un corps de ce tempérament robuste que les anciens louoient si fort dans leurs héros, et qui, jusqu'à un âge avancé, l'a rendu capable de toutes les fatigues de la guerre. Il commença dès l'âge de quatorze ans à porter les armes. Il ne pouvoit apprendre ce glorieux métier sous un plus grand maître que le fameux Maurice, prince d'Orange, son oncle. Il

passa par tous les degrés de la milice. La fortune lui
fournit de grandes occasions, des combats, des siéges,
des batailles, des révolutions subies, de grands événemens. L'emploi le porta dans des pays différens ; la
victoire le suivit presque partout, et la gloire ne l'abandonna jamais. S'il n'a pas toujours vaincu, il a du moins
toujours mérité de vaincre, puisque, dans l'une et dans
l'autre fortune, il a également bien agi en brave soldat
et en grand capitaine ; et, sans aucune distinction de bons
et de mauvais succès, il me paroît toujours le même en
Hollande, en Italie, en Catalogne, en Allemagne, en
France et en Flandre.

La Hollande admira dans ses premières campagnes une
valeur qui lui devoit être un jour si fatale ; et on feroit
valoir ce qu'il fit à la levée du siége de Casal, au secours
de Turin à la route de Quiers, et au passage du Pô à
Moncallier, si la gloire de cent autres miracles par lesquels il s'est élevé au-dessus de lui-même ne jetait un
éclat assez vif pour effacer ceux de ses premières années.

Le malheur de Mariandal, arrivé par la faute d'un officier étranger, pouvoit-il être plus glorieusement et plus
utilement réparé que par cette présence admirable d'esprit avec laquelle M. de Turenne sauva le reste de l'armée ?
Dans le trouble où de tels désordres jettent d'ordinaire un
général, on eût regardé comme un coup de prudence de
faire approcher de nos frontières les troupes qu'il avoit
sauvées dans la déroute. Mais notre héros, dont les vues
étoient toujours plus étendues et plus justes que celles
des autres hommes, leur donne le rendez-vous bien
avant dans le pays ennemi ; favorise leur retraite, combattant plutôt en victorieux qu'en vaincu ; oblige par
cette marche et par cette résolution, comme il l'avoit
prévu, plusieurs princes d'Allemagne de joindre leurs
troupes aux siennes ; et, commandant peu de temps
après l'aile gauche de l'armée du Roi à la fameuse
bataille de Nordlingen, la fortune y seconda si bien les

efforts qu'il fit pour retenir la victoire dans notre parti,
qu'elle mérita qu'on lui pardonnât l'injustice de l'avoir
abandonné au commencement de cette campagne.

Mais de quoi servent les armes, si par les combats et
les victoires l'on ne se fait un chemin à la paix, qui, dans
l'ordre légitime des choses, doit être la fin de la guerre?
M. de Turenne ravage comme un foudre tous les bords
du Rhin, entre dans la Bavière le fer et le feu à la main,
prend presque toutes les villes de cet état, défait les
Bavarois et les Impériaux, et force l'empereur, par tant de
victoires, de consentir à la paix de Munster, qui assura
au Roi la conquête de l'Alsace.

Hélas! malheureuse France, pour être défaite de cet
ennemi, ne t'en restoit-il pas assez d'autres, sans tourner
tes mains contre toi-même? Quelle fatale influence te
porta à répandre tant de sang, et à perdre tant de vaillants hommes qui eussent pu te rendre maîtresse de
l'Europe? Que ne peut-on effacer ces tristes années de la
suite de l'histoire, et les dérober à la connoissance de nos
neveux! Mais puisqu'il est impossible de passer sur des
choses que tant de sang répandu a trop vivement marquées, montrons-les du moins avec l'artifice de ce peintre
qui, pour cacher la difformité d'un visage, inventa l'art du
profil. Dérobons à notre vue ce défaut de lumière, et cette
nuit funeste qui, formée dans la confusion des affaires
publiques par tant de divers intérêts, fit égarer ceux
mêmes qui cherchoient le bon chemin. Il est certain d'ailleurs que le côté que nous pouvons montrer de ce temps
malheureux est si beau, si grand, si illustre pour M. de
Turenne, et qu'il fit des choses si importantes pour l'état,
et si glorieuses pour lui, à Bleneau, à Gergeau, à Ville-
neuve-Saint-Georges, à Etampes, et en cent autres endroits, que la mémoire en durera autant que la monarchie;
et il semble qu'un homme qui n'eût pas songé à regagner
le tems qu'un petit égarement presque forcé lui avoit
fait perdre n'eût point été capable d'aller si loin.

La suite de la guerre ne fut qu'une suite de gloire pour

lui. La levée du siége d'Arras et celle du siége de Valenciennes sont deux monumens éternels de sa valeur et de sa prudence. Vainqueur dans l'un, et contraint de céder à la fortune dans l'autre, il fut également admirable dans tous les deux; car si dans le premier il parut avec tout ce que la valeur heureuse a d'éclat et de pompe, dans le second il fit voir tout ce que la valeur malheureuse a de fermeté et de ressources. Sa retraite eut l'air d'un triomphe pour lui; et, bien loin de désespérer de la république et de la fortune de son Roi, il empêcha les ennemis de profiter de leur victoire, prit la Chapelle, et fit voir cette capacité admirable et consommée qui lui faisoit trouver le moyen de profiter des disgrâces, et de se mettre en état, après les pertes, de donner souvent de la crainte et toujours de l'admiration à ses ennemis.

Ce fut la dernière fois qu'il eut besoin de cet art des ressources, qu'il savoit mieux qu'aucun capitaine de son siècle. La fortune, d'accord avec son mérite, ne lui laissa plus que la gloire de vaincre, et de profiter de ses avantages. Ce n'est plus qu'un torrent impétueux de prospérité; et j'ai de la peine à suivre le vol de la victoire qui m'entraîne, pour me faire voir la prise de Saint-Venant, Mardick, Dunkerque, Furnes, Bergue, Dixmude, Ypres et Oudenarde. La conquête de la plupart de ces villes fut le fruit de la sage et généreuse résolution que prit notre héros de différer à se rendre maître de Dunkerque qu'il assiégeoit, pour aller battre les ennemis à la fameuse bataille des Dunes. Je ne sais si j'oseroi dire qu'il fit dans cette campagne comme un abrégé de toute la gloire militaire, et qu'il convainquit toute l'Europe que son génie s'étendoit également sur toutes les parties de la guerre, et qu'il étoit toujours le même, soit qu'il fallût conduire des siéges, ou prendre promptement le meilleur parti dans les occasions pressantes, ou exécuter avec vigueur ce qui étoit judicieusement résolu, ou vaincre en bataille rangée, et profiter sans relâche de ses victoires.

Tant de grandes actions, une suite si constante de glorieux succès, une réputation si pleine et si entière, sembloient être le plus doux et le plus digne fruit de tant de
travaux; et on eût dit que le ciel ne pouvoit plus rien
pour lui, après lui avoir accordé toutes les couronnes que
la gloire peut mettre sur la tête d'un sujet. Cependant
ce qui eût été le terme et la fin des plus grands héros
n'étoit qu'un chemin et un moyen au nôtre pour arriver
à une plus grande gloire. Le Dieu des armées, par tant
d'illustres emplois, par tant d'événemens divers, tant de
victoires et tant de triomphes, ne faisoit que préparer un
maître en l'art de la guerre au grand et invincible Louis;
et il ne falloit pas moins que l'étude et l'expérience de
près de cinquante années, pour faire quelque jour des
leçons à un tel disciple. Que ne peut pas un grand maître
lorsqu'il trouve un génie du premier ordre à former? A
peine M. de Turenne a-t-il donné ses premiers conseils,
qu'il se voit hors d'état d'en donner d'autres, prévenu
par les lumières, par la pénétration, et par l'heureuse et
sage impétuosité du courage de ce grand monarque.
Comme on voit la foudre, conçue presque en un moment
dans le sein de la nue, briller, éclater, frapper, abattre;
ces premiers feux d'une ardeur militaire sont à peine
allumés dans le cœur du Roi, qu'ils brillent, éclatent,
frappent partout. Les murailles de Charleroi, Douai,
Tournai, Ath, Lille, Alost, Oudenarde, tombent à ses
pieds. La terreur saisit toute la Flandre, et l'étonnement
passe au loin dans toute l'Europe. M. de Turenne est lui-
même épouvanté de la rapidité et de la justesse de ce mouvement, lui qui, accoutumé à faire des choses extraordinaires, ne devoit plus trouver dans la guerre de sujet
d'admiration. Mais ce qui doit redoubler la nôtre, c'est
que M. de Turenne a paru si grand aux yeux du Roi qu'il
a mérité que ce grand prince voulût bien s'appliquer
dans les commencemens à l'étudier; et, par la conformité de génie dans l'art de la guerre, le roi est si bien
entré dans les manières de ce parfait capitaine, que

M. de Turenne ne fit rien, il y a un an, pour chasser les Allemands du royaume, que le Roi n'eût projeté dans son cabinet; et les ordres de ce grand monarque étoient si conformes aux projets de notre héros, que l'on ne sait s'il est plus glorieux au Roi d'être entré de si loin dans les desseins d'un général consommé en l'art de la guerre et aidé de la vue des lieux, ou à M. de Turenne d'avoir prévenu par ses actions les ordres d'un maître si éclairé.

N'attendez pas de moi, Messieurs, que je vous fasse ici une description particulière des actions immortelles de cette campagne, digne de l'envie des plus fameux conquérans qui furent jamais. Pour bien peindre de telles choses, il faut avoir un génie capable de les faire; et la postérité ne sauroit jamais bien tout ce que ce grand homme fit voir de sagesse, de capacité, de pénétration, d'activité, de vigueur, à Sintzheim, à Ladembourg, à Entzem, à Mulhausen, à Turckeim, si ce nouveau César n'avoit lui-même laissé l'histoire de sa vie. Pour moi, dont le style, peu accoutumé à de telles matières, n'en pourroit que ternir l'éclat, quand je vois cette multitude innombrable d'Allemands qui menaçoient la France d'une inondatiou pareille à celle des Cimbres et des Teutons, et que j'entends cet homme si sage, qui parloit toujours si modestement de l'avenir, promettre fièrement de leur faire repasser le Rhin, au delà duquel l'espérance de ravager nos plus riches provinces les avoit attirés, il me semble qu'il y eut ici une inspiration d'en haut, et que non-seulement vaillant comme David, mais en quelque façon prophète comme lui, il parla de l'avenir aussi sûrement que le Dieu même qui l'inspiroit pour le prévoir, et qui le soutenoit pour l'exécuter.

« Assemblez-vous, ennemis d'Israël, dit le Dieu des « armées, et vous serez vaincu : *Congregamini, populi,* « *et vincemini* (1). Renforcez votre ligue de l'union de « cent peuples confédérés, vous serez vaincus : *Confor-*

(1) Isaïe, 8, 9.

« *tamini, et vincemini :* Faites des apprêts effroyables de
« guerre, vous serez vaincus : *Accingite vos, et vin-*
« *cemini.* Joignez la prudence à la force, tenez mille
« conseils de guerre ; tous vos desseins seront ren-
« versés : *Inite consilium, et dissipabitur.* Promettez,
« espérez, menacez, il n'arrivera rien de ce que vous pro-
« jetez : *Loquimini verbum, et non fiet.* » Voilà, Messieurs, comme parle celui devant qui toutes les forces de
la terre ne sont que du vent et de la fumée ; et voilà ce
que promet fièrement ce grand capitaine, cet autre David
inspiré et animé de l'esprit de Dieu. Peuples que le
Rhin sépare de nous, unissez-vous ; sortez de vos forêts
et de vos neiges, pour venir inonder les doux climats de
la France ; cercles de l'Empire, unissez toutes vos forces ;
vous serez vaincus, et il ne vous restera que de tristes
et malheureux débris de vos armées, qui iront annoncer,
à leur pays épuisé d'hommes et de soldats, votre défaite
et la grandeur de mon Roi. Il le dit, il l'exécute ; il fait
une marche de près de cent lieues ; il conduit son armée
et son artillerie par des chemins que les montagnes, les
précipices, les torrents et les neiges rendoient presque
inaccessibles à des voyageurs libres et déchargés : la
marche se fait avec un secret si prodigieux, qu'on eût dit
que les troupes étoient enveloppées d'un nuage épais
qui en déroboit la vue à tous les hommes. Il surprend
les ennemis, il les attaque avec un nombre inégal : mais
Dieu renouvelle ici les victoires prodigieuses des Machabées ; et, pour peindre la chose par les paroles mêmes
de l'Écriture sainte et de l'Église, qui viennent si bien à
mon sujet, à peine M. de Turenne fit-il briller dans ses
étendards l'image éclatante du soleil de la France, que
les yeux des ennemis en furent éblouis. Cette multitude
se dissipe, ravie de mettre un grand fleuve entre leur
fuite et l'ardeur de notre illustre général, qui ne leur
donnoit point de relâche : *Refulsit sol in clypeos aureos,*
et multitudo gentium dissipata est.

Aussi ne fut-il jamais un triomphe plus pompeux que

celui dont les peuples honorèrent M. de Turenne à son retour. Les couronnes de laurier et de chêne, les arcs de triomphe dont les Romains récompensoient la valeur de leurs généraux, approchent-ils des acclamations, des larmes de joie, des bénédictions de toutes les provinces qu'il traversa? Ce héros si ennemi du faste, mais si sensible au plaisir de faire du bien, pouvoit-il être plus agréablement convaincu de celui qu'il avoit fait à toute la France que par la foule que faisoient sur son passage les vieillards et les jeunes gens, les hommes, les femmes et les enfans, et par cet empressement qu'ils avoient de voir, de saluer, d'approcher et de toucher celui qu'ils reconnoissoient pour leur libérateur, et à qui ils publioient devoir leur honneur, leur vie, leurs biens, leur patrie et leur liberté?

Les sages et heureux commencemens de cette campagne ne nous promettoient pas de moindres succès ; et, sans le coup fatal qui nous a ravi ce grand capitaine, il falloit que la France songeât à quelque nouvelle manière de triomphe. Hélas ! l'eût-elle cru que la pompe en dût être si triste et si lugubre? Ce n'étoit point se flatter de vaines espérances d'un avenir douteux, que de se promettre de telles choses d'un héros qui, à force de remporter des victoires, nous en avoit fait perdre entièrement la surprise et presque la joie.

Nous attendions ces grands avantages avec une tranquillité bien éloignée de la présomption inquiète que causent les désirs mal fondés : car que ne pouvoit-on pas attendre d'un tel général à la tête de tant de braves soldats qui, renouvelant les sentimens des soldats d'Alexandre, se croyoient invincibles sous sa conduite? Qu'il y ait, disoient-ils tous d'une voix, des rivières entre nous et notre patrie ; qu'on nous engage dans le cœur d'un pays ennemi ; qu'on nous ordonne de combattre avec un nombre inégal contre toutes les forces de l'Empire ; que des marais tremblans nous fassent craindre que la terre ne manque sous nos pieds : tant que ce grand homme sera à notre tête, nous ne craignons ni les hommes ni les élémens ; et, déchargés du soin de notre sûreté par l'expérience et par la capacité du chef qui nous commande, nous ne songeons qu'à l'ennemi et à la gloire.

M. de Turenne a eu même en mourant un avantage qui manqua à ce conquérant de l'Asie. Alexandre ne trouva point d'ami assez fidèle pour venger sa mort, ni de successeur assez illustre pour maintenir et pour étendre ses conquêtes. M. de Turenne a trouvé l'un et l'autre. Messieurs ses neveux, qui, excités par leur propre vertu et par l'exemple d'un oncle si illustre, l'avoient si généreusement suivi dans toutes les occasions de danger et de gloire ; tous les officiers et tous les soldats, remplis d'une nouvelle vigueur, comme s'ils avoient ramassé sur le cercueil de ce prince ces restes d'esprit que les anciens croyoient errer autour des corps morts, ou persuadés qu'ils combattoient encore à la vue de cette grande âme, firent d'abord sentir aux ennemis ce que peuvent des troupes disciplinées par un tel maître, et animées du désir de venger sa mort : et si ce grand homme étoit capable de quelque sentiment pour les choses de la terre, quelle seroit sa joie de voir que le grand prince qu'il regardoit comme le premier capitaine du monde, et pour la valeur et pour la capacité, soit venu ajouter les victoires d'Allemagne à celles de Flandre ; qu'à ses approches et à son nom, que la gloire a fait résonner si souvent sur les bords du Rhin, les ennemis aient levé des siéges et fait des mouvemens qui font voir que les héros ont l'art de vaincre quelquefois leurs ennemis sans les combattre !

Toutes ces choses, Messieurs, nous ont à la vérité rassurés de nos craintes : mais qu'est-ce qui sera capable de soulager notre douleur ? La tristesse que la mort de M. de Turenne a causée n'est pas de la nature de celles qui s'évaporent avec les premières larmes et les premiers soupirs ; elle a fait une impression trop durable sur tous les cœurs. La cour, les armées, la ville, les provinces, les peuples s'en sont fait une douleur qui ne passera jamais. Vous ne l'avez point encore oublié, Messieurs ; cette funeste nouvelle se répandit par toute la France comme un brouillard épais qui couvrit la lumière du ciel, et remplit tous les esprits des ténèbres de la mort. La terreur et la consternation la suivoient. Personne n'apprit la mort de M. de Turenne, qui ne crût d'abord l'armée du Roi taillée en pièces, nos frontières découvertes, et les ennemis prêts à pénétrer dans le cœur de l'état. Ensuite, oubliant l'intérêt général, on n'étoit sensible qu'à la perte de ce grand homme. Le récit de ce funeste accident tira des plaintes de toutes les bouches, et des larmes de tous les yeux. Chacun à l'envi faisoit gloire de savoir et de dire quelque particularité de sa vie et de ses vertus. L'un disoit qu'il étoit aimé de tout le monde sans intérêt ; l'autre, qu'il étoit parvenu à être admiré sans envie ; un troisième, qu'il étoit redouté de ses ennemis sans en être haï. Mais enfin ce que le Roi sentit sur cette perte, et ce qu'il dit à la gloire de cet illustre mort, est le plus grand et le plus glorieux éloge de sa vertu. Les peuples répondirent à la douleur de leur prince. On vit, dans les villes par où son corps a passé, les mêmes sentimens que l'on avoit vus autrefois dans l'empire romain, lorsque les cendres de Germanicus furent portées de la Syrie au tombeau des Césars. Les maisons étoient fermées ; le triste et morne silence qui régnoit dans les places publiques n'étoit interrompu que par les gémissemens des habitants (1) ; les magistrats en deuil eussent volontiers prêté leurs épaules pour le porter de ville en ville ; les prêtres et les religieux, à l'envi, l'accompagnoient de leurs larmes et de leurs prières. Les villes pour lesquelles ce triste spectacle étoit tout nouveau faisoient paroître une douleur encore plus véhémente que ceux qui l'accompagnoient ; et, comme si , en voyant son

---

(1) *Dies quo Germanici reliquiæ tumulo Augusti inferebantur, modo per silentium vastus, modo ploratibus inquies.*
                          (Tacit., *Annal.*, iii, 4.)

cercueil, on l'eût perdu une seconde fois, les cris et les larmes recommençoient (1).

Ce regret n'a point été particulier à la France ; les étrangers, qui l'ont admiré pendant sa vie l'ont pleuré à sa mort ; et je ne puis m'empêcher d'entrer ici dans un sentiment contraire à celui qu'eut David sur la mort de Saül et de Jonathas. Il ne voulait pas qu'on apprît aux Philistins la perte de ces illustres défenseurs d'Israël : *Nolite annuntiare in Geth, neque in plateis Ascalonis.* Non, non, que la Renommée porte la nouvelle de cette perte aux ennemis de la France. Partout où la vertu sera aimée, on regrettera cet illustre mort. Dans les cours les plus opposées à nos intérêts, il se trouvera des princes généreux qui donneront des éloges à sa mémoire, des regrets à sa perte, et des prières à son âme. Ceux même qui en feront un sujet de joie, et qui le témoigneront par des fêtes publiques, élèveront, sans le vouloir, un trophée à la gloire de M. de Turenne par l'aveu public de leur crainte, et par leurs réjouissances. Mais quel sentiment d'admiration les étrangers n'auroient-ils pas eu pour ce grand homme, s'ils l'avoient vu de près comme nous, et s'ils avoient connu les qualités incomparables de son âme !

Car comme la valeur, tout héroïque qu'elle est, ne suffit pas pour faire les héros, et qu'elle est semblable à ces étoiles qui brillent à la vérité, mais qui n'auroient que de mauvaises influences, si la conjonction de quelques astres bienfaisans ne les corrigeoit : tout ce dehors si grand et si pompeux, que je viens d'étaler à vos yeux, ne suffirait pas pour donner une gloire solide à M. de Turenne, si son cœur n'avoit été animé de toutes les vertus qui font l'honnête homme et le sage. C'est la seconde partie de mon discours.

(1) *Neque discerneres, proximos, alienos, virorum, fœminarumve planctus, nisi quod comitatum Agrippinæ longo mœrore fessum obvii et recentes in dolore anteibant.*

(Tacit., *Annal.*, III, 1.)

30.

[SECONDE PARTIE.

Ce n'est proprement que dans son cœur que l'homme se trouve tout entier, et tel qu'il est véritablement. Partout ailleurs il peut être ou partagé ou déguisé ; son esprit a de la peine à se parer des illusions de l'amour-propre, qui le représentent à lui-même tout autre qu'il n'est. Les actions par où l'on juge ordinairement de nous ne sont pas toujours des marques certaines des habitudes de notre âme ; c'est quelquefois la nécessité qui nous y contraint, ou l'occasion qui nous y convie. Il y a même des momens heureux où l'ardeur d'une générosité sans réflexion nous y pousse ; et dans toutes ces rencontres, à parler sainement des choses, il ne faut pas dire que l'homme ait la gloire de faire une action qu'on lui arrache ou qui lui échappe.

Mais cet homme, si suspect dans tout le reste, se trouve tel qu'il est dans son propre cœur. C'est là qu'il faut prendre les véritables traits de son portrait et la matière solide de ses louanges. C'est dans mon cœur que je suis véritablement ce que je suis, s'écrie le grand saint Augustin : *Cor meum ubi ego sum, quicumque sum.* Et dans les paroles que j'ai prises pour texte, après que David a convié Dieu de l'examiner tout entier, il s'arrête ensuite à son cœur, comme à l'unique sujet sur lequel tout cet examen doit tomber : *Proba me, Deus, et scito cor meum.*

Ainsi n'appréhendez pas, Messieurs, qu'en me bornant à l'éloge du cœur de M. de Turenne, je vous fasse perdre quelque chose de ce grand homme, ni qu'il se trouve hors des limites de mon sujet quelque partie de cette précieuse matière, que je ne mette pas en œuvre. Il me seroit bien plus aisé de prendre M. de Turenne par tout autre endroit que par celui de son cœur : c'est par là principalement qu'il se dérobe à mes yeux. Ce n'est pas que ce cœur se soit jamais évaporé dans les chimères d'une fausse gloire, ou que les sentiers obscurs de la dissimulation, du péché et du mensonge me le cachent. Une route bien plus glorieuse me le fait perdre de vue : il a tenu un chemin si peu battu dans la carrière de la véritable gloire, que je n'y trouve ni trace ni adresse pour me guider. Accoutumés que nous sommes à ne voir aller les hommes que de biais et par des détours, j'ai de la peine à suivre un cœur qui, dans la poursuite de la gloire, ne s'est jamais arrêté ni égaré. De tous les motifs qui font agir les hommes et qui corrompent dans la racine des fruits qui paraissent si beaux au dehors, je n'en trouve pas même l'ombre dans ce cœur. L'avarice, l'intérêt, l'amour-propre, la vanité, le plaisir, ces sources empoisonnées de toutes les actions des hommes, n'ont jamais infecté ce cœur.

Ce grand homme étoit si bien sorti de lui-même et de ses propres intérêts, qu'il n'y est jamais rentré par le moindre retour. Dans l'impétuosité qui le portoit vers les grandes choses, il n'a jamais fait cette réflexion intéressée, que la belle idée de la gloire qui l'attiroit pût devenir sa gloire particulière ; et, pour vous le représenter d'un seul trait tel qu'il a été, il faut dire de lui comme du plus sage des Romains (1), que l'amour-propre qui est tout borné en lui-même n'eut jamais de part ni dans ses desseins ni dans ses actions.

Jugez, Messieurs, si de cette élévation il a pu seulement jeter les yeux sur les richesses, et en faire le motif de ses actions, lui qui ne daignait pas même les regarder comme des fruits honnêtes de ses travaux. Ce n'est pas qu'il affectât les manières de ces fameux capitaines dont Rome et Athènes ont tant célébré la glorieuse pauvreté. Sans avoir vécu comme eux, il a été ce qu'ils étoient ; et si l'on faisoit exactement l'anatomie du cœur de ce héros, peut-être trouveroit-on que les Fabrice, les Camille et les

(1) . . . . *Nullosque Catonis in actus*
Subrepsit, partemque tulit sibi nata voluptas.
(Lucan., Pharsal., ii, 390.)

Phocion se sont plus appliqués aux richesses par le soin laborieux de s'en priver, que M. de Turenne par la noble indifférence d'en avoir ou de n'en avoir pas.

Si le roi d'Épire vouloit éprouver la générosité de mon cœur, disoit un de ces Romains, il devoit le sonder par l'offre de tout son royaume : *Toto ei regno tentandus fui.* Il est honnête et glorieux de refuser les libéralités des rois, lorsqu'elles doivent être le motif ou la récompense d'une trahison ; mais, après tout, ce n'est que la gloire d'un crime évité. Un Roi plus grand en toute manière que le roi d'Épire a tenté, s'il m'est permis de me servir de ce terme, l'indifférence que M. de Turenne avoit pour le bien, par tout ce que le plus grand Roi du monde peut faire pour le plus grand de ses sujets. Mais notre héros, indocile à souffrir de grandes richesses, n'a jamais pu consentir à en recevoir qu'autant qu'il en falloit pour mettre la bonté et la reconnoissance de son prince à couvert, sans risquer la gloire de sa modération et de son désintéressement.

Il regardoit, à la vérité, les richesses comme des moyens nécessaires pour soutenir la grandeur de sa naissance et celle de ses illustres emplois. Mais, dégagé de l'erreur des autres hommes qui cherchent sans cesse des moyens pour une fin qui ne vient jamais, il ne songeoit aux moyens que lorsque la fin qu'il s'étoit proposée le pressoit. C'étoit à la veille de ses glorieuses campagnes qu'il songeoit qu'il n'étoit pas riche : c'étoit dans la suite de l'emploi qu'il empruntoit des sommes considérables pour des nécessités imprévues. Prenez garde, Messieurs, que votre amour-propre ne vous fasse quelque surprise en cet endroit, et que vous n'alliez donner un nom peu honnête à un oubli plus glorieux que la plus sage précaution. Ce prince, assuré de l'amitié du Roi et du secours de ses serviteurs, croyoit qu'il lui étoit permis d'être négligent sur un point où les autres pèchent par un excès de prévoyance ; et je puis dire que M. de Turenne avoit toute la gloire du désintéressement, sans avoir la honte

de l'imprudence ; au lieu que les autres n'ont au dehors
la gloire de la prudence, que parce qu'ils sont poussés
au dedans par le motif d'un lâche et sordide intérêt.

Cependant la gloire de M. de Turenne ne me sembleroit
pas pleine et entière sur ce sujet, si, vainqueur de l'avarice par la facilité de ses inclinations naturellement grandes et généreuses, il n'avoit jamais rien eu à combattre.
La Providence a voulu qu'il ait eu une fois en sa vie des
desirs, qu'il les ait vaincus glorieusement, et qu'il ait fait
voir à toute la terre qu'il avoit assez de force pour acquérir une vertu difficile et laborieuse, si le bonheur de son
naturel ne l'eût pas rendu sans peine l'homme le plus vertueux de son siècle.

Voici, Messieurs, une des actions de sa vie que les
yeux du peuple n'ont peut-être pas remarquée, mais qui
est si belle et si extraordinaire, que je ne puis me résoudre à la passer sous silence. M. de Turenne avoit pas-
sionnément désiré le gouvernement d'Alsace et de Brisach. Des vues proportionnées à la grandeur de sa naissance et à l'élévation de son âme lui avoient mis ces
désirs bien avant dans le cœur ; il étoit encore en un âge
où les passions sont les plus violentes : cette grande gloire
qu'il s'est depuis acquise ne lui ôtoit point encore la vue
de ce que le monde appelle des établissemens solides. L'occasion d'obtenir ce qu'il désiroit se présente avec des circonstances si heureuses et si honnêtes, qu'on eût dit qu'il
avoit concerté avec la fortune l'exécution de son desir.
Le gouverneur de Brisach avoit été mis dans cette place
importante de la main du duc de Weymar. A l'arrivée
de M. de Turenne, qui venoit commander l'armée du roi
dans l'Alsace, il entre dans des soupçons et dans des
frayeurs dont nous ignorons le sujet ; il se retire, il abandonne sa place et la province à l'homme du monde qui en
désiroit le commandement avec plus de passion. Cette
occasion, capable de faire naître l'envie d'un si bel établissement aux personnes qui n'y eussent jamais pensé,
l'a fait perdre à notre héros qui y pensoit depuis si long-

tems. Il ne dépêche point de courrier à la cour pour demander la dépouille d'un homme qui se dépouilloit luimême, et, par un désintéressement sans exemple, il rassure le gouverneur, le remet dans sa place et le recommande à la cour. Conquérir l'Alsace, prendre Brisach, se rendre maître de ce fameux passage du Rhin, ce seroit l'effet d'une valeur héroïque (1), mais dont les soldats, les officiers et la fortune qui veut avoir sa part dans tous les grands événemens, partageroient la gloire avec M. de Turenne : mais vaincre ses desirs, vaincre la force de l'occasion, renoncer à Brisach et à l'Alsace, c'est une victoire que M. de Turenne remporte tout seul, et dont il ne partage la gloire avec personne.

Nos passions ne sont pas seulement violentes, elles sont adroites : repoussées par un endroit de notre âme, elles se représentent avec un nouveau visage d'un autre côté. Tel croit qu'il n'est pas honnête d'être intéressé pour soi-même, qui se persuade qu'il est permis de l'être pour ce que l'on aime ; et il ne voit pas que son amour-propre le suit partout, et qu'il ne lui fait faire ce petit mouvement au dehors que pour le ramener dans son intérêt par un chemin dont il ne s'aperçoit pas. M. de Turenne a eu pour son illustre maison, pour ses chers amis et pour ses fidèles serviteurs, toute la tendresse et tout l'empressement que la nature inspire à un bon cœur. L'absence ni le tems n'étoient point capables de ralentir l'ardeur de son amitié ; mais il y avoit en son cœur un amour prédominant à tous les autres : c'étoit l'amour de la justice. Elle étoit la règle inviolable de toutes ses actions ; l'amitié ni

(1) *Et certe in armis militum virtus, locorum opportunitas, auxilia sociorum, classes, commeatus, multum juvant : maximam vero partem quasi suo jure fortuna sibi vindicat. Et quidquid est prospere gestum, id pene omne ducit summo at vero hujus gloriæ. C. Cæsar quam res paulo ante adeptus socium habes neminem.*

(Cicer., *pro Marc.*)

la haine ne le pouvoient jamais préoccuper : il refusoit
des grâces à ses amis, qu'il accordoit à ses ennemis,
quand il les en croyoit plus dignes que ceux qu'il aimoit;
et, sourd à toutes les plaintes de la nature et de l'amitié,
il traitoit ceux qui étoient capables de les faire, de petits
esprits qui tournent toujours autour d'eux-mêmes, n'ayant
pas assez de force pour s'en éloigner.

Aussi n'étoit-ce ni par l'intrigue d'un domestique intéressé, ni par des assiduités étudiées, ni par l'utilité d'une
liaison, que l'on se faisoit une entrée dans le cœur de
M. de Turenne. Le bonheur pouvoit lui montrer ceux qui
devoient être ses amis : mais il n'alloit que jusque-là, le
seul mérite faisoit le reste ; car, comme il n'avoit
point une froideur et une fierté capables de rebuter, il
n'avoit point aussi cet air caressant qui semble mendier
le cœur de tout le monde, sans vouloir pourtant engager
le sien. Personne n'a jamais pu se plaindre d'avoir été
dédaigné avec mépris, ni d'avoir été amusé par des vaines espérances. Ce grand homme avoit rendu l'accès de
son cœur difficile sans être rude, et il en avoit, pour
ainsi dire, fortifié les premières avenues, parce qu'après
les avoir une fois forcées par le mérite, le reste ne coûtoit plus rien ni à prendre ni à conserver.

Je vous appelle à témoin de cette vérité, chers et illustres amis de cet homme incomparable. Fut-il jamais une
amitié si entière, si douce et si sûre que la sienne? Sa
dissimulation vous a-t-elle jamais donné la peine de faire
ces difficiles observations qu'il faut employer pour pénétrer le cœur humain? L'inégalité de son humeur vous
a-t-elle obligé de prendre des mesures pour choisir les
bons momens, et pour éviter les fâcheux? Sa défiance
vous a-t-elle jamais obligés à ces éclaircissemens qui
font perdre, à réparer des choses déjà faites, un tems
qu'on emploieroit bien plus agréablement à faire de nouveaux progrès dans l'amitié? A-t-il jamais exigé de vous
une servitude et une dépendance tyranniques? Enfin, dans
ce commerce qui vous ouvroit ce cœur jusqu'au fond, y

avez-vous jamais rien trouvé qui méritât quelque indulgence de votre part? Y avez-vous découvert quelque foiblesse et quelques sentimens qui marquassent la vanité et la corruption du siècle? Avez-vous eu besoin de vous faire une religion de nous cacher quelque défaut secret? Eussiez-vous désiré d'en ôter ou d'y ajouter quelque chose? Si vous étiez les maîtres de vous former un cœur à vous-mêmes, en voudriez-vous un plus grand, plus droit et plus parfait? Hélas, je le sens, Messieurs, je touche à l'endroit de votre plaie le plus douloureux et le plus sensible; et s'il vous étoit libre de m'interrompre, ne vous écrierez-vous pas ici que vous n'y avez rien vu que de grand et d'héroïque ; que tous ses sentimens étoient pour vous des leçons de sagesse et de vertu, des sujets d'admiration et d'amour, et la matière éternelle de vos larmes, ou du moins d'un triste et précieux souvenir ?

Eh ! que ne doit-on pas croire d'un cœur en qui l'amour souverain de la vérité a été la source de mille vertus? Cet amour est le plus beau caractère d'une grande âme. Il est dans notre esprit le remède des erreurs et des illusions où notre ignorance nous expose : dans notre cœur il est le frein de nos passions, qui, fatiguées des reproches de la vérité, se lassent enfin et s'éteignent. Il est le lien le plus assuré de la société civile ; et, si je puis le dire, cet amour nous rend, en quelque façon, incapables de tromper et d'être trompés. Mais, pour avoir cet amour dans un degré héroïque, il faut aimer la vérité par-dessus toutes choses, et n'aimer dans les choses que la vérité ; car notre amour-propre, toujours attentif à nous faire quelque surprise, ne nous donne que trop souvent le change (1). Nous aimons tous la vérité ; mais nous ne l'aimons pas tous si uniquement, que nous n'aimions encore quelque chose avec elle ; et, pour accorder en nous ces deux amours, nous nous laissons aller à croire

(1) *Quicumque aliud amant, hoc quod amant volunt esse veritatem.* (Aug., *Conf.*, x, 13.)

que ce que nous aimons est la vérité. Un rayon de la lumière du ciel, qui préparoit ce grand cœur à la connoissance des vérités de la foi, l'y disposoit par cet amour
naturel qu'il avoit pour celles de la morale. C'étoit son inclination dominante ; et son étude particulière étoit à ne
montrer, à n'avoir et à n'être rien de faux. Ses actions
étoient aussi sincères que ses paroles ; ses paroles n'é-
toient que les images de ses pensées, et ses pensées
étoient toutes heureusement réglées sur les idées de la
vérité.

Il ne lui est jamais arrivé de chercher à paroître par
de certaines choses, dont l'éclat et la belle apparence ne
sont pas toujours soutenus d'un fonds d'honneur et de
vérité. Il étoit naturellement libéral, les pauvres le savent ;
et il lui eût été facile de satisfaire cette noble inclination,
s'il eût voulu se relâcher un peu sur la manière
d'acquérir pour parvenir à la gloire de donner. Il n'a
jamais balancé là-dessus, persuadé que la libéralité
n'étoit plus une vertu, dès que l'on consentoit à acquérir avec
quelque empressement ou quelque injustice, pour donner
avec pompe et avec éclat. Mais ce même homme à qui
l'on n'eût pas arraché les sommes les plus petites,
lorsque la moindre ombre de vanité se rencontroit à les
donner, n'avoit point de peine à se dépouiller même de
son nécessaire, lorsque la moindre ombre de justice ou
de bienséance pouvoit ôter à ses largesses l'air du faste
et de l'ostentation. C'est de cet amour pour la vérité que
venoit l'aversion qu'il avoit de se justifier dans les
choses que les faux bruits ou les mauvais offices pouvoient rendre suspectes. Content du témoignage de sa
conscience, il ne vouloit point devoir à une apologie ce
qu'il devoit à la vérité même. C'est de l'amour pour la
vérité que venoit cette modération admirable dans les
rencontres où il sembloit que l'intérêt de sa gloire dût
exciter son ressentiment. Comme il alloit jusqu'au fond
des choses, il trouvoit qu'il y a bien plus de gloire à
vaincre sa passion qu'à venger une injure ; et que ceux

qui courent à la vengeance vont au plus aisé, et non pas au plus glorieux.

Cet amour lui faisoit préférer la gloire d'une entreprise bien concertée, quoique malheureuse, au vain éclat de celles qui n'ont rien de bon que le succès. Enfin, c'est de cet amour de la vérité que venoit cette naïveté admirable avec laquelle M. de Turenne se laissoit voir tel qu'il étoit, sans rien exagérer par orgueil, sans rien abaisser par une fausse modestie, mais plus que tout cela par une si entière application à la vérité des choses, qu'elle lui faisoit presque oublier si c'étoit de lui-même qu'il parloit. La peinture a besoin d'ombre et de jour pour donner du relief aux corps qu'elle représente, ou pour mettre les autres en éloignement; aussi ne fait-elle que des figures : la nature qui produit les choses véritablement n'a pas besoin de ces artifices. Comme il ne fut jamais une vertu plus pleine et plus naturelle que celle de ce grand homme, il n'y en eut jamais de plus épurée de tout artifice. Il ne se cachoit point, il ne se montroit point; il parloit lorsqu'il le falloit, et de ses victoires et de ses désavantages, aussi peu attentif à relever la gloire des unes, qu'à déguiser le malheur des autres. Il ne songeoit pas même à ces grandes ressources de gloire qui lui permettoient de faire des pertes sans s'appauvrir; et la même vérité qui lui faisoit raconter le détail des victoires innombrables qu'il a remportées, lui faisoit dire le particulier de quelques occasions où il n'avoit pas été heureux; aussi éloigné dans ces récits du faste de la modestie que de celui de l'orgueil.

Dans ce moment votre imagination ne vous représente-t-elle pas vivement cette simplicité admirable qui régnoit dans toutes les actions et dans toutes les manières de M. de Turenne ? Ne croyez-vous pas voir ce prince se mêler dans la foule des courtisans et dans les assemblées même de la ville, avec la bonté et la familiarité d'un homme qui n'eût pas été distingué par tant d'endroits ?

Pour moi, Messieurs, je ne puis m'empêcher de peindre ce que je pense là-dessus, par des traits tout différens de ce que je veux représenter, et de rappeler dans votre mémoire ces siècles funestes de l'empire romain, où il n'étoit pas permis aux particuliers d'être vertueux et illustres, parce que les vices des princes ne laissoient ni vertu ni gloire impunie. Après avoir conquis des provinces et des royaumes, bien loin d'aspirer à l'honneur du triomphe, il falloit à son retour éviter la rencontre de ses amis, prendre la nuit, de peur de trop arrêter les yeux du public. Une embrassade froide, sans entretien et sans discours, étoit tout l'accueil que le prince faisoit à un homme qui venoit de sauver l'empire. Du cabinet de l'empereur où il ne faisoit que passer, il étoit rejeté et confondu dans la foule des autres esclaves : *Exceptusque brevi osculo, nullo sermone, turbæ servientium immixtus est*. M. de Turenne a eu le bonheur de vivre et de servir sous un monarque dont la vertu ne laisse rien à craindre à celle de ses sujets. Il n'y a point de grandeur ni de gloire qui puisse faire ombre à celle du soleil qui nous éclaire ; et l'importance des services n'est jamais à charge à un prince convaincu par sa propre magnanimité qu'il les mérite. Aussi les distinctions d'estime et de confiance, de la part du roi, valoient à M. de Turenne la gloire d'un triomphe. Les récompenses fussent allées aussi loin que ces distinctions, si le roi eût trouvé en lui un sujet docile à recevoir des grâces ; mais ce qui étoit l'effet d'une sage politique dans les temps malheureux où la vertu n'avoit rien tant à craindre que son éclat, étoit en lui l'effet d'une modestie naturelle et sans art.

Il revenoit de ses campagnes triomphantes avec la même froideur et la même tranquillité que s'il fût revenu d'une promenade, plus vide de sa propre gloire que le public n'en étoit occupé. En vain les peuples s'empressaient pour le voir ; en vain dans les assemblées ceux qui avaient l'honneur de le connoître le montroient des yeux, du geste et de la voix, à ceux qui ne le connoissoient pas ; en vain sa seule présence, sans train et sans suite, faisoit sur les ames cette impression presque divine qui attire tant de respect, et qui est le fruit le plus doux et le plus innocent de la vertu héroïque : toutes ces choses si propres à faire rentrer un homme en lui-même par une vanité raffinée, ou à le faire répandre au dehors par l'agitation d'une vanité moins réglée, n'altéroient en aucune manière la situation tranquille de son âme, et il ne tenoit pas à lui qu'on n'oubliât ses victoires et ses triomphes.

Outre les sentimens que la religion lui inspiroit sur ce sujet, ceux qu'il avoit pour le Roi et pour l'état lui ôtoient toutes les vues de sa gloire particulière ; et il eût cru faire un larcin, de retenir pour lui-même quelque chose de ce qu'il croyoit devoir tout entier à son Prince et à sa patrie. Quel est le général d'armée qui s'avise de se faire une inquiétude de ce qui se passe dans les lieux éloignés de lui? N'arrive-t-il pas le plus souvent qu'une jalousie secrète leur fait craindre les avantages de la cause commune, lorsque leur gloire particulière ne s'y trouve pas, ou qu'il y a du danger qu'elle ne soit ou obscurcie ou balancée ? Notre héros, défait de ces pernicieuses maximes, donnoit ses désirs et ses craintes aux entreprises où il ne pouvoit contribuer de ses soins et de sa personne. Il pratiquait sur ce point ce qu'il disoit judicieusement en d'autres rencontres, qu'il falloit toujours craindre l'ennemi éloigné, et ne le craindre plus dès qu'il est présent. Ce capitaine intrépide et assuré contre l'ennemi qu'il avoit en tête, portoit ses craintes et ses desirs partout où le Roi portoit ses armes, en Flandre, en Sicile, en Catalogue ; semblable à ce sage et généreux Caton qui, sans rien craindre pour lui-même, craignoit pour toutes les parties de la république romaine : *Cunctisque timentem, securumque sui.*

Il a poussé cette délicatesse et les effets de cet amour si loin, qu'il semble que ce n'est pas ici le portrait d'un homme qui ait été tel qu'on le représente, mais la simple idée du sujet le plus zélé qui fût jamais : car hasarder simplement sa vie et sa fortune pour l'état, ce ne fut pas assez pour satisfaire une âme aussi héroïque et aussi remplie de l'amour de ses véritables obligations que celle de M. de Turenne ; mais hasarder sa réputation pour son Prince, renoncer à sa propre gloire pour l'intérêt de l'état, c'est le plus grand sacrifice qu'un grand capitaine puisse faire à son maître ; et c'est, messieurs, ce qu'a fait M. de Turenne dans les deux dernières campagnes. Il y a un an que nous lui voyions faire le personnage de cet illustre Romain qui fut appelé l'épée de la république. Avec un nombre inégal et un désavantage qui le menaçoit presque d'une défaite assurée, il cherche, il pousse, il bat à toute heure les ennemis. Cette année, au contraire, il se réduit au personnage de cet autre Romain qui fut appelé le bouclier de la république. Quoique le nombre et la valeur de ses troupes semblassent lui assurer la victoire, il fuit les occasions des combats et des batailles ; différent de lui-même dans la conduite, mais semblable à lui-même dans l'ardeur pour le service de son Prince et pour le bien de l'état. Il y a un an qu'il étoit en deçà du Rhin, où il falloit, à quelque prix que ce fût, faire perdre aux Allemands l'envie de venir inonder la France, et pour cela les poursuivre et les battre sans relâche ; cette année, il étoit au delà du Rhin, et il lui suffisoit de maintenir l'armée du Roi et d'assurer le repos de sa patrie.

Avouez, Messieurs, que se servir de l'épée avec tant de risque, lorsque pour l'intérêt de sa gloire particulière il ne devoit, ce semble, que se couvrir du bouclier ; se couvrir simplement du bouclier, lorsqu'il pouvoit en apparence se servir avec tant de gloire de l'épée ; enfin s'exposer au danger et à la honte d'être vaincu, lorsque le service du Roi demandoit qu'il hasardât tout pour essayer de vaincre ; fuir les occasions de combattre et de vaincre, lorsque pour le service du Roi il suffisoit de n'être pas vaincu, est une chose si rare, si singulière, si héroïque, qu'on peut dire qu'une telle action n'a point eu de modèle, et qu'elle ne sera jamais imitée.

Croyez-vous après cela, Messieurs, que celui qui jusqu'ici nous a paru un héros hors de la portée même de l'imitation, pût encore trouver de quoi s'élever au-dessus de lui-même par la grandeur et par la droiture de ses sentimens ? Vous persuaderez-vous, Messieurs, qu'un grand homme de guerre, qu'un général d'armée ait pu faire des souhaits pour la paix ? Croirez-vous qu'un homme puisse si bien faire la guerre, et songer à la finir ? Je ne le croirois pas moi-même, si je ne parlois d'un héros qui nous avoit accoutumés aux miracles et aux prodiges. Oui, Messieurs, ce grand capitaine désiroit ardemment la paix. Il voyoit avec douleur les maux qu'entraîne après soi la nécessité de la guerre. Il laissoit aux vertus médiocres ces lâches ménagemens qui, pour faire durer la considération d'un particulier, font durer la misère des états ; et, sans songer qu'il eût de quoi se rendre encore plus admirable dans la vie privée qu'à la tête des armées, il se hâtoit de se dérober par la rapidité de ses victoires la matière de ses emplois. A l'entrevue des deux rois, il fut sans doute bien plus touché des réjouissances publiques avec lesquelles les François et les Espagnols solennisèrent la naissance de la paix et l'espérance de la félicité publique, que de l'aveu que le roi d'Espagne fit à sa gloire, lorsque, pressé par la force de la verité, il confessa, en présence des deux cours, que les victoires de M. de Turenne lui avoient fait passer de mauvaises heures et de mauvaises nuits, lui dont la fière gravité auroit à peine permis qu'il avouât seulement que le soin de ce vaste empire, sur lequel le soleil ne se couche jamais, fût capable de troubler son repos.

Pour une telle vertu la terre n'a point de couronnes. Le laurier et l'olive joints ensemble, n'en forment pas une assez belle pour une tête si illustre. Ce n'est que de votre main, grand Dieu, qu'une vertu si parfaite doit être couronnée. Souvenez-vous donc, Seigneur, de la douceur de ce nouveau David : *Memento, Domine, David, et omnis mansuetudinis ejus* (1). Donnez le repos de la sainte Sion à cette grande âme qui, par ses exploits, n'a songé qu'à contribuer à la paix des peuples qui vous adorent. Vos miséricordes, grand Dieu, nous donnent presque cette assurance ; et ce n'étoit que pour le préparer aux couronnes éternelles que vous aviez rempli ce cœur de religion, de piété, et de toutes les vertus qui font les chrétiens. C'est la troisième partie de mon discours.

TROISIÈME PARTIE

Tous les siècles et toutes les nations ont eu des hommes extraordinaires, que la valeur, la prudence, la fortune et la sagesse ont distingués des autres. L'ancienne Grèce et l'ancienne Rome nous ont laissé des modèles de grands princes, de vaillants capitaines, de sages et illustres citoyens ; mais il est difficile de trouver dans un seu homme toutes les vertus qui ont fait les héros parmi les païens, et celles qui font les saints parmi les chrétiens. C'est pourtant le caractère véritable du prince que nous pleurons. Rome profane lui eût dressé des statues sous l'empire des Césars ; et Rome sainte trouve de quoi l'admirer sous les pontifes de la religion de Jésus-Christ : car, Messieurs, si le nombre des vertus morales de M. de Turenne étoit plus grand que celui de ses exploits, sa religion le rend encore plus admirable que toutes les qualités naturelles de son âme.

De sorte, Messieurs, qu'il me semble que je vous ai conduits dans cet éloge par des endroits semblables aux différentes parties du temple de Jérusalem. On rencontroit d'abord le parvis que la foule du peuple remplissoit de tumulte ; on passoit ensuite par les lieux sacrés où les victimes étoient égorgées ; et l'on entroit enfin dans le sanctuaire que Dieu seul remplissoit par la présence de sa

(1) Psalm., cxxxi, 1.

grandeur, et qui, par une communication de sainteté, rendoit les autres lieux majestueux et vénérables. Le cœur de ce grand homme a été le temple animé du Dieu vivant. Vous en avez vu d'abord les dehors tumultueux par ce bruit que font dans l'imagination les actions militaires, lors même que l'on ne fait que les dire. Vous êtes entrés ensuite dans cette partie de notre cœur où résident les passions différentes, et vous les avez toutes vues immolées à la gloire par la vertu de ce héros. Enfin me voici dans l'endroit de mon discours où il faut que je tire le rideau pour découvrir à vos yeux le sanctuaire de ce cœur que Dieu remplissoit par sa majesté, et où il étoit comme sur un trône que la foi, l'espérance, la charité, l'humilité et les autres vertus chrétiennes lui dressoient. De ce lieu sacré je vois sortir des lumières qui se répandent sur tout ce que je viens de dire, qui sanctifient tous les éloges que j'ai donnés à ce grand homme, et qui, réformant tout ce que vos idées peuvent avoir eu de profane jusqu'ici, au lieu de vous le faire voir comme un César et un Alexandre dans la guerre, vous le représentent comme un David ou un Théodose, et comme un philosophe chrétien élevé dans l'école de Jérusalem, plutôt que comme un philosophe d'Athènes.

M. de Turenne, qui ne pouvoit, ce semble, avoir que des défauts étrangers et comme hors de lui-même, fut engagé, par sa naissance et par son éducation, dans les erreurs de Calvin, qu'il trouva établies et dominantes dans son esprit avant que sa raison fût assez forte pour s'y opposer. Mais que ne peut la main toute-puissante qui opère le salut des hommes? Les péchés et les erreurs même lui servent pour manifester les richesses de sa miséricorde et la gloire de ses élus; car s'il est vrai, selon saint Augustin, que beaucoup de malheureux égarés ont fait voir la beauté de leur génie et la grandeur de leur esprit dans la défense des erreurs qu'ils soutenoient: *In ipsis erroribus defendendis quam magna claruerunt ingenia*, ne peut-on pas dire que le tems que M. de Turenne a été dans l'erreur n'a servi qu'à faire l'épreuve de la sincérité de son cœur? S'il n'eût eu qu'une religion de politique, nous ne pleurerions pas à la vérité ces belles et nombreuses années qu'il a passées hors du sein de l'Église ; mais peut-être faudroit-il pleurer devant Dieu celles qu'une foi feinte lui eût fait passer dans la véritable communion. Jamais homme, si je puis me servir de cette expression, n'a été de meilleure foi dans l'erreur que M. de Turenne ; et, tant qu'il plut à Celui qui avoit marqué le temps où ce grand homme devoit entrer dans le sein de Jérusalem de le laisser dans la malheureuse prévention de Babylone, rien ne fut capable de l'ébranler. Il fut pourtant attaqué par tout ce qu'il y a sur la terre de plus fort et de plus sensible. La conversion de M. le duc de Bouillon, son frère, le pressa non-seulement par tout ce que la chair et le sang ont de pouvoir dans ces sortes de changemens, mais par tout ce que l'exemple d'un Prince également grand par l'esprit, par le cœur, et par la force de la persuasion, pouvoit avoir d'ascendant sur l'esprit d'un frère plein d'estime et de respect pour cet illustre aîné. La fortune et la gloire le sollicitèrent par tout ce qu'elles ont de force et d'attraits. Le Roi, avant la paix des Pyrénées, eût honoré la plus grande vertu de son royaume de la première charge de sa couronne, si M. de Turenne eût cru qu'il eût été permis de s'élever aux plus grands honneurs de la terre, en foulant aux pieds la religion qu'il professoit. Quelle perte, que tant de constance et de fermeté n'ait pas été employée pour la bonne cause ! La Providence le permit, afin que la gloire de sa conversion ne fût pas douteuse, et qu'il parût aux yeux du bon et du mauvais parti que, sans le mélange d'aucun motif humain, il n'avoit été vaincu que par ces charmes de lumière dont parle saint Paul, qui, ayant gagné son cœur depuis si longtems par l'amour de la vérité, chassèrent enfin de son esprit toutes les ténèbres de l'erreur.

Ce combat intérieur où M. de Turenne n'avoit que

Dieu pour spectateur, où il avoit mille ennemis secrets qui s'opposoient à son salut, où il s'agissoit non d'une couronne qui se flétrit sur la tête du vainqueur, mais de cette couronne immortelle que Dieu a préparée à ceux qui le servent en esprit et en vérité, a été l'occasion de sa plus noble victoire et de son triomphe le plus illustre. Il employa pour se vaincre lui-même plus d'art, plus de sagesse et plus de courage qu'il n'en avoit jamais employés à vaincre les autres ; et, comme le premier pas vers la victoire est de bien connaître l'ennemi qu'on doit combattre, M. de Turenne n'oublia rien durant un longtems pour reconnoître le fort et le foible de sa première religion, qui, par une grâce singulière de Dieu, lui étoit devenue suspecte. Il écouta tous les avis qu'on lui donna ; il frappa à la porte de la vérité par les prières et par les larmes ; il se défia d'autrui et de lui-même, et, s'abandonnant tout entier à la conduite de Dieu qu'il cherchoit avec tant de sincérité, il triompha dans son esprit de la vieille erreur, que le malheur de son éducation y avoit établie ; il triompha dans son cœur de la mauvaise honte, qui, parmi les hommes, fait passer pour foiblesse un changement, lors même qu'il conduit à la vérité ou à la vertu ; il mit sa gloire à brûler ce qu'il avoit jusqu'alors adoré, et à entrer avec autant d'humilité que de courage dans le sein de cette Église qui, charmée de ses vertus, soupiroit depuis si longtems après l'acquisition d'un tel fils.

Anges du premier ordre, esprits destinés par la Providence à la garde de cette grande ame, dites-nous quelle fut la joie de l'Église du ciel à sa conversion, et avec quelles réjouissances furent reçus les premiers parfums des oraisons de ce nouveau catholique, lorsque, du pied des autels de l'Agneau sacrifié, vous les portâtes au pied de l'autel de l'Agneau régnant dans la gloire. Les vieillards couronnés, et les chœurs des anges, n'en redoublèrent-ils pas la joie et l'harmonie du céleste cantique (1) ?

(1) Il faut l'avouer, Fléchier reste, comme orateur, fort au-

Pour vous, Messieurs, vous n'avez pas oublié que l'Église de la terre regarda cette conversion avec autant de joie qu'elle eût fait celle d'un royaume tout entier. M. de Turenne, vainqueur des ennemis de l'État, ne causa jamais à la France une joie si universelle et si sensible, que M. de Turenne vaincu par la vérité, et soumis au joug de la foi.

Les bénédictions et les applaudissemens ne s'arrêtèrent pas à cet illustre converti; ils passèrent jusqu'à ce cher et illustre neveu, qui, par ses conférences fréquentes, avoit contribué si efficacement à la conversion de ce grand homme. Certes, Messieurs, si, pour mériter l'honneur du triomphe parmi les Romains, et pour monter au Capitole avec la pourpre, il falloit avoir étendu les bornes de l'empire et défait des armées considérables; quand la grandeur de la naissance, la profondeur du savoir, l'innocence des mœurs, une sagesse consommée dans une grande jeunesse n'auroient pas assuré à ce prince la plus éminente dignité de l'Église, il suffisoit d'avoir contribué en quelque chose à la conquête de cette grande ame, pour mériter d'entrer en triomphe, et couvert de la pourpre sacrée, dans le Capitole du monde chrétien.

Depuis que M. de Turenne fut devenu par sa conversion un nouvel enfant en Jésus-Christ, fut-il une piété plus sincère, une foi plus vive, une confiance en Dieu plus pleine et plus forte, une humilité plus profonde, et une religion plus entière? Mais qu'est-ce que je fais! Et, avant que d'avancer dans ce sanctuaire, ne faut-il pas que je prononce ici les mêmes paroles que disoit autrefois le diacre, lorsque le prêtre étoit arrivé à la plus auguste partie des sacrés mystères? *Sancta sanctis*, les

dessous de Mascaron dans le récit de la conversion de Turenne. Mascaron y déploie au contraire un vrai talent, souvent aussi une belle manière d'écrire. On croit même quelquefois reconnoître dans son langage l'énergique accent et la simplicité sublime de Bossuet. (MAURY.)

choses saintes ne sont que pour les saints. Enfans du siècle, hommes nourris dans le mensonge et la vanité, jusqu'ici vous m'avez entendu, parce que j'ai dit des choses que le monde corrompu est capable d'admirer, quoiqu'il ne soit pas toujours capable de les faire. Mais m'entendrez-vous et me croirez-vous, lorsque je vous parleroi des sentimens que la religion et la piété lui inspiroient? Vous ne les avez pas entendus de sa bouche. M. de Turenne, content d'exposer aux yeux du siècle les dehors d'une vie sage et réglée, gardoit pour les conversations qu'il avoit avec les serviteurs de Jésus-Christ, des sentimens dont le monde n'étoit pas digne; et il n'avoit garde d'exposer ces perles évangéliques à des profanes qui les eussent foulées aux pieds par leurs railleries sacriléges. Aussi n'est-ce pas à vous que je donne ce cœur à examiner dans cette partie de mon discours; c'est à Dieu, c'est à ses saints, c'est à ces sacrées épouses de Jésus-Christ, qui par leur piété prennent plus d'intérêt à la religion de ce Prince, que le sang ne leur en a fait prendre en tout le reste.

M. de Turenne avoit une foi si vive et si pleine, que tout lui paraissoit grand et majestueux dans l'Église. Il avoit de la vénération pour les plus petites pratiques de la religion, dont les enfans du siècle ne font que de froides railleries; il regardoit ces observances religieuses avec les mêmes sentimens qu'il faut considérer dans la nature les œuvres de Dieu, qui n'est pas tellement grand dans les ouvrages qui sont sortis de ses mains, qu'il ne soit encore admirable dans les plus petits. Si vous ne voyez pas cette grandeur, mondains, c'est qu'il y a deux sortes de vie dans le monde : l'une toute spirituelle, et l'autre toute dans les sens. Ces deux vies sont également incompréhensibles l'une à l'autre, parce qu'il y a un chaos impénétrable entre les deux : et comme les saints ne peuvent comprendre que les hommes faits pour jouir de Dieu s'occupent tout entiers du néant des créatures, les hommes charnels, de leur côté, ne peuvent donner le prix qu'il faut à tant de saintes pratiques d'humilité et de pénitence, qui leur paroissent comme un rien dans la religion. Vous croyez, Messieurs, que c'est moi qui ai fait la distinction de ces deux vies, et que je l'ai même empruntée de quelque contemplatif éclairé. Me croirez-vous, Messieurs, quand je vous dirai que je n'ai fait en cela que redire fidèlement les sentimens de M. de Turenne, et les vues saintes et justes que sa foi lui donnoit sur toutes les choses de la religion? Et, en vérité, je n'ose vous blâmer de la peine que vous avez à le croire; car enfin, est-ce dans la cour, est-ce dans les armées, est-ce sous le casque et sous la cuirasse que s'apprennent de telles vérités? Non, Messieurs, non, ni la chair ni le sang ne pouvoient lui avoir révélé de si grandes et de si sublimes vérités; c'étoit le Père céleste qu'il servoit avec une foi si pure, et une religion également éloignée de la dureté et de l'hypocrisie.

Que s'il avoit une vénération si sincère pour les pratiques de pénitence et d'humilité, qui paroissent si petites, jugez, Messieurs, de quelle manière il étoit touché de la grandeur des mystères, dont l'élévation est si propre à humilier l'esprit et le cœur de l'homme. M. de Turenne ne trouvoit point à son gré de néant assez profond où la créature pût se réduire devant la majesté terrible du Dieu qui l'a faite et qui la soutient. Ce n'étoit pas assez pour lui d'offrir au Seigneur soir et matin le sacrifice de ses lèvres, il vouloit être chrétien tout le jour, comme il le disoit lui-même; et il avoit pitié de ces personnes aveugles qui, par une petite prière qu'ils offrent à Dieu le matin, croient avoir acheté le droit de l'oublier, et même de l'offenser, le reste de la journée. M. de Turenne n'estimoit dans la religion que ces jours pleins et entiers dont parle David : *Dies pleni invenientur in eis;* et mettant, pour ainsi dire, en faction tour à tour toutes les puissances de son ame, il s'efforçoit de continuer par la droiture de ses intentions, par l'éloignement du péché, et par l'amour sincère du bien, le sacrifice de louanges que ses prières, ses saintes lectures, ses heures de retraite et ses pieuses réflexions commençoient et finissoient si fidèlement tous les jours.

Ne pensez pas, Messieurs, que notre héros perdît à la tête des armées, et au milieu des victoires, ces sentimens de religion. Certes, s'il y a une occasisn au monde où l'ame pleine d'elle-même soit en danger d'oublier son Dieu, c'est dans ces postes éclatants où un homme, par la sagesse de sa conduite, par la grandeur de son courage, par la force de son bras, et par le nombre de ses soldats, devient comme le dieu des autres hommes, et, rempli de gloire en lui-même, remplit tout le reste du monde d'amour, d'admiration ou de frayeur. Les dehors même de la guerre, le son des instrumens, l'éclat des armes, l'ordre des troupes, le silence des soldats, l'ardeur de la mêlée, le commencement, le progrès et la consommation de la victoire, les cris différens des vaincus et des vainqueurs, attaquent l'ame par tant d'endroits, qu'enlevée à tout ce qu'elle a de sagesse et de modération, elle ne connoît ni Dieu ni elle-même. C'est alors que les impies Salmonées osent imiter le tonnerre de Dieu, et répondre par les foudres de la terre aux foudres du ciel. C'est alors que les sacriléges Antiochus n'adorent que leurs bras et leurs cœurs, et que les insolents Pharaons, enflés de leur puissance, s'écrient : « C'est moi qui me suis fait moi-même. » Mais aussi la religion et l'humilité paroissent-elles jamais plus majestueuses que lorsque, dans ce point de gloire et de grandeur, elles retiennent le cœur de l'homme dans la soumission et la dépendance où la créature doit être à l'égard de son Dieu (1)?

(1) Fléchier a aussi fait voir combien il est difficile d'accorder la modestie et encore plus l'humilité chrétienne avec la gloire militaire. Ce fonds d'idées est traité bien plus supérieurement dans Mascaron; mais aussi c'est l'endroit triomphant de son discours : c'est ce qu'il a écrit de plus beau, et, si j'ose le dire, vous croiriez presque entendre Bossuet. (La Harpe.)

M. de Turenne n'a jamais plus vivement senti qu'il y avoit un Dieu au-dessus de sa tête, que dans ces occasions éclatantes, où presque tous les autres l'oublient. C'étoit alors qu'il redoubloit ses prières; on l'a vu même s'écarter dans les bois, où, la pluie sur la tête et les genoux dans la boue, il adoroit en cette humble posture ce Dieu, devant qui les légions des anges tremblent et s'humilient. Les Israélites, pour s'assurer la victoire, faisoient porter l'arche d'alliance dans leur camp; et M. de Turenne croyoit que le sien seroit sans forces et sans défense, s'il n'étoit tous les jours fortifié par l'oblation de la divine victime qui a triomphé de toutes les forces de l'enfer. Il y assistoit avec une dévotion et une modestie capables d'inspirer du respect à ces âmes dures, à qui la vue des terribles mystères n'en inspiroit pas.

Dans le progrès même de la victoire, et dans ces momens d'amour-propre où un général voit qu'elle se déclare pour son parti, sa religion étoit en garde pour l'empêcher d'irriter tant soit peu le Dieu jaloux, par une confiance trop précipitée de vaincre. En vain tout retentissoit autour de lui des cris de victoire; en vain les officiers se flattoient et le flattoient lui-même de l'assurance d'un heureux succès; il arrêtoit tous ces emportemens de joie où l'orgueil humain a tant de part, par ces paroles si dignes de sa piété : « Si Dieu ne nous soutient, et s'il « n'achève son ouvrage, il y a encore assez de temps « pour être battus. »

Aussi, comme il reconnoissoit que toutes les victoires venoient de Dieu, il s'efforçoit de les rendre dignes de lui. Après avoir vaincu les ennemis, il n'oublioit rien pour vaincre la victoire même. Vous savez que naturellement elle est cruelle, insolente, impie; M. de Turenne la rendoit douce, raisonnable et religieuse. Quels ordres ne donnoit-il pas, quels efforts ne faisoit-il pas pour arrêter le carnage, qui, après l'ardeur du combat, n'est plus qu'un crime et une brutalité barbare; pour empêcher la profanation des temples, l'incendie des maisons, les dégâts inutiles, et les abominations qui obligent si souvent les princes chrétiens à pleurer les plus justes et les plus glorieuses victoires !

Après un tel exemple, les faux politiques oseront-ils encore mettre, parmi leurs maximes impies, que la religion chrétienne n'est pas propre à faire de grands hommes de guerre ? Les libertins oseront-ils tourner en ridicule ceux qui songent à apporter aux occasions dangereuses un cœur d'autant plus ferme et plus intrépide, que leur conscience est plus pure ? O corruption ! ô fantôme d'une fausse gloire ! ô ouvrage funeste de ce vieil ennemi du genre humain, qui n'a que trop réussi à ouvrir une porte assurée à la mort éternelle des âmes, dans un emploi où il y a tant de portes ouvertes à la mort du corps (1) ! Quoi, Messieurs, des chrétiens peuvent-ils penser qu'un homme soutenu de la confiance qu'il a en Dieu, armé de la sûreté de sa conscience, animé de l'espérance des couronnes immortelles, convaincu qu'une des plus essentielles obligations que la religion lui impose est de combattre et de mourir, s'il le faut, pour le service de son prince et de sa patrie, soit moins généreux et moins vaillant qu'un impie présomptueux qui met toute son espérance en soi-même, et qui ne reconnoît point d'autre Dieu que son cœur et que son bras ? Messieurs, le pourrez-vous croire désormais ? Et si les exemples des Charlemagne, des Théodose, des David, qui ont plus remporté de victoires par leurs prières que par leurs épées, sont trop anciens et trop éloignés, ne serez-vous

(1) Il n'y a que la religion qui rende les hommes braves, patients, intrépides par conscience ; il n'y a qu'elle qui attache à la lâcheté et à l'indifférence pour son Prince et pour sa patrie, non-seulement la honte, mais le crime, et la punition éternelle. Ces motifs subsistent après tous les autres ; ils demeurent lorsque tout s'alarme et s'ébranle ; ils rappellent même les autres sentiments, et s'en servent avec avantage ; et si l'on était fidèle à la religion, l'on serait invincible. (Duguet, *Institution d'un prince*.)

pas instruits par la piété et la religion du héros que vous venez de perdre? Vous lui avez vu prendre au pied des autels les armes pour aller combattre les ennemis ; vous lui avez vu rapporter au pied des autels ces mêmes armes, après les avoir vaincus. Avez-vous vu que sa religion l'ait troublé en donnant les ordres, qu'elle l'ait rendu timide dans l'exécution, qu'elle l'ait empêché de poursuivre chaudement la victoire, d'en tirer tous les avantages possibles pour le service de son maître? Enfin, pour avoir de la religion, en étoit-il moins prudent, moins vaillant, moins heureux? ou plutôt n'étoit-il pas heureux, sage et vaillant, parce qu'il avoit de la religion?

Et en vérité, Messieurs, il semble qu'il étoit bien juste que le Dieu des armées combattît pour un Prince qui combattoit pour lui avec tant de zèle et d'ardeur. Le soin d'acquérir de nouveaux sujets à son Roi ne l'empêchoit pas de songer aux conquêtes de Jésus-Christ, et à la conversion des hérétiques. C'étoient les victoires pour lesquelles il croyoit qu'il lui étoit permis d'avoir de l'amour-propre, et dont il pouvoit en quelque façon se glorifier. Il souhaitoit avec tant de passion de ne voir qu'un pasteur et qu'un bercail dans l'Eglise, que je ne crains point de dire qu'avec plaisir il se fût fait anathème pour réunir les frères qu'il avoit eus dans l'erreur à ceux que la vérité lui avoit donnés. Il n'épargnoit rien pour satisfaire cette sainte passion; il étudioit avec soin les meilleures manières de ramener les égarés; il avoit des conférences fréquentes avec toutes les personnes qui, par leur savoir, leur zèle et leur charité, pouvoient avancer ce grand ouvrage. Au milieu de son camp, à la veille des plus importantes actions de la guerre, et quelques heures avant que de vaincre des armées entières, il écrivoit de longues lettres, il donnoit des avis, pour enlever à l'hérésie quelque ministre ou quelque personne considérable, qui, par l'éclat de sa conversion, pût procurer celle de plusieurs autres.

Comme il savoit qu'il n'y a que trop d'hérétiques qui,

pour me servir des termes de Tertullien, regardent la pauvreté comme une divinité plus redoutable que le Dieu même dont ils tiennent la vérité captive dans l'injustice, il n'épargnoit ni son bien ni son crédit pour leur subsistance, et pour leur faire trouver dans l'Eglise véritable tout ce qu'ils perdoient de secours, d'appui et de biens en quittant la fausse. Il n'étoit hardi à demander des grâces au Roi que sur ce sujet ; et il fût allé jusqu'à l'importunité, si la religion de son Prince n'eût prévenu son zèle. Ce zèle n'est pas éteint par sa mort ; sa libéralité fait encore la guerre à l'hérésie : et il ne s'est pas tant contenté que l'exemple de sa conversion fût comme un phare qui avertît les hérétiques du chemin qu'il falloit tenir pour éviter les écueils ; il a même préparé un port et un asile à ceux qui, se sauvant tous nus du naufrage, ont besoin de trouver sur la rive quelque main charitable qui leur aide à conserver une vie qu'ils viennent de garantir des flots. Tant de soin, tant d'application, tant de vues pour les intérêts de l'Eglise, ne méritent-ils pas qu'on lui donne les titres les plus pompeux dont les saints Pères aient honoré la mémoire des Princes religieux ? que l'on publie que, comme Constantin, il a été un évêque du dehors pendant sa vie, et qu'on lui donne, comme à ce grand empereur, le nom de très-saint et très-heureux après sa mort ? Ce triste endroit de mon discours m'avertit ici qu'il faut que je dissipe quelques pensées sombres qui s'élèvent dans votre âme, et que je vous adresse les mêmes paroles que saint Ambroise employa autrefois dans l'oraison funèbre du jeune Valentinien : *Audio vos dolore quod non accepit sacramenta baptismatis.* « Je vois, « disoit-il au peuple de Milan, que vous avez une extrême « douleur de ce que l'empereur est mort sans avoir reçu « le baptême. Mais, continue-t-il, il avoit souhaité ce sa- « crement, il l'avoit demandé avec ardeur et avec une foi « vive : n'est-ce pas en avoir la grace, quoiqu'on n'en « ait pas reçu l'ablution ? *Certe qui poposcit accepit.* Si « les martyrs sont lavés dans leur sang sans le secours

« du baptême, pourquoi ne dirons-nous pas que l'illustre
« Valentinien a été baptisé par sa piété et par ses desirs?
« *Si suo sanguine abluuntur martyres, et hunc sua pietas
« abluit.* »

Je suis bien éloigné de croire que j'aie ni la sainteté
ni la gravité du grand Ambroise, pour donner à mes sentimens un poids approchant de celui qu'avaient les pensées de ce grand saint. Mais aussi n'ai-je pas en main une
matière plus favorable et des gages plus assurés du salut
de M. de Turenne, que saint Ambroise n'en avoit de celui
de Valentinien? Notre héros avoit été régénéré en Jésus-
Christ par le baptême; il s'étoit uni à lui par la participation des divins mystères, en mangeant au pied des autels
ce pain des forts qui soutient l'âme, et lui donne la force
d'arriver à la sainte montagne de Dieu. Il avoit une foi
vive, une confiance de fils en la bonté du Père céleste : il
sentoit, comme il le disoit lui-même au confident de sa
piété, que l'amour de Dieu croissoit en son cœur. Ses
mœurs étoient pures, ses intentions saintes; il avoit un
extrême éloignement du péché; il adoroit Dieu en esprit
et en vérité; il le prioit avec une charité ardente et une
humilité sincère; il est mort dans le devoir actuel d'un
bon citoyen; ses desirs les plus ardens étoient de contribuer par ses victoires à une paix qui lui donnât le moyen
de vaquer dans la retraite à cet unique nécessaire que
Jésus-Christ nous enseigne dans l'Evangile.

Le beau spectacle que c'eût été pour le monde chrétien
d'entendre dire à ce grand homme, après la paix, ce que
dirent les Machabées, vainqueurs de tous leurs ennemis :
*Ecce contriti sunt omnes adversarii nostri; ascendamus
nunc mundare sancta et renovare!* « Voilà les ennemis de
« mon prince vaincus, l'Europe paisible, et la France
« triomphante : montons sur la sainte montagne de Sion,
« pour y purifier et y achever le temple que Dieu veut
« avoir dans nos cœurs. » Il l'eût fait, Messieurs, il l'eût
fait : on lui eût vu mettre toute sa gloire au pied de la
croix, et descendre, par religion et par humilité, d'une

élévation d'où les autres sont ordinairement précipités par quelques revers de fortune ou par la mort.

Ce grand et bel avenir, dont sa mort précipitée nous a fait perdre l'exemple, ne sera point perdu pour lui devant vous, grand Dieu! vous qui lisiez dans son cœur, vous qui voyiez ce désir sincère et empressé qu'il avoit de sortir de l'Egypte pour vous aller adorer dans le désert. Votre puissance peut, quand elle veut, mettre les temps en abrégé, et donner à quelques jours le mérite de plusieurs années ; et cette même puissance qui appelle les choses qui ne sont pas avec la même facilité que celles qui sont, ne donnera-t-elle pas la récompense de ce glorieux avenir à un héros qui s'en étoit presque attiré tout le mérite par l'ardeur et par la sincérité de ses desirs?

Mais quand ce cœur ne seroit pas un fruit entièrement mûr pour le ciel, le Carmel, cette terre de grâces et de bénédictions où il a été transplanté, ne lui avanceroit-il pas ce degré de chaleur et ce goût de sainteté qui le rendra propre pour l'éternité bienheureuse, tandis qu'il ne tombera pas une goutte de rosée sur les malheureuses moutagnes où ce grand homme a été enlevé à la terre? *Montes Gelboe, nec ros nec pluvia cadat super vos.* L'oblation du sacrifice, l'élévation des mains de cet illustre prélat, dont la tendresse redoublera la religion, le zèle et la piété, les prières de ces saintes filles du Carmel, attireront sur ce cœur des rosées d'en haut assez abondantes pour lui donner sa dernière perfection.

Certes, l'on peut bien dire de M. de Turenne que la gloire qui l'a suivi durant toute sa vie l'a accompagné jusqu'après sa mort. Le Roi, pour donner une marque immortelle de l'estime et de l'amitié dont il honoroit ce grand capitaine, donne une place illustre à ses glorieuses cendres parmi ces maîtres de la terre, qui conservent encore dans la magnificence de leurs tombeaux une image de celle de leurs trônes. Ce sera là, messieurs, que les étrangers curieux, et la postérité savante, iront apprendre dans les ornemens de l'architecture les actions éclatantes de ce Prince, dont la réputation a rempli toute la terre, et remplira la suite des siècles. Ce sera là que, par des emblèmes ingénieux, on apprendra quelles ont été les vertus civiles et morales par lesquelles il a surpassé la sagesse des plus célèbres philosophes. Mais si dans ce superbe monument M. de Turenne trouve la gloire d'Athènes et de Rome ; dans celui que la piété de son illustre maison lui élève dans ce saint lieu, nous pouvons dire que la gloire du Carmel lui est donnée : *Decor Carmeli datus est illi*. C'est ici que toutes les vertus chrétiennes feront le sujet de son épitaphe et la magnificence de son tombeau : c'est ici que l'on apprendra que la grandeur de la naissance, la vie de la cour, la profession des armes, la gloire des victoires et des triomples, et les applaudissemens du monde, n'ont pas été incompatibles dans le cœur de M. de Turenne avec l'humilité de la croix ; et qu'une foi vive, une espérance ferme, une charité ardente, un zèle animé pour la conversion des hérétiques, une haine constante du péché, un amour véritable pour le bien, une intention pure, et enfin une religion pleine et sincère, ont procuré devant Dieu, à ce parfait héros, une gloire plus solide, plus éclatante et plus durable que celle dont il a été couvert devant les hommes.

TABLE DES MATIÈRES

MASCARON

Paris-Imp. PAUL DUPONT, 41, rue Jean-Jacques-Rousseau. —2083.5.74.